Lisa Wingate
MOSES LAKE

W0316149

Lisa Wingate

Moses Lake

francke

Über die Autorin:
Lisa Wingate arbeitet als Journalistin, Kolumnistin, Rednerin und Autorin. Sie lebt mit ihrem Mann und zwei Söhnen in Texas.

Bibliografische Information Der Deutschen Bibliothek
Die Deutsche Bibliothek verzeichnet diese Publikation in der Deutschen Nationalbibliografie; detaillierte bibliografische Daten sind im Internet über http://dnb.ddb.de abrufbar.

ISBN 978-3-86827-453-0
Alle Rechte vorbehalten
Copyright © 2011 by Wingate Media LLC
Originally published in English under the title
Larkspur Cove
by Bethany, a division of Baker Publishing Group,
Grand Rapids, Michigan, 49516, USA
All rights reserved.
German edition © 2014 by Verlag der Francke-Buchhandlung GmbH
35037 Marburg an der Lahn
Deutsch von Silvia Lutz
Umschlagbild: © shutterstock.com / Anna Demjanenko
Umschlaggestaltung: Verlag der Francke-Buchhandlung GmbH /
Christian Heinritz
Satz: Verlag der Francke-Buchhandlung GmbH
Druck und Bindung: CPI Moravia Books Pohorelice

www.francke-buch.de

Kapitel 1

Wer das Glück hat, am See zu sein, hat wirklich Glück!
(Schild am Ortseingang von Moses Lake)

Andrea Henderson

Wer das Glück hat, am See zu sein, hat wirklich Glück!

Dieses Motto ist einladend auf den Schildern am Ortsrand der verschlafenen texanischen Kleinstadt Moses Lake, die idyllisch an einem See liegt, eingraviert. Die Buchstaben, die mit goldener Farbe sauber ausgemalt sind, leuchten wie eine himmlische Verheißung in der Sonne.

Oder wie eine göttliche Farce, je nachdem, wer sie liest.

Wenn man zu einem Termin unterwegs ist, den man nicht verpassen darf, sich auf einer abgelegenen Straße verfahren und zu allem Überfluss noch einen platten Reifen bekommen hat – dann möchte man nicht gerade von Glück sprechen. Selbst, wenn Wasser in der Nähe ist. Das einzige Gefühl in einer solchen Situation, abgesehen von nackter Panik, ist der unangenehme Eindruck, irgendwie Ähnlichkeit mit dieser Straße zu haben. Das Gefühl, genauso zu sein wie sie: mit tiefen Furchen, Schlaglöchern, Rissen und Narben versehen, irgendwo mitten in der Wildnis und in die völlig falsche Richtung unterwegs.

Wenn ich mir früher die zweite Hälfte meines vierten Lebensjahrzehnts vorgestellt hatte, malte ich sie mir immer so aus, dass ich wie eine Familienkutsche durchs Leben rollen würde. Auf einer modernen Autobahn, gewiss nicht in Moses Lake, aber irgendwo in einer schönen Gegend. Das war ein angenehmes Bild gewesen. Das Problem ist jedoch, dass das Leben ähnlich verläuft wie eine Reise.

Man fährt Kilometer für Kilometer, aber jeder Kilometer wird vom vorherigen bestimmt. Es ist schwer, am Ende dort anzukommen, wo man es geplant hat, wenn die Straßenkarte lückenhaft ist. Und je genauer du hinschaust, umso mehr erkennst du, dass es schon die ganze Zeit über Lücken gab. Und dir wird klar, dass du völlig vom Weg abgekommen bist.

Und was jetzt?, wäre in einem solchen Moment eine logische Frage, die du an eine höhere Instanz stellst. Aber das Problem bei diesen Fragen ist, dass du die am nächsten liegende Antwort bereits weißt. Du stellst diese Frage nur, weil dir deine eigene Antwort nicht gefällt. Du willst, dass dir jemand eine andere Antwort gibt.

Ich stellte mir vor, wie ich wohl nach außen hin wirkte, als ich mitten im Nirgendwo auf einer holprigen Schotterstraße stand – eine durchschnittliche Frau mit braunen Haaren und braunen Augen, in einem neuen Hosenanzug und schönen Schuhen, die zum Himmel schrie: „Kann denn dieser Tag *noch* schlimmer kommen? Kann diese Woche, dieses Jahr, *irgendetwas* noch schlimmer kommen?"

Natürlich gab es Schlimmeres, als irgendwo im Wald festzusitzen und dabei meine ersten Hausbesuchs-Termine zu verpassen. Aber in Anbetracht meiner so gut wie nicht vorhandenen Berufserfahrung konnte ich von Glück sagen, dass ich überhaupt eine Stelle als Familientherapeutin bekommen hatte. Auch, wenn das bedeutete, dass ich irgendwelche Nebenstraßen und holprigen Wege entlangfahren musste, um Familien zu betreuen, die mitten in der Pampa wohnten. Es war wenigstens ein Anfang, und ich konnte es mir nicht leisten, diese Stelle zu verlieren. Ich musste weiterfahren, egal wie.

Mein Handy gab einen abgehackten, schwachen Klingelton von sich. Irgendwie wusste ich, dass es keine der Abschleppfirmen war, denen ich auf den Anrufbeantworter gesprochen und eine Wegbeschreibung gegeben hatte, die in etwa so lautete: *An dem gespaltenen Baum abbiegen und an dem stinkenden Schweinehof mit dem Zaun aus gestohlenen Straßenschildern vorbeifahren. Dann immer weiterfahren, bis man etwas überquert, das wie ein abgrundtiefes Schlammloch aussieht. Weiter oben auf dem nächsten Hügel finden Sie ein blaues Auto rechts in der Mulde am Straßenrand …*

Ich hatte keine Ahnung, ob diese Wegbeschreibung irgendjemanden zu mir führen würde, aber mir blieb keine andere Wahl, als sie bei den Abschleppfirmen zu hinterlassen und in meiner Praxis Bescheid zu geben, in der allerdings auch niemand ans Telefon gegangen war. Der Akku meines Handys, das auf einem Stapel Akten vom Jugendamt lag, wurde immer schwächer, während die Abschleppwagenfahrer im ganzen Bezirk anscheinend gerade eine Kaffeepause einlegten und das Handy im Auto gelassen hatten. Ich hatte es meinem Sohn zu verdanken, – der mit seinen vierzehn Jahren eigentlich nicht unbedingt ein Handyladegerät fürs Auto bräuchte –, dass es keine Möglichkeit gab, mein Handy wieder aufzuladen.

Vor meinen Augen verwandelte sich der Leitspruch für diesen Tag von *Gestalte deinen ersten Arbeitstag mit Leidenschaft, Energie und Entschlossenheit* in das erprobte Motto des vergangenen Jahres: *Überlebe diesen Tag.* Dazu kam nun noch: *Wechsele den platten Reifen selbst aus* (ich hatte das schon ein- oder zweimal im Fernsehen gesehen), oder die andere Möglichkeit: *Wandere los und bring dich in Sicherheit.*

Ich atmete tief und hoffnungsvoll ein und versuchte, ruhig zu klingen, als ich mich am Telefon meldete. Ich wollte niemanden erschrecken, auch wenn ich nicht wusste, wer am anderen Ende der Leitung war.

Die von einem starken Knistern und Rauschen begleitete Stimme meiner Mutter erfüllte mich mit einer seltsamen Mischung aus Erleichterung und unangenehmem Grauen. Meine Eltern hatten nicht gewollt, dass ich die Stelle in der Familientherapie annehme, und dieses Chaos mitten im Wald wäre nur Wasser auf ihre Mühlen. Andererseits war ich jetzt so gut wie gerettet, und selbst wenn dir deine Mutter die Leviten liest, obwohl du schon achtunddreißig bist, ist das besser, als mitten im Nirgendwo mutterseelenallein gestrandet zu sein. „Mama? Mama, kannst du mich hören? Ich brauche Hilfe."

Sie gab mir keine Antwort. Für einen Moment hatte ich die entmutigende Vorstellung, dass meine Stimme irgendwo zwischen den Handyfunkmasten verloren ging. Vielleicht konnte *ich* meine Mutter hören, aber *sie* konnte mich nicht hören. Das bedeutete aber gleichzeitig, dass ich mit meinen ganzen Anrufen bei den

Abschleppfirmen nur wertvolle Akkukapazität meines Handys verbraucht hatte. „Mama? Ich brauche Hilfe."

Mutter war dieser Worte wahrscheinlich überdrüssig, nachdem sich unsere Gespräche ein ganzes Jahr lang fast ausschließlich darum gedreht hatten, dass ich Hilfe brauchte. Ich konnte ihr daraus keinen Vorwurf machen. *Ich* konnte diese Worte selbst auch nicht mehr hören. Ich war von mir selbst genervt – von meiner mangelnden Unabhängigkeit und den Ereignissen des vergangenen Jahres, im Verlaufe derer ich plötzlich nach sechzehn Jahren Ehe wieder auf mich allein gestellt war – mittellos, zurück unter der Fuchtel meiner Eltern und darauf angewiesen, in ihrem Strandhaus wohnen zu dürfen. Deshalb hatte ich die Stelle bei Tazinski und Partner angenommen. Die lag zwar von der Bezahlung her am unteren Ende der Skala der therapeutischen Berufe, bot mir aber trotzdem eine realistische Möglichkeit, ein neues Leben aufzubauen und den Lebensunterhalt für mich und meinen Sohn zu verdienen. Es war Zeit, mich von all den Rockzipfeln zu lösen, an denen ich noch gehangen hatte. Es war Zeit, meinen Abschluss als Sozialpädagogin, den ich erworben hatte, während mein Exmann Vizerektor einer netten christlichen Hochschule in Houston gewesen war, zu nutzen und mir ein eigenes Leben aufzubauen.

„Andrea. Andrea?" Mutters Stimme knackte und ging fast im Rauschen der schlechten Verbindung unter. „Wo … du? Ich … dich kaum."

„Mama, du wirst es nicht glauben, aber ich habe eine Reifenpanne. Ich brauche einen Abschleppdienst. Ich bin irgendwo mitten in der …"

„Andrea? Ich … *kein Wort* von dem, was du sagst. Fahre oben auf einen … und halte an … gesagt, dass du auf der anderen Seeseite einen furchtbaren Empfang … Was ist, wenn dein Auto liegen bleibt oder du im Schlamm …? Das ist gefährlich … alles mögliche Gesindel … dort oben im Wald … wer weiß, was für Leute am öffentlichen Strand … Ohh Andr … Die meisten Straßen … so verlassen, dass du tagelang …"

„Abschleppdienst! Ich. Brauche. Einen. AB-SCHLEPP-DIENST! Mama? Hallo?" Die Verbindung war beendet. Als ich versuchte, zurückzurufen, knackte das Handy nur und knackte und knackte, während es vergeblich versuchte, ein Signal an einen Funkmast zu senden.

Jetzt hatte ich meine Antwort auf die Frage, die ich vor ein paar Sekunden in den Himmel geschrien hatte. Was konnte schlimmer sein, als eine Reifenpanne mitten im Nirgendwo zu haben, obwohl man einen Termin einhalten musste? – Festzustellen, dass deine Anrufe im Äther verschwinden und dass kein Abschleppdienst kommt und du wirklich *ganz allein* bist. Und dann zu allem Überfluss noch in der Ferne das Grollen eines Donners zu hören, obwohl es bis jetzt nach einem schönen, sonnigen Julinachmittag ausgesehen hatte.

„Nein, nein, *nein*", flüsterte ich. Vielleicht war es auch eher ein Betteln als ein Flüstern. Wenn ein Gewitter niederging, würde sich der Waldweg, auf dem ich mich befand, sehr schnell in einen Morast aus kalkhaltigem, cremefarbenem Matsch verwandeln.

Ich hielt mir die Hand als Schild an die Stirn und schaute nach oben, aber der schmale Streifen Himmel, der über dem dichten Blätterdach aus Eichen zu sehen war, sah recht harmlos aus. Nur der blaue Himmel eines Sommers im Herzen von Texas. Weit und breit war keine Wolke zu sehen.

Das Donnergrollen schwoll an, nahm ab und schwoll wieder an. Ein Wind kam auf und peitschte einen kleinen weißen Staubwirbel über die Straße. Ich wandte mich halb ab und drückte die Augen zu, während der Staub durch meine Kleidung bis auf die Haut drang. Als der Wind sich legte, blieb der Geruch nach Erde und Lehm und einem bevorstehenden Gewitter in der Luft hängen. Dazu kam ein schwaches Geräusch, das ich nicht ganz einordnen konnte. Kalkiger Staub rieselte aus meinen Wimpern, als ich blinzelte und meine Ohren anstrengte, um das Geräusch auszumachen. Ein tiefes Geräusch, aber nicht das aufsteigende und abfallende Grollen eines Donners.

Ein Auto. Ich hörte ein *Auto*.

Rettung! Oh, danke! Ich trat näher zur Straße, aber der Halleluja-Ruf erstarb auf meinen Lippen, als ein alter Pick-up, grau mit Rostflecken und fehlender Stoßstange, ratternd aus einer Staubwolke vor meinen Augen auftauchte. Mit zusammengekniffenen Augen versuchte ich, den Fahrer auszumachen, aber das Licht spiegelte sich auf der schmutzigen Scheibe und machte einen Blick ins Innere unmöglich. Der Schatten einer Kiefer, dicht und dunkel, legte sich schließlich über das Fahrzeug und gab einen schwachen Blick auf das Wageninnere frei. Der Fahrer war groß, hatte schmale Schultern und trug eine Art Baseballkappe. Er war nicht allein. Jemand saß auf dem Beifahrersitz, dessen Kopf nur knapp über das Armaturenbrett ragte. Ein Kind vielleicht. Diese Idee war tröstlich für mich, so als wäre die Anwesenheit eines Kindes irgendwie eine Garantie, dass auch mir nichts zustoßen würde.

Andererseits lernte ich in meinem neuen Beruf ständig, dass Kinder nicht immer in einem sicheren Umfeld lebten. Ich war hier, weil ich einen Hausbesuch bei einer Frau machen sollte, die ein Sommerschul-Busfahrer beim Jugendamt gemeldet hatte. Er hatte die Kinder nicht aussteigen lassen können, weil im Vorgarten ein heftiger Familienstreit getobt hatte. In meiner Kindheit und Jugend hatte ich die unzähligen Warnungen vor dem *Gesindel, das auf der anderen Seeseite wohnt,* gehört. Keiner konnte sagen, welche Menschen in diesen Hügeln lebten, in denen Privatgrundstücke völlig abgelegen lagen, umgeben von großen staatlichen Waldgebieten und riesigen Arealen, in denen früher das Holz in großen Mengen gerodet worden war.

Ich trat an mein Auto zurück und hielt unsicher eine Hand hoch, um den Fahrer zum Anhalten aufzufordern. Im Geiste wog ich meine Möglichkeiten ab. Ich brauchte Hilfe, aber ich wusste auch, dass ich ziemlich schutzlos und verwundbar war … Der Pick-up machte einen Bogen nach links, als wollte er um mich herumfahren und seinen Weg fortsetzen, ohne anzuhalten. Es fuhr doch sicher niemand einfach weiter und ließ eine Frau auf dieser abgelegenen Straße alleine stehen.

Ich trat einen Schritt vor und hielt meine Hand deutlicher hoch. Er würde doch bestimmt anhalten.

„Hey!“, schrie ich. Der Wagen war jetzt ganz nahe neben mir, so nahe, dass ich sehen konnte, wie eine Hand das halb geöffnete Fenster auf der Beifahrerseite umklammerte. Eine kleine Hand. Eine Kinderhand, deren Finger von Erde ganz braun waren. „Ich brauche Hilfe!“, überschrie ich das Dröhnen und Klappern des Motors. Etwas kreischte in einer ohrenbetäubenden Tonhöhe; das Geräusch hallte von den Bäumen und Felsen wider. „Ich brauche Hilfe!“

Wie als Antwort baute sich ein plötzlicher Windstoß auf, ergriff die Staubwolke, die sich hinter dem Pick-up erhob, und peitschte sie in meine Richtung. Ich hielt schützend einen Arm vors Gesicht und fühlte, wie winzige Sandkörner und Steinchen meine Wangen trafen.

Irgendwo in der Nähe grollte ein Donner.

Ein Hund bellte und knurrte. Das Geräusch war so nahe, dass ich nach meinem Auto tastete, mich daran klammerte, langsam zurückwich und bereit war, im Notfall schnell einzusteigen. Ich öffnete die Augen einen Spaltbreit und sah einen Pitbull, der die Ohren angelegt hatte, die Zähne fletschte und sprungbereit war, während der Pick-up langsam um mein Auto herumrollte. Ich verfolgte die Szene in erstarrter Faszination, ähnlich wie Touristen einen Wirbelsturm beobachten oder einen Verkehrsunfall begaffen.

Der Pick-up fuhr um mein Auto herum. Neben dem wütenden Bellen des Hundes erregte eine Bewegung meine Aufmerksamkeit. Ein kleines Mädchen beobachtete mich durch das Rückfenster. Es hatte sich auf dem Sitz umgedreht, drückte eine Handfläche an die Glasscheibe und hielt den Kopf leicht zur Seite geneigt, als beobachtete es mich neugierig oder könnte nicht verstehen, was ich hier auf der Straße verloren hatte. Sein Gesicht war von den feinen Strähnchen ihrer zerzausten dunklen Haare umrahmt, seine hellblauen Augen betrachteten mich mit einer Besorgnis, die in einem Kindergesicht eigentlich fehl am Platz wirkte. Das Mädchen konnte nicht älter als fünf, höchstens sechs Jahre alt sein. Blätter steckten in seinen Haaren, seine Haut war braun von der Sonne, die Wangen gefärbt von Sonnenbrand und Erde.

Das Kind war nicht angeschnallt. Die Mutter in mir protestierte, und die frisch gebackene Familienberaterin notierte das im Geiste. Es war nichts Ungewöhnliches, dass sich Leute auf den Nebenstraßen und abgelegenen Wegen am See nicht anschnallten, aber trotzdem war es verboten.

Der Pick-up fuhr an den Straßenrand und verlangsamte mit quietschenden Bremsen sein Tempo. Ich atmete erleichtert auf und wog im Geiste ab, ob es eine höfliche Möglichkeit gab, dem eigenen Retter zu sagen, dass er seine kleine Beifahrerin anschnallen musste? Nach den gebeugten Schultern und den spärlichen, grauen

Haaren unter der Baseballkappe zu urteilen, war er wahrscheinlich ein Großvater, der es nicht besser wusste. Vielleicht lebte er immer noch in der Zeit, als Kinder in Autos herumtollten, ohne von Sicherheitsgurten belästigt zu werden, und der einzige Schutz die Hand eines Erwachsenen war, die sie festhielt, wenn das Auto plötzlich bremsen musste.

Der Pick-up kam zehn Meter hinter meinem Auto quietschend zum Stehen. Ich wartete, dass er den Rückwärtsgang einlegte und zurückkäme, aber er stand nur abwartend da. Der Fahrer bewegte sich nur so weit, dass er mich im Rückspiegel beobachten konnte, während der Hund an die Heckklappe rannte und mich anbellte. Das kleine Mädchen sah weiterhin durch das Rückfenster zu mir herüber.

Ich trat mitten auf den Weg und deutete zu meinem Auto. „Hey … hallo? Ich habe eine Reifenpanne. Ich …" In meinem Kopf ging ein Warnsignal an. Das war kein normales Verhalten. Er beobachtete mich nur durch den Spiegel. Etwas stimmte hier nicht.

Am Himmel schob sich eine Wolke vor die Sonne, der Wind erfasste mich von hinten und schob mich an wie eine unsichtbare Hand. Irgendwo in den Bergen grollte wieder ein Donner. Diese ganze seltsame Situation verursachte mir eine Gänsehaut.

Der Hund hatte die Pfoten auf die Heckklappe gelegt, knurrte und fletschte die Zähne und kniff seine kleinen, hässlichen Augen zusammen, als ginge er gleich zum Angriff über. In der Fahrerkabine des Pick-ups wandte das kleine Mädchen seine Aufmerksamkeit nun dem Hund zu.

Ein Kind war bei einem solchen Hund nicht sicher. Hunde wie dieser standen irgendwann in der Zeitung, weil sie jemanden zu Tode gebissen hatten. Was für ein Mensch hielt einen solchen Hund, wenn er ein Kind bei sich hatte?

Ich wich ein wenig zurück und nahm Blickkontakt mit dem Fahrer auf. Was machte er? Warum beobachtete er mich nur? Warum hielt er an, stieg aber nicht aus?

Versuchte er mich einzuschätzen und überlegte er, ob ich mich wehren würde?

Kapitel 2

Wenn du mit dem Boot in seichtes Gewässer fährst, solltest du wissen, wo die versunkenen Baumstümpfe sind.
Anonym
(an die Wand der Weisheit im *Waterbird Fischköder- und Lebensmittelladen* geschrieben)

Mart McClendon

Über den Hügeln auf der anderen Seeseite braute sich ein Sommergewitter zusammen. Nur ein kleiner Sturm, aber wenn er weiterhin in diese Richtung zog, würde er die Touristen vom See vertreiben und ihnen den Badetag verderben. Etwas, das ich in meiner kurzen Zeit hier gelernt hatte, war, dass man das Wetter nicht vorhersagen konnte. Und auch sonst nicht viel. Am Moses Lake war die Wahrscheinlichkeit, dass das Unerwartete eintraf, genauso groß wie die Chance, dass das Erwartete eintraf. Für Leute, die gern planten, Tagesabläufe festlegten und ein elektronisches Gerät am Gürtel hängen hatten, war Moses Lake nur ein Punkt auf der Landkarte, an dem man bei einem Sonntagsausflug vorbeifuhr. Vielleicht hielt man am Aussichtspunkt über der Eagle Eye Bridge an und sah zu, wie die Wochenendausflügler mit ihren Wasserskiern und kleinen Segelbooten über die Wasserfläche glitten.

Diejenigen, die auf Abenteuer aus waren, bogen vielleicht in der Nähe des Damms von der Hauptstraße ab und kauften sich ein Sandwich im Fischköder- und Lebensmittelladen *Waterbird*. Oder sie fuhren den holprigen Weg durch die Bäume hinab, mieteten sich eine Hütte oder buchten eine Kanufahrt. Es konnte sein, dass diese halbtägige Kanufahrt oder der Kurzurlaub am See nichts weiter war als eine ruhige, entspannende Abwechslung zu dem Leben, aus dem sie kamen. Wenn sie Glück hatten.

Der Moses Lake hatte unbestreitbar ein Eigenleben. Man könnte zwanzig Leute fragen, warum das so war, und bekäme zwanzig verschiedene Antworten. Von Indianerlegenden zu Geistergeschichten bis hin zu der unheimlichen Stimme der Klagenden Frau, die angeblich von den Klippen am Eagle Eye herunterhallte. Einige behaupteten, der See werde von den ruhelosen Geistern der Menschen aus den Bauernhöfen und Städten verfolgt, die unter hundert Quadratkilometern Wasser versenkt wurden, als das Pionierkorps in den Fünfzigerjahren das Land enteignet und den Damm gebaut hatte. Andere behaupteten, es sei der Name: *Moses* Lake. Mose war vierzig Jahre durch die Wüste gezogen, bevor er Ruhe fand, und selbst dann durfte er das Verheißene Land nicht betreten.

Wenn *ich* nach meiner Meinung gefragt würde, wäre meine Antwort: Es ist das Wasser. Wasser hat etwas an sich, das die verschiedensten Menschen anzieht und in ihnen Impulse weckt, von denen sie vorher keine Ahnung hatten.

Man konnte nie sagen, wer in Moses Lake auftauchte und was passierte. Nach knapp einem halben Jahr als Ranger im südlichen Teil dieses Bezirks war ich zu dem Schluss gekommen, dass das Leben in Moses Lake genauso unberechenbar war wie das Wetter. Das musste der Grund sein, warum meine Familie vor ungefähr zwanzig Jahren nicht länger als unbedingt nötig in dieser Gegend geblieben war. Sobald mein Vater seine Arbeit am Bau des Wasserkraftwerks abgeschlossen hatte, hatte er unsere Mutter und uns vier Jungen ins Auto verfrachtet und so schnell wie möglich das Weite gesucht. Wir waren schließlich in Südwesttexas gelandet, wo das Wetter, die Menschen und der Lebensrhythmus berechenbar waren. Dort unten im *Big-Bend-Land,* dem einzigartig schönen Nationalpark am Rio Grande, war es ruhig, freundlich, friedlich und idyllisch gewesen – sofern man eine ungehinderte Sicht in die Ferne und einen weiten Himmel liebte.

Aber ich hatte jahrelang nichts anderes hören können als den Moses Lake, dessen Wellen ans Ufer meiner Erinnerung rollten und mich nach Hause riefen – zu dem Ort, der für mich als Junge etwas ganz Besonderes gewesen war. Als die Zeit kam, das Big-Bend-Land endgültig zu verlassen, hatte ich meine Sachen gepackt und war nach Moses Lake gefahren.

Ich hatte den Ort genauso vorgefunden, wie ich ihn in Erinnerung hatte. Genau das brauchte ich. Nichts in Moses Lake erinnerte an das, was im Big Bend passiert war. Hier gab es einfach das Wasser und den Wind, der durch die Eichen wehte. Und es gab die Boote, die über den See fuhren und weiße, schäumende Spuren hinter sich herzogen, die sich plötzlich wieder auflösten und in eine perfekte Wasserfläche zurückverwandelten. Dann gab es keine Spur mehr davon, dass irgendetwas vorbeigefahren war und den normalen Lauf der Dinge gestört hatte. Moses Lake war ein beständiger Ort. An der Oberfläche. Aber als ich die Stelle als Ranger annahm, hätte ich besser als jeder andere wissen müssen, dass die Oberfläche manchmal nur eine Illusion ist. Mit bloßem Auge erkennt man nicht immer, was sich unter der Oberfläche zusammenbraut.

Auch wenn die Strömungen unter der Oberfläche des Moses Lake geheimnisvoll waren, gab es doch immer wiederkehrende unerschütterliche Rhythmen: die alten Angler fuhren lange vor Sonnenaufgang in ihren Flachbodenbooten auf den See hinaus und waren längst wieder im *Waterbird*, wenn der Tag zu heiß wurde, um Fische zu fangen. Heute war ihr Stammplatz im Waterbird von zwei erfahrenen Anglern besetzt: Nester Grimland, der nur aus Haut und Knochen bestand und von Kopf bis Fuß wie ein Schulbusmechaniker in Rente aussah, und Burt Lacey, der Nesters Rektor an der winzigen Moses Lake High School gewesen war, bis er der Schule den Rücken gekehrt und sich der Fischerei zugewandt hatte.

„Meinst du, dass das ein Reh oder ein ausgebrochenes Kalb ist?" Nester schaute mich an und deutete über den Rand des Piers. Dabei verschüttete er eine Tasse mit Sheilas Waterbird-Kaffee über seine Hand und tränkte unfreiwillig die Manschette seines Hemdes und den Tisch mit der braunen Flüssigkeit. Das spielte aber keine Rolle, denn der Kaffee war ohnehin längst kalt, am Ärmel klebten wie immer Fischreste, und der Tisch war genauso wie alles andere im Fischköder- und Lebensmittelladen Waterbird: alt und verwittert.

Burt kniff hinter seiner Brille, deren Gläser dick wie Flaschenböden und so trübe wie der Grund des Sees waren, die Augen zusammen. „Das ist bei dieser großen Entfernung schwer zu sagen. Es könnte auch wieder ein Emu sein. Mart, glaubst du, das da drüben bei den *Big Boulders* ist ein Kalb oder ein Emu?“ Sein ledriger, von der Sonne verbrannter Mund kaute auf dieser Frage herum, als hätte sie einen guten Nachgeschmack und er erwartete einen Nachschlag.

„Oder ein Reh“, fügte Nester hinzu und strich über den dicken, grauen Schnurrbart, der ihm das Aussehen eines alten Cowboys verlieh, der frisch von den Weideflächen kam. Ich musste diese Frage eigentlich nicht beantworten. Nester und Burt führten ihr Gespräch wie gewöhnlich allein weiter. Sie hatten mich nur einbezogen, weil ich zufällig gerade am Pier angelegt hatte, um ins Waterbird zu gehen und mir frischen Kaffee zu besorgen.

„Warum sollte ein Reh mitten am Tag im Freien herumlaufen?“

„Ein Emu macht so etwas schon. Diese Vögel sind nicht gerade die intelligentesten Tiere.“

„Mit wie vielen Emus hattest du schon zu tun, Burt?“ Nester blinzelte, während ich mein Boot festzurrte. Du weißt im tiefsten Inneren, dass ein Ort dein Zuhause ist, wenn du fünfundzwanzig Jahre fort warst und es sich so anfühlt, als wärst du nie fortgewesen. Nester und Burt erinnerten sich nicht mehr an mich. Für sie war ich nur irgendein dürrer, dunkelhaariger Junge gewesen, der im Zuge einer Kraftwerkserweiterung gekommen und wieder gegangen war. Aber *ich* erinnerte mich an die beiden, als hätte sich ein Foto von ihnen in meinem Gedächtnis eingebrannt. Sie hatten uns Kindern eine Cola gekauft, wenn wir sie im Laden angetroffen hatten. Abgesehen davon, dass sie einige Falten mehr und einige Haare weniger hatten, waren sie kaum verändert. Derselbe alte Nester mit demselben alten verschwitzten Stroh-Cowboyhut; derselbe alte Burt, dessen Brillengläser ein wenig dicker geworden waren und der jetzt weniger Sorgenfalten hatte, seit er keine Schule mehr leitete. Das gleiche alte Gespräch, abgesehen von der Sache mit dem Emu. Ich hatte keine Ahnung, was sie am anderen Ufer wirklich sahen. Höchstwahrscheinlich konnte keiner der beiden mehr den Wald auf der anderen Seite des Sees erkennen.

Burt strich sich übers Kinn, das wahrscheinlich in den nächsten zwei Tagen rasiert werden würde. Auf jeden Fall vor dem Sonntagsgottesdienst in der Lakeshore Community Church. „Letzten Winter ist ein Emu in meinem Garten aufgetaucht. Es war genauso mühsam, das Tier wieder durch mein Gartentor hinauszubugsieren, wie früher eine Sitzung des Schulausschusses." Burt lehnte sich zurück und massierte sich die Magengegend. Die Knopfleiste seines Hemdes klaffte über seinem Bauch auseinander. Die Knöpfe waren gespannt wie ein Fisch an der Angel, der nach Luft schnappt.

Nester deutete zum See. „Es kommt näher. In zwei Minuten ist es unten am Wasser. Mart, was glaubst du, was das ist? Du bist doch hier der Fisch- und Wildexperte. Der Mann mit der schicken Uniform und der Plakette. Steht denn im Ranger-Handbuch nicht irgendwo etwas über Emus?"

„Nur, wenn du in Australien arbeitest." Ich schaute über das Wasser. Heute herrschte wirklich nur sehr wenig Betrieb, da Montag war. Die Sonne spiegelte sich auf den Wellen, die kleine Gewitterwolke donnerte in der Ferne und eine Schar Kuhreiher zog wie Seemöwen über den Himmel.

Aber am anderen Ufer bewegte sich wirklich etwas! Es lief eine Nationalparkstraße hinauf und tauchte immer wieder kurz aus dem Schatten auf. Es bewegte sich nicht wie ein Reh, und es war auch kein Kalb …

Ich beobachtete es eine Minute lang. Das Tier war zu groß für einen Kojoten und zu unbeholfen, um ein Pferd sein zu können, das ein Camper vielleicht im Nationalpark verloren hatte. Es war schwer zu sagen, aber es sah aus, als ginge es irgendwie nach vorne gebeugt auf zwei Beinen. Es könnte ein Emu sein, vielleicht war er verletzt oder alt. Nachdem der Markt für Emu- und Straußenzüchter zusammengebrochen war, hatten die Farmer angefangen, ihre restlichen Vögel einfach freizulassen. So kam es, dass der Nationalpark plötzlich ein immer größer werdendes Problem mit frei lebenden Emus hatte.

„Von hier aus kann ich das nicht genau sagen", antwortete ich schließlich und ging den Kai hinauf zum Laden, von wo aus ich eine bessere Sicht hätte.

Sheila, ein Überbleibsel aus Hippietagen, die das Waterbird jetzt leitete, kam mir auf der Treppe ein paar Stufen entgegen. „Leute, haltet jetzt den Mund und lasst Mart in Ruhe", rief sie. „Ihr bringt ihn sonst noch so weit, dass er seine Sachen packt und dorthin zurückgeht, woher er gekommen ist. Guten Morgen, Martin." Auf dem Abzeichen an meinem Hemd stand mein vollständiger Name, den aber nur meine Lehrer benutzt hatten oder meine Mutter, wenn ich etwas ausgefressen hatte. Seit dem Ende der Schulzeit war ich für alle nur noch *Mart*. „Komm in den Laden. Ich habe frischen Kaffee aufgesetzt. Du siehst aus, als wolltest du deinen Thermosbecher auffüllen." Sie deutete auf den riesigen Plastikbehälter unter meinem Arm. „Melicha hat gerade ihre selbst gemachten Gorditas, ihre lecker gefüllten Tortillas, fertig. Ich habe ihr gesagt, dass sie auch ein paar Truthahnburger mit Tofu machen soll und nicht nur dieses fettige Zeug. Sie schmecken gut. Hol dir lieber einen, bevor sie weg sind."

„Danke, aber ich will nur einen Kaffee." Die Leute erzählten, dass das Essen im Waterbird immer gut gewesen sei – Essen für Männer, das wie zu Hause schmeckte, – in Buttermilchteig gebacken, vor Fett triefend, mit viel Salz gewürzt und in Soße getunkt. Damals hatte der alte Chef, den alle Pop Dorsey nannten, zwei Mennonitinnen in der Küche beschäftigt, und sie hatten einen doppelten Cheeseburger mit Fleisch serviert, der jedem Holzfäller das Wasser im Mund zusammenlaufen ließ.

Jetzt saß Dorsey nach einem Schlaganfall im Rollstuhl, und seine Tochter, Sheila, war wieder nach Hause gezogen, um den Laden und das Leben des armen alten Dorsey in die Hand zu nehmen. Sie hatte das Essen im Waterbird mehr oder weniger ruiniert. Gorditas mussten mit Schweineschmalz gemacht und mit in Fett gebratenen Kartoffeln und großen Fleischstücken, an denen noch das Fett hing, gefüllt sein. Etwas, in das man wie ein Raubtier seine Zähne hineinschlagen konnte und das garantiert direkt in die Arterien floss und sich dort festsetzte. Jetzt konnten nur noch die fremden Gäste das gute Zeug kaufen. Den Stammgästen drängte Sheila ihren Tofu auf.

„Tu's nicht, Mart", rief Burt mir nach. „Du hast davon bis nach Mitternacht einen ekligen Nachgeschmack im Mund."

Sheila stemmte die Hände in die Hüften. „Um Himmels willen, Burt! Du merkst nicht einmal, dass es Soja ist. Es ist genauso gewürzt wie Fleisch."

Burt legte den Kopf zurück und schaute sie durch seine dicken Brillengläser mit zusammengekniffenen Augen an. „In *Aus der Mit-*

te entspringt ein Fluss haben sie die gleichen Angelfliegen wie ich. Aber das macht mich noch lange nicht zu Robert Redford."

Nester knurrte: „Dieser Kaffee ist koffeinfrei, nicht wahr?"

Sheila warf ihren grau-schwarz-melierten Pferdeschwanz zurück und setzte einen Blick auf, den ich aus der kurzen Zeit, die ich als Kind hier verbracht hatte, noch kannte. Sie hatte sich seitdem nicht sehr verändert. Ich allerdings schon. Deshalb brachte mich auch niemand in Moses Lake mit der Bande dunkelhaariger, barfüßiger Jungen in Verbindung, die in der Hoffnung auf eine spendierte Cola im Waterbird herumgelungert hatte. Wir vier Jungen hatten alle nicht nur die grünen Augen von unserem Vater geerbt, sondern auch die Gabe, anderen zu schmeicheln; wir waren sehr gut darin gewesen, Leute zu etwas zu überreden. Aber Sheila hatten wir schon damals nichts vormachen können. Wenn sie uns erwischt hatte, wie wir herumlungerten und versuchten, ihren Vater zu bequatschen, uns eine Zuckerstange zu schenken, hatte sie uns verjagt.

„Nur damit du es weißt, Nester: Maudie hat angerufen und gesagt, dass ich dir keinen Kaffee geben soll. Sie hat gesagt, dass dein Blutdruck das Messgerät gestern fast gesprengt hätte."

„Ffff!" Spucke flog in einer im Nachmittagslicht glitzernden Wolke durch die Luft. „Dann gehe ich woandershin und …"

Oben im Laden läutete die Glocke und unterbrach den Kaffeekrieg, bevor ich die Handschellen herausholen musste, um für Frieden zu sorgen. „Sieht so aus, als hättest du Kundschaft, Sheila." Burt nahm seine Tasse, rutschte ans Ende der Bank und verdrehte sich fast den Hals, um zu sehen, was oben los war.

Sheila stieg wieder zum Laden hinauf. „Komm mit, Mart. Ich fülle deinen Thermosbecher mit *echtem* Kaffee."

„Um *seinen* Blutdruck macht sie sich keine Sorgen", grummelte Nester und drehte sich dann wieder zum See herum. „Ist dieser Emu immer noch da drüben? Hey, schau mal! Ist das nicht der alte Len Barnes, der drüben bei den Big Boulders seine Langleinen für die Welse auslegt? Was auch immer dieses Tier war, wahrscheinlich hat es Len gerochen und das Weite gesucht …"

Wir stiegen die Treppe hinauf, während das Gespräch sich jetzt um Len Barnes und Langleinen drehte. Sheila rieb sich die Stirn. Dabei fing sich der Wind in den Ärmeln ihrer Bluse, einem sonderbaren, schalähnlichen Ding, das aussah wie ein Überbleibsel aus Woodstock. „Mann, wenn ich so weit kommen sollte, dass ich nichts Besseres zu tun habe als herumzusitzen, den Kaffee zu kritisieren und über Fangmethoden zu sprechen, musst du mich erschießen, ja?“

„Das ist einfach ihre Lieblingsbeschäftigung.“ Alte Angler hatten viel Ähnlichkeit miteinander: Sie unterhielten sich über das Fischen, sie fischten und sie unterhielten sich über Fische. Das war eine allgemeingültige Regel.

Im Laden schaukelte die Hintertür im Wind, da ihr ein paar Schrauben und eine Verriegelung fehlten. Ich hielt sie fest und nahm mir vor, das Ding zu reparieren, wenn ich in den nächsten Tagen nach der Arbeit ein wenig Zeit hätte. In der kleinen Hütte, die ich am Holly Hill gemietet hatte, brachen die Abende zu still und zu früh herein. Eine Beschäftigung täte mir gut. „Kümmere dich um deine Kundschaft. Ich kann mir meinen Kaffee selbst einschenken.“

„Das mache ich schon.“ Sheila schnappte sich meinen Thermosbecher, was wieder einmal typisch für sie war. Sie beschwerte sich darüber, dass sie alles machen müsste, und dann machte sie alles.

Als wir über die Veranda gingen und den Laden betraten, reckte sich Pop Dorsey gerade aus seinem Rollstuhl hoch und versuchte, für eine Kundin Hähnchenschlegel aus dem Warmhalteofen zu holen. Sheila stellte meinen Becher ab und nahm die Fleischzange. „Das mache ich schon, Papa.“

Die Kundin, die zwei kleine Kinder in Badekleidung bei sich hatte, wandte sich mit verlegenem Blick ab und betrachtete das Sammelsurium von ausgestopften Wildtieren, mit Brandmalerei verzierten Holzplaketten und Graffiti an der hinteren Wand, an der jeder mit weisen Worten und einem Kugelschreiber einen klugen Sinnspruch für künftige Kunden hinterlassen konnte. Einige Leute unterschrieben ihre Zitate und erzählten etwas von sich, andere machten das nicht. Pop Dorsey hatte von seiner Kasse aus immer einen guten Blick auf die Wand und konnte bei den meisten Weisheitssprüchen genau sagen, wer die Worte hingeschrieben hatte und wann und warum.

„Entschuldigen Sie, ich wollte Ihnen keine Mühe machen“,

sagte die Frau und drehte sich wieder zur Theke, während ihre Kinder an der Wand der Weisheit entlanggingen und sie begutachteten.

Pop Dorsey schnaubte: „Sie haben mir keine Mühe gemacht." Er rollte hinter der Theke zur Kasse. „Sie können dann hier zahlen."

„Keine Sorge, Papa. Das mache ich schon, sobald ich die Hähnchenschlegel eingepackt habe." Sheila klappte schnell den Behälter zu, dann wischte sie sich die Finger an einem Handtuch ab und eilte zur Kasse.

Dorsey warf hilflos die Hände in die Luft und sank auf seinen Rollstuhl zurück. „Dann zähle ich wohl einfach mal unsere Köderfische im Aquarium. Mart, brauchst du etwas?"

„Kaffee", sagte ich und deutete auf den Thermosbecher. Ich hätte mir den Kaffee auch selbst einschenken können, aber das hatte mir Sheila ja verboten.

Dorsey schaute den Becher mit hängenden Mundwinkeln an. „Den kannst du dir doch selbst nehmen!" Über seinem Blick hing eine düstere Wolke, die mich für eine Minute in seine Lage versetzte. Es war nicht richtig, dass ein Mann, der den Kindern am See immer geholfen hatte, Fahrradschläuche zu flicken und verknotete Angelleinen zu entwirren, so endete. Andererseits würde man den Verstand verlieren, wenn man warten wollte, bis auf der Welt das eintraf, was man für *richtig* hielt. Falls es eine Logik hinter dem gab, was passierte, hatte ich sie noch nicht entdeckt. Jeden Augenblick konnte ein Blitz einschlagen, und im Bruchteil einer Sekunde gingen alle Pläne in Rauch auf. Man konnte nichts anderes tun als zu versuchen, der Zerstörung einen Sinn abzugewinnen. Doch manchmal gelang einem nicht einmal das.

Ich beugte mich über die Theke, als wollte ich nicht, dass Sheila mich hörte. „Ich weiß nicht, in welcher Kanne der echte Kaffee und in welcher der koffeinfreie ist, Pop. Hilf mir lieber. Ich will *richtigen* Kaffee."

Dorseys Augen strahlten auf und er griff nach meinem Becher. „Dann lass die Finger von dem Zeug dort neben dem Limonadenzapfhahn. Ich weiß, wo der richtige Kaffee versteckt ist."

„Das klingt gut." Ich folgte ihm hinüber zu den Warmhalteplatten hinter der Kaffeetheke. Melicha sang hinten in der Küche. Das bedeutete wahrscheinlich, dass das, was sie gerade kochte, kein Soja enthielt.

„Warum bist du nicht bei den Männern unten am See?“ Mein Blick wanderte durch das große Fenster an der Rückwand des Ladens. Die zwei alten Männer waren zu einem der Bootshäuser gegangen, wo sie den Fang eines Fischers begutachteten und auf das Gewitter über den Hügeln deuteten.

Dorseys Mund verzog sich zu einer Linie, die mit ihrer Form an seine hängenden Schultern erinnerte. „Es ist zu schwer, den Rollstuhl zum See hinabzubringen, und Sheila hat sichtlich Angst, dass ich damit über den Rand des Piers ins Wasser rolle. Ich habe versucht, ihr klarzumachen, dass ich kein hilfloser alter Krüppel bin. Selbst wenn ich hineinfallen sollte, könnte ich mich über Wasser halten. Es trägt mich. Aber sie ist viel zu dickköpfig, um mir zuzuhören.“

„Wasser ist eine gute Therapie.“ Ich betrachtete den Hang, der zum See hinabführte, die Treppe, den Pier. Mit ein wenig Arbeit und ein paar Rampen könnte man den Weg so umgestalten, dass er für einen Rollstuhl befahrbar wäre …

„Sag das Sheila. Sie lässt mich nicht in die Nähe des Wassers. Wenn ein Mann nicht mehr angeln kann, kann man ihn gleich begraben.“ Pop balancierte den Thermosbecher auf der Theke, schraubte mühsam den Deckel ab und hob zittrig die Kaffeekanne hoch. Nur gut, dass Sheila an der Kasse beschäftigt war, sonst hätte sie ihm das auch noch aus der Hand genommen.

„Hey, Mart“, sagte sie, als sie mit ihren Kunden fertig war. Dorsey zuckte zusammen, als wäre er bei etwas Verbotenem ertappt worden. Kaffee schwappte über den Rand des Thermosbechers auf die Theke. „Unterhalb der Eagle Eye Bridge ist kein neuer Zeltplatz, oder? Drüben bei den Big Boulders?“

Dorsey schraubte den Becher zu, schob ihn über die Theke und zog ein Taschentuch heraus, um den verschütteten Kaffee wegzuwischen. „Hier, mein Junge. Heißer Kaffee. Geht aufs Haus.“ Er warf stirnrunzelnd einen Blick hinter sich auf Sheila, die mit einem Fernglas aus dem Fenster schaute. Es war eines dieser billigen Taschenferngläser, die man im Gemischtwarenladen von Moses Lake in einer Plastikverpackung kaufen konnte. Da es in dieser Gegend so viele Vogelbeobachter gab, hätte ich allerdings erwartet, dass sie ein vernünftiges Fernglas besäße.

Ich trat näher ans Fenster, und Dorsey manövrierte seinen Rollstuhl neben mich. „Dort drüben bei den Big Boulders? Nein, da gibt es keinen Weg. Man gelangt nur über das Wasser dorthin. Es sei denn, man kennt die alten Holzfällerstraßen oder klettert die Felswand hinab. Warum?"

Sheila ließ kopfschüttelnd das Fernglas sinken. „Ich hatte gerade ein ganz komisches Gefühl. Ich sah etwas aus dem Augenwinkel, als ich das Wechselgeld abzählte. Deshalb nahm ich das Fernglas. Eine Sekunde lang habe ich dort drüben ein kleines Mädchen gesehen, das könnte ich schwören! Ein kleines Mädchen in einem braunen Kleid, das am Ufer entlanglief – aber als ich versuchte, das Fernglas scharf zu stellen, war es fort. Dort ist normalerweise niemand außer dem alten Len, der seine Langleinen überprüft." Sie schaute mich an und rieb sich die Arme, als wäre es plötzlich eiskalt im Raum.

Dorsey hob seine Baseballkappe hoch und kratzte sich mit seinem knorrigen Handgelenk die Stirn. „Es ist sehr unwahrscheinlich, dass Len ein kleines Mädchen bei sich hat. Normalerweise hat er überhaupt niemanden bei sich. Jeder, der näher als fünf Meter an Len herankommt, sucht schnell wieder das Weite. Der Geruch vertreibt jeden, das könnt ihr mir glauben. Vielleicht hast du die Klagende Frau gesehen. Vielleicht zieht sie jetzt sogar bei Tag über die Felsen."

„Ach, Papa! Verschone mich um Himmels willen mit deinen Geistergeschichten!" Sheila ließ ihren Blick über das südöstliche Ende des Sees schweifen, wo das Wasser eine kleine Insel umspülte, unter der Eagle Eye Bridge hindurchfloss und sich dann in den Flusskanal drängte. „Mart, ich weiß, dass ich jemanden gesehen habe …"

Dorsey legte die Hände auf das Fenstersims und zog sich auf die Beine. „Ich sehe nichts."

„Len ist schon flussaufwärts verschwunden. Vorsicht, Papa. Du fällst sonst noch um." Sie kam um die Theke herum, um eine Hand stützend unter Dorseys Ellenbogen zu legen. Er schob ihre Hand weg und drehte sich zum tiefen Wasser beim Damm herum.

„Oh, Mist, Mart! Auf dich wartet Arbeit! Nimm deinen Thermosbecher und steig in dein Boot! Es sieht ganz so aus, als wäre ein Boot mit abenteuerlustigen jungen Leuten zum Scissortail unterwegs."

Ich packte meinen Becher und verschwand eilig durch die Hintertür. Der Scissortail hatte etwas an sich, das Idioten anlockte wie eine helle Verandalampe die Motten. Wenn sich irgendwo am See ein Chaot umhertrieb, der entweder zu jung oder zu betrunken war, um vernünftig denken zu können, kam er irgendwann auf die Idee, die Warnschilder zu ignorieren. Jene nämlich, die mit großen Buchstaben verkündeten, dass das Wasser hier nicht tief genug war, um hineinspringen zu können. Außerdem würde er mit Sicherheit versuchen, die Warnbojen zu umfahren und das Nadelöhr zwischen den zwei hohen Felsen zu passieren, die sich wie Schwanzfedern aus dem Wasser erhoben. Nahm man die Vogelbeobachter hinzu, die Horste von Weißkopfseeadlern suchten, oder Wagemutige, die den Scissortail hinaufkletterten, um ins Wasser zu springen, sowie Jugendliche in Partybooten, dann bescherten einem diese zwei Kalksteinfelsen ständige Kopfschmerzen. Ich war mindestens sechsmal am Tag da draußen und versuchte, Leute daran zu hindern, aus reiner Dummheit in einem Rollstuhl oder im Grab zu landen.

Kapitel 3

Ich kenne jeden Vogel unter dem Himmel und die vielen kleinen Tiere auf den Wiesen.
Psalm 50,11
(von einem fahrradfahrenden Missionar an der Wand der Weisheit hinterlassen)

Andrea Henderson

Unter dem Himmel gibt es keinen entschlosseneren Menschen als eine Frau, die Angst hat, allein irgendwo mitten im Wald festzusitzen, wenn die Nacht hereinbricht. Ich war wieder allein, nachdem ich den unheimlichen Mann in dem Pick-up erfolgreich losgeworden war, weil ich mein Handy herausgezogen und so getan hatte, als spräche ich mit jemandem. Nachdem ich ein paar Sekunden genickt und gesprochen hatte, hatte ich gewinkt und gerufen: „Sparen Sie sich die Mühe! Ein Sheriff kommt. Er müsste jeden Augenblick hier sein. Trotzdem danke!" Aber je mehr Zeit verging, umso mehr wuchs mein Grauen. Ich hatte sogar versucht, auf den nächsten Hügel hinaufzuwandern, um nach irgendeiner Spur von Zivilisation Ausschau zu halten. Aber ich entdeckte nichts.

Mit dem Handy hatte ich immer noch keinen Empfang. Und es kam kein einziges Auto mehr vorbei. Mich würde so schnell auch niemand suchen, frühestens am Abend, wenn mein Sohn endlich zu dem Schluss käme, dass etwas passiert sein musste. Wenn Dustin dann in meiner Praxis anriefe, wäre dort längst geschlossen und den Anrufbeantworter würde bis morgen früh niemand abhören. Dustin hätte keine Ahnung, wohin mein Terminplan mich heute geführt hatte oder wohin er den Suchtrupp – bestehend aus meinen Eltern oder meiner Schwester Megan und meinem Schwager Oswaldo –

schicken sollte. Wie ich es auch drehte und wendete, ich musste mich selbst retten.

Eine neue Willenskraft erfüllte mich, angetrieben von dem Donnergrollen, das von den Bergen und Felsen der Chinquapin Peaks widerhallte. Selbst wenn ich das Auto mit der Hand hochheben und diese Dinger, die wie Schrauben aussahen, mit den Zähnen lösen müsste, ich würde diesen Reifen wechseln und von hier verschwinden. Bis ich das geschafft hätte (vorausgesetzt, dass es mir gelänge), hätte ich meinen Arbeitstag ziemlich in den Sand gesetzt. Aber wenigstens wäre ich noch am Leben und könnte davon erzählen. Wenn ich Glück hatte, könnte ich in der Praxis anrufen, bevor sie Feierabend machten, und erklären, was passiert war. Im besten Fall konnte ich es vielleicht sogar zu meinem letzten Klienten schaffen, bevor ich nach Hause fuhr. Ich malte mir aus, wie ich – nachdem ich meinen Sohn streng ermahnt hätte, das Handyladekabel nie mehr aus meinem Auto zu nehmen – Dustin die Geschichte von meinem abenteuerlichen Nachmittag erzählen würde, und spürte eine seltsame Vorfreude dabei. Seit wir nach Moses Lake gezogen waren, wollte Dustin nur noch in Ruhe gelassen werden, während ich versuchte, unsere Beziehung wieder zu verbessern, die unter der schmerzlichen Scheidung und Trennung unserer Familie sehr stark gelitten hatte.

Mit neuer Entschlossenheit warf ich einen Satz Schraubenschlüssel, ein langes, s-förmiges Metallteil, das ich nicht identifizieren konnte, und etwas, das wie ein Wagenheber aussah, auf den Weg. Dann erinnerte ich mich an ein wertvolles Detail aus einer E-Mail, die ich einmal erhalten hatte: *Falls Sie eine Reifenpanne haben, dann denken Sie daran, dass die Bedienungsanleitung im Handschuhfach auch Anweisungen enthält, wie man einen Wagenheber einsetzt.* Diese Information hatte sich inmitten einer Liste mit der Überschrift *Fünfundzwanzig Dinge, die Ihnen das Leben retten könnten* befunden. An die übrigen vierundzwanzig Dinge konnte ich mich nicht mehr erinnern, aber ich fand tatsächlich die Bedienungsanleitung im Handschuhfach. Sie enthielt wirklich Anweisungen, wie man den Wagenheber einsetzt, und auch, was man mit dem langen, s-förmigen Metallteil machte, das als *Wagenheberkurbel* bezeichnet wurde. Nachdem ich eine Weile gebraucht hatte, um die Anweisungen zu lesen, das Material zusammenzusuchen und den Ersatzreifen aus dem versteckten Fach im Kofferraum zu zerren, machte ich mich an die Arbeit.

Leider hatte jemand, der viel mehr Kraft besaß als ich, die riesigen Schrauben angezogen, die im Handbuch als *Radmuttern* bezeichnet wurden. So sehr ich mich auch bemühte – selbst als ich den Schraubenschlüssel auf eine der Muttern gesteckt hatte, mich an der Kurbel abstützte und mich gleichzeitig am Kofferraumdeckel festklammerte, konnte ich sie keinen Millimeter lösen. Da Schritt Eins lautete: *Lösen Sie die Radmuttern ein wenig,* war der nächste Schritt, *Aufstellen des Wagenhebers,* unmöglich und unerreichbar geworden. In der ganzen Zeit, seit ich hier festsaß, war kein einziges Fahrzeug mehr aufgetaucht. Irgendwie musste ich einen anderen Weg finden, um mich aus dieser Notlage zu befreien.

Ich suchte gerade hilflos die Straße in beiden Richtungen ab und versuchte, mir einen nächsten Schritt zu überlegen, als mein Handy summte. Ich raste zum Fahrersitz, ergriff es und meldete mich.

Megan war am anderen Ende. Ihre Stimme klang wie Engelsgesang in meinen Ohren. Wenn jemand alles in die Wege leiten konnte, um Hilfe zu schicken, war das meine liebe Schwester, die es meisterhaft beherrschte, dafür zu sorgen, dass immer alles seine Ordnung hatte.

Ich wusste nicht, ob Megan mich hörte oder nicht. „… allo? Andrea? … bist du? Bist du in der Nähe deines Hauses?"

„Megan? Ich bin hier! Ich bin hier! Kannst du mich hören?"

Megan sprach am anderen Ende der Leitung einfach weiter. „… zu, Andrea, ich hoffe, du hörst das. Du musst sofort von der Arbeit heimkommen. Dustin hat gerade angerufen. Er steckt in … Schwierigkeiten. Anscheinend hat die Seepatrouille sie erwischt, als sie den Scissortail hinaufklettern wollten. Sie bringen sie in den Laden unterhalb des Damms. Ins Waterbird. Dustin sagt, sie müssen dort bleiben, bis ein Erwachsener sie abholt … Ich bin dorthin unterwegs, aber ich war in Dallas, um die Papiere für die Hypothek abzugeben … eine Weile … ich dort bin. Ich rufe Mama und Papa an und schaue, ob … schon von Round Rock zurück sind. Dustin sagt, er … dich nicht am Handy erreichen. Er …"

Das Handy piepste und erstarb. Und ich stand mit pochendem

Herzen und einem Kloß im Hals neben dem Auto. Der Druck wurde immer größer, bis ich fast keine Luft mehr bekam und sich die Welt um mich herum drehte. Fetzen von Megans Worten wirbelten durch meinen Kopf wie Papierstückchen, die von einem Tornado erfasst wurden.

Dustin steckt in Schwierigkeiten …

Sie sind im Laden …

Sie müssen dort bleiben, bis ein Erwachsener sie abholt …

Ich rufe Mama und Papa an …

Mama und Papa …

Mama …

Papa …

Angst und Panik schnürten mir den Brustkorb zu und erdrückten mich fast. *Lauf, lauf einfach,* flüsterte eine Stimme in mein Ohr. *Lass das Auto stehen und lauf.*

Das war verrückt. Ich war kilometerweit vom nächsten Haus entfernt und zur nächsten Hauptstraße war es noch weiter. Ich müsste stundenlang gehen. Gleichzeitig befand sich mein Sohn, mein vierzehnjähriges Kind, in den Händen irgendeines Fremden an einem Ort, der mir zwar aus meinen Kindertagen am See bekannt war, der aber Dustin mehr oder weniger fremd war. Alles in Moses Lake war für ihn fremd. Das Strandhaus war jahrelang vermietet gewesen. Wir hatten das letzte Mal am See Urlaub gemacht, als er noch ganz klein gewesen war.

Dustin wusste überhaupt nichts von der Seepatrouille oder den Regeln auf dem Wasser oder davon, dass man nie wissen konnte, welchen Leuten man am See begegnete. Dustin kannte nur das Leben in unserer überschaubaren, sicheren Wohngegend in Houston, in seiner Privatschule und in unserer Kirchengemeinde gleich um die Ecke. Das alles war jetzt Lichtjahre entfernt. Houston, diese Wohngegend, die Gemeinde, dieses Leben, die Familie, die wir gewesen waren – all das könnte sich genauso gut auf der anderen Seite des Mondes befinden.

Er war auf dieses Leben genauso wenig vorbereitet wie ich.

Mama und Papa. Megan hat Mama und Papa angerufen …

Mir wurde übel. Egal, wie diese Sache ausging, meine Eltern würden im Strandhaus auftauchen. Dustins Fehltritt, was auch immer er angestellt hatte, würde die Büchse der Pandora öffnen und alles, was im Zuge der Scheidung nicht gesagt worden war, würde herausbrechen. Meine Eltern wollten genauso wenig wie Dustin und ich, dass wir in ihrem Strandhaus wohnten. Wir waren eine Unannehmlichkeit, eine Peinlichkeit, eine Last, ein ungeklärtes Chaos, das sie nicht in ihr sonst so geordnetes Leben und ihren Terminkalender einpassen konnten.

Egal, was heute passiert war – etwas, bei dem die Seepatrouille aufgetaucht war und das dazu geführt hatte, dass Dustin im Fischköder- und Lebensmittelladen am See festgehalten wurde –, es konnte nicht *so* schlimm sein. Aber meine Eltern würden darauf bestehen, dass wir darüber sprachen, bis wir die ganzen hässlichen Details hervorgekramt hätten. Sie würden diesen Vorfall als Vorboten auf das, was noch kommen würde, bezeichnen. Als Beweis, dass nicht nur mein eigenes Leben den Bach hinuntergegangen war, sondern dass ich auch noch meinen Sohn mit in die Tiefe gezogen hatte. Dustin war das unschuldige Opfer eines Vaters, dessen Moralvorstellungen nicht tiefer reichten als die oberste Humusschicht, und einer Mutter, die nicht stark genug gewesen war, um eine Familie zusammenzuhalten. Welche Hoffnung hatte er jetzt noch?

Ich malte mir aus, wie er in dem kleinen Laden an der Brücke saß, offenbar unter der Aufsicht der Seepatrouille. Plötzlich schoss mir ein anderer Gedanke durch den Kopf und drängte die Familienkonflikte in den Hintergrund.

Was machte Dustin draußen auf dem See, und mit wem war er dort gewesen? Da das Strandhaus so viele Jahre lang vermietet gewesen war, hatten wir keine Freunde mehr in dieser Gegend, und Dustin hatte eigentlich einen Stapel Lesestoff und ein Arbeitsbuch dabei, das er für den Englischunterricht nach den Ferien durchackern musste. Da wir keine sechs Wochen, bevor das neue Schuljahr anfing, in die Stadt gezogen waren, hatte er einiges nachzuholen. Er sollte eigentlich zu Hause sein und lesen und sich nicht mit irgendwelchen Fremden auf dem See herumtreiben.

Meine Kehle schnürte sich erneut zu – schmerzlich, kräftig – und der Julinachmittag erschien mir plötzlich noch heißer und schwüler, als er ohnehin schon war. Was, wenn dieser Vorfall tatsächlich ein Vorbote dafür war, dass noch viel mehr kommen würde? War das erst der Anfang einer Teenagerkarriere, die auf die schiefe Bahn geriet? Ich konnte nicht die ganze Zeit zu Hause sein und auf Dustin aufpassen und gleichzeitig arbeiten, um den Lebensunterhalt für uns beide zu verdienen, damit wir uns irgendwann wieder ein Haus leisten könnten. Unser eigenes Haus.

Aber was nützte schon eine Arbeitsstelle oder ein Haus oder irgendetwas anderes, wenn Dustin diese Veränderung in unserem Leben nicht heil überstand?

Meine Nasenschleimhaut brannte und vor meinen Augen verschwamm alles, als ich zum Kofferraum meines Autos lief, um irgendetwas zu suchen, mit dem ich die Radmuttern loshämmern konnte. Mein Kopf steckte so tief im Kofferraum, dass ich das Brummen eines näher kommenden Fahrzeugs erst hörte, als die Bremsen mit einem lauten Klagen quietschten. Ich fuhr hoch und das Herz schlug mir bis zum Hals, als eine Staubwolke über dem Hügel aufstieg und immer näher kam. Ich beugte mich wieder nach unten, packte das Radkreuz und bewaffnete mich damit, denn ich dachte an meine kurze Begegnung mit dem gruseligen Mann in dem grauen Ford. Die Motorhaube eines Pick-ups tauchte aus der Staubwolke auf. Ich kniff die Augen zusammen, um erkennen zu können, wer darin saß. Meine Hoffnungen stiegen, als ich ein Firmenfahrzeug mit Werkzeugkisten auf der Ladefläche ausmachte. Einen Moment später kam eine große Abschleppstange am hinteren Ende in Sicht. Ein Abschleppwagen! Ich lief auf die Straße und begann, wie wild zu winken.

Danke. Das Wort in meinem Kopf war nicht wirklich an jemanden gerichtet. Durch Glück, eine glückliche Fügung des Schicksals, ein einfaches Weiterleiten von Handysignalen war ich aus einer Situation gerettet worden, die sehr schlimm hätte enden können.

Ich stieß einen tiefen Seufzer der Erleichterung aus und hielt das Radkreuz hinter meinem Rücken, als der Wagen von *Rowdy Ray's Abschlepp- und Reifendienst* quietschend neben meinem Auto zum Stehen kam. „Sie haben bei Rowdy Ray angerufen?", fragte der Mann und spuckte kräftig aus dem Fenster auf der Fahrerseite, bevor er sich herüberbeugte, um über das Fenster auf der Beifahrerseite mit mir zu sprechen. „Sie waren wirklich nicht leicht zu finden, das muss ich Ihnen sagen. Was machen Sie eigentlich hier draußen in dieser abgelegenen Gegend? Haben Sie sich verfahren oder was?“

Kapitel 4

Nicht einmal ein Fisch käme in Schwierigkeiten,
wenn er den Mund halten würde.
Anonym
(von Burt Lacey zitiert, Stammgast im Waterbird
und pensionierter Schulrektor)

Mart McClendon

Es war keine Überraschung, dass die Gruppe, die ich am Scissortail aufgabelte und über den See zurückschleppte, größtenteils Jungen im Teenageralter waren. Sechs Jungen und ein Mädchen, das aussah, als bereute es bereits, dass es bei dieser Bootsfahrt mitgemacht hatte. Ich kannte das Mädchen, Cassandra. Ihre Mutter war Raumpflegerin in den Hütten im Eagle's Nest Resort, und ihr Vater erledigte Reparaturarbeiten in den Hütten und bei der Kanuvermietung gleich unterhalb der Lakeshore Community Church.

Cassandras Vater, Larry, war das letzte Elternteil, das ich anrief, aber er kam schnell wie der Wind, als er hörte, dass sein kleines Mädchen in Schwierigkeiten war. Larry stand da und lief vor Wut rot an wie ein Feuermelder, als er sich anhörte, wie ich um die Kurve zum Scissortail gebogen war und was ich dort gesehen hatte: zwei Holzköpfe in Badehosen, die die Felsen hinaufkletterten, während die Gruppe im Schnellboot, einschließlich Cassandra, sie von unten anfeuerte.

„Alle hatten richtig viel Spaß", erklärte ich Larry. „Und daran hätte sich auch nichts geändert, bis einer von ihnen im Krankenhaus gelandet wäre. Als sie mich kommen sahen, suchten sie eilig das Weite. Sie wollten über den See entkommen, aber sie gerieten in ein paar Langleinen neben den Big Boulders, und das Netz verhedderte sich mit dem Motor. Als ich bei ihnen ankam, waren sie schon ans Ufer geklettert. Sie wollten mir weismachen, es wäre nicht ihr Boot, sondern zwei Männer seien gerade damit ans Ufer gefahren, herausgesprungen und in den Wald gelaufen."

Larrys Augen wurden groß und blickten seine Tochter finster an. An dieser Stelle hätte ich ihm den Rest am liebsten verschwiegen, aber ich musste ihm alles erzählen. „Es waren auch zwei Zwölferpackungen Budweiser im Spiel. Zuerst wollten sie natürlich nicht zugeben, dass es ihr Bier war." Manchmal musste man richtig über die Geschichten lachen, die einem die Leute weismachen wollten, besonders Jugendliche. Eine solche Geschichte hätte meinen Brüdern und mir in unserer Kindheit auch einfallen können. Wir hätten wahrscheinlich das Gleiche getan wie diese Jugendlichen hier und versucht, völlig unschuldig auszusehen, während die Plastiktüten mit den Bierdosen langsam im Wasser versanken.

Meine Mutter hätte so ähnlich ausgesehen wie Larry jetzt, und ich wäre wahrscheinlich genauso benommen gewesen wie die arme Cassandra. Ihr Gesicht verriet nur allzu deutlich, dass sie überall anders sein wollte, nur nicht hier.

An einem Tisch an der Wand saß der Rädelsführer, ein großer, dürrer Junge. Er schüttelte die blond gebleichten Haare aus seinen Augen und ließ die Kinnlade nach unten fallen, als könnte er nicht glauben, dass ich den Eltern erzählen musste, dass Alkohol im Spiel war. Die anderen vier Jungen zogen die Köpfe ein, und Cassandra schaute ihren Vater und mich mit großen Augen an.

Ihr Vater hatte genug gehört. Er machte seiner Tochter klar, dass sie bis zum Rest ihres Lebens Hausarrest hätte. Dann folgte er ihr zur Tür hinaus und erklärte mir, dass er ein paar Kanufahrer abholen musste, bevor das Gewitter losbrach. Er käme später zurück und würde noch einmal mit mir sprechen.

Ich nahm mir eine Tasse von Sheilas Kaffee und schaute zu, wie sich dunkle Gewitterwolken im Osten aufbauten, während wir auf die übrigen Eltern warteten. Der Vater des Anführers erschien als Nächster. Der Mann ging tatsächlich zuerst zum Pier hinab und inspizierte das Boot, das sein eigenes zu sein schien, bevor er in den Laden kam. Als er endlich das Waterbird betrat, wartete sein Junge mit gespielten Tränen und einem Wortschwall von Ausreden auf.

Hauptsächlich wollte der Junge erreichen, dass diese Sache nichts daran ändern würde, dass er im übernächsten Monat seinen Führerschein bekäme. Anscheinend wartete ein neuer BMW auf ihn. Sein Vater war Anwalt und interessierte sich im Moment jedoch erst einmal mehr für die rechtliche Seite der ganzen Sache.

„Wurde fremdes Eigentum beschädigt? Gab es Verletzte?", fragte er und warf einen schnellen Blick durch den Raum auf die anderen Jugendlichen, die an den Tischen saßen. Zweifellos befürchtete er eine mögliche Anzeige.

„Durch das Boot wurde nichts beschädigt", antwortete ich. „Aber Ihr Sohn hat keinen Bootsführerschein. Es ist ihm also nicht erlaubt, Ihr Boot zu fahren. Dieses Boot ist kein Spielzeug, und der Scissortail ist kein Spielplatz. Wir hatten allein in diesem Jahr dort drüben sieben Verletzte durch Tauchunfälle, fünf zerstörte Boote und zwei Todesopfer."

Ich schaute die zwei an, die auf die Felsen geklettert waren: einen Jungen, der irgendein Symbol in seinen Kurzhaarschnitt rasiert hatte, und einen dunkelhaarigen Jungen, der gesagt hatte, dass er vierzehn sei, aber eher wie zwölf aussah. Der erste hieß Tyler, der zweite Dustin. Tyler lehnte sich auf seinem Stuhl zurück und warf mir einen finsteren Blick zu, so als wollte er fragen: *Was schaust du so, Mann?*

Wenn ich in seinem Alter einen Erwachsenen mit so unverhohlener Verachtung angeschaut hätte, hätte meine Mutter mir mit Sicherheit eine kräftige Ohrfeige verpasst. Wenn wir bei etwas Unerlaubtem erwischt worden waren, waren wir damals wenigstens so klug gewesen, uns vor den Folgen zu fürchten.

Der Anwaltsvater regte sich allerdings am meisten darüber auf, dass sein Sohn den Nerv besaß, ihn von seiner Arbeit wegzuholen. Es schien ihm wichtiger, seinem Sohn zu erklären, wie viel seine Zeit pro Stunde wert sei, als herauszufinden, *warum* sein Junge mit dem Boot eine Spritztour auf dem See unternommen hatte, oder *wo* die zwei Zwölferpackungen Budweiser hergekommen waren. Der Mann nickte zu allem, was ich sagte, als wollte er mich vorspulen, um diese Sache so schnell wie möglich hinter sich zu bringen. „Ich verstehe nicht, was diese Leinen … diese – wie sagten Sie? – Langleinen auf dem See verloren haben, wo Boote sich anscheinend so leicht in ihnen verheddern können."

„Lange Fangleinen sind auf dem See nicht verboten. Sie müssen vom Besitzer gekennzeichnet werden, und es besteht eine Begrenzung, wie viele Haken pro Leine und wie viele Haken pro Person insgesamt verwendet werden dürfen, aber das Ausbringen der Leinen an sich ist nicht verboten. Wenn man ein Boot verantwortungsbewusst steuert, ist man sich auch möglicher Hindernisse bewusst."

Ich unterließ es, ihm zu sagen, dass die Leinen, die sich in seinem Motor verheddert hatten, nicht markiert gewesen waren. Ich würde später versuchen, den alten Len Barnes zu erwischen, um ihm noch einmal klarzumachen, dass er seine Leinen richtig kennzeichnen musste. Das Problem war, dass Len nur die Hälfte von dem verstand, was man sagte, auch wenn man versuchte, langsam zu sprechen.

„Es wurde also niemand verletzt?" Der Anwalt würde jetzt sicher jeden Moment eine eidesstattliche Erklärung herausziehen und von mir verlangen, sie zu unterschreiben. „Niemand kam zu Schaden?"

„Die Jugendlichen hatten Glück", sagte ich. Dann ließ ich ihn wissen, dass ich bereit war, mich auf einen Deal einzulassen. Meine Vorgehensweise bei jugendlichen Gesetzesübertretern sah im Allgemeinen so aus, dass ich lieber mit den Eltern zusammenarbeitete, als das Kind zu bestrafen. Sobald ich nämlich eine Anzeige wegen Alkoholbesitzes bei Minderjährigen schriebe, ginge die ganze Sache zum Jugendgericht.

„Max hat sich des gesetzeswidrigen Steuerns eines Bootes, der Widersetzung bei der Verhaftung und des Alkoholbesitzes bei Minderjährigen strafbar gemacht. Morgen in zwei Wochen beginnt ein Wassersicherheitskurs des Pionierkorps. Melden Sie ihn dort an, dann muss er kein Bußgeld zahlen."

Die Kinnlade des Jungen fiel nach unten, als könnte er nicht glauben, was hier mit ihm geschah. „Nächste Woche beginnt das Footballcamp." Er schaute mich mit einem Blick an, der sagte: *Vergiss es, Mann. Mein Vater ist jetzt da. Du kannst mir überhaupt nichts anhaben.*

Ich reichte seinem Vater einfach meine Karte und eine Broschüre über den Kurs und sagte: „Denken Sie darüber nach und geben Sie mir morgen bis siebzehn Uhr Bescheid."

„Wir haben überhaupt *nichts* getan", nörgelte der Junge. „Ich kann dieses dumme Boot fahren. In zwei Monaten habe ich sowieso meinen Führerschein. Es ist doch total unwichtig, dass ich den Bootsführerschein noch nicht gemacht habe."

Sein Vater schaute ihn verwirrt an, als könnte er nicht verstehen, warum dieses Kind, dem er so viele nette Spielsachen gekauft hatte, zu einem kleinen Tyrannen geworden war. „Geh zum Auto."

Während sein Vater damit beschäftigt war, meine Karte und die Broschüre einzustecken, warf Max seinen Freunden ein triumphierendes Grinsen zu und schlenderte sorglos zur Tür.

Pop Dorsey schlug mit der Hand auf die Theke. „Mein Junge, du solltest deinem Vater etwas mehr Respekt entgegenbringen! Sonst gerätst du irgendwann in noch viel größere Schwierigkeiten." Bis zu diesem Moment hatte Pop geschwiegen und sich aus der ganzen Sache herausgehalten.

„Papa …", flüsterte Sheila erschrocken. Sie warf mir einen entschuldigenden Blick zu.

Ich schüttelte nur den Kopf und schaute Max nach. Wenn ich Kinder wie ihn sah, war ich froh, dass ich keine eigenen Kinder hatte.

Die übrigen Eltern tauchten nacheinander auf, und die Ausreden, die Entschuldigungen, das Betteln, die neunmalklugen Blicke und der Vorschlag mit dem Wassersicherheitskurs wiederholten sich. Als ich schließlich beim letzten Kind ankam – Dustin, der Dürre in der Ecke –, hatte ich meine diplomatischen Fähigkeiten mehr oder weniger erschöpft. Der Umgang mit anderen Menschen war der schlimmste Teil meiner Arbeit. Draußen im Big-Bend-Land konnte man den ganzen Tag unterwegs sein und sah keine einzige Menschenseele. Wenn Jagdsaison war, hatten wir ein paar Jäger, und im Winter ein paar Schneebegeisterte oder Familien, die Urlaub machten, und ein paar Wanderer in den Bergen, aber meistens ging es bei der Arbeit um dich, die wild lebenden Tiere, die Rancher und viel freies Land.

Aber es gab Schlimmeres, als den ganzen Tag mit Menschen zu tun zu haben. Zum Beispiel, mit den eigenen Untiefen konfrontiert zu werden. Es ist leider wahr, dass es leichter ist, die Probleme fremder Menschen zu lösen als seine eigenen.

Dustin sah aus, als wollte er mit niemandem zu tun haben. Er drückte sich so weit in die Ecke des hintersten Tisches, dass zwischen ihm und der Wand kein Zentimeter Luft mehr war. Wie ein Blumenstock, der zu lange in der Sonne gestanden hatte, hing er über dem Tisch. Pop Dorsey rollte zu ihm hinüber und fragte ihn, ob er etwas zu trinken wolle. Der Junge schüttelte nur den Kopf, beugte sich noch tiefer und spielte mit einem Kratzer in der Tischplatte. Da er seit fast zwei Stunden hier saß und wartete, dass ein Erwachsener auftauchte und ihn abholte, musste er Durst haben.

„Bist du sicher, dass dich jemand abholt?", fragte ich. Ich hatte daneben gestanden, als jeder der Jugendlichen seine Mutter oder seinen Vater angerufen hatte, um sich abholen zu lassen. Dustin musste zwei oder drei Versuche starten, bis er jemanden erreichte. Dann musste er betteln, dass er abgeholt werden würde. Es sah ganz so aus, als wären seine Mutter und sein Vater zu beschäftigt, um Zeit für ihn zu haben.

Der Junge nickte. „Meine Tante Megan kommt." Er legte die Arme auf den Tisch und stützte die Stirn auf seine Fäuste. „Glaube ich." Die letzten zwei Wörter murmelte er in die Tischplatte hinein. Pop Dorsey schaute ihn mitfühlend an und schüttelte stirnrunzelnd den Kopf.

„Ich lasse dich erst gehen, wenn jemand kommt und dich abholt." Mir kam der Gedanke, dass Dustin den Telefonanruf nur gespielt haben könnte. Vielleicht dachte er, wenn er lang genug durchhielt, würde ich aufgeben und ihn ungestraft davonkommen lassen. Dann könnte er nach Hause gehen und so tun, als wäre es ein völlig normaler Tag am See gewesen. *Hey, Mama, was gibt es zum Abendessen?*

„Ich weiß", murmelte er.

Ich beobachtete ihn noch eine Minute. Er sah nicht so aus, als interessierte es ihn, ob ihn jemand abholte oder nicht. „Ich habe deinen Namen und deine Adresse." Ich trat einen Schritt näher und überlegte, ob es nicht das Leichteste wäre, ihn nach Hause zu bringen und mit der Mutter oder dem Vater zu sprechen. „Komm, ich fahre dich nach Hause, dann geht es schneller, mein Junge." Die Adresse, die er mir genannt hatte, lag in einer geschützten, wohlhabenden Wohngegend in der Larkspur Cove, die es fast schon so lange gab, wie der See für die Öffentlichkeit zugänglich war. Damals war Larkspur Estates die begehrteste Wohngegend gewesen. Die Grundstücke waren alt und groß, die Häuser standen hoch oben mit einem Blick über die ganze Gegend und langen Fußwegen zu den privaten Bootshäusern. Als wir Kinder gewesen waren, waren wir in unserem Boot in die Bucht hinübergerudert, hatten uns am Ufer entlangtreiben lassen, die reichen Mädchen angeschaut und uns gewünscht, sie würden unsere Blicke erwidern.

„Es ist niemand zu Hause." Der Junge hob den Kopf und warf ihn dann wie einen Ball zurück auf seine Fäuste. Immer wieder. Das musste wehtun.

„Dann warten wir eben hier."

Seine Schultern hoben sich, dann sackten sie wieder nach unten. Er schüttelte den Kopf, wobei er das Gesicht aber immer noch auf seine Fäuste gepresst hielt. „Ich kann m … Mutter … sagen … Kurs …" Die Tischplatte verstand ihn wahrscheinlich sehr gut, aber ich konnte nur ein oder zwei Wörter ausmachen. Selbst in meiner schlimmsten Zeit als Jugendlicher hätte ich, während ich mit einem Erwachsenen sprach, nicht wie ein Kindergartenkind herumgelümmelt. Meine Mutter hatte mich besser erzogen. Das Problem war, dass viele Kinder heutzutage überhaupt nicht mehr erzogen wurden. Sie lernten nicht einmal mehr die einfachsten Dinge, beispielsweise wie man sich richtig hinsetzt, jemandem in die Augen schaut und sich wie ein Mann seinen Problemen stellt. *Wenn du groß genug bist, auf einen Baum zu klettern, bist du auch groß genug, einen Sturz einzustecken,* hatte mein Vater immer gesagt. Ausprobieren und auf die Nase fallen waren die einzigen zwei Erziehungsmethoden gewesen, denen er vertraut hatte. *Wenn du ein paar Mal auf die Nase gefallen bist, lernst du es.*

Dustin sah aus, als hätte er nicht die geringste Ahnung davon, was es heißt, auf die Nase zu fallen und wieder aufzustehen. Seine Arme waren ungefähr so dick wie Bleistifte, und seine Haut war an den Stellen, an denen sie aus dem T-Shirt herausschaute, von der Sonne knallrot. Er hatte auf dem Scissortail genauso wenig verloren wie ich in einem Nussknacker-Ballett. Nur durch Computerspiele lernte man nicht, wie hoch die Geschwindigkeit ist und wie tief ein Körper ins Wasser einsinkt, wenn man vom Scissortail springt.

„Junge, wenn du mir etwas sagen willst, schaust du mich an wie ein Mann. Wenn nicht, bleib einfach ruhig sitzen und sei still." Ich blätterte in meinem Notizbuch und begann, die Berichte für diesen Tag zu schreiben. Es hatte keinen Sinn, die ganze Papierarbeit mit nach Hause zu nehmen. Andererseits würde ich wahrscheinlich erst nach Hause gehen, wenn es sich ohnehin nicht länger hinausschieben ließe. Denn dort war es zu ruhig. Ich würde mich noch ein wenig am See aufhalten und schauen, ob ich Len dabei erwischen konnte, wie er ungekennzeichnete Angelleinen auslegte oder außerhalb der Jagdsaison ein Reh schoss.

Es war immer das gleiche Spiel: Ich musste die Leute erwischen, die dachten, wenn man bei etwas nicht erwischt werde, sei es nicht falsch. Aber bis jetzt hatte ich es einfach nicht übers Herz gebracht, Len zu sehr nachzustellen. Er wäre leicht zu fangen. Man musste Len nur einmal begegnet sein, um zu wissen, dass er geistig etwas minderbemittelt war. Falls er einen Jagdschein besaß, konnte er wahrscheinlich das dazugehörige Buch nicht lesen. Man musste mit den Leuten, die wilderten, um etwas zu essen zu haben, fast ein wenig Mitleid haben. Len zu erwischen wäre bestimmt nicht lustig …

Vielleicht sollte ich lieber Pop Dorseys Mückengittertür aushängen, sie mit nach Hause nehmen, ein paar Verstrebungen in die Ecken setzen und ein neues Schloss einbauen. Das Ding bewegte sich wieder draußen im Wind und schaukelte zwischen dem Türrahmen und der Wand hin und her und erzeugte ein ständig wiederkehrendes Geräusch, das mich wahnsinnig machen würde, wenn ich es den ganzen Tag mit anhören müsste. Doch Sheila und Dorsey schienen es nicht einmal zu bemerken.

Dustin hob immer noch den Kopf und ließ ihn wieder auf seine Fäuste fallen, sodass der Tisch knarrend wackelte, weil an zwei Beinen die Metallkappen fehlten und sie ungefähr einen Zentimeter kürzer waren als die anderen beiden. Ein lästiger, lauter Zentimeter.

Sheila, die gerade den Speisewärmer im Café putzte, blickte auf und sah, dass ich den Blick über den See schweifen ließ. „Mart, siehst du drüben bei den Big Boulders irgendetwas Ungewöhnliches, wenn du dich dort aufhältst? Irgendwelche seltsamen Spuren oder so etwas? Burt und Nester werden das wissen wollen, wenn sie kommen, um Domino zu spielen. Sie diskutieren immer noch darüber, was sie heute da drüben gesehen haben."

„Ich hatte noch keine Zeit nachzusehen. Ich musste schließlich diese Chaoten hier einfangen." Ich deutete mit dem Daumen auf den einzig noch verbliebenen Jungen der Bande. Sein Bein klopfte jetzt in einem bestimmten Rhythmus gegen den Stuhl, der im Takt zum Klappern des Tisches quietschte. Wenn nicht bald jemand Dustin abholte, müsste ich ihn festbinden.

Glücklicherweise traf ein Anruf vom Sheriffbüro ein, bevor der Junge mich noch ganz in den Wahnsinn treiben konnte. Bei einer Straßenkontrolle hatte ein Hilfssheriff zwei Männer aufgegriffen, die lebende Alligatoren in einem Lieferwagen transportierten. Jeder der zwei Männer erzählte eine andere Version, woher die Alligatoren kämen. Das Ganze hörte sich wie eine haarsträubende Idee an, die Leuten nach ein paar Tagen im Wald und zu vielen Sixpacks genial erscheinen mochte.

Ich fragte, wie groß die Alligatoren wären. Der Hilfssheriff fauchte: „Woher soll ich das wissen? Groß. Ziemlich groß. Ich gehe bestimmt nicht in diesen Wagen hinein und messe sie. Diese Kerle können von Glück sagen, dass sie noch alle Hände und Füße haben. Wenn sie wieder ein wenig nüchtern sind, begreifen sie das wahrscheinlich auch." Wie üblich wollte der Hilfssheriff die ganze Angelegenheit nur so schnell wie möglich loswerden, was für die Hilfssheriffs in diesem Bezirk typisch war. Es sah so aus, als würde mein Tag jetzt noch richtig interessant werden.

Ich legte auf und dachte: *Was soll ich jetzt mit diesem Jungen machen?* Er hatte sich aufgesetzt, den Kopf in meine Richtung gedreht und hörte unserem Gespräch über die Alligatoren zu. Ungefähr eine halbe Sekunde lang wirkte er interessiert, aber sobald ich mich zu ihm umdrehte, lümmelte er sich wieder auf seinen Stuhl, da ihm anscheinend eingefallen war, dass wir beide ja keine Freunde waren.

„Mein Junge, ich lasse dich hier bei Pop Dorsey und Sheila, bis deine Tante kommt und dich abholt. Du bleibst so lange hier sitzen. Hast du mich verstanden?"

„Ja, Sir", murmelte er und schaute wieder auf die Tischplatte hinab. Jetzt, da seine Freunde fort waren, hatte er einen Teil seiner Teenageraufmüpfigkeit abgelegt. Das war bei den meisten so. Wenn ihre Freunde weg waren, waren sie einfach verängstigte kleine Kinder in Körpern, in die sie erst noch hineinwachsen mussten.

„Schau mich an, wenn ich mit dir rede, Junge."

Er richtete unsicher seine blutunterlaufenen, braunen Augen auf mich und spielte nervös mit den Händen.

„Ich sage dir das Gleiche, was ich deinen Freunden gesagt habe. Ich weiß nicht, was ihr noch vorhattet, aber ihr könnt von Glück sagen, dass ich euch erwischt habe, *bevor* ihr das Bier getrunken habt und wahrscheinlich etwas wirklich Dummes angestellt hättet."

Er nickte, gab aber keine Antwort. Es war schwer zu sagen, ob er Angst hatte oder nicht. Der Junge sah aus, als wäre ihm alles völlig gleichgültig, selbst wenn ich ihn vor den Pick-up geworfen und überfahren hätte.

„Du kannst heimgehen, sobald deine Tante kommt." In diesem Punkt ließ ich ihm keine andere Wahl. Bis ich in der Angelegenheit mit den Alligatoren ans andere Ende des Bezirks gefahren wäre, die Papiere für die Anklage ausgefüllt und mich um die Versorgung der Alligatoren gekümmert hätte, wäre es mitten in der Nacht. „Ist deine Mutter oder dein Vater morgen früh zu Hause?"

„Meine Mutter. Meine Eltern sind geschieden."

„Du sagst ihr, dass ich um Viertel nach sieben komme und mit ihr sprechen will. Sorge dafür, dass sie zu Hause ist." Ich war gespannt, was für eine Mutter dieser Junge hatte.

„Okay." Er lümmelte sich über den Tisch, verschränkte die Arme und rutschte langsam wieder in Richtung Tischplatte. In mir regte sich ein Anflug von Mitleid mit dem Jungen, aber mit Mitleid würde ich ihm nicht helfen. Was er brauchte, war eine Lektion, die ihn davon abhalten würde, so etwas Dummes ein zweites Mal zu machen.

Kapitel 5

Nach den Stürmen des Lebens kommen die Regenbogen.
Anonym
(von Pop Dorsey zitiert, dem Eigentümer des Fischköder- und Lebensmittelladens Waterbird)

Andrea Henderson

Als ich mit dem Ersatzreifen, den Rowdy Ray bei Gewitter während eines wolkenbruchartigen Regengusses an mein Auto montiert hatte, nach Larkspur Estates zurückfuhr, war ich durchnässt, schmutzig und ganz benommen. Rowdy Ray war so freundlich gewesen, Megan eine SMS zu schicken, um ihr mitzuteilen, dass mir nichts passiert sei, aber als ich in unser Wohnviertel einbog, eilten meine Gedanken bereits weit voraus. Sie befanden sich schon hinter dem Park und den Tennisplätzen, hinter der privaten Bootsanlegestelle auf der Rückseite von Sunrise Loop, wo der Highline Way auf einer Landzunge ins Wasser ragte. Er war von würdevollen alten Strandhäusern gesäumt, umgeben von Zedern, Eichen und Kreppmyrten, die schon so lange hier standen, dass sie dicke, knorrige Baumstämme ausgebildet hatten.

In meiner Kindheit hatte ein Ausflug zum Strandhaus immer Freiheit bedeutet – Freiheit von der anspruchsvollen Privatschule in Dallas und einem Terminkalender, der mit Gemeindeaktivitäten, gesellschaftlichen Terminen, Klavierstunden, Ballettstunden, Mutter-Tochter-Essen im Damenclub, Buchbesprechungen und anderen Aktivitäten vollgepackt gewesen war. Megan und mir hatte immer vor diesen verpflichtenden, sterbenslangweiligen Veranstaltungen gegraut. Das Strandhaus war eigentlich immer ein Ort gewesen, an dem es mir gelungen war, diesen Dingen zu entfliehen und die Zwangsjacke wenigstens für einen Augenblick abzuschütteln.

Als Dustin klein gewesen war, hatten wir hier schöne Familienurlaube verbracht. Doch nachdem Karl und ich nach Houston gezogen waren, war das Strandhaus in die fähigen Hände einer Immobilienagentur gelegt worden, bis Megan ihre Zwillinge bekommen hatte und meine Eltern ihr Ferienhaus wieder für die Familienurlaube zur Verfügung stellten. Dustin und ich hatten Glück, dass es gerade frei war, als wir es brauchten. Das Strandhaus war ein ruhiger und guter Ort, um Verletzungen heilen zu lassen – abgesehen von dem Stress, dass ich hier ständig dem strengen Auge meiner Eltern ausgesetzt war.

Als ich mich der Einfahrt näherte und mich schon seelisch auf ihre Bemerkungen zu meinem heutigen Fiasko einstellte, wurde ich plötzlich von einer angenehmen Überraschung aus meinen trüben Gedanken gerissen. Nebenan hatten zwei kleine, blondhaarige Mädchen – die Enkelkinder der Nachbarn, vermutete ich – einen Limonadenstand aufgestellt, wie Megan und ich das in der Vergangenheit vielleicht auch getan hätten. Auf ihrem Schild stand: *Ansleys und Sydneys Limonadenfabik,* ohne *r*. Sie winkten mir hoffnungsvoll zu, als ich näher kam, runzelten dann aber die Stirn und wichen zurück, als sie sahen, in welche Einfahrt ich einbog. Kurz nachdem Mr und Mrs Blue letztes Jahr das Grundstück nebenan gekauft hatten, hatte meine Mutter einen Streit um Grundstücksgrenzen und Hecken vom Zaun gebrochen. Die Blues machten jetzt einen weiten Bogen um uns, genauso wie auch alle anderen Nachbarn. Sydney und Ansley schauten wie faszinierte Beobachter bei der Landung eines Aliens zu, als ich das Auto hinter dem meines Vaters abstellte, meine Sachen nahm und ins Haus ging.

Im Haus saßen meine Eltern und Megan auf einer Seite des Küchentisches aufgereiht wie Hühner auf einer Stange. Die Überraschung angesichts meines durchnässten Zustands und meiner schmutzigen Kleidung war ihnen deutlich anzusehen. Nachdem ich mich entschuldigt und versucht hatte, die Reifenpanne wie eine unbedeutende Nebensache klingen zu lassen – es hätte keinen Sinn, noch mehr Wasser auf ihre Mühlen zu schütten –, verschwand ich im Zimmer nebenan. Ich schlüpfte in einen warmen Hausanzug und nutzte die Zeit, um mich etwas zu fangen, bevor ich wieder ins Esszimmer zurückkehrte.

Das Gespräch lief nach unserem üblichen Familienschema ab: Papa schwieg stoisch, Mama hingegen war ganz aufgeregt. Sie hatte sich für irgendeine Damenveranstaltung gekleidet, wie ich aus dem sorgfältig gebügelten, aquamarinfarbenen Blazer und der passenden Hose schloss, die ihre blauen Augen und ihre kastanienbraunen Haare angenehm betonten. Megan, die dritte im Bunde und ein jüngeres, freundlicheres, sanfteres Abbild meiner Mutter, versuchte, die Wogen zu glätten. Sie war fest entschlossen, dafür zu sorgen, dass niemand lange traurig blieb. Dustin saß auf einem Barhocker in der Ecke und hatte den Kopf und die Schultern an die Wand gelehnt. Seine braunen Augen blickten distanziert, kühl und abweisend.

Während die Diskussion um die Ereignisse dieses Tages sich wie Fleisch in einem Fleischwolf wand, konzentrierte Dustin sich hauptsächlich auf das Fenster. Schließlich murmelte er, dass es ihm leidtue, dass er allen den Abend verdorben habe. „Es war ein Fehler. Sie kamen vorbei und fragten, ob ich mitfahren will. Ich wusste nicht, dass sie es eigentlich nicht fahren durften. Das Boot, meine ich.“ Sein Blick wanderte unsicher zu mir, dann schaute er mich direkt an, als fiele ihm gerade ein, dass eine Geschichte weniger glaubwürdig klingt, wenn man den Blick abwendet. Wahrscheinlich hatte er das aus den Auseinandersetzungen zwischen seinem Vater und mir gelernt.

Ich sehe doch, dass du mich anlügst, Karl. Du schaust mich nicht einmal an. Warum siehst du mir nicht in die Augen und versuchst, mir zu sagen, dass das nur ein einziges Mal vorgekommen ist, dass du dich nicht schon seit Monaten mit ihr triffst, vielleicht sogar schon seit Jahren? Sag mir, dass du nichts mit ihrer Scheidung zu tun hattest. Warum sagst du das nicht? Warum versuchst du nicht, mich zu überzeugen, damit ich dir glauben kann?

Um Himmels willen, Karl. Du wusstest, dass sie und Charles Probleme haben. Wie konntest du das tun? Hast du zugelassen, dass sie Sachen für ihre Wohnung auf Kosten des Colleges gekauft hat? Kann sie sich deshalb diese Wohnung leisten? Die ganzen schönen Möbel?

Dustin hätte dieses Gespräch nie hören sollen. Er hätte nicht mitkriegen dürfen, wie sein Vater versuchte, sich mit Lügen aus der

Affäre zu ziehen, mich anflehte, die Wahrheit nicht öffentlich zu machen, mir erklärte, dass das Leben, so wie wir es kannten, vorbei sei. Am College lief bereits eine Untersuchung der Buchhaltung …

In letzter Zeit versuchte Dustin anscheinend, die falsche Ehrlichkeit seines Vaters zu kopieren. Diese Veränderung brach mir fast das Herz. Vor allem, weil sie in einem Vierzehnjährigen vorging, der immer das perfekte Kind gewesen war, der seine Zeit an Orten verbracht hatte, die gut für ihn waren: Fußballtraining, Gitarrenunterricht, mittwochs Jugendgruppe, Proben der Lobpreisgruppe, ein paar ehrenamtliche Projekte der Schule oder Kirche.

„Ich habe versucht, dich auf deinem Handy anzurufen, aber ich habe dich nicht erreicht", sagte er.

Mutter schob das Kinn vor und schaute mich stirnrunzelnd an. Ihr Gesichtsausdruck besagte, dass sie mir die Schuld für Dustins Fehlverhalten anlastete. „Ich habe dir *gesagt,* dass diese … diese Arbeit, bei der du ständig unterwegs bist, nicht das Richtige ist. Um Himmels willen, Andrea, was soll Dustin denn machen, wenn Probleme auftauchen und du bist wer weiß wo bei irgendeinem … bei irgendeinem *Hausbesuch*? Die Hälfte der Strandhäuser hier in Larkspur Cove ist unter der Woche unbewohnt. Dustin kann nicht einmal jemanden um Hilfe bitten, wenn ein Notfall eintritt." Mutter erwähnte natürlich nicht, dass die mangelnde nachbarschaftliche Hilfe allein ihre Schuld war. Beschwerden und Anzeigen wegen Mülltonnen am Straßenrand, Büschen, die nicht mindestens bis fünfzehn Zentimeter unterhalb der Fenster zurückgeschnitten waren, zu lauten Festen am See und Booten, die zu schnell in die Bucht fuhren, sorgten nicht gerade für gute nachbarschaftliche Beziehungen.

Ich hätte auf Mutters Frage gerne erwidert: *Sag mir, was ich sonst tun soll. Ich muss arbeiten. Ich muss unseren Lebensunterhalt verdienen.* Stattdessen konzentrierte ich mich lieber auf das Thema, um das es im Moment wirklich ging. Dustin. „Dustin wusste, dass er nirgendwohin gehen sollte, und dass er ganz gewiss nicht in einem Boot mit Jugendlichen wegfahren durfte, die ich noch nie gesehen habe." Ich konzentrierte meine Aufmerksamkeit wieder auf Dustin und wünschte, alle würden das Haus verlassen, damit ich der Sache, die heute passiert war, auf den Grund gehen konnte.

„Es war keine große Sache", warf Dustin ein. „Ich dachte, das wäre in Ordnung." Seine Augen wurden wieder trüb, als wüsste er, wie das Gespräch weitergehen würde. Als Nächstes käme wieder die Diskussion, warum ich die Stelle in der Familientherapie angenommen hatte, statt in der Bank meines Schwagers zu arbeiten. Irgendwie konnten wir in unserer Familie anscheinend nichts anderes tun, als alte Familienmuster zu wiederholen, dieselben Gesprächsthemen immer wieder durchzukauen, bis sie wie zu lange gekauter Kaugummi geschmacklos und fade waren.

Wie gewöhnlich endete das Familientreffen, nachdem wir alle üblichen Themen aufgewärmt hatten.

Durch das Fenster im Flur betrachtete mein Vater die Autos in der Einfahrt und verkündete, dass er mein Auto mitnehmen und mir seines hierlassen würde. „Du kannst nicht ohne Ersatzreifen in den Bergen herumfahren. Wenn ich das Auto schon habe, lasse ich auch gleich alle Reifen überprüfen." Er reichte mir seine Autoschlüssel und ich gab ihm meine. Es hatte keinen Sinn, eigensinnig auf meine Selbständigkeit zu pochen. Ich musste morgen zur Arbeit fahren, und ich hatte keine Ahnung, wo man hier einen Reifen reparieren lassen konnte.

Als Mutter und Vater aus der Einfahrt hinausfuhren, stand Megan mit mir an der Tür. Sie entschuldigte sich, dass sie meine Eltern angerufen hatte. „Ich bin einfach zu Tode erschrocken, als Dustin anrief. Ich wusste, dass ich ewig brauchen würde, bis ich von Dallas hier wäre." Sie beugte sich nahe zu mir herüber, damit Dustin uns nicht hören würde. Er rutschte in der Küche gerade müde von seinem Barhocker, untersuchte den Sonnenbrand auf seiner Schulter und sog scharf die Luft ein, als er ihn berührte. „Ich dachte, Mama und Papa wären schneller hier als ich. Wenn ich gewusst hätte, dass sie noch auf dem Rückweg von Round Rock waren, hätte ich sie nie angerufen. Als ich dann hier war, rief ich sie nochmal zurück, um ihnen zu sagen, dass sie nicht zu kommen bräuchten. Aber sie kamen natürlich trotzdem. Ich hatte nicht die Absicht, wieder ein großes, unerfreuliches Familientreffen auszulösen."

„Ich weiß", sagte ich, aber Meg sah immer noch besorgt aus, so als fürchtete sie, ich würde ihr nicht glauben. Ein starker Konkurrenzkampf unter Geschwistern in der Kindheit und Jugend hinterlässt auch Jahre später noch seine Spuren. „Danke, dass du ihn abgeholt hast, Meg. Es tut mir leid, dass das alles passiert ist. Ich verstehe wirklich nicht, was Dustin sich dabei gedacht hat." Nach fast einer Stunde Familiendiskussion war ich immer noch verwirrt. „Hast du herausgefunden, was er eigentlich genau angestellt hat?"

Meg hob ihre schlanken Schultern und ließ sie dann wieder fallen. „Soweit ich Dustin verstanden habe, hat einer der Jugendlichen ohne Erlaubnis das Boot seiner Eltern genommen, um eine Spritztour auf dem See zu machen. Sie wurden erwischt, als sie am Scissortail hinaufklettern wollten. Als ich zum Waterbird kam, war die Verkäuferin mit einem Bus voller Touristen beschäftigt und Dustin saß allein an einem Tisch in der Ecke. Er hat der Frau hinter der Theke nur gesagt, dass er jetzt gehe, und wir sind gegangen. Er sagte, die ganze Sache sei von irgendeinem Ranger, der nur seine Macht ausspielen wollte, unnötig aufgebauscht worden."

Sie unterstrich diesen Satz mit einem hilflosen Blick. Meg hatte keine Erfahrung mit Jugendlichen. Ihre Zwillinge, die noch zu klein waren, um sprechen zu können, waren zweifellos zu Hause in Cleburne bei Megs Schwiegermutter. Sie bewunderte Meg nicht nur, sondern betreute auch zweimal in der Woche ihre Enkelkinder den ganzen Tag, während Meg in Oswaldos Bank arbeitete. Genauso wie alles andere an meiner jüngeren Schwester waren ihre Beziehungen zu ihrer Verwandtschaft perfekt.

Ich umarmte sie, dankte ihr und versuchte, meine Schuldgefühle zu verdrängen, weil ich insgeheim manchmal eine Abneigung gegen sie hegte. Elend liebt Gesellschaft, aber meine kleine Schwester war keine passende Gesellschaft für mich. Das war sie noch nie gewesen. Dazu war sie einfach zu gut in allen Bereichen des Lebens. Früher war sie das zierliche Kind mit den blauen Augen und den goldenen Haaren gewesen – ich dagegen hatte die gekräuselten, braunen Haare, die braunen Augen und das eckige Kinn meines Vaters geerbt. In ihrer Jugend hatten sich viele nach Meg mit ihrem strahlenden Lächeln und ihren kastanienbraunen, rötlich schimmernden Locken umgedreht. Sie war Cheerleaderin bei Footballspielen, trug die süße, kleine Uniform mit dem Faltenrock und verdrehte allen Jungen den Kopf. Jungen haben kein großes Interesse an schlaksigen, flachbrüstigen Klarinettenspielerinnen, egal wie gut die Band auf der Tribüne auch spielen mag.

Ich begleitete sie zur Tür und stand dann auf dem Weg zwischen Mutters vogelfreundlichen Pflanzen und ihren Futterkästen. Zu den besten Dingen an unseren Sommertagen am See hatten immer die Vögel gezählt. Mutter liebte sie. Sie wusste alles über sie, und da sie eine Art Amateurfotografin war, liebte sie es auch, sie zu fotografieren. Das Innere des Strandhauses war mit Vogelsachen dekoriert: Mutters Fotos, leere Vogelnester, die sie von Bäumen geholt hatte, zarte, bunte Federn, die sorgfältig in Bilderrahmen gepresst worden waren, winzige Eier, die die Größe einer Fingerspitze hatten. Mutter hatte sie aus dem Gras gerettet, in mühsamer Kleinarbeit getrocknet und lackiert, um sie haltbar zu machen.

Ihre Liebe zu Vögeln war ein Beweis, dass Mutter trotz allem eine zarte Seite hatte. Abgesehen davon gab es durch die gefiederten Freunde immer ein Gesprächsthema zwischen uns. Mutter kannte die unglaubliche Vielzahl an Vögeln, die über dem Moses Lake kreisten, beim Namen. Unsere besten Momente miteinander hatten wir erlebt, wenn wir mit Fernglas und Vogelhandbuch durch den Wald gegangen waren. Zu solchen Ausflügen hatte Mutter mich immer lieber mitgenommen als Megan. Ich sei leiser, hatte sie gesagt.

Als Megan in ihren Lexus stieg und davonfuhr, glänzte ihre Junior-League-Plakette in der Sonne – Zeichen ihrer Zugehörigkeit zu einer angesehenen, karitativen Frauenorganisation. In mir hingegen stieg ein Gefühl der Einsamkeit, Traurigkeit und Hilflosigkeit auf. Ich war klug genug, mich diesem Gefühl nicht gleich draußen auf dem Gehweg hinzugeben. Jetzt war nicht der richtige Zeitpunkt für einen emotionalen Zusammenbruch. Ich musste immer noch mit Dustin sprechen und herausfinden, was wirklich passiert war. Ich wollte begreifen, was in seinem Kopf vor sich ging, wenn er beschloss, ohne Erlaubnis das Haus zu verlassen und mit einer Gruppe Jugendlicher wegzufahren, die er offenbar gerade erst kennengelernt hatte.

Aber ehrlich gesagt wollte ich im Moment gar nicht Therapeutin oder alleinerziehende Mutter sein. Ich war hundemüde und sowohl körperlich als auch psychisch völlig erschöpft. Ich wollte das Problem an jemand anderen abgeben und sagen: *Ich habe mich das letzte Mal darum gekümmert. Jetzt bist du dran* – so, wie ich es früher hatte machen können.

Aber jetzt war nur noch eine Hälfte da. Die Hälfte eines Elternteams. Die Hälfte einer Familie, die versuchte, wieder ein neues Ganzes zu bilden.

Als ich ins Haus zurückkehrte, fand ich das Wohnzimmer leer vor. Ich hörte durch die Badezimmertür, dass die Dusche lief. Ich klopfte, aber Dustin konnte mich entweder nicht hören oder er antwortete einfach nicht. Die Tür war natürlich abgeschlossen. Obwohl ich kurz davorstand, sie aufzubrechen, blieb mir kaum eine andere Wahl, als die Badezimmertür im Auge zu behalten und zu warten. Ich nutzte die Zeit, um eine E-Mail in die Praxis zu schicken und der Sekretärin Bonnie Bescheid zu geben, dass sie neue Termine für die Hausbesuche, die ich heute versäumt hatte, vereinbaren müsste. Als ich die E-Mail abgeschickt hatte, graute mir davor, welches Bild die anderen in der Praxis jetzt von mir haben mussten. Ich wirkte wahrscheinlich völlig unfähig.

Mein Magen zog sich zusammen und begann, sich zu verkrampfen. Ich lehnte den Kopf an den Stuhl zurück und schaute zu, wie die Vögel die Brotkrümel genossen, die Mutter auf die Terrasse gestreut hatte. Ein sanfter Nieselregen begann, und die Anstrengungen dieses Tages holten mich schließlich ein. Ich konnte die Augen nicht länger offen halten.

Nur eine Minute, dachte ich. *Nur eine Minute …*

Als ich aufwachte, waren die Vögel fort, und das Haus war dunkel. In dem Zimmer mit den Stockbetten – das Zimmer war immer noch in den hellrosa und blassgrünen Farben meiner Kindheit gestrichen – hatte sich Dustin zusammengerollt, schnarchte leise und hatte das Gesicht seitlich ans Kissen gedrückt. Ein langes, dürres Bein hing von der Matratze, ein Fuß zuckte leicht, als wäre er ein schlafender Jagdhund, der davon träumte, Eichhörnchen zu verfolgen.

Er wusste, dass ich es nicht übers Herz brächte, ihn zu wecken. Er wusste, dass ich über seinem Bett stehen und mein Herz bei seinem Anblick weich werden würde. Er sah so friedlich aus, so unschuldig – mein kleiner Junge eben. So klug. So süß. So perfekt.

Ein unglaubliches Kind, das immer ehrlich war und feinfühlig und klug und fromm und tapfer …

Und jetzt?

Zerstört? Verängstigt? Wütend? Bitter? Verschlossen?

Tränen traten mir in die Augen. Bevor ich es richtig merkte, brachen sich meine stark aufgewühlten Gefühle Bahn und ich konnte ein lautes Schluchzen nicht länger zurückhalten. Das Geräusch durchschnitt die Stille und sorgte dafür, dass Dustin im Schlaf hochfuhr, blinzelte und sich benommen auf die Ellenbogen stützte.

„Mama?“, flüsterte er. Seine Augen waren im Licht, das vom Flur hereinfiel, nur schmale Schlitze.

„Schhh …“ Dieser Ton klang wenig beruhigend, da meine Lippen immer noch zitterten. Ich schluckte schwer und versuchte, meine Gefühle zu verdrängen, um niemandem wehzutun. „Alles ist gut.“ Wenn das nur wahr wäre! Mehr als alles andere an unserem alten Leben vermisste ich das Gefühl von Sicherheit, die Zuversicht, dass alles gut war, dass der morgige Tag genauso ablaufen würde wie der heutige. Die gleiche Routine, dieselben Menschen. Nichts Ungewöhnliches. Nichts, um das ich mir Sorgen machen musste.

Dustin sank wieder auf sein Kissen zurück und atmete mit einem langen Seufzen aus. Ich zog die Decke über seine Schultern, berührte seine Haare und erinnerte mich an die Tage, an denen ich mich aufgeregt hatte, weil er seine Hausaufgaben nicht richtig gemacht hatte oder weil ein Freund in der Schule nicht zu ihm gehalten hatte oder weil er beim Fußballspielen nicht in der Startelf gewesen war. Wie oft hatte ich neben seinem Bett gekniet und gebetet, dass das Leben es gut mit ihm meinen würde, dass alles gut für ihn laufen würde?

Wie hatte ich nur übersehen können, dass die größte Gefahr nicht von außerhalb unseres Hauses kam, sondern von innen?

Ich ging ins Bett, lag lange wach und mein Kopf tat das, was er meistens machte: Er wühlte in der Vergangenheit, er käute wieder, was gewesen war und versuchte zu verstehen, wie all das hatte geschehen können, bis ich schließlich irgendwann einschlief. In meinen Träumen segelte ich auf dem See. Das Boot, ein Katamaran, glitt an einem klaren Tag über das Wasser. Die Segel blähten sich auf und spannten sich in der steifen Brise. Diese Freiheit war herrlich. Ich schloss die Augen und ließ den kühlen Wind über mein Gesicht streifen. Ich fühlte mich groß und stark. Unzerstörbar. Ungebrochen.

Im Windschatten der Big Boulders erstarb der Wind, und das Boot trieb in der Strömung, segelte unter der Eagle Eye Bridge hindurch und in den Flusskanal. Ich hielt es nicht für nötig, die Segel einzuholen. Die Strömung wusste, wohin es ging. Sie würde mich an einen Ort bringen, an dem ich sein sollte.

Oben auf der Brücke knatterte ein verrosteter, alter Pick-up vorbei. Auf dem Beifahrersitz drehte sich ein kleines Mädchen zu mir herum und schaute mich mit ihren blauen Augen neugierig an, während ihre dunklen Haare im Wind wehten. Als der Pick-up stehen blieb, schlüpfte das Mädchen aus der Beifahrertür und hüpfte über die Brücke. Sie war zu jung, um allein dort oben zu sein. Das war nicht sicher.

Lachend kletterte sie aufs Geländer und bewegte sich mit ausgestreckten Armen wie eine Hochseilartistin darüber.

Ich schrie, dass sie das unterlassen solle, aber sie hörte mich nicht. Der Pick-up fuhr jetzt rückwärts auf sie zu. Falls er das Geländer berührte, könnte sie abstürzen …

Ich stellte die Segel so, dass ich das Boot unter das Mädchen lenken könnte, aber die Strömung zog mich in die andere Richtung.

Der Pick-up rollte näher und näher an das Mädchen heran, das Geländer vibrierte und summte wie eine Stimmgabel.

„Halt!“, schrie ich. „Vorsicht!“

Ich fuhr aus dem Schlaf hoch, schaute mich im Zimmer um und brauchte eine Minute, bis ich wusste, was Traum und was Realität war. Gedanken rasten wie Schnellfeuerschüsse durch meinen Kopf. Arbeit. Dustin. Scheidung. Strandhaus. Familientreffen. Scissortail.

Das kleine Mädchen in dem Pick-up.

Ein Blick auf die Uhr verbannte den Traum zu dem Berg mit den übrigen Dingen, über die ich später nachdenken wollte. Es war schon nach halb sieben. Wenn ich mich nicht beeilte, käme ich zu spät in die Praxis. Dale Tazinski war bis jetzt ein sehr verständnisvoller Chef, aber wenn ich mir noch so einen Fehler wie gestern leistete, fragte er sich wahrscheinlich, ob seine neu eingestellte Familientherapeutin womöglich selbst eine Therapie brauchte.

Ich schaute mich im Zimmer um und nahm einen der leichten Hosenanzüge, die ich mir vor drei Wochen für meine neue Arbeit gekauft hatte, aus dem Schrank. Dann duschte ich, trocknete mit dem Handtuch meine Haare und schob einen Haargummi über mein Handgelenk, um mir später einen Pferdeschwanz zu binden. Um Viertel nach sieben war ich angezogen, hatte alles neben der Tür stehen und war bereit, in die Praxis von Tazinski und Partner zu fahren, die sich vierzig Autominuten entfernt in Cleburne befand. Ich eilte in die Küche, um Waffeln in den Toaster zu stecken, damit Dustin und ich gemeinsam frühstücken und über das, was gestern passiert war, sprechen könnten. Ich musste ihm klarmachen, dass er als Folge davon heute Hausarrest hätte und auf keinen Fall das Grundstück verlassen dürfte. Ich hatte vor, eine Aufgabenliste zu erstellen, die ich ihm schicken würde, wenn ich an der Arbeit war.

Als ich durchs Wohnzimmer ging, erregte etwas meine Aufmerksamkeit: eine Bewegung unten am Hang, wo der Garten hinter dem Haus zum See hinab steil abfiel. Neben unserem Bootshaus lag ein Boot. Ein Mann stand auf unserem Kai …

Ich trat ans Fenster, um besser sehen zu können. Dustins Zimmertür öffnete sich.

„Dustin“, rief ich, während mir eine gewisse Unruhe eine Gänsehaut über den Rücken jagte. Die Kais in Larkspur Cove waren alle in Privatbesitz. Niemand hatte hier etwas verloren. „Dustin … unten am Bootshaus ist jemand.“ Vielleicht kam einer von Dustins neuen Freunden am frühen Morgen zu Besuch.

Aber der Fremde auf dem Kai sah nicht nach einem Teenager aus. Er war groß, hatte breite Schultern … und kam den Hang herauf zu unserem Haus.

Kapitel 6

Eine weise alte Eule saß auf einer Eiche.
Je mehr sie sah, umso weniger sprach sie;
je weniger sie sprach, umso mehr hörte sie.
Warum sind wir nicht wie dieser weise, alte Vogel?
Anonym
(von einer Mutter von sechs Kindern
bei einem Familienurlaub aufgeschrieben)

Mart McClendon

Die Mutter kam den Hang herab, gefolgt von dem Jungen, der versuchte, sich aus der Sache herauszureden. Ich musste nicht hören, was sie sagten, um zu erraten, dass Dustin es vorgezogen hatte, seiner Mutter nichts davon zu erzählen, dass ich heute Morgen kommen würde. Wenn man eine Weile in diesem Beruf arbeitet, lernt man, die Körpersprache von Menschen zu deuten. Dustin bemühte sich offenbar um Schadensbegrenzung, aber ohne Erfolg. Daraus, wie seine Mutter gekleidet war, schloss ich, dass sie gerade zur Tür hinaus gewollt hatte, um zur Arbeit zu fahren. Im Moment bewegte sie sich in einem ziemlich schnellen Tempo, auch wenn ihre hohen Absätze in der weichen Erde immer wieder einsanken. Die Arme schwang sie wie Baseballschläger an den Seiten.

Sie sah aus wie alle Leute, die in diesen teuren Strandhäusern wohnten: zugeknöpft, überspannt, nüchtern und sachlich. Während sie den Hang herabeilte, zog sie die Haare nach oben und band sie zu einem Pferdeschwanz zusammen, als würden wir uns gleich prügeln und als wollte sie nicht, dass ihr die Haare dabei im Weg wären.

Das hier dauert nicht lange, dachte ich. *Sie wird fragen, wohin sie die Geldbuße überweisen muss, sie wird mit ein paar Entschuldigungen für ihr Kind aufwarten, und wir sind fertig.* Ich hatte heute Morgen bereits einen Anruf von dem Anwaltsvater bekommen. Er hatte mit ein paar Freunden gesprochen, die sich mit Jugendstrafrecht auskannten, und war offensichtlich der Meinung, dass sein Sohn höchstens eine Ermahnung bekäme. Er würde Max freikaufen, damit der Junge das Footballcamp nächste Woche nicht verpasste. Wahrscheinlich war es nicht das erste Mal, dass der Vater Max mit seinem Geld aus Schwierigkeiten heraushalf. Wahrscheinlich war es auch nicht das letzte Mal. Manchmal musste man sich wirklich fragen, warum es Menschen gab, die man nicht damit belästigen durfte, ihre Kinder zu erziehen, während es meinem jüngeren Bruder Aaron nicht vergönnt gewesen war, seine Kinder groß werden zu sehen, und mein kleiner Neffe Mica nie die Chance bekommen hatte aufzuwachsen.

Wenn *diese* Eltern plötzlich an den Gräbern ihrer Kinder stehen müssten, hätten sie es nicht mehr so eilig, zur Arbeit zu kommen.

Dustin und seine Mutter hatten mich erreicht, als ich ungefähr den halben Weg zum Haus zurückgelegt hatte. Dustin redete irgendetwas davon, dass er vergessen habe, ihr zu sagen, dass ich käme, und dass jemand geschlafen habe, und sagte irgendetwas davon, dass er geduscht habe. Verglichen mit dem Jungen, aus dem gestern fast kein Wort herauszubekommen gewesen war, redete er heute wie ein Wasserfall. Seine Mutter würde ihm bald einen Strick daraus drehen. Schließlich forderte sie ihn streng auf, den Mund zu halten, und er verstummte. Daraus konnte ich ihm keinen Vorwurf machen. Wenn *meine* Mutter mich mit einem solchen Blick angesehen hätte, hätte ich auch den Mund gehalten.

„Wir sprechen später darüber“, knurrte sie. Dann drehte sie ihm den Rücken zu, schaute mich an und stellte sich vor.

Etwas Sonderbares geschah – ihr Name flog an meinen Ohren vorbei, ohne dass ich ihn wirklich registrierte. Ich stand einen Moment lang völlig neben mir. Sie hatte die hübschesten Augen – groß und braun, irgendwie nervös, wie ein Reh, wenn es sich überlegt, ob es in den Wald fliehen oder stehen bleiben soll. Sie erinnerte mich an jemanden, aber mir fiel nicht ein, wem sie ähnelte. Jemandem im Fernsehen vielleicht. Sie war so hübsch und so groß, dass sie mir in die Augen schauen konnte, auch wenn sie natürlich etwas höher als ich auf dem Hang stand.

„Aber Ma-ma …“, winselte Dustin, und mein Hirn schaltete sich wieder ein. Jemand musste diesem Jungen sagen, dass er die Schultern nicht so hängen lassen durfte und dass er sich wie ein Mann benehmen sollte.

„Einen Moment, Dustin!“ Sie hielt die Hand hoch. Ihre Finger zitterten. Feuchtigkeit trat in ihre Augen, und ich konnte nichts anderes denken als: *Mann, ich bin absolut nicht in der Stimmung für Krokodilstränen.* Nichts an dieser Sache war so schlimm, dass man in Tränen ausbrechen musste. Ich wollte nur das übliche Gespräch so schnell wie möglich hinter mich bringen, nach Hause fahren und mich ins Bett legen. Die gestohlenen Alligatoren hatten mich die ganze vergangene Nacht gekostet.

Nachdem ich den anderen Eltern schon ein paar Mal erzählt hatte, was gestern passiert war, musste ich nicht mehr lange überlegen. Das Gespräch lief bereits in meinem Kopf ab. Sie würde mit den gleichen Ausflüchten und Entschuldigungen aufwarten wie die anderen – der Junge hatte so etwas noch nie gemacht, er hatte es nicht böse gemeint. Er würde so etwas nie absichtlich machen. Und er konnte unmöglich *Bier getrunken* haben. Er war ein braves Kind. Ein richtiger Engel. Es hatte noch nie irgendwelche Probleme mit ihm gegeben. Warum belästigte ich überhaupt Jugendliche auf dem See? Hatte ich nichts Besseres zu tun? In unserem Bezirk gab es gravierende Drogenprobleme, meine Güte. Die Polizei sollte sich auf die eigentlichen Probleme konzentrieren und nicht Kinder schikanieren, die *einmal* einen kleinen Fehler begangen hatten …

Ich nahm den Hut ab und rieb mir die Augen, spürte aber, dass mein Kopf zu hämmern begann. Ich war erschöpft und stank nach Sumpfwasser und Alligatorendreck. Ich konnte von Glück sagen, wenn ich keinen Durchfall davon bekam, dass ich die Alligatoren mit meinem Partner vom nördlichen Ende des Bezirks, Jake Moskaluk, wieder in ihren natürlichen Lebensraum zurückgebracht hatte. Auf dem Rückweg hatten wir in einer kleinen mennonitischen Bäckerei gefrühstückt, da Jake mennonitisches Essen liebte. Doch im Moment machte mich dieses Essen so müde, dass ich mich unter den nächsten Baum hätte schlafen legen können.

Ich stellte mich vor, aber ich tat ihr den Gefallen, ihr nicht die Hand zu reichen. Diese Dame sah sowieso nicht so aus, als wollte sie mir die Hand geben. Wahrscheinlich konnte sie auch aus ein paar Metern Entfernung das stinkende Wasser an mir riechen. „Sie bekommen von mir die Kurzfassung“, sagte ich. „Ich nehme an, dass Dustin Ihnen nicht genau erzählt hat, was gestern passiert ist.“

Sie warf dem Jungen einen scharfen Blick von der Seite zu. Er wich einen Schritt zurück und hob entschuldigend die Hände. „Mama, ich habe es versucht … das heißt, ich wollte es dir sagen, aber alle waren hier, und dann bist du mit Tante Megan hinausgegangen und, also … dann hast du geschlafen und so. Ich wollte es dir gleich heute Morgen sagen, aber mein Wecker ging nicht.“

„*Was* genau wolltest du mir sagen?“ Sie sah ihn mit einem stechenden Blick an, der ein Ei zum Kochen gebracht hätte.

Der Junge trat nervös von einem Fuß auf den anderen und zog die Schultern bis fast an die Ohren hoch. „Ich habe es einfach vergessen, okay? Es ist nicht so … als wäre es eine große Sache. Ich …“

Seine Mutter sah ihn drohend mit großen Augen an. Der Junge war klug genug zurückzurudern. „Ich habe Mist gebaut, okay?“ Er legte ein ziemlich überzeugendes Zittern in seine Stimme – ein kleines Stakkato, um seine Mutter wissen zu lassen, dass ihm die Sache so leidtat, dass er gleich weinen würde. Wenn sie ihn gestern im Waterbird hätte sehen können, würde sie ihm das allerdings nicht abkaufen.

Ich verkniff es mir, etwas zu sagen, da ich damit rechnete, dass der Junge eine scharfe Zurechtweisung bekäme. Aber ein einziger Blick auf ihn genügte, und sie stand mit hängenden Schultern traurig da und schmolz dahin wie Butter in der Sonne. Sie blinzelte mehrmals und schluckte schwer, als wüsste sie nicht, was sie jetzt tun sollte. Nach einer Minute schien sie sich zu erinnern, dass sie nicht allein waren. Sie drehte sich wieder zu mir um, legte die Arme um sich und zog zuerst den einen und dann den anderen hohen Absatz aus der Erde. „Es tut mir leid. Bei uns war gestern Abend viel los. Ich denke nicht, dass Dustin die Absicht hatte, noch mehr Schwierigkeiten zu bekommen.“

Ja, er hatte auch nicht die Absicht, auf diese Felsen zu klettern oder in einem Boot mit Bier auf dem See herumzufahren. „Wie viel von dem, was gestern passiert ist, hat Ihr Sohn Ihnen erzählt?"

Sie kaute auf ihrer Unterlippe, und eine Sekunde lang dachte ich über diese Lippen nach.

„Wir haben nicht … genau …" Zwei pinkfarbene Fingernägel bewegten sich über ihren Nasenrücken, und ihre Schultern hoben und senkten sich mit einem seufzenden Atemzug. „Wir hatten gestern keine Zeit, um zu sprechen. Das ist genauso sehr meine Schuld wie Dustins. Der Tag gestern war … chaotisch. Ich hätte mir Zeit für ihn nehmen sollen, und das habe ich nicht getan."

Zeit für ihn nehmen? Das klang, als müsste sie ihren Luxusterminkalender zücken und einen Termin mit ihrem Kind vereinbaren.

„Madam, Sie müssen wissen, in was Ihr Sohn gestern verwickelt war. Er hatte klare Anweisungen, Ihnen das alles zu erzählen und Ihnen mitzuteilen, dass ich heute Morgen vorbeikomme." Sie warf dem Jungen wieder einen verwirrten Blick zu, und ich wiederholte, was auf dem See passiert war. Ich erzählte auch, was ich Dustin erklärt hatte, als er im Waterbird gesessen und darauf gewartet hatte, dass sie in ihrem vollen Terminkalender Zeit freischaufelte, um ihn abzuholen.

Sie warf einen Blick auf ihre Armbanduhr, und das machte mich wütend.

„Hören Sie zu, wenn Ihnen das alles zu mühsam ist, Lady, sagen Sie es einfach." An einem normalen Tag wäre ich nicht so unfreundlich gewesen, aber in diesem Moment war ich müde, ausgelaugt und verlor langsam die Geduld.

Sie zuckte zusammen, und ihre Kinnlade fiel nach unten. „Ich komme zu spät zur Arbeit", sagte sie, als erklärte das alles.

Ich hätte die Sache einfach auf sich beruhen lassen sollen. Ich hätte einfach aufzählen sollen, welche Möglichkeiten Dustin hatte, und dann hätte ich gehen sollen. Ich brauchte diese Diskussionen nicht, aber die Art, wie der Junge auf den See hinausschaute, reizte mich einfach. Ich hatte das Gefühl, dass er wieder auf den Scissortail klettern würde, sobald er eine Chance dazu bekäme. „Madam, ist Ihnen klar, dass wir allein in diesem Jahr schon sieben Tote aus dem See geholt haben? Über die Hälfte davon waren Jugendliche. Bei den meisten war Alkohol im Spiel und mindestens eine dumme

Idee. Ich glaube nicht, dass Ihr Sohn sich der Gefahren auf dem See ganz bewusst ist, aber zu seinem eigenen Besten sollten Sie ihm einbläuen, wie schnell so etwas böse enden kann. Außerdem sollte er begreifen, dass Minderjährige und Boote und Bier keine gute Kombination sind … bevor er vor Gericht landet oder noch etwas Schlimmeres passiert."

Sie fuhr zurück und riss wieder die Augen weit auf. „Dustin würde nie …"

„Madam, Sie wissen nicht, wie oft ich das schon gehört habe! Meistens dann, wenn ich Jugendliche beim Feiern im Wald erwische oder sie mit dem Auto gegen einen Baum geprallt sind oder kopfüber mit dem Auto in einem Graben liegen oder wenn sie auf dem See unterwegs sind und mit dem Boot kentern."

Sie hustete, als hätte ich sie beleidigt, und ihre Wangen wurden glühend rot. Der Blick, mit dem sie mich bedachte, war wie eine schallende Ohrfeige. Wenn sie vorher ratlos und verwirrt gewirkt hatte, sah sie jetzt überhaupt nicht mehr so aus. Jetzt sah sie aus wie eine Bärenmutter, die ihr Junges verteidigt. „Jetzt machen Sie aber einen Punkt!" Sie stemmte eine Hand in die Hüfte und deutete mit der anderen auf ihren Sohn. „Dustin hatte niemals etwas mit … *Alkohol* zu tun. Er ist ein guter Junge. Vielleicht hat er gestern nicht richtig nachgedacht, aber ich kann Ihnen versichern, dass Sie ihn bestimmt nicht bei irgendeinem … Saufgelage im Wald antreffen werden. Er ist neu hier, und er kennt die anderen nicht. Er hatte sicher keine Ahnung, dass sie Bier dabei haben."

Der Junge richtete sich ein wenig höher auf, als nähme er an, wenn seine Mutter ihm glaubte, würde mich das auch beeindrucken. Er hatte keine Ahnung, wie oft ich schon Jugendliche aufgegriffen hatte, deren Eltern nicht die leiseste Ahnung davon besaßen, was ihre Kinder anstellten, sobald sie das Haus verließen.

„Dann sollte er wohl in Zukunft vorsichtiger sein und sich genauer überlegen, zu wem er ins Boot steigt, nicht wahr?" Ich richtete die Frage an ihn, nicht an sie, aber *sie* antwortete.

„Ich sage ja nicht, dass er das nicht hätte tun sollen. Was er getan hat, war falsch, und er wird die Konsequenzen zu spüren bekommen." Sie klang, als meinte sie das so, wie sie es sagte, aber Dustin sah aus, als wüsste er bereits, dass er um diese kleinen Konsequenzen auch noch herumkäme. Ein Boot fuhr auf dem See vorbei, und er schaute ihm nach. Anscheinend musste er sich wirklich keine großen Sorgen machen.

„War das alles?“, fragte seine Mutter mit knappen Worten, um mir zu zeigen, dass ich die beiden jetzt wirklich mehr als genug schikaniert hatte.

Plötzlich war ich stinksauer. Eine eingebildete, reiche Dame, die versuchte, ihrem Kind alle Steine aus dem Weg zu räumen, war ein schlechter Abschluss einer langen Nacht. Meine diplomatischen Fähigkeiten waren wie weggeblasen, auch wenn dazu nicht viel nötig war. Diplomatie beziehungsweise fehlende Diplomatie war der eigentliche Grund, warum ich so lange in der Wüste geblieben war, wo nur Rennkuckucke und Kojoten lebten. „Nein, Madam, das war noch *nicht* alles. Und das weiß Dustin auch. Er soll es Ihnen selbst sagen.“

Ich legte die Hände auf meinen Gürtel und schaute zu, wie der Adamsapfel des Jungen aufgeregt auf- und niederhüpfte. Jetzt fühlte er sich plötzlich nicht mehr wie ein toller Hengst.

Seine Mutter drehte sich zu ihm herum. Er steckte die Hände in die Taschen seiner Trainingshose und schaute auf den Boden, während er mit ihr sprach. „Ähm … ich muss … ähmm …“ Seine Stimme war so hoch wie die eines Mädchens. Er brach ab und räusperte sich. Eine kurze Sekunde lang hatte ich Mitleid mit ihm. Ich erinnerte mich, wie es in diesem Alter als Junge war, wenn man keine Ahnung hatte, welche Stimme herauskäme, sobald man den Mund aufmachte. Daran erinnert sich jeder Mann. „Ähm … ich muss entweder … ähm … ein Bußgeld zahlen und komme vors Jugendgericht oder ich muss zu einem … ähm … Wassersicherheitsding … kurs in der übernächsten Wochen gehen.“

Die Kinnlade der Frau fiel nach unten. Sie schaute mit zusammengekniffenen Augen zuerst ihn und dann mich an. „Das soll wohl ein Scherz sein!“ Es war schwer zu sagen, ob sie mit ihm oder mit mir sprach. „Ich verstehe, dass der Alkohol ein Vergehen ist, aber er gehörte nicht Dustin, und was das Klettern auf dem Scissortail angeht, das machen die Leute doch schon seit Jahren! Selbst ich war auf dem Scissortail, als ich jung war. Niemand hat daraus je einen Gesetzesverstoß gemacht.“ Sie richtete sich auf und schaute mich mit vorgeschobenem Kinn an, als hätte ich den Verstand verloren. Das war auch nichts Neues. Man erntet normalerweise keinen Dank, wenn man versucht, die Leute vor ihrer eigenen Dummheit zu retten.

„Waren Sie in letzter Zeit dort? Beim Scissortail?"

„Nein, aber ..."

„Dort gibt es viele Bojen, auf denen steht: *Das Betreten der Felsen ist verboten.*"

„Das verstehe ich ja, aber ..."

„Zum einen ist es ein geschütztes Brutgebiet."

„Das verstehe ich, aber Dustin wusste das nicht ..."

„Er kann lesen, oder?"

„Ja, natürlich kann er lesen." Sie schaute wieder auf ihre Uhr, und ich kochte fast über. Wenn sie es so verdammt eilig hatte, warum gab sie dann nicht einfach zu, dass ihr Sohn etwas angestellt hatte, und brachte die Sache hinter sich? Nach diesem Haus zu urteilen, könnte sie mit Leichtigkeit das Bußgeld für ihn zahlen.

„Dann wusste er, dass er dort oben nichts zu suchen hatte." Ich schaute wieder den Jungen an. Er war rot angelaufen und wich ein paar Schritte zurück, um nicht wieder in das Gespräch mit einbezogen zu werden. „Dustin, wusstest du, dass du dort oben nichts zu suchen hattest?"

Er trat von einem Fuß auf den anderen. „Ja ... ja, Sir ... aber die anderen haben gesagt, dass es okay sei. Sie haben gesagt, dass sie das oft machen."

„Dann solltest du vielleicht besser aufpassen, mit wem du deine Zeit verbringst, mein Junge."

Er richtete sich auf und kniff die Augen zusammen, als hätte ich ihn beleidigt. „Ich bin nicht *Ihr Junge*, verstanden?"

Seine Mutter atmete scharf ein. „Dustin!"

Er fuhr zu ihr herum und schaute sie wütend an. „Was soll ich denn machen? Den ganzen Tag nur allein hier herumsitzen? Dieses Haus ist wie ein Gefängnis. Es gibt nichts, das ich tun könnte. Ich hätte in Houston bleiben und zu Papa und Delayne ziehen sollen."

Seine Mutter atmete wieder scharf ein. Ihre Hand flog erschrocken an ihr Gesicht, als hätte er ihr eine schwere Rechte verpasst. „Dustin!"

Er wirkte befriedigt, weil er einen Treffer gelandet hatte. „Ich brauche auch diesen dummen Kurs nicht. Ich zahle das Bußgeld. Max hat mir schon in Facebook geschrieben. Er zahlt das Bußgeld. Das ist kein Problem."

„Du bist mit diesen Leuten über Facebook in Kontakt?"

„Ja. Na und?" Schlagartig war Dustin mürrisch und rebellisch. Die Jammernummer war vorbei, und man sah, wie es wirklich in ihm aussah. Dieser Junge wollte um sich schlagen.

Sie deutete mit dem Finger auf ihn. „Das weißt du ganz genau. Du weißt, wie die Regeln lauten. Du darfst niemanden als Freund akzeptieren, ohne mich vorher zu fragen."

„Als ob das etwas Schlimmes wäre!" Er schob seine dürre Brust heraus, als wollte er seine Mutter herausfordern, etwas dagegen zu unternehmen. „Ich sitze nicht den ganzen Tag nur hier herum und drehe Däumchen. Und ich vergeude meine Zeit auch nicht in irgend so einem dämlichen Kurs."

Jetzt sprühte die Mutter Feuer. Die Sache mit den lebenden Alligatoren im Lieferwagen erschien mir plötzlich ganz harmlos. Diese Teenagerrebellion war mir viel zu anstrengend.

„Wenn ich es dir sage, *gehst* du in diesen Kurs." Sie wandte sich halb von mir ab. „Hör mir gut zu, Dustin James …"

„Ich gehe nicht hin! Von den anderen geht auch keiner! Niemand geht hin!" Der Junge wartete nicht auf eine Antwort. Er drehte sich einfach um, lief zum Haus und ließ seine Mutter im Garten stehen, wo sie die Hände zu Fäusten geballt und in die Hüften gestemmt hatte. Als sie sich umdrehte, traten ihr wieder Tränen in die Augen. Ich wusste, dass ich diese Sache beenden und verschwinden sollte, bevor ich in etwas hineingezogen würde, das nicht in meinen Tätigkeitsbereich fiel. Wild lebende Tiere waren eine Sache, aber weinende Frauen und trotzige Teenager waren ein völlig anderes Problemfeld.

Ich reichte ihr meine Visitenkarte und eine Broschüre. „Überlegen Sie, was Sie tun wollen, und geben Sie mir heute noch Bescheid. Der Kurs beginnt am Montag in einer Woche. Die Anmeldefrist endet heute um zwölf Uhr. Aber ich gebe ihm bis siebzehn Uhr Zeit."

Ihre Hand zitterte, als sie die Karte in die Tasche steckte und sich die Broschüre unter den Arm klemmte, ohne sie anzusehen.

„Ich habe keine Möglichkeit, ihn zu dem Kurs zu fahren. Ich bin den ganzen Tag an der Arbeit." Ein kurzer Blick wanderte in meine Richtung, wahrscheinlich auf der Suche nach Mitleid.

„Madam, ich kann Ihnen nur sagen, dass Sie das mit ihm klären müssen. Er muss verstehen, dass der See kein Spielplatz ist. Wenn man sich falsch verhält, kann das sehr gefährlich enden."

Sie wurde wieder steif. „Das weiß er. Er ist einfach … Es ist einfach …" Sie drückte die Hand an die Stirn und kniff die Augen zusammen. „Er hat ein schweres Jahr hinter sich. Er ist normalerweise nicht so."

„Das glaube ich."

Eine Krähe landete auf dem Baum neben uns und krächzte laut. Die Frau fuhr zusammen und warf einen Blick auf den Vogel und dann wieder auf ihre Uhr.

„Geben Sie mir bis heute Abend Bescheid, was Sie tun wollen." Es war Zeit für mich zu gehen. „Die Entscheidung liegt bei Ihnen." Ich beobachtete eine Schar Kuhreiher über dem See. Das war auch noch eine Arbeit, mit der ich zurücklag: Ich sollte an einer Liste mit invasiven Tierarten für irgendeine Datenbank mitarbeiten. Diese Kuhreiher waren streng genommen Eindringlinge. Burts und Nesters Emu könnte ich auch mit auf die Liste setzen, falls ich je einen zu Gesicht bekäme. Bald würden wir diese Tiere auch zählen. „Der Wasserspiegel ist nicht mehr so hoch wie früher. Vor zwei Monaten starb ein Junge am Scissortail. Bei einem Sprung ins Wasser. Er war siebzehn. Er sprang von den Felsen und tauchte nicht wieder auf." Ich wandte mich zum Gehen. „Halten Sie Ihren Jungen vom Scissortail fern. Zu seinem eigenen Besten."

Kapitel 7

Habe Geduld mit allen Dingen,
vor allem aber mit dir selbst.
Franz von Sales
(zitiert von Pastor Hay)

Andrea Henderson

Als ich mit Dustin gesprochen hatte und endlich zur Arbeit aufbrach, kochte ich innerlich. Dustin wollte nicht die Verantwortung dafür übernehmen, dass er eine unerfreuliche Situation noch schlimmer gemacht hatte, weil ich von ihm nicht über den Wassersicherheitskurs informiert worden war. Unsere Gespräche hatten sich nur wieder im Kreis gedreht. Das wurde auch dadurch nicht besser, dass ich zu spät zur Arbeit kam, frustriert war und mich wieder wie eine völlige Versagerin fühlte.

Warum war es so schwer, die richtige Grenze zu finden – ihm einerseits seinen Schmerz über unsere Scheidung zuzugestehen, aber andererseits zu verhindern, dass er sich unangemessen und respektlos benahm und sich möglicherweise sogar in Gefahr brachte? Ich wollte, dass er mir vertraute, ich wollte ihn trösten, ihn auffangen, wenn er fiel. Aber gleichzeitig brauchte er eine starke Hand, klare Regeln und jemanden, der dafür sorgte, dass er sich an diese Regeln hielt. Ich konnte anscheinend nicht den Mittelweg zwischen diesen zwei Rollen finden, und ich konnte es mir auch nicht leisten, in einer der beiden Rollen zu versagen. Egal, was dazu nötig war, ich musste meinem Sohn bei dieser für ihn angsteinflößenden Veränderung in seinem Leben helfen. Sein Vater hatte mich noch immer nicht wegen des ausgebliebenen Schecks mit der Unterhaltszahlung und des Besuchs, der im August anstand, zurückgerufen. Von ihm war also keine Hilfe zu erwarten.

Wenn ich versagte, würde Dustin darunter leiden. Dieser Gedanke war beängstigend. Dass sein Vater damit beschäftigt war, sich mit einer anderen Frau und zwei jungen Stieftöchtern ein neues Leben aufzubauen, genügte eigentlich, um mich an den Rand der Verzweiflung zu treiben. Dass ich im Geiste den Vorfall mit dem Ranger noch einmal durchspielte, half mir auch nicht weiter. Wie *konnte* er es wagen, so mit mir zu sprechen! Er hatte keine Ahnung, was Dustin gerade durchmachte.

Halten Sie Ihren Jungen vom Scissortail fern. Zu seinem eigenen Besten.

Er kann lesen, oder?

Dann solltest du vielleicht besser aufpassen, mit wem du deine Zeit verbringst, mein Junge?

Je öfter ich das Gespräch bei meiner Fahrt zur Arbeit Revue passieren ließ, umso gereizter wurde ich. Wahrscheinlich machte dieser Wildhüter … Ranger … was auch immer er war, nur seine Arbeit. Aber es war eine Frechheit, so zu tun, als würde er Dustin kennen, als wäre er ein jugendlicher Straftäter, der ein Biergelage auf dem See veranstaltet hätte. Dustin hatte in seinem ganzen Leben noch kein Bier getrunken. Er kannte diese Jugendlichen nicht einmal, geschweige denn, dass er sich mit ihnen herumtreiben würde. Er hatte gestern nur … eine impulsive Entscheidung getroffen, die falsch gewesen war. Sie hatte ihn in eine Situation gebracht, mit der er nicht umgehen konnte.

So war es doch gewesen, oder?

Was war bloß in Dustin gefahren, dass er auf den Scissortail geklettert war? Er hatte doch Höhenangst! Im Schwimmbad in Houston war er nicht einmal vom Sprungturm gesprungen. *Das* hätte ich dem Ranger sagen sollen. Dustin wäre niemals von diesen Felsen gesprungen. Er hatte wahrscheinlich eine Todesangst ausgestanden, sobald er losgeklettert war.

Mir fielen jetzt eine Million intelligente Dinge ein, die ich Mr Mart McClendon, dem Wasserpolizisten, hätte sagen können. Aber wenn jemand mein Kind angriff, dann setzte mein Verstand aus. Irgendwann jedoch würde ich endlich zu einer erwachsenen Frau heranreifen, die auf Konflikte nicht mit völliger Verwirrung reagierte. Nach meinem Studienabschluss als Therapeutin sollte man eigentlich erwarten, dass ich Fortschritte machte, aber als heute Morgen der Ranger auf unserem Grundstück aufgetaucht war, hatte er mich absolut unvorbereitet erwischt. Ich war auch nicht darauf vorbereitet gewesen, dass Dustin ausgerechnet in diesem Moment zum Angriff übergehen würde.

Ich bin nicht Ihr Junge, verstanden?

Dieses Haus ist wie ein Gefängnis. Ich hätte in Houston bleiben und zu Papa und Delayne ziehen sollen.

Was für ein Chaos! Was für ein unglaubliches Chaos! Wie wollte ich Familien beraten und ihnen sagen, wie sie ihre Kinder erziehen sollen, wenn ich nicht einmal meinem *eigenen* Sohn zu einem ruhigen Übergang von einer intakten Familie zu einer halben Familie mit geteiltem Sorgerecht verhelfen konnte?

Aber gab es für diese Situation überhaupt einen ruhigen Übergang?

Intakte Familie. Wie oft hatte ich diese Formulierung in meinen Seminaren gehört und ihn verklärt in meinen Seminararbeiten und in meiner Masterarbeit verwendet? Ein rein analytischer Begriff, der absolut nichts bedeutete. Ich hätte mir nie vorstellen können, dass dieser Begriff in die geschützte Seifenblase unseres Lebens eindringen und sie zerplatzen lassen würde. Ich hätte mir nie vorstellen können, dass Dustin und ich allein zurechtkommen müssten. Abgetrennt. Verletzt. Nicht *intakt.*

Abgesehen von Dustins Schmerz und seiner Sehnsucht nach unserem früheren Leben war es dieser „Makel“, den ich am meisten hasste. Ich vermisste nicht das Leben in unserem alten Haus oder das Zusammensein mit Karl. Ich hasste es, nun getrennt zu leben. Nicht verheiratet. Nicht *intakt.*

Ich verdrängte diese Gedanken und konzentrierte mich wieder auf die Straße. Ein Vorteil meiner flexiblen Arbeitszeit war es, dass sie mir erlaubte, um halb neun statt um acht zu kommen. Dadurch ersparte ich mir einen großen Teil des morgendlichen Berufsverkehrs der Pendler, die in der Metropolregion von Dallas, Arlington und Fort Worth arbeiteten.

Mein Chef, Dr. Dale Tazinski, von den Mitarbeitern in unserer kleinen Praxis liebevoll Taz genannt, stand im Eingangsbereich bei der Kaffeemaschine, als ich eintrat. „Schön, dass Sie auch hier sind, Henderson. Ich habe gehört, dass Sie gestern ein richtiges Abenteuer erlebt haben." Zum Glück lächelte er, als er das sagte. Erstaunlich, wenn man bedenkt, dass ich heute Morgen schon angerufen hatte, um Bonnie zu sagen, dass es ein Problem mit Dustin gebe und ich deshalb ein wenig später käme. Wenn ich mein Chef wäre, wäre ich nach dem gestrigen Debakel nicht so nett wie Taz. Doch in den zwei Wochen, in denen ich ihm bei der Arbeit in der Praxis hatte zusehen dürfen, hatte ich erfahren, dass er erstaunlich tolerant war.

„Sie haben die Besprechung verpasst. Sie war aber sehr kurz." Taz' Bauch hing über dem Tisch, als er eine zweite Kaffeetasse nahm und die Kanne hochhob. „Kaffee?"

„Gern", sagte ich, während ich ganz eintrat und meine Aktentasche, meine Handtasche, Papas Autoschlüssel und eine Mappe mit Therapiematerial und Informationen, die ich gestern Abend nicht gelesen hatte, in den Händen balancierte. Die Tür hinter mir stand noch offen, und da ich die Hände voll hatte, hakte ich die Spitze meines Schuhs am Rand ein und zog sie zu. Taz' Sekretärin hatte mir versprochen, dass man dieses Kunststück nach einer Weile perfekt beherrschte: Das war auch gut so, denn Taz' Vorhaben, von der Einkaufspassage, in der seine Praxis ihre Räume hatte, wegzuziehen, war vorerst auf Eis gelegt. Die Erkenntnis, dass brauchbare Immobilien Geld kosteten, hatte ihn veranlasst, in dem baufälligen Gebäude zu bleiben und sich das Haus mit einem Friseur, einem Donutladen und einem Gebrauchtmöbelladen zu teilen.

Im Moment betrachtete er eine Schachtel mit länglichen Donuts mit dickem Schokoladenüberzug, die zweifellos die Kambodschanerin vom Laden nebenan vorbeigebracht hatte. Mein Chef war ihr Lieblingskunde, und jedes Mal, wenn er soweit war, tatsächlich den Rat seines Arztes zu befolgen und abzunehmen, machte sie mit kostenlosen Süßigkeiten wieder alle guten Absichten zunichte. In den zwei Wochen, in denen ich eng mit ihm zusammengearbeitet hatte, um von ihm zu lernen, hatte ich schnell erkannt, dass Schmeicheleien und Essen der Weg zu seinem Herzen waren. Wenn man einmal sein Herz erobert hatte, war dort zum Glück ziemlich viel Platz.

Ich wollte aber auf keinen Fall diese Freundlichkeit ausnutzen.

Ich wollte mich beweisen, indem ich gute Arbeit leistete. Auch wenn ich mich nach der Scheidung immer noch an meine neue Situation gewöhnen musste, musste ich kompetent und belastbar sein. Taz hatte mich eingestellt, weil die Last der Fälle, die vom Jugendamt an seine Praxis überwiesen wurden, unglaublich groß geworden war. Noch nicht einmal ein Psychologe wie Taz, der Workaholic war, konnte mit seinem kleinen Mitarbeiterstab die Arbeit allein bewältigen. Er war so dringend auf der Suche nach jemandem gewesen, dass er mir die Stelle gegeben hatte, obwohl meine einzige Berufserfahrung die Mitarbeit in einer von einer Kirche getragenen Familienkrisenberatung in Houston war.

„Einen anstrengenden Morgen gehabt?", fragte Taz, während er die Kaffeekanne wegstellte und die Donuts betrachtete. Er leckte sich die Lippen und sah aus wie ein pawlowscher Hund.

„So schlimm war es auch wieder nicht." Ich hatte Angst, ihm die Wahrheit zu sagen und unstabile Familienverhältnisse zuzugeben. *Hier gibt es keine Probleme. Nichts, das ich nicht unter Kontrolle hätte.*

Er zog skeptisch eine Braue in die Höhe und betrachtete mich mit einem hellbraunen Auge, das größer war als das andere. Man sollte immer vorsichtig sein, wenn man einen ausgebildeten Psychologen anlügt.

Mit einem Seufzen nahm ich meine Kaffeetasse. „Nur ein kleines Problem mit Dustin. Er und ein paar Freunde hatten gestern eine Begegnung mit der Seepatrouille. Die Jugendlichen sind auf die Felsen geklettert, obwohl das verboten ist."

Taz' Blick wanderte wieder zu den Donuts und er gab der magnetischen Anziehungskraft von Kohlenhydraten und gesättigtem Fett nach. „Das hört sich nicht so schlimm an."

„Das fand ich auch." Ich entspannte mich, trank einen Schluck von meinem Kaffee und lehnte mich dann an den Tisch. Taz' therapeutische Fähigkeiten wirkten bereits. Ich fühlte mich schon besser. Vielleicht war die Sache nicht so dramatisch, wie es mir im ersten Augenblick erschienen war. Das war ja meistens so. „Aber der Ranger spielt sich deshalb ziemlich auf. Er kam zu uns nach Hause und sagte mir, wie schlimm mein Sohn sei."

Die Lippen meines Chefs zogen sich nach oben. „Das klingt ein wenig nach einer Mutter, die ihr Kind verteidigt, nicht wahr?"

Ich zuckte widerwillig die Achseln. Natürlich beschützte ich Dustin. „Dieses ganze Macho-Getue war auf nüchternen Magen ein wenig schwer zu verdauen."

Taz nahm einen Donut aus der Schachtel und schaute auf den Flur, um sicherzugehen, dass die Sekretärin, Bonnie, ihn nicht sehen konnte. Bonnie war die mütterlichste Frau Mitte zwanzig, die ich je erlebt hatte. Sie wollte einen Mann und Kinder, hatte aber den Richtigen noch nicht gefunden. Deshalb hatte sie sich dafür entschieden, Hunde zu züchten und jeden in der Praxis zu bemuttern, auch den Chef.

Taz hielt seine Kaffeetasse so, dass sie den Donut etwas verdeckte, nahm einen Aktenordner mit Kaffeespritzern und klemmte ihn sich unter den Arm. „Ich bin erwachsen. Ich kann einen Donut essen, wenn ich will, nicht wahr?" Die Frage hatte etwas Rhetorisches an sich, als wollte er eine Antwort hören, obwohl er genau wusste, wie sie ausfallen würde.

Ich zuckte die Achseln und war so klug, den Mund zu halten, als er sich zum Gehen wandte.

Als er am Kopierer vorbeiging, nahm er einen Bissen von dem Donut, dann warf er einen Blick auf mich, warf den Rest in den Abfalleimer und lächelte mich mit geschlossenem Mund und Schokoladenspuren auf den Lippen an. „Manchmal geht es ums Prinzip, Henderson. Selbst wenn jemand es nur gut mit uns meint, gefällt es uns einfach nicht, dass er uns sagt, was wir tun sollen."

Er beugte sich vor, um in den Mülleimer zu schauen, und schien mit sich zufrieden zu sein. „Im letzten Herbst hat sich ein Highschool-Footballspieler das Genick gebrochen, als er vom Scissortail sprang. Auf Kanal 9 haben sie Geld für ihn gesammelt. Ein attraktiver Junge." Taz' Blick wanderte langsam vom Mülleimer zu mir und seine Augen sahen mich ruhig und wissend an. „Es kommt alles auf die Sichtweise an."

Er ging, ohne noch mehr zu sagen, und ich stand mit meiner Kaffeetasse in der Hand da und dachte: *Andrea Henderson, du hattest gerade ein Therapiegespräch.* Der Hauptgrund, warum ich im Geiste immer noch das Gespräch mit dem Ranger durchging, war, dass ich mir von niemandem sagen lassen wollte, was mein Sohn brauchte.

Hochmut kommt vor dem Fall. Eines dieser unbequemen Sprichwörter, die im Hinterkopf schlummern, nachdem man sie tausendmal von seiner Mutter gehört hat. Megan war immer die Gefügige und Brave in der Familie gewesen und ich stets das berüchtigte eigensinnige Kind, das Schwierigkeiten anscheinend magisch anzog. Meine Mutter klagte immer, dass ich nach der Schwester meiner Großmutter geriete, Lucy, das schwarze Schaf der Familie. Sie hatte ein ungewöhnliches Leben geführt, war mit dem Friedenskorps um die Welt gereist und schließlich mit einem Ärzteschiff nach Afrika gefahren, wo sie an Milzbrand erkrankte und starb.

In unserer Familie war Lucy immer als Beispiel für Hochmut, Eigensinn und Selbstüberschätzung angeführt worden, aber ich bewunderte sie. Ich wollte so sein wie sie, auch wenn ich nie den Mut aufbrachte, die Grenzen so weit zu überschreiten. Ich war ein verhinderter Abenteurer, der Angst hatte, seinen eigenen Vorgarten zu verlassen, weil seine Mutter ihm dann die Polizei auf den Hals hetzen würde. Dass ich diese Stelle angenommen hatte, war das erste Mal gewesen, dass ich aus dem vorgegebenen Muster ausgebrochen war. In dieser Situation durfte ich mir keine Unsicherheit erlauben. Ich musste eine Möglichkeit finden, das Vertrauen in mich selbst und in meine Pläne nicht zu verlieren und Dustin ein Gefühl von Sicherheit und eine Hoffnung für die Zukunft zu vermitteln. Ich musste ihm zeigen, dass wir aus den Trümmern unseres alten Lebens heraus ein gutes neues Leben aufbauen konnten.

Bonnie kam aus der Materialkammer und marschierte mit dem Arm voll Druckerpapier an mir vorbei. Sie war fröhlich wie immer und sprang leichtfüßig durch den Flur, sodass ihr langer, blonder Pferdeschwanz hüpfte und wie ein Scheibenwischer über ihren Rücken strich. „Hey! Guten Morgen!“, flötete sie und blieb ein paar Schritte von mir entfernt stehen. „Zu Hause alles in Ordnung?“

„Ja“, antwortete ich. „Alles gut.“

„Wie geht es deinem Sohn?“ In dieser Praxis passierte nichts, ohne dass Bonnie mittendrin war. Sie sprach von Dustin schon so, als wäre er ihr kleiner Bruder oder ihr Neffe.

„Ach, du weißt ja, wie das ist. Er ist einfach in der Pubertät. Mit allem, was dazugehört.“

Bonnie stand da und schaute mich mit neugierigen, mitfühlenden, blauen Augen an, als wüsste sie, dass das noch nicht alles war.

Sie kam ein paar Schritte näher und hielt den Papierstapel vor ihre Brust.

„Er musste einfach noch nie zuvor umziehen“, fügte ich hinzu.

Sie saugte die Wangen nach innen, wodurch ihr schmales Gesicht noch dünner und kantiger wirkte. „Ja, das kann ich mir denken“, hauchte sie, und eine Seite ihres Mundes zog sich mitfühlend nach unten. „Es ist hart, in diesem Alter umzuziehen. Wir zogen von Texas nach New York, als ich in der achten Klasse war, und ich dachte schon fast an Selbstmord. Die Kinder dort glaubten, ich wäre irgendein Alien aus dem hinterwäldlerischen Süden. Dazu kam noch, dass ich schon einen Meter siebzig groß war, dünn wie eine Bohnenstange und eine flachere Brust hatte als die meisten Jungen. Wenn die Basketballtrainerin mich nicht unter ihre Fittiche genommen hätte, weiß ich nicht, was passiert wäre. Sie hat mir das Leben gerettet, glaube ich.“

Ich hatte das unangenehme Gefühl, dass wir Leidensgenossinnen waren. Ich war auch ein dürres, großes, flachbrüstiges Mädchen gewesen. Außerdem wollte ich gern glauben, dass jemand hier in Moses Lake die Talente von Dustin entdeckte und Interesse an ihm zeigen würde. „Ich hoffe, so läuft es bei Dustin auch. Und dass er Leute an der Schule findet, zu denen er eine Beziehung aufbauen kann.“

Bonnie sah mit zusammengekniffenen Augen zur Zimmerdecke hinauf und schien in ihrem Gedächtnis zu kramen. „Ich glaube, in meinem Wohnblock wohnt ein Mann, der draußen in Moses Lake so etwas wie ein Trainer ist. Ich versuche, ihn zu erreichen, und erzähle ihm von Dustin. Es schadet nie, wenn am ersten Tag in der neuen Schule jemand auf einen wartet, oder?“

Ich spürte den Drang, alle Regeln professioneller Haltung über Bord zu werfen und Bonnie mitten auf dem Flur herzlich zu umarmen. „Danke.“

„Gern geschehen.“ Sie machte eine Handbewegung, als wollte sie sagen: *Das ist doch nur ein kleiner Gefallen unter Freundinnen.* Dann angelte sie ein paar bedruckte Blätter von ihrem Stapel und reichte sie mir. „Hier. Die Notizen von der Besprechung heute Morgen. Ich arbeite daran, die Leute, die du gestern nicht besuchen konntest, zu kontaktieren und neue Termine mit ihnen zu vereinbaren. Viele Familien, die wir vom Jugendamt bekommen, haben kein Telefon. Ich kann also nur bei einem Nachbarn oder bei einem Verwandten eine Nachricht hinterlassen. Ich versuche, so bald wie möglich einen Termin zu finden, besonders bei der Familie, die von dem Busfahrer angezeigt wurde. Man weiß oft von einem Tag auf den anderen nicht, wer in dem Haus wohnt und welche Stimmung herrscht. Ich schätze, das hat dir Taz schon gesagt. Sie können ihre Meinung sehr schnell ändern. Wenn man ihnen zu viel Zeit lässt, überlegen sie es sich anders und beschließen, dass sie doch keine Familientherapie brauchen, und dann muss der Sozialarbeiter beim Jugendamt wieder von vorne anfangen und sie überreden, mit uns zusammenzuarbeiten."

„Danke", sagte ich und nahm die Besprechungsnotizen entgegen. „Und danke für das Angebot, deinen Nachbarn wegen Dustin anzusprechen."

Bonnie lächelte breit. „Ach, das ist keine große Sache. Die Jugendlichen aus der kleinen Gemeinde draußen in Moses Lake kommen manchmal und unternehmen etwas zusammen mit der Jugendgruppe aus meiner Kirche. Ich finde heraus, wann sie etwas planen. Dann könntest du mit Dustin kommen. Er kann die anderen kennenlernen und wir beide können im Café einen Latte trinken. Und ich erzähle dir Taz' Geheimnisse."

Mein Verstand drückte auf die Stopptaste und spulte zurück. Ich hatte nicht vorgehabt, in Bonnies *Gemeinde* eingeladen zu werden. Nachdem sich viele Freunde und Gemeindemitglieder während der Scheidung von mir zurückgezogen hatten und ich unangenehmen Gerüchten ausgesetzt gewesen war, wollte ich noch nicht so schnell wieder neue Gemeindekontakte aufbauen. Ich wollte einfach ein ruhiges Leben führen, in meiner Arbeit aufgehen, Kindern helfen, die Hilfe brauchten, und mich um meinen Sohn kümmern. „Ich denke, wir haben erst einmal ziemlich viel zu tun, bis die Schule anfängt. Aber trotzdem danke. Ehrlich."

Ich ging den Flur entlang weiter zu meinem fensterlosen Büro im hinteren Bereich des Gebäudes. Taz hatte sich für das dunkle Büro entschuldigt, als er es mir gezeigt hatte. Wie mein Büro aussah, spielte aber eigentlich keine Rolle. Bei meinen ganzen Hausbesuchen würde ich nicht viel Zeit im Büro verbringen. Nachdem ich die Besprechungsnotizen von Bonnie überflogen und eine neue Ladung von Fällen gesammelt hatte, die vom Jugendamt per E-Mail an uns überwiesen worden waren, verlief der restliche Tag recht seltsam. Ich versuchte, Häuser und Wohnungen zu finden, die nicht einmal mein Navigationsgerät orten konnte, fuhr durch unheimliche Wohngegenden in völlig heruntergekommenen Kleinstädten und hatte unsichere, erste Begegnungen mit Familien auf meiner Liste der vom Jugendamt zugewiesenen Fälle. Verglichen mit den zwei Wochen Einarbeitungszeit war die tatsächliche Arbeitspraxis ein Schock.

Was Taz als *Stelle in Zusammenarbeit mit dem Sozialamt* bezeichnet hatte, stellte sich in Wirklichkeit so dar: Ich fuhr im Auto herum und besuchte vollkommen fremde Menschen, nachdem mir die Gründe, warum sie an die Familientherapie überwiesen wurden, nur in kurzen, eiligen Sätzen von völlig überlasteten Sozialarbeitern hingeworfen worden waren. Vollständige Adressenangaben waren nicht an der Tagesordnung. Namen stellten eine weitere Herausforderung dar. Wenn ich mit Fragen wie „Suchen Sie Big Bo oder Little Bo?“ konfrontiert wurde, blieb mir keine andere Wahl als zuzugeben, dass ich keine Ahnung hatte. In einem Haus sprach ich mit vier verschiedenen Generationen einer Familie, und kein Einziger gab zu, derjenige zu sein, dessen Name mir vom Jugendamt gegeben worden war. Wenn man nicht weiß, ob man einen Klienten sucht, der acht oder achtundvierzig ist, kommt man einfach nicht weiter. In der E-Mail vom Jugendamt stand nur: *Bo Brown: Familienprobleme, Depressionen. Bitte auf Aggressionsbewältigung hin therapieren.*

Am Nachmittag besuchte ich schließlich die Familie, die vom Busfahrer, der die Kinder nicht in diesem Chaos hatte absetzen wollen, wegen tätlicher Auseinandersetzungen im Garten angezeigt worden war. Wir führten auf der Veranda vor dem Haus ein Familientherapiegespräch. Der Freund der Frau, der das Ganze ausgelöst hatte, war nicht da, aber ich sprach mit den Kindern und dann mit der Mutter, Lonnie. Lonnie hatte ein blaues Auge, das sich inzwischen gelb und braun gefärbt hatte. Ihr Freund habe nichts damit zu tun, behauptete sie. Das Pferd der Kinder habe sie mit dem Huf erwischt, als sie das Tier gefüttert habe. Das alte, dürre Pferd auf dem matschigen Fleck neben dem Haus sah aber so aus, als hätte es eine ganze Weile keinen Hafer mehr gesehen.

Nachdem ich mir Lonnies Seite der Geschichte angehört hatte, bat ich, mit den Kindern allein sprechen zu können. Lonnie zuckte die Achseln und sagte: „Meinetwegen. Sie haben nichts zu sagen, außer dass der Busfahrer ihnen neulich eine Todesangst eingejagt hat, als er sie nicht aussteigen lassen wollte. Außerdem hacken die Kinder im Schulbus ständig auf meinen Kindern herum. Ich will mich darüber bei der Schule beschweren. Und den Leuten dort sagen, dass diese Kinder dauernd auf meinen Kindern herumhacken." Sie stand auf und ging ins Haus.

Der kleine Junge, John, und seine ältere Schwester, Audrey, hatten die gleichen müden, trüben Augen wie das Pferd. Während wir miteinander sprachen, saßen sie auf dem Verandaboden und drückten sich ans Geländer. Sie sahen mich mit großen Augen an, als wäre ich ein Eindringling von einem fremden Stern. Eine junge Katze schlich vorbei, und John nahm sie auf den Arm und begann, ihr Fell zu durchsuchen.

„Das ist ein nettes Kätzchen", sagte ich und rutschte auf dem alten Sofa, das als Verandamöbel diente, etwas vor. Feuchtigkeit saß in den Polstern und hatte bereits meinen Hosenboden durchnässt. Ich begriff, dass ich für diese Arbeit falsch gekleidet war. Das Auto meines Vaters war auch nicht das richtige Fahrzeug dafür. Im Moment stand es vorne auf dem Weg und war mit Matsch und Straßenstaub bedeckt.

„Das ist mein Lieblingskater", antwortete John, dann zupfte er etwas von der Haut des Kätzchens und warf es ins Unkraut unter der Veranda. „Er hat Zecken."

Ein Jucken zog über meine Haut. Am liebsten wollte ich aufstehen, an einer sicheren Stelle stehen bleiben und nichts berühren müssen. „Es ist gut, dass er dich hat und du dich um ihn kümmerst, nicht wahr?"

John sah mit einem Hauch von Interesse auf. „Tamp sagt, wenn der kleine Scheißhaufen Zecken ins Haus bringt, packt er ihn und ertränkt ihn im See. Tamp mag keine Katzen."

Aus dem Augenwinkel sah ich, wie Lonnie hinter der Mückengittertür steif wurde und den Kopf schüttelte, als der Mann des

Hauses so wenig schmeichelhaft beschrieben wurde. „Tamp hat nie gesagt, dass er den Kater ertränkt. Erfinde keine Geschichten!"

Ich ignorierte ihre Bemerkung und konzentrierte mich weiter auf John. „Das ist ein schöner Kater. Er ist dein Lieblingstier?"

„Ja." John strahlte. Audrey streckte den Arm zu ihm herüber und kraulte dem Kater den Kopf. „Meine Schwester hatte auch eine Katze, aber Tamp hat sie mit dem Auto überfahren."

„Tamp hat keine Katze überfahren", stellte Lonnie hinter der Mückengittertür klar. „Ich habe euch gesagt, dass das meine Schuld war. Ich hatte vergessen nachzusehen, bevor wir ins Auto stiegen."

John warf einen Seitenblick zur Tür, zuckte dann die Achseln und begann wieder, den kleinen Kater nach Zecken abzusuchen. Der Wecker an meinem Handy vibrierte in meiner Tasche – mein Signal aufzubrechen. Ich hatte nicht das Gefühl, irgendetwas erreicht zu haben, außer dass ich vielleicht eine klitzekleine Beziehung aufgebaut hatte.

„Das war bestimmt sehr traurig", sagte ich, „als ihr die Katze verloren habt."

Audrey nickte. „Die Kojoten oder die Luchse haben zwei erwischt. Vielleicht war es auch ein Puma. Vor ein paar Monaten hat ein Puma einen Wanderer im Nationalpark angesprungen." Sie blickte auf. Ihre Augen hatten ein weiches, goldenes Braun und waren von roten Haaren eingerahmt. Am liebsten hätte ich sie von der Veranda geführt, sie in mein Auto gesetzt und mit nach Hause genommen.

„Das wusste ich nicht. Das mit euren Katzen tut mir aber sehr leid. Ein Haustier zu verlieren ist, als würde man einen Menschen aus der Familie verlieren, nicht wahr?" Das Handy vibrierte wieder. Ich musste gehen.

„Mein Vater ist gestorben", sagte John plötzlich. „Er mochte Katzen."

Ein Kloß bildete sich in meiner Kehle. „Das ist gut. Ich mag Katzen auch."

Ehe ich mich versah, hatte ich die Katze auf dem Schoß und John saß neben mir auf dem Sofa. Ich streichelte das Kätzchen, und es schnurrte.

Mein Handy vibrierte wieder.

„Warum summt deine Hosentasche?“, fragte John.

Ich schmunzelte. „Das ist das Zeichen, dass ich gehen muss.“

„Kommst du wieder?“ Er hob das Kinn und blickte mir in die Augen.

„Nächste Woche.“

Er sah mich einen Moment lang an und schien sich zu fragen, ob ich das ernst meinte. Dann nahm er die Katze von meinem Schoß, drückte sie unter sein Kinn und kehrte auf die andere Seite der Veranda zurück.

Ich vereinbarte mit Lonnie einen Termin für nächste Woche, dann verließ ich die Familie und fühlte mich nutzlos und machtlos. Auf der Veranda standen die Kinder und schauten mir nach. Ihre Blicke verfolgten jede meiner Bewegungen, als ob sie Angst hätten, dass ich gehe, aber gleichzeitig fürchteten, dass ich noch mehr Fragen stellte. Sie wussten offensichtlich, was sie nicht sagen durften. Sie waren in ihrem kurzen Leben schon fünfmal bei Pflegefamilien gewesen. Sie wollten von mir eigentlich nur wissen, ob ich sie wieder von ihrer Mutter wegholen würde.

Ich kann diesen Menschen nicht helfen, dachte ich, während ich wegging. *Ich weiß nicht einmal, wo ich anfangen soll.* Die Familientherapie hier war eine völlig andere Welt, als Klienten in einer kirchlichen Beratungsstelle in Houston zu betreuen. Zur Krisenberatung waren Menschen gekommen, weil sie *gewusst* hatten, dass sie dringend Hilfe brauchten, aber hier … Wie konnte man jemandem helfen, der keine Hilfe annahm? Der nur wollte, dass man irgendein Formular unterschrieb, damit er so weitermachen konnte wie bisher?

Das Traurige war, dass meine Eltern recht hatten. Diese Arbeitsstelle war unvorhersehbar, vielleicht sogar gefährlich, und ich gehörte nicht hierher. Wenn Tamp sich nicht scheute, Schulbusfahrer zu bedrohen, seine Freundin zu verprügeln und Katzen zu ertränken, was würde er dann *mir* antun? Wenn ich in der Bank arbeiten würde, wäre ich – wenn nicht gerade ein Banküberfall passierte – sicher. Doch ich würde nie genug Geld verdienen, um Dustin und mir ein gutes Leben zu ermöglichen. Wir würden finanziell immer am Limit sein und müssten Geld von meinen Eltern annehmen.

Abgesehen davon regte sich tief in mir eine Stimme, die mich warnte, dass ich, wenn ich diese Arbeit jetzt kündigte, nie wieder den Mut aufbrächte, so etwas zu versuchen. Mein Leben in der Zukunft würde dann so sein, wie mein bisheriges Leben immer gewesen war: ein sich wiederholendes Muster aus konzentrischen Kreisen innerhalb eines abgeschotteten, sicheren Bereiches. Ich würde nie das werden, wovon ich immer geträumt hatte: eine Frau wie Tante Lucy, die keine Angst davor hatte, es mit der ganzen Welt aufzunehmen und das Gute zu tun, das ohne sie ungetan bliebe.

Andererseits müsste ich, wenn ich diese Stelle nicht kündigte, überlegen, wie ich meine Arbeit wirklich gut machen konnte.

Es war schwer zu sagen, welche Alternative beängstigender war. Über dieses Dilemma dachte ich nach, während ich meinen letzten Hausbesuch für heute bei einer jungen Mutter absolvierte, die sich abrackerte, um einen Sohn mit Autismus und drei andere Kinder zu versorgen, während ihr Mann beim Militär stationiert war. Ihre Tochter war schon zweimal von zu Hause weggelaufen. Ihnen war bewusst, dass sie Hilfe brauchten, und auch wenn die Kommunikation in der Familie nur schleppend voranging, machten wir Fortschritte. Ich gab ihnen einige Familienprojekte auf, die sie vor unserem nächsten Gespräch bearbeiten sollten, und sie hörten sich meine Vorschläge an und wollten es versuchen. Ich verließ die Familie mit neuer Energie. Vielleicht könnte ich diese Arbeit tatsächlich schaffen. Ich musste einfach Mut haben und bereit sein, zu lernen. Viel und schnell.

Erst, als ich am Waterbird vorbeifuhr und einen Ranger-Pick-up davor stehen sah, fiel mir ein, dass ich die Frage, wie Dustins Strafe ausfallen sollte, bis siebzehn Uhr hätte beantworten müssen.

Es war bereits fünf vor sechs.

Kapitel 8

Je größer der Angler, umso größer ist auch sein Anglerlatein.
Anonym
(von fünf alten Freunden bei ihrem
jährlichen Angelausflug hinterlassen)

Mart McClendon

„Ich sage dir, Mart, da stimmt etwas nicht. Papa hat es gesehen. Nicht wahr, Papa?" Sheila war aufgeregt, seit ich das Waterbird betreten hatte, um mir ein Sandwich zum Abendessen zu kaufen. Ich verstand nicht, warum sie wegen des alten Len Barnes und des kleinen Mädchens, das sie gestern bei den Big Boulders gesehen haben wollte, einfach nicht lockerließ. Ich fand, dass der arme alte Len schon genug Probleme hatte. Abgesehen davon, dass er gegen das Angel- und Jagdgesetz verstieß, wirkte er auf mich ziemlich harmlos. Aber Sheila biss sich an dieser Sache fest wie ein Hund an einem Knochen.

Sie deutete auf die Big Boulders und fuhr fort. „Len war heute Morgen wieder da drüben und hat seine Langleinen ausgelegt, und jemand hat sich zwischen den Sträuchern bewegt. Wer auch immer das war, er kam dieses Mal nicht bis ans Ufer. Ich konnte ihn also nicht richtig erkennen, aber da war jemand. Jemand Kleines wie ein Kind."

„Er hat doch diese ganzen Hundeköter. Vielleicht war das, was du gesehen hast, ein Hund", warf Burt ein. Er und Nester saßen am Ecktisch, tranken Kaffee und spielten Domino, weil es zum Angeln zu heiß war. „Ich habe ihn draußen an der Kreuzung gesehen, wo er wie üblich Tomaten verkaufte. Er war ganz allein, abgesehen von dem großen Hund, den er dabei hatte, einen Pitbull, glaube ich.

Weißes Fell mit brauner Schnauze. Er hatte ihn an der Stoßstange festgebunden und den Pick-up ein Stück weiter oben auf der Wiese geparkt. Er hat dann seine ganzen Gemüsekisten bis hinunter zum Straßenrand geschleppt. Wahrscheinlich hat er erkannt, dass es besser ist, wenn er diesen Hund von seinen Kunden fernhält. Ich war froh, dass er das gemacht hat. Dieser Köter hat schon die Zähne gefletscht, als ich nur anhielt. Ich kaufte meine Tomaten und brachte mich schnell wieder in Sicherheit. Ich würde Len nie mein Leben anvertrauen."

Nester warf einen Blick auf mich und zwinkerte mir zu, um mir anzuzeigen, dass er zu Burts Geschichte noch eins draufsetzen würde. „Mart, wusstest du, dass ich früher auch einmal einen solchen Hund hatte? Einen großen, alten Pitbull, aber dann lag er eines Tages tot in meinem Garten."

„Das wusste ich nicht, Nester", spielte ich mit, obwohl ich keine Ahnung hatte, welchen Witz er jetzt gleich erzählen würde. Ich stützte mich auf der Theke auf und machte es mir bequem.

Burt legte einen Ellenbogen auf die Rückenlehne seiner Bank. „Nester, was erzählst du denn da? Du hattest doch nie einen Pitbull."

„Du hast ihn nur nie gesehen", beharrte Nester. „Der Hund starb zwei Tage, nachdem ich ihn gekauft hatte. Er war ziemlich teuer. Er kostete mich zweihundert Dollar. Als er starb, rief ich diesen Hundezüchter drüben in Gun Barrel City an und sagte: ‚Mann, Sie haben mir einen kranken Hund verkauft. Er ist nach zwei Tagen gestorben.'

Da wollte dieser Kerl mir erzählen, dass ich mich irren müsse. ‚Dieser Hund kann unmöglich tot sein', sagte er zu mir. ‚Bringen Sie mir Beweise, dass er tot ist, dann bekommen Sie Ihr Geld zurück.'"

Sheila beugte sich kopfschüttelnd über die Theke und murmelte: „Mart, such lieber schnell das Weite, solange du noch kannst. So geht es jetzt den ganzen Abend weiter." Sie schenkte mir eine Tasse Kaffee ein, und ich trank einen Schluck. Koffeinfrei. Ich hätte mir den Kaffee von Pop geben lassen sollen.

Nester erzählte seine Geschichte weiter – auch wenn sie nicht den Tatsachen entsprach, schien sie unterhaltsam zu werden. „Also habe ich diesen Hund in den Wagen geladen und ihn zum Tierarzt gebracht. Der alte Doc Brown hielt mich für ein wenig verrückt, aber er sagte, er werde den Hund untersuchen. Im nächsten Moment brachte er eine kleine, graue Hauskatze in sein Untersuchungszimmer. Er stellte die Katze auf den Untersuchungstisch, die Katze geht einmal, zweimal, dreimal um meinen Hund herum, dann setzt sie sich auf den Boden und schüttelt ernst den Kopf.

Der Tierarzt sagt zu mir: ‚Ja, Sir, Ihr Hund ist tot.‘

Aber ich erkläre ihm: ‚Doc, ich brauche mehr Beweise als die Meinung einer Hauskatze. Hier geht es um zweihundert Dollar.‘

Darauf sagt der Tierarzt: ‚Also gut.‘ Er bringt die Katze hinaus und kommt mit einem braunen Labrador zurück. Der Lab wirft einen kurzen Blick auf den Untersuchungstisch, dann setzt er sich hin und schüttelt den Kopf. Der Arzt sagt: ‚Ja, Ihr Hund ist wirklich tot.‘

‚Hören Sie zu, Herr Doktor‘, sage ich. ‚Ich brauche echte Beweise und nicht nur die Meinung einer Hauskatze und eines Labradors.‘

Der alte Tierarzt lächelt nur und schreibt etwas auf ein Papier. Er reicht es mir und sagt: ‚Rufen Sie diesen Mann einfach an und sagen Sie ihm, dass dieser Hund eindeutig tot ist. Und sagen Sie ihm, dass Sie ihm das mit einem CAT-Scan[1] und einem Lab-Report[2] beweisen können!‘“

Nester lehnte sich zurück und schlug sich vor Lachen aufs Knie. Er freute sich tierisch, dass Burt seiner Geschichte wie gebannt gelauscht hatte. Burt zog den Hut über seine Augen und schüttelte den Kopf. Pop Dorsey lachte so schallend, dass er mit dem Rollstuhl gegen die Kaffeetheke knallte. Sheila stöhnte und verdrehte die Augen. Nester war nicht schlecht. Diesen Witz hatte ich noch nicht gehört.

„Der war gut“, sagte Pop schließlich.

Nester grinste. „Es stimmt.“ Er deutete zu einem fischförmigen Zeichen an Pops Wand der Weisheit. *„Dort steht es ja: Je größer der Angler, umso größer ist auch sein Anglerlatein.“*

Sheila kam hinter der Theke hervor. „Ihr könnt Witze erzählen, so viele ihr wollt, aber ich sage euch, dass Len ein Kind bei sich hat. Ich bilde mir das nicht ein.“

1 CAT: Englisch für: Computertomografie, aber auch *Katze*.

2 Lab: Englisch für: Labor, aber auch *Labrador*.

„Außer dir hat das Kind niemand gesehen“, stellte Nester klar.

Sheila bedachte ihn mit einem frustrierten Blick. „Mart, hast du drüben am Ufer bei den Big Boulders denn *überhaupt nichts* gesehen? Fußabdrücke oder so etwas? Das kleine Mädchen muss Fußabdrücke hinterlassen haben, als es gestern ans Ufer kam, und es muss bei dem alten Mann gewesen sein. Er war der Einzige, der dort drüben war. Und heute schleicht jemand in der Nähe der Stelle, an der er immer fischt, im Gebüsch herum. Findest du das nicht seltsam?“

Die Glocke über der Tür klingelte, aber niemand drehte sich um. Alle schauten mich gespannt an und warteten auf eine Antwort.

Ich nahm den Hut ab, kratzte mich am Kopf und bedauerte, dass die Nacht mit den Alligatoren mich daran gehindert hatte, gestern bei den Big Boulders nachzusehen, um dieser Diskussion endlich ein Ende bereiten zu können. „Als ich heute dort war, hatte es vorher geregnet. Es gab keine Spuren. Ich habe Len nicht gesehen, und ich habe auch keine Spur von einem kleinen Mädchen gesehen. Ich denke, dass Burt recht hat. Was du gesehen hast, war wahrscheinlich einer dieser Köter, die Len immer in seinem alten Pick-up mit sich herumfährt.“

Sheila schaute mich missmutig an. „Was ich gesehen habe, war *kein* Hund. Dort am Ufer war gestern *jemand.* Ein kleines, dunkelhaariges Mädchen in einem braunen Kleid.“ Der Blick in Sheilas Augen warnte alle, es ja nicht zu wagen, noch einmal die Hundetheorie anzubringen. „Es ist die Pflicht jedes Staatsbürgers, die Augen offen zu halten, und die Gesetzesvertreter …“ Sie schaute mich vielsagend an. „… sollten das schätzen. Was ist mit diesem Fall, der im Fernsehen gezeigt wurde, wo ein Mann ein kleines Mädchen entführte und es fast zwanzig Jahre in seinem Garten gefangen hielt? Besorgte Bürger haben gesehen, dass in diesem Haus etwas nicht stimmte, aber nichts wurde unternommen. So etwas kommt leider immer wieder vor.“

„Du solltest bei Pastor Hays nächster Theateraufführung mitspielen, Sheila.“ Nester widmete sich wieder seinem Dominospiel. „Du hast einen Hang fürs Theatralische.“

Sheila schnaubte und schlug mit der Hand auf die Theke. Dann drehte sie uns und unserem Gespräch den Rücken zu.

„Ich habe einen Pick-up gesehen … einen grauen Ford mit einem Hund hinten auf der Ladefläche und einem kleinen, dunkelhaarigen Mädchen auf dem Beifahrersitz", verkündete jemand in der Nähe der Tür.

Alle drehten sich abrupt um. An der Tür stand Dustins Mutter. Ich hatte diese Frau völlig vergessen, was auch ganz gut war, da das Gespräch mit ihr heute Morgen nicht besonders gut verlaufen war.

Sheila wurde durch diese neue Information noch aufgeregter. „Wirklich? Wo? Wann?"

Dustins Mutter trat ein paar Schritte weiter in den Raum hinein und rümpfte leicht die Nase, als sie Dorseys Sammlung an Fischen und ausgestopftem Wild an der Wand hängen sah. „Gestern. Irgendwo oben in Chinquapin Peaks." Sie deutete vage zu den Bergen hinüber und ging auf dem Weg zu Sheila an mir vorbei, als wäre ich Luft.

Ich schaute ihr nach. Nester bemerkte meinen Blick. Er deutete hinter ihrem Rücken auf sie, verzog den Mund zu einem stummen Pfeifen und riss die Augen weit auf, als wollte er sagen: *Schau nur, Mart! Eine echte, leibhaftige Frau!*

Ich tat, als bemerkte ich nichts – weder Nester noch die Frau.

„Ich war gestern Nachmittag auf der anderen Seeseite und hatte eine Autopanne", erzählte sie Sheila. „Der Pick-up fuhr vorbei, und es war einfach sehr … seltsam." Sie stellte sich Sheila vor. Ich merkte mir ihren Namen. Andrea. Andrea Henderson.

Sheila gab ihr die Hand. „Ach, dann sind *Sie* Dustins Mutter. Tut mir leid, dass es bei uns gestern so hektisch zuging, als Sie ihn abholten. Ich habe gehört, dass jemand zur Tür hereinkam, und als ich mit den Buskunden fertig war, war Dustin fort."

„Das war nicht ich. Meine Schwester hat ihn abgeholt", erwiderte Andrea. Plötzlich wirkte sie aufgewühlt, aber im nächsten Moment setzte sie wieder eine nüchterne, distanzierte Miene auf. Diese Frau konnte so kalt sein wie ein Eisklotz. „Es tat mir wirklich leid, dass ich nicht hier sein konnte, um die Situation zu klären. Gestern war einfach ein ziemlich verrückter Tag. In der Zeit, in der Dustin … ohne meine Erlaubnis auf dem See war, saß ich mit einer Reifenpanne im Wald fest und hatte so gut wie keinen Handyempfang. Während ich dort mit meinem Reifen kämpfte, kam ein grauer Pick-up mit einem angsteinflößenden Hund, der auf der

Ladefläche angekettet war, vorbei. Ein alter Mann saß am Steuer, und ein kleines Mädchen saß auf dem Beifahrersitz. Es drehte sich um und schaute mich an, als sie vorbeifuhren. Der Fahrer hielt an, und ich dachte, er würde aussteigen und mir helfen, aber das tat er nicht. Er fuhr einfach weiter."

Sheila warf mir einen triumphierenden Blick zu, als wollte sie sagen: *Mart, habe ich dir nicht gesagt, dass dieser alte Mann nicht alle Tassen im Schrank hat!*

Nester spitzte von seinem Dominotisch aus die Ohren, da er hier etwas hörte, das noch interessanter war als die Fischfangquote auf dem See. „War der Pick-up total verrostet? Hatte der alte Mann fettige Haare und trug er eine blaue Baseballkappe?"

Andrea beschrieb Len und seinen Pick-up haargenau – bis hin zu Lens vergammelter Baseballkappe und den Geräuschen, die sein Pick-up von sich gab, der ächzte und hustete wie ein Kettenraucher, der nach Luft schnappt. Auch wenn ich hundemüde war, war mein Interesse geweckt.

„Diese Situation jagte mir eine Gänsehaut über den Rücken. Ich wusste nicht …" Sie brach ab, und ihr Blick blieb an einem ausgestopften Luchs hängen, der eine Wachtel im Maul hatte. Sie verzog einen Mundwinkel. „Ich wusste nicht, was ich davon halten sollte, aber ich war zu sehr damit beschäftigt herauszufinden, wie man einen Reifen wechselt." Ihre Mundwinkel zuckten nach oben, als wäre diese Erinnerung im Nachhinein lustig. Vielleicht hatte diese Frau doch einen gewissen Sinn für Humor. „Manchmal reagiert man zwar irgendwie, achtet aber nicht besonders darauf. Später beunruhigt es einen dann aber doch. Es ließ mir keine Ruhe, dass das kleine Mädchen so ungepflegt aussah, so schmutzig und ungekämmt, und dass es nicht angeschnallt war. Ich tat das Ganze einfach als einen Großvater ab, der die Gesetze nicht kennt oder sich nicht die Zeit genommen hatte, seine Enkelin anzuschnallen."

Nester schaute mich mit zusammengekniffenen Augen an, dann wandte er sich wieder Andrea zu. „Das muss Len gewesen sein. Aber er ist kein Großvater. Len hatte nie eine Familie. Er ging direkt nach der Schule nach Vietnam. Dort bekam er ein Schrapnell in den Kopf. Er war vorher schon kein Genie. Danach kam er nach Hause und wohnte bei seinen Eltern, und sie kümmerten sich um ihn. Sie sind schon eine ganze Weile tot, glaube ich. Die beiden hat seit Jahren niemand mehr gesehen. Wahrscheinlich hat Len einfach ein Loch gebuddelt und sie irgendwo oben in den Bergen begraben. Dieser Mann ist so einfältig wie ein Flusskrebs, und er stinkt doppelt so schlimm. Mart, es ist unmöglich, dass eine Frau mit ihm zusammen war und ein Kind von ihm bekommen hat.“ Nester lehnte sich zurück und schaute mich mit einem besorgten Stirnrunzeln an.

Eine Frage schoss mir durch den Kopf. Ich stellte sie Andrea, ohne lange zu überlegen. „Was haben Sie auf der anderen Seeseite gemacht? Die Gegend dort ist ziemlich abgelegen.“ Es war eigentlich nicht meine Art, mich um fremde Angelegenheiten zu kümmern. Normalerweise mischte ich mich bei anderen nicht ein und war froh, wenn sich bei mir niemand einmischte. So war es einfacher. Aber ich musste zugeben, dass mich Dustins Mutter plötzlich neugierig machte, auch wenn ich nicht genau sagen konnte, warum das so war. Irgendwie konnte ich mir aus Andrea Henderson keinen Reim machen.

Andrea schien eine Minute nachzudenken, als wäre sie nicht sicher, ob sie es erzählen sollte. „Ich hatte einen Termin in dieser Gegend.“

Einen Termin klang irgendwie komisch. „Einen Termin?“ Was sollte jemand wie sie auf der anderen Seeseite zu tun haben? Das Land war wertlos, die Hälfte war nur über fast unwegsame Waldstraßen zu erreichen, die der Bezirk nicht einmal instand hielt. Früher hatten sich Rumschmuggler und Schnapsbrenner dort herumgetrieben. Jetzt lockte die Gegend Leute an, die Haschisch anbauten oder andere Drogen zusammenpanschten, und Leute wie Len, die irgendwo leben mussten, egal wo.

Der Mann, der vor mir die Stelle als Ranger hier innegehabt hatte, hatte mich gewarnt, dass ich dort drüben aufpassen sollte. *Wenn du aus Versehen in irgendein Marihuana-Feld stolperst, bist du schneller tot, als du gucken kannst,* hatte er gesagt. *Versuche nicht, dort draußen den Helden zu markieren. Wenn du so etwas entdeckst, verschwindest du wieder und benachrichtigst die Drogenfahndung. Das ist ihr Problem. Du kannst auch den Bezirkssheriff informieren, aber du wirst ihn nicht dazu bringen, dort hinauszufahren. Er ist nicht lebensmüde.* Danach hatte er Geschichten von Wanderern, Touristen in Kanus und glücklosen Hilfssheriffs erzählt, die aus Versehen auf das falsche Feld geraten waren und von denen man nie wieder etwas gesehen oder gehört hatte.

„Sind Sie Immobilienmaklerin oder so etwas?“, erkundigte sich Nester, der versuchte, auf die gleiche Frage eine Antwort zu finden, die ich mir stellte.

„Ich bin Therapeutin, die im Auftrag des Jugendamts Familien betreut.“ Andrea warf einen kurzen Blick in meine Richtung. Vielleicht wusste sie, was ich dachte. *Die Frau, deren eigenes Kind auf dem See Unsinn treibt, sagt anderen Leuten, was sie falsch machen?*

Nester wirkte überrascht, und Burt kniff die Augen zusammen und lehnte sich zurück. Wahrscheinlich wusste er, wie schwer es war, mit diesen Familien in Chinquapin Peaks fertigzuwerden. „Ich dachte, Tazinski arbeitet dort oben. Wir hatten einige Male miteinander zu tun, als ich noch Rektor an der Schule war.“

Andrea richtete sich ein wenig höher auf, als wollte sie uns überzeugen, dass sie in der Lage sei, diese Arbeit zu tun. „Dr. Tazinski hat mich eingestellt, um ihn in seiner Praxis zu unterstützen. Die ganzen Hausbesuche für das Jugendamt sind ihm zu viel geworden. Er hatte einige gesundheitliche Probleme.“

Burts Blick wurde ernst. „Sie sollten dort draußen vorsichtig sein. Hat Ihnen das Tazinski gesagt? Sie sollten genau wissen, *wohin* Sie fahren. Diese Leute reagieren nicht freundlich, wenn Fremde bei ihnen auftauchen. Habe ich nicht recht, Mart?“

Alle außer Andrea drehten sich zu mir um. „Einige sind ziemlich abweisend“, gab ich ihm recht.

Pop rollte mit seinem Rollstuhl hinter der Theke hervor. „Ich kenne Len Barnes schon sein ganzes Leben lang, und ich kann mir einfach nicht vorstellen, dass er jemandem etwas zuleide tut. Ich kaufe seit Jahren Gemüse und Dörrfleisch von ihm. Ich habe nie erlebt, dass er irgendwelche Schwierigkeiten macht.“

Sheila schaute ihn stirnrunzelnd von der Seite her an. „Papa, du *kennst* Len überhaupt nicht. Nur weil er mit Tomaten und Dörrfleisch hierherkommt, bedeutet das nicht, dass du wüsstest, was er sonst treibt. Er wildert im Nationalpark und bringt Seewolfleinen aus, obwohl das nicht erlaubt ist. Vielleicht stellt er auch noch andere Sachen an. Schau dir doch nur diesen Fall an, der erst kürzlich in den Nachrichten gebracht wurde. Dieser Mann war ein Verbrecher. Er hatte Nachbarn, und alle sagten sich nur, dass er ein wenig sonderbar sei. Jetzt geht man davon aus, dass er vielleicht auch am Verschwinden anderer Kinder in den letzten Jahren schuld war. Mindestens drei Kinder."

Nester nickte und strich sich übers Kinn. „Vier Kinder werden in der Gegend um den See herum vermisst. Sie sind nie wieder aufgetaucht. Das war in den letzten ... was? ... zwanzig Jahren oder so? Das erste Kind war der kleine Sanford. Er verschwand bei einem Ausflug in der vierten Klasse und wurde nie gefunden. Sie haben wochenlang den See und die Wälder abgesucht. Erinnert ihr euch? Das war einundneunzig."

Burt warf einen besorgten Blick in meine Richtung. „Das war ungefähr zu der Zeit, in der wir Lens Eltern nicht mehr sahen, Mart."

Ich fand, dass es an der Zeit war, diese wilden Spekulationen zu unterbinden, aber Pop kam mir zuvor. „Jetzt hört mir einmal alle gut zu! Ihr verurteilt diesen Mann, obwohl es nicht den geringsten Beweis gibt, dass er irgendetwas angestellt hat. Vielleicht gehört dieses kleine Mädchen zu einem Nachbarn oder Verwandten oder so etwas."

„Welche Nachbarn und welche Verwandten?" Sheila warf mir einen besorgten Blick zu. „Wir müssen das melden. Mart, *du* vertrittst hier das Gesetz. Schick den Sheriff zu ihm hinauf. Wenn du es ihm sagst, hebt er vielleicht tatsächlich seinen Hintern und unternimmt etwas."

„Ich glaube, Lens Grundstück liegt nicht mehr in seinem Bezirk", warf Burt ein.

Nester nahm eine Serviette aus dem Korb und zog einen Stift aus der Hemdtasche, als wollte er sich Notizen machen. „Jemand sollte beim FBI nachfragen, ob irgendwelche kleinen Mädchen, auf die diese Beschreibung passt, als vermisst gemeldet wurden, oder ..."

„Jetzt haltet aber mal die Luft an", sagte ich so laut, dass mir alle zuhörten, bevor hier eine wilde Episode von *CSI* vom Zaun gebrochen wurde. „Wir sollten uns alle beruhigen und Len nicht gleich an den Pranger stellen. Wir wissen nicht einmal, ob ..."

Die Tür ging auf und Pastor Hay trat mit einer Angelausrüstung ein. Er sah aus, als wäre er am See gewesen oder wollte zumindest gleich dorthin. Er trug die perfekte Kleidung, alles frisch aus einem Anglerkatalog. Da er erst knapp über dreißig war und aus der Großstadt in die Lakeshore Community Church versetzt worden war, hatte Hay große Mühe, sich an das Leben hier anzupassen. Er hatte sich ein gebrauchtes Zweimannmotorboot gekauft, das aber die halbe Zeit kaputt war.

Er kam durchs Zimmer und reichte Burt seine Angelrute. Das Ding war so verknotet, dass er die Schnur wahrscheinlich nie wieder entwirren konnte.

„Pastor Hay, das sieht ja wirklich schlimm aus“, stellte Burt fest. „Sie brauchen schon wieder eine neue Angelschnur.“

Hay nickte. „Das habe ich befürchtet.“ Er schlenderte zu dem Automaten mit den Sorbet-Getränken hinüber. Dabei wackelten seine langen dürren Beine wie die Hosenbeine einer Vogelscheuche. Nester untersuchte die Angelrute, während Pastor Hay sich einen Smoothie aus dem Automaten ließ. „Hey, Mart, haben Sie sich schon Gedanken darüber gemacht, was ich Sie neulich gefragt habe?“

„Nicht wirklich.“ Hay hatte mich letzten Samstag an der Tankstelle getroffen und mich darauf angesprochen, ob ich an einer Theateraufführung mitwirken wollte. Doch das war so ziemlich das Letzte, was ich freiwillig tun würde.

„Diesen Herbst üben wir *Weihnachten bei den Waltons* ein. Sie wären der perfekte Sheriff.“

Andrea schaute mich überrascht an, und Nester schmunzelte belustigt.

„Sie wollen, dass Mart Theater spielt?“, fragte Burt. Er gab Töne wie eine Dampfmaschine von sich, als er das sagte.

Ich fühlte, dass Andrea mich anschaute, und plötzlich erinnerte ich mich an die öffentliche Demütigung, die meine Schauspielkarriere in der achten Klasse abrupt beendet hatte. Von einem solchen Schlag erholt sich ein Mann nicht so leicht. „Ich denke, dass ich im Moment darauf verzichten muss, Pastor Hay“, sagte ich.

Hay zuckte, gut gelaunt wie immer, die Achseln. „Denken Sie noch einmal darüber nach. Ich bin für die nächsten zwei Wochen mit der Besetzung der einzelnen Rollen beschäftigt.“ Er füllte seinen Becher mit verschiedenfarbigen Schichten des flüssigen Eises, wie ein Kind, das sich in der Eisdiele austoben darf. „Hey, weiß jemand, ob der alte Len eine Familie hat?“

Schlagartig richteten sich alle Augen im Raum auf ihn. Er war mit seinem Becher beschäftigt und merkte deshalb überhaupt nicht, dass alle wie gebannt darauf warteten, dass er weitersprach.

„Was?“ Nester rutschte auf seiner Bank vor. „Haben Sie Len mit jemandem gesehen?“

Hay war jetzt mit seinem Becher fertig und sah, dass ihn alle erwartungsvoll anschauten. Seine Augen wurden so groß und rund, dass er ein wenig aussah wie Karl der Koyote aus den Looney-Tunes-Filmen, der gerade merkt, dass er sich über dem Abgrund befindet. „Ja. Ich habe ihn heute an der Kreuzung getroffen, und unter den Bäumen bei seinem Pick-up spielte ein kleines Mädchen. Ich hielt an, um ein wenig Gemüse zu kaufen, und er wirkte irgendwie nervös. Es war ein wenig schwer zu verstehen, was er mir sagen wollte, aber ich glaube, er sagte, sie sei seine Tochter oder Enkelin. Ich wusste nicht, dass Len Familie hat. Jedenfalls dachte ich, dass ich ihn morgen vielleicht besuchen kön…“ Er brach mitten im Satz ab und stellte seinen Becher auf die Theke. „Was ist los?“

Sheila knallte die Münzrolle, die sie gerade auswickelte, auf die Theke. „Das reicht. Ich rufe das Jugendamt an.“

Kapitel 9

Jedes Fischgewässer hat seine Geheimnisse …
Um diese Geheimnisse zu lüften,
braucht man mehr als nur einen Angelhaken.
Zane Gray
(von einem irischen Dichter zitiert, der im Waterbird wartete,
bis ein Gewitter vorübergezogen war)

Andrea Henderson

Meine Mutter warnte mich immer, dass ich früher oder später die Nase in etwas stecken würde, das mein Tod wäre. Vielleicht stammte ihre Angst daher, dass ich zu früh auf die Welt gekommen und von schwächlicher Gesundheit gewesen war. Vielleicht lag es auch einfach in ihrer Natur.

Jedenfalls hatte sie das Bedürfnis, mich davon zu überzeugen, dass ich dazu geschaffen sei, nur kleine, machbare, vorhersehbare Dinge zu tun. Wenn ich etwas Größeres anstreben sollte, würde ich meine Fähigkeiten überfordern und eine Katastrophe heraufbeschwören. Jeder andere Weg als der, den sie für mich vorgezeichnet hatte, würde mich ins Verderben führen. *Kümmere dich nicht um die Angelegenheiten anderer Leute, solange du dein eigenes Leben nicht in Ordnung gebracht hast. Gott hat dich nicht dazu berufen, die ganze Welt zu retten, Andrea Jane.*

Vielleicht waren genau diese Ermahnungen der Grund, warum ich das Bedürfnis verspürte, mich in die Situation, die sich gerade im Waterbird entwickelte, einzumischen. Als der Ranger der Frau hinter der Theke sagte, dass sie mit dem Anruf beim Jugendamt warten solle, bis er über den See gefahren war und sich dort umgesehen hatte, sprudelte es einfach aus mir heraus: „Ich komme mit.“

Er sah mich mit offenem Mund an, und sein Gesichtsausdruck unter der Krempe seines Strohcowboyhuts wurde ernst. „Hören Sie, das hier ist kein gemütlicher Ausflug über den See. Wenn wir auf der anderen Seite ankommen, gehen wir den restlichen Weg zu Fuß, und ich weiß nicht, wie weit es ist. Ich bin nicht ganz sicher, wo Len wohnt, aber ich habe eine ungefähre Ahnung, wo er sein Boot in den Fluss setzt und wieder an Land zieht. Sie sehen nicht so aus, als wären Sie für eine Wanderung im Wald richtig gekleidet." Er deutete auf meinen Hosenanzug und meine Pumps, die ich im Geiste schon in den Kleiderschrank verbannt hatte, aus dem ich sie nur an Tagen, an denen ich keine Hausbesuche machte, herausnehmen würde. Wenn man in billigen Wohnhütten herumlief und über Pferdeweiden und durch Hühnerhöfe stapfen musste, um zu seinen Klienten zu gelangen, musste eine praktischere Kleidung den Ansprüchen genügen.

Der Ranger hatte wahrscheinlich recht, aber ich wurde das Gefühl nicht los, dass er eher mein fachliches Können als meine Kleidung infrage stellte. „Das schaffe ich schon. Ich habe schon schlimmere Wege bewältigt, um meine Fälle vom Jugendamt zu besuchen."

In den anderthalb Tagen, die ich schon in diesem Beruf arbeite.

Er zog eine Braue hoch. Seine Augen waren blutunterlaufen und rot umrandet. Eine Hand lag auf seinem Gürtel, als wollte er gleich den Revolver auf mich richten. Ich fragte mich, ob das eine Angewohnheit sei oder ob er mir damit etwas sagen wollte. Arroganter Idiot. Kein Wunder, dass der Vorfall mit den Jugendlichen gestern so schlimm ausgegangen war. „Hören Sie, gute Frau, ich bin kein Babysitter. Wenn wir auf Lens Grundstück herumschnüffeln, kann es sein, dass er auf uns schießt. Er wird kaum einen roten Teppich für uns ausrollen. Die Leute dort oben halten nicht viel von Besuch."

„Ja, ich weiß. Ich arbeite dort oben, schon vergessen? Ich kenne die Risiken." Die kleine, leise Stimme in meinem Kopf flüsterte: *Hast du den Verstand verloren? Was denkst du dir dabei? Du musst nicht die ganze Welt retten, Andrea Jane. Kümmere dich um deine eigenen Angelegenheiten und misch dich nicht in die von anderen Leuten ein.* Auch wenn ich mich gegen die Ermahnungen meiner Mutter auflehnen wollte, wusste ich, dass sie wahrscheinlich recht hatte.

Ich hatte Dustin angerufen, um ihm zu sagen, dass ich ins Waterbird ginge und ein wenig später nach Hause käme. Er rechnete aber nicht damit, dass ich noch eine ganze Stunde länger fortbliebe – oder so lange, wie dieser Besuch eben dauern würde.

Andererseits befand sich Dustin an einem sicheren, warmen, trockenen Ort. Und dieses kleines Mädchen vielleicht nicht. In meinem Kopf tauchte wieder der rostige, graue Pick-up mit dem knurrenden Hund auf der Ladefläche und dem kleinen Mädchen auf, das die Hand an die Fensterscheibe drückte und mich mit seinen blauen Augen aufmerksam beobachtete. Es hatte auf eine Weise hilfsbedürftig gewirkt, die eine Stelle tief in meinem Inneren anrührte. „Wenn Sie diesen Fall dem Jugendamt melden, weiß keiner, wann er untersucht wird oder ob er überhaupt untersucht wird. Bis jetzt haben Sie nur ein paar vage Verdächtigungen. Niemand hat gesehen, dass diesem Kind etwas angetan worden wäre. Das Jugendamt muss sich auf die dringendsten Fälle konzentrieren. Auf Fälle, in denen ein deutliches Risiko für das Kind besteht. Wenn Sie dort hinaufgehen und herausfinden, dass dieser ... Len ein kleines Mädchen bei sich hat, wird die Situation noch komplizierter. Sie können nicht damit rechnen, dass das Mädchen Ihnen die Wahrheit sagt. Kinder sind leicht zu beeinflussen. Sie bauen schnell eine Beziehung zu den Menschen auf, die sich um sie kümmern, selbst wenn sie ihnen wehtun. Es gibt bestimmte Fragen, die man stellen muss, bestimmte Warnsignale, auf die man achten muss."

Noch bevor ich den Satz beendet hatte, stand mein Entschluss fest, denn manchmal weiß man einfach, dass man etwas Bestimmtes tun soll: Wenn der Ranger dort hinaufging, würde ich ihn begleiten, wie auch immer. Ohne klare Beweise und ohne Anzeige konnte es Wochen dauern, bis das Jugendamt sich darum kümmerte, wenn überhaupt. Bis dahin konnte diesem Mädchen alles Mögliche passieren. Es war kein Zufall, dass ich dort gewesen war, als dieser Pick-up gestern vorbeifuhr. Ich hatte ihn und das Mädchen sehen sollen.

„Ich denke, Sie sollten sie mitnehmen, Mart", mischte sich der Pastor ein. „Kinder fühlen sich im Beisein einer Frau meistens wohler. Ich könnte auch mitkommen."

Die Frau hinter der Theke nickte. „Das sehe ich auch so. Du

brauchst jemanden, der weiß, wie man mit Kindern in Krisensituationen umgeht."

Der Ranger, Mart, hob abwehrend die Hand. „Langsam! Niemand weiß, ob es dort drüben überhaupt eine *Krisensituation* gibt. Ich fahre nur hinüber, um herauszufinden, wo Len genau wohnt, und um mich dort ein wenig umzusehen. Es kann gut sein, dass ihr euch alle völlig grundlos ereifert."

„Sie *wissen*, dass mehr dahintersteckt, sonst würden Sie nicht fahren", beharrte ich.

Mart richtete sich auf, blinzelte und rieb sich ein Auge. „Hören Sie, falls ich dort … etwas Kriminelles im Zusammenhang mit diesem Mädchen vorfinde, fällt es unter das Strafgesetz und nicht in den Aufgabenbereich eines Rangers. Dann muss ohnehin der Bezirkssheriff eingreifen."

„Ach, Mart!" Die Frau hinter der Theke verdrehte die Augen, stemmte die Hände auf die Theke und beugte sich vor. „Komm schon! Solange es nicht Hauseigentümer mit Geld oder die Touristen im Nationalpark betrifft, interessiert sich doch niemand dafür."

„Ich komme mit", wiederholte ich.

Mart trommelte mit den Fingerspitzen an seinen Gürtel und schaute mit zusammengekniffenen Augen nachdenklich zum anderen Ufer hinüber, als versuchte er, sich vorzustellen, was er dort vorfinden würde. „Meinetwegen", antwortete er schließlich und schritt auf die Hintertür zu. Er hielt sie auf und deutete auf die Veranda hinaus. „Pastor Hay, kommen Sie auch mit?"

Der Pastor nickte und trank seinen Becher leer. „Ich denke, ich sollte mitkommen." Er ging zur Tür, und ich folgte ihm.

„Brauchst du noch mehr Unterstützung, Mart?", fragte einer der Kaffee trinkenden Gäste und grinste den Ranger an. „Soll ich das SWAT-Team anrufen?"

Mart setzte seine Sonnenbrille auf und zog dann den Hut tief über die Augen. „Ja, das brauchen wir vielleicht."

Bevor ich ihm den Hang hinab folgte, schrieb ich Dustin eine SMS, um ihm zu sagen, dass es noch eine Weile dauern könnte. Aus seiner Antwort schloss ich, dass er im Garten war und die Strafarbeitsliste abarbeitete, die ich ihm heute Morgen gegeben hatte. Anscheinend war Megan mit den Zwillingen gekommen, um im

See zu baden. Es tröstete mich, dass er heute Abend nicht allein zu Hause war.

Erst als wir schon im Boot des Rangers über den See fuhren, fiel mir ein, dass ich Dustin nicht gesagt hatte, dass wir im Kühlschrank Aufschnitt, Hotdogs und ein Brathähnchen hatten, falls Megan und die Kinder etwas essen wollten. Ich zog mein Handy heraus und sah nach, ob ich Empfang hatte. Natürlich hatte ich keinen. Als ich das Handy gerade zuklappen wollte, klatschte eine große Welle an unser Schnellboot, das einen Satz in die Höhe machte, sodass ich von meinem Sitz hochgeschleudert und mein Handy nass wurde. Ich hielt mich am Armaturenbrett fest, um nicht auf Marts Schoß zu landen. Meine Füße rutschten in zwei verschiedene Richtungen, und ich landete mit einem nicht gerade würdevollen „Uff!" wieder auf meinem Platz.

„Halten Sie sich lieber fest", schrie Mart und warf mir einen höhnischen Blick zu, während ich wütend das Handy an meiner Bluse abtrocknete.

Der Pastor drehte sich zu mir. „Der See ist heute unruhig. Es kommen noch mehr Gewitter."

„Sieht so aus", versuchte ich den Lärm zu übertönen.

Der dunkler werdende Himmel spiegelte sich auf Marts Sonnenbrille, als er die Wolken betrachtete und den Kopf schüttelte, als wäre er auch für das Wetter zuständig. Er deutete mit dem Finger auf ein vorbeifahrendes Boot, um den Fahrer aufzufordern, langsamer zu fahren.

Pastor Hay legte den Kopf zurück, um den blauen Streifen am Himmel zu betrachten. Der Wind erfasste seinen Anglerhut und wehte ihn spiralförmig in die Luft. Er drehte sich und flatterte einen Moment hinter dem Boot, dann landete er in der weißen Gischt unserer Heckwelle und trieb dort, während der Pastor ihm sehnsüchtig hinterhersah.

Mart warf einen Blick in den Rückspiegel und drehte sich dann mit einem genervten Stirnrunzeln zu uns um. „Festhalten", schrie er. Das Boot wendete so plötzlich, dass meine Pumps wie Schlittschuhe über den Boden glitten. Die Welt war eine riesige, sich drehende Zentrifuge, die meine Sicht verschwimmen ließ und mich aus dem Sitz zog, obwohl ich mich an der Lehne festklammerte.

Mart stand auf, beugte sich über die niedrige Reling, hielt in einer lässigen Bewegung einen Arm über die Wasseroberfläche und zog den Hut heraus.

Während er die Wassertropfen von dem geretteten Hut schüttelte, brachte er das Boot wieder auf Kurs und ich landete schwungvoll wieder auf meinem Sitz, wo ich den nächsten Wasserschwall abbekam. Dieses Mal ins Gesicht. Ich schmeckte Fisch und Algen und sah, wie etwas über den Boden rutschte. Mein Handy. Ich bückte mich unter das Armaturenbrett und versuchte, es zu erwischen, während das Boot weiter über das Wasser hüpfte. Als ich mich wieder aufsetzte, drehte sich alles in meinem Kopf, und mein Magen rumorte ebenfalls. Ich drückte eine Hand auf meinen Bauch, biss die Zähne zusammen, schluckte schwer und rieb mir den Magen. Endlich ging unsere Fahrt in ein langsameres, ruhigeres Schaukeln über und der Motor gab nur noch ein leises Summen von sich.

„Sagen Sie mir bitte, dass Sie sich jetzt nicht in meinem Boot übergeben werden." Mart schaute mich argwöhnisch an, während er Pastor Hay den Hut nach hinten warf.

„Ich übergebe mich nicht in Ihrem Boot", presste ich heraus. *Ich übergebe mich nicht im Boot. Ich übergebe mich nicht im Boot. Ich übergebe mich ...*

Im nächsten Moment hing ich über der Reling und übergab mich. Zum Glück hatte ich nichts im Magen und es kam auch fast nichts heraus. Ich sank auf meinem Sitz zurück, während der Pastor sich besorgt zu mir nach vorne beugte: „Legen Sie den Kopf zwischen die Knie. Sie sind kreidebleich."

„Mir geht es gut. Mir geht es gut." Dass ich den Kopf zwischen die Knie gelegt hatte, hatte ja überhaupt erst diesen Zustand ausgelöst. Ich winkte ab, schloss die Augen und atmete tief ein. „Ich war nur lange nicht mehr auf dem Wasser. Früher wurde ich nie seekrank." Auch wenn das Boot jetzt langsamer fuhr, schaukelte es immer noch und die Wellen wühlten meinen Magen auf.

Pastor Hay schmunzelte nachsichtig. „Es ist irgendwie komisch, an einem See zu wohnen und nicht aufs Wasser hinauszufahren."

„Wir waren bis jetzt mit dem Auspacken beschäftigt." Mit dem Saum meiner neuen Seidenbluse wischte ich mir das Wasser aus dem Gesicht, während wir leise zwischen einer Insel und den Big

Boulders hindurchfuhren. Wenn diese Kleidung noch gerettet werden könnte, wäre das ein Wunder. Im Moment hätte ich die Sachen gern gegen Wanderstiefel und Kampfkleidung eingetauscht.

„Hier", sagte Mart, und etwas landete auf meinem Schoß. Ein Handtuch. „Tut mir leid, dass Sie nassgespritzt wurden." Er sah ganz und gar nicht so aus, als täte es ihm leid. Er sah aus, als würde er innerlich schmunzeln und die Gelegenheit genießen, mir zu beweisen, dass sein großes, böses Rangerboot kein Ort für schwache Mädchen war.

„Es war meine Schuld", warf Pastor Hay ein, während er seinen Anglerhut auswrang. „Eigentlich müsste ich wissen, dass ich meinen Hut festhalten muss, wenn Mart fährt."

Marts Lippen verzogen sich unter der Krempe seines Strohcowboyhuts zu einem Grinsen. Ich ertappte mich dabei, dass ich einfach nur zusah, wie er lächelte. Er hatte ein richtig nettes Lächeln – wie aus einer Rasierwasserwerbung, aber auch ein wenig spitzbübisch. Seine Miene wirkte verschmitzt, als teilten er und der Pastor einen Witz, den nur sie beide verstanden, und Mart schien das zu genießen. Eine solche Seite hätte ich mir bei Mart McClendon nie vorstellen können. Er war also doch nicht nur der strenge Gesetzeshüter …

„Dann sind Sie neu hier in der Gegend?", stellte der Pastor fest. „Sie und Ihr Mann?" Vielleicht hatte er den Ring an meiner linken Hand bemerkt. Es war allerdings kein Ehering, sondern ein altes Familienerbstück, das ich von meiner Großmutter geschenkt bekommen hatte. Aber es hätte ein Ehering *sein können*, und genau deshalb trug ich den Ring. Als mich eine freundliche fremde Frau in der Schlange an der Fleischtheke im Supermarkt gefragt hatte, ob ich Single sei, war ich völlig verunsichert gewesen. Danach hatte ich den Ring meiner Großmutter herausgekramt, damit mir diese Frage in Zukunft erspart bliebe.

Single war irgendwie nicht das richtige Wort für den Zustand, in dem ich mich befand. Ich war nicht sicher, ob dieses Wort je wieder passen würde. Ich hatte Freunde gehabt, die ebenfalls eine Scheidung hinter sich gebracht und das alles ziemlich unbeschadet überstanden hatten. Aber ich hatte selbst nach einem Jahr noch das Gefühl, dass ich früher oder später in meinem alten Leben aufwachen würde und wieder eine verheiratete Mutter wäre. Ich würde ehrenamtlich in der Schule mitarbeiten, einen Tag in der Woche bei der Essensausgabe helfen, die Gebetsgruppe in der Kirche leiten und mich ehrenamtlich in der Gemeinde und in der Krisenberatung in der Innenstadt engagieren. Und eines Tages, wenn meine Zeit als Familienfrau vorbei wäre, würde ich problemlos einen Beruf ergreifen und meinen Traum erfüllen, so etwas wie Tante Lucy zu machen. Dieses *Eines Tages* sollte allerdings erst später kommen, nicht schon jetzt.

Pastor Hay sah aus, als ahnte er, dass er einen wunden Punkt berührt hatte. Er hatte den weisen Blick eines Mannes, der schon vieles gesehen hatte.

„Nur mein Sohn und ich“, sagte ich und lehnte mich in dem Versuch, Mart aus dem Gespräch auszuschließen, über die Rückenlehne nach hinten zu Pastor Hay. Aber auch wenn das Boot jetzt langsamer fuhr, war der Motor immer noch so laut, dass ein leises Gespräch unmöglich war. „Wir zogen in das Haus in Larkspur Cove, als ich die neue Arbeitsstelle antrat. Die Praxis, in der ich arbeite, befindet sich in Cleburne.“

Pastor Hay zog eine Braue hoch. „Dann müssen Sie aber jeden Tag ziemlich weit pendeln. Wie alt ist Ihr Sohn?“

Obwohl Mart zuhörte, tat mir dieses Gespräch gut. Pastor Hay hatte die Gabe, auf sanfte, unaufdringliche Art seine Anteilnahme zu zeigen. „Vierzehn“, antwortete ich.

„Oh, mitten in der Pubertät.“ Sein Mitgefühl war unübersehbar. Früher hätte ich schnell gesagt, dass die Pubertät kein Problem sein würde. Dustin war von Natur aus fröhlich und umgänglich. In Marts Beisein konnte ich das aber schlecht sagen. Er hatte den echten Dustin noch nicht kennengelernt.

Ich nickte und schaute über den See nach Larkspur Cove. Ich konnte den Scissortail ausmachen, aber mehr sah ich nicht.

Nachdem wir die Big Boulders passiert hatten und unter der Eagle Eye Bridge in den Flusskanal eingebogen waren, verlor ich Larkspur Cove ganz aus den Augen. Das Wasser wurde ruhiger und das Boot wurde leiser. Der Motor war jetzt fast nicht mehr zu hören. Ich sah zur Brücke zurück und dachte an meinen Traum – das kleine, dunkelhaarige Mädchen, das auf dem Brückengeländer balancierte. War der Traum eine Warnung? Ein Zeichen?

„Ihr Sohn langweilt sich bestimmt, wenn er die ganze Zeit allein hier draußen am See ist“, stellte Pastor Hay fest. „Hier kann man nicht viel anderes machen als die Vögel zu beobachten.“

Ich konnte mir einen schnellen Seitenblick auf Mart nicht verkneifen. Dass Dustin etwas angestellt hatte, hatte sich offensichtlich noch nicht bis zu Pastor Hay herumgesprochen. Marts Lächeln verwandelte sich in ein süffisantes Grinsen, und die Mutter in mir, die ihr Kind beschützen will, hätte am liebsten etwas nach ihm geworfen. Den Anker vielleicht.

„Dustin hat heute viel zu tun“, brachte ich mühsam heraus. „Er hat von mir eine Liste bekommen.“

Pastor Hay, dem völlig entging, dass es nicht nur *unter* dem Boot, sondern auch *im* Boot starke Strömungen gab, lachte unbeschwert. „Oh, diese furchtbaren To-do-Listen! Er muss ein guter Junge sein, wenn Sie ihn mit einer solchen Liste allein zu Hause lassen können.“

„Er *ist* ein guter Junge.“ Wenn Mart jetzt *ein* Wort sagte, würde ich ihn mit dem nächstbesten Gegenstand niederschlagen. Das würde ich wirklich tun. „Der Umzug und die neue Familiensituation, die nur ihn und mich übrig gelassen hat, sind nicht leicht für ihn, aber er ist ein guter Junge. Sein Vater lebt weiterhin in Houston. Es ist deshalb alles ein wenig schwer und gewöhnungsbedürftig für ihn.“

Der Pastor nickte. „Umzüge sind für Kinder meistens schwer. Nicht wahr, Mart? Sie sind als Kind doch auch oft umgezogen.“

„Daran habe ich noch keine Gedanken verschwendet“, erwiderte Mart knapp. Dann stand er hinter dem Steuerrad auf, suchte den Fluss vor uns ab und gab uns damit deutlich zu verstehen, dass er keine Lust hatte, seine Vergangenheit mit Dustins derzeitigen Problemen in Verbindung zu bringen.

Aus irgendeinem Grund versuchte ich, diese Information einzuordnen. *Er ist als Kind häufig umgezogen.* Vielleicht war er deshalb so … verhaltensgestört.

„Wir haben in der Kirche einige hervorragende Sommerangebote“, schlug Hay vor. „Es ist nur eine kleine Gruppe von Jugendlichen, aber wir bemühen uns, sie zu beschäftigen. Ich kann gern einmal vorbeikommen und Ihren Sohn abholen.“

Diese Einladung war unübersehbar mit hohen Erwartungen verknüpft. Ich kannte die Vorgehensweise von Pastoren. Als Frau eines früheren Pfarrers und dann Vizerektors eines Colleges war ich bei Besuchern in unseren verschiedenen Gemeinden ähnlich vorgegangen. *Finde etwas über den anderen heraus, stelle eine Beziehung her, erfahre etwas über seinen Hintergrund, mache Vorschläge, welche Angebote für ihn interessant sein könnten.* „Interessiert er sich für Theaterspielen?"

„Theaterspielen?", wiederholte ich und überlegte.

„Ich habe bei unserer Herbstaufführung noch Rollen für Jungen in seinem Alter frei."

Ich versuchte, mir auszumalen, wie Dustin auf diesen Vorschlag reagieren würde. Früher hatte er bei den Aufführungen der Ferienbibelschule begeistert mitgemacht. Er hatte sogar ein paar Rollen übernommen, wenn das College-Theater ein Kind für ein Stück brauchte. Aber jetzt? Wer konnte das schon sagen? „Ich kann mit ihm darüber sprechen." Neben der Frage, wie Dustin reagieren würde, hatte ich noch andere Bedenken. Wenn wir in der Gemeinde Kontakte aufbauten, würde irgendwann jeder unsere Geschichte erfahren. So, wie es jetzt war, war es viel leichter, anonym zu bleiben. „Im Moment sollte er erst einmal seine To-do-Liste abarbeiten und seine Texte für den Englischunterricht im nächsten Schuljahr lesen." Wenigstens hoffte ich das. Ich warf wieder einen besorgten Blick hinter mich, wo die Felsen über der Eagle Eye Bridge hinter einer Flussbiegung verschwanden.

„Das tut er auch." Diese Antwort und dass sie ausgerechnet von Mart kam, überraschte mich. „Ich bin heute bei Ihrem Haus vorbeigefahren. Er war im Garten und schob einen Rasenmäher vor sich her."

Zuneigung regte sich in mir, gefolgt von einer spürbaren Erleichterung. Dustin hatte wirklich das gemacht, was ich ihm aufgetragen hatte. Er hatte in seiner SMS die Wahrheit gesagt. Er war dort, wo er heute sein sollte. Zu Hause. Und er trug die Konsequenzen für sein falsches Verhalten. Vielleicht lag das Schlimmste schon hinter uns.

Diesem Gedanken folgte sofort ein anderer: *Der griesgrämige Ranger nahm sich Zeit, um nach meinem Sohn zu schauen.*

Während wir langsam flussaufwärts fuhren, tat ich, als betrachtete ich die überhängenden Bäume am anderen Ufer, aber in Wirklichkeit beobachtete ich Mart und versuchte, aus ihm schlau zu werden. In Mart McClendon steckte mehr, als er äußerlich zeigte. Er war nicht der Eisklotz, als den er sich ausgab …

Als er zehn Minuten später den Motor drosselte und uns vorsichtig zwischen zwei überhängenden Weiden ans Ufer lenkte, wurde mir bewusst, dass ich ihn analysierte: Ich beobachtete, wie er sich bewegte, und ich lauschte, wie er und Pastor Hay über das Wanderverhalten der Wasservögel am Fluss sprachen. Als wir fast am Ufer waren, stellte McClendon den Motor ab, stieg vorne aus dem Boot, nahm das Tau und watete durch den Schlamm ans Ufer. Er zog das Boot mit dem Tau weiter, bis es mit dem Bug im Schlamm stecken blieb. Plötzlich begriff ich, dass es hier keinen Kai gab. Hier in Schuhen mit hohen Absätzen aus dem Boot zu steigen, wäre … nun ja … bestenfalls nicht besonders würdevoll.

Falls Mart sich darüber Gedanken machte, zeigte er es nicht. Er band das Tau an einem Baum fest und sagte: „Wenn ich mein normales Boot hätte, wäre es leichter. Das hier ist geliehen. Warten Sie einen Moment.“ Dann verschwand er im Unterholz.

Auf dem Rücksitz krempelte Hay seine Hosenbeine hoch. Da ich es vorzog, ohne Zuschauer aus dem Boot zu steigen, statt mich vor einem Publikum lächerlich zu machen, ging ich nach vorne, suchte mir die Stelle aus, die am festesten aussah, und schwang meine Beine über die Bootskante. Ich landete im Schlamm, hörte ein Blubbern und fühlte, wie etwas Kühles und Schleimiges in meine Schuhe glitt. Ein angewidertes Schauern lief über meinen Rücken – armselig für eine Frau, die sich als Kind am liebsten am See aufgehalten hatte. Den ganzen Tag über war ich barfuß gelaufen, hatte in der Erde gegraben und meine Haare vom Wind und Wasser so zerzausen lassen, dass meine Mutter später in stundenlanger Arbeit mühsam die vielen Knoten durchzukämmen versuchte. Was war aus diesem Mädchen geworden?

„Warten Sie noch kurz im Boot“, rief Mart irgendwo hinter den Bäumen. „Ich hole eine …“ Die Büsche raschelten. Ich watete durch den Schlamm, als Mart zwischen den Büschen auftauchte und einen ziemlich großen Ast hinter sich herzog. Aus dem Blick, mit dem er meine matschbedeckten Füße betrachtete, schloss ich, dass er den Ast als eine Art Landungsbrücke hatte benutzen wollen, damit ich sicher ans Ufer käme. „Den brauchen wir jetzt anscheinend nicht mehr." Mart warf den Ast weg.

„Ich komme schon klar", sagte ich, als würde ich so etwas jeden Tag machen.

Hinter mir rief Pastor Hay: „Attacke!" Dann sprang er vom Boot und landete auf der anderen Seite des Morastes auf festem Boden. Mart ging auf die Bäume zu, und ich stapfte mit meinen matschgefüllten Schuhen auf dem trockenen Waldboden hinter ihm her. Der Pastor folgte uns.

„Wie weit ist es zum Haus?", fragte ich, obwohl mir vor der Antwort graute. Im Gegensatz zu unserer Seite des Sees war das Ufer hier wild und unerschlossen, einsam und alles andere als einladend, gesäumt von großen Bäumen und dichtem Gestrüpp. Jetzt, da ich genauer hinschaute, entdeckte ich auch jede Menge Giftefeu. Wahrscheinlich gab es hier auch Schlangen. So weit mein Blick reichte, war keine Spur von einem Haus oder einer Straße oder irgendeiner menschlichen Behausung zu sehen.

Mart legte den Kopf zurück und betrachtete einen Baum über sich. „Wir müssen an der falschen Stelle sein. Diese Bäume haben zu viel Rinde auf der Nordseite."

Drei Gedanken schossen mir durch den Kopf. *Soll das heißen, dass ich vergeblich aus dem Boot geklettert und durch den Schlamm gewatet bin? Wie soll ich wieder ins Boot kommen?* Und ein letzter Gedanke: *Wie kann er an der Baumrinde erkennen, wo wir sind?* „Sie machen Scherze, oder?"

Mart drehte sich nur so weit um, dass ich ein Funkeln in seinem Augenwinkel bemerkte, dann grinste er, schüttelte den Kopf und ging weiter.

Pastor Hay, der hinter mir ging, lachte leise. „Ranger erzählen sehr viel Unsinn, wenn der Tag lang ist. Das ist eine Berufskrankheit."

Vor uns hielt Mart einen Vorhang aus wilden Ranken beiseite und winkte uns durch. Ich sah nach oben in sein Gesicht, um zu prüfen, ob er immer noch lächelte, und bemerkte den letzten Rest eines Grinsens. Irgendwo hinter dieser Uniform und dem ernsten

Gesicht steckte also tatsächlich ein menschliches Wesen. Wer hätte das gedacht?

Als wir es endlich durch das Unterholz geschafft hatten, fand Mart schnell eine Straße, die aus nicht viel mehr bestand als aus zwei Spurrillen, die in den Wald führten. Ich bezweifelte, dass der Weg noch benutzt wurde, aber Mart nickte, als hätte er gefunden, was er suchte. „Jetzt sollte es nicht mehr weit sein", sagte er. „Ich nahm an, dass Len einen dieser alten Holzwege benutzt, um seine Sachen zum Wasser hinabzubringen. Wahrscheinlich hat er hier in der Nähe unter den Büschen ein Boot versteckt. Er lässt es gleich hinter diesen Zedern zu Wasser."

Ein Schauer kroch über meinen Rücken, und ich bekam eine Gänsehaut. Plötzlich hatte ich das Gefühl, beobachtet zu werden.

Vieleicht war es doch keine so gute Idee gewesen hierherzukommen.

Kapitel 10

Gott hat den Menschen einen Mund und zwei Ohren gegeben, damit sie doppelt so viel zuhören wie reden.
Anonym
(zitiert von Mart McClendon, Ranger)

Mart McClendon

Auf dem Weg bergauf kam mir der Gedanke, dass es vielleicht doch keine so gute Idee gewesen war, Hay und Andrea mitzunehmen. Ich machte mir nicht wirklich Sorgen, dass Len auf die Idee käme, auf uns zu schießen. Wenn man zehn Jahre lang mit Wilderern, Wilddieben und bewaffneten Hinterwäldlern zu tun gehabt hatte, bekam man ein Gespür für die Menschen. Aber durch Andreas Fragerei und Hays lautem „Attacke!"-Schrei hatten wir Len längst vorgewarnt. Wenn ich einen *unangekündigten* Besuch machte, wollte ich normalerweise nicht, dass die Leute, die ich überraschen wollte, mich schon aus einem Kilometer Entfernung hören konnten. Das war der Sinn eines unangekündigten Besuchs.

Ich hatte das Gefühl, dass Len uns zwar sehen konnte, wir ihn aber höchstwahrscheinlich nicht zu Gesicht bekämen. Leute, die in solchen Gegenden wohnten, hatten ihre Gründe, warum sie andere Menschen mieden. Aber während wir uns den Hang hinaufarbeiteten, hatte ich die schwache Hoffnung, dass Hays und Andreas Anwesenheit Len vielleicht überzeugen würde, dass ich nicht hier war, um ihn festzunageln, weil er im See zu viele Fangleinen ausgebracht hatte. Vielleicht wurde seine Neugier ein bisschen geweckt, wenn er sie sah, und er käme auf die Idee, dass wir kostenlose Lebensmittelpakete von der Kirche verteilten oder so etwas. Die Leute hier oben in den Bergen ließen sich eine gewisse Einmischung gefallen, wenn für sie dabei mildtätige Spenden heraussprangen. Im Allgemeinen wussten sie, dass Leute, die zu schön für diese Gegend gekleidet waren, und Pfarrer Geschenke brachten, wenn sie hier auftauchten. Ranger brachten meistens nur Geldstrafen und Verwarnungen.

„Wie weit ist es noch?", fragte Andrea, als wir oben ankamen. Ich sah vor uns eine Lichtung und einen Waldweg, der aussah, als würde er häufig benutzt werden. Da die Brücke auf der Bezirksstraße 47 weggespült war, war es eine ziemlich weite Fahrt auf sehr schlechten Waldwegen, um von hier aus in die Stadt zu kommen. Aber wenn er mit dem Boot flussaufwärts und dann über den See fuhr, konnte Len in höchstens fünfundzwanzig Minuten beim Waterbird sein. Das war wahrscheinlich auch der Grund, warum er in diesem Sommer ziemlich oft mit Gemüse und Pilzen dort aufgetaucht war, die er auf dem Parkplatz vor dem Waterbird verkaufte. Dass er in den letzten zwei Wochen seine gewohnte Routine geändert und angefangen hatte, wieder an der Kreuzung zu verkaufen, konnte ein Zeichen dafür sein, dass er von nicht allzu vielen Menschen gesehen werden wollte.

„Sind wir bald da?" Andrea war hinter mir stehen geblieben. Ihre Hose hatte sich in einigen Brombeerranken verfangen und sie war damit beschäftigt, sich davon zu befreien.

„Es könnten noch zwei oder drei Kilometer sein, aber das ist nur eine Vermutung." Ich betrachtete die Lichtung vor uns. Damals, als Lens Eltern noch gelebt hatten, war hier wahrscheinlich ein Acker gewesen, aber jetzt war die Lichtung von schulterhoher, wilder Mohrenhirse und dürren Zedern überwuchert. Auf der anderen Seite sah ich die Reste eines alten Holzzauns und die Überbleibsel von zwei Schrottautos. Lens Haus befand sich höchstwahrscheinlich hinter der Zedernhecke auf der anderen Seite des Ackers.

„Noch zwei oder drei *Kilometer?*", wiederholte Andrea. Ihre Entschlossenheit war wirklich bemerkenswert. Selbst in ihren eleganten Schuhen hielt sie ziemlich gut mit. Hay war ein Stück hinter uns, nachdem er angehalten hatte, um einen Stein aus seinen teuren Gummistiefeln zu angeln. „Das soll wohl ein Scher …" Andrea blieb mit dem Absatz an einer Wurzel hängen, stolperte und verlor dabei einen Schuh. Ihr nackter Fuß landete in Moos, Matsch und unkenntlichem, glitschigem Zeug, das auf dem Waldboden nach einem Regen typisch war. Sie gab einen Ton von sich, der irgendwo zwischen einem Kreischen und einem Knurren lag, hüpfte vom Waldweg weg auf die Seite und begann, ihre Zehen an einer kleinen Farnpflanze abzustreifen.

„Passen Sie auf, dass Sie nicht mit Giftefeu in Berührung kommen", sagte ich, was mir einen bösen Blick einbrachte.

„Ich *weiß*, wie Giftefeu aussieht." Ihre Haare waren aus der Haarspange gerutscht und hingen in langen Locken um ihr Gesicht. Ihre Wangen waren rot und ihre Augen spien Feuer. Sie sah gut aus. Nicht so … steif. „Ich bin keine völlige Idiotin."

Ich hob den Schuh auf, ging zu ihr und stellte ihn dann neben ihrem nackten Fuß auf den Boden. „Bitte sehr, Aschenputtel."

Sie warf einen überraschten Blick auf den Schuh, als könnte sie nicht glauben, dass ich mir die Mühe machte, ihr zu helfen. Anscheinend hatte ich bis jetzt keinen allzu guten Eindruck bei ihr hinterlassen. Ich bemühte mich auch nicht wirklich darum, aber meine Mutter hatte mich dazu erzogen, gegenüber Frauen höflich zu sein. Ich würde nicht weitergehen und eine Frau mit nur einem Schuh stehen lassen. Nicht einmal *diese* Frau. Ich hätte auch den Ast vom Boot zum Ufer gelegt, um ihr aus dem Boot zu helfen, aber sie hatte nicht gewartet, obwohl ich es ihr gesagt hatte. Die nassen Schuhe waren ihre eigene Schuld. Sie rieben inzwischen bestimmt ihre Haut wund.

Hay holte uns ein und war so sehr damit beschäftigt, durch sein zusammenklappbares Fernglas Vögel zu betrachten, dass er Aschenputtel um ein Haar umgerannt und in den Matsch geworfen hätte.

„Stecken Sie dieses Fernglas jetzt lieber ein, Hay", sagte ich. „Wir sind da." Wie üblich verhielt sich Hay völlig weltfremd. Sein Kopf steckte die meiste Zeit über einer Predigt oder in einem Buch, und jetzt war er auch noch ein Hobbyvogelbeobachter geworden. Irgendwann würde er noch auf eine giftige Mokassinschlange treten, weil er zu sehr damit beschäftigt war, die Wolken zu betrachten, die am Himmel vorüberzogen.

Die alten Blätter von letztem Jahr knirschten und raschelten, als Andrea sich beeilte, uns einzuholen. „Ich dachte, Sie hätten gesagt, dass es noch *zwei oder drei* Kilometer sind."

Ich schob das Brombeergestrüpp beiseite und deutete zur Lichtung, über die sich der Waldweg zu einem alten Zaun schlängelte. „Sie sollten nicht alles glauben, was man Ihnen erzählt."

Andreas Kinnlade fiel nach unten, dann machte sie den Mund wieder zu. „Sie sind … einfach …" Sie verstummte und schien kein passendes Wort zu finden. Das war nicht das erste Mal, dass ich eine solche Wirkung auf Frauen hatte. Wenn man die ganze Zeit im Wald unterwegs ist, gewöhnt man sich an, jeden so zu behandeln, wie man mit seinen Kollegen oder anderen Gesetzesvertretern umgeht. Männer machen nun einmal Witze. Das hält sie wach. Und wenn man in diesem Beruf arbeitete, musste man wach sein.

Das war alles kein Problem, solange man nichts mit Frauen und Kindern zu tun hatte. Sie fanden nicht immer alles lustig, was einen Mann amüsierte. Es war mir schon öfter passiert, dass meine Neffen oder meine Schwägerinnen bei unserem jährlichen McClendon-Familienausflug im Big Bend plötzlich anfingen zu weinen. Meistens hatte ich dann nicht die geringste Ahnung, was ich Falsches gesagt oder getan hatte. Meine Mutter war schon immer der Meinung gewesen, dass in die Ausbildung zum Ranger unbedingt ein Kurs in Sensibilität aufgenommen werden müsste.

Andrea beendete ihren Satz schließlich mit: „… nicht … *nett.*" Sie hob die Nase und folgte Hay durch die Öffnung im Brombeergestrüpp.

„Ich bemühe mich." Ich zog den Kopf ein, um hinter ihr durchzuschlüpfen. Da schnellte ein Zweig zurück, traf mich am Kopf und ließ meinen Hut in hohem Bogen durch die Luft segeln. Zum Glück war er so biegsam, dass er mir nur das halbe Ohr und ein Büschel Haare abriss. Mir entfuhr ein Wort, das ich wahrscheinlich nicht hätte sagen sollen. Als ich meinen Hut aufhob und nach oben schaute, sah ich, wie Andrea die Hand vor den Mund hielt. Ich wusste sofort, dass der Zweig mich nicht zufällig getroffen hatte.

„Upps", murmelte sie und biss sich auf die Lippe, aber sie war nicht sehr überzeugend. Sie lächelte nämlich, als sie das sagte.

„Netter Versuch", brummte ich, während ich meinen Hut wieder gerade bog.

„Ich bemühe mich." Sie hob das Kinn und marschierte dann über den Acker, dicht gefolgt von Hay, der Ausschau nach Rotkehl-Hüttensängern hielt.

Als wir uns zur Hälfte durch die wilde Mohrenhirse gekämpft hatten, konnten wir durch die Zedern schauen, und ich sah Lens Hof vor uns. Er war ziemlich typisch für diese Gegend: ein aus allen möglichen Bestandteilen zusammengeflickter Stall, überall Müllhaufen, zwei verrostete Traktoren, die wie Treibgut in einem Meer aus Scheinmalven trieben. Neben dem Haus stand ein uralter Schulbus, der schon so lange an dieser Stelle stand, dass die Reifen bis zu den Achsen in der Erde versunken waren. Ich hatte keine Ahnung, wie sie das Ding hier heraufgebracht hatten. Das Haus selbst war stark in die Jahre gekommen, und die Löcher in den Wänden waren mit alten Brettern und erbeuteten Straßenschildern geflickt. Die knorrigen Verandapfosten aus Zedernholz schoben sich wie Hasenzähne vor. Das ganze Haus neigte sich zu einer Seite, als würde es einfach zusammenklappen, sobald ein starker Wind daran rüttelte.

Ich blieb am Rande des Hofgeländes stehen, sofern man hier von einem *Hof* sprechen konnte, und rief Lens Namen. Ich sagte, wer ich war, und erklärte, dass wir mit ihm sprechen wollten. Neben dem Stall brüllte ein Maultier, eine alte Milchkuh rappelte sich auf die Beine, ein Schwein grunzte, und in einem notdürftigen Zwinger, der aus Schiffspaletten und Draht zusammengebaut war, bellten zwei ausgewachsene Hunde und ein Wurf Welpen. Ich hoffte, dass diese Hunde nicht ausbrechen konnten. Sie hörten sich nicht freundlich an. Andrea und Hay drückten sich hinter mich, als dachten sie das Gleiche.

Ich stellte mich noch einmal vor und rief wieder Lens Namen. So laut, dass ich das Gebell übertönte. Keine Antwort. Hay versuchte als Nächster, Len aus der Reserve zu locken. In seiner Zeit in Moses Lake hatte er gelernt, dass sich hier draußen in den Bergen sogar ein Pfarrer laut bemerkbar machen und dann warten musste, bevor er auf ein Haus zuging. „Ich glaube nicht, dass hier jemand zu Hause ist", sagte er schließlich.

„Sieht nicht so aus", gab ihm Andrea recht. Beide schauten mich an.

„Es kann nicht schaden nachzusehen", sagte ich. „Vielleicht ist er im Stall." Egal, ob Len hier war oder nicht, wollte ich mich umsehen, wenn ich schon einmal da war. Außerdem würde Len, falls er sich im Wald versteckte und sah, dass wir auf seinem Hof herumschnüffelten, vielleicht angelaufen kommen. „Sie beide bleiben hier. Ich bin gleich wieder da."

Andrea und Hay standen nebeneinander und beobachteten, wie ich zum Haus marschierte. Als ich die Zedern hinter mir gelassen hatte und über den Hof schritt, rasten die Hunde auf den wackeligen Zaun hinter dem Haus zu. Auf der Koppel aus harter, getrockneter Erde nebenan lief das Maultier bockend und um sich tretend im Kreis. Trotz des ganzen Lärms strahlte der Hof eine unheimliche Stille aus, ein wenig wie auf einem Friedhof, wenn man allein dort ist und meint, die Anwesenheit der Toten zu spüren.

Die Hunde erhöhten ihre Drohgebärden, als ich auf die Veranda trat und mich zu den zwei Fenstern auf beiden Seiten der verwitterten Tür vorbeugte. Doch durch die Schmutzschicht auf den Glasscheiben und die vergammelten Vorhänge hindurch konnte ich nichts erkennen.

Ich verließ die Veranda und ging hinüber, um einen Blick in den Stall zu werfen. Im Stall herrschte Dämmerlicht, da die Berge und Bäume bereits lange Schatten warfen, aber ich entdeckte trotzdem Lens Sammlung an Lebendfallen, Wildfütterungen und ein Geschirr für das Maultier.

An einer Wand türmte sich ein Stapel selbst gebauter Käfige in verschiedenen Größen und wirkte jederzeit einsatzbereit. Sie waren im Moment leer, aber ich fragte mich, was normalerweise darin lebte. Ich sah Schüsseln mit verschimmeltem Futter und von Insekten verseuchte Wasserschüsseln. Der ganze Stall stank widerlich. Mehrere Käfige waren erst vor Kurzem geleert worden, da der Boden von den umgekippten Wasserschüsseln noch nass war. Allein diese Käfige waren schon ein Grund für mich, wiederzukommen. Wildtiere ohne Erlaubnis zu halten – ob zum Verkauf oder wegen ihres Fells – war verboten.

Ich war nicht überrascht, dass ich die Käfige fand, da ich Lens Gewohnheiten in Bezug auf die Fisch- und Wildbestimmungen kannte. Aber ich fand keine Spur von einem kleinen Mädchen …

„Haben Sie etwas gefunden?" Hays Stimme ließ mich zusammenzucken und ich fuhr instinktiv mit der Hand an meine Waffe. Ich drehte mich abrupt um und stolperte über ein paar Bretter, die unter der losen Strohschicht versteckt waren.

„Zum Kuckuck, Hay! Wollen Sie, dass ich einen Herzinfarkt bekomme? Schleichen Sie sich doch nicht so an mich heran!“

Andrea stand neben ihm. Sie warf einen besorgten Blick auf meine Hand, die auf meinem Revolver lag, als fragte sie sich, ob man mir mit diesem Ding trauen könne.

Hay untersuchte das Innere des Stalls, dann rümpfte er seine lange, schmale Nase und nieste. „Was, glauben Sie, hält er hier drinnen?“ Er deutete zu den Käfigen. Neben ihm stand Andrea. Ihre braunen Augen wurden ganz groß. Sie wirkte, als malte sie sich eine Szene aus einem Horrorfilm aus. Sie erschauerte, trat einen Schritt zurück und flüchtete aus dem Stall.

„Ein wenig von allem, so wie es aussieht“, sagte ich, nahm meine Taschenlampe und leuchtete in eine dunkle Ecke, in der noch weitere Lebendfallen und Käfige gestapelt waren. In einem Käfig lag eine lange, graue Feder – wahrscheinlich von einem Truthahn oder einem Falken. Falls sie jedoch von einem Adler stammte, wäre Len in ernsthaften Schwierigkeiten. Adler standen unter Artenschutz. Ich ging zu dem Käfig hinüber, zog meine kleine Digitalkamera heraus und machte ein Bild. Hay sah mir über die Schulter.

Mir kam in den Sinn, dass Hay hier kein Beweismaterial anfassen durfte, falls es später eine Untersuchung geben würde. „Gehen wir. Hier ist niemand.“ Beim Haus machten die Hunde wieder einen Höllenlärm, und ich hatte den Verdacht, dass Andrea drüben war und herumschnüffelte. Ich musste zugeben, dass sie Mut hatte, aber falls es diesen Hunden gelang, aus dem Zwinger auszubrechen, könnte das böse enden.

Ich trat aus dem Stall und Hay folgte mir. Andrea stand auf der anderen Seite des Hauses und steckte den Kopf in den alten Schulbus. Sie drehte sich zu uns herum und winkte uns zu sich. Dann legte sie die Hand auf den Mund und wich zurück. Der entsetzte Blick in ihrem Gesicht löste ein unerfreuliches Szenario vor meinem inneren Auge aus. Vielleicht war der alte Len umgekippt, weil er zu viel selbst gebrannten Schnaps getrunken hatte, dann war er dort hineingekrochen und in der Hitze bewusstlos geworden … oder noch etwas Schlimmeres war passiert.

Ich lief um die vordere Veranda herum und erreichte Andrea und den Bus. „Es sieht so aus, als ob hier drin jemand wohnen würde“, sagte sie, und ich entspannte mich ein wenig.

„Das würde mich nicht überraschen.“ Auf dieser Seite des Sees, mitten in der Wildnis, kam es nicht selten vor, dass man ein Dutzend oder noch mehr verschiedene Familienmitglieder fand, die alle auf einem Gelände wohnten und jede mögliche Art von menschlicher Behausung nutzten.

Das warf jedoch die Frage auf, wozu Len ein Gästezimmer brauchte, da sich alle im Ort einig waren, dass er keine Familie hatte und keine Kontakte zu anderen Menschen pflegte. Wenn er selbst im Haus wohnte, *wer* wohnte dann hier draußen und wo war dieser Jemand jetzt?

Ich trat einen Schritt in den Bus hinein, nannte laut meinen Namen und rief nach Len. Ich erwartete keine Antwort, aber Vorschrift war Vorschrift, und das aus gutem Grund. Wenn man sich nicht an die Vorschriften hält, macht man vielleicht einen Fall kaputt, der der Polizei oder dem Bezirkssheriff oder dem FBI übergeben werden muss. „Ist jemand zu Hause?“

Ich stieg noch zwei Stufen weiter hinauf und schaute mich schnell im Inneren um. Die Sitze waren ausgebaut, und zwischen die hinteren Türen war eine Matratze gequetscht worden. Außerdem waren ein Holzofen und ein schiefer Sperrholztisch im Bus aufgestellt worden. Auf dem Tisch standen zwei Plastikteller und zwei Porzellantassen. Ich beugte mich über die Tassen. Leer. Sie standen einfach da, als hätte jemand geplant, sich zum Essen hinzusetzen, es sich dann aber anders überlegt. Das konnte ich niemandem verdenken. Wenn man an einem solchen Platz etwas aß, musste man Angst haben, sich Kolibakterien einzufangen. Der ganze Bus war von einem Ende bis zum anderen mit Handtüchern, Decken und Kleidung übersät. Es roch nach Schimmel, und kleine Haufen getrockneter Fäkalien waren hier und da zu finden, als wären Waschbären hier eingezogen oder als habe jemand hier drinnen Welpen gehalten oder beides. Von Schmutz bedeckte Frauenkleidung lag neben der Tür auf einem Haufen – Jeans und ein ausgewaschenes T-Shirt. Moderne Sachen, nicht so alt, dass es Lens Mutter getragen haben konnte. Wem gehörten diese Sachen nur? Hatte Len eine Frau, von der niemand etwas wusste?

Diese Frage ging mir nicht aus dem Kopf, als ich mich umdrehte und die Stufen wieder hinabstieg. „Pastor Hay, haben Sie eine Ahnung, ob Len vielleicht eine Freundin haben könnte?"

„Eine Freundin?" Hay hustete. „Das soll wohl ein Witz sein, oder?"

„Ich sehe zwar keine Spur von einem kleinen Mädchen, aber da drinnen neben der Tür liegen Frauenkleider. Sie sehen aus, als lägen sie noch nicht allzu lange da. Ich würde sagen, hier war noch jemand anderes als nur Len." Ich stieg aus dem Bus. Einer der Hunde stellte sich auf die Hinterbeine und versuchte, über den Zaun zu klettern. Andrea wich zurück und ging auf die Veranda vor dem Haus.

„Wir lassen die Sachen hier lieber in Ruhe, bevor dieser Köter auf uns losgeht", sagte ich zu Hay, und wir folgten Andrea zur Veranda. „Haben Sie noch jemand anderen bei Len gesehen, als Sie ihn heute Nachmittag trafen?"

Hay schüttelte den Kopf. „Keine Menschenseele. Nur ihn und das kleine Mädchen. Wie ich schon sagte, sie spielte oben im Zedernbusch ein Stück abseits von der Straße. Ich habe sie nur zufällig kurz gesehen, weil sie auf die Wiese schlenderte. Ich fragte Len, wer sie sei, und er sagte, es sei seine Tochter oder die Tochter seiner Tochter. Etwas in der Art. Er wirkte ein wenig nervös, aber das ist Len ja immer, wenn er mit jemandem sprechen muss. Ich kann mir nicht vorstellen, dass er so schnell denken kann, dass er zu einer Lüge fähig ist, selbst wenn er wollte. Ich bin immer noch dabei zu lernen, wer hier mit wem verwandt ist. Deshalb habe ich einfach gedacht, dass er eine Familie hat, von der ich noch nichts wusste." Hay nahm seinen Anglerhut ab und kratzte sich am Kopf. Er zog besorgt seine Stirn in Falten. „Das alles ergibt einfach keinen Sinn, Mart."

„Das sehe ich auch so", gab ich ihm recht. „Aber im Moment ist klar, dass er entweder nicht hier ist oder nicht vorhat, sich blicken zu lassen." Was tat man am besten, wenn man wusste, dass etwas nicht stimmte, aber gerade nicht die nötigen Beweise finden konnte? Man ging ohne großes Aufhebens, um dann ein anderes Mal überraschend zurückzukommen und den Schuldigen auf frischer Tat zu ertappen. Ich war mir allerdings nicht sicher, bei was ich

Len ertappen wollte. In meinem Beruf hatte ich schon mit ein paar Entführungsfällen zu tun gehabt – hauptsächlich Entführungen von Erwachsenen – und mit dem FBI und der Polizei bei der Suche nach vermissten Kindern zusammengearbeitet, aber an so etwas wollte ich in diesem Fall wirklich nicht denken. Nach dem, was ich in den letzten Jahren schon alles erlebt hatte, konnte ich keine weitere Tragödie ertragen. Hoffentlich hatte Hay in Bezug auf Len recht. Eines stand jedoch fest: Len kannte sich in diesen Wäldern besser aus als ich. Wenn er Angst hatte oder beschloss, eine Weile unterzutauchen, würde ich ihn sicher nicht aufspüren können.

Hay nickte nachdenklich. „Vielleicht habe ich Len auch falsch verstanden. Len hat schon ein paarmal unten in der Kirche Arbeiten für mich erledigt, Unkraut gejätet und die Blumenbeete gepflegt. Er spricht sehr undeutlich. Vielleicht wollte er auch sagen, dass es ein Nachbarmädchen sei oder so etwas. Hier oben gibt es Leute, die ihre Kinder bei fast jedem abliefern, nur um sie eine Weile loszuwerden."

„Das stimmt leider." Hay hatte recht. Chinquapin Peaks war wie eine Reise in eine andere Welt. Auf der Südseite des Sees hatten die Kinder das Beste, was man mit Geld kaufen konnte. Auf dieser Seite sah es allerdings ganz anders aus. „Ich komme morgen noch einmal hierher und versuche, Len zu erwischen. Falls er etwas mit einer Nachbarin hat oder eine Freundin mit einem Kind hat, kann ich vielleicht diese Informationen weiterleiten und jemanden beim Sozialamt dazu bewegen, zu kommen und sich hier umzusehen. Jemand, der Len das Babysitten zutraut, muss genauer unter die Lupe genommen werden."

Andrea rieb sich vor Unbehagen über die Arme und trat von der Veranda auf den dürren Rasen hinab. „Hier *war* ein Kind." Sie deutete auf den Boden. Wir gingen über die Veranda, um zu sehen, was sie meinte. Nicht weit von ihren Füßen entfernt war neben der Regenrinne ein kahler Fleck mit sandiger Erde. Messbecher, ein kaputter Teller, ein paar alte Besteckteile, eine Margarinedose und eine verrostete Kaffeekanne waren darauf verteilt. Mit der Margarinedose war ein Sandkuchen gemacht worden, der mit trockenen Blättern und Steinchen verziert und mit Grasspitzen als Kerzen besteckt war. Len hatte das bestimmt nicht gemacht.

„Erwachsene spielen nicht so in der Erde", stellte Andrea fest.

Ich versuchte, den Wald mit meinen Blicken zu durchdringen und fragte mich, ob Len uns die ganze Zeit beobachtete. Je mehr wir herumschnüffelten, umso unwahrscheinlicher war es, dass er morgen wieder seiner gewohnten Routine nachgehen würde. „Kommen Sie, wir gehen."

„Wir gehen einfach wieder?" Andrea riss die Augen weit auf und öffnete vor Erstaunen den Mund.

Ich nickte und marschierte los.

Sie lief ein paar Schritte, um mich einzuholen, während Hay zurückblieb und lauschte, wie eine Eule in einer toten Eiche heulte. „Wir können doch jetzt nicht einfach gehen. Wir sollten warten." Noch während sie das sagte, warf sie einen Blick zur Sonne, die schon sehr tief über den Bergen stand.

„Es gibt keine Anzeichen, dass hier ein Verbrechen begangen wurde", stellte ich klar. Abgesehen von den Angelleinen und möglicherweise der Feder im Stall hatte ich nicht einmal einen rechtlichen Grund, um wiederzukommen.

Andrea blickte hinter sich und verzog dabei die Lippen. „Aber dieser Hof …" Ihre besorgten Augen flehten mich an, etwas zu unternehmen, das Geheimnis zu lüften, das Problem zu lösen, ein Held zu sein. Ich wollte ihr sagen, dass sie mit dem Falschen sprach. Ich war kein Held.

„Wenn Sie länger auf dieser Seite des Sees arbeiten, werden Sie noch viele solche Behausungen sehen", sagte ich. Sie wurde steif, als hätte ich sie beleidigt. „In Chinquapin Peaks gelten andere Regeln."

Kapitel 11

Ich glaube fest, dass die Natur viel Schlimmes vertreiben kann.
Anne Frank
(von einem Philosophiestudenten zitiert, der alle Sprüche auf der Wand las, als er hier zu Besuch war)

Andrea Henderson

Als wir über den See zurückfuhren, rumorte mein Magen, aber dieses Mal nicht, weil ich seekrank gewesen wäre. Ich sah ständig das kleine Mädchen in dem Pick-up vor mir und versuchte, mir schlüssig zu werden, welche Gefühle ich in ihrem Gesicht wahrgenommen hatte.

Während das Boot die Wellen durchschnitt, schloss ich die Augen und versuchte, mich ganz genau an die Szene zu erinnern. Ich sah wieder ihr Gesicht vor mir, aus dem Angst und Not zu sprechen schienen. Aber stellte ich mir nur vor, was ich meiner Meinung nach in ihrem Gesicht hätte sehen müssen? Was ich nach einem Besuch auf Len Barnes' Hof erwarten musste? Der Anblick des Hofes hätte auch aus einem Missionsvideo über die Dritte Welt stammen können: baufällig, schmutzig, mit Käfigen und Fallen; überall trockneten Tierhäute, Welsköpfe hingen an einem Seil aufgereiht im Baum und vergammelten dort; Hunde knurrten und vermehrten sich wahllos auf einem Hof, der mit Müll übersät war. Mart hatte die Spielsachen auf der Erde kaum beachtet, aber als ich sie gesehen hatte, hatte mein Herz einen Schlag ausgesetzt: Was wäre, wenn mein Kind in diesem furchtbaren Umfeld hätte spielen müssen? Kein Kind sollte an so einem Ort sein! Ich hatte das starke Bedürfnis verspürt, sofort das kleine Mädchen zu finden und denjenigen, der für sie verantwortlich war, zur Rechenschaft zu ziehen.

Aber jetzt stellte ich diesen spontanen Impuls infrage und versuchte, mich an meine ursprüngliche Reaktion, als ich das Mädchen in dem Pick-up gesehen hatte, zu erinnern. Sie hatte überhaupt nicht nervös oder ängstlich gewirkt, nur neugierig, als fragte sie sich, warum ich am Straßenrand stehe. Der Zähne fletschende Hund und der Anblick des Fahrzeugs hatten *mir* Sorgen gemacht, aber mein erster Eindruck von dem Mädchen war nicht gewesen, dass *sie* Angst gehabt hätte. Dieses Gefühl hatte ich allerdings ganz verspürt, als John und Audrey von ihren Katzen und dem Freund ihrer Mutter gesprochen hatten. Als *diese* Kinder mich angeschaut hatten, war ihre Angst mit Händen zu greifen gewesen. Sie wollten mir etwas erzählen, aber sie wussten, dass sie das nicht tun sollten. Sie sehnten sich nach Hilfe, aber sie fürchteten sich, was dann passieren könnte. Bei dem kleinen Mädchen in dem Pick-up hatte ich dieses Gefühl überhaupt nicht gehabt.

Aber woher wollte ich das wissen? Ich hatte mit solchen Häusern, mit solchen Menschen keine Erfahrung. Als Kind hatte ich die andere Seeseite nur aus der Ferne gesehen. Wir benutzten die Badestrände auf unserer Seite, gingen von privaten Bootsanlegestellen ins Wasser, sonnten uns auf den Sonnenterrassen, zu denen nur wir Zugang hatten. Gelegentlich ermahnte meine Mutter uns, uns von den öffentlichen Stränden fernzuhalten, wenn wir Wasserski fuhren, weil sich dort *alles mögliche Gesindel herumtreibt.* Wir hatten in einer Seifenblase gelebt, wenn wir während der glorreichen Jahre von Larkspur Estates dort Urlaub gemacht hatten und dabei nie weit über unseren Tellerrand hinausgesehen.

Ich hatte auch innerhalb einer Seifenblase geheiratet, Dustin darin aufgezogen und diese perfekte, heile Welt nur hin und wieder für einen Missionseinsatz mit Karls Studenten verlassen. Es hatte zu unserer Öffentlichkeitsarbeit gehört, bei diesen Reisen mitzufahren. Wir hatten in China zwei Wochen Englischunterricht gegeben und in Mexiko Häuser gebaut. Die Armut dort war zwar erdrückend und erschreckend gewesen, aber wenigstens hatte sie sich am anderen Ende der Welt befunden, wo man sie ohnehin erwartete.

Als Mart ans Ufer fuhr, um Pastor Hay am Pier hinter der winzigen Lakeshore Community Church abzusetzen, ertappte ich mich dabei, dass ich den Hang hinaufschaute und das unscheinbare

Sandsteinhaus, dessen weißer Holzturm im rosa Licht der Abenddämmerung glänzte, betrachtete. Dabei führte ich Selbstgespräche. *Ich muss wissen, ob ich damit fertigwerden kann, bevor ich mich tiefer darauf einlasse. Ich muss wissen, ob ich auf dem richtigen Weg bin …*

Es war ein Gebet, glaube ich. Nicht etwas so Formelles, wie ich es in der Vergangenheit ausgesprochen hatte. Kein *Gott, unser Vater* oder *Amen*. Aber auch, wenn ich es nicht zugeben wollte, wusste ich, an wen ich diese Worte gerichtet hatte. Vielleicht lag es an der Kirche, die hier vor mir stand, oder an den riesigen Herausforderungen, die meine neue Arbeitsstelle mit sich brachte – ich hatte das Gefühl, dass ich Kraft von oben brauchte. Ich fühlte mich zu diesem Kreuz hingezogen, dessen Umrisse im verblassenden Tageslicht deutlich zu erkennen waren.

„Kommen Sie doch mit hinauf und schauen Sie sich unsere Kirche an. Ich kann Sie später mit dem Auto nach Hause fahren." Pastor Hays Stimme riss mich aus meinen Gedanken. „Heute Abend trifft sich die Bastelgruppe, um Grußkarten anzufertigen." Er warf einen besorgten Blick zum Parkplatz. „Ich hoffe, die Frauen stehen nicht vor verschlossener Tür und warten schon auf mich."

„Vielen Dank für das Angebot, aber ich sollte jetzt lieber zu meinem Sohn nach Hause fahren." Am Horizont war die Sonne jetzt zu einem dunkelroten Ball geworden, der hinter den Baumwipfeln verschwand. Inzwischen waren Meg und die Zwillinge bestimmt schon wieder gefahren und Dustin war allein im Haus. Vielleicht könnten er und ich heute Abend etwas miteinander unternehmen. Einen Film anschauen oder auf der Veranda sitzen und die Glühwürmchen beobachten, wie wir das früher oft gemacht hatten. Ich vermisste diese Zeiten. Ich vermisste ihn, wie er früher gewesen war.

Pastor Hay nickte verständnisvoll, dann bückte er sich und stieß das Boot vom Pier ab. „Fragen Sie Ihren Sohn wegen des Theaterstücks. Es ist schwer, alle Rollen für das Stück zu besetzen. Wir würden uns freuen, wenn er mitmachen würde." Er winkte, während Mart das Boot in einem sanften Halbkreis wendete. „Sie natürlich auch, Mart."

Mart schüttelte den Kopf, dann gab er, ohne zu antworten, Gas und wir rasten davon. Während wir über den See fuhren und die von der untergehenden Sonne beschienenen Wellen sich um uns herum brachen, versuchte ich, mir Mart als Schauspieler vorzustellen.

„Was ist?“, fragte er, als er mich dabei ertappte, wie ich ihn beobachtete. Gerade hatte er beim Schild *Langsam fahren!* in der Nähe des Waterbirds das Tempo gedrosselt und lenkte das Boot ans Ufer. „Machen Sie sich keine Sorgen wegen Len, okay? Ich statte ihm morgen früh einen Überraschungsbesuch ab und finde heraus, was dort los ist.“

„Daran habe ich jetzt gar nicht gedacht“, gab ich zu. „Ich habe gerade überlegt, dass Sie nicht wie ein Schauspieler aussehen.“ Plötzlich wurde ich unsicher. Ich hatte damit nicht andeuten wollen, dass ich mir Gedanken über ihn gemacht hatte. Ich sollte mich lieber mit dem kleinen Mädchen beschäftigen.

Er stellte den Motor ab, ließ das Boot am Pier entlanggleiten und warf das Tau über einen Pfosten. Er sah mich stumm an, lehnte sich auf dem Sitz zurück und legte lässig ein Bein über das andere. „Wenn Sie länger hier sind, lernen Sie, bei Hay vorsichtig zu sein. Dieses tollpatschige, ahnungslose Getue ist nur Fassade. Der Pfarrer besitzt eine Überredungsgabe, mit der er sogar einem Eskimo einen Kühlschrank verkaufen könnte. Er überredet einen zu allem Möglichen, besonders, wenn es um sein Theater geht. Es ist seine Leidenschaft. Neben der Kirche.“ Er verzog schmunzelnd die Lippen, während die tief stehende Sonne unter seinen Hut glitt, seine Augen beschien und sie in ein sanftes Moosgrün verwandelte.

Mir kam der sonderbare Gedanke, dass ich diese Farbe noch nie gesehen hatte. „Jeder braucht eine. Eine Leidenschaft, meine ich.“ Was für eine alberne Bemerkung, besonders aus meinem Mund. Glaubte ich wirklich, der Ranger wollte sich mit mir über die Leidenschaften des Lebens unterhalten? Er war ein typischer Mann. Ein Alphatier. Nicht der Typ, der sich über geistige Dinge den Kopf zerbrach. Mit dieser Bemerkung offenbarte ich mich nur noch mehr als Fremde, die nicht hierher gehörte.

Mart blickte am Ufer entlang, von wo aus die Gebäude im Ortskern von Moses Lake über den Baumwipfeln kaum zu sehen waren. „Wahrscheinlich hat jeder eine.“

„Dann vermute ich, dass Ihre Leidenschaft *nicht* die Schauspielerei ist.“ Es sollte leicht und scherzhaft klingen, aber es kam irgendwie forschend heraus, wie eine dieser hypothetischen, aber doch genau gezielten Fragen, die ein Psychologe stellt, um das Persönlichkeitsprofil eines Menschen zu erarbeiten.

Er schürzte leicht die Lippen, dann verzog er sie zu einem Grinsen und senkte den Kopf so weit, dass die Hutkrempe seine Augen versteckte. „Die Schauspielerei habe ich vor fünfundzwanzig Jahren aufgegeben, nachdem ich in der achten Klasse Robin Hood gespielt hatte.“

„Robin Hood?“ Ich musste unwillkürlich lächeln. „Dann standen Sie tatsächlich schon einmal auf der Bühne.“ Ich rechnete im Kopf schnell nach. *Vor fünfundzwanzig Jahren, achte Klasse* … Mart war ungefähr in meinem Alter.

Die Dienstabzeichen an seinem Hemd hoben und senkten sich, als er leise lachte. „Die Theatergruppe wurde in jenem Jahr von einer hübschen Studienreferendarin geleitet. Sie hat mich dazu gebracht. Aber nicht nur mich. Die halbe Footballmannschaft kam zum Vorsprechen.“

„Aber Sie haben die Rolle bekommen?“

Da der Hut sein halbes Gesicht verbarg, konnte ich es nicht genau sehen, aber ich hätte schwören können, dass er rot anlief.

Er schob mit der Stiefelspitze ein Stück Tau aus dem Weg. „Ich hielt es damals für eine gute Idee. Wahrscheinlich habe ich nie mit der Möglichkeit gerechnet, dass die übrigen Footballspieler einen Rückzieher machen und mich allein im Regen stehen lassen würden. Wenn ein Junge eine grüne Strumpfhose anzieht und auf der Bühne herumstolziert, wird er in der Football-Umkleidekabine gnadenlos aufgezogen. Es ist schon erstaunlich, was ein Junge alles auf sich nimmt, wenn eine schöne Frau im Spiel ist.“

Ich schmunzelte bei der Vorstellung, wie er im Robin-Hood-Kostüm versuchte, die Studienreferendarin zu beeindrucken. Er musste damals ungefähr in Dustins Alter gewesen sein. Dustin kam im Herbst an die High School. Leider ließ der entsprechende Wachstumsschub noch auf sich warten. Er war für sein Alter klein und im Vergleich zu den anderen Jungen körperlich noch nicht so weit entwickelt. „Ehrlich gesagt, glaube ich, dass das der Grund war, warum

Dustin auf den Scissortail geklettert ist. Er hat versucht, jemanden zu beeindrucken."

Mart hob den Kopf. Vielleicht fragte er sich, ob ich das Gespräch nutzen wollte, um Dustins Verhalten zu entschuldigen. „Ich könnte ihm schnell sagen, dass sich das nicht lohnt. Diese Studienreferendarin ging nach der Aufführung mit dem Footballtrainer weg und ließ mich in meiner grünen Strumpfhose vor dem Zuschauerraum sitzen."

Ich sah das Bild, das er beschrieb, deutlich vor Augen. Als Mutter eines vierzehnjährigen Jungen musste ich unwillkürlich mitfühlend lachen. Dieser Mart McClendon hatte eine Seite, die ich ihm nie zugetraut hätte. „Ach, das ist so … schlimm. Sie Armer!"

„Ich weiß", nickte er, und ich versuchte, mir den verwundbaren Achtklässler in diesem erwachsenen Mann vorzustellen. Es fiel mir nicht leicht. Mart wirkte auf mich wie der Typ Mann, dem nichts etwas anhaben konnte, der Star in jeder Sportart, der begehrte Junge, dem die Welt zu Füßen liegt und der ein riesiges Selbstbewusstsein hat. „Und das, nachdem die ganze verdammte Footballmannschaft gekommen war und die Kostümprobe angeschaut hatte. Ich war sowieso schon ein dürrer, kleiner Zwerg, und dann … hat man auch noch einen so albernen Namen wie *Martin*, zieht eine grüne Strumpfhose an, stolziert herum und sagt Dinge wie ‚Fürwahr!' und ‚Gehabt euch wohl, Jungfer Marian!' Damit macht man sich endgültig zum Gespött aller Jungen. Ich überlegte ernsthaft, ob es nicht besser wäre, in den Zug zu steigen und weit weg zu fahren, anstatt nach Hause zu gehen und mich von meinen drei Brüdern gnadenlos aufziehen zu lassen."

Das Bild vor meinem geistigen Auge veränderte sich wie ein Spiegelbild im Wasser, das verschwimmt, wenn ein Stein die Oberfläche trifft. Als sich die Wellen wieder gelegt hatten, zeigte sich ein neues Bild. Mart McClendon, dürres Kind, unsicher, nervös. Wie Dustin. „Was ist dann passiert? Ich nehme an, Sie sind mit Ihrem gebrochenen Herzen in der achten Klasse nicht von zu Hause weggelaufen."

Er schüttelte den Kopf. „Nein, meine Mutter ahnte, wie es mir ging. Sie wartete am Eingang auf mich, und wir gingen Eis essen. Nur wir beide."

„Eine gute Idee von Ihrer Mutter."

„Ja. Sie verstand mich." Mart sah mir ernst in die Augen. „Lassen Sie sich von Ihrem Sohn nicht ins Bockshorn jagen, wenn er so tut, als bräuchte er seine Mutter nicht. Er braucht Sie."

Ein Kloß bildete sich in meiner Kehle, und Tränen traten mir in die Augen. Mart konnte nicht ahnen, wie gut es tat, das jetzt zu hören. „Danke." Ich schluckte schwer und versuchte, mich zu beherrschen. Zu meinen Plänen für diesen Tag gehörte bestimmt nicht, im Beisein des Rangers in Tränen auszubrechen, und Mart konnte sich zweifellos auch etwas Besseres vorstellen.

„Übrigens will ich, dass er den Wassersicherheitskurs belegt. Ich weiß nur noch nicht, wie er dorthin kommen soll. Von Larkspur aus ist es so weit bis zum Gemeindezentrum, dass ich ihn nicht zu Fuß hinschicken kann. Vielleicht kann ich meine Eltern bitten, ihn hinzufahren." *Dann darfst du dir wieder Vorwürfe anhören!*, sagte eine Stimme in mir, aber welche andere Wahl blieb mir? Das Gemeindezentrum lag fast auf der anderen Seeseite, in einem kleinen Viertel mit historischen Gebäuden. Früher hatten sie zum Mennonitendorf Gnadenfeld gehört, das aber zum größten Teil im See verschwunden war, als die Gegend geflutet wurde. Selbst wenn ich Dustin mit dem Fahrrad fahren ließe, wäre es zu weit, um allein zu fahren, und dann auch noch in der Sommerhitze. Megan konnte ich auch nicht bitten, die Zwillinge ins Auto zu packen oder sich von ihrer Arbeit an der Bank freizunehmen, nur um hierher zu fahren und Dustin durch die Gegend zu chauffieren.

Mart kaute seitlich auf seiner Lippe, schob sich von der Sitzlehne hoch und stand auf. „Ich komme vorbei und hole ihn ab. Ich bin sowieso auf dem See. Geben Sie mir seine Handynummer, dann mache ich mit ihm etwas aus."

Einen Moment konnte ich ihn nur erstaunt anstarren. Mart McClendon war ganz anders, als ich gedacht hatte. Er war tatsachlich … ein netter Mann. „Oh … ja … also … gut. Ich … danke", stammelte ich. Mart nahm ein Klemmbrett mit gewelltem Papier, das schon mehrmals nass gewesen war, reichte es mir und zog einen Stift aus seiner Hemdtasche. Ich schrieb Dustins Telefonnummer und dann auch noch meine Handynummer auf. „Ich schreibe Ihnen meine Nummer auch auf. Für den Fall, dass Sie Dustin nicht erreichen.“ Dustin bekäme einen Anfall, wenn er erfuhr, dass ich ihn für den Kurs angemeldet *und* zugestimmt hatte, dass der Ranger ihn dorthin brachte. Aber was sollte ich machen, wenn er sich querstellte und sich weigerte, an dem Kurs teilzunehmen?

Andererseits ließe er sich vielleicht überzeugen, wenn er sah, dass die einzige Alternative darin bestand, Opa und Oma in die Situation hineinzuziehen. Nach dem Familienstreit mit Karls Vater hatte Dustin eine engere Beziehung zu meinen Eltern aufgebaut, aber ihm war trotzdem bewusst, dass ihre Besuche immer von Zurechtweisungen und Forderungen begleitet waren. Liebe gab es in unserer Familie immer nur unter bestimmten Bedingungen. Liebe war eine Belohnung für perfektes Verhalten. Sie wurde nicht kostenlos verteilt.

Ich hatte nie gewollt, dass Dustin diese Art, miteinander umzugehen, lernen würde.

„Danke, dass Sie ihm ... uns ... helfen“, fügte ich hinzu und wurde vor Verlegenheit ganz rot. Von früher her war ich es noch gewohnt, dass *ich* diejenige war, die anderen Hilfe anbot, und nicht diejenige, die Hilfe brauchte. Es war viel leichter, die Frau des Vizerektors zu sein, die großzügig ihre Zeit und ihre Gaben einbrachte – jemanden zum Arzt fahren, Essen zu einer Beerdigungsfeier mitbringen, ein mitfühlendes Gespräch mit einer Freundin führen, die in einer Familienkrise steckte. Ich war gut darin gewesen, aufzutauchen und die Retterin zu spielen. Ich hatte mir nie überlegt, was es die anderen kostete, meine Hilfe anzunehmen und überhaupt zuzugeben, dass sie Hilfe brauchten.

„Kein Problem“, antwortete Mart, als wollte er keine große Sache daraus machen. „Ich bin sowieso auf dem See.“ Das hatte er schon gesagt. Vielleicht hielt er es für nötig, mir zu versichern, dass es wirklich keine großen Umstände für ihn wären.

Er schwang ein Bein über den Bootsrand und stand noch mit einem Stiefel auf dem Sitz. Mir wurde bewusst, dass er darauf wartete, mir aus dem Boot zu helfen.

Das Gespräch zwischen uns war irgendwie nicht abgeschlossen, und aus Gründen, die ich nicht erklären konnte, war ich enttäuscht, dass er schon dabei war auszusteigen. Als ich die Füße wieder in die nassen, matschigen Pumps steckte, denen ich mittlerweile mehrere

Blasen verdankte, hob Mart eine Hand und gähnte dahinter. Mir fiel ein, dass er ausgesehen hatte, als schliefe er gleich im Stehen ein, als ich vorhin ins Waterbird gekommen war. Wahrscheinlich war er inzwischen völlig am Ende.

Als ich aufstand, erfasste das Kielwasser eines vorbeifahrenden Bootes Marts Boot. Es wackelte und ich taumelte mit drei unsicheren Schritten über den Boden und hinterließ dabei eine Schlammspur. Mart hielt mich am Arm fest. Sein Griff war warm und fest. „Vorsicht, Käptn", sagte er mit einem Lachen. „Wenn Sie noch länger am Wasser wohnen, sollten Sie ein wenig seefester werden."

„Danke für den Tipp." Ich stieg aus dem Boot, wobei sein Griff mich halb stützte und halb auf den Pier hob. Dann ließ er mich los und stützte einen Ellenbogen auf sein Knie. Er hatte dabei immer noch einen Fuß im Boot und einen auf dem Kai stehen. Seine Haltung hatte eine gewisse Ähnlichkeit mit Robin Hood, der in Sherwood Forest nach dem Sheriff von Nottingham Ausschau hält.

Ich malte ihn mir auf einer Theaterbühne aus und musste unwillkürlich lachen. Mart schaute mich mit zusammengekniffenen Augen an, als fragte er sich, was in meinem Kopf vor sich ginge. Das überraschte mich nicht. Diese Frage stellte ich mir auch oft. Meine Gedanken und Gefühle irrten wild umher, als wüssten sie nicht, wohin sie gehörten.

Robin Hood, dachte ich. Nicht jeder erwachsene Mann erzählte so eine Geschichte aus seinem Leben, und schon gar nicht, dass er in die Studienreferendarin verliebt gewesen war. Karl hatte in seiner Schulzeit in der Schulkapelle gespielt, hatte eine Brille getragen und war immer der Streber gewesen, der alles richtig machte. Ich war vier Jahre jünger als er, aber er hatte in Dallas in derselben Straße wie meine Eltern gewohnt; deshalb kannte ich ihn schon fast mein ganzes Leben lang. Es hatte ihm nie gefallen, dass ich um diese Phase seines Lebens wusste. In Houston sah jeder nur den Mann in ihm, der sich während seines Theologiestudiums die Haare lang wachsen ließ und in einer christlichen Rockband spielte. Als er zurückgekommen war und bei einem Jugendwochenende mit seiner Band an unserer Schule gespielt hatte, hatte ich ihn kaum wiedererkannt. Wir waren danach in Kontakt geblieben, und eines hatte zum anderen geführt. Als ich ein einziges Mal gegenüber Gästen, die wir zum Essen eingeladen hatten, seine Zeit in der Musikkapelle erwähnte, hatte er es peinlich berührt mit einem Lachen abgetan. Später hatte er mir unter vier Augen vorgeworfen, ich würde seine Autorität in Mitleidenschaft ziehen.

Ich stand zögernd am Pier, als ich diese Erinnerung mit Mart und seiner Geschichte verglich. Warum ich das tat, konnte ich nicht sagen. „Geben Sie mir Bescheid, wenn Sie morgen früh auf Lens Hof etwas herausfinden? Ich ... ich muss einfach immer wieder an dieses kleine Mädchen denken, das ich in dem Pick-up gesehen habe. Ich muss wissen, dass es ihr gut geht. Dieser Hof dort oben ... war furchtbar."

Mart nahm seinen Hut ab, legte ihn auf sein Knie und kratzte die dichten, dunklen Locken neben seinem Ohr. Ich bemerkte, dass er eine gut sichtbare Schwellung an der Stelle hatte, an der ich den Zweig absichtlich in sein Gesicht hatte schnalzen lassen. Das war ein spontaner Reflex gewesen, der weit über mein übliches Verhalten hinausging. „Für Chinquapin Peaks ist das ganz normal." Sein Blick war zurückhaltend, als fragte er sich, ob ich wirklich verstand, worauf ich mich da einließ.

„Ich weiß." Ich versuchte, das relativ tonlos zu sagen, um die Unsicherheit, die in mir aufkeimte, zu verbergen. *Wenn Gott uns einen Wunsch ins Herz legt, gibt er uns auch die Mittel dafür, ihn umzusetzen,* hätte Tante Lucy gesagt. Ich hatte den Wunsch, diese Arbeit zu tun, und irgendwie würde ich auch die Mittel dafür finden.

Mart nickte und setzte den Hut wieder auf, was ich als „Meinetwegen" deutete.

Selbst das verstand ich als Kompliment, als stille Bestätigung, dass ich die Fähigkeit hatte, die Herausforderung, die vor mir lag, zu bewältigen. „Normalerweise bin ich irgendwo im Bezirk auf Patrouille." Er steckte die Hand in seine Hemdtasche, zog eine Visitenkarte heraus und reichte sie mir mit zwei Fingern. „Falls Sie Schwierigkeiten haben oder mehr über die Leute wissen wollen, die Sie besuchen, können Sie mich jederzeit anrufen. Aus Gründen, die Sie sich denken können, habe ich schon viele Leute dort oben kennengelernt. Die meisten Hinweise bekomme ich von Freunden, Nachbarn und Angehörigen der Verdächtigen. Sie wären überrascht, wie schnell sie einander an die Gurgel gehen, wenn sie entweder selbst in der Klemme stecken oder auf jemanden sauer sind."

„Danke." Ich hatte mir, ehrlich gesagt, bis jetzt keine Gedanken darüber gemacht, was ein Ranger den ganzen Tag machte, außer Jugendliche davon abzuhalten, auf dem See Unfug zu treiben. „Das werde ich mir merken." Ich streckte die Hand nach der Visitenkarte aus und meine Finger streiften Marts Hand.

Die Hintertür des Waterbirds ging laut quietschend auf. Ich fuhr erschreckt hoch und zog dabei die Karte aus Marts Fingern. Er legte den Kopf schief und betrachtete mich. Dabei verzog er mit einem spekulativen Grinsen die Lippen. „Unsere neugierigen Freunde da oben wollen wissen, was es Neues gibt. Sie sitzen bestimmt alle noch im Waterbird und sind ganz gespannt, was wir zu berichten haben. Sie wollen immer über alles Bescheid wissen, was am Moses Lake passiert."

Ich hörte die alten Dominospieler aufgeregt durcheinanderrufen, während sie die Treppe herabkamen. „Habt ihr da drüben etwas gefunden? Mart? Hast du bei Lens Hütte irgendwelche Spuren entdeckt?"

Mart seufzte und tat, als hörte er die Fragen nicht. Ich erinnerte mich an das Gespräch, das uns veranlasst hatte, zu dieser spontanen Aufklärungsmission aufzubrechen, steckte die Hand in die Tasche meiner schlammbespritzten Jacke und zog die Autoschlüssel meines Vaters heraus. „Ich denke, ich überlasse die Pressekonferenz lieber Ihnen." Noch während ich das sagte, hatte ich leichte Schuldgefühle. Mart würde wahrscheinlich noch eine ganze Stunde hier aufgehalten werden und erklären müssen, wo wir gewesen waren, aber ich musste zu Dustin nach Hause.

„Auf keinen Fall." Mit einem Augenzwinkern und einem Grinsen löste Mart das Tau, stieß sich vom Pier ab und glitt auf den Fahrersitz. „Vergessen Sie nicht, ihnen alles haarklein zu erzählen. Sie brauchen Gesprächsstoff, wenn sie sich morgen zum Kaffeetrinken treffen." Einen Moment später ließ er den Motor an und überließ mich dem wartenden Publikum.

„Hey!", rief ich, aber er winkte nur, ohne sich umzudrehen, und gab Vollgas. Ich bildete mir ein, ein Lachen zu hören, als er mit dem Boot davonraste und auf den glitzernden Wellen in die untergehende Sonne hineinfuhr.

Ich drehte mich um und ging auf mein Auto zu. Die Leute aus dem Waterbird fingen mich natürlich vorher ab. Sie luden mich zum Kaffee ins Waterbird ein, damit ich ihnen alles genau schildern könnte. Ich lehnte die Einladung so höflich, wie ich konnte, ab und gab ihnen lediglich eine Kurzversion. Unsere Fahrt zu Lens Haus war eindeutig das beherrschende Gesprächsthema hier im Waterbird gewesen. Irgendwie hatte ich mich dadurch, dass ich mitgekommen war, von der Fremden in eine von ihnen verwandelt. Das tat irgendwie gut. Die Leute wollten sogar wissen, ob ich auf der anderen Seeseite gesehen hätte, wie die Barsche springen. Als könnte ich einen springenden Barsch von einem Goldfisch unterscheiden!

Als ich die Kurzversion der Geschichte beendete, schaute einer der Männer mit gerunzelter Stirn zum Pier. „Wo habt ihr denn Pastor Hay gelassen?"

„Wir haben ihn bei der Kirche abgesetzt. Er hat etwas von einem Bastelabend erzählt, der bald beginnt."

Der lange, dürre Mann, der wie ein Cowboy aus einem Cartoon aussah, bekam ganz große Augen. „Heute ist Bastelabend, Männer! Ihr wisst, was das heißt."

„Nachtfischen!", rief ein anderer. „Die Frauen sitzen bis nach den Spätnachrichten in der Kirche und schneiden und kleben und gackern. Vielleicht sogar noch länger."

„Männer, ab in die Boote!"

Unser Gespräch fand ein abruptes Ende. Ich nutzte die Gelegenheit, um zu meinem Auto zu eilen und nach Hause zu fahren.

Ansley und Sydney räumten gerade ihren Limonadenstand weg, als ich in die Einfahrt fuhr. Das Geschäft war offenbar nicht besonders gut gelaufen. Der Limonadenkrug war noch zu drei Vierteln voll. Die Mädchen blieben stehen und verfolgten mich mit neugierigen Blicken. Eine von ihnen schlug ein paar Räder im Dämmerlicht. Ihre blonden Haare fielen ihr ins Gesicht, als sie sich vergewisserte, ob ich ihr auch zuschaute.

„Ein schönes Rad", sagte ich, während ich meine Sachen vom Rücksitz holte. Mehr war nicht nötig, um Sydney und Ansley auf unser Grundstück zu holen. Sie stellten sich mir vor. Sydney war zwölf und Ansley war zehn.

„Sollen wir Ihnen beim Tragen helfen?“, fragte Ansley und beugte sich um mich herum, um zur Haustür zu schauen.

„Nein. Ich habe alles. Aber danke.“ Während ich mit einer Hand die Aktentasche, den Laptop und die Handtasche jonglierte, schob ich meinen Schlüsselring vom Finger für den Fall, dass Dustin die Haustür zugesperrt hatte.

Sydney fing einen Bleistift auf, der von meinem Klemmbrett rutschte. „Ich kann Ihnen die Tür aufsperren.“ Auch sie warf einen neugierigen Blick zur Haustür und hoffte unübersehbar auf eine Einladung, mir ins Haus zu folgen. So süß die beiden auch waren, war ich zu müde, um heute noch Besuch zu verkraften.

„Ich komme schon klar, aber es war schön, euch beide kennenzulernen.“

„Möchten Sie eine Limonade?“, platzte Ansley heraus. „Wir haben auch Kekse. Sie sind ein bisschen zusammengeklebt, aber sie schmecken gut.“

Ich lehnte auch dieses Angebot ab, versprach aber, morgen Limonade zu kaufen, wenn ich nach Hause kam.

„Ihre Schuhe sind total schmutzig“, stellte Ansley fest. „Ich glaube, die können Sie wegwerfen.“

„Ich weiß“, seufzte ich. „Die Schuhe habe ich mir heute bei der Arbeit ruiniert.“

Als ich mich zum Haus umdrehte, hatte sich Sydney vor mir aufgebaut und versperrte mir den Weg. Sie gab mir meinen Bleistift zurück. „Kann er spielen?“ Sie deutete mit dem Daumen zum Haus. Plötzlich begriff ich, warum die beiden so freundlich waren. Sie interessierten sich nicht für mich, sondern für Dustin. Das war verständlich, da er der einzige andere in der direkten Nachbarschaft war, der weniger als sechzig Jahre zählte.

„Wer? Dustin?“, fragte ich und stellte mich dumm.

Sydney zog die Augen zusammen, so als wollte sie sagen: *Aha, so heißt er also …* „Mm-hm. Er hat gesagt, dass er nicht kann. Er hat gesagt, dass seine Mutter ihn den ganzen Tag arbeiten lässt. Und dann kam seine Tante, und sie hat gesagt, dass er spielen könne, aber dann mussten wir zu Charleys Seewolf zum Abendessen fahren, und als wir zurückkamen, ist er ins Haus gegangen.“

Ich konnte mir das Gespräch, das wahrscheinlich heute stattgefunden hatte, als Dustin im Garten arbeitete, gut vorstellen. „Er hat Hausarrest“, gab ich zu. „Aber er darf nur das Grundstück nicht verlassen. Das heißt nicht, dass er die ganze Zeit arbeiten müsste.“

Diese Antwort schien Sydney und Ansley zu befriedigen. „Cool!“, sagte Sydney, und die zwei hüpften flüsternd und kichernd davon. Vermutlich schmiedeten sie Pläne für morgen. Vielleicht würde ich Dustin vorschlagen, dass er herausfinden könnte, ob sie mit ihm ein wenig Fußball spielten oder unten am Pier angelten. Jüngere Mädchen waren wahrscheinlich nicht seine erste Wahl, aber wenigstens tauchten sie nicht mit Bier und Motorbooten hier auf.

Die Lichter im Haus waren an und der Fernseher war eingeschaltet gewesen, als ich aus dem Auto gestiegen war. Dustin musste mich aber gehört haben, denn als ich die Tür aufsperrte, war das Wohnzimmer verlassen. Allerdings stand ein noch vor Kälte beschlagenes Glas Eistee auf dem Ecktisch, Dustins Schuhe lagen unter dem Tisch und im Fernsehen lief irgendeine übertriebene Comedy Show über Jugendliche an der High School.

Ich schaltete den Fernseher aus und ging ihn suchen. Er war natürlich in seinem Zimmer, lag mit aufgeklapptem Laptop auf seinem Bett und versuchte, so auszusehen, als wäre er schon die ganze Zeit hier.

„Hey“, sagte ich und lehnte mich an den Türrahmen. Mir wurde schwer ums Herz. Ich würde mich wahrscheinlich nie daran gewöhnen können, dass der Mensch, den ich am meisten liebte, mich nicht einmal ansah, wenn ich ins Zimmer kam. Es hatte eine Zeit gegeben, in der er aufgestrahlt hatte, wenn er mich sah. „Hattest du einen guten Tag?“

„Ich habe die dumme To-do-Liste abgearbeitet.“ Es war weder ein Ja noch ein Nein. Nur eine Feststellung, ohne jede Herzlichkeit. Eine passiv-aggressive Klage.

„Das ist gut.“ Ich schluckte schwer. *Brich nicht zusammen.* Nur weil ich mich schwach fühlte, nur weil es ein langer Tag gewesen war, bedeutete das nicht, dass ich mich von einem pubertierenden Jugendlichen erpressen ließe. „Ist heute sonst noch etwas passiert?“ *Sind zum Beispiel ein paar Halbstarke in einem Boot vorbeigekommen? Unerlaubtes Klettern auf einem Felsen? Irgendetwas in der Art?*

Er schürzte die Lippen und kniff die Augen zusammen. „Ich lese das Zeug, das ich für den dämlichen Englischunterricht brauche, okay?" Er schnaubte am Ende des Satzes, um mich wissen zu lassen, was er von diesen Lesehausaufgaben hielt.

Die Muskeln in meinem Rücken spannten sich an, und von einer Sekunde auf die andere verwandelte sich meine Niedergeschlagenheit in Gereiztheit. „Ich habe dich etwas gefragt, Dustin. Ich weiß, dass du gerade noch im Wohnzimmer warst und ferngesehen hast. Ich bezweifle also, dass du zu sehr in deine Hausaufgaben vertieft bist. Wenn ich dich etwas frage, erwarte ich eine anständige Antwort. Ich habe dich den ganzen Tag nicht gesehen, und es ist nicht zu viel verlangt, wenn ich dich bitte, mir zu sagen, was du heute gemacht hast, besonders nach dem, was gestern passiert ist."

Er schob den Computer aus dem Weg, schwang die Beine herum und setzte sich auf. Mit seiner betont schnodderigen Haltung wollte er mir zeigen, dass ich ihn nervte. „Also gut! Mein aufregender, wunderschöner, herrlicher Tag! Ich habe die dumme To-do-Liste abgearbeitet. Draußen hatte es bescheuerte fünfundvierzig Grad. Die kleinen Mädchen von nebenan sind mir den ganzen Nachmittag in dem blöden Garten nachgelaufen. Die Motorsense hat sich mindestens zehnmal verkantet. Oma und Opa haben sich aufgeregt, weil ich mit der Motorsense arbeite. Ach ja, Opa behält unser Auto, bis neue Reifen montiert sind. Dann fand Oma heraus, dass ihre … irgendwelche blöden … was weiß ich für welche Pflanzen alle abgebrochen sind. Zuerst behauptete sie, das wäre ich mit der Motorsense gewesen, die nicht einmal *funktioniert.* Und dann kam sie auf die Idee, dass die Kinder von nebenan es gewesen sein müssten. Als ob Ansley und Sydney einfach ihre Pflanzen ausreißen würden! Oma ging hinüber und fing an, mit den Nachbarn zu streiten. Tante Megan kam eine Weile vorbei, und soeben hat dieser Ranger wegen des Wassersicherheitskurses angerufen. Es war wirklich ein *wunderbarer* Tag. Wolltest du das hören? Vielen Dank, dass ich jetzt von der Wasserpolizei zu diesem blöden Sicherheitskurs gebracht werde! Traust du mir nicht zu, dass ich allein hingehe?" Er beendete diesen Satz mit einem verletzten Blick, schaute mich mit zusammengekniffenen Augen an und schaltete von wütend auf verletzt und beleidigt um.

Atme tief durch. Atme tief durch, bevor du irgendetwas sagst. Er ver-

sucht nur, dich zu reizen. „Erstens hast du keine andere Möglichkeit, zu dem Kurs zu kommen – und vergiss nicht, die Broschüre zu lesen, damit du weißt, ob du etwas mitbringen musst! Zweitens ist es nur eine Woche, und drittens hast du keine Veranlassung, beleidigt zu sein. Wir können von Glück sagen, dass gestern nichts Schlimmeres passiert ist. Weißt du, dass mir heute zwei Leute unabhängig voneinander von schrecklichen Unfällen erzählt haben, die in letzter Zeit am Scissortail passiert sind? Ein Junge starb, und einer ist für den Rest seines Lebens an einen Rollstuhl gefesselt. Beide waren noch Jugendliche."

Dustin schnaubte, beugte sich über seine Knie und zupfte Gras von seinem Fuß. „Wer hat dir das erzählt?"

„Zum einen der Ranger, und zum anderen mein Chef an der Arbeit, Mr Tazinski."

Dustin hörte auf, das Gras von seinem Fuß zu zupfen, und schien einen kurzen Moment darüber nachzudenken, dass die Sache am Scissortail wirklich ganz anders hätte ausgehen können.

„Wir haben Glück, dass dir gestern nichts passiert ist. Großes Glück."

Er wurde steif, setzte sich auf und schaute zum Fenster, als könnte er den See durch die Innenjalousien sehen, die er immer geschlossen hatte, wodurch sein Zimmer einen höhlenähnlichen Eindruck erweckte. „Ja, wir haben *Glück.*" In seinem letzten Wort steckte eine verborgene Botschaft.

Für einen kurzen Moment dachte ich daran, ihm zu erzählen, wo ich heute gewesen war, und ihm das ärmliche Haus zu beschreiben, in dem Audrey und John wohnten, oder das verwahrloste Grundstück bei Len, wo ein Kind gespielt hatte. Glück war eine Frage der Sichtweise. Es gab Menschen, die schlimmere Probleme hatten als eine schmerzvolle Scheidung der Eltern, eine kaputte Motorsense und einen Wassersicherheitskurs.

Wenn er einiges von dem sehen könnte, was ich gesehen hatte …

Aber wollte ich wirklich, dass er das sah? Diese Dinge waren für Erwachsenenaugen schon schwer auszuhalten, und er war noch ein Kind, das seine eigenen Schwierigkeiten verarbeiten musste und dazu nur die Möglichkeiten eines Jugendlichen hatte.

„Hat Papa angerufen und gesagt, wann ich im August nach

Houston fahren kann?“ Sein Blick wanderte kurz in meine Richtung, ein wenig hoffnungsvoll, ein wenig vorsichtig, ein wenig angriffslustig. Er wollte mir wohl zu verstehen geben, dass er, wenn ich ihn zu sehr ärgerte, seine Sachen packen und zu seinem Vater und Delayne ziehen würde. Die traurige Wahrheit war aber, dass er dort gar nicht erwünscht war. Karl war damit beschäftigt, sich an sein neues Leben mit Delayne und ihren zwei kleinen Töchtern zu gewöhnen. Er schien nicht viel Interesse an den Bindungen zu seinem früheren Leben zu haben.

Dustin musste das nicht hören, obwohl er es zu einem bestimmten Grad bestimmt schon ahnte. Karl hatte bereits, bevor wir aus Houston weggezogen waren, die Wochenenden mit Dustin ausfallen lassen. Wenn Dustin nun so tat, als würde jeden Augenblick der *gute* Elternteil auftauchen und ihn vor der bösen Mutter retten, war das einfach seine Art, seine Aggressionen an der einzigen Person auszulassen, die er im Moment noch hatte. „Dein Vater hat nicht angerufen. Aber er hat erst vor Kurzem eine neue Stelle angetreten. Damit hat er wahrscheinlich ziemlich viel zu tun.“ Nach monatelanger Arbeitslosigkeit und Suche hatte Karl endlich eine Stelle als Lehrer in einem Rehabilitationszentrum für Jungen angenommen.

„Ja.“ Dustin starrte ein Loch in die Jalousien. Sein Kinn zitterte fast unmerklich, bis er schwer schluckte und eine harte Miene aufsetzte.

Mein Herz ging auf. Ich wollte etwas tun, um ihm den Schmerz und die Enttäuschung zu nehmen und alles wieder in Ordnung zu bringen. Es gab nichts *Richtiges*, das ich sagen konnte, keine Zauberformel. Wenn ich meine Meinung über Karl laut ausspräche, würde ich Dustin verletzen. Wenn ich Karl aber entschuldigte, würde ich damit kommunizieren, dass ich es unterstützte, dass er einfach weitergezogen war und seinen Sohn zurückgelassen hatte.

Schließlich beschloss ich, einfach das Thema zu wechseln. „Ich habe eine Idee. Was hältst du davon, wenn wir in die Stadt fahren? Wir bringen die Motorsense zur Reparatur, und dann kaufen wir uns Pommes und ein Eis in Charleys Seewolf draußen am See.“

„Ich habe schon gegessen. Und die Eisenwarenhandlung hat schon zu.“

Darauf hätte ich selbst kommen können. In Moses Lake war um

diese Uhrzeit alles geschlossen. Charleys Seewolf hatte nur noch so spät geöffnet, weil dort Touristen einkehrten, die erst essen gingen, wenn der Urlaubstag am See zu Ende war. „Ein Eis könnten wir aber trotzdem essen. Wir waren schon ewig nicht mehr in Charleys Seewolf." Als Dustin klein gewesen war, hatten zu den Urlauben im Strandhaus auch immer viele Besuche in Charleys Seewolf gehört. Dort hatten wir Eis geschleckt und am Pier die Enten gefüttert oder Charley zugeschaut, dem uralten Wels, der in einem riesigen Aquarium hinten im Restaurant lebte. „Ich möchte wetten, dass Charley inzwischen über fünfzig Kilo wiegt."

Dustin sah aus, als würde er kurz über meinen Vorschlag nachdenken. Ich trat einen Schritt weiter ins Zimmer hinein und hielt ihm quasi mein Friedensangebot in Form eines Eises und eines fünfzig Kilo schweren archaischen Fisches vor die Nase. Ich wartete und hätte nichts gegen ein paar Stunden ohne Streiten, Kämpfen oder Aggressionen gehabt.

„Ich muss meine blöden Texte für den Englischunterricht lesen." Dustin sank langsam wie ein zerknittertes Papier, das sich wieder entfaltete, aufs Bett zurück. „Ich werde ja sonst nicht fertig, weil ich in den blöden Kurs von dem Wasserpolizisten muss."

Enttäuschung und ein Gefühl von Hilflosigkeit legten sich über mich wie ein nasses, schweres Tuch und machten mir das Atmen schwer. Würden Dustin und ich je einen Weg zu einer neuen Normalität finden? Waren wir dazu verdammt, ewig in diesem Sumpf aus Schuldgefühlen, Konflikten und emotionaler Erpressung festzustecken?

Ich nahm meine ganze Selbstbeherrschung zusammen, um nicht zu zeigen, wie verletzt ich war. An allererster Stelle musste ich der Elternteil, der Erwachsene sein. „Wie du meinst", sagte ich, und da ich das Gefühl hatte, einen Funken Hoffnung zurücklassen zu müssen, fügte ich hinzu: „Dann vielleicht morgen."

Kapitel 12

Wissen kommt, aber Weisheit bleibt.
Alfred Lord Tennyson
(zitiert von einem anonymen Fliegenfischer)

Mart McClendon

Als ich am nächsten Tag wieder bei Andreas Strandhaus vorbeifuhr und sah, wie der Junge Rasen mähte, Blumenbeete säuberte und Bäume zuschnitt, hatte ich tatsächlich ein bisschen Mitleid mit ihm. Seine Mutter führte wirklich ein strenges Regiment. Ich bezweifelte, dass er so bald wieder auf Felsen klettern würde. Wenigstens hatte er jetzt ein bisschen Gesellschaft. Jedes Mal, wenn ich vorbeikam, sah ich, dass die kleinen, blonden Enkelinnen der Nachbarn ihn auf Schritt und Tritt verfolgten. Als ich anrief, um Andrea in Bezug auf Len auf den neuesten Stand zu bringen, erzählte sie mir, dass Dustin einen Fanclub im Nachbarhaus habe. Wir lachten darüber. „Es gibt Schlimmeres, als wenn einem Mädchen mit Limonade und Keksen nachlaufen", bemerkte ich.

Andrea schmunzelte. „Das habe ich ihm auch gesagt."

Nachdem wir uns über Dustin ausgetauscht hatten, hatte ich nicht viel Neues über Len und das kleine Mädchen zu berichten. „Ich habe ihn noch nicht gefunden, obwohl ich es wirklich versucht habe. Für einen Mann, der so einfältig ist, macht er das richtig gut. Ich nehme an, dass er sich tagsüber in einem seiner Wildlager im Wald versteckt und erst am Abend auf seinen Hof zurückkommt, um sein Vieh zu füttern und sich um den Garten zu kümmern."

Je mehr Zeit verging, umso größer wurde meine Sorge, dass ich mich in Bezug auf den alten Len vielleicht doch getäuscht haben könnte und Andrea vielleicht recht hatte. Ich wollte nicht vom

Schlimmsten ausgehen, aber warum betrieb jemand einen so großen Aufwand, um sich zu verstecken, wenn er nicht doch etwas auf dem Kerbholz hatte?

Nach zwei glücklosen Tagen arbeitete ich schließlich mit meinem Kollegen, Jake Moskaluk, einen Plan aus. Wir würden uns morgen früh am See treffen und Len abfangen, wenn er im ersten Tageslicht seine Fangleinen auslegte. Jake würde sich im Gebüsch verstecken, während ich mit Len sprach, um Len nicht mehr als nötig zu erschrecken.

Ich rief Andrea an, als ich am Abend das Waterbird mit einem Sandwich in der Hand verließ, und erzählte ihr, dass ich Len morgen aufspüren würde. Danach unterhielten wir uns noch eine Weile. Über nichts Besonderes, einfach über dies und das. Ich hatte an diesem Tag ihre kleinen Nachbarinnen, Sydney und Ansley, in Charleys Seewolf kennengelernt. Sie konnten einem wirklich die Ohren abquatschen.

Andrea lachte und sagte: „Vielleicht wecken sie mit ihrem ganzen Geplapper bei Dustin eine Vorfreude auf den Wassersicherheitskurs." Das Lachen in ihrer Stimme ging in ein Seufzen über. Ich fragte mich, ob sie sich wegen der fehlenden Fortschritte bei Len Sorgen machte, oder ob sie wieder Probleme mit ihrem Sohn hatte. Ich behielt diese Fragen aber für mich. Das ging mich nichts an.

Ich ertappte mich dabei, dass mein Blick in Richtung ihres Hauses wanderte, als ich aufgelegt hatte und über den See nach Hause fuhr. Vielleicht lag es an dem Telefongespräch oder an der Traurigkeit in ihrer Stimme, aber sie ging mir nicht aus dem Kopf. Vielleicht lag es aber auch einfach nur daran, dass ich zu meinem gemieteten Blockhaus am Holly Hill zurückfuhr und wusste, dass es dort genauso trostlos wäre wie immer, wenn ich am Pier anlegte. Kein Licht brannte. Weit und breit gab es kein Lebenszeichen. Nichts, das mich reizte, dort sein zu wollen.

Heute war eine Nachricht auf meinem Anrufbeantworter, als ich das Haus betrat. Ich wusste, wer angerufen hatte, noch bevor ich auf die Taste drückte. Außer meiner Familie rief hier niemand an.

Der Anruf war von meiner Schwägerin, Laurie. Sie hoffte, dass ich zu Levis sechstem Geburtstag in ein paar Wochen nach Hause käme.

Ich rief sie zurück und sagte ihr, dass ich nicht kommen könne. Eigentlich müsste sie doch selbst erkennen, dass es so besser war. Aber Laurie klammerte sich an die vergangenen drei Jahre. Wahrscheinlich glaubte sie sogar, dass es irgendwie ihre Schuld sei, dass ich von Alpine weggezogen war. Es war aber nicht ihre Schuld. Es war einfach richtig gewesen wegzugehen. Laurie und die Jungen mussten ein neues Leben beginnen, und jetzt, da sie einen guten Mann gefunden hatte, war es höchste Zeit dafür. Sie müsste sich nur endlich entscheiden, die Vergangenheit loszulassen. Dann könnte sie ein neues Leben anfangen und Levi, Hayden und Samuel wieder eine Familie geben. Eine neue Familie. Vielleicht bekämen Laurie und ihr jetziger Mann Chris sogar noch mehr Kinder. Sie war noch jung. Ich konnte nichts Besseres tun, als den Weg frei zu machen, damit ihr Leben weitergehen konnte.

Laurie war streng genommen gar nicht mehr meine Schwägerin, da mein Bruder tot war. Laurie und ich erinnerten einander nur ständig daran, was passiert war. Selbst wenn sie das nicht so sehen konnte, hatte ich es endlich eingesehen. Jedes Mal, wenn ich Laurie und die Jungen anschaute, dachte ich an Aaron, meinen kleinen Bruder, und Mica, den Karottenkopf, der Aaron wie aus dem Gesicht geschnitten war. Es ist schwer, wenn man einen kleinen Jungen als Siebenjährigen im Gedächtnis behält und weiß, dass er nie in den Baseballhandschuh hineinwachsen wird, den man ihm zu Weihnachten gekauft hat, oder dass er nie an einem alten Auto herumbasteln oder eine Freundin haben und tanzen gehen wird. Mein Neffe würde für mich immer sieben Jahre alt bleiben – mit seinem Lächeln, das von einem Ohr zum anderen reichte, und Sommersprossen auf seiner sonnenverbrannten Nase.

„Komm doch bitte, Mart“, bettelte Laurie. „Die Jungen wollen, dass du kommst! In den letzten drei Jahren waren sie fast jeden Tag mit dir zusammen, und jetzt bist du einfach fort. Sie vermissen dich.“

Ein tiefer Schmerz bohrte sich in meinen Brustkorb. Ich vermisste die Jungen mehr, als ich in Worte fassen konnte. Aber wenn ich wieder nur ein paar Häuser von ihnen entfernt wohnen würde, könnten sie nie die ersten Schritte in eine neue Richtung gehen. Wir würden immer dort hängen bleiben, wo wir gewesen waren, Fotoalben und Videofilme herausholen und frühere Urlaube, alte Angelausflüge und das letzte Weihnachten, an dem wir alle zusammen gewesen waren, Revue passieren lassen. Wir würden uns so verkrampft an die Vergangenheit klammern, dass es sich anfühlte, als ließe man einen Pfeil in einer Wunde stecken, statt ihn herauszuziehen. Die Wunde musste bluten, um danach gut verheilen zu können.

Es war ein Unterschied, ob man Erinnerungen wieder aufleben ließ oder ob man sie als Vorwand benutzte, um kein neues Leben anfangen zu müssen.

„Ich vermisse sie auch, aber ich bekomme nicht frei." Es war leichter, mit einer Ausrede aufzuwarten, als zu versuchen, Laurie die Sache zu erklären. Das hatte ich schon hundertmal versucht. *Ich weiß, dass du nicht Aaron bist,* würde sie sagen. *Ich weiß, dass du nicht er bist, Mart.*

Aber bevor Mama vor acht Monaten gestorben war, hatte sie mir gesagt, dass ich mir jetzt um Aaron und Mica keine Sorgen mehr zu machen bräuchte. Sie wäre bald bei ihnen und bei meinem älteren Bruder, Shawn, der in Afghanistan gefallen war. Ich sollte in die Zukunft blicken und wieder glücklich sein. Wenn sie schon nicht alle ihre Söhne zusammen an einem Ort haben konnte, wollte sie wenigstens wissen, dass es allen gut ging.

Ich hatte ihr versprochen, dass ich daran arbeiten würde, und dann hatten wir uns noch eine Weile unterhalten, bevor sie entspannt in einen ruhigen Schlaf gefallen war. Als am nächsten Morgen die Pflegerin ihr Zimmer im Hospiz betreten hatte, war Mama für immer eingeschlafen gewesen. Die Schwester hatte gesagt, dass Menschen manchmal das Gefühl haben mussten, sie hätten ihre Angelegenheiten auf dieser Erde geordnet, bevor sie loslassen konnten. Mama hatte ihre Angelegenheiten geordnet. Sie hatte sich von allen Enkelkindern verabschiedet. Mein mittlerer Bruder, Jay, hatte eine Weile mit ihr allein verbracht, und sie hatte ihr Möglichstes getan, um dafür zu sorgen, dass wir alle versorgt waren. Jetzt bemühte ich mich, das Versprechen, das ich ihr gegeben hatte, auch zu halten.

„Mart, bitte“, flüsterte Laurie mit zitternder Stimme. „Chris und ich wollen, dass du kommst.“

„Laurie, so ist es besser.“ Chris wollte nicht, dass ich käme. Chris war ein netter Mann, aber kein Mann konnte auf Dauer einen Dritten *und* einen Toten in einer Beziehung verkraften. Wenn Laurie nicht aufwachte, würde Chris seine Sachen packen und wieder gehen. „Macht euch einfach einen schönen Tag mit Levi. Nur ihr fünf. Unternehmt etwas anderes als sonst.“ Etwas, das nicht damit endete, dass man in einem dämmrigen Zimmer saß, Wein trank und in Erinnerungen versank.

„Wenn du nicht da bist, fehlt etwas“, flüsterte Laurie.

„Das muss aber nicht so sein. Du musst dich nur dazu entschließen.“ Ich liebte Laurie wie eine Schwester, daran würde sich nie etwas ändern. Und sie liebte mich, weil ich das engste Bindeglied war, das sie noch mit meinem Bruder und ihrem gemeinsamen Sohn Mica verband. Ich war der Letzte, der die beiden lebend gesehen hatte.

Ich war derjenige, der sich an jenem Tag um sie hätte kümmern sollen.

Laurie sah es jedoch nicht so. Sie hatte nie irgendjemandem eine Schuld gegeben. Außer vielleicht Aaron, weil er nicht besser aufgepasst hatte, als er Mica im Boot mit auf den See hinausnahm. Aaron hätte auf den Wetterbericht achten sollen. Er hätte unser kleines Boot kontrollieren sollen, bevor er damit hinausfuhr. Er hätte dafür sorgen müssen, dass er und Mica nicht draußen auf dem Wasser gefangen wären, als sich das Wetter änderte und die Stürme in der Bucht rau und gefährlich wurden. Der Benzinfilter war verstopft gewesen und hatte den Motor abgewürgt. Ich hatte einen neuen Filter hinten auf der Ladefläche meines Pick-ups liegen gehabt. Ein kleines Teil für zehn Dollar. Ich hätte da sein und den Filter einbauen sollen. Aber ich war nicht da. Ich war an der Arbeit und arbeitete noch an einem Fall. Eigentlich hätte ich schon längst in unserer kleinen Hütte am Ufer sein sollen und das Boot für ein Angelwochenende in der Bucht mit meinem Bruder und seinem Sohn reparieren müssen. Eine einzige Überstunde an der Arbeit und ein Ersatzteil für zehn Dollar hatten Aaron und Mica das Leben gekostet.

Laurie atmete zitternd ein. Sie hatte sich wahrscheinlich allein in ein Zimmer zurückgezogen, damit niemand erfuhr, dass die Vergangenheit sich wieder so drückend um sie legte, dass es ihr fast die Luft abschnürte. „Ich habe gerade … die Bilder von dieser Fahrt nach Taos angesehen. Erinnerst du dich daran? Aaron und ich und du und Melanie." Sie lachte leise, und ich sah sie im Geiste vor mir, wie sie mit der Hand über die Seiten des Fotoalbums strich und mit der Fingerspitze die Gesichter streichelte. „Mica war noch ganz klein. Weißt du noch, wie du ihm den Skianzug angezogen und ihn in deine Skistiefel gestellt hast? Er sah mit den riesigen Skiern so lustig aus."

„Ja, ich erinnere mich daran." Die schönen alten Zeiten legten sich so weich wie frisch gekämmte Wolle um mich. In meinem Kopf drehte sich die Vergangenheit wie ein Spinnrad und spann die Wolle langsam zu einem Faden und dann zu einem Seil. Melanie war Lauries beste Freundin, sie war die Trauzeugin bei ihrer Hochzeit gewesen. Wir vier hatten viel gemeinsam unternommen – Ausflüge an den Strand, Touren im Big Bend, Wochenenden in den Bergen. Den Skiurlaub. Keiner von uns hatte ahnen können, dass wir die Zeit nicht festhalten konnten. Nur wenige Jahre später waren Aaron und Mica gestorben, und Melanie hatte ihre Sachen gepackt und war nach Kansas zurückgezogen. Sie hatte gesagt, dass sie diese erdrückende Trauer nicht länger ertragen könne. *Ich habe das Gefühl, daran zu ersticken,* hatte sie gesagt. *Ihr erstickt alle daran. Ihr seht es nur nicht. Manchmal passiert einfach etwas, ohne dass irgendjemand schuld daran ist, Mart. Schlimme Dinge passieren nun einmal. Sie gerieten in einen Sturm. Das Boot kippte um. Das war alles.*

„Ich versuche, an Weihnachten nach Hause zu kommen", erklärte ich Laurie. „Sag Levi, dass mit der Post etwas von Onkel Mart zu seinem Geburtstag ankommt."

„Er kann dich anrufen, wenn er es auspackt." Lauries Antwort war knapp. Dann verabschiedete sie sich schnell. Ich saß da und starrte das Telefon an, als ich aufgelegt hatte. Ich wollte zurückrufen und Levi sagen, dass ich zu seinem Geburtstag käme, aber ich wusste, dass ich damit zehn Schritte rückwärts gehen würde.

Plötzlich erschien es mir als großes Glück, dass ich hundemüde war. Ich duschte, aß mein Sandwich und schlief ein, statt ruhelos in dem kleinen Strandhaus herumzuwandern und etwas zu suchen, das ich mit mir anfangen könnte.

Am Morgen war ich noch vor dem ersten Tageslicht auf den Beinen und bereit, zur Arbeit zu gehen. Während ich meinen großen Thermosbecher mit Kaffee füllte, rief Jake an und teilte mir mit, dass er mir heute Morgen nicht helfen könnte. Er hatte sich eine Lebensmittelvergiftung durch einen Taco eingefangen, den er an einem Verkaufsstand am Straßenrand gekauft hatte.

„Du hättest bei den mennonitischen Bäckereien bleiben sollen", sagte ich zu ihm. Er lachte so schwach, dass ich tatsächlich ein wenig Mitleid mit ihm bekam. Jake aß fast alles, das nicht vorher weglief. „Mach dir um mich keine Sorgen. Ich fahre allein los und schleiche mich an Len heran. Vielleicht erwische ich ihn, bevor er hinausfährt, um seine Fangleinen bei Sonnenaufgang zu kontrollieren. Ich denke, das dürfte kein Problem sein. Falls es gefährlich wird, rufe ich den Sheriff an und sage ihm, dass er mir seine Leute schicken soll." Jake und ich tauschten ein paar Witze über den Sheriff und seine Leute aus, dann ermahnte er mich, vorsichtig zu sein, bevor er eilig auflegte, weil er schnell zur Toilette laufen musste. Ich packte meine restlichen Sachen zusammen und verließ das Haus.

Dichter Bodennebel hing über dem Gras und hüllte meine Beine bis zu den Knien ein, als ich zum See hinabging. Im Schein der Lampen am Kai glänzte das Wasser ruhig wie ein Quecksilbersee, der zwischen die Berge gegossen worden war. Eine träge Mondsichel lag wie ein Kahn im Meer des Himmels, und im Osten machte das erste Licht des Morgens den Sternen Konkurrenz.

Ich atmete tief ein. Erinnerungen waren mit dem Duft des Wassers, dem feuchten Gras und dem Morgendunst verbunden. Gute Erinnerungen. Ich erinnerte mich daran, wie sich das Gras in jenem Sommer in Moses Lake angefühlt hatte, als wir Kinder gewesen waren. Nass, glatt und kühl, weil der Tau noch darauf lag. Ich konnte uns vier lachen hören. Ich sah Shawn vorauslaufen, hörte Aaron, der zurückfiel und jammerte, weil es dunkel war und er sich fürchtete. Ich sagte ihm, dass er den Mund halten solle. Falls Mama hörte, dass wir uns heimlich aus dem Haus schlichen, bekämen wir Prügel. *Heulsuse,* sagte ich zu ihm. *Hör auf zu weinen oder bleib da.*

Aaron war immer die Heulsuse, das Mamabübchen gewesen. Doch in jenem Sommer hatte der kleine, sommersprossige Jammerlappen den Nerv besessen, wie Unkraut in die Höhe zu schießen und größer zu werden als ich. Ich wollte ihn damals einfach nur loshaben.

Sei vorsichtig mit deinen Wünschen. Die Stimme in meinem Kopf war jetzt älter und weiser. Jetzt hätte ich alles dafür gegeben, wenn ich mit meinen Brüdern noch einmal zum See hinablaufen könnte, wenn wir noch einmal alle vier zusammen sein könnten. Das war der letzte Sommer gewesen, in dem wir so als vier Brüder vereint waren. Dieser Ort würde für mich deswegen immer etwas Besonderes bleiben. Als wir von Moses Lake wegzogen, wurde Shawn achtzehn und ging zur Armee. Jetzt war er tot, und auch Aaron war schon gestorben, und wir waren nur noch zu zweit. Nur Jay und ich, die zwei, die bei diesem Wettrennen zum Ufer in der Mitte gewesen waren.

Hier am See hatte ich das Gefühl, sie wären immer noch bei mir und stapften durch den Nebel und wollten sehen, was der Tag zu bieten hatte, bevor er überhaupt begann. Hier musste ich nicht an der Kirche vorbeifahren, in der wir die Trauerfeier um Shawn gehalten hatten, oder am Friedhof, auf dem wir Aaron und seinen kleinen Sohn nebeneinander beerdigt hatten. Hier lebten alle noch und waren in der Zeit festgefroren. Es gab keine Erinnerung daran, wie alles geendet hatte, außer den Erinnerungen, die ich im Kopf mit mir herumtrug.

Der See fühlte sich an diesem Morgen gut an. Er war still und ruhig, die Luft war gerade so kühl, dass Dampf vom Wasser aufstieg. Ein schwacher Hauch von Herbst lag darin, ein Flüstern, das versprach, dass das Wetter sich bald ändern würde, dass die Touristen nach Hause fuhren und das Seeufer wieder den Einheimischen gehörte.

Während ich über das Wasser fuhr, kam ich an Larkspur Cove vorbei. Mein Blick wanderte den Hang hinauf zu den Häusern, die dort standen, und meine Gedanken schlugen schnell eine andere Richtung ein. In Andreas Haus brannte Licht. Ich fragte mich, ob sie schon so früh auf war und was sie so früh am Morgen machte. Eine halbe Sekunde lang war ich versucht, mein Fernglas zu nehmen und hinaufzuschauen. Genauso schnell wie dieser verrückte

Gedanke kam, verwarf ich ihn wieder. Mit dem Fernglas in andere Häuser zu schauen war aus mehreren Gründen falsch. Außerdem war ich im Dienst.

Dennoch verfolgte mich der Gedanke über den See und trieb wie Moos hinter dem Boot her, das sich nicht abschütteln ließ. Mir wurde bewusst, dass sich in meinem Kopf sonderbare Hirngespinste breitmachten, wie man sie am frühen Morgen hat, kurz bevor man ganz aufwacht. Ich würde an Andreas Haus vorbeifahren, und sie stünde zufällig auf dem Pier, um ein wenig frische Luft zu schnappen …

Vor Sonnenaufgang. *Ja, ganz bestimmt!*

Ich drosselte den Motor, fuhr an den Big Boulders vorbei und ließ mich dann unter die Eagle Eye Bridge treiben. Über mir wehte ein leichter Wind zwischen den Klippen und ich hörte die Stimme der Klagenden Frau. Sie stöhnte leise und trauerte um ein Kind, das aus einem Wagentreck verschwunden war, als sie den Fluss durchquerten, erzählte die Legende. Auf dem Picknickplatz am Ufer ahmten die Spottdrosseln ihre Stimme zusammen mit einer Vielzahl anderer Vogelrufe nach.

Das Stöhnen der Klagenden Frau und die Antwort der Spottdrosseln wurden leiser, als ich in den Kanal hineinfuhr. Hier hörte man nichts als die Stille der Morgendämmerung und den zarten Gesang der Trauertauben. Wenn das Wasser so dunkel und still dalag wie jetzt, wurden die Motorengeräusche wie Rauch weitergetragen und bewegten sich kilometerweit durch die Bäume.

Ich hoffte, ich war früh genug aufgebrochen, um einen Anlegeplatz zu finden und den Motor abzustellen, bevor Len zum Wasser herabkam. Mein Plan war es, mich unter den überhängenden Zedern gleich hinter der Stelle, an der Len sein Boot ins Wasser ließ, zu verstecken. Ich könnte dort warten, bis er zu seiner Morgenrunde auf dem See erschien. Das wäre ein ziemlich guter Platz, um ihn zu einem freundlichen, netten Gespräch abzufangen. An dieser Stelle konnte er sich mir nicht entziehen, es sei denn, er versuchte zu fliehen. In diesem Fall müsste ich schon am frühen Morgen einen Verdächtigen festnehmen.

Ich hoffte, dass es nicht dazu kommen würde, denn Unschuldige brauchen nicht wegzulaufen. Ich wollte mich in Bezug auf Len nicht irren, und ich hielt es für eine Schande, einen so schönen

Morgen damit zu verderben, dass ich jemanden ins Bezirksgefängnis schleppte. Abgesehen davon hoffte ich natürlich, dass dem kleinen Mädchen nichts Schlimmes zugestoßen war. Ich wollte Andrea endlich erzählen können, dass ich die Situation geklärt hatte. Dass irgendwelche Nachbarn bei Len gewesen seien und dass das kleine Mädchen zu ihnen gehörte.

Mir fiel auf, dass ich schon wieder an Andrea dachte und mir vorstellte, wie sie tief Luft holte und erleichtert war, wenn ich ihr erzählte, dass mit dem kleinen Mädchen alles in Ordnung sei. Vor meinem geistigen Auge sah ich Andreas Reaktion: Sie lachte über den abenteuerlichen Marsch zu Lens Hütte und sagte, dass sie sich vergeblich ihre guten Schuhe ruiniert habe. Ich sagte ihr, wenn sie noch länger im Nationalpark arbeiten wollte, müsste sie sich ohnehin praktischere Schuhe zulegen.

Ich verdrängte diese Gedanken, als ich das Boot unter die überhängenden Zedern zog und wartete. Es war sonst überhaupt nicht meine Art, an etwas anderes als an die Arbeit zu denken. Normalerweise war ich froh, wenn ich mich auf meine Arbeit konzentrieren konnte, selbst wenn ich in meinem Beruf oft mit dem negativen und dummen Verhalten von Menschen konfrontiert wurde. Während ich an der Arbeit war, fragte ich mich nicht, wie Lauries Jungen die Baseballsaison meisterten, ohne dass Onkel Mart da war und mit ihnen trainierte. Ich fragte mich nicht, ob der neue Stiefvater seinen Tag so plante, dass er zum Trainingsplatz fahren und Levi helfen konnte, den Ball richtig zu treffen.

Vielleicht dachte ich aus diesem Grund jetzt an Andrea. Vielleicht versuchte ich, die Lücke in meinem Leben zu schließen. Wieder eine alleinerziehende Mutter, wieder ein Junge, der einen Mann in seinem Leben brauchte. Vielleicht wollte ich nur das Loch füllen, weil Aarons Familie nun einen neuen Mann in ihrem Leben hatte.

Ich zog endgültig den Stecker und schaltete diese Gedanken aus. Dann lehnte ich mich zurück und sah zu, wie die letzten Sterne am Himmel verblassten, während der Tag heraufzog, zuerst hellgrau, dann rosa. Der See gähnte, dehnte und streckte sich und erwachte zum Leben. Kleine Barsche tauchten auf, Tauben gurrten in den Bäumen und das Geräusch ihres Flügelschlags durchbrach sanft die Stille, wenn sie von Ast zu Ast flatterten. Eine Spottdrossel ahmte das Gurren der Tauben nach. Die Taube gurrte als Antwort, und ich stellte mir vor, wie die Spottdrossel darüber lachte. Sie hatte wieder jemanden zum Narren gehalten.

Ich wartete und döste ein paarmal fast ein, weil es länger dauerte, als ich gedacht hatte, bis ich eine Bewegung im Gebüsch hörte. Mein Puls schoss in die Höhe. Ich setzte mich auf und strengte meine Ohren an, aber es war nur ein Hase oder ein Eichhörnchen, vielleicht auch ein Luchs oder ein Fuchs. Kein Grund zur Aufregung. Jetzt konnte es nicht mehr lange dauern, bis Len den Hang herabgestapft käme. In der Morgenstille und angesichts der dichten Decke aus verrottendem Laub wäre er leicht zu hören. Ich könnte an den Geräuschen auch erkennen, ob er allein war oder jemanden bei sich hatte.

Ein Falke verließ sein Nest und kreiste am Himmel. Ich beobachtete, wie er in der sich aufwärmenden Luftströmung am Himmel schwebte und seine Flügel weit ausbreitete. Als er über mich hinwegflog, stieß er einen Protestschrei aus, um mir zu verstehen zu geben, dass ich in seinem Gebiet nichts zu suchen hatte. Ich dachte an meinen Opa, der zu einem Viertel ein Chickasaw-Indianer gewesen war und in den Bergen im Nordosten von Oklahoma gelebt hatte. Ich hatte als Kind mitbekommen, wie er mit Tieren sprach, als erwartete er eine Antwort von ihnen. Rückblickend vermutete ich, dass ich meine Liebe zur Natur von ihm geerbt hatte. Die Sommer, die wir bei ihm verbracht hatten, gehörten zu den besten, an die ich mich erinnern konnte. Eine Fahrt in die Stadt in seinem alten Pick-up war für uns Jungen immer ein aufregendes Abenteuer gewesen. Wir gingen in den kleinen Lebensmittelmarkt und suchten uns Bonbons oder Windrädchen oder Drachen aus, die wir auf Opas Feld steigen lassen konnten.

Wenn wir dann noch bei der alten Futtermittelstelle vorbeifuhren, saß dort auf der Veranda oft ein Ranger, dessen aufregenden Geschichten ich gelauscht hatte, während Opa sich mit den Männern im Laden gemütlich unterhielt. Dieser Ranger hatte mich auf die Idee gebracht, dass ich vielleicht eines Tages auch so etwas machen könnte. Ich wollte gerne die Abenteuer erleben, von denen er erzählte, und nicht in ein Büro eingesperrt oder an einen Schreibtisch gekettet sein. Auch, wenn mein Vater uns verlassen hatte, als ich vierzehn war und ich meinen Opa danach nicht mehr oft sah, steckte trotzdem ein bisschen von Opa und diesem Ranger in mir.

Ein Zweig knackte am Hang, während ich in Gedanken in Oklahoma war. Ich setzte mich auf und lauschte. Dieses Mal waren es eindeutig Schritte. Eine einzige Person näherte sich, die ein Bein ein wenig nachzuziehen schien. Das musste Len sein. Heute Morgen kam er sehr spät zum See herab. Es hörte sich an, als schleppte er eine ziemlich schwere Last. Vielleicht seine Angelausrüstung, Fangnetze und Langleinen, die in eine Plane eingewickelt waren. Hoffentlich keine Wildfalle, wegen der ich ihn anzeigen müsste.

Ich rutschte an die Seite meines Bootes und glitt in den Schlamm, wo ich kein Geräusch verursachen würde. Dann arbeitete ich mich am Ufer entlang und blieb am Rand der Zedern stehen und wartete, bis Len den Hang herabkam. Sobald er sein Boot aus dem Versteck geholt und angefangen hätte, es zum Wasser hinabzuziehen, würde ich mich zeigen. Denn dann hätte er die Hände nicht frei. Wahrscheinlich hatte er eine Waffe bei sich, und ich wollte nicht, dass er erschrak und instinktiv auf mich schoss.

Er war keine zehn Meter von mir entfernt, gleich auf der anderen Seite des Strauches, als ich hörte, dass er seine schwere Last erst einmal ablegte. Er zog sein Boot unter einem Strauch hervor, drehte es um und schob es zum Wasser. Die Blätter raschelten, als er das Boot darüberschob, aber ich hörte noch ein anderes Geräusch. Etwas, das näher war. Dort, wo Len seine Last abgelegt hatte. Vielleicht ein Hund? Ich hätte daran denken sollen, dass er einen Hund dabei haben könnte. Wenn das der Fall war, änderte sich alles. Ein Pitbull, der seinen Besitzer beschützen wollte, war nicht zu unterschätzen. Len zu überraschen war eine Sache, aber einen seiner Hunde zu überraschen war eine ganz andere Angelegenheit.

Doch wenn es ein Hund war, warum hatte er mich dann noch nicht gerochen?

Len grunzte ungehalten und kämpfte, weil das Boot irgendwo hängen geblieben war. Ich strengte meine Ohren an und versuchte zu erraten, ob das Paket, das Len abgelegt hatte, eine Bedrohung für mich darstellte oder nicht. Mein Herz hämmerte. Ich legte die Finger auf meinen Revolver und zog ihn aus dem Halfter.

Der Blätterteppich bewegte sich raschelnd, dann hörte ich ein leises Geräusch. Zuerst klang es völlig fehl am Platz. Sanft und friedlich. Es hörte sich an wie ein Kind, das im Schlaf seufzte. Die Blätter raschelten wieder, und schlagartig wusste ich, dass Len nicht alleine war. Das kleine Mädchen, wer auch immer es sein mochte, war auf der anderen Seite des Strauches, keine drei Meter von mir entfernt!

Meine Gedanken wirbelten durcheinander wie ein aufsteigender Schwarm Fische. Was hatte Len am frühen Morgen mit einem Kind am See vor? Nichts Gutes. Nichts Normales. Es war unwahrscheinlich, dass er es vor sieben Uhr von irgendeinem Nachbarn abgeholt hatte. Er musste das Kind über Nacht bei sich gehabt haben, und jetzt wollte er … was? Wohin wollte er mit dem Kind?

Geschichten von vermissten Personen aus den Abendnachrichten schossen mir durch den Kopf. Vielleicht hatte ich mich in Len geirrt. Vielleicht hatten sich alle in ihm geirrt. Vielleicht waren seine friedliche Art und seine langsame, stotternde Sprache nur gespielt. Vielleicht war er überhaupt nicht geistig behindert. Vielleicht war er schon seit Jahren ein Verbrecher, ein Fuchs, der sich mitten im Hühnerstall versteckte. Der See und der Nationalpark waren voller Kinder, den ganzen Sommer über …

Ich verwarf diesen Gedanken. Spekulationen waren sinnlos. Im Moment wusste ich nur, dass ich Len nicht mit dem kleinen Mädchen verschwinden lassen konnte. Ich hätte mir eine andere Unterstützung suchen sollen, als Jake sich krank gemeldet hatte. Es war keine gute Idee gewesen, allein hierherzukommen. Ich arbeitete schon lang genug in diesem Beruf, um wissen zu müssen, dass eine Situation in der einen Minute völlig harmlos aussah, aber in der nächsten schon vollkommen außer Kontrolle geraten konnte. Ich kauerte in den Zedern und ging im Geiste die verschiedenen Szenarien durch. Wenn ich das Kind an mich brachte, würde Len mich sofort als Bedrohung ansehen. Falls er bewaffnet war oder auf mich losging, wäre ich im Nachteil, wenn ich versuchte, das Kind zu beschützen und festzuhalten. Len könnte mich dann ungehindert angreifen …

Len hatte das Boot nun frei bekommen und schob es weiter zum See. Ich hörte den Aluminiumrumpf bereits knirschend über die Steine am Ufer gleiten. *Eine bessere Gelegenheit bekomme ich so schnell nicht,* dachte ich und vergewisserte mich, dass mein Revolver geladen war. Doch ich zog ihn nicht. Es wäre besser, keinen bedrohlichen Eindruck zu machen, da Len sonst vielleicht in Panik geriet.

Während das Boot weiter auf den Steinen knirschte, zog ich mich ein wenig in die andere Richtung zurück, trat ans Ufer, wo ich einen guten Blick hatte, und ging auf Len zu. Ich schlenderte in einem gemütlichen Tempo näher, um nicht zu schnell aufzutauchen. Als ich um den letzten Strauch bog, hatte ich endlich freie Sicht auf Len. Ich sah keine Waffen an ihm, außer einem Jagdmesser an seinem Gürtel. Ich bezweifelte, dass es eine große Gefahr für mich darstellte.

Er hatte mich noch nicht kommen sehen, stand mit dem Gesicht zum See da und zog an einem ausgefransten Tau, das er über die Schulter gelegt hatte. Er trug dicke Arbeitshandschuhe. Das war ein Vorteil für mich, denn solche Handschuhe machten es schwer, eine Waffe zu benutzen.

„Guten Morgen, Len“, sagte ich. Er fuhr erschrocken in die Höhe und ließ sein Tau fallen. Er riss die Augen weit auf und sein Blick irrte suchend umher. Einen Moment lang hatte ich das starke Gefühl, dass er daran dachte, wegzulaufen. Falls er das vorhatte, würde ich ihn aufhalten müssen. Len war kein großer Mann. Früher war er vielleicht einmal groß gewesen, aber jetzt wirkte er zusammengesunken, gebeugt und alt. Die faltige lose Haut an seinem Hals bewegte sich auf und nieder wie bei einem Truthahn, als er schwer schluckte und sein Blick von meiner Dienstmarke zu meinem Revolver und wieder zurück wanderte.

Ich hielt die Hände beschwichtigend und offen vor mich. „Hab keine Angst, Len. Ich will nur kurz mit dir reden. Du weißt, wer ich bin, nicht wahr?“

Natürlich wusste Len, wer ich war. Wir beide hatten uns schon so oft über Fangleinen unterhalten, dass er mich kennen musste. Die eigentliche Frage war: Warum schaute er mich an, als hätte er eine Todesangst? Wenn ich Len normalerweise wegen Verstößen gegen die Angelvorschriften zur Rede stellte, wirkte er einfach verwirrt, als könnte er nicht verstehen, dass es für den See und das Land um den See herum Regeln gab, die er einhalten sollte. Wenn ich ihm das erklärte, ließ er einfach den Kopf hängen, nuschelte auf seine typische, kaum verständliche Art: „Ja, Sir", und dann tat er das, was ich von ihm verlangte. Einmal hatte ich ihn angezeigt, weil er zwei wilde Truthähne außerhalb der Jagdzeit geschossen hatte, und selbst das hatte er ziemlich ruhig hingenommen. Len wusste nicht viel, aber offenbar hatte er Erfahrung damit, Geldstrafen wegen Verstößen gegen das Jagdgesetz zu zahlen.

Heute wirkte er jedoch so panisch, als würde er jeden Augenblick auf den See flüchten wollen. Er warf einen schnellen Blick zu der Zeder, hinter der ich das Kind gehört hatte, und trat einen Schritt zur Seite.

Ich hielt die Hände mit den Handflächen nach außen hoch, um ihn zu beruhigen. „Len, ich will keine Probleme, okay? Aber ich muss dich auffordern, stehen zu bleiben, wo du bist. Ich will nur kurz mit dir reden, verstehst du?"

Ich wartete auf seine nächste Reaktion. Es bestand die Möglichkeit, dass er oben im Wald bei seinen anderen Sachen ein Gewehr hatte. Die Situation wurde mit jeder Sekunde komplizierter. Ich musste mich beeilen, bevor Len genug Zeit hatte, um sich einen Plan zu überlegen. Zum Glück war er kein schneller Denker.

„Also gut, hör zu", sagte ich. „Erstens muss ich wissen, was du dort im Gebüsch liegen hast."

Len schluckte wieder schwer und kniff die Lippen zusammen. Seine Zunge bearbeitete seine Zähne, während er nach den richtigen Worten suchte. „Ich habe … kei-keinen Tru-Truthahn gesch-schossen." Das letzte Wort kam mit einem solchen Zischen aus seinem Mund, dass ich noch aus einem Meter Entfernung seinen Spuckeregen abbekam. In diesem Moment drehte der Wind und ich konnte ihn auch riechen. Len stank schlimmer als etwas, das seit drei Tagen tot am Straßenrand gelegen hatte. Es war schwer zu sagen, ob es in seiner Hütte fließendes Wasser gab, aber eine Badewanne gab es dort bestimmt nicht.

„Ich habe nicht gesagt, dass du einen Truthahn geschossen hättest. Ich habe gefragt, was du dort unter dem Strauch liegen hast. Hast du heute Morgen jemanden bei dir?"

Er warf wieder einen schnellen Blick zum Gebüsch und rieb die Hände über seine verschmierte Jeans, als versuchte er, seine Handflächen trocken zu reiben, obwohl er Handschuhe trug.

„Du musst die Hände dort lassen, wo ich sie sehen kann“, sagte ich. Die Hände blieben, wo sie waren, aber seine Finger verkrampften sich in den Handschuhen über den ausgebeulten Falten seiner Kleidung und zogen nervös daran. Ich bekam unwillkürlich Mitleid mit ihm. Die meisten Verdächtigen, mit denen ich es zu tun hatte, hatten ein langes Strafregister mit kleineren Straftaten, Drogendelikten, Trunkenheit am Steuer und Fällen von häuslicher Gewalt. Meistens griff ich sie in Autos auf, die auf ihre Frauen, Freundinnen, Mütter oder Großmütter angemeldet waren, weil sie das Geld für den Unterhalt eines Autos selbst nicht aufbringen konnten. Aber Len versuchte trotz seiner Begrenzungen, sich auf dem kleinen Hof, den seine Eltern ihm hinterlassen hatten, seinen Lebensunterhalt zu verdienen. „Hast du heute Morgen jemanden bei dir?“

„Nie-niemand“, antwortete er, hatte aber sichtlich Mühe, das Wort auszusprechen, während braune Kautabakflüssigkeit aus seinem Mundwinkel lief und in den grauen Bartstoppeln an seinem Kinn hängen blieb. „Nie-niemand ist da.“ Er schaute wieder zum Gebüsch, und seine Hände bearbeiteten nervös das Jeanshemd, das er wahrscheinlich hinter irgendeiner Tankstelle aus der Mülltonne gezogen hatte.

Ich sah ihm in die Augen, und er zog den Kopf ein, als suchte er ein Loch, in das er versinken konnte. „Len, wir gehen jetzt miteinander zu diesem Strauch hinauf, und du zeigst mir in aller Ruhe, was du dort versteckt hast.“

Kapitel 13

Ich verlange nichts von dir als das Versprechen,
dass du dem nächsten Menschen hilfst,
der in Schwierigkeiten gerät.
Mennonitisches Sprichwort
(von mennonitischen Fischern zitiert, die einen
großen Katzenwels gefangen hatten)

Andrea Henderson

Mein erster Hausbesuch an diesem Tag führte mich zu einer Großmutter, die versuchte, nach dem Tod ihres Sohnes drei Enkelkinder alleine aufzuziehen. Taz hatte mit dem ältesten Jungen, Daniel, schon gearbeitet, bevor er seiner Mutter weggenommen und der Fürsorge seiner Großmutter übergeben worden war. Jetzt merkte Daniel allmählich, dass seine Großmutter ihm körperlich nicht gewachsen war. Er hatte die unterschwellige Angst, dass sie ihn auch im Stich lassen könnte, und diese Angst äußerte sich in zerstörerischen Verhaltensweisen. Er war aus dem Sommerschulprogramm ausgeschlossen worden, weil er mit einem kleinen Baseballschläger aufgetaucht war und ein anderes Kind damit bedroht hatte. Jetzt hatte Daniel keine Freunde und wollte noch vor der fünften Klasse die Schule verlassen.

Ich schlug vor, dass wir einige sinnvolle Aktivitäten für Daniel finden sollten. Etwas, das ihn nicht nur beschäftigte, sondern auch sein Selbstvertrauen stärkte. Etwas, das ihm helfen würde, Beziehungen aufzubauen, und ihm gute männliche Rollenvorbilder vermittelte. Marts Wassersicherheitskurs kam mir in den Sinn. Ich nahm mir vor, ihn zu fragen, ob Daniel noch daran teilnehmen könnte.

„Das wäre vielleicht nicht schlecht", sagte seine Großmutter, Mrs Crandall, müde. „Wenn Sie etwas finden, wo man ihn haben will. Aber wir können nichts bezahlen. Seine Mutter überweist nicht einmal den Unterhalt für ihn." Das alles sagte sie vor Daniels Ohren. Der Junge schaute nur auf den Teppich hinab und versuchte, das Zittern seiner Unterlippe zu verbergen. Mit diesen Erwachsenenproblemen war ein Zehnjähriger völlig überfordert.

„Das werden wir bald klären", sagte ich zu ihr und tätschelte Daniel die Schulter. „Was denkst du, hast du Lust, etwas Neues auszuprobieren? Etwas, durch das du ein wenig aus dem Haus kommst?"

Daniel zuckte nur die Achseln.

Ich setzte ein fröhliches Gesicht auf, um mich selbst oder Daniel oder uns beide zu überzeugen. „Wenn ich das nächste Mal wiederkomme, bringe ich ein paar Ideen und Informationen mit." Nachdem ich unseren nächsten Termin vereinbart und der Familie ein Arbeitsbuch über Trauerarbeit bei Kindern gegeben hatte, ging ich zu meinem Auto, setzte mich hinter das Lenkrad und machte mir Notizen. Ich hätte etwas Richtiges zu essen mitnehmen sollen. Es war erst halb zehn und dennoch reizte mich schon der Müsliriegel, der im Auto meines Vaters lag, seit wir die Autos getauscht hatten. Zu meinem nächsten Hausbesuch musste ich noch tiefer in die Berge von Chinquapin Peaks hineinfahren. Wenn ich das geschafft hätte, hätte ich vor meinen Nachmittagsterminen anderthalb Stunden Zeit, aber es gab hier in der Nähe nichts, wo ich mir etwas zu essen kaufen könnte.

Ich startete den Motor und ließ meinen Blick über den in der Sonne glänzenden See wandern. Der Anblick bildete einen seltsamen Kontrast zum Haus der Crandalls, ein heruntergekommenes Ziegelgebäude mit drei Zimmern, das einmal recht schön gewesen sein musste. Während ich rückwärts aus der Einfahrt auf die Straße setzte, überlegte ich, wo ich mich genau befand, welche Richtung ich zu meinem nächsten Hausbesuch einschlagen müsste, und wo ich danach etwas zu essen auftreiben würde. Wenn ich quer über den See fliegen könnte, wäre ich in fünfzehn Minuten zu Hause, könnte etwas essen und sogar ein wenig mit Dustin zusammen sein. Leider konnte ich nicht fliegen.

Das Handy in meiner Jeanstasche vibrierte, als ich gerade oben auf einem Hügel ankam und an einer Kreuzung stehen blieb. Ich zog das Handy aus der Tasche und meldete mich.

„Hey." Bonnie, die fröhlichste Sekretärin der Welt, war wie immer gut gelaunt. „Ich habe ein paar Nachrichten für dich. Dein Zehn-Uhr-Termin wurde abgesagt. Wir haben ihn auf Montag zehn Uhr verschoben. Taz will dich daran erinnern, dass du die Besprechung am Mittwoch nicht vergessen sollst, und ein gewisser Mart McClendon hat angerufen. Er hat gesagt, er ist der ... Ranger? Er bittet so bald wie möglich um deinen Rückruf." Das letzte Wort endete in einer hohen, fragenden Tonlage und schwebte mit unüberhörbarer Neugier durchs Telefon. „Ich hoffe, es ist alles in Ordnung ..." Sie wartete, bis ich einen Stift fand, dann las sie mir Marts Handynummer vor.

Mein Verstand arbeitete auf Hochtouren, während ich die Nummer auf meinem Klemmbrett notierte. Entweder hatte Dustin wieder etwas angestellt, oder Mart hatte endlich Neuigkeiten von dem kleinen Mädchen bei Len. „Okay, Bonnie. Kannst du Taz ausrichten, dass ich erst am Abend wieder in die Praxis komme? Ich habe hier draußen in Chinquapin Peaks noch Nachmittagstermine. Ein Stück flussaufwärts von hier gibt es einen Picknickplatz. Ich denke, ich werde einfach die Zeit nutzen, um dorthin zu fahren, meinen Müsliriegel zu verspeisen und meine Berichte zu schreiben. Ich habe meinen Laptop dabei."

Bonnie schnalzte scherzhaft mit der Zunge. „Das kling nach harter Arbeit. Pass auf, dass du keinen Sonnenbrand bekommst."

„Ich werde mich bemühen, ihn zu verstecken", scherzte ich, dann verabschiedete ich mich und machte mir ein paar Notizen über die Familie Crandall. In meinem Kopf vermischten sich die einzelnen Fälle ein wenig miteinander. Namen, Gesichter und Möbel, die seltsame Düfte ausströmten, verschwammen ineinander.

Als ich Marts Nummer wählte, regte sich ein sonderbares Gefühl in meiner Brust, fast eine überschwängliche Vorfreude. Bevor ich es richtig merkte, lächelte ich die leere Straße an und strich mir die Haare zurück, so als könnte mich jemand sehen. In den letzten zwei Tagen hatten unsere Telefongespräche wegen der Situation bei Len sich nicht nur um diesen Fall gedreht. Wir hatten auch andere Themen gestreift – Dustins Fortschritte bei der Gartenarbeit, der furchtbar schlechte Zustand der Straßen in Chinquapin Peaks, selbst die Tatsache, dass mein Vater darauf beharrt hatte, irgendwelche Spezialreifen für mein Auto zu bestellen, damit ich in Zukunft weniger Gefahr lief, wieder eine Reifenpanne zu haben. „Eine gute Idee", hatte Mart gesagt. „Aber ich muss dir eines sagen: Ein Auto ist nicht das richtige Fahrzeug für Chinquapin Peaks."

„Ich glaube, ich brauche einen Panzer." Ich hatte bereits erkannt, dass mein Auto auf diesen schlechten Straßen ein Problem darstellen würde, aber mir etwas anderes zu kaufen war im Moment fast unmöglich.

Mart hatte leise gelacht, und ein warmes, angenehmes Gefühl hatte sich in mir breitgemacht. „Das kann ich mir richtig bildlich vorstellen ..."

Einen Moment später hatte sich das Gespräch wieder um den Fall gedreht und Mart hatte mir von seinem Plan erzählt, heute Morgen auf Len zu warten, und mir versprochen, der Sache mit dem kleinen Mädchen endlich auf den Grund zu gehen.

Jetzt versuchte ich, meine Vorfreude zu zügeln, während ich zuhörte, wie das Handysignal weitergeleitet wurde. Worauf freute ich mich eigentlich? Warum machte ich mir die Haare und lächelte das Stoppschild an? Ich dachte über mögliche Antworten auf diese Frage nach, während die Verbindung hergestellt wurde.

Das Telefon klingelte dreimal, dann meldete sich Marts Mailbox. Auf dem Anrufbeantworter klang seine Stimme ernst und etwas steif. Das Flattern in meiner Brust legte sich, und ich antwortete ebenfalls mit sachlicher Stimme. „Hier ist Andrea Henderson. Ich sollte zurückrufen. Leider kann ich dich nicht erreichen. Du kannst mich jederzeit auf meinem Handy anrufen ..."

Ein neuer Anruf kam herein, während ich gerade diese Nachricht hinterließ. Ich meldete mich rasch: „Andrea Henderson."

Die Verbindung war schlecht, die Stimme war schwer zu hören. „Andrea, hier ist Mart McClendon. Tut mir leid, dass ich deinen Anruf verpasst habe. Ich ..." Seine Stimme war nicht mehr zu verstehen, und ich schaltete die Freisprechanlage aus und hielt mir das Telefon ans Ohr.

„Mart? Hallo? Ich kann dich kaum verstehen. Bist du noch dran?"

Ich hielt das Telefon von meinem Ohr weg und warf einen Blick auf das Display, um zu sehen, ob die Verbindung unterbrochen war. Dann drückte ich es mir wieder ans Ohr und hörte angestrengt zu.

„Ist es so besser?“ Marts Stimme war immer noch schwach, aber deutlicher. „Kannst du mich jetzt hören?“ In seiner Stimme lag eine so starke Dringlichkeit, dass ich mich kerzengerade aufsetzte und auf die Kreuzung starrte. War mit Dustin etwas passiert oder ging es um das kleine Mädchen?

„Ja, ich kann dich hören. Was ist passiert? Warst du heute Morgen bei Len? Hast du etwas herausgefunden?“

„Ich bin … jetzt da.“ Er zögerte, als wählte er sorgfältig seine Worte oder überlege, wie viel er mir erzählen sollte. Meine Vorfreude verwandelte sich in Grauen. Mart hatte schlechte Nachrichten.

„Ist Len da? Hast du das kleine Mädchen gefunden?“

„Er ist da.“ Die Antwort klang zögernd, vorsichtig. Hörte Len ihm beim Telefonieren zu?

„Hast du etwas über das Mädchen erfahren?“

„Sie ist … auch da.“

In meinem Kopf drehte sich alles. Plötzlich sah ich die Kreuzung nicht mehr und war für einen Moment lang wieder in Lens Hütte, schaute in den Schulbus und roch Schimmel, Tierfäkalien und modrige Wäsche. „Sie ist da? Wer ist sie? Geht es ihr gut?“

Schweigen war die Antwort, und eine furchtbare Minute lang fragte ich mich, ob die Verbindung unterbrochen war oder ob etwas anderes passiert war. „Mart? Mart, kannst du mich hören?“ Ich nahm die Straßenkarte und versuchte zu erraten, wo Lens Haus ungefähr lag und welche Straße mich dorthin führen könnte.

„Ich bin noch dran.“ Marts Stimme klang jetzt ruhiger. Ich schluckte vor Nervosität schwer. „Ich weiß nicht genau, wie ich … jetzt vorgehen soll. Es ist schwer zu sagen, was … für diese … Situation … angebracht ist.“ Mart versuchte, mir etwas zu sagen, ohne es direkt auszusprechen.

„Mart, geht es dir gut?“

„Ja, ja.“

„Bist du in Gefahr?“

„Nein.“

„Hört Len zu?“

„Ja."

„Und das Mädchen ist bei ihm?"

„Ja, wir unterhalten uns schon eine ganze Weile. Ich habe gesagt, dass sie bestimmt ihre Mama vermisst und deshalb vielleicht gerne mit einer Frau sprechen würde. Len war von dieser Idee nicht besonders begeistert, aber ich habe ihm gesagt, dass ich eine Bekannte habe, besser gesagt eine Freundin, und er hat gesagt, dass er nichts dagegen hat, wenn meine *Freundin* kommt und sich ein bisschen mit dem kleinen Mädchen unterhält. Als ich bei dir an der Arbeit angerufen habe, hat man mir gesagt, dass du ohnehin auf dieser Seeseite unterwegs bist. Ich dachte, du könntest vielleicht hierherkommen und schauen, ob sie mit dir spricht. Mit *mir* will sie nicht sprechen. Aber du weißt ja, wie kleine Mädchen sind."

„Ja … das weiß ich, aber … Du meinst *jetzt?*"

Mart sprach weiter, als hätte er meine Frage gar nicht gehört. „Bis jetzt ist Len wirklich ein guter Gastgeber. Sehr kooperativ. Ich hätte gern, dass es so bleibt, wenn du weißt, was ich meine. Wir haben uns in seinem Stall umgesehen und ein paar Dinge geklärt. Er hat im Haus einen kleinen Waschbären, über den wir noch sprechen müssen. Es wäre gut, wenn du bald kommen und dich mit dem kleinen Mädchen unterhalten könntest, solange alle noch Lust dazu haben. Nur um zu sehen, wie wir weitermachen können."

Ich hörte jemanden im Hintergrund sprechen, eine Männerstimme, und dann bellten Hunde. Mart antwortete, und ich merkte, dass er nicht mit mir sprach. „Ja, ich weiß, dass du zum See hinabmusst, aber wir müssen über diesen Waschbären in deinem Haus und über die Feder in dem Käfig in deinem Stall sprechen, du kannst deshalb jetzt nicht weg, Len. Verstehst du? Du und deine Enkelin müsst hier bei mir bleiben. Verstehst du das? Verstehst du, was ich sage?"

Lens Antwort war ein gedämpftes Brummen im Hintergrund.

„Seine Enkelin? Sie ist seine Enkelin?"

„Das hat er gesagt … das *Mädchen seiner Tochter,* und die Mutter hat sie absichtlich hiergelassen", antwortete Mart. Len sprach immer noch im Hintergrund. Seine Worte wurden schneller und aufgeregter.

„Hat er dafür irgendwelche Beweise?" Wie konnte dieses Mädchen Lens Enkelin sein? Mehrere Leute in der Stadt hatten bestätigt, dass Len keine Familie hatte.

„Er hat mir erzählt, dass sie Ohrenschmerzen hatte, als ihre Mutter sie vor zwei Wochen hierherbrachte, und dass sie sie in die Landarztpraxis in Moses Lake gefahren haben. Die Praxis im Gebäude gegenüber der Kirche. Nachdem Len und ich uns heute Morgen eine Weile unterhalten hatten, rief ich in der Praxis an. Ich habe mit einer Freundin dort gesprochen, und sie bestätigte, dass Len mit dem kleinen Mädchen und seiner Mutter da gewesen ist und dass ihnen nichts Ungewöhnliches auffiel."

Mart brach wieder ab, als die Stimme im Hintergrund an Lautstärke zunahm und ein zweiter Hund zu bellen begann. „Len, beruhige dich bitte. Wir gehen gleich hinaus und schauen uns diese Käfige an. Wenn diese Feder wirklich von einem Truthahn ist und du ihn nicht außerhalb der Jagdsaison geschossen hast, hast du überhaupt nichts zu befürchten. Lass mich nur kurz telefonieren, dann gehen wir in den Stall."

„Mart, du brauchst jemanden vom Jugendamt, der sich den Fall ansieht", sagte ich. „Das Jugendamt hat die Beurteilung von solchen Fällen inne. Wenn sie den Fall eingeschätzt haben, können sie einen Plan erstellen, und wenn nötig, bekommen wir die Überweisung, diesen Fall zu übernehmen, und ich kann ..."

„Ja, aber ich glaube, das kommt nicht so gut an." Marts Antwort klang wie eine verschlüsselte Botschaft. „*Diese Leute* wurden schon erwähnt, und sie lösen hier ziemlich starke emotionale Reaktionen aus. Falls du verstehst, was ich meine. Ich denke, die Mutter hat davor gewarnt, mit *diesen Leuten* von *diesem Amt* zu sprechen, bevor sie verschwand ... Okay? Verstehst du?"

Ich verstand, was er meinte. Während meiner kurzen Einweisung durch Taz hatte ich erfahren, dass Klienten die Mitarbeiter vom Jugendamt oft als Feinde betrachteten. Eltern mit Problemen sahen sie als Gefahr, als bloße Bürokraten, die ihnen ihre Kinder wegnehmen wollten. Und die Kinder sahen in ihnen diejenigen, durch die sie von allem, was sie kannten, weggeholt und in Pflegefamilien oder Notunterkünfte gebracht wurden. Auch wenn das Familienleben noch so schlimm ist, wollen Kinder doch lieber das behalten, was sie kennen, und klammern sich an ihre vertrauten

Beziehungen, auch wenn diese Beziehungen schmerzlich und zerstörerisch sind.

„Ja, das verstehe ich sehr gut."

„Wo bist du gerade?"

Ich schaute wieder auf die Straßenkarte, dann betrachtete ich das schief stehende Straßenschild, das anzeigte, dass ich mich an einer Kreuzung befand. „Nicht sehr weit weg von Len, glaube ich. Ich stehe an der Kreuzung der CR 4120 und … irgendwas. Das andere Straßenschild fehlt. Nach der Straßenkarte zu beurteilen, glaube ich, dass ich an der Kreuzung der 4120 und der 3013 stehen könnte. Hier gibt es sogar ein Stoppschild, aber ansonsten sehe ich nichts Erkennbares."

Mart überlegte laut. „Stoppschild an der 4120 … Kannst du den Fluss sehen?"

„Vor einer Minute konnte ich ihn sehen, aber jetzt nicht. Ich war unterwegs zu dem kleinen Picknickplatz direkt unterhalb der Eagle Eye Bridge und der Klagenden Frau. Ich weiß, dass er in dieser Richtung irgendwann kommt. Ich bin erst neulich daran vorbeigefahren." Ich schaute mich nach weiteren Merkmalen um. „Hier gibt es nichts zu sehen außer Bäume."

„Gibt es in der Nähe irgendwelche Abzweigungen?"

„Nein. Keine." Treffer Nummer zwei.

„Eine große Eiche, in die ein Blitz eingeschlagen hat?"

„Nein. Tut mir leid." Wenn die Situation, um die es im Grunde ging, nicht so traurig gewesen wäre, hätte ich über unser skurriles Gespräch lachen können.

„Einschusslöcher auf dem Stoppschild?"

Ich sah das Schild genauer an. „Ja … es hat tatsächlich Einschusslöcher." Das war aber kein wirklich brauchbarer Hinweis. Die Hälfte der Schilder hier in der Gegend war Schießübungen zum Opfer gefallen.

„Wie viele?"

„Wie *viele* Einschusslöcher?" Er konnte anhand der Anzahl der Einschusslöcher auf einem Stoppschild sagen, wo ich war? Dieser Mann war wirklich gut. „Drei. Alle im P. Eigentlich steht auf dem Schild nur STO."

Mart gab ein bestätigendes Grunzen von sich. „Befindet sich un ter der Straße ein neues Wasserabflussrohr?"

Ich beugte mich aus dem Fenster und stellte fest, dass unter meinem Auto frisch aufgefüllter Schotter lag. „Ja, sieht so aus. Ich stehe direkt darauf."

„Stehst du in Richtung Westen oder Osten?"

„Westen."

„Gut." Marts Stimme wurde leiser, da er jetzt mit Len sprach. „Len, kannst du mir sagen, wie man von der Stelle, an der sie das neue Abflussrohr an der Kreuzung unterhalb des Eagle Eye verlegt haben, hierherkommt?"

Als Nächstes bekam ich eine Wegbeschreibung zu Lens Haus. Mir entging nicht, wie bizarr diese Beschreibung klang, während ich aufschrieb, wo ich abbiegen und auf welche Merkmale ich achten musste. Len hatte Angst vor dem Jugendamt und wollte, dass Mart endlich wieder ging, aber trotzdem half er, mir den Weg zu seinem Haus zu beschreiben. Sehr seltsam.

„Das sind auf der Straßenkarte ungefähr zehn Kilometer", sagte ich, als wir fertig waren. „Ich bin in ein paar Minuten da."

„So schnell wie möglich wäre gut", erwiderte Mart. „Ich habe hier nur wegen des Waschbärenjungen und der Feder eine rechtliche Handhabe, falls du verstehst, was ich meine."

„Ich verstehe. Ich beeile mich."

Len sagte wieder etwas zu Mart, und Mart fügte noch eine letzte Bemerkung hinzu, als ich schon losfuhr. „Len sagt, dass du dich an der Stelle, an der du den Bach durchquerst, links halten sollst. Auf der rechten Seite ist es sumpfig. Dort bleibst du womöglich stecken." Nach diesem letzten Rat wusste ich überhaupt nicht mehr, was ich denken sollte. Auf der einen Seite machte sich Len Sorgen, dass jemand wegen des kleinen Mädchens zu ihm kam. Auf der anderen Seite wollte er nicht, dass ich im Schlamm stecken blieb.

Während ich Marts Wegbeschreibung durch ein Labyrinth aus Nebenstraßen, Holzwegen und schließlich ausgeschwemmten Fahrrillen folgte, die irgendwann vor hundert Jahren das letzte Mal gewartet worden sein mussten, versuchte ich, mir vorzustellen, was ich auf Lens Hof finden würde. Falls Len so war, wie die Leute ihn beschrieben, konnte er sich doch unmöglich um ein Kind kümmern. Was für ein Leben führte das Mädchen? Warum war sie an einem so verwahrlosten Ort zurückgelassen worden?

Nach den letzten paar Tagen war die dritte Frage nicht mehr so schwer zu beantworten. Es gab viele mögliche Antworten: Weil die Mutter ein Drogenproblem hatte; weil sie einen neuen Freund hatte; weil sie nicht die nötigen geistigen Fähigkeiten besaß, um ein Kind großzuziehen; weil sie es müde war, wegen eines Kindes zu Hause zu sitzen; weil sie sich die Freiheit wünschte zu tun, was sie wollte; weil ihr das Geld oder die Geduld oder beides ausgegangen war. Nach meinen Hausbesuchen und den Geschichten, die ich in der Praxis gehört hatte, ergaben viele Szenarien einen Sinn.

Ich bog von dem Weg mit den tiefen Spurrillen auf einen noch schmaleren Weg ab und holperte über ein dürres Maisfeld und dann an einer Zedernhecke vorbei, die einen riesigen Gemüsegarten umgab. Die Beete waren überraschend üppig und gut gepflegt, die Erde war frisch umgegraben, das Unkraut war gejätet, die Tomatenpflanzen waren ordentlich an einer Rankhilfe festgebunden und von grob gebauten Wänden aus Zedernzweigen geschützt.

Der Garten ging in ein langes, dürres Stück aus Gras, Erde und Unkraut über, je näher ich dem Haus kam. Mart kam angelaufen und erwartete mich in der Einfahrt. Als ich das Fenster nach unten kurbelte, beugte er sich herein und warf dabei einen Blick hinter sich zum Haus, wo Len unten auf der Treppe wartete und mich argwöhnisch begutachtete. „Benimm dich so, als wärst du meine Freundin. Er ist ziemlich nervös. Bis jetzt ist er kooperativ, aber ich habe hier keine rechtlichen Befugnisse. Es gibt keinen Hinweis, dass er in Bezug auf das kleine Mädchen nicht die Wahrheit sagen würde oder dass sie irgendwie in Gefahr wäre. Im Moment sind wir nur zu einem freundschaftlichen Besuch hier und er kann uns jederzeit wegschicken. Sobald er mir den Waschbären und die Feder aus der Lebendfalle übergibt, kann er von mir verlangen, zu gehen. Er ist in Bezug auf alles, was mit dem Jugendamt zu tun hat, sehr nervös, und es ist ziemlich schwer, ihm die Situation begreiflich zu machen. Es klingt so, als wäre dieses kleine Mädchen seit dem Besuch in der Arztpraxis vor zwei Wochen hier. Offenbar war die Mutter in den ersten paar Tagen auch da, und sobald Len ihr Auto repariert und es für sie aufgetankt hatte, ist sie wieder verschwunden."

„Okay", antwortete ich und versuchte, die Situation zu erfassen.

„Geht es dem kleinen Mädchen gut? Wie alt ist sie? Wo hast du sie gefunden? Was hat er noch über sie gesagt?“

Mart unterbrach mich mit erhobener Hand. „Ich bin mir nicht ganz schlüssig, ob er erwartet, dass die Mutter in nächster Zeit wieder auftaucht. Ich würde das Mädchen auf fünf, vielleicht sechs Jahre schätzen. Ihr scheint es körperlich gut zu gehen. Ansonsten kann ich nicht viel sagen. Es sieht nicht so aus, als hätte sie vor Len Angst, aber mit mir will sie nichts zu tun haben. Ich habe die beiden heute Morgen am Ufer getroffen. Sie schlief noch halb. Wahrscheinlich hat er sie aus dem Bett geholt und den Berg hinabgetragen. Vermutlich wollte er seine Fangleinen kontrollieren, bevor zu viele Leute auf dem See sind.“

Ich stellte den Motor aus und zog den Zündschlüssel ab. „Er wollte ein *schlafendes* Kind mit ins Boot nehmen? Ohne Rettungsweste?“ Allein das war bereits eine Gefährdung des Kindes.

Mart hielt mir die Tür auf und wartete, bis ich ausgestiegen war. „Das weiß ich nicht genau. Ich habe ihn abgefangen, bevor es dazu kam. Er hatte ein paar alte Rettungswesten im Boot. Wahrscheinlich sind sie irgendwo ans Ufer geschwemmt worden und er hat sie dort gefunden. Er hat schon oft genug Geldstrafen gezahlt und weiß, dass er Rettungswesten im Boot haben muss. Er versteht zwar vielleicht nicht alles, aber er weiß, dass solche Verstöße Geld kosten.“

Mart schlug die Autotür zu und ging mit mir zur Veranda, von der aus Len uns argwöhnisch beobachtete. Er rückte seine Baseballkappe nervös zurecht, spuckte Kautabak aus, dann verschränkte er die Arme vor seinem langärmeligen Hemd, das für diesen Tag viel zu dick war. Als wir näher kamen, konnte ich sehen, dass er schwitzte. Schweißperlen liefen in dünnen Bächen über die Schmutzschicht und die Stoppeln an seinem Hals. Er kam uns nicht entgegen, aber er wich auch nicht zurück. Ich sah, dass das kleine Mädchen auch da war und vor der Veranda auf dem schattigen Stück Erde spielte, auf dem ich die notdürftigen Spielsachen und den Kuchen aus Sand gesehen hatte. Sie hielt den Erwachsenen den Rücken zugekehrt, und ihre langen, dunklen Haare fielen in ungekämmten Strähnen, die mit Gras und Blättern gespickt waren, über ihren Rücken.

Mart und ich blieben stehen, und Mart stellte mich Len vor.

„Len, das ist Andrea. Ich dachte, vielleicht will Birdie sich ein wenig mit ihr unterhalten, während wir uns noch einmal anschauen, was du im Stall hast."

Len legte den Kopf auf die Seite und schaute mich mit zusammengekniffenen Augen an. Dann warf er wieder einen Blick auf Mart. „Das ist dei-deine Fr-Freundin?" Er wartete nicht auf eine Antwort. „Wie hei-heißt sie?"

„Das ist Andrea", wiederholte Mart, und Len drehte sich zu ihm. Ich sah, dass alte Brandnarben seine Wange und sein Ohrläppchen überzogen. Ein halbmondförmiges Stück Haut fehlte.

Len sah mich wieder an. „Sie ist eine hü-hübsche Frau." Er lächelte Mart an und zeigte dabei eine Reihe schmutziger Zähne mit vielen Zahnlücken und Tabakstückchen dazwischen. Der Geruch von schlechtem Atem und beißenden Körperausdünstungen stieg mir in die Nase, und ich musste schlucken, um meinen Magen zu beruhigen.

„Ja, das ist sie." Mart legte den Arm um meine Schultern und zog mich an sich heran. „Aber vergiss nicht, dass sie *meine* Freundin ist. Du solltest also nicht mit ihr flirten."

Len zog den Kopf ein und lachte verschämt. Dann spuckte er wieder Tabak aus. „Ist sie ne-nett?" Er schaute mich wieder an.

„Manchmal." Mart zwinkerte mir zu, und für einen Moment vergaß ich, wo wir waren und warum wir hier waren.

„Was hältst du davon, wenn wir sie mit Birdie sprechen lassen, während wir noch einmal in deinen Stall gehen? Du weißt doch, dass es verboten ist, bestimmte Vögel zu fangen und zu halten, nicht wahr? Ein Adler steht unter Naturschutz. Und du kannst auch nicht einfach einen Waschbären im Wald einfangen und ihn als Haustier halten."

Len trat unbehaglich von einem Bein auf das andere und steckte die Hände in die Taschen seiner Jeans, die ausgebeult um seine hageren Beine hing. „Ich habe nicht … äh … nichts Schlimmes gemacht. Diese Fe-Feder ist von letztem Jahr. Von einem Tru-Truthahn. Der Waschbär hat keine Mutter m-m-mehr …" Er brach ab und suchte nach den richtigen Worten. „Ein Bl-Blitz hat die Mutter erw-wischt."

Mart schob seinen Cowboyhut hoch und kratzte sich ratlos am

Kopf. „Len, du kannst nicht einfach irgendwelche Tiere halten, selbst wenn du sie mutterlos im Wald gefunden hast. Verstehst du? Das ist gegen das Gesetz. Waschbären können Tollwut übertragen. Du weißt, was das ist? Tollwut? Du hast diesen kleinen Waschbären zusammen mit Birdie im Haus. Er kann das Mädchen krank machen. Verstehst du das?"

Len wand sich, nickte aber schließlich. „Der kleine Waschbär ist noch ein B-Baby. Je-jemand muss ihn füttern."

Mart warf einen mitfühlenden Blick zum Haus, wo ein Waschbärengesicht durch das Mückengitter lugte. „Du kannst ein wild lebendes Tier nicht einfach als Haustier halten, Len. Wenn du so etwas findest, musst du es *mir* bringen, und dann gebe ich es jemandem, der es füttern kann. Ich lasse es nicht sterben. Das verspreche ich dir, aber du kannst es nicht behalten."

Len verzog den Mund und kratzte die mit Erde verkrusteten Falten an seinem Kinn. „Ich ka-kann ihn füttern. Meine M-Mama hat das auch gemacht."

Mart rieb sich seufzend den Nacken. „Ich glaube dir gern, dass deine Mama das gemacht hat, aber das war früher. Heute gibt es Gesetze, die verbieten, Wildtiere zu halten. Das ist ein Gesetzesverstoß. Verstehst du? Du musst deshalb eine Geldstrafe zahlen. Außerdem hast du Birdie im Haus. Der Waschbär könnte sie beißen."

„Er bei-beißt niemanden. Er ist brav. B-Birdie mag ihn."

Als Len ihren Namen sagte, hörte das Kind kurz auf zu spielen und drehte den Kopf leicht herum, als versuchte es, einen Blick auf uns zu erhaschen, ohne dass wir es merkten.

„Komm, wir sehen uns jetzt mal gemeinsam den Stall an." In Marts Stimme lag eine Geduld und Freundlichkeit, die ich ihm gar nicht zugetraut hätte. Ich hatte ihn für einen unnachgiebigen Gesetzesvertreter gehalten. Diesen Eindruck hatte er erweckt, als er das erste Mal bei mir aufgetaucht war und mit Dustin gesprochen hatte. „Du musst mir den Waschbären geben, Len", fügte er hinzu, während sie zum Stall gingen. Len schob die Hände tief in seine Hosentaschen und folgte ihm. Dabei warf er vorsichtige Blicke hinter sich auf Birdie und dann auf mich.

Ich wartete, bis sie verschwunden waren, bevor ich zur Hausecke trat, wo das kleine Mädchen spielte. Im Hof legte ein weißer Hund die Ohren an und lief zum Zaun. Ich erkannte ihn. Es war der Hund, der mich an dem Tag, an dem Len und Birdie im Pickup an mir vorbeigefahren waren, am liebsten bei lebendigem Leib gefressen hätte. Dem kleinen Mädchen drohte durch diesen Hund eine größere Gefahr als durch den Baby-Waschbär, der hinter der Mückengittertür brummte und schnurrte.

„Hallo, Birdie", sagte ich und ging in die Hocke, um mit ihr auf Augenhöhe zu sein. „Erinnerst du dich an mich? Ich habe dich neulich gesehen, als mein Auto am Straßenrand liegen blieb. Du und dein Großvater seid in eurem Auto an mir vorbeigefahren."

Birdie spielte weiter. Sie legte den Kopf auf die Seite und schaufelte die feuchte Erde in einen kaputten kleinen Messbecher. Ihre Augen zogen sich konzentriert zusammen, während ihre Finger, die rundlich wie die eines Kleinkindes waren, die Erde sorgfältig in den Becher stopften.

„Was machst du da?"

Keine Reaktion. Ich wusste, dass sie mich hören konnte, da sie unübersehbar reagiert hatte, als Len ihren Namen aussprach. Sie hatte unser Gespräch verfolgt, auch wenn sie sich nicht daran beteiligt hatte.

„Das sieht nach einem Kuchen aus." Ich watschelte in der Hocke noch ein wenig näher, aus dem Sichtfeld des Hundes heraus. Birdie schien das Bellen und Knurren nicht zu bemerken, aber mich machte es nervös. Im Hinterkopf plante ich schon einen Fluchtweg für den Fall, dass der Hund ausbrechen würde. „Das ist bestimmt ein Schokoladenkuchen", fügte ich hinzu.

Birdie schluckte, dann leckte sie sich die Lippen, als würde sie an Schokolade denken.

„Meinst du, wir können eine Verzierung für den Kuchen finden?" Ich betrachtete unauffällig ihre Kleidung, die perfekt in eine moderne Inszenierung von Charles Dickens' *Oliver Twist* gepasst hätte. Ihr viel zu großes, braunes Baumwollkleid war so schmutzig, dass die kleinen, blauen Blumen an einigen Stellen kaum noch zu erkennen waren. Zu dem Kleid trug sie unförmige, rote Cowboy-Stiefel. Ein blauer Kniestrumpf ragte aus einem Stiefel heraus, aber am anderen Fuß war kein Strumpf zu sehen.

Die Stiefel sahen aus, als wären sie mindestens drei Nummern zu groß und eher für ein zehn- oder elfjähriges Mädchen geeignet. Birdies Beine ragten dünn, sonnengebräunt und mit Insektenstichen übersät aus den Stiefeln. Sie sah aus wie ein kleines Mädchen, das sich zum Spaß verkleidet hatte. Ihre Hände und Knie waren vom Buddeln mit Erde bedeckt, und sie hatte Blätter und Gras in den Haaren, aber ich hatte bei meinen Hausbesuchen schon ungepflegtere Kinder gesehen. Außerdem schien sie genug zu essen zu bekommen und sich in ihrer Umgebung wohlzufühlen, natürlich abgesehen von meiner Anwesenheit, die ihr überhaupt nicht gefiel.

„Du hast sehr hübsche Stiefel“, sagte ich und berührte eine Stiefelspitze. „Ein solches Paar hätte ich auch gern. Weißt du, wo ich solche Stiefel bekommen kann?“

Birdie unterbrach ihre Arbeit mit der Erde, legte den Kopf auf eine Seite und schaute zu, wie mein Finger ihre Stiefelspitze berührte. Sie zog den Stiefel weg, kauerte sich zusammen und legte schützend einen Arm um ihre Beine. Dann sah sie zum Stall herüber und hoffte vermutlich, Len zu finden.

„Oh, ich wollte damit nicht sagen, dass ich *deine* Stiefel will. Ich glaube, sie würden mir auch gar nicht passen. Meinst du nicht auch?“

Birdie betrachtete ihre Stiefel, dann die praktischen, flachen Schuhe, die ich heute für meine Hausbesuche angezogen hatte. Sie hob eine Hand und wischte sich Strähnen ihrer dunklen Haare aus dem Gesicht. Ihr Blick wanderte zwischen ihren und meinen Schuhen hin und her, als nähme sie beide genau unter die Lupe. Auch wenn sie nicht unbedingt bereit war, sich ganz auf unser Gespräch einzulassen, schien sie keine Probleme zu haben, mir zu folgen. Sie verstand genau, was ich sie fragte.

Ich schob meinen Fuß über die freie Stelle zwischen uns beiden und hielt ihn neben Birdies Stiefel. „Ich glaube, meine sind größer, nicht wahr?“ Eigentlich war kein starker Größenunterschied zwischen unseren Schuhen zu sehen. Es hätte einen geben sollen, aber es gab keinen. „Du würdest in meinen Schuhen ziemlich lustig aussehen – wie ein Clown in einem Zirkus mit großen, großen Füßen.“ Ich zwang mich zu einem Lachen, um zu sehen, ob sie reagieren würde, aber sie betrachtete lediglich noch für einen kurzen

Moment die Schuhe und widmete sich dann wieder ihrem Kuchenbacken mit der Erde.

Ich lenkte das Gespräch wieder auf den Kuchen. „Ich kann ein Schloss aus Erde bauen. Ein Schloss, in dem eine Prinzessin wohnen könnte. Kannst du das auch?“

Ihre Schultern bewegten sich ganz leicht. Eine Antwort? Vielleicht schob sie aber auch nur die Haare weg, die in den Kragen ihres Kleides gerutscht waren. Sie legte das Kinn auf die Knie, packte noch ein paar Krümel Erde in den Becher und schob ihn mir hin. Dann faltete sie die Hände auf ihrem Stiefel und wartete darauf, dass ich ein Schloss baute.

Ich nahm den nächstkleineren Messbecher und stellte ihn neben ihren Fuß. „Hier, füll diesen Becher auch auf, ja? Den brauchen wir danach. Und ich fülle den kleinsten auf. Man braucht mindestens drei Größen, um einen Turm für das Schloss zu bauen. Hast du schon einmal einen Turm gebaut?“

Sie antwortete nicht, füllte aber den Becher, während ich den kleinsten auffüllte. Als wir alle drei vollgestopft und die Erde darin festgedrückt hatten, setzte sie sich auf die Fersen zurück und schaute mich erwartungsvoll an.

„Jetzt brauchen wir einen kleinen Stock. Einen winzig kleinen, der ungefähr so lang ist wie … lass mich sehen … wie lang sind deine Finger?“

Sie breitete die Finger auf der Erde aus, und ich tat, als würde ich sie im Geiste abmessen. „Ja, deine Finger haben genau die richtige Größe. Wir brauchen einen Stock, der genauso lang ist wie dein kleiner Finger, und dann ein Blatt von diesem großen, hohen Gras. Das Gras mit dem roten Rand an den Blättern. Rot wie deine Stiefel. Wir brauchen so ein Blatt, um eine Fahne für das Schloss zu bauen. Weißt du, wo auf dem Schloss die Fahne hängt?“

Wieder keine Antwort, aber sie hielt die Hand in die Luft und spreizte die Finger ab. Langsam krümmte sie jeden und streckte nur den Zeigefinger aus.

„Nein, nicht diesen Finger.“ Vorsichtig berührte ich ihre Hand und nahm den kleinen Finger zwischen meine Finger, streckte ihn und schüttelte ihn leicht. „Dieser Finger. Das ist dein kleiner Finger. Kannst du einen Stock finden, der so lang ist?“

Birdie wischte die Hände an ihrem Kleid ab, stand auf und drückte konzentriert die Zunge in den Mundwinkel, während sie ihren Finger betrachtete und sich im Hof umschaute. Einen Moment später stapfte sie in ihren übergroßen Stiefeln davon. Zu meinem großen Entsetzen ging sie um die Ecke herum auf den Zwinger mit den bösartigen Hunden zu. Eine Schar Welpen drängte sich an den Zaun, als die Tiere sie sahen, und ein braunweißer, mittelgroßer Hund lief am Zaun entlang und kläffte und hüpfte, als wollte er herauskommen und spielen. Birdie steckte eine Hand durch den Zaun und ließ den Hund an ihrer Hand schlecken. Mir schlug das Herz bis zum Hals. Einen Moment später kam der gemeingefährliche Hund, den ich auf dem Pick-up gesehen hatte, um die Ecke, blieb kurz vor dem Zaun stehen, stellte sich breit hin und knurrte. Mir wurde bewusst, dass er nicht Birdie anknurrte. Er knurrte mich an, um sie zu beschützen. Ich wich wieder um die Ecke zurück und wartete, bis sie mit einem kleinen Stock und einem Blatt an einem langen Grashalm zurückkam. Es war nicht rot umrandet, aber das schien sie zu wissen. Denn als wir wieder miteinander in die Hocke gingen, hielt sie es an ihren Stiefel, als fiele ihr der Unterschied auf.

Während ich daran ging, unser Schloss zu bauen, holte ich meine Schlüssel aus der Tasche, reichte sie ihr und fragte, ob sie mir den blauen zeigen könne. Die Frage schien sie völlig zu verwirren. Nachdem sie die Schlüssel angeschaut hatte, legte sie sie neben meine Füße auf die Erde. Offenbar kannte sie die Farben nicht, was bedeutete, dass sie wahrscheinlich nicht im Kindergarten oder in der Vorschule gewesen war. Sie war ungefähr im Kindergartenalter, aber noch nicht alt genug für die erste Klasse.

Während wir unseren Turm weiterbauten und zuerst den größten Becher umstürzten und danach die festgebackene Erde aus den kleineren Bechern als weitere Stockwerke daraufsetzten, stellte ich fest, dass Birdie gut zusammen mit anderen spielen konnte. Sie konnte sich mehrere Anweisungen auf einmal merken und sie befolgen, und es schien sie zu freuen, als wir vorsichtig unsere Grasfahne oben auf den Turm steckten. Sie setzte sich auf die Fersen zurück, schaute mich an und lächelte. Ihre Zähne waren braun und an den Rändern kaputt. Zahnärzte kannten solche Zähne, die ihre Ursache normalerweise darin hatten, dass Babys Fläschchen mit zuckerhaltigen, ungesunden Getränken bekamen, damit sie ruhig blieben oder schneller einschliefen.

Sie hatte schöne Augen. Sie waren von einem tiefen, klaren Blau und von unglaublich dichten, langen Wimpern gesäumt.

Ich hörte, wie Len und Mart aus dem Stall kamen, während wir hier saßen und unseren Turm bewunderten. Mart trug in einer Hand einen Käfig und in der anderen eine Feder. „Len, es spielt keine Rolle, dass du ihn freigelassen hast, als er wieder gesund war. Einen Adler im Käfig zu halten ist verboten. Das dürfen nur Leute, die eine spezielle Erlaubnis dafür haben. Verstehst du? Wenn du etwas findest, das verletzt ist, ein wildes Tier, musst du es mir bringen oder mir sagen, dass ich es holen soll. Wir wissen beide, dass diese Feder von einem Adler stammt, nicht von einem wilden Truthahn. Darauf steht eine hohe Geldstrafe. Verstehst du? Verstehst du, was ich dir sage? Ich versuche nur, dir zu helfen. Jetzt geh und bringe mir den Waschbären. Dann nehme ich ihn mit."

Birdie stand auf, als Len zum Haus ging. Sie stürmte in ihren unförmigen Stiefeln die Treppe hinauf, holte Len an der Tür ein, klammerte sich an sein Hemd und schaute flehend zu ihm hinauf. Er beugte sich nach unten, und sie flüsterte ihm etwas ins Ohr. Er legte ihr zärtlich eine Hand auf die Haare und schüttelte den Kopf. Dann verschwanden sie im Haus.

Kapitel 14

Der Waldvogel will nie hinein in den Käfig.
Henrik Ibsen
(von einem Rucksackwanderer zitiert,
der auf dem Pier übernachtete)

Mart McClendon

Sie klammerte sich mit tränenüberströmten, roten Wangen an die Mückengittertür, während Len den Waschbären am Kragen packte und ihn herausbrachte. Birdie bettelte nicht, sie schrie nicht, sie heulte nicht laut. Sie schaute nur zu, während große Tränen über ihre Wangen kullerten, als hätte sie gelernt, kein Geschrei zu machen. Der Waschbär veranstaltete mehr Lärm als sie und kreischte und knurrte und streckte alle vier Pfoten steif in die Luft, während Len ihn in den Käfig stopfte, die Tür zuschlug und mir den Käfig hinhielt.

Unter Lens Blick, der mich anschaute, als würde ich ihm seinen besten Hund stehlen, und im Angesicht von Birdies Tränen kam ich mir wie ein gemeiner Schuft vor. Aber ein Waschbär, der im Wald gefangen worden war, und ein kleines Mädchen gehörten nicht ins selbe Haus. Wir hatten dieses Jahr erst einige Tollwutfälle gehabt.

Birdie sank hinter der Mückengittertür auf die Knie. Sie schaute mich mit großen Augen an, die blau wie Rotkehlcheneier waren. Eines stand fest: Sie wollte mich nicht als Freund haben. Im Moment wollte Len mich auch nicht mehr hier haben. Birdies Weinen hatte ihn aufgewühlt, und er konnte es nicht erwarten, dass wir endlich verschwanden. Selbst die Hunde knurrten jetzt, und die ganze Situation erinnerte plötzlich an ein Pulverfass, das jeden Augenblick in die Luft fliegen könnte.

Andrea trat einen Schritt auf das Haus zu, als wollte sie versuchen, Birdie zu trösten. Ich hielt ihre Hand fest, bevor sie an mir vorbeigehen konnte. „Wir lassen euch jetzt allein, wie ich versprochen habe, Len. Danke, dass du alles gemacht hast, worum ich dich gebeten habe. Ich bin sicher, dass du auf den See hinausfährst, sobald ich weg bin. Du kannst Birdie nicht ohne Rettungsweste in die Nähe des Wassers lassen. Das darfst du auf keinen Fall machen, verstehst du? Nicht einmal, wenn sie am Ufer ist, während du arbeitest. Ein kleines Kind kann schneller ertrinken, als du schauen kannst."

Len hob das Kinn und bewegte einen Klumpen Kautabak mit der Zunge. „Sie kann gut schwi-schwimmen."

Ich hob warnend den Zeigefinger, um meine Aussage zu unterstreichen. „Es ist verboten, ein Kind ohne Rettungsweste in einem Boot zu haben. Ich habe einige Kinderrettungswesten, die ein paar Camper im Nationalpark zurückgelassen haben. Ich lege eine neben dein Boot. Du musst immer darauf achten, dass Birdie sie anhat und dass sie fest zugeschnallt ist. Und lass sie auch nicht zu den Hunden. Ich weiß, dass sie dir nichts tun, aber man kann nie sagen, wann ein Hund erschrickt oder verwirrt ist oder ein Kind anspringt. Ich habe schon Kinder gesehen, die von Hunden, die es nicht gewohnt sind, Kinder in der Nähe zu haben, ziemlich böse zugerichtet wurden."

Len wirkte jetzt sehr verwirrt. Er trat einen Schritt auf den Hof zu, als glaubte er, ich wollte ihm die Hunde auch noch wegnehmen. Hinter der Mückengittertür schniefte das kleine Mädchen leise und zeichnete mit den Fingerspitzen nasse Linien auf das schmutzige Gitter. Sie sah aus wie das bedauernswerteste Geschöpf auf der ganzen Welt. Ich nahm mir vor, dass ich den Waschbären fotografieren würde, wenn ich ihn bei meinen ehrenamtlichen Tierpflegern abgegeben hätte, damit ich wiederkommen und dem kleinen Mädchen zeigen könnte, dass das Tier in seinem neuen Zuhause gut aufgehoben war. Vielleicht würde ich, wenn ich dazu käme, auch in den Souvenirladen im Nationalpark gehen und einen Spielzeugwaschbären oder einen Teddybären kaufen – etwas, mit dem ein kleines Mädchen spielen konnte und das nicht beißen würde. Als Birdies Mutter, wer auch immer sie tatsächlich war, sie hier abgeliefert hatte, hatte sie keine Spielsachen oder irgendetwas anderes dagelassen.

Der kleine Waschbär regte sich in seinem Käfig immer mehr auf, steckte die Pfoten durch das Drahtgitter, schlug in die Luft und versuchte, sich an irgendetwas festzuklammern, damit ich ihn nicht mitnehmen könnte. Er machte seinem Unmut lautstark und mit hohen Tönen Luft und schrie nach seiner Mutter. Jeder Hund, jeder Welpe, das Maultier und die Milchkuh und sogar der Hahn begannen plötzlich, Lärm zu machen. Ich musste schreien, um mir Gehör zu verschaffen. „Es könnte sein, dass ein paar Leute kommen und mit Birdie sprechen wollen." Sobald ich das gesagt hatte, wusste ich, dass ich mir diese Information für später hätte aufheben sollen. Dafür war jetzt ein schlechter Zeitpunkt.

Len wurde stocksteif, und seine Augen wurden hart und grau. „Nei-nein. Nei-nein. Betr-Betreten verboten." Er deutete auf das alte Schild, das völlig verrostet war. *Betreten verboten,* stand darauf. Wie in aller Welt sollte ich Len begreiflich machen, dass es Gesetze gab, die das Wohl von Kindern zum Ziel hatten? *Hör zu, Len, es gibt Leute, die wie … Ranger für Kinder sind. Sie kommen zu dir und schauen, dass es kleinen Mädchen gut geht, genauso wie ich nach Tieren Ausschau halte. Sie wollen niemandem etwas zuleide tun …* Diese Worte konnte ich mir sparen. Er würde mir nicht zuhören. Ich nahm ihm gerade sein Lieblingshaustier weg und er war im Moment viel zu aufgewühlt und nicht gut auf mich zu sprechen. „Ich gebe dir Bescheid."

Len warf eine Hand in die Luft, als würde er jetzt wirklich schwierig werden. Wenn ich ging, müsste ich aufpassen, was sich hinter meinem Rücken abspielte. Im Moment war er ziemlich aufgewühlt. Genauso wie die Hunde und das kleine Mädchen. „Nei-nein, nei-nein! Nie-mand! Birdies Mama hat gesagt, niemand."

Andrea legte beschwichtigend eine Hand auf meine Schulter, trat vor und lächelte Len an. „Danke, dass ich mit Birdie sprechen durfte." Ihre Stimme war sanft und ruhig, der Ton, mit dem eine Mutter ihr Baby beruhigt. „Wir haben da drüben in der Erde ein kleines Schloss gebaut. Das hat Spaß gemacht." Sie deutete auf die Stelle, und Len trat zur Seite, damit er um die Verandaecke schauen konnte. „Darf ich wiederkommen und mit Birdie spielen? Ich kann nie mit kleinen Mädchen spielen. Ich habe nur einen Jungen. Und der ist schon viel größer. Er ist vierzehn." Sie hielt eine Hand hoch, als messe sie Dustins Größe ab.

Len antwortete mit einem langsamen Nicken. „Ich glau-glaube … okay.“ Aufgewühlt drehte er sich um und ging auf das Haus zu. Als er auf die Veranda kam, lief Birdie aus der Tür und klammerte sich an sein Hosenbein. Er legte schützend eine Hand auf ihre Schulter, und sie lehnte den Kopf an ihn.

Ich drehte mich um und ging auf Andreas Auto zu. Der Waschbär tobte immer noch in seinem Käfig.

„Glaubst du, es ist okay, sie hierzulassen?“, murmelte Andrea leise. „Ist sie hier sicher?“

„Dreh dich um, lächle und winke“, forderte ich sie leise auf. „Das Beste, was wir im Moment tun können, ist freundlich zu bleiben. Falls Len mit dem kleinen Mädchen wieder im Wald verschwinden will, können wir ihn nicht daran hindern. Außerdem wissen wir nicht, wo Birdies Mutter ist oder ob Len Birdie dorthin zurückschicken kann, woher sie gekommen ist. Es ist nur eine Vermutung, aber ich habe das Gefühl, dass es diesem kleinen Mädchen, bevor es hierherkam, schlechter ging. Dieses Kleid und die Stiefel, die sie anhat … die Sachen hat Len für sie gekauft. Deshalb sind sie zu groß.

Als ich ihn heute Morgen fand, haben wir uns an den See gesetzt und uns lange unterhalten, bis er sich beruhigt hatte. Dann haben wir uns hier oben noch weiter unterhalten, nachdem wir wegen des Besuchs beim Arzt telefoniert hatten. Es war nicht leicht, Len die ganze Geschichte aus der Nase zu ziehen. Ich habe ihn gefragt, in welcher Verfassung Birdie war, als sie hierherkam. Soweit ich ihn verstanden habe, war sie barfuß und trug nur ein Nachthemd. Ihre Mutter tauchte mitten in der Nacht ohne irgendetwas auf, hatte ein Kind mit Fieber und Ohrenschmerzen bei sich und kam mit einem Auto, das kurz vor dem Zusammenbruch stand. Als sie hatte, was sie brauchte – Benzin, Geld und ein repariertes Auto –, ließ sie Birdie einfach hier zurück. Da fragt man sich, was für eine Situation eine Mutter dazu bringt, einem kleinen Kind so etwas anzutun.“

„Oder was für eine Mutter sie sein muss“, fügte Andrea mit aufgewühlter Stimme hinzu. Sie zögerte, als überlegte sie, zu Len zurückzugehen. Ich legte eine Hand an ihren Rücken und schob sie sanft aber bestimmt zu ihrem Auto. Wir mussten verschwinden, bevor Len sich noch mehr aufregte.

Als wir beim Auto ankamen, hielt ich ihr die Tür auf. „Dreh

einfach einen Bogen auf der Wiese und fahr dann weg, okay? Es ist ja nicht so, als würdest du hier den Rasen ruinieren. Wir treffen uns dann an dem Picknickplatz, von dem wir vorher gesprochen haben. Die Stelle direkt unter der Eagle Eye Bridge. Es ist nicht gut, wenn Len uns hier stehen und über ihn sprechen sieht, okay? Wenn er glaubt, wir würden irgendetwas planen … wäre das wahrscheinlich nicht so gut. Lächle mich einfach an und verabschiede dich, als wäre alles in bester Ordnung. Ich treffe dich dann auf dem Rastplatz."

Sie sah auf ihre Armbanduhr und nickte dann. „Gut. Dann treffen wir uns gleich dort."

Ich spürte, dass ich von der Hütte aus beobachtet wurde. „Was macht Len gerade?" Ich drehte mich nicht um, sondern wartete, bis Andrea einen vorsichtigen Blick hinter mich geworfen hatte.

„Er beobachtet uns. Er hält das kleine Mädchen fest, als hätte er Angst, dass wir sie ihm auch wegnehmen wollen." Andreas Augen waren groß und ihr Blick unsicher. Ich konnte unter der glatten Haut in ihrem Nacken den Puls schlagen sehen. „Kommst du klar, wenn ich wegfahre? Was ist, wenn er seine Meinung in Bezug auf den Waschbären ändert?"

„Mir passiert schon nichts", beruhigte ich sie. Es war nicht das erste Mal, dass ich jemandem Tiere wegnahm, die er nicht haben durfte, und auf der Hut sein musste.

Sie holte tief Luft und nickte. „Okay, dann … bis später." Sie setzte ein angespanntes Lächeln auf, das Len vermutlich überzeugen sollte, dass alles in Ordnung sei. Wahrscheinlich konnte sogar Len durchschauen, dass alles nur gespielt war.

„Nur gut, dass du keine Ambitionen hast, Theater zu spielen", sagte ich. „Er glaubt, dass du meine *Freundin* bist, schon vergessen? Du musst so tun, als würdest du mich mögen. Du könntest mich umarmen. Das macht die Sache ein wenig glaubwürdiger."

Sie schaute mir in die Augen, und einen Herzschlag lang vergaß ich ganz, dass ich einen Waschbären in einem Käfig am Arm hängen hatte.

„Ist das dein Ernst?"

„Weißt du, manchmal müssen wir um der Pflicht willen Opfer bringen." Ich zuckte die Achseln, als wäre das sehr viel verlangt, aber um der Aufgabe willen wäre ich bereit, dieses Opfer zu bringen.

Andrea verdrehte leicht ihre hübschen, braunen Augen. Dann stellte sie sich auf Zehenspitzen, nahm meine Hutkrempe zwischen die Finger, zog ihn ein wenig auf die Seite und küsste mich auf die Wange. „So. Passt das so?“ Sie schob die Arme um meine Schultern und tätschelte mich so laut auf den Rücken, dass es wahrscheinlich sogar Len hören konnte.

„Ja, das muss reichen“, hustete ich und rückte meinen Hut wieder zurecht, als sie zurücktrat. Sie lächelte, und einen Moment lang konnte ich an nichts anderes denken, als dass sie genau die nussbraune Augenfarbe hatte, die eine Frau haben sollte.

Der Waschbär, der in seinem Käfig schaukelte, weckte mein Hirn wieder auf, und ich trat zurück. Mann, ich war wirklich zu viel draußen auf dem See. „Dann sehen wir uns am Rastplatz.“

„Ich werde eine Weile brauchen, bis ich dort bin.“ Sie zog die Schlüssel aus der Tasche, und plötzlich war wieder alles sachlich nüchtern und geschäftsmäßig.

Wir trennten uns, und ich marschierte durch das Brombeergestrüpp und das hohe Gras in Richtung Wald. Ich legte den Weg in einem raschen Tempo zurück, nur für den Fall, dass Len es sich anders überlegte, aber auch, um wieder einen klaren Kopf zu bekommen. Es war ganz und gar nicht meine Art, mich bei der Arbeit von einer hübschen Frau ablenken zu lassen. Genauer gesagt war es nicht meine Art, mich überhaupt durch irgendetwas ablenken zu lassen. Wenigstens in den letzten Jahren nicht mehr. Ich brauchte keine unnötigen Komplikationen. Wenn ich mich auf jemanden einließe, hieße das nur, dass irgendwann die Vergangenheit wieder hervorgekramt würde. Dass ich von Aaron und Mica erzählen müsste und zu erklären versuchte, warum Laurie mich immer noch anrief. In den letzten Jahren hatte ich das Gefühl gehabt, dass mein Leben ein tiefer Sumpf war, in den ich nicht auch noch andere Menschen mit hineinziehen wollte. Es war leichter, einfach zu arbeiten und nicht darüber nachzudenken oder darüber sprechen zu müssen.

Und schon gar nicht mit einer Frau, deren Beruf es war, andere zu therapieren. Eine solche Frau hätte mit mir das große Los gezogen. Sie würde allem auf den Grund gehen wollen, die *Bedeutung* herausfinden, das Problem identifizieren und überlegen, wie ich davon geheilt werden könnte. Ich hatte nicht das geringste Interesse, als Psychofall irgendwo auf einer Couch zu landen. Ich hatte in den letzten drei Jahren so viel innere Kämpfe durchlebt, dass es für ein ganzes Leben reichte. Ich war nach Moses Lake gezogen, weil ich mir hier ein neues Leben aufbauen wollte, weil ich die Vergangenheit loslassen und alles hinter mir lassen wollte. Ich hätte Andrea nicht die Sache mit Robin Hood erzählen sollen. Das ließ mich nicht nur albern wirken, sondern verriet auch, dass ich einer von vier Söhnen gewesen war. Ich wollte nicht, dass mir jemand die Fragen stellte, die man bei Klassentreffen beantworten musste oder wenn man zufällig auf der Straße einer früheren Schulfreundin über den Weg lief: *Was hast du alles gemacht? Wie läuft es in deinem Leben? Wie geht es deiner Familie?*

Ich fuhr flussaufwärts und wartete schon eine ganze Weile, als Andrea endlich auf den kleinen Picknickplatz gegenüber den Klippen am Eagle Eye bog. Jetzt, in der größten Tageshitze, war der Platz normalerweise leer. Gegen Abend tauchten ein paar Fischer und vielleicht die eine oder andere Familie auf, um hier zu picknicken, aber im Moment hatten wir den Platz für uns allein. Andrea ließ ihren Blick über die leeren Steintische wandern, als sie aus dem Auto stieg, und wirkte überrascht, dass sonst niemand hier war.

„Sieht so aus, als sollte ich mir in Zukunft einen etwas stärker frequentierten Platz suchen, um meine Mittagspause zu machen und meine Berichte zu schreiben", bemerkte sie. „Als ich das letzte Mal hier vorbeifuhr, war die Hälfte der Tische besetzt."

„Das kommt ganz auf die Tageszeit und den Wochentag an." Ich stand von dem Picknicktisch, an dem ich gewartet hatte, auf. „Wenn es so heiß ist, findest du an einem Platz wie hier nicht viele Leute, besonders, da hier kein richtiger Badestrand ist. Die Nationalparkverwaltung hat einen netten Picknickplatz neben dem Souvenirladen und der Höhle eingerichtet, falls du einen Ort suchst, an dem mehr los ist. Das wäre dann vielleicht eine bessere Wahl. Ein paar Kilometer flussaufwärts gibt es auch einen Platz von der Kirche, und noch ein paar Kilometer weiter flussaufwärts, auf der Seeseite meines Kollegen, gibt es ein paar Bäckereien und ein Café in der kleinen Mennonitensiedlung. Dort kann man gut essen. Ungefähr zehn Kilometer südlich von hier gibt es die Künstlerkolonie, unten auf der 2300. Die Künstlerkolonie hat ein schönes, kleines Café. Und du weißt nie, was dort so alles herumhängt: Künstler, Weber, Quilter, Hippies, Käferfahrer und alle möglichen exotischen Vögel. Es ist sehr interessant."

Sie runzelte die Stirn, als bemühte sie sich, sich diese Orte vorzustellen. Dann schien sie diese Idee zu verwerfen. „Danke für den Tipp. Ich werde nach diesen Orten Ausschau halten, wenn ich unterwegs bin. Um die Wahrheit zu sagen, bin ich im Moment schon froh, wenn ich die Adressen zu meinen Hausbesuchen finde. Selbst mit der Straßenkarte und dem GPS wäre ich völlig verloren, wenn ich nicht von meinem Chef eine Wegbeschreibung mit wertvollen Tipps bekommen hätte wie *An dem Baum mit dem großen Astloch, das wie ein Gesicht aussieht, abbiegen und geradeaus weiterfahren, bis du den orangen Zaunpfosten siehst.*" Sie ging auf den Picknicktisch zu und verdrehte die Augen. „Weißt du, wie viele orange Zaunpfosten es hier gibt? Das ist *kein* eindeutiges Merkmal."

„So findet man sich hier in den Bergen aber zurecht, Cowgirl", sagte ich und zog sie ein wenig auf. „Astlöcher und Zaunpfosten. Das ist eben ein anderes Arbeitsumfeld."

„Wie wahr!" Sie blieb vor dem Picknicktisch stehen, stemmte die Hände in ihre Taille und schaute über die abfallende Böschung zum Ufer hinunter. „Außerdem bin ich auf dem Rückweg fast in dem Schlammloch stecken geblieben. Ich habe vergessen, dass ich auf der Seite bleiben muss, wie Len es gesagt hatte."

„Wetten, dass du das nie wieder vergisst?"

Sie verzog schmunzelnd die Lippen, und ich fand in diesem Moment, dass sie eigentlich ganz okay war, auch wenn unsere erste Begegnung nicht besonders gut geendet hatte. „Ich markiere die Künstlerkolonie und das Kirchengelände auf deiner Karte, wenn du willst. Die Nationalparkverwaltung ist wahrscheinlich schon eingezeichnet." Ich setzte mich wieder auf die Tischkante und stellte die Füße auf die Bank.

„Das wäre nett. Danke." Sie schaute mit zusammengekniffenen Augen auf den glitzernden Fluss hinab, holte tief Luft und atmete dann langsam aus. Dabei verzog sie den Mund, als denke sie über etwas nach. Plötzlich sah sie aus wie eine Frau, die gerade eine Entscheidung getroffen hat. „Was war das für ein Geräusch?“, fragte sie geistesabwesend.

Ich lauschte eine Weile. Eine Spottdrossel über uns ahmte mehrere Vogelstimmen nacheinander nach. „Eine Spottdrossel. Sie brüten immer hier beim Picknickgelände, wo sie die Reste fressen, die die Leute liegen lassen. Im Sommer kann man tagsüber oder nachts hierherkommen und hört die Spottdrosseln. Im Frühling hatte ein Paar auf einem Ast gleich neben der Toilette gebrütet. Es war ziemlich unterhaltsam, ihnen zuzuschauen, wie sie die Touristen verfolgten. Sie sind gefräßige kleine Vögel. Und aufdringlich.“

Sie warf einen Blick auf das Kalksteingebäude mit den Toiletten. „Eigentlich hatte ich das andere Geräusch gemeint. Dieses Stöhnen. Was ist das?“

„Das sind auch Spottdrosseln. Sie ahmen die Klagende Frau nach.“ Ich deutete auf ein Schild hangabwärts am Wasser. Es war eine Informationstafel, die die Legende von der Klagenden Frau erzählte. „Im Moment weht nicht viel Wind an den Klippen, deshalb ist sie ziemlich ruhig, aber diese Spottdrosseln haben sie schon so oft gehört, dass sie sie ziemlich gut nachahmen können. Sie sind wahrscheinlich die einzigen Spottdrosseln der Welt, die weinen können.“

Andrea legte den Kopf auf die Seite und lauschte. „Das ist wirklich ungewöhnlich. Ich wäre in tausend Jahren nicht darauf gekommen, was dieses Geräusch ist.“

„Bestimmt hättest du es gewusst, wenn du ein paarmal hier gewesen wärst“, erklärte ich ihr. „Jeder Platz im Wald hat seine eigenen Geräusche, wenn man stehen bleibt und die Ohren aufmacht. Der Fluss hat ein Geräusch, die Berge haben ein Geräusch, die Felsen haben ein Geräusch und die Klippen haben ein Geräusch. Die Leute würden sich nicht so oft in diesen Bergen verlaufen, wenn sie stehen bleiben und die Ohren offen halten würden.“

Andrea schaute mich mit einem Blick von der Seite an. „Indiana-Jones-Typen wie du haben leicht reden. Aber Normalsterbliche wie ich haben hier draußen das Gefühl, durch ein Labyrinth zu wandern. Hier sieht alles gleich aus. Kein Wunder, dass Wanderer sich hier verlaufen.“

Ich konnte nicht anders und musste lachen. „Wenn ich dir einen Tipp geben darf: Falls du dich irgendwann verirrst, musst du einfach zum Seeufer hinuntergehen. Im Sommer ist auf dem See viel los, und oft sind wir mit Booten und einem Hubschrauber unterwegs, um den See zu kontrollieren."

„Ich glaube nicht, dass ich viel wandern werde." Sie trat an den Rand der Böschung, wo sie die Informationstafel lesen konnte. Ich wartete, während sie die Legende von der Pionierin las, deren Baby aus dem Wagentreck verschwunden war. Auch nach tagelanger Suche hatte die Frau ihre Tochter nicht hier zurücklassen wollen und war nicht mit den anderen weitergezogen. Die Legende erzählte, dass sie immer noch dort zwischen den Klippen und dem Flussbett herumwanderte und ihr Baby suchte. Laut Burt und Nester hatte diese Geschichte vielen Pfadfindern und Kindern Angst eingejagt und hielt sie davon ab, nachts durch den Wald zu streifen.

„Das ist wirklich traurig." Andrea kam zum Picknicktisch zurück. „Mein Vater hat uns von der Klagenden Frau erzählt, aber er hat uns nie dieses Schild gezeigt. Meine Eltern wollten nicht auf diese Seeseite kommen."

„Die meisten Leute aus Larkspur bleiben lieber in Larkspur." Wahrscheinlich hätte ich mir diese Bemerkung verkneifen können. „Danke, dass du heute gekommen bist", fügte ich hinzu. „Ich wusste irgendwie nicht, was ich tun sollte. Ich hatte das Gefühl, wenn ich den Sheriff einschalte, könnte Len endgültig in Panik geraten. Du warst die Nächstliegende, die mir einfiel, da du ja schon wusstest, worum es geht. Ich wollte Len nicht mit dem kleinen Mädchen allein lassen, ohne dass sich jemand die Situation ansieht. Ich muss zugeben, dass ich so etwas noch nie erlebt habe."

„Ich auch nicht." Andrea rutschte auf der anderen Seite auf den Picknicktisch, sodass nur noch ein geringer Abstand zwischen uns war. „Die Frage ist, was jetzt passieren soll." Sie schien zu erwarten, dass ich eine Antwort parat hätte.

„Keine Ahnung", gab ich zu. „Meine Aufgabe sind normalerweise Tiere wie dieser Kerl dort unten in dem Käfig." Ich deutete zu meinem Boot hinab, das im Schatten angebunden war und in dem der kleine Waschbär jetzt endlich erschöpft eingeschlafen war.

Andrea stützte die Ellenbogen auf ihre Knie, faltete die Hände zusammen, als betete sie, und blies durch ihre Finger. „Du kennst

Len besser als ich. Wenn du es beurteilen müsstest, würdest du glauben, dass sie bei ihm in Sicherheit ist?“

Ich dachte eine Minute lang nach. Das Protokoll schrieb vor, diesen Fall den zuständigen Behörden zu melden und es ihnen zu überlassen, Nachforschungen anzustellen. Aber meine Meinung über die Kooperationsbereitschaft des Bezirkssheriffs konnte ich vor einer Dame nicht laut aussprechen. Außerdem war es nicht richtig, etwas Schlechtes über andere Gesetzeshüter zu sagen. Wenn man das machte, stand man wahrscheinlich im Regen, wenn man ihre Unterstützung einmal brauchte. An den meisten Orten sind die Leute in den Sheriffbüros ihr Geld wert, aber in diesem Bezirk taten sie nur etwas, wenn sie es selbst für nötig hielten.

Andrea tippte die Daumen aneinander und wartete ungeduldig auf eine Antwort. Ich gab ihr die beste Antwort, die mir nach allem, was ich heute Morgen gesehen hatte, einfiel. „Es ist nur ein Bauchgefühl aufgrund meiner Beobachtungen. Ich glaube, Len mag das kleine Mädchen wirklich sehr, und er tut alles, um sich um sie zu kümmern, aber ich weiß auch, dass wir herausfinden müssen, wer sie wirklich ist. Die Mutter hat sie offenbar absichtlich hiergelassen. Wollte die Mutter sie loswerden oder kommt sie wieder? Len hat Birdie seit zwei Wochen bei sich. Er hat ihr die Medikamente gegeben, die man ihm für sie mitgegeben hat, und hat seinen normalen Tagesablauf so weit geändert, dass er sich um sie kümmern kann. Er geht sogar so weit, dass er sie am Morgen zum See hinabträgt, wenn sie noch schläft.“

Ich schob meinen Hut zurück, knetete die Verspannungen in meinem Nacken und versuchte, aus der ganzen Sache schlau zu werden. „Lass es mich so ausdrücken: Ich denke nicht, dass der Sheriff diese Angelegenheit als besonders dringend einstufen würde. Erstens gibt es keine Hinweise auf ein Verbrechen. Zweitens befinden wir uns in Chinquapin Peaks, wo es kein Verbrechen ist, ein schmutziges Kind zu haben. Ein Kind bei einem Freund oder Verwandten zu lassen ist auch kein Verbrechen. Wenn das so wäre, würden in diesem Bezirk viele Kinder ihren Eltern weggenommen werden.“

Andrea nickte und schien zu verstehen, was ich meinte. „Kann es sein, dass sie tatsächlich Lens Enkelin ist? Könnte er einen gesetzlichen Anspruch auf sie haben?“ Sie stützte das Kinn auf die

Fingerspitzen und schaute mich von der Seite an. Ihre Augen fingen das Licht ein, das vom Fluss reflektiert wurde. „Was ist, wenn er sie nicht einmal bei sich haben dürfte? Vielleicht hat die Mutter sie hierhergebracht und sie bei ihm gelassen, weil ein Sorgerechtsprozess läuft, und sie versucht, Birdie hier zu verstecken. Len könnte in eine verbotene Sache verwickelt sein, ohne es zu ahnen."

„Das ist möglich", gab ich zu. „Wenn jemand Len erzählt, dass das Kind seine Enkelin ist, glaubt er es wahrscheinlich. Er behauptet steif und fest, dass sie das Mädchen seiner Tochter ist. Als ich ihn fragte, wie das sein könne, da er nie eine Familie hatte, wurde er nervös und sagte, seine Tochter lebe bei seiner Frau weiter weg von hier. Der Name, den sie in der Praxis angegeben hatten, war nicht Barnes, sondern Marsh. Das kleine Mädchen heißt Lillian Marsh. Ich schätze, *Birdie* ist nur ein Spitzname, und Marsh ist der Name ihres Vaters. Ich habe mir am Wochenende Lens Akte angeschaut. Bis auf Verstöße gegen das Fischerei- und Jagdgesetz und eine ausstehende Geldstrafe wegen einer kaputten Nummernbeleuchtung an seinem Pick-up hat er eine saubere Weste. Es gibt keine Hinweise, dass er je etwas mit Frauen zu tun gehabt hat, weder mit Minderjährigen noch irgendwelche Belästigungen von Frauen. Ich glaube, ihm würden dafür auch die geistigen Fähigkeiten fehlen. Wenigstens würde er so etwas nicht absichtlich tun."

Andreas Schultern hoben und senkten sich, als sie atmete. Ihr Magen knurrte, und sie warf einen Blick auf ihre Uhr. „Ich glaube, auf meiner Seite kommen wir auch nicht weiter. Ich bin beruflich verpflichtet, einen Verdacht auf Kindesmisshandlung oder Gefährdung eines Kindes zu melden, und die Vernachlässigung eines Kindes durch seine Eltern fällt in diese Kategorie. Aber davon ist erst die Rede, wenn ein Kind drei Monate oder länger von seinen Eltern verlassen wurde. Ich werde das Jugendamt über Birdies Situation informieren, aber ich weiß nicht, ob das Amt im Moment schon etwas unternehmen würde. Wie du sagtest, Len scheint sich um sie zu kümmern. Wenn das Jugendamt den Fall untersucht, bekomme ich vielleicht die Überweisung für eine Familientherapie. Sie würden natürlich die Mutter suchen und herausfinden wollen, wie ihre Situation aussieht." Andreas Magen knurrte wieder, und mir wurde bewusst, dass ich auch Hunger hatte.

„Du hast gesehen, wie Len auf das Jugendamt reagiert“, gab ich zu bedenken.

„*Mich* hat er mit Birdie sprechen lassen. Vielleicht kannst du jemanden vom Jugendamt dorthin bringen, so wie du es mit mir getan hast.“

„Soll ich ihm sagen, dass ich *noch* eine Freundin habe, die vorbeikommen will?“, fragte ich. Wahrscheinlich würde nicht einmal Len darauf hereinfallen.

Sie biss sich auf die Unterlippe. Eine Sekunde lang war ich von ihren Lippen wie gefangen. „Ich schätze, niemand kann so dumm sein, das zu glauben.“

Ich lehnte mich überrascht zurück. „Jetzt hast du aber meinen Stolz verletzt!“

Sie blinzelte schnell, dann zogen sich ihre Augenwinkel in feine Lachfältchen. „Die Mitarbeiter beim Jugendamt in diesem Bezirk sind zufällig alle *Männer*.“ Sie sah mich bedeutsam an, während sie darauf wartete, dass ich verstand, was sie meinte.

„Aha … okay … Vergiss diese Idee. Es sieht so aus, als bräuchten wir einen anderen Plan.“

Sie verzog die Lippen zu einem breiten Grinsen und lachte kurz. Dann überlegte sie wieder. „Das Jugendamt hat so viele Fälle, dass es mit der Arbeit ohnehin nicht mehr nachkommt. Wir haben also wahrscheinlich noch Zeit, um uns etwas einfallen zu lassen.“ Ihr Magen knurrte jetzt so laut, dass sie einen Schwarzbären anlocken würde, falls noch einer in diesen Wäldern leben sollte. Das war offensichtlich ansteckend, da mein Magen jetzt ebenfalls Geräusche von sich gab.

„Was hältst du davon, wenn wir beim Mittagessen weiter darüber sprechen?“

Sie schaute sich stirnrunzelnd auf dem verlassenen Picknickgelände um. „Habe ich den Imbissstand übersehen?“

Ich schmunzelte. Sie konnte wirklich lustig sein, wenn sie wollte. „Ich habe aus dem Waterbird ein Sandwich mitgebracht und Getränkedosen im Boot. Ich teile die Sachen mit dir.“

Zuerst sah sie aus, als wäre sie versucht, meine Einladung anzunehmen, aber dann schüttelte sie den Kopf. „Ich kann dir doch dein Essen nicht wegnehmen.“ Aber ihr Blick wanderte zum Boot, und ihre Augen verrieten, dass sie Hunger hatte.

„Hast du woanders eine Verabredung?“

Sie wandte sich vom See ab und blickte mich an. Wir saßen so nahe nebeneinander, dass ich die Frage in ihren Augen sehen konnte, aber ich wusste nicht, wie sie lautete.

„Nein.“ Das Wort war so leise, als hauchte sie es nur.

„Gut“, hörte ich mich sagen. „Ich esse nicht gern allein.“ *Was für ein Witz, Mart! Du isst immer allein. Das sieht sie wahrscheinlich auf den ersten Blick.* Meine Selbstgespräche verstummten und aus heiterem Himmel schoss mir der Gedanke durch den Kopf, dass es ganz natürlich wäre, sie jetzt zu küssen.

Ich hatte das Gefühl, dass sie etwas Ähnliches dachte.

Ein Schnellboot raste unten am Fluss vorbei. Der Lärm hallte von den Felsen wider, und wir fuhren schnell auseinander. Mein Verstand stotterte wie ein Motor, der Wasser in der Benzinleitung hat. „Ich … äh … hole das …“ *Das … das was …?* Ich räusperte mich und rutschte vom Tisch. „Das Essen“, beendete ich meinen unbeholfenen Satz und ging zum Boot hinab.

Kapitel 15

Hör nie auf, dem Gesang der Vögel zu lauschen.
John James Audubon
(von einem Vogelbeobachter zitiert, der zu den Adlerhorsten unterwegs war)

Andrea Henderson

Das Picknick mit Mart war überraschend angenehm. Eine Oase inmitten eines ansonsten zerrissenen und verwirrenden Freitags. Auf dem friedlichen Rastplatz oberhalb des träge vorbeifließenden Flusses und beim Gesang der Spottdrosseln, die ein endloses Repertoire an Liedern zwitscherten, war es leicht, alles andere zu vergessen: Die nächsten Termine, die vor mir lagen; die Berichte, die ich schreiben musste; die Ungewissheit in Bezug auf Birdie; den Blick, mit dem sie mich angeschaut hatte, und die Fragen, die sie nicht aussprechen konnte oder wollte. Das war das Schwere, wenn man mit Kindern arbeitete. Oft musste man ihre Geschichte aus dem, was sie *nicht* sagten, erraten und ihr Leben wie ein Puzzle zusammenfügen, um herauszufinden, welches Teil fehlte.

„Ich versuche, mehr über Lens Hintergrund in Erfahrung zu bringen", bot Mart an, während wir unsere Sandwichhälften und Kekse aßen. „Es kann zwar bis zum Wochenende dauern, aber ich gebe dir Bescheid, wenn ich etwas herausfinde. Ich habe eine Freundin in Fort Worth, die für eine Kreditgesellschaft Nachforschungen anstellt. Sie versteht etwas von ihrem Job. Sie gräbt mehr als die üblichen Informationen aus."

„Gut." Er hatte anscheinend mehrere Freundinnen – diese Freundin in Fort Worth und die Freundin, die ihm die Informationen über Birdies Arztbesuch gegeben hatte. Das machte mich neugierig. Ich platzte mit der nächsten Frage heraus, ohne genau zu überlegen, warum ich sie stellte. „Glaubst du, sie kann Birdies Mutter finden?“ In Wirklichkeit interessierte mich seine Bekannte und ich fragte mich, warum überall eine *Freundin* bereitzustehen schien, um Mart einen Gefallen zu tun. Ich hätte gerne gewusst, ob er … ob er … eine Beziehung hatte.

Diese Erkenntnis traf mich wie eine Bierdusche, mit der Trainer nach dem Gewinn einer Meisterschaft übergossen werden. Kalt und klebrig. Ganz unerwartet mitten in diesem ansonsten so wunderbaren Picknick. Ich genoss es, mit Mart hier zu sein, dem Fluss zuzuhören, zuzuschauen, wie der Schatten durch die Bäume zog und das Gras darunter berührte. Unter den dichten Zweigen war es überraschend kühl, obwohl der August kurz bevorstand. Ich merkte, dass meine Gedanken andere Wege einschlugen, dass ich mich entspannte und den Moment genoss. Offenbar hatte ich mich zu sehr entspannt. Ich hatte vergessen, dass wir miteinander an einem Fall arbeiteten und nicht … nicht … Was? Eine Verabredung hatten?

Bei diesem Gedanken zog sich mein Magen eng um seinen Inhalt, das Schinkenbrot und den Nusskeks vom Waterbird, zusammen. Nach der Scheidung hatte ich mir bisher eines nie vorstellen können: dass ich je wieder daran interessiert wäre, mit einem Mann auszugehen. Ich hatte an der Highschool keinen Freund gehabt, und dann waren Karl und ich im Sommer nach meinem Schulabschluss zusammengekommen. Der Rest hatte sich beinahe wie von selbst ergeben. Als ich mit dem Studium fast fertig war und mir die große Welt weit offenstand, begannen immer mehr Freundinnen um mich herum, sich zu verloben und zu heiraten. Ich wollte das auch haben. Karl ging es ebenso. Alles ergab sich fast von selbst. Ich freute mich, dass ich auch „sesshaft werden“ und mir mit einem Mann ein gemeinsames Leben aufbauen konnte.

Damals hatte ich Freundinnen, die mit verschiedenen Männern ausgingen und noch nicht den Richtigen gefunden hatten, fast bemitleidet. Und nun war ich selbst wieder „auf dem Markt“ – mit einer zerbrochenen Beziehung im Gepäck. Worüber konnte man sprechen, ohne dieses frühere Leben, diese andere Person immer wieder zu erwähnen?

Ich hoffte, Mart wüsste, dass wir nur beruflich miteinander zu tun hatten. Vielleicht könnten wir sogar Freunde sein, aber nicht mehr. Warum sollte er auch mehr wollen? Ein Mann wie Mart – ein Alphatier in Uniform mit einem spitzbübischen Grinsen – konnte wahrscheinlich überall, wohin er ging, Frauen haben. Zum Beispiel diese ganzen *Freundinnen*, die ihm einen Gefallen taten. Warum sollte er sich für eine altbackene, achtunddreißigjährige alleinerziehende Mutter interessieren?

„Meine Freundin in Fort Worth müsste einiges an Informationen über die Mutter ausgraben können, aber ich habe das Gefühl, dass sie nicht gefunden werden will. Ich habe es schon unter der Telefonnummer probiert, die sie in der Arztpraxis auf dem Formular angegeben hat. Unter dieser Nummer kennt man sie allerdings nicht." Er sah mich mit zusammengekniffenen Augen neugierig an, als spürte er, dass ich mich jetzt anders verhielt, und fragte sich, was der Grund dafür war. „Bist du später zu Hause? Ich komme vorbei und sage dir, was ich herausgefunden habe."

Eine aufgeregte Vorfreude sprang wie ein Tennisball zwischen den Wänden meines Herzens hin und her. Ich fing ihn auf und warf ihn in den Balleimer. „Ich bin nicht sicher, ob ich da bin, aber du hast ja meine Handynummer, nicht wahr? Dustin und ich müssen vielleicht ... Es kann sein, dass ..." Ich war wirklich die schlechteste Lügnerin der Welt. Mir fiel nie spontan eine Ausrede ein. Das hatte mir als Kind oft Schwierigkeiten mit meiner Mutter eingebracht. Megan hingegen hatte erfundene Geschichten immer so glaubhaft erzählen können, dass sie sie manchmal fast selbst glaubte. „Es kann sein, dass ... heute Abend etwas an der Schule ist. Eine Informationsveranstaltung für neue Schüler." Plötzlich fragte ich mich, ob er vielleicht den Plan der Schule kannte. Es konnte leicht sein, dass er Kinder und eine Exfrau hatte, die hier in Moses Lake wohnten. Er hatte nie jemanden erwähnt, aber vielleicht war es ja bei anderen Leuten nach der Scheidung üblich, das alte Leben hinter sich zu lassen. Karl hatte es jedenfalls getan ...

„Ich muss jetzt los." Ich rutschte von der Bank, und Mart wich zurück, zweifellos überrascht von der abrupten Veränderung in meinem Verhalten. Wahrscheinlich hielt er mich für schizophren. In der einen Minute flirtete ich mit ihm und in der nächsten war ich mit einem Fuß schon wieder zur Tür hinaus. Die Harmoniebedürftige in mir konnte ihm aber nicht einfach für das Sandwich danken und zum Auto gehen, ohne die Tür, die ich gerade zugeschlagen hatte, wieder ein Stück weit aufzumachen. „Ich bin gespannt, was du über Birdie herausfindest. Danke, dass du mich auf dem Laufenden hältst." *Dass du mich auf dem Laufenden hältst …* Meine Güte, wie albern. Ich klang, als spräche ich mit Taz.

Aber versuchte ich nicht genau das? Wollte ich nicht die ganze Sache rein sachlich und beruflich behandeln?

Mart nahm seinen Hut von der Bank und setzte ihn auf. Der Schatten verbarg seine Augen, und ich konnte seine Miene nicht sehen. „Ich gebe dir Bescheid, wenn ich etwas höre", sagte er. Dann wartete er, bis ich in mein Auto gestiegen war, bevor er zum Fluss marschierte. Als ich den Motor anließ und zurücksetzte, sah ich noch zu, wie sein Boot in die Strömung glitt und auf den von der Sonne beschienenen Wellen verschwand. Etwas in mir wollte bei ihm im Boot sein, auf allen Seiten von Wasser umgeben, gespannt, was der Tag bringen würde. Ohne die geringste Sorge der Welt.

Die Sorgen schlichen sich natürlich ein, sobald ich anfing, über meine Nachmittagstermine nachzudenken. Aber auch als die Stunden vergingen, drehten sich meine Gedanken immer wieder um die Mittagspause und um Mart und den Waschbären. Ich fragte mich, wo sie waren und was sie gerade machten.

Als ich nach meinem letzten Hausbesuch in die Praxis zurückfuhr, fragte ich mich erneut, wer die Freundin war, die für Mart Informationen über Lens Lebenslauf ausfindig machen wollte. Wer war sie? Sprach er gerade mit ihr?

Ich bemühte mich, diesen Gedankengang auf dem Parkplatz vor der Praxis zu unterbrechen und ihn vor der Tür zu lassen, als ich eintrat. Taz' Bürotür war schon geschlossen, als ich an seinem Büro vorbeiging. Er war bereits ins Wochenende aufgebrochen. Die Familientherapeutin oder der Drogenberater hatten eine Beratungsstunde im Therapieraum, und Bonnie kämpfte an ihrem Computer mit einem Formular.

„Hast du mit dem Ranger gesprochen?", wollte sie wissen und beobachtete mich mit mehr als nur beiläufiger Neugier aus dem Augenwinkel.

„Ja.“ Mir wurde bewusst, dass ich Probleme bekommen könnte, weil ich in der Zeit, in der ich für Taz’ Praxis hätte arbeiten sollen, etwas anderes getan hatte. Der Besuch bei Len und das nachfolgende Picknick am Fluss wäre vielleicht als meine Mittagspause durchgegangen, wenn es nicht viel mehr Zeit in Anspruch genommen hätte als die Stunde, die mir zustand. Fast die ganze Zeit, die durch den abgesagten Morgentermin frei geworden war, war dafür draufgegangen, und meine Berichte hatte ich leider immer noch nicht geschrieben. „Ich mache meine Berichte heute Abend fertig und gebe sie am Montag ab.“

„Kein Problem.“ Bonnie verschob eine Aktenmappe auf ihrem Schreibtisch, warf einen Blick darunter und schob sie dann zurück. „Der Ranger hat eine nette Stimme.“ Sie zog eine Augenbraue nach oben und schaute mich mit einem vielsagenden Blick an. Sie wollte unübersehbar wissen, ob es etwas Neues gab.

Ich zapfte einen Becher Wasser aus dem Wasserspender und versuchte, gleichgültig zu wirken. „Das ist mir gar nicht aufgefallen.“

Sie sah mich groß an. „Wirklich?“

Ich zuckte die Achseln und nippte an meinem Becher. Der riesige Wasserbehälter blubberte und zischte, als der Luftdruck sich anpasste. Das Geräusch erinnerte mich an den Fluss und an die Klagende Frau.

„Und? Wie sieht er aus?“, wollte Bonnie wissen.

„Wer?“

„Der Mann am Telefon.“

Ich warf den Becher in den Abfalleimer und verfolgte ihn mit den Augen. „Wie ein Ranger, denke ich.“

„Ooohhh“, schnurrte Bonnie und beugte sich plötzlich mit großem Interesse über ihren Schreibtisch. „Wirklich? So richtig nach Wald und Abenteuer? Ist er Single?“

„Bonnie!“ Ihr Name kam in einem unbeherrschten Krächzen über meine Lippen. Plötzlich kam ich mir vor wie ein Schulmädchen. Ich räusperte mich, bevor ich weitersprach. „Woher soll ich das wissen?“

Bonnie schnaubte kurz. „Du hast ihn doch gesehen. Du musst lernen, die Zeichen zu deuten. Hat er zum Beispiel einen Ring?

Fährt er ein Familienauto? Solche Sachen. Das sind wichtige Informationen."

„Er holt Dustin übernächste Woche zum Wassersicherheitskurs ab. Das ist alles." Das versicherte ich mir selbst ebenso sehr wie Bonnie.

Ihre Antwort war ein wissendes Brummen und ein Flattern der Augenlider. „M-hmmm, du siehst ihn also wieder."

„Du denkst aber auch immer nur in eine Richtung."

Sie sah tatsächlich schockiert und leicht beleidigt aus. „Du bist überhaupt nicht lustig!" Sie warf mir einen entrüsteten Blick zu und konzentrierte sich wieder auf ihre Arbeit.

Ich begab mich in mein Büro, um meine Arbeit für heute fertig zu machen, die Termine für nächste Woche zu notieren und mir die neuesten Fälle, die an mich überwiesen worden waren, anzuschauen. Da ich die E-Mail-Adresse des Jugendamts gerade vor mir hatte, schrieb ich eine Nachricht, in der ich das Jugendamt über Birdies Situation und meine Bedenken informierte.

Während ich arbeitete, wiederholte sich Bonnies Bemerkung, *du bist überhaupt nicht lustig,* in meinem Kopf immer wieder, obwohl ich versuchte, sie zu ignorieren. Es hatte eine Zeit gegeben, in der ich lustig gewesen war. Oder? Als ich ein bisschen weniger so gewesen war wie ich und ein bisschen mehr so wie Bonnie. Impulsiv, freidenkend, ein wenig fantasievoll?

Die Antwort auf diese Frage war, ehrlich gesagt, niederschmetternd. Ich hatte meine Impulsivität vor langer Zeit aufgegeben. Meine Eltern hatten mich nachdrücklich davon überzeugt, dass der Weg zu Frieden, Wohlstand und dem Segen eines Gottes, dessen Lohn man sich erarbeiten musste, darin bestand, Erwartungen zu erfüllen. Ich hatte mich deshalb lange Jahre darauf konzentriert, kompetent, beherrscht und maßvoll zu sein, intelligente Entscheidungen zu treffen und als zuverlässige Tochter zu gelten, die Liebe und Lob verdient.

Als ich Karl heiratete, kamen mir diese Fertigkeiten sehr zugute.

Auch wenn es Karls eigentliches Ziel gewesen war, Professor zu werden und dann eine Universität zu leiten, hatten wir beide gewusst, dass er, zumindest in der Zeit, in der er an seinem Doktortitel arbeitete, als Pastor in der Kirche tätig sein würde. Pfarrersfrauen aber mussten perfekt sein, denn eine ganze Kirchengemeinde beobachtete neugierig dein Leben.

Im Verlauf der Scheidung hatte Karl mir gesagt, dass das ein Teil des Problems gewesen sei. Er wäre es müde, die Erwartungen aller anderen zu erfüllen. Besonders meine Erwartungen. *Du kannst nie … ein bisschen locker sein,* hatte er gesagt. *Das erstickt mich.* Plötzlich war es meine Schuld, dass er ein untreuer Ehemann und ein unehrlicher Angestellter war. Ich hatte ihn dazu getrieben, weil ich *überhaupt nicht lustig* war.

Stopp, gebot ich diesen Gedanken Einhalt, während ich meine Bürotür zuschloss und nach Hause fuhr. *Hör auf damit.* Die Vergangenheit wieder Revue passieren zu lassen, sie zu analysieren, zu überlegen, was falsch gelaufen war – das war sinnlos. Vielleicht hatte Karl sich verändert. Vielleicht hatte ich mich verändert. Vielleicht hatte er erkannt, dass sein Leben doch nicht so war, wie er es sich erträumt hatte, als er die Karriereleiter erklommen und seine Traumstelle angetreten hatte. Vielleicht hatte er eine neue Herausforderung gebraucht.

Ich sagte mir erneut, dass die Schuld für seine Entscheidungen nicht bei mir lag. Es war seine Schuld. Ich hatte meinen Teil der Vereinbarung eingehalten. Ich hatte alles getan, was von mir erwartet wurde. Auch dann, wenn ich einsam gewesen war, wenn ich in Bibelgruppen gesessen und so getan hatte, als wäre unser Leben perfekt. Wenn ich versucht hatte, mit Karl zu sprechen, und er so getan hatte, als wäre alles in Ordnung. Wenn ich mich innerlich leer gefühlt hatte und Dustins Kleinjungenliebe das Einzige in meinem Leben gewesen war, das mir Halt gegeben hatte.

Ich hatte alles getan, was meiner Meinung nach für unsere Ehe, für Dustin, für die Verpflichtung, die ich vor Gott und den Menschen eingegangen war, richtig gewesen war. Ich hatte gemeint, durchhalten und schweigen zu müssen – selbst dann noch, als Karl Vorträge und Predigten über gesunde Beziehungen und treue Ehen hielt und dann nach Hause kam und ohne ein einziges Wort an mir vorbeigegangen war, um den Fernseher einzuschalten.

Bonnie hatte recht. Ich war nicht lustig. Ich war wie eine Garnspule, die so fest aufgewickelt war, dass ich das Ende des Fadens nicht finden konnte.

Der unproduktive Gedankengang verfolgte mich auf dem ganzen Heimweg, er schnappte nach meinen Fersen wie Lens Wachhunde und brachte mir Wunden bei. Als ich am Strandhaus ankam, stand mein Auto in der Einfahrt. Das bedeutete, dass meine Mutter und mein Vater da waren. Mein Magen zog sich schlagartig zusammen, und mir fiel ein, dass ich auf dem Heimweg das Auto meines Vaters durch die Waschanlage hätte fahren sollen. Die Spuren von Lens Schlammloch waren am ganzen Auto zu sehen.

Meine Eltern hatten Chicken-Nuggets aus dem Waterbird mitgebracht. Wirklich eine nette Geste. Sie und Dustin saßen am Tisch und aßen, als ich eintrat. Dustin sah aus, als säße er auf dem Behandlungsstuhl beim Zahnarzt und der Zahnarzt hätte schon den Bohrer in der Hand.

„Ich verstehe nicht, warum er einen ... einen Wassersicherheitskurs absolvieren soll", begann Mutter, noch bevor ich meine Handtasche abgestellt hatte. „Wir haben nicht einmal mehr ein Boot." Sie deutete zum leeren Bootshaus, um das Gesagte zu unterstreichen.

„Diese Vereinbarung haben wir mit dem Ranger getroffen", erwiderte ich tonlos. Ich hatte auf eine solche Diskussion jetzt keine Lust, aber die Chicken-Nuggets rochen so gut. Ich holte mir einen Teller. „Danke, dass ihr etwas zu essen mitgebracht habt."

Mutter nickte. „Als wir anriefen, um das Auto zurückzubringen, sagte Dustin, dass wir nicht zu kommen bräuchten. Er hat gesagt, dass er nicht wisse, wann du wieder da bist. Dass du abends spät nach Hause kommst. Wir dachten, dann könnten *wir* wenigstens kommen und ihm etwas *zu essen* bringen." Damit wollte mir meine Mutter eigentlich vorwerfen, dass ich meinen Sohn Abend für Abend allein lasse und ihm nichts zu essen gebe, und dass ich mich schämen sollte.

In Wirklichkeit war ich nur an einem einzigen Abend erst nach halb sieben von der Arbeit gekommen, und das war an dem Tag gewesen, an dem ich mit Mart und Pastor Hay die Hütte von Len besucht hatte. Als ich an jenem Abend nach Hause gekommen war, hatte Dustin schlechte Laune gehabt, weil seine Großeltern vorbeigekommen waren und seine Arbeit im Garten kritisiert hatten. Zu allem Überfluss war Dustin danach noch in Verlegenheit geraten, weil sie mit den Nachbarn erneut einen Streit vom Zaun gebrochen hatten. Kein Wunder, dass er versucht hatte, sie heute abzuwimmeln, indem er ihnen erzählte, dass ich vielleicht gar nicht da wäre.

Geduld. Geduld. Wir wohnen in ihrem Haus, und sie haben uns gerade ein leckeres Abendessen gebracht.

Zweifellos war das erst der Anfang von vielen spontanen Besuchen. Mit achtunddreißig Jahren hatte ich das Gefühl, in meinem Leben wieder Rückschritte gemacht zu haben und wie früher unter der Fuchtel meiner Eltern zu stehen. Aber Stolz verflüchtigt sich schnell, wenn man sich ein neues Leben aufbauen muss und dafür nur ein mageres Bankkonto zur Verfügung hat. Ein Bankkonto, das von Scheidungsanwälten, Prozessgebühren und einem Exmann, der ein Doppelleben geführt hatte, leergeräumt worden war.

„Ich habe nur ein *einziges Mal* länger gearbeitet.“ Eine halbe Sekunde lang hatte ich die verrückte Idee, meinen Eltern von meiner Fahrt zu Len und von der Situation mit Birdie zu erzählen. Vielleicht wären sie … interessiert, sogar beeindruckt, dass ich etwas *Wichtiges* machte. Dass ich ein Kind beschützte, das sich selbst nicht schützen konnte. Doch dieser Gedanke verflog wie ein Spatz, der von einem Baum zum nächsten hüpft. Ich würde mich damit nur kritischen Befragungen aussetzen. Sie würden mir erklären, dass die Situation gefährlich hätte werden können und dass ich offenbar keine Ahnung hatte, was ich da tat.

Als das Telefon klingelte, war ich für die Ablenkung dankbar. Megan meldete sich am anderen Ende. „Hallo, Schwesterherz. Hast du schon genug von Mama und Papa?“

Megan war der beste Mensch, den ich kannte. Sie war wunderbar, nett, schön, und sie konnte Gedanken lesen! „Ja, danke.“

Sie lachte leise ins Telefon. Meine Mutter drehte schnell den Kopf, als sie ihre Stimme hörte. „Ist das Megan?“ Sie rutschte aufgeregt auf ihre Stuhlkante. „Frag sie, ob die Zwillinge schon zu Hause sind.“

Megan konnte offenbar nicht nur meine, sondern auch Mamas Gedanken lesen. „Sag unseren Eltern, dass Gloria die Zwillinge gerade abgeliefert hat. Sie können jetzt kommen und die Luftballons aus der Bank mitbringen, wenn sie wollen. Die Zwillinge sind nach dem Ausflug in den Zoo ziemlich müde. Ich denke, ich bringe sie heute früh ins Bett.“ Der Satz endete mit einem leichten Seufzen.

In letzter Zeit fand eine Art „Großelternkrieg" zwischen Oswaldos und unseren Eltern um Megans Kinder statt.

„Super", sagte ich. Das war der Geheimcode für *Du bist die beste Schwester der Welt.* „Ich sage es ihnen." Ich verabschiedete mich von Megan, legte auf und richtete meinen Eltern aus, dass sie zu Megan kommen sollten, bevor die Zwillinge einschliefen. Mutter sprang wie von einer Feder hochgeschnellt auf, und mein Vater folgte ihr rasch. Auf dem Weg aus dem Haus dankte ich meinem Vater, dass er mir bei den Autoreifen geholfen hatte, diskutierte mit ihm darüber, dass ich die Rechnung selbst zahlen wollte, und entschuldigte mich, dass sein Auto so schmutzig war. Zum Glück hatten sie es zu eilig, um sich dafür zu interessieren. Ich half ihnen, die Luftballons, die es zum hundertjährigen Bankjubiläum gegeben hatte, aus meinem Auto in ihr Auto zu verfrachten, und sie stiegen ein, ohne noch viel zu sagen. Mutter ließ noch einmal ihr Fenster hinab und wies mich darauf hin, dass sie die Talgblöcke im Futterkasten erneuert hatte und dass sich im Gartenhäuschen noch mehr Talg befand. Dann schloss sie ihr Fenster wieder und sie brachen auf, um die Herzen der Zwillinge mit den Luftballons zu erobern.

Als ich wieder ins Haus zurückkam, standen die Chicken-Nuggets noch auf dem Tisch, aber Dustin war verschwunden. Er war in sein Zimmer gegangen. Ich ging zu ihm und versuchte, ihn zu überreden, mit mir einen Spaziergang zum Wasser hinunter zu machen, aber er wollte nichts davon wissen. „Mir geht es nicht gut."

„Warst du heute wieder mit den Enkelinnen der Blues zusammen?", fragte ich, als mein Blick auf einen Limonadenbecher und einen halb gegessenen Keks auf seinem Schreibtisch fiel. Ich hoffte, ihm ein widerstrebendes Eingeständnis entlocken zu können, dass er trotzdem etwas Schönes erlebt hatte, während ich an der Arbeit gewesen war. Auf dem Weg ins Haus hatte ich eine Frisbee auf dem Rasen liegen sehen. Es war sehr unwahrscheinlich, dass er allein Frisbee gespielt hatte.

Dustin wollte natürlich nicht zugeben, dass er heute Spaß gehabt hatte. Er wollte mir wie üblich klarmachen, dass er wie ein Sklave geschuftet hätte. Unter elenden Bedingungen, die Geisel einer unverdienten Hausarreststrafe und einer bösen To-do-Liste. „Ach was! Ich habe dafür doch keine Zeit. Hab deine blöde Liste erst zur

Hälfte abgearbeitet. Ich muss den ganzen Müll für die Schule lesen. Und Oma wollte, dass das Blumenbeet mit den kaputten Pflanzen umgegraben wird. Ich bin für alle der *Sklave.* Etwas anderes bin ich hier nicht." Er warf mir über den Rand seines Buches hinweg einen eisigen Blick zu, um mich wissen zu lassen, dass das kein Scherz sei. „Hat Papa wegen August angerufen? Ich kann es nicht erwarten, von hier wegzukommen. Wann kommt er und holt mich ab?"

Ich atmete tief ein, bevor ich antwortete. „Ich habe ihm E-Mails geschrieben und ihn angerufen, aber ich habe noch nichts von ihm gehört." Es nervte mich, dass ich Tag für Tag Entschuldigungen für Karl finden musste, aber was sollte ich sonst tun? Die Alternative war, Dustin das Gefühl zu vermitteln, er wäre von seinem Vater völlig unerwünscht. „Hey, apropos August, im Theater von Moses Lake wird ab August eine neue Inszenierung eingeübt. Der Pastor der Lakeshore Community Church führt Regie, und er hat gefragt, ob du gern mitmachen würdest. Er hat einige Rollen für Jungen in deinem Alter, aber du kennst dich ja auch mit Technik aus und könntest in diesem Bereich mitarbeiten. Du wärst ihm bestimmt eine große Hilfe."

Dustin hielt das Buch so vor sich, dass ich sein Gesicht nicht sehen konnte. „Ich bin im August nicht hier. Sondern bei Papa." Er schleuderte diese Worte wie Pfeile durchs Zimmer, um mich zu verletzen. Die Pfeile trafen ihr Ziel, und ich hatte das Gefühl, dass ich gleich in Tränen ausbrechen würde. Ich hasste Karl, wie ich noch nie einen Menschen gehasst hatte. Das war bestimmt nicht gesund.

„Also gut. Wir werden sehen, was im August wird", krächzte ich heiser und verließ dann sein Zimmer. Ich ging allein aus dem Haus, da ich frische Luft brauchte, Freiheit … irgendetwas. Unter den Nussbäumen blieb ich stehen, stemmte die Hände in die Hüften, versuchte, tief durchzuatmen und den Drang zu weinen hinunterzuschlucken. Ich würde keine einzige Träne mehr wegen Karl vergießen. Nein.

Während ich damit beschäftigt war, meine Fassung wiederzuerlangen, kamen Sydney und Ansley mit Sandeimern und Schaufeln aus Mrs Blues Hintertür getrabt. Sie steuerten geradewegs auf das Blumenbeet meiner Mutter zu, das jetzt so schön leer war. Als sie mich entdeckten, erstarrten sie wie Rehe im Scheinwerferlicht.

„Das ist in Ordnung", sagte ich zu ihnen. „Ihr könnt im Blumenbeet spielen, solange keine Pflanzen darin sind. Aber macht es bitte nicht, wenn Dustins Großmutter hier ist."

Sie lächelten und gingen zu dem frisch umgegrabenen Blumenbeet im Schatten der Nussbäume weiter.

„Wir haben ihre Blumen nicht ausgegraben", erklärte Syndey, die über dem Blumenbeet in die Hocke ging und einen leuchtend grünen Eimer mit Erde füllte. „Die Rehe haben sie gefressen."

„Das denke ich auch."

Ansley hockte sich neben ihre Schwester und begann, Regenwürmer aus der Erde zu ziehen und sie in ihren Eimer zu werfen. Beide Mädchen hielten die Köpfe über das Beet gebeugt, ihre blonden Haare fielen über ihre sonnengebräunten Schultern, und sie wirkten vollkommen zufrieden. Ein Bild für einen Kalender. Unwillkürlich verglich ich dieses Bild mit Birdie, die in der mit Unkraut übersäten harten Erde vor Lens Hütte spielte. Sydney und Ansley waren nur ein paar Jahre älter, aber ihr Leben verlief völlig anders. Ihre Kindheit war so, wie eine gute Kindheit sein sollte: schöne Sandspielsachen, Tage am See, Sommerferien bei Oma und Opa. Sie wurden nicht mitten in der Nacht fluchtartig irgendwohin gebracht. Sie waren mit einem Koffer und Spielsachen gekommen, statt nur im Nachthemd und mit nackten Füßen.

„Rehe fressen gern Rosen", warf Ansley ein. „Oma sagt, wenn die *Hexe von nebenan* auch nur ein bisschen Verstand hätte, würde sie hier draußen Wandelröschen anpflanzen, die sind giftig und die Rehe mögen sie nicht."

„Sei still!", zischte Sydney und warf ihrer kleinen Schwester einen entsetzten Blick zu.

„Das macht nichts", beruhigte ich sie. „Meine Mutter denkt, dass die Rehe das *Zutritt verboten*-Schild lesen sollten."

Beide Mädchen kicherten. „Jemand sollte ihr sagen, dass Rehe nicht lesen können", warf Sydney ein.

„Meiner Mutter kann niemand etwas sagen."

Ansley grinste mich verschmitzt an. „Das sagt mein Opa auch."

Sydney schlug sie auf den Arm, um sie zum Schweigen zu bringen, und sie fingen an, sich leise zu streiten.

„Danke, dass ihr Dustin etwas von euren Keksen und eurer Limonade gegeben habt", versuchte ich sie abzulenken, bevor der Streit zu heftig wurde.

Beide Mädchen richteten ihre Aufmerksamkeit sofort auf mich, da Dustin ein viel interessanteres Thema war als meine Mutter. Ansley wischte sich die Hände ab und lächelte. „Wir haben ihm auch Marshmallow-Kekse gegeben. Opa hat uns geholfen, unten beim Bootshaus welche auf dem Grill zu machen. Dustin hat *vier* gegessen, und er hat zwei Malzbier getrunken. Es war heute heiß draußen, als wir schwimmen waren."

„Ich wusste gar nicht, dass Dustin heute mit euch schwimmen war." Das war eine neue Information, da Dustin mir erzählt hatte, dass er zu viel hätte arbeiten müssen, um sich amüsieren zu können.

„So ungefähr", mischte sich Sydney wieder ein. „Er kam und ist auch ins Wasser gesprungen, da er sowieso unten war und die Nägel in den Kai gehämmert hat."

„Es war wirklich nett von euch, eure Marshmallow-Kekse mit ihm zu teilen." Die schwere Last auf meinen Schultern wurde ein wenig leichter. Dustins schreckliche Leidenstage waren anscheinend doch nicht ganz so schrecklich. Er fing an, am Leben hier teilzunehmen. Wenigstens ein bisschen.

Leider war das, was er im Moment am meisten brauchte, sein Vater. Er musste wissen und fühlen, dass er immer noch einen Vater hatte, der ihn liebte, der sich um ihn kümmerte und der für ihn da war, auch wenn seine Eltern nicht mehr zusammenlebten.

Irgendwie müsste ich Karl dazu bringen, die Verantwortung zu übernehmen und seinen Sohn im August zu sich einzuladen.

Ich verbrachte das Wochenende damit, dass ich Karl Nachrichten auf dem Anrufbeantworter hinterließ. Am Montag fuhr ich damit fort und schickte ihm mehrere SMS aus den Bergen, während ich zu den Hausbesuchen unterwegs war. Ich nervte Karl schließlich so sehr, dass er mir mit einer SMS antwortete, aber die Antwort war nicht wirklich hilfreich: *Viel zu tun. Heute Scheck geschickt.*

Auf meine Antwort-SMS – *Was ist mit Dustin und August?* – reagierte er nicht mehr. Ich wusste, dass er sich dazu nicht äußern würde. Aber der Scheck würde wahrscheinlich kommen, weil Karl ein schlechtes Gewissen hatte und sich damit der Verpflichtung im August entziehen wollte.

Ich fuhr zum Mittagessen zum Nationalparkbüro, setzte mich im Freien an einen Picknicktisch und versuchte zu entscheiden, ob ich Dustin die Wahrheit sagen sollte oder ihn weiterhin in dem Glauben ließe, dass Karl sein Versprechen in letzter Minute doch noch einhalten würde. Mart fuhr gerade auf den Parkplatz, als ich meine braune Tüte in den Mülleimer warf. Wir standen bei seinem Pick-up und unterhielten uns über die Situation mit Birdie. Mart suchte immer noch Informationen über Lens Hintergrund und versuchte, die einzelnen Puzzleteile der Familiengeschichte zusammenzufügen. Birdies Mutter war nach wie vor ein großes Geheimnis, und bis jetzt hatte ich keine Antwort auf die E-Mail bekommen, die ich an das Jugendamt geschickt hatte.

„Pastor Hay hat Kleidung und Spielsachen aus der Kleiderkammer der Kirche zusammengepackt, und wir haben sie gestern zu Len gebracht", erzählte Mart. „Len arbeitete im Garten, und Birdie saß unter einem Baum im Schatten auf der Erde. Es schien ihr gut zu gehen."

„Danke, dass du nach ihr geschaut hast." Ich wurde wieder daran erinnert, dass Mart ein netter Mann war. Und er hatte ein weiches Herz: Er ging in den Souvenirladen, um einen Waschbären aus Plüsch für Birdie zu kaufen.

„Sie mag mich immer noch nicht besonders. Ich habe ihr am Wochenende ein Foto von dem kleinen Waschbären gebracht, damit sie weiß, dass es ihm gut geht, aber damit ist noch nicht alles in Ordnung, schätze ich." Er schüttelte den Kopf und schmunzelte leicht. Dabei bildeten sich Lachfältchen um seine grünen Augen herum. „Ich hätte den Waschbären sowieso lieber bei ihr lassen sollen. Mein Tierpfleger liegt nach einer Gallenoperation im Krankenhaus. Ich habe das kleine Schnattermaul jetzt auf *meiner* Veranda. Er hält mich fast die ganze Nacht wach." Er rieb sich die Augen und gähnte. Ich musste lachen.

Einen Moment lang vergaß ich Karl und wie wütend und verletzt und besorgt ich war. Meine Sorgen wegen der neuen Arbeitsstelle verblassten. Obwohl ich zu meinem nächsten Hausbesuch aufbrechen musste, zog ich das Gespräch noch ein paar Minuten in die Länge. Es tat gut, mit Mart zusammen zu sein. Ich fühlte mich bei ihm sicher. „Ach ja, was ich dich noch fragen wollte: Kann man noch jemanden für den Wassersicherheitskurs nächste Woche anmelden?"

Mart zog eine Braue in die Höhe. „Bist du auch auf den Scissortail geklettert?"

Ich schmunzelte. „Nein." Andererseits würde ich, wenn ich an die Situation mit Karl und Dustin dachte, vielleicht wirklich bald ein hohes Gebäude suchen, von dem ich springen konnte. „Es geht um eine Familie, die ich betreue: eine Großmutter, die mehrere Enkelkinder aufzieht. In der Familie ist ein zehnjähriger Junge, der einfach … etwas Sinnvolles, Gutes mit seiner Zeit anfangen muss. Ich dachte, so etwas wie der Wassersicherheitskurs, in dem er hauptsächlich mit Leuten zusammen ist, die älter sind als er, könnte ihm guttun. Er hätte keine Gelegenheit, jemanden zu mobben oder eine Rauferei anzuzetteln. In seiner eigenen Altersgruppe kommt er zurzeit nicht besonders gut zurecht. Ist es zu spät, um noch jemanden anzumelden? Oder ist er zu jung?"

„Wenn du die richtigen Beziehungen hast, geht alles." Ein Grashüpfer schwirrte über unsere Köpfe und landete auf Marts Ärmel. Er warf einen Blick darauf und ließ ihn einfach sitzen. „Ich bringe dir später zu Hause ein Anmeldeformular vorbei. Er kann es am nächsten Montag mitbringen. Ich gebe den Leuten vom Pionierkorps Bescheid, dass er kommt. Sie leiten den Kurs. Ich helfe nur aus."

„Das klingt gut." Ich ertappte mich dabei, dass ich einen Moment an den Worten *später zu Hause* hängen blieb und mich darauf freute.

Schließlich trennten wir uns. Mart ging in den Souvenirladen, um einen Stoffwaschbären zu kaufen, und ich fuhr zu meinem nächsten Hausbesuch. Der Nachmittag verlief ausnahmsweise planmäßig, und ich war um halb sechs zu Hause. Hoffentlich noch rechtzeitig, um Mart zu erwischen, wenn er das Formular für meinen Klienten vorbeibrachte.

Dustin hatte sich wie üblich in seinem Zimmer verschanzt, sobald ich in die Einfahrt gebogen war. Ich ging zu ihm und beging den Fehler, ihn zu fragen, ob der Ranger hier gewesen sei. Vielleicht sagte ich das mit zu viel Vertrautheit in der Stimme, oder vielleicht hatte er jetzt, da der Kurs keine Woche mehr entfernt war, auf Panikmodus umgeschaltet – plötzlich zeigte er eine neue Entschlossenheit. „Ich gehe nicht zu diesem blöden Kurs! Ich habe genug anderes zu tun. Das Lesen für die Schule und den ganzen anderen Mist. Opa hat gesagt, dass er die Geldstrafe zahlt."

„Nein, Opa zahlt die Geldstrafe *nicht.*" Ich merkte, wie mein Blutdruck stieg. Die Situation mit Dustin wurde nicht besser, wenn meine Eltern sich ständig einmischten. „Ist dir klar, dass diese Geldstrafe eine Vorladung vor das Jugendgericht nach sich zieht, da du minderjährig bist und mit Alkohol erwischt wurdest?"

„Alle anderen machen es auch so. Sie zerbrechen sich deshalb nicht den Kopf."

„Alle anderen? Wer?"

„Alle anderen, die im Boot waren."

Ich war einen Moment verwirrt. „Woher weißt du das? Hast du mit diesen Leuten wieder gesprochen?" Er zuckte die Achseln, blieb aber auf dem Bett liegen und richtete den Blick auf das Stockbett über ihm. „Dustin, schau mich an! Du hast mit diesen Leuten gesprochen, obwohl ich es dir verboten habe?"

„Eigentlich nur mit Cassandra. Und wir haben uns nur gesimst." Er drehte sich mit einem Schnauben auf die andere Seite.

„Wer ist Cassandra?", wollte ich wissen. Zu allem Überfluss kam jetzt auch noch ein Mädchen ins Spiel. Sie und mein Sohn schrieben sich SMS? Dustin hatte keine Erfahrung mit Mädchen. Bis jetzt hatte er kein Interesse an ihnen gezeigt. *Bis jetzt.*

„Ihre Mutter putzt die Hütten drüben unterhalb des Waterbirds und im Eagle's Nest. Das ist keine große Sache, Mama." Dustins Wange und Ohr liefen rot an, was deutlich verriet, dass *keine große Sache* nicht die richtige Beschreibung war. „Was? Darf ich jetzt auch nicht mehr simsen?"

Eine schwindelerregende Menge an Möglichkeiten für Teenager schwirrte mir durch den Kopf. Das Eagle's Nest war von Larkspur Estates aus zu Fuß zu erreichen. Es befand sich gleich hinter dem öffentlichen Strand und der Bootsrampe, vor der meine Mutter uns immer gewarnt hatte.

„War jemand hier, während ich an der Arbeit war?" *Bitte, bitte,*

bitte, sagte die Stimme in meinem Kopf. *Ich bin nicht bereit für dieses Problem.*

Dustin verdrehte die Augen, als wollte er ausdrücken, wie ich eine so dumme Frage stellen könne. „Nein. Cassandra hat auch Hausarrest."

Gott sei Dank. Cassandra hatte also Eltern, die ihr Kind mit Hausarrest bestraften und konsequent blieben. „Vielleicht geht sie ja auch zum Wassersicherheitskurs." Ich konnte kaum glauben, dass ich das vorschlug, aber im Moment wollte ich einfach nur den Streit beenden.

„Das bezweifle ich", knurrte Dustin.

„Hast du sie gefragt?"

„Äh ... nein. Dann hält sie mich bestimmt für einen Versager. Alle werden sehen, dass ich vom Seepolizisten angeschleppt werde wie ein ... wie ein mieser Verbrecher. Wenn die Schule anfängt, wird niemand etwas mit mir zu tun haben wollen. Dort gehe ich auch nicht hin."

„Zur Schule?" Die Anspannung zog meinen Nacken zusammen wie eine Wäscheklammer, die über der Haut zusammenschnappt.

Dustin nickte, vergrub sich im Kissen und warf einen Arm über sein Gesicht. Tränen liefen darunter hervor, benetzten seine Wangen und bildeten langsam einen dunklen Fleck auf dem braunen Kopfkissen.

„Dustin", sagte ich leise, ging zu ihm und setzte mich auf die Bettkante. Ich legte ihm eine Hand auf die Schulter. Er drehte sich sofort weg und schluchzte leise. „Ich weiß, dass du wegen der Schule nervös bist. Das ist völlig normal. Es sind sehr viele Veränderungen auf einmal, aber das bedeutet nicht, dass es schlecht sein wird. Du bist ein wunderbarer Junge. Diese ... Cassandra und alle anderen werden das sofort merken. Sei einfach du selbst, dann hast du keine Probleme, neue Freunde zu finden. Und gib dem Wasserkurs eine Chance. Vielleicht ist er gar nicht so schlecht, und wenn du ihn geschafft hast, weißt du, wie man ein Boot richtig benutzt."

„So ein Quatsch!", fauchte er. „Als ob wir uns je ein Boot leisten könnten!"

Trauer drückte mich nieder wie nasse, schwere Erde, die auf mich geschaufelt wurde. Was Dustin an unserem neuen Leben am meisten schmerzte, war unsere veränderte finanzielle Situation. Er hatte immer alles gehabt, was er sich wünschte. Jetzt hatte ich Mühe, die Schulden abzuzahlen, die ich durch die Scheidung hatte, und unseren Lebensunterhalt zu finanzieren.

Daran ist dein Vater schuld!, hätte ich am liebsten laut geschrien. *Wo ist er jetzt? Warum ist er nicht da? Er sollte sehen, was er angerichtet hat. Er sollte dich weinen sehen.* Ich wollte aus dem Zimmer stürmen und Karl wieder und wieder anrufen, bis er endlich antwortete. Ich wollte ihm sagen, dass unser Sohn sich auf seinem Bett zusammengerollt hatte und schluchzte. Wieder einmal. Und dass das seine Schuld war.

Stattdessen faltete ich die Hände auf meinem Schoß, schloss die Augen und versuchte, an etwas Tröstliches zu denken, das ich ihm sagen könnte. „Alles wird gut." Die Worte klangen hohl. Tränen brannten in meinen Augen. Ich stand auf und verließ das Zimmer mit dem Gefühl, die Kluft, die die Scheidung in unser Leben gerissen hatte, nie überbrücken zu können. *Bitte,* flüsterte ich stumm. *Bitte gib Dustin, was er braucht. Bitte gib ihm jemanden, auf den er sich verlassen kann.* Es war eigentlich kein richtiges Gebet. Nur ein Anfang, aber immerhin.

Ich ging in mein Zimmer, zog eine Shorts und ein T-Shirt von einem längst vergessenen Mitarbeiterwochenende heraus und spritzte mir Wasser ins Gesicht, um meine aufgewühlten Gefühle abzukühlen. Statt zusammenzubrechen und wieder einen Abend mit dem Kopf unter einer Decke zu verbringen, setzte ich mich aufs Sofa, zog meine Aktentasche und meinen Laptop heraus und nutzte die Zeit, um meine Berichte zu schreiben.

Während ich arbeitete, legte ich ein Dossier über Birdie an. Je mehr ich darüber nachdachte, umso sicherer wurde ich, dass wir das Jugendamt einschalten mussten. Birdies Situation war mit so vielen Risiken verbunden – Lens geistige Begrenzung, die Hunde und andere Tiere, mit denen sie in Kontakt kommen konnte, Gefahren durch den See, Feuerwaffen im Haus, die Fragen nach Birdies Mutter. Was war, wenn diese Mutter, wer auch immer sie war, plötzlich zurückkam und Birdie wieder mitnahm? Sie könnten spurlos verschwinden. Ein Kind in Birdies Situation musste von einem staatlichen System im Auge behalten werden und für ihre körperlichen und emotionalen Bedürfnisse sowie für ihre Schulbildung musste gesorgt werden.

Ich schob den Computer beiseite, lehnte den Kopf an den Sessel, stieß einen tiefen Seufzer aus und versuchte, die ganzen möglichen Probleme zu ordnen. Ich wollte mit jemandem darüber sprechen. Mit Mart. Ich fragte mich, wo er war und warum er nicht mit dem Formular für Daniel gekommen war, und was er jetzt über Birdies Situation dachte …

Der Klingelton meines Handys weckte mich. Ich fuhr verwirrt hoch. Ich hatte so tief geschlafen, dass ich im Moment nicht mehr wusste, wo ich war und was ich gemacht hatte. Ich nahm das Handy und meldete mich, obwohl sich erst noch der Nebel vor meinen Augen lichten musste.

Mart war am anderen Ende. „Hier ist Mart McClendon." Seine Worte klangen seltsam formell, als hätte meine Stimme ihn überrascht. „Entschuldigung, dass ich so spät anrufe. Ich wurde wegen eines gestohlenen Bootes aufgehalten. Ich habe deinen Anrufbeantworter erwartet."

„Du hast mich persönlich am Apparat." Ich warf einen Blick auf die Uhr: halb zwölf. Aus Dustins Zimmer dröhnte Musik und ein tiefer Bass ließ die Wände so erzitterten, dass man meinen könnte, das Haus besäße einen Pulsschlag. „Ich war noch auf und habe gearbeitet."

„Ich wollte dich nicht überrumpeln", entschuldigte sich Mart noch einmal. „Ich wollte nur nicht heimfahren, ohne dir zur sagen, dass ich dir das Formular für den Wassersicherheitskurs morgen vorbeibringen kann. Außerdem habe ich heute Nachmittag ein wenig mehr über Len und Birdie erfahren."

Heimfahren … Ich fragte mich, wo er war, und warum er so spät noch arbeitete. Ich bekam leichte Schuldgefühle, weil er glaubte, dass er mich noch anrufen müsse. „Darüber können wir morgen sprechen, wenn dir das lieber ist."

„Meinetwegen können wir auch jetzt darüber sprechen." Ich

hörte einen laufenden Motor im Hintergrund. „Ich war auf dem Heimweg und wollte dich anrufen, weil ich gerade daran dachte."

Er hat an mich gedacht, schoss es mir aufgeregt durch den Kopf. Doch ich verwarf diesen Gedanken schnell wieder. Er hat *daran* gedacht. Das hatte er gesagt. Er meinte die Sache mit Len und möglicherweise das Formular für den Kurs. „Wo bist du gerade?" Meine Wangen wurden plötzlich heiß. Das klang wie eine Einladung.

„Hier unten am See. Ich habe gesehen, dass bei dir noch Licht an ist."

Er hat gesehen, dass mein Licht an ist? Er hatte also doch nicht meinen Anrufbeantworter erwartet … Etwas in mir tat einen Luftsprung. Ich stand auf, trat ans Fenster und schaute auf das samtige Schwarz des Sees hinab. Über den Bergen stand der Mond. Er bildete einen großen, trägen Halbkreis, der eine silberne Spur über das Wasser zog. Ich schaute mich nach einem Boot um. Heute Nacht war der See still und dunkel. „Wo?" Ich stellte mich auf Zehenspitzen und sah zum Scissortail hinüber. Vielleicht verfolgte er wieder Leute, die gegen die Verbotsschilder bei den Bojen verstießen.

Rote und grüne Navigationslichter leuchteten auf dem Wasser unten an unserem Kai auf und blinkten. „Hier", sagte er. „Siehst du mich jetzt?"

Ich komme hinunter. Die Worte lagen mir auf der Zunge, aber ich schaute an meinem alten T-Shirt und der Shorts hinab, berührte prüfend meinen schiefen Pferdeschwanz und dachte: *So kann ich nicht hinausgehen … mitten in der Nacht.* „Oh, okay, jetzt sehe ich dich." Was für eine langweilige, belanglose Aussage. Ich trat vom Fenster zurück, da ich das beunruhigende Gefühl hatte, dass er mich wahrscheinlich auch sehen konnte, wenn ich sein Boot sah. „Was hast du über Len herausgefunden?"

„Vielleicht rufe ich dich lieber morgen an." Seine Stimme war jetzt sachlich und nicht mehr warm und einladend. Was hörte ich in diesen Worten mitschwingen? Enttäuschung? „Es ist kompliziert."

Du bist überhaupt nicht lustig, wiederholte Bonnie ihre Kritik in meinem Kopf.

Ich malte mir aus, ich würde in die Flipflops auf der Veranda schlüpfen, den Hang hinablaufen und das taufeuchte Gras kühl und sanft unter meinen Füßen spüren. Ich schmeckte die Nachtluft, hörte das Wasser leise plätschern, sah, wie es sich bewegte und der Mondschein darauf tanzte.

Das solltest du auf keinen Fall tun. Du hast absolut keinen Grund, dort hinunterzugehen. Er wird das für eine Einladung halten. Außerdem siehst du furchtbar aus. Was ist, wenn die Nachbarn dich sehen …

„Warte einen Moment. Ich komme zu dir hinunter." Das Herz schlug mir bis zum Hals. Bevor ich es mir anders überlegen konnte, huschte ich leise durch die Hintertür und steckte die Füße in die Flipflops. Vor dem Haus der Blues bellte ein kleiner Hund. Ich hielt mir die Hand auf den Mund und kicherte. Ich kam mir vor wie ein Schulmädchen, das abends aus dem Haus schleicht. Schon als Schulmädchen hatte ich allerdings Angst davor gehabt, mich nachts aus dem Haus zu schleichen. Ich hatte von meiner Mutter zu viele Warnungen und Gründe gehört, warum ich das nicht tun sollte und nicht tun konnte.

Freiheit, Leben, Freude erfüllten mich, als ich im Schatten der Bäume den Hang hinablief. Eine Eule heulte, und ich blieb kurz stehen, dann lachte ich leise und lief weiter. Meine Füße landeten auf dem nassen Gras. Tautropfen spritzten nach oben und duschten meine Haut mit kühlenden Nadelstichen. Ich fühlte mich zum ersten Mal, seit ich zurückdenken konnte, wieder lebendig. Es war, als könnte ich in diesem Moment, in dem ich allein durch die Nacht lief, alles hinter mir lassen, was ich den ganzen Tag mit mir herumgeschleppt hatte. Hier, in der Dunkelheit, war ich von diesen Lasten befreit, war ich von mir selbst befreit.

Als ich mich dem Wasser näherte, konnte ich Marts Boot in der Dunkelheit an der Kaimauer reiben hören. Aus purer Gewohnheit wollte ich im Vorbeigehen den Lichtschalter betätigen, aber dann zog ich den Arm zurück. Der Mond schien so hell, dass ich genug sehen konnte. Am Ende des Kais warf Mart sein Schiffstau über den Pfosten. Er stieg aus dem Boot und hob sich als große, dunkle Gestalt vom Mondlicht ab.

Mein Herz schlug bis zum Hals, und die verrücktesten Möglichkeiten schossen mir durch den Kopf. Schnell, wild, außer Kontrolle. Ich blieb am Rand des Grases stehen, strich über meine Kleidung und versuchte, Luft zu holen. Mart wartete. Er lehnte am Geländer neben seinem Boot und hatte seine langen Beine lässig übereinandergeschlagen und den Kopf schief gelegt, als blickte er mir entgegen.

Ich fragte mich, wie viel er wohl sehen konnte. Vielleicht waren das ausgewaschene T-Shirt und die zu große Shorts im Mondlicht nicht deutlich zu erkennen. Vielleicht sah ich aus wie Julia Roberts, die in einer Filmszene im goldenen Licht des Mondes hinunter zum Strand schreitet.

Das war zwar eher unwahrscheinlich, aber diese Vorstellung gab mir neues Selbstvertrauen.

„Hey.“ Marts Begrüßung klang leise und vertraut. „Hast du nasse Füße bekommen?“

Ich merkte, dass meine Flipflops beim Gehen quietschende Geräusche von sich gaben. So viel also zu der eleganten Kinoszene! Julia Roberts gab nie quietschende Geräusche von sich. „Es fühlt sich gut an“, sagte ich mit einem aufgeregten Kichern in der Stimme. „In den ganzen Jahren, in denen wir hier waren, ließ meine Mutter uns nie nachts zum See gehen. Sie hatte immer Angst, dass wir auf eine Schlange treten oder uns durch einen Insektenstich eine Krankheit zuziehen könnten.“

„Es sieht aber nicht so aus, als hättest du Angst.“ Das war so ziemlich das Netteste, das er sagen konnte. Natürlich konnte er das nicht wissen.

„Nein.“ Es war eine Lüge, aber ich wünschte, dass es wahr wäre. Ich blieb neben ihm stehen, legte die Hände auf das Geländer und schaute hinaus aufs Wasser. „Hier draußen ist es umwerfend schön.“ Mutter hatte keine Ahnung, was sie verpasste.

„Das stimmt“, gab Mart mir recht. „Das ist das Schönste an meiner Arbeit. Nachts auf dem See zu sein.“

„Das kann ich verstehen.“ Ich atmete die feuchte Luft langsam und tief ein und legte den Kopf zurück. Millionen Sterne funkelten am Himmel. So hell und nahe, dass ich das Gefühl hatte, ihre Wärme auf meiner Haut spüren zu können. Wie dumm von mir, dass ich Abend für Abend weinend auf dem Sofa verbracht hatte, wenn etwas so unglaublich Schönes direkt vor meiner Tür lag. Beim sanften Geräusch der Wellen, die leise ans Ufer plätscherten, unter dem dunklen, samtenen Himmel, der sich bis zum Horizont erstreckte, war es schwer zu glauben, dass irgendwo auf der Welt etwas nicht stimmen sollte. „Wahrscheinlich sollte ich mehr aus dem Haus gehen."

„Wahrscheinlich." Aus dem Augenwinkel sah ich, wie er sich bückte, einen Kieselstein aufhob und ihn dann über den See warf. „Du hast die Welt erst richtig gesehen, wenn du sie vom See aus siehst. Hast du Lust zu einer kleinen Spazierfahrt?"

Ein erwartungsvolles Kribbeln lief federleicht über meine Haut. Einen kurzen Moment lang malte ich mir aus, ich würde in der Dunkelheit über die Wasseroberfläche gleiten. In meiner Fantasie stand Mart am Steuer und lächelte mich breit an.

Ich blickte in sein Gesicht, das vom Mondschein erhellt wurde. Sein Lächeln war so, wie ich es mir vorgestellt hatte. „Es lohnt sich", versprach er, und seine Augen waren dunkel und unergründlich.

Der Wind bewegte die losen Haare in meinem Nacken. Ich wollte Ja sagen, der Realität eine Weile entfliehen und mit ihm auf den See hinausfahren. Aber viele Einwände quälten mein Gewissen wie Vorboten einer aufziehenden Armee. Was wäre, wenn Dustin mich suchte? Was wäre, wenn mir da draußen kein Wort einfiele, das ich sagen könnte? Was wäre, wenn es sich unangenehm anfühlte, dass wir uns zu zweit draußen in der Dunkelheit befinden? Was wäre, wenn ich Mart den Eindruck vermittelte, dass das alles zu irgendetwas führen würde?

Was wäre, wenn er *wollte*, dass es zu etwas führte?

Dieser letzte Gedanke schoss mir wie ein Fahrzeug, das außer Kontrolle gerät, durch den Kopf. Schnell folgte das Quietschen von Bremsen. „Lieber nicht. Auf mich wartet noch so viel Arbeit."

Er nickte und stellte ein Bein so auf das Geländer, dass er halb darauf saß. Er verschränkte die Arme vor seiner Brust, als wäre er völlig damit zufrieden, sich hier auf dem Kai mit mir zu unterhalten. „Vielleicht ein anderes Mal."

„Vielleicht." Ich kam mir wie der größte Feigling vor. So viel zu Spaß und Impulsivität! Ich war wieder langweilig wie immer. Ich stützte seufzend die Ellenbogen aufs Geländer und fühlte, wie die Freiheit wieder verschwand.

„Vielleicht morgen Abend." Die Einladung in seinen Worten war unüberhörbar. Mein Körper reagierte sofort und mein Puls schlug schneller. Konnte ich wirklich … Was? Wozu lud er mich eigentlich ein?

Er beugte sich zu mir herüber, hatte den Kopf leicht auf eine Seite gelegt und wartete auf eine Antwort. „Nur eine Fahrt über den See", sagte er schließlich.

Ich kaute auf meiner Lippe und versuchte, die richtige Antwort zu finden. Aus irgendeinem Grund erschien mir *Nein* nicht die richtige Antwort zu sein. Ich wollte die Einladung nicht endgültig ablehnen. „Ich muss sehen, wie es morgen mit Dustin läuft. Unsere Beziehung ist zurzeit nicht gerade bestens." Ich wollte auf keinen Fall, dass Dustin sähe, wie ich in der Gesellschaft seiner Nemesis, des Rangers, über den See fuhr. Bei den ganzen Problemen zwischen Dustin und mir und seiner latenten Abneigung gegenüber Mart wäre das eine Katastrophe.

„Kein Problem", nickte Mart, als müsste ich die Sache nicht weiter erklären. Trotzdem hatte ich das Gefühl, es erklären zu müssen. Vielleicht hatte ich auch einfach nur das Bedürfnis, mit jemandem zu sprechen.

„Dustin fällt es schwer, sich hier einzugewöhnen. Alles ist so fremd für ihn. Das Haus, die Nachbarschaft, die Kinder. Dass nur noch wir zwei hier wohnen, statt …" Ohne es zu wollen, hatte ich das gefährliche Terrain der Scheidungsgeschichte betreten. Jetzt war nicht der richtige Ort und der richtige Zeitpunkt dafür, aber irgendwie sprudelten die Worte einfach aus mir heraus. „Dustin vermisst seinen Vater. Sie standen sich nahe, aber …" Es gab keine Möglichkeit, das, was geschehen war, in einem guten Licht darzustellen, keine Möglichkeit, es so zu beschreiben, dass es nicht demütigend geklungen hätte. „Sein Vater hat … ein völlig neues Leben begonnen … so könnte man es formulieren. Dustin versteht das nicht. Es ist für ihn, als hätte er alles auf einmal verloren: seine Freunde, sein Zuhause, seine Schule, seinen Vater, seine Kirche." *Seinen Glauben. Unseren Glauben.*

Meine Finger umklammerten das Geländer, das sich rau und verwittert, naturbelassen und stabil anfühlte. Ich schüttelte den Kopf und schluckte den Kloß, der in meiner Kehle aufstieg, hinunter. Ich kam mir so hilflos und verwirrt vor wie der vierzehnjährige Junge, den ich gerade beschrieben hatte.

„Seine *Mutter* hat er nicht verloren." Marts Stimme war wie eine Insel im Sturm, etwas Stabiles, an das ich mich klammern konnte.

„Manchmal glaube ich aber, dass er das gerne würde."

„Ach, manchmal sind wir gegenüber den Menschen am härtesten, von denen wir wissen, dass sie zu uns stehen, egal, wie furchtbar wir uns benehmen."

Ich drehte mich zu ihm um und wünschte, ich könnte sein Gesicht sehen. Diese weise, zärtliche Seite an ihm bildete einen so starken Gegensatz zu der Dienstmarke, der Uniform und der Waffe. „Du sprichst wie jemand, der Erfahrung mit Kindern hat." Plötzlich wollte ich etwas über ihn erfahren.

„Nur mit meinen Nichten und Neffen und den Kindern, mit denen ich beruflich zu tun habe", gab er zu. „Ich erwische viele Kinder in dem Moment, in dem ihnen bewusst wird, dass sie doch nicht so stark sind, wie sie meinen. Ich kann mich noch gut erinnern, wie ich in dem Alter war. Meine Brüder und ich haben in unserer Jugend viel angestellt und uns damit oft Probleme eingehandelt. Wenn ein Kind nicht mehr weiterweiß, will es als Erstes seine Mutter. Glaub mir das."

„Danke." Ich fühlte, wie ein großer Stein, der mich niederdrückte, von mir genommen und auf den See hinausgeschleudert wurde. Ich hörte, wie er auf dem Wasser aufschlug und auf den Grund sank. „Ich hoffe bloß, dass es gut läuft, wenn die Schule anfängt. Ich hoffe, bis dahin hat er seine Besessenheit von dieser … Cassandra überwunden."

Mart schnalzte vielsagend mit der Zunge. „Cassandra. Sie wird auch beim Wassersicherheitskurs sein. Ihre Eltern haben nicht so viel Geld wie die anderen, die mit im Boot waren."

„Oh nein. Ich hatte gehofft, dass wenigstens *diese* Komplikation überstanden wäre, sobald die Schule anfängt."

Mart schmunzelte. „Komm schon, Mama! Ein süßes Mädchen ist die beste Motivation für einen regelmäßigen Schulbesuch."

Ich stöhnte innerlich bei dem Gedanken, dass Dustin jetzt auch noch anfing, sich für Mädchen zu interessieren, obwohl alles andere schon so ein Durcheinander war. Er hatte im Moment doch wirklich genug Probleme. „Er braucht einfach nicht noch mehr Enttäuschungen … Versuchungen … was auch immer. Ich weiß nicht, was ich tun kann, um ihm die Sache zu erleichtern. Ich versuche, mit ihm darüber zu sprechen, aber er windet sich jedes Mal innerlich, wenn ich nur sein Zimmer betrete."

Mart beugte sich näher zu mir herüber. Sehr nahe. „Er ist ein Vierzehnjähriger, und du bist seine Mutter." Seine Stimme war leise, als vertraute er mir ein Geheimnis an. „Es gibt Dinge, die ein Vierzehnjähriger seiner Mutter nicht erzählen kann."

„So war er früher nie." Der Satz klang lächerlich zittrig, weil ich innerlich so aufgewühlt war. Ich drückte die Fingerspitzen auf meine Stirn und schloss verlegen die Augen. „Tut mir leid. Ich bin eine super Pädagogin, was?" Ich musste das Gespräch wieder in eine andere Richtung lenken und nach den Informationen fragen, die Mart über Birdie in Erfahrung gebracht hatte. Wir hatten ein viel zu persönliches Terrain betreten, und ich machte mich gerade zum Narren.

„Vielleicht erzählen sie euch im Studium nicht alles." Mart schmunzelte leise. „Dustin befindet sich in dieser brutalen Phase, in der sich für Jungen alles verändert. In der einen Minute bist du ein sorgloser, kleiner Junge, der Frösche fängt, und deine Mama ist deine beste Freundin. Du schläfst ein, und am nächsten Tag bist du zehn Zentimeter größer und hast eine Stimme, die du selbst nicht mehr erkennst. Und plötzlich siehst du, dass es da draußen eine ganze Welt voll hübscher Mädchen gibt. Das kannst du aber deiner *alten* besten Freundin nicht erzählen, oder?"

Ich vergrub das Gesicht in den Händen. „Ohhh nein. Dafür bin ich noch nicht bereit." Dustins ganze Kindheit lief vor meinen Augen ab. Warum musste er ausgerechnet *jetzt* in die Pubertät kommen?

Irgendwo in dem Sturm meiner Muttergefühle fand ich aber eine kleine Insel des Trostes. Vielleicht hatten nicht alle Probleme, die Dustin zurzeit beschäftigten, mit der Scheidung seiner Eltern zu tun. Vielleicht war ein Teil davon ganz normal. Einfach typische Schwierigkeiten, die jeder Junge in der Pubertät durchmachte.

„Das legt sich schon wieder." Marts Stimme war freundlich. Ich war mir plötzlich seiner Nähe sehr bewusst. Als ich den Kopf hob, sah ich seine große Gestalt, die sich dunkel von dem Meer der Sterne abhob. „Hab Geduld“, sagte er leise. Plötzlich war seine Nähe so normal, so beruhigend und richtig.

Ich stieß ihn leicht mit der Schulter an, wie es Freunde bei einem Scherz tun. „Das ist nicht gerade meine Stärke, falls dir das noch nicht aufgefallen sein sollte.“

„Doch, das ist mir aufgefallen.“ Er lachte leise, und ich wusste, dass ich mehr Abstand zu ihm aufbauen sollte, aber stattdessen lehnte ich mich an ihn. Seine Handfläche glitt über meine Wange, strich über meine Haare und hob mein Gesicht nach oben. Ich hinderte ihn nicht daran.

Er sah mir im weichen Schein der Nacht in die Augen, und es schien mir plötzlich, als ob der Kai sich unter mir bewegte, sich vom Land loslöste und aufs Wasser hinaustrieb. Ich hob eine Hand, legte sie auf seinen Brustkorb und fühlte die starken Muskeln unter seinem Hemd. Seine Finger glitten über meine, hoben sie hoch, und er drückte mir einen federleichten Kuss auf die Hand. Er brannte wie Feuer auf meiner Haut. Ich hielt die Luft an, als er den Arm um mich legte, stark, kräftig und wie selbstverständlich. Er strich mit dem Daumen über mein Kinn und hob meinen Kopf etwas an. Ich schloss die Augen, spürte seinen Atem und im nächsten Moment berührten sich unsere Lippen.

Die Nacht drehte sich um mich in einem Strudel aus Geräuschen und Gefühlen, Sehnsucht und Überraschung. Ich überließ mich diesem Strudel, denn der Anker der Angst hielt nicht mehr. In diesem Moment gab es nur Mart und mich. Wir glitten frei von allen Bindungen ans Ufer in die Nacht hinaus.

Kapitel 16

Alle guten Dinge kommen zu denen,
die einen Köder auswerfen.
Anonym
(von Nester Grimland zitiert, einem Mechaniker
in Rente und Stammgast im Waterbird)

Mart McClendon

Meine Mutter hatte die Theorie, dass ich bisher noch nicht die richtige Frau gefunden und geheiratet hätte, weil ich von meinem ersten Liebeskummer wegen der hübschen Referendarin einen bleibenden Schaden davongetragen hätte. Sie hatte es bereut, dass sie mich je an diesem Theaterstück hatte teilnehmen lassen.

Als ich Andrea küsste, dachte ich ganz gewiss nicht an diese Referendarin, aber ich fühlte mich ein wenig wie Robin Hood. Ich kam mir vor, als wäre ich in eine Festung eingedrungen, hätte etwas Wertvolles gestohlen und ritte damit in die Nacht hinaus. Eine schmalzige, poetische Zeile aus dem Theaterstück – etwas über den Mond und die Sterne und Lady Marians Lippen – tauchte in meiner Erinnerung auf. Zum Glück küsste ich Andrea in diesem Moment und konnte nichts Dummes sagen.

Alles an diesem Augenblick, selbst der verrückte Theatertext in meinem Kopf, schien irgendwie zu passen. Als Vierzehnjähriger mit Liebeskummer hatte ich diese Worte nicht verstanden, aber jetzt konnte ich Robin Hoods Motivation nachvollziehen.

Doch auch solche Momente kommen leider irgendwann zu einem Ende. Das Problem ist, dass die Zeit in solchen Augenblicken immer schneller vergeht, als man möchte. Andrea zog sich ein wenig zurück, und ich ließ sie los. Eine Minute lang standen wir nur wenige Zentimeter voneinander entfernt. Sie hielt mir ihr Gesicht zugewandt und sah mir fragend in die Augen.

Wahrscheinlich hätte ich etwas Sinnvolles sagen sollen, aber ich kam mir vor wie Nesters Angelkasten nach einem Wettbewerb. Alles war durcheinander und verknotet.

Sie schaute mich mit einem Blick an, als fragte sie sich, was ich denke, oder als warte sie darauf, dass ich erklären würde, was gerade passiert war.

Eine Nachtschwalbe rief in der Ferne, und aus den dichten Zweigen, die sich über das Bootshaus breiteten, gab ihr Gefährte eine laute Antwort. Andrea zog die Hand von meinem Hemd weg und legte sie auf das Geländer. Ein kühler Fleck blieb auf meinem Brustkorb zurück. Statt auf den Ruf der Nachtschwalben hinzuweisen und vielleicht etwas Intelligentes und Romantisches zu sagen, räusperte ich mich, rückte meinen Hut zurecht und sagte: „Du willst wahrscheinlich wissen, was ich heute über Len erfahren habe."

Mann, war ich ein Tollpatsch! Sie dachte im Moment wahrscheinlich genauso wenig an Len wie ich. Ich musste wirklich mehr unter die Leute gehen! Man merkte mir sicher an, dass ich die meiste Zeit allein in einem Boot oder Pick-up verbrachte.

Ihre Augenlider zogen sich zusammen, als versuchte sie, wieder einen klaren Blick zu bekommen. Dann blinzelte sie kräftig und nickte. „Oh … ähm-hmm … ja, natürlich. Deshalb bist du ja gekommen."

Na ja, nicht ganz. Aber natürlich gab ich das nicht zu. Ich hatte ihr ursprünglich zwar erzählen wollen, was ich in Erfahrung gebracht hatte und was passiert war, als ich mit dem Plüschwaschbären für Birdie zu seiner Hütte gegangen war. Aber als ich Andreas erleuchtete Fenster gesehen hatte, waren meine Gedanken nicht mehr bei einem dienstlichen Gespräch gewesen. Wenn ich ehrlich war, hatte ich an eine wundervolle Nacht und an eine schöne Frau gedacht. Es tat gut, sich zur Abwechslung auf das Hier und Jetzt zu konzentrieren und vielleicht sogar an die Zukunft zu denken, statt ständig in der Vergangenheit zu versinken.

Andrea richtete sich kerzengerade auf und entfernte sich einen Schritt von mir. „Wir sind ein wenig vom Thema abgekommen, was?"

„Eher nicht“, sagte ich und kam mir nicht mehr ganz so wie ein Neandertaler vor. Keine dumme Antwort, und sie öffnete vielleicht die Tür zu … ja, zu was?

Sie senkte den Blick und strich ihr T-Shirt glatt, dann schlang sie fest die Arme um sich. „Ist dir kalt? Ich habe eine Jacke im Boot.“ Plötzlich war ich ein galanter Ritter. Meine Mutter wäre stolz auf mich! Die Jacke war zwar eine moosgrüne Tarnjacke und roch wahrscheinlich nach Benzin, aber die Geste zählte.

„Nein, nicht nötig.“ Sie warf einen Blick zum Haus, als müsste sie bald zurück. „Was hast du über Len und Birdie herausgefunden?“ Jetzt war sie plötzlich wieder sachlich nüchtern. Enttäuschung nagte an mir wie eine rote Waldameise, aber selbst dieses nüchterne Gespräch war besser, als zu dem Waschbären auf meiner einsamen Veranda zurückzufahren.

„Nach ein paar Tagen und mehreren Überredungsversuchen bei Leuten, die mir einen Gefallen getan haben, konnte ich die Puzzleteile, so gut es ging, zusammenfügen. Es sieht so aus, als hätte Len, kurz bevor er nach Vietnam ging, geheiratet. Sie ließen sich scheiden, noch bevor er verletzt zurückkam, aber er hat tatsächlich eine Tochter, Norma Barnes. Der Name passt zu den Angaben in der Arztpraxis in Moses Lake, nur dass sie jetzt Marsh heißt. Wenigstens hat sie diesen Namen angegeben.“

Andrea strich sich die Haare aus dem Gesicht. „Aber wohin ging sie, als sie von Len wegfuhr, und warum hat sie das Kind zurückgelassen? Bleibt sie für immer fort oder nur vorübergehend?“

Ein Muskel zuckte nervös in meinem Nacken. Selbst nach zig Telefongesprächen hatte ich nicht viel über Lens Tochter, Norma, in Erfahrung bringen können. Ich hatte nicht herausgefunden, wo sie beschäftigt gewesen war oder jetzt arbeitete, und die Daten, die sie in der Arztpraxis angegeben hatte – Adresse, Telefonnummer, Sozialversicherungsnummer – schienen nicht zu stimmen. Ihr Führerschein war seit sechs Jahren nicht erneuert worden.

„Soweit ich es beurteilen kann, ist der Name, Lillian Jane, den sie in der Klinik angegeben hat, wahrscheinlich Birdies richtiger Name. Ich habe die Adresse, die Norma hinterlassen hat, überprüft. Es ist eine Eisenwarenhandlung in Buna, Texas. Niemand dort kennt Lillian oder Norma. Es gibt keine verwertbaren Angaben.

Vielleicht haben sie auf der Straße gelebt. In solchen Fällen findet man allerdings meistens eine Vielzahl gefälschter Identitäten, aber bis jetzt habe ich nichts weiter gefunden."

Andrea trommelte mit den Fingernägeln auf das Geländer. „Wissen wir mit Sicherheit, dass Birdie wirklich diese Lillian Jane, Lens Enkelin, ist?"

Ich schaute über das Wasser und dachte an meinen Besuch in der Hütte. „Pastor Hay und ich waren heute wieder bei Len. Ich habe den Stoffwaschbären gebracht und Hay ein paar andere Sachen für Birdie – Kleidung aus der Kleiderkammer der Kirche, Schuhe in Birdies Größe, Shampoo, eine Zahnbürste und solche Sachen. Ich fragte Len, ob Birdie noch einen anderen Namen habe, und er konnte mir sagen, dass sie Lillian heißt. Ich probierte den Namen bei Birdie aus. Sie drehte sich sofort um, als kenne sie den Namen schon ihr ganzes Leben lang."

„So etwas spielen Kinder normalerweise nicht vor." Ich hörte Andreas Tonfall an, dass sie überlegte, was als Nächstes geschehen sollte. „Wie hat sie reagiert, als ihr dort wart?"

„Dieses Mal ein bisschen weniger abweisend. Sie schien sich nicht mehr so sehr daran zu stören, dass wir auftauchten." Ich beugte mich neben Andrea über das Geländer. „Sie mag Hay, aber ihn mögen sowieso alle Kinder. Er kann mit Kindern sehr gut umgehen, ist ja selbst noch ein halbes Kind. Wenn du deinen Sohn überreden kannst, bei seinem Theaterstück mitzuspielen, solltest du das tun. Hay wird ihn den anderen vorstellen und ihm helfen, andere Kids und Erwachsene kennenzulernen. Wir sind als Kinder oft umgezogen, und es wäre wahrscheinlich noch schwerer gewesen, Fuß zu fassen, wenn meine Mutter uns nicht immer in die Kirche mitgenommen hätte. Die Männer dort waren wie zusätzliche Väter und Großväter für uns. Gute Vorbilder. Wir brauchten das. Die Kirche hat uns etwas Beständiges gegeben, egal, wo wir waren."

Licht spiegelte sich auf den Wellen des Sees und glitt über Andreas Haut. Eine Sekunde vergaß ich, worüber wir gerade sprachen, und musste an den Kuss denken. Ich fragte mich, wie es ihr damit wohl ging. Zu schade, dass ich mit meinem Vorschlag, eine Bootsfahrt zu machen, nicht ein wenig länger gewartet hatte. Vielleicht wäre sie doch mitgekommen. Andererseits bildete ich mir vielleicht zu viel auf mich ein. Im Moment schien sie an nichts anderes als an das Dienstliche zu denken.

„Ich fürchte, er würde sich mit Händen und Füßen dagegen wehren, wenn ich ihn in die Kirche schleppen wollte."

„Dafür ist er ein wenig zu groß." Ich bekam unwillkürlich Mitleid mit Andrea. Sie hatte alle Hände voll zu tun. Ich konnte mir nicht vorstellen, wie ein Mann eine Frau wie sie sitzen lassen konnte, ganz zu schweigen von seinem eigenen Kind.

Ihre Schultern sackten nach unten. „Ja, das ist er. Leider."

Wie gerne hätte ich sie jetzt in den Arm genommen, sie an mich herangezogen und ihr versprochen, dass alles wieder gut werden würde. Ich wusste zwar nicht, wie ich das anstellen sollte, aber wenn ich Dustin nächste Woche zum Wassersicherheitskurs brachte, würden wir vielleicht für ein paar Minuten zufällig beim Theatergebäude vorbeifahren. Ich könnte ihm unter irgendeinem Vorwand erklären, dass ich unbedingt dorthin musste. Andererseits hatte er auch gar keine andere Wahl als mitzukommen, es sei denn, er wollte nach Hause schwimmen.

Ich dachte daran, Andrea von dieser Idee zu erzählen, beschloss aber, dass es wahrscheinlich besser wäre, sie für mich zu behalten. Wenn es nicht funktionierte, müsste sie kein schlechtes Gefühl haben.

Sie zitterte leicht, und ich wusste, dass ich sie wieder ins Haus gehen lassen musste. Ich war nach dem langen Tag auch müde und sollte selbst nach Hause fahren und mich schlafen legen. Leider musste ich mich vorher noch um den kleinen Waschbären kümmern.

„Ich sollte jetzt hineingehen." Andrea warf wieder einen Blick zum Haus. „Hältst du mich auf dem Laufenden, wenn du etwas Neues über Birdie in Erfahrung bringst? Ich spreche morgen mit meinem Chef, wenn ich zur Arbeit komme. Vielleicht hat er eine Idee, was wir noch tun können, um Birdie zu helfen. Die Situation muss auf jeden Fall beobachtet werden, bis wir wissen, was mit der Mutter ist."

Auch wenn ich ihr nur ungern zustimmte, wusste ich, dass Andrea recht hatte. Len kümmerte sich offensichtlich um Birdie, und sie schien ihn zu mögen, aber er hatte keine Ahnung, wie man ein kleines Mädchen aufzieht, und die Hütte, in der er wohnte, war schrecklich. Ich hoffte nur, dass derjenige, der diesen Fall übernahm, Verständnis für einen Mann wie Len hatte. Viele warfen einen einzigen Blick auf ihn und schrieben ihn als geistesgestört ab. Aber wenn man genauer hinsah, erkannte man, dass Birdie Len brauchte. Es war schwer, sich ihn als Vater vorzustellen, aber er kümmerte sich um dieses Mädchen genauso, wie er sich um hilflose Tiere wie diesen kleinen Waschbären kümmerte.

Andrea und ich wünschten uns eine gute Nacht, dann gab ich ihr das Anmeldeformular für den Kurs und machte mich auf den Heimweg. Keiner von uns hatte auch nur ein Wort über den Kuss verloren, aber ich musste ständig daran denken, als ich über den See fuhr und bei meiner Hütte anlegte. Auf der anderen Seeseite konnte ich die Lichter von Larkspur Cove sehen, als ich mein Boot festband und in die Hütte ging. Es war so spät, dass ich nur kurz duschen, den Waschbären füttern und ihm Wasser geben wollte, dann würde ich aufs Bett fallen und sofort einschlafen. Ich wollte heute Nacht über nichts nachdenken und nicht im Bett liegen und zu den Holzbalken an der Decke hinaufstarren. Ich wollte einfach die Augen zumachen und glauben, dass in Moses Lake tatsächlich ein Neuanfang für mich möglich wäre.

Während der Zeit mit Andrea hatte ich ein paar Minuten lang das Gefühl gehabt, als würde der ganze Schmerz auf dem See davontreiben und verschwinden.

Ich wollte dieses Gefühl festhalten, ich wollte glauben, dass es möglich war, ein Leben aufzubauen, das in die Zukunft ausgerichtet war und nicht in die Vergangenheit. Dass man die Vergangenheit loslassen muss, ist manchmal leichter gesagt als getan, aber in diesem Moment konnte ich tatsächlich glauben, dass es möglich wäre.

Zum ersten Mal seit langer Zeit legte ich mich mit Vorfreude auf den nächsten Tag ins Bett. Der letzte Gedanke, der mir durch den Kopf ging, bevor ich einschlief, drehte sich diesmal nicht um Aaron und Mica. Ich dachte zum ersten Mal seit langer Zeit *nicht* darüber nach, ob sie Angst oder Schmerzen gehabt oder stark gelitten hatten, als die Wellen das Boot umkippten und sie in die Tiefe zogen. Ich malte mir *nicht* aus, wie anders alles gewesen wäre, wenn ich sie begleitet und aus dem Wasser gerettet hätte. Oder noch besser, wenn ich Aaron gesagt hätte, er solle nicht mit dem Boot hinausfahren, weil ein Sturm aufzog und der Motor repariert werden musste. Normalerweise war ich kurz vor dem Einschlafen jede Nacht an unserem kleinen Strand und warnte Aaron, nicht hinauszufahren. Doch heute Nacht war ich einfach auf der anderen Seeseite und erlebte einen wundervollen Abend mit einer schönen Frau.

In den frühen Stunden vor Sonnenaufgang streichelte etwas Weiches und Sanftes meine Haare. Ich träumte. Es war ein schöner Traum. Ich fuhr über den See, das Boot bewegte sich so schnell, dass der Bug weit aus dem Wasser ragte und über die glasklare, glatte Oberfläche glitt. Die Nacht war klar und kühl, ein großer, orange leuchtender Mond stand am Horizont. Federwolken mit silbernem Rand waren am Himmel zu sehen und hatten sich an einigen Stellen vor die Sterne geschoben. Andrea stand neben mir im Boot. Ihre offenen Haare wehten wie dunkle Bänder im Wind. Sie warf den Kopf zurück und lachte befreit, streckte einen Arm zu mir herüber und ergriff meine Hand. Dann hob sie sie an ihre Lippen und … saugte an meinem kleinen Finger …?

Mit einem Mal löste sich die Mondscheinnacht, der See, das Boot und Andrea wie eine Fata Morgana in der Wüste auf, aber irgendetwas saugte weiter an meinem Finger. Ich öffnete mühsam ein Auge. In dem schwachen, grauen Licht, das durch das staubige Fenster über meinem Bett fiel, sah ich, wie zwei winzige, schwarze Hände meinen Ringfinger packten. Ein kleines maskiertes Gesicht untersuchte ihn, ob er wohl etwas Essbares wäre.

„Hey!“, schimpfte ich mit rauer Stimme und riss meine Hand weg. Der kleine Waschbär hüpfte an die Bettkante, dann stellte er sich auf die Hinterbeine und schnatterte auf mich ein. Dabei bewegte er den Kopf aufgeregt vor und zurück, als wollte er mir unbedingt etwas verständlich machen. Anscheinend war er der Meinung, dass es höchste Zeit für sein Frühstück sei.

„Wie bist du aus dem Käfig gekommen?“ Ich setzte mich auf,

gähnte und strich meine Haare zurück. Mein Ohr war nass und schleimig. Die ganzen guten Dinge in meinem Traum auf dem See waren in Wirklichkeit ein Waschbär gewesen, der mich abgeschleckt hatte. „Du kleiner Bandit“, schimpfte ich, und er hüpfte auf die Bettdecke zwischen meine Knie. Dann rollte er sich auf den Rücken, streckte alle Viere in die Luft und begann, wie ein Kätzchen zu schnurren. Ich nahm ein Handyladekabel vom Nachttisch und ließ es über ihm baumeln. Er versuchte, es zu fassen zu kriegen. Kein Wunder, dass die Leute versuchten, kleine Waschbären als Haustiere zu halten. Sie waren wirklich süß. Sie waren klüger, als gut für sie war, und wenn sie älter wurden, war es absolut nicht mehr lustig, sie im Haus zu haben. Doch die Kleinen musste man gernhaben.

Ich spielte noch eine Minute mit ihm, bevor ich ihn hochhob, sein Frühstück aus der Küche holte und ihn dann wieder in seinen Käfig auf der Veranda setzte. Er hatte den Riegel selbst zurückgeschoben. Wahrscheinlich hatte er mich oft genug dabei beobachtet, um zu wissen, wie es ging. Nachdem er sich aus dem Käfig befreit hatte, war es kein Problem für ihn gewesen, durch eine alte Katzenklappe ins Haus zu gelangen. Das einzig Gute war, dass er zu mir gekommen war, statt die Küche auf den Kopf zu stellen. Ich hatte gesehen, was passieren konnte, wenn Waschbären in ein Haus eindrangen. Eine Einbrecherbande war nichts im Vergleich zu einer Schar Waschbären. Sie waren schnell, klug und vor ihnen war fast nichts sicher.

Ich ging davon aus, dass der kleine Gauner eine Weile mit seinem Futter beschäftigt wäre, und suchte einen Draht, um den Käfig ausbruchsicher zu machen.

Das Telefon klingelte. Als ich mich meldete, war mein Neffe am anderen Ende. Levis Stimme war noch müde und rau vom Schlaf. Ich nahm an, dass Laurie ihn früh geweckt hatte, damit er mich anrufen konnte, bevor ich zur Arbeit fuhr.

„Hey, Kumpel, was gibt's?“, sagte ich. Mir graute fast vor der Antwort. Ich wusste, dass Laurie jetzt schwere Geschütze auffuhr, um mich dazu zu bringen, zu seiner Geburtstagsfeier am nächsten Wochenende zu kommen.

„Keine Ahnung“, gähnte Levi lange und müde. „Ich bin gerade aufgewacht.“

„Das höre ich.“ Ich hörte auch, wie Laurie im Hintergrund flüsterte. Ich stellte mir vor, wie sie mit der Hand durch die Luft fuchtelte und versuchte, Levi dazu zu bringen, zum Grund des Anrufs zu kommen. „Wie läuft es beim Baseballspielen, Kumpel?“

„Gut.“ Es folgte eine lange Pause. Laurie flüsterte wieder. Dann sprach Levi weiter. „Ich hatte gestern Abend einen Home Run.“

„Einen Home Run? Deinen ersten?“, fragte ich. Es versetzte mir einen Stich, dass ich nicht dort gewesen war und ihn nicht gesehen hatte. Dieser Punkt ging an Laurie. Sie wusste natürlich, dass ich viele Stunden mit dem Jungen im Garten geübt hatte.

„M-hm. Trainer Lee hat mit mir geübt.“

„Trainer Lee?“, fragte ich. „Der Trainer von der Highschool?“ Was dachte sich Laurie nur dabei, Levi Stunden bei einem Privattrainer nehmen zu lassen? Sie konnte sich das finanziell gar nicht leisten, und Levi hatte es nicht nötig. In seinem Alter sollte er lieber Spaß haben und das Spiel genießen. Nur weil sein Vater mit einem Footballstipendium ans College gegangen war, hieß das nicht, dass Levi schon im Kindergartenalter anfangen müsste zu trainieren.

„M-hm. Chris hat mich hingefahren. Er hat mir einen Schläger zum Geburtstag gekauft. Ich habe zwar noch nicht Geburtstag, aber Chris sagt, ich kann den Schläger schon benutzen.“

„Das ist gut, Kumpel.“ Laurie wusste, dass es schwer für mich wäre zu hören, dass Levi ohne mich seinen ersten Home Run erzielt hatte und dass Chris ihm Privattraining geben ließ. Da er Rektor an der Schule war, hatte er Einfluss. „Das ist wirklich gut. Ich wusste, dass du dieses Jahr deinen ersten Home Run erzielen würdest. Trainiere fleißig weiter. Damit hatte dein Papa auch Erfolg.“ Das altbekannte, schwere Gefühl legte sich wieder drückend auf mich und ich dachte daran, wie ich in Alpine ständig mit Schuldgefühlen herumgelaufen war.

Aber Levi klang jetzt so glücklich, wie ich ihn noch nie gehört hatte. „M-hm. Es war wirklich cool! Der Ball …“ Er beschrieb mir seinen großen Moment ganz genau, und ich hatte das Gefühl, ihn mit ihm gemeinsam zu erleben.

„Gigantisch“, sagte ich, als er fertig war, und dieses Mal erwähnte ich seinen footballbegeisterten Vater nicht. „Du hast fleißig trainiert und es hat sich ausgezahlt, was?“

„Ja."

Ich fing an, ihm von dem Waschbären auf meiner Veranda zu erzählen, aber Laurie flüsterte ihm etwas in sein anderes Ohr. Er hörte mir kaum zu.

„Onkel Mart, kommst du zu meinem Geburtstag?", wiederholte er die Worte seiner Mutter wie ein Roboter.

„Nein, Kumpel. Diesmal schaffe ich es nicht, doch nächste Woche musst du aufpassen, wenn der Postbote kommt. Er bringt dir ein *groooßes* Geburtstagsgeschenk von Onkel Mart. Aber du teilst es mit deinen Brüdern, hörst du?" Wenn die Jungen die aufblasbare Wasserrutsche bekämen, die ich ihnen bestellt hatte, wäre Lauries und Chris' Garten zwar ein ständiges Schlammloch, aber die Kinder würden ihren Spaß haben.

„Okay", antwortete Levi und wirkte nicht im Geringsten traurig. Das ärgerte Laurie wahrscheinlich ein wenig.

„Sag bei deiner Geburtstagsfeier allen liebe Grüße von mir, ja?"

„Okay", antwortete Levi und legte einfach auf, wie Kinder das so machen, ohne sich lange zu verabschieden.

Mit den Gedanken noch bei Levis Geburtstagsgeschenk ging ich duschen. Aaron hatte am selben Tag wie Levi Geburtstag, aber dieses Mal konnte es einfach nur *Levis* Geburtstag sein.

Ich stieg mit dem großen Home Run im Kopf unter die Dusche. Ohne nachzudenken, schaltete ich um und begann, den Traum, in dem ich mit Andrea über den See fuhr, Revue passieren zu lassen. Ich dachte an das Gefühl, als ihre Hand in meiner gelegen hatte, und daran, dass ich aufgewacht war und feststellen musste, dass statt einer schönen Frau ein frecher Waschbär meine Hand hielt. Ich musste lauthals lachen. Ich warf den Kopf zurück und ließ das Wasser über meine Haare laufen. Ich konnte mich nicht erinnern, wann ich das letzte Mal so gelacht …

Ein Kreischen, dann ein klatschendes Geräusch störten diesen Moment, und ein kalter Luftzug traf mich. Ich riss den Kopf hoch und blinzelte das Wasser aus meinen Augen. Ich sah gerade noch, wie der Waschbär auf der Duschstange das Gleichgewicht verlor. Eine Sekunde balancierte er auf zwei Füßen und wedelte mit den Pfoten wie ein fetter Mann auf einem Drahtseil. Die Stange wackelte, der Duschvorhang schaukelte, der Waschbär verlor das Gleichgewicht, und der Rest war die reine Katastrophe. Bandito taumelte nach vorne, hielt sich mit einer Pfote am Vorhang fest, und im nächsten Moment kamen Waschbär, Vorhang, Vorhangstange und zwei Handtücher auf mich zugeflogen. Ich wurde in die Ecke der Dusche geworfen und Wasser spritzte in alle Richtungen. Der Waschbär kreischte, spuckte, zeterte und versuchte, sich aus dem Vorhang zu befreien.

„Verdammter Mist!", schimpfte ich. Meine Worte wurden beinahe vom Vorhang erstickt, während ich versuchte, meine Füße frei zu bekommen, den Waschbären zu erwischen und den Wasserhahn abzudrehen. Irgendwann bekam ich den Waschbären durch den Vorhang hindurch zu fassen und war schon halb auf den Beinen, als er sich meinem Zugriff entwand.

Während ich ihn erneut zu packen versuchte, verlor ich das Gleichgewicht, drehte mich wie eine Ballerina, prallte von der Seitenwand der Dusche ab, schlug mich am Wasserhahn fast selbst k.o. und landete wieder in der Ecke. Einige Sekunden lang saß ich nur da und sah Sterne, die um mich kreisten. Dann kam ich wieder zu mir und hörte, wie sich der Waschbär spuckend und schnatternd entfernte und stellte fest, dass das Wasser immer noch durch das ganze Badezimmer spritzte. Sobald ich mich so weit orientiert hatte, dass ich wusste, wo oben und unten war, drehte ich den Wasserhahn zu. Als ich mich schließlich auf die Füße gerappelt hatte, stand das Badezimmer unter Wasser, der Waschbär war fort, der Duschvorhang lag zerknüllt in der Ecke und der Mann im Spiegel sah aus, als bekäme er in ein oder zwei Stunden ein leuchtend blau es Auge.

Wenn in einem solchen Moment das Telefon klingelt, sollte man so klug sein, einfach den Anrufbeantworter drangehen zu lassen. Anscheinend war ich aber von dem Angriff durch den Waschbären, die Duschstange und den Duschvorhang noch nicht ganz richtig im Kopf, denn ich nahm schnell ein Handtuch und folgte der Spur der nassen Waschbärenpfoten ins Wohnzimmer. Als ich nach meinem Handy griff, entdeckte ich den Waschbären, der sich auf einem Stapel frischer Wäsche trockenrieb. Wäsche, die ich erst gestern aus dem Waschsalon in Moses Lake geholt hatte. Die gebügelten Uniformen waren jetzt ein zerknüllter Haufen aus Hosen und Hemden, die mit Waschbärhaaren, Wasser und feuchten Keksstücken übersät waren. Offenbar hatte der kleine Gauner sich erst etwas zu essen geholt, bevor er in der Dusche das Attentat auf mich verübt hatte.

Meine Schläfen pochten und ich dachte an Mord, als ich das Handy aufklappte und mich meldete.

Ein solcher Moment ist absolut der falsche Zeitpunkt, um am anderen Ende deinen Vorgesetzten zu hören. Und das Allerletzte, was dir noch fehlt, ist die Anweisung, sofort deinen Partner abzuholen und in einen anderen Teil des Bundesstaates zu fahren, um Überschwemmungsopfern zu helfen.

Das Schlimmste daran ist, dass dir, sobald du auflegst, klar wird: Du musst deinen Kollegen irgendwie dieses blaue Auge erklären.

Kapitel 17

Mein Herz ist wie ein singender Vogel.
Christina Rossetti
(von A. Bastrop zitiert, seit Kurzem pensionierter Lehrer)

Andrea Henderson

Als ich am Dienstagmorgen in der Praxis eintraf, war Bonnie ungewöhnlich aufgekratzt. Sie kam mir, noch bevor ich drei Schritte zur Tür herein war, auf dem Flur entgegen. Mit großen Augen legte sie eine Hand auf meinen Arm und klammerte ihre Finger fest um mein Handgelenk. „*Er* war gerade da. Hast du ihn draußen auf dem Parkplatz gesehen?“

„*Wer* war da?“

Sie hatte den ehrfurchtsvollen Blick und die glühenden, roten Wangen einer Jugendlichen bei einem Rockkonzert. Ich konnte mir nicht vorstellen, was so früh am Morgen eine solche Begeisterung bei ihr auslösen konnte.

„Dann hast du ihn wohl knapp verpasst.“ Sie ließ meinen Arm los und fächerte sich Luft zu. „Wow, sieht dieser Mann gut aus.“

„Wer?“ Anscheinend hatte es heute Morgen eine FedEx-Lieferung gegeben. Bonnie hatte eine Schwäche für den Paketmann. Genau genommen hatte sie allerdings auch eine Schwäche für den UPS-Mann und ebenso für den Fahrer, der den Donutladen nebenan belieferte. „Bonnie, wenn du nicht aufhörst, dem FedEx-Mann schöne Augen zu machen, haben wir womöglich bald eine Klage wegen sexueller Belästigung am Hals.“

„Ach! Doch nicht der. Der *Ranger.*“ Ihre Augen wurden groß und ihr Mund verzog sich zu einem Lächeln. „Mann, oh Mann! Du hast mir nicht gesagt, dass er so attraktiv ist.“

Ich blinzelte benommen, und mein Verstand arbeitete auf Hochtouren, um diese Information zu verarbeiten. Mart war hier gewesen? *Hier*? Woher wusste er überhaupt, wo meine Arbeitsstelle war, und warum kam er den weiten Weg hierher? War etwas mit Birdie? „Mart McClendon? Was wollte er?"

Bonnie stellte sich auf Zehenspitzen, drehte den Kopf zur Seite und beobachtete die Haustür, als hoffte sie, Mart würde noch einmal auftauchen. Ich ertappte mich dabei, dass ich ebenfalls hinter mich sah und mir der flüchtige Gedanke durch den Kopf schoss, dass ich ein paar Minuten früher zur Arbeit hätte kommen sollen.

Bonnie stellte sich wieder auf die Füße. „Er ist vorbeigekommen, weil er dich noch erwischen wollte, bevor du heute Morgen zu deinen Hausbesuchen aufbrichst. Aber schließlich konnte er nicht länger warten. Er musste wegfahren, um in Südosttexas Überschwemmungsopfer zu retten." Die Worte *Überschwemmungsopfer zu retten* hauchte Bonnie ehrfurchtsvoll und mit Staunen in der Stimme. „Er trug eine Uniform, einen Revolvergürtel und einen Cowboyhut. Das volle Programm. Und er war so … so …" Einen Moment verschlug es ihr die Sprache, was nur bedeuteten konnte, dass die Erde aus ihrer Umlaufbahn geraten war. Schließlich beendete sie ihren Satz mit: „… wild und rau."

Wild und rau, sinnierte ich. Ich hatte den plötzlichen Drang, Mart anzurufen und ihm zu erzählen, dass unsere Praxishelferin ihn für *wild und rau* hielt. Er bekäme einen Lachanfall. „Das ist mir noch nicht aufgefallen." Das war natürlich schlichtweg gelogen, aber es klang überzeugend.

„Du bist so was von blind", beschwerte sie sich. „Er ist … ein ganzer Mann! Er hatte sogar ein blaues Auge. Wahrscheinlich hat er es sich zugezogen, als er jemanden verhaftete, um kleine pelzige Tiere zu beschützen oder so etwas."

„Er hatte ein blaues Auge?" Wo war Mart heute Morgen gewesen? Ich hoffte, das blaue Auge hatte nichts mit Birdie zu tun. Len hatte es ihm sicher nicht verpasst. „Gestern Abend hatte er noch keines."

Bonnie hielt hörbar die Luft an. „Zwischen dir und ihm läuft also doch etwas." Mit einem Klimpern ihrer geschwungenen Wimpern schlug sie mir leicht auf den Arm. „Dachte ich es mir doch! Ich habe gemerkt, dass er sich nach dir umgesehen hat, als er dir diese Nachricht schrieb."

„Er hat mir eine Nachricht geschrieben?" Typisch Bonnie, dass sie die wichtige Information verschwieg, weil sie so sehr damit beschäftigt war, mir persönliche Details entlocken zu wollen. Ich ging auf mein Büro zu. Selbstverständlich folgte sie mir.

„Und er hat etwas in einem Umschlag für dich dagelassen. Er sagte, er habe versucht, dich vor einer Weile anzurufen, aber du bist nicht drangegangen."

„Mein Akku war gestern Nacht leer. Ich habe vergessen, das Handy heute Morgen wieder einzuschalten." Mein Magen flatterte aufgeregt und meine Mundwinkel zogen sich nach oben. Ich wandte das Gesicht ab, damit Bonnie nichts merkte. Sie durfte auf keinen Fall wissen, dass Mart mich im Mondschein auf dem Kai geküsst hatte. Sie würde mehr daraus machen, als es gewesen war, und sehr bald würde sich der Büroklatsch um mein persönliches … was auch immer drehen. Mein professionelles Image wäre dahin.

Hinter meinem ach so wichtigen professionellen Image kroch ein verstörend angenehmer Gedanke hervor.

Er hat heute Morgen an mich gedacht …

Bonnie hat gesehen, wie er sich nach mir umsah …

Ich dachte an den Kuss, und meine Wangen glühten. Als ahne sie, was ich vor ihr verheimlichte, folgte Bonnie mir in mein Büro, zog die Tür halb zu und stand mit der Hand auf dem Türgriff da, bereit, die Tür sofort ganz zu schließen, falls sich etwas Interessantes ergeben sollte. „Was steht in der Nachricht?" Ihre Augen leuchteten erwartungsvoll.

Ich faltete das Papier schnell auseinander und überflog es. Es war eine Information über Len und Birdie. Mart hatte Pastor Hay gebeten, Len heute Morgen am See abzupassen und ihm zu erklären, dass wahrscheinlich bald ein paar Leute zu ihm kommen würden, um über Birdie zu sprechen, und dass Len kooperativ sein sollte. Mart entschuldigte sich, dass er aus dienstlichen Gründen wegfahren müsse und in der Situation nicht helfen könne. Pastor Hay hatte eingewilligt, den Mitarbeiter vom Jugendamt, falls jemand käme, zu Len zu begleiten, um das Gespräch zu erleichtern.

In den Umschlag hatte Mart die Informationen gesteckt, die

er über Len und Birdie in Erfahrung gebracht hatte. Unter anderem eine E-Mail mit einigen Details über Lens Lebenslauf. Die E-Mail-Adressen waren oben abgerissen worden, vermutlich, um Marts Quelle nicht zu verraten.

„Es ist dienstlich“, sagte ich.

„Was ist dienstlich?“ Als ich aufblickte, stand Taz im Türrahmen. Ich hielt es für einen guten Zeitpunkt, ihn nach seiner fachlichen Meinung zu der Situation mit Len und Birdie zu fragen. Hoffentlich hatte ich keine Grenzen überschritten, weil ich mich in diese Sache eingemischt hatte, ohne Taz vorher zu fragen.

Es war schwer, seine Reaktion zu beurteilen, während ich ihm die Geschichte erzählte. Er hörte geduldig zu und strich sich nachdenklich übers Kinn. Ich beschrieb unseren Besuch bei Len und die Fakten, soweit wir sie kannten, meine erste Mail an das Jugendamt, die bis jetzt zu keiner Reaktion geführt hatte, und Marts spätere Besuche bei Len.

Den Teil der Geschichte, in dem der wilde und raue Ranger und ich im Mondschein am See gestanden hatten, ließ ich aus. Die Erinnerung und die Gefühle, die mit dieser Szene verbunden waren, ließen mein Herz jedoch höher schlagen.

Wenn er mich das nächste Mal zu einer Bootsfahrt einlädt, komme ich mit.

Dieser Gedanke überraschte mich, aber noch während ich gegen ihn ankämpfte, überflog ich Marts Nachricht und suchte danach, ob er geschrieben hatte, wie lange er fortbleiben würde. Leider hatte er nichts dazu geschrieben.

„Darf ich mir diese Sachen anschauen?“ Taz schürzte ernst die Lippen, ließ die Details dieses Falls auf sich wirken und dachte anscheinend schon über die möglichen Verwicklungen nach.

Ich reichte ihm das Material. „Natürlich.“

Er murmelte leise etwas, während er die Informationen überflog. „Ihr Freund muss gute Beziehungen haben. Haben Sie eine Ahnung, warum er das alles nicht einfach dem Sheriff übergeben hat? Normalerweise fällt so etwas nicht in den Aufgabenbereich eines Rangers.“ Er zog eine Braue hoch und ich fragte mich, ob mein Chef glaubte, ich wollte die Sache selbst in die Hand nehmen.

„Er hat wohl in der Vergangenheit nicht die beste Unterstützung aus dem Sheriffbüro bekommen.“ Vor Nervosität fing ich an zu schwitzen und unter meiner Bluse lief ein dünnes Rinnsal meinen Rücken hinab. Vielleicht hatte ich einen großen Fehler gemacht. Was, wenn der Inhalt dieses Umschlags nur für *meine* Augen bestimmt gewesen war? Hoffentlich brachte ich Mart jetzt nicht in Schwierigkeiten. Hatte ich einen großen verfahrenstechnischen Fehler begangen, weil ich Birdies Fall nicht anders behandelt hatte?

„Hmmm …“, murmelte Taz.

Die Muskeln in meinem Nacken verkrampften sich. Ich hatte das Bedürfnis, mein Verhalten erklären zu müssen für den Fall, dass ich alles falsch gemacht hatte. „Der Großvater, Len, ist ein Einsiedler, und bei seinen geistigen Beschränkungen … ist er gegenüber Menschen, die er nicht kennt, misstrauisch. Er scheint gute Absichten zu haben, aber offenbar hat ihn jemand gewarnt, dass er nicht mit dem Jugendamt sprechen soll. Als das Jugendamt erwähnt wurde, regte er sich auf und wurde aggressiv. Eine strenge Vorgehensweise könnte diese schwierige Situation noch komplizierter machen.“

„Verstehe.“ Die Miene meines Chefs wurde weder weicher noch härter. Ich wusste nicht, ob ich eine scharfe Kritik oder nur eine kleine Zurechtweisung zu erwarten hatte. „Keiner von Ihnen hatte das Gefühl, dass dieser … Großvater eine Gefahr für das Kind darstellen könnte?“

Jetzt kommt's, dachte ich. Was sollte ich nur machen, wenn ich meinen Arbeitsplatz verlor? Vielleicht könnte ich ihn anflehen, und Taz hätte Nachsicht. „Absichtlich würde er dem Kind keinen Schaden zufügen, glaube ich. Er scheint Birdie sehr zu mögen, und ich habe den Eindruck, dass er sich im Rahmen seiner Fähigkeiten gut um sie kümmert. Ich zögere nur, weil ich noch nicht weiß, wie weit diese Fähigkeiten reichen und was passiert, wenn die Mutter wieder auftaucht, falls sie sich überhaupt je wieder blicken lässt. Auch, wenn ich Birdie noch nicht lange beobachten konnte – es ist absolut klar, dass dieses Kind ein schweres Trauma erlebt hat. Im Moment scheint ihr Großvater ihr das Gefühl von Sicherheit zu geben. Ich frage mich, was passiert, wenn ihr diese Sicherheit wieder genommen werden würde. Aber gleichzeitig lässt sich nicht leugnen, dass die Situation aufmerksam beobachtet werden muss. Birdie benötigt zweifellos eine Therapie und der Großvater braucht

Anleitung und Begleitung bei der Erziehung des Kindes. Wahrscheinlich ist auch Unterstützung beim Ausfüllen der Formulare für die Schuleinschreibung und Ähnlichem nötig. Dazu kommt natürlich die Frage nach der leiblichen Mutter und dem Sorgerecht für das Kind."

Das Telefon auf Bonnies Schreibtisch klingelte. Sie drehte sich zur Seite, um sich durch den Teil des Türrahmens zu zwängen, den mein Chef nicht ausfüllte.

„Kompliziert", stellte Taz fest und überflog erneut Marts Notizen.

„Ja."

„Was sollte Ihrer Meinung nach als Nächstes geschehen?" Dicke Hautfalten bildeten sich unter seinen hellgrauen Augen, aber sein Blick war scharf und klar. Diese Frage klang wie eine Prüfung. Ohne dass er es mir offen sagte, wusste ich, dass von meiner Antwort viel abhing.

„Ich hätte gern die Überweisung des Jugendamts, das Kind zu betreuen. Je früher wir wissen, woher dieses kleine Mädchen kommt und was es erlebt hat, umso schneller können wir versuchen, eine Situation zu schaffen, in der es sich gut entwickeln kann."

Mein Chef hatte Marts Notizen immer noch in der Hand, als er jetzt einen Schritt auf den Flur hinaustrat. „Schauen wir einmal, was ich tun kann. Ich kenne ein paar Leute beim Jugendamt." Er grinste und zwinkerte mir auf eine Weise zu, die deutlich ausdrückte: *Hey, ich bin der Chef hier.*

„Äh … ja … natürlich." Ich merkte, wie mein berufliches Selbstvertrauen dahinschwand. Offenbar wurde ich nicht entlassen, aber Taz nahm die Sache selbst in die Hand, was bedeutete, dass er mir nicht zutraute, damit fertigzuwerden. Das Gefühl, versagt zu haben, tat weh. Ich hätte nie erwartet, dass ich mich so schnell und so stark in diesem Beruf investieren würde. Ich wollte meine Arbeit gut machen. Ich wollte, dass nach dem Schmerz und dem Chaos des letzten Jahres etwas Positives entstünde. Ich wollte glauben, dass es trotz meiner unbeholfenen Art, diese Veränderung in meinem Leben zu meistern, einen größeren Plan gab und ich auf dem richtigen Weg war. Ich wollte glauben, dass Birdie Teil dieses Plans war, und dass die ganzen Anfechtungen und Lügen und Demütigungen des letzten Jahres meine Menschenkenntnis verbessert hatten. Dass sie mir einen sechsten Sinn geschenkt hatten, ein Verständnis für die Klienten, denen ich helfen wollte.

Vor Jahren hatte ich einen Missionar sagen hören, dass man nur ein Schauspieler sei, der eine Rolle spielte, solange man den Schmerz der Menschen, denen man helfen wollte, nicht fühlen könne. *Man braucht sich für sein Leid nicht zu schämen,* hatte er hinzugefügt. *Aber für vergeudetes Leiden. Leiden muss uns weiterbringen und uns die Augen öffnen.* Ich wollte glauben, dass das letzte Jahr ein Wachstumsprozess gewesen war, der mich zu mehr als nur einem Schauspieler gemacht hatte.

Als ich Taz nachschaute, wie er mit meiner Akte wegging, kam ich mir jedoch wie eine schlechte Schauspielerin vor.

Als wüsste er, dass ich ihm nachsah, blieb er auf dem Flur noch einmal stehen und drehte sich zu mir um. „Ich denke, ich kann Ihnen diese Überweisung vom Jugendamt ohne große bürokratische Hürden beschaffen“, sagte er. Dann zwinkerte er mir zu, bevor er sich wieder umwandte, und machte noch eine letzte Bemerkung: „Gute Arbeit, Henderson. In diesem Beruf muss man sich auf sein Bauchgefühl verlassen können, sonst ist man verlassen. Sie haben das Zeug für diesen Beruf.“

Während seine Halbschuhe sich quietschend auf dem Flur entfernten, genoss ich den allerersten Triumph in meinem neuen Leben. Ich hatte das Zeug für diesen Beruf! Das sagte ein Mann, der ihn in- und auswendig kannte.

Mit einem leisen und beherrschten Jubelschrei setzte ich mich an meinen Schreibtisch, schaltete den Computer ein und lud den Terminplan für diesen Tag herunter, da ich endlich mit der Arbeit beginnen wollte. Plötzlich kamen mir die Hausbesuche, die vor mir lagen, wie große Gelegenheiten vor – eine Chance, Menschenleben zu verändern. Vielleicht könnte ich nicht bei allen Menschen etwas Positives bewirken, aber bei einigen war es möglich.

Ein Sommergewitter zog an diesem Vormittag übers Land. In der restlichen Woche machten Wasser, Wind und gelegentliche Tornadowarnungen das Fahren bestenfalls unvorhersehbar und in einigen abgelegenen Gegenden völlig unmöglich. Auf der anderen Seeseite verwandelten sich die Straßen in ein schlammiges Labyrinth mit Wasserlöchern, die so tief waren, dass auch ein Geländewagen darin versinken würde. Böschungen waren stellenweise weggeschwemmt und abgerissene Äste lagen auf den Straßen und machten es mir fast unmöglich, zu einigen Hausbesuchen durchzukommen. Lens Hütte war weder über Land noch auf dem Wasserweg erreichbar. Obwohl Taz mit Erfolg einen Besuch von einem Jugendamtsmitarbeiter bei Len arrangiert hatte, der mir dann eine offizielle Überweisung geben konnte, verhinderte ein plötzlich aufziehendes Unwetter den Besuch. Ich konnte nur hoffen, dass Birdie bei Len in Sicherheit war. Meine Entschlossenheit, die Überweisung für die Betreuung von Birdie vom Jugendamt zu bekommen, war jetzt größer als je zuvor. Ich wollte endlich anfangen, mit ihr zu arbeiten, und ich hoffte, dass ich ihr ein paar Informationen über ihre Vergangenheit entlocken könnte.

Interessanterweise empfand ich den Schlamm und das schlechte Wetter, das mich noch vor wenigen Tagen zurückgeschreckt hätte, jetzt als Herausforderung, die ich bezwingen wollte – eine Chance, mich zu beweisen. Als Taz am Sonntag anrief und vorschlug, dass er mir seinen Geländewagen mit Allradantrieb leihen würde, mit dem er normalerweise zu seiner kleinen Wochenend-Ranch fuhr, nahm ich sein Angebot an. Ich fuhr am Sonntagnachmittag sogar mit ihm los und ließ mir von ihm eine Fahrstunde geben. Während wir über so faszinierende Dinge wie selbstsperrende Muttern, Hinterraddifferenziale und die praktische Anwendung der physikalischen Regeln auf Schlammlöcher und Geländewagen mit Allradantrieb sprachen, erkundigte sich mein Chef nach Dustin.

Ich erzählte von unseren ständigen Auseinandersetzungen und Dustins Weigerung, an unserem neuen Leben in Moses Lake teilzunehmen. Ich konnte Dustin vorschlagen, was ich wollte, er lehnte alles ab. Ich hoffte, auch wenn alles dagegen sprach, dass der Anfang des Wassersicherheitskurses ihn aus seiner ablehnenden Haltung herausholen könnte, aber jetzt musste ich mir auch noch überlegen, wie er zu dem Kurs kommen sollte. Ich hatte von Mart nichts mehr gehört. Als ich beim Waterbird getankt hatte, hatte ich erfahren, dass er immer noch in Südosttexas war und Überschwemmungsopfern half. Len hatte auch niemand gesehen, aber das war bei diesem Wetter keine große Überraschung.

„Ich hoffe nur, Dustin nimmt morgen in Bezug auf den Kurs nicht eine totale Verweigerungshaltung an", sagte ich missmutig. „Er ist zurzeit einfach so ... ablehnend. Es ist, als würde er glauben, wenn es hier schlimm genug wird, würden wir unsere Sachen packen und wieder nach Houston zurück ziehen. Er gibt Moses Lake nicht einmal eine Chance." Mir war klar, dass es mir selbst zunächst auch nicht anders gegangen war. Als ich hierherzog, war ich fest entschlossen gewesen, mich nicht auf das Leben hier einzulassen. Moses Lake sollte nur ein vorübergehender Zwischenstopp auf dem Weg zu unserem neuen Leben sein. Aber Moses Lake wuchs mir von Tag zu Tag mehr ans Herz.

Taz nickte. Ihn schien das, was ich über Dustin erzählte, nicht zu überraschen. „Nehmen Sie den Pick-up mit nach Hause und fahren Sie ihn damit herum. Ich habe noch keinen Jungen in seinem Alter gesehen, der einem höher gelegten Auto mit Hemi-Motor und vier breiten Offroad-Reifen widerstehen konnte. Und ... wissen Sie, ich habe in der Praxis ein paar Kisten, die durchsortiert werden sollten, und ein paar neue Regale, die zusammengebaut werden müssen. Wenn er den Wassersicherheitskurs hinter sich hat, kann er in den ersten zwei Augustwochen bei mir arbeiten, falls Sie meinen, dass ihn das interessieren könnte."

„Das wäre großartig." Vielleicht würde seine erste bezahlte Arbeit Dustin davon ablenken, dass er die Zeit eigentlich bei seinem Vater verbringen sollte. Womöglich könnte er sogar Spaß daran finden, in der Praxis zu arbeiten. Taz würde ihn unter seine Fittiche nehmen, Bonnie würde ihn verwöhnen, und die Frau aus dem Donutladen würde ihn mit frittierten Apfelkrapfen füttern. „Vielleicht tut ihm ein Tapetenwechsel gut." Neben anderen Vorteilen hatte ich auch noch eine Stelle beim nettesten und verständnisvollsten Chef der Welt bekommen.

Auf dem Rückweg zu Taz' Eigentumswohnung unterhielten wir uns ein wenig mehr über Dustin und über die Arbeiten, die er in der Praxis erledigen könnte. Nachdem ich Taz abgesetzt hatte, fuhr ich nach Hause und kam mir hinter dem Lenkrad des großen, blauen Geländewagens ein wenig albern vor. Wenn ich an roten Ampeln hielt, hatte ich das Gefühl, die Leute würden mich anschauen, den Geländewagen betrachten und denken, dass ich darin nichts verloren hätte. Ich fuhr durch Schlaglöcher, dass das Wasser nur so spritzte, und rollte ein- oder zweimal über den Randstein, aber insgesamt kam ich für eine Frau, die bisher nie etwas Größeres als einen Minivan gefahren hatte, ganz gut zurecht. Als ich nach Larkspur Estates einbog, malte ich mir aus, wie Dustin mit offenem Mund aus dem Haus gelaufen käme, sobald er den Hemi-Motor in der Einfahrt dröhnen hörte. Aber seltsamerweise war es im Haus ganz ruhig. Vielleicht schlief Dustin oder er war in seinem Zimmer und hatte Kopfhörer auf.

Ich stellte das Auto in der Einfahrt ab, startbereit für eine Spritztour irgendwohin, wo es schlammig war. Dann eilte ich durch den strömenden Regen und huschte durch die Tür beim Carport ins Haus. Dustin war nirgends zu finden, aber im Bootshaus brannte das Licht. Eine Mischung aus Argwohn und Gereiztheit regte sich in mir. Warum war Dustin an einem solchen Tag im Bootshaus? Ich bezweifelte, dass Mrs Blue Sydney und Ansley erlaubte, aus dem Haus zu gehen, während ein Gewitter nach dem anderen über den See zog. Was konnte Dustin dort unten wollen? Es sei denn …

Es sei denn, seine Freunde waren wieder da.

Meine Gereiztheit verwandelte sich in Panik. Sie würden doch bei einem solchen Wetter bestimmt nicht auf den See hinausfahren! Das Wasser war stürmisch und die hohen Wellen brachen sich mit schäumender, weißer Gischt auf dem See. Ich konnte kein einziges Boot draußen sehen.

Ich nahm einen Schirm aus dem Ständer auf der Veranda hinter dem Haus und eilte so schnell den Hang hinab, dass das Wasser in meine Tennisschuhe spritzte und meine Jeans unten ganz nass wurde. Mein Verstand malte sich besorgniserregende Szenarien aus, was einen Vierzehnjährigen an einem solchen Tag aus dem Haus locken könnte. Die Antwort auf diese Frage bekam ich, sobald ich um die Ecke bog und das Innere des Bootshauses vor mir auftauchte. Ein Fahrrad lehnte unter dem Dachvorsprung und am Rand der leeren Bootsanlegestelle saßen mein Sohn und ein zierliches, dunkelhaariges, braun gebranntes Mädchen. Ich vermutete, dass es Cassandra war. So viel dazu, dass sie Hausarrest hatte! Sie trug ein bauchfreies Top, eine viel zu knappe Shorts und billige Flipflops und sah aus, als wollte sie zu einer Party gehen.

Ich blieb auf halbem Weg stehen. Das Wasser lief in großen Tropfen von meinem Schirm. „Dustin, was soll das hier?", schimpfte ich los, bevor ich mir die Zeit nahm zu überlegen, wie das klingen musste.

Dustin fuhr hoch, und das Mädchen rappelte sich schnell auf die Beine. Mit weit aufgerissenen Augen schaute sie sich panisch um, als suchte sie einen Fluchtweg. *Das sollte sie auch*, dachte ich. Allein schon bei der Vorstellung, dass sie und Dustin allein im Bootshaus waren, vielleicht sogar allein im Haus, wurde mir übel. Wie oft hatten sie sich schon getroffen? Was war hier womöglich unter der Woche passiert, während ich an der Arbeit war?

Dustin warf genervt die Hände in die Luft und ließ sie dann auf seine Oberschenkel klatschen. „Mama, wir unterhalten uns nur!" Er sah mich mit hochrotem Gesicht an. Die Abneigung, der Ärger und die Verletztheit in seinem Blick schockierten mich.

„Du hast Hausarrest, Dustin. Du hast nicht die Erlaubnis, ein …" *Mädchen in viel zu knapper Shorts und mit viel zu viel Make-up* ... „einen *Gast* zu haben." Ich klang so sehr nach meiner eigenen Mutter, dass ich selbst erschrak. Sogar das Wort *Gast* klang herablassend und war eine unterschwellige Botschaft an Cassandra. Sie gehörte nicht hierher. *Ihre Mutter verdient ihren Lebensunterhalt damit, dass sie Hütten putzt,* schoss es mir durch den Kopf, und ich schämte mich für diesen Gedanken. Das klang wie etwas, das meine Eltern sagen würden.

Dustin blähte die Nasenflügel auf, atmete scharf ein und stand auf. „Mama!", brachte er, entsetzt von meiner Grobheit, heraus. Irgendwo im Hinterkopf war ich selbst ebenso entsetzt. Es war falsch, ein Kind so zu behandeln. Trotz ihres Versuchs, erwachsen auszusehen, war Cassandra noch ein Kind.

Sie trat seitlich zur Tür und zog den Kopf ein, als hätte sie Angst, ich würde etwas nach ihr werfen. Ihre dunklen Augen blickten groß und unschuldig, wie bei einem Hündchen. „Ich … gehe lieber", brachte sie flüsternd heraus.

„Mama!“, wiederholte Dustin hartnäckig und stellte sich Cassandra in den Weg. „Wir haben nur hier gesessen und uns unterhalten. Außerdem hast du gesagt, dass ich zwei Wochen Hausarrest habe. Morgen ist Montag. Das sind zwei Wochen.“ Er blickte mir in die Augen. Plötzlich war mir, als hätte ich mit ihm die Rollen getauscht. Ich stand jung und verwirrt im Bootshaus und schämte mich, weil meine Mutter sich so unmöglich benahm. In der einen Minute hatte ich Spaß, und in der nächsten machte mir meine Mutter alles kaputt. Ich konnte nie etwas richtig machen. Sie nahm immer das Schlimmste an, sie vertraute nie meinem Urteil. Ich konnte es nicht erwarten, erwachsen zu werden und von hier fortzukommen, weg von ihrem Zwang, mein Leben kontrollieren zu wollen. Aber wenn ich endlich auf eigenen Füßen stand, hatte ich kein Selbstvertrauen in meine Fähigkeiten.

Mit einem Mal war ich wieder in der Gegenwart: Ging es Dustin jetzt mit mir ebenso? Würde ich Dustin, wenn ich ihm nicht vertraute und wirklich zuhörte, das Gefühl geben, dass er nicht vertrauenswürdig wäre, dass seine Meinung unwichtig wäre? Würde er sich meinetwegen so sehr nach Liebe und Annahme sehnen, dass er sich in ungesunde Beziehungen stürzte, um sie dort zu finden?

„Ich habe Papa angerufen“, sagte Dustin. Der Boden wurde unter meinen Füßen weggezogen, und eiskaltes Wasser schlug über meinem Kopf zusammen. „Papa hat gesagt, wir dürfen hier draußen sein. Und er hat gesagt, er ruft mich in ein paar Tagen wegen August zurück. Er hat im Moment viel zu tun.“

„Du hast … was? Entschuldige bitte?“ Mir blieb die Luft weg. Karl hatte sich tatsächlich herabgelassen und war ans Telefon gegangen? Woher wollte *er* wissen, was für Dustin *okay* war? Er hatte wirklich Nerven, großspurig etwas zu *erlauben*! Warum glaubte Dustin, dass Karls Erlaubnis irgendetwas zu bedeuten hätte? – Die Antwort lag natürlich auf der Hand. Dustin wusste, dass sein Vater ihm sagen würde, was er hören wollte.

„Dein Vater hat hier nichts zu sagen“, fauchte ich. „Du hättest *mich* anrufen müssen.“

Dustin richtete sich größer auf und war plötzlich mehr ein Mann als ein Jugendlicher. „Ich habe dich nicht erreicht. Deshalb habe ich Papa angerufen, und dieses Mal habe ich ihn erwischt. Cassies

Hausarrest ist vorbei. Von den anderen bekam kein Einziger Hausarrest."

Cassandra schaute Dustin mitfühlend an und sah aus, als wüsste sie nicht genau, ob sie sich einmischen oder sich in Deckung bringen sollte. Sie trat von einem Fuß auf den anderen und verdrehte die Arme wie Brezeln.

Ich stand zwischen ihr und dem einzigen möglichen Ausgang und fühlte mich fast genauso unsicher, wie sie aussah. Sollte ich nachgeben? Sollte ich einen harten Kurs fahren und Dustin bestrafen, nur um zu beweisen, dass sein Vater nichts zu melden hatte? Meine Gedanken rasten in alle Richtungen, mein Verstand und mein Herz wogen die Konsequenzen ab, die jede dieser Entscheidungen nach sich ziehen würde. Ich wollte nicht so werden wie meine Mutter. Ich wollte nicht, dass Dustin und ich eine solche Beziehung zueinander hätten. Aber in diesem neuen Leben gab es so viele Gefahren, so vieles, das falsch laufen konnte, und Dustin hatte so wenig Erfahrung. Bis jetzt war er beschützt, abgeschirmt und beaufsichtigt worden. Er hatte sich nie in einer Situation befunden, in der andere Jugendliche ihn auf Abwege führen konnten.

Er war nie mit Mädchen zusammen gewesen, die sich kleideten wie Cassandra …

„Hallo, da unten im Bootshaus!" Eine Stimme übertönte den Regen. Mein Herz stockte und überschlug sich dann fast. Ich wusste, wer den Hang herabkam, bevor ich mich umdrehte und Mart näher kommen sah. Er trug einen langen Regenmantel, so als hätte er vor, ausgerissene Hunde in der Wildnis einzufangen. Beim Gehen pfiff er „Deep in the Heart of Texas", eine fröhliche Melodie, die angesichts der angespannten Atmosphäre im Bootshaus völlig fehl am Platz wirkte. Ich hob eine Hand zum Gruß, als er näher kam.

Dustin und Cassandra beugten sich vor, um zu sehen, wer da kam. Als sie erkannten, wer es war, wich Cassandra in den Schatten zurück, und Dustin stöhnte: „Na, toll! Was will *der* denn hier?"

„Dustin", schimpfte ich. „Benimm dich! Du hast schon genug Schwierigkeiten. Mr McClendon versucht, dir mit dem Wassersicherheitskurs einen Gefallen zu tun. Du kannst von Glück sagen, dass du nicht vors Jugendgericht musstest."

In einer überraschenden Aufmüpfigkeit, zweifellos um Cassandra zu beeindrucken, antwortete Dustin: „Ist mir doch egal."

Cassandra wirkte schockiert und reagierte mit einem schnellen Kopfschütteln in seine Richtung, das verriet, dass sogar sie fand, dass er jetzt zu weit gegangen war.

Mart trat vom Weg auf die mit Moos überwachsene Betonfläche, die früher eine Bootsrampe gewesen war. Die Erinnerungen an seinen Kuss rasten wie Atome in einem Teilchenbeschleuniger in meinem Inneren herum und drohten, auf meine Probleme mit Dustin zu treffen. Ich hoffte, dass Dustin nicht ahnte, was zwischen Mart und mir ablief … denn wer wüsste, welches schwarze Loch sich dann auftun würde?

Meine Sorgen überschlugen sich fast. Was sollte ich jetzt machen? Versuchen, mich cool und sachlich zu benehmen? Hoffen, dass Mart diesen dezenten Hinweis verstehen würde? Und wenn er ihn nicht verstand? Ich könnte Dustin ins Haus schicken und es gar nicht so weit kommen lassen. Sobald er fort wäre, würde Cassandra sich wahrscheinlich ihr Fahrrad schnappen und wieder fahren.

Dann wären Mart und ich allein. Ein schwindelerregender Strudel an Gefühlen folgte diesem Gedanken, und ich musste kurz daran denken, dass Bonnie recht hatte. Er sah wild und rau aus.

Sofort wurde diese Beobachtung von Schuldgefühlen, Verlegenheit und Selbstzweifel unterdrückt. Ich war eine achtunddreißigjährige Frau, die ein Kind hatte. Ich musste aufhören, mich zu benehmen, als wäre ich in Cassandras Alter.

Mart, der nicht die geringste Ahnung von meinen Selbstgesprächen hatte, lächelte freundlich und richtete dann seine Aufmerksamkeit auf die Kinder. Er begrüßte zuerst Dustin und erntete dafür nur ein undeutlich gemurmeltes Hallo, was sofort meine Wangen vor Ärger zum Glühen brachte. Doch Mart schien das nicht zu bemerken. Er lächelte Cassandra an, die jetzt aussah, als zöge sie in Erwägung, sich ins Wasser zu stürzen und in die Freiheit zu schwimmen. „Ist dein Hausarrest vorbei, Cassandra?"

Sie errötete, nickte und bohrte eine Zehe in den Boden. „Ja, Sir."

Marts Haltung wurde noch weicher. „Wir sehen dich dann morgen beim Wassersicherheitskurs?"

Sie zog das Kinn ein und schaute ihn reumütig an. Ihre Augen blickten groß und dunkel und verletzlich – genau der Blick, den ein Mädchen benutzt, um zu bekommen, was es will. „Ja, Sir. Es tut mir leid, was wir neulich auf dem See gemacht haben."

Der unschuldige Hündchenblick erzielte bei Mart die gewünschte Wirkung. Er trat unter das Dach und sah sie ermutigend an. „Kopf hoch! So schlimm wird der Wassersicherheitskurs schon nicht werden. Vielleicht lernst du sogar etwas dabei."

„Ja, Sir." Sie verlagerte ihr Gewicht, löste ihre verschränkten Arme und steckte die Hände in die Taschen. Dann kniff sie ein Auge zu, als hätte sie etwas auf dem Herzen, könnte sich aber nicht entscheiden, ob sie es aussprechen solle. „Ähmm … Wissen Sie, wie lang der Kurs dauert? Wann er jeden Tag aus ist?"

Dustin, der sich in eine Ecke zurückgezogen hatte, richtete seine Aufmerksamkeit nun auf Mart. Das Gespräch schien ihn plötzlich zu interessieren.

Mart kratzte sich am Kinn, während die Spannung im Raum wuchs. „Um fünf Uhr, vielleicht auch um sechs."

Cassandras Kinnlade fiel nach unten, und Dustin sog überrascht die Luft ein. Da der Kurs schon um zwei Uhr anfing, erschien mir fünf oder sechs Uhr ein wenig spät. Ich hatte gedacht, dass er ungefähr nur eine Stunde am Tag dauern würde.

Ein leichtes Funkeln trat in Marts Augen. „Warum? Hast du noch ein heißes Date?"

Die geröteten Wangen der beiden Jugendlichen wurden um einige Nuancen dunkler. Cassandra drehte die Zehen nach innen und sah aus wie ein scheues, kleines Mädchen, das in der Schule an die Tafel kommen muss. „Nein, es ist nur so, dass ich … meiner … ähm … ich soll meiner … ähm … meiner Mutter helfen, die Zimmer in der Ferienanlage zu putzen und …" Sie sah Marts Blick, brach mitten im Satz ab und schaute ihn genauer an. „Sie nehmen mich nur auf den Arm, nicht wahr?"

Mart schmunzelte. „Du hast die Broschüre über den Wassersicherheitskurs nicht gelesen, die ich euch geschickt habe, nicht wahr?"

„Nein, Sir. Das hätte ich wohl tun soll, oder?"

„Wäre nicht schlecht gewesen."

„Ich glaube, meine *Mutter* hat sie gelesen." Cassandra lächelte hoffnungsvoll, und obwohl ich fest entschlossen war, sie nicht zu mögen, stellte ich fest, dass sie mir sympathisch war. Sie schien eigentlich ein ganz nettes Mädchen zu sein. Offenbar erwartete ihre Mutter, dass sie auch mithalf, was man von den meisten jungen Menschen auf dieser Seeseite nicht sagen konnte.

Mart trommelte mit den Fingerspitzen auf seinen Gürtel. „Macht deine *Mutter* den Kurs?“

„Nein, Sir“, gab Cassandra zu, aber sie und Mart lächelten sich an, als sie das sagte. Er hatte ihr klargemacht, was er meinte, ohne schwere Geschütze aufzufahren. Plötzlich fragte ich mich, warum er keine eigene Familie hatte. Er konnte gut mit Kindern umgehen. Er hatte Geduld, zog klare Grenzen, hatte aber auch einen Sinn für Humor.

„Du hast mehr von dem Kurs, wenn du die Broschüre vorher liest, wie ich gesagt habe. Dann weißt du auch, was du mitbringen musst“, schlug er vor. „Du auch, Dustin.“

„Ich habe sie schon gelesen.“ Dustins Worte überraschten mich.

„Hast du etwas dabei gelernt?“ Mart sprach mit Dustin in demselben gut gelaunten, aber bestimmten Tonfall, den er auch bei Cassandra benutzt hatte. Zweifellos würde sein Charme hier jedoch auf taube Ohren stoßen.

„Ein bisschen“, gab Dustin zu, und ich sah vollkommen überrascht zu, wie die abweisende Teenagerhaltung leicht ins Wanken geriet. „Meine Mutter hat mir gesagt, dass ich sie lesen soll.“

Marts Lippen verzogen sich zu einem leichten Lächeln. „Du hast eine gute Mutter.“

In diesem Moment hätte ich mich in Marts Arme werfen und ihn küssen können. Dustin stimmte Mart natürlich weder zu noch widersprach er ihm, und es kehrte eine unangenehme Pause im Gespräch ein. Schließlich brach Mart das Schweigen. „Wem gehört denn der Geländewagen in der Einfahrt? Habt ihr euer Auto gegen einen Geländewagen mit Allradantrieb eingetauscht?“

Dustin spitzte die Ohren. „Geländewagen mit Allradantrieb?“ Er verdrehte den Kopf und schaute zur Tür.

Plötzlich schauten mich alle interessiert an. „Mein Chef hat mir den Wagen geliehen“, antwortete ich, als wäre es das Selbstverständlichste auf der Welt. „Bei dem vielen Regen sind die Straßen kaum zu befahren. Ich komme sonst nicht zu meinen Hausbesuchen in Chinquapin Peaks."

Mart zog eine Braue hoch. „Kannst du dieses Ding überhaupt fahren?"

„Mein Chef hat es mir gezeigt", antwortete ich selbstsicher. Sah ich denn nicht aus wie eine Frau, die einen solchen Geländewagen fahren kann? Mart schaute mir in die Augen, und ich wusste, dass er in meinen Worten eine unterschwellige Herausforderung gehört hatte, als wollte ich sagen: *Soll ich es dir beweisen?*

Er schürzte die Lippen und schien darüber nachzudenken. Zum Glück waren sowohl Dustin als auch Cassandra damit beschäftigt, mein neues Gefährt zu begutachten.

„Da oben steht ein *Geländewagen* mit Allradantrieb?" Dustins Stimme quietschte und brach, dann schluckte er, räusperte sich und beendete den Satz in seiner neuen Männerstimme. „Im Ernst?"

„Ja", bestätigte ich und gab die Sicht frei. „Schau selbst, wenn du willst."

„Krass!" Dustins Stimme quietschte wieder, und Mart verzog mitfühlend das Gesicht. Dustin stürmte in den Garten. Als er schon ein paar Schritte zur Tür hinaus war, blieb er abrupt stehen, da ihm anscheinend erst jetzt einfiel, dass er Besuch hatte. „Komm, Cassie."

Cassandra ging an den Rand des Bootshauses, trat in den Regen hinaus und blieb dann stehen. „Ähm … ich sollte jetzt lieber wieder heimfahren." Sie warf einen schnellen Blick auf Mart und mich, blieb auf der Bootsrampe stehen und sah Dustin an, als wartete sie auf etwas. „Ich … ähm … sehe dich dann morgen, okay?" Sie warf wieder einen Blick auf mich und fügte dann hinzu: „Am Nachmittag beim Kurs." Ich ertappte mich dabei, dass ich ihre Körpersprache genau beobachtete und mich fragte, ob sie sich wieder hierherschleichen würde, sobald ich morgen das Haus verließ, um zur Arbeit zu fahren. Vielleicht sollte ich mit Sydney und Ansley sprechen und versuchen herauszufinden, ob sie irgendwelche Leute zum Haus hatten kommen sehen.

„Ich schreibe dir eine SMS", antwortete Dustin, hin- und hergerissen zwischen der Begeisterung für den Geländewagen und für ein nettes Mädchen. „Bist du sicher, dass du nicht bleiben und dir den Geländewagen anschauen willst?"

Cassandra schob nachdenklich ihre Unterlippe ein wenig vor. „Lieber nicht. Mein Hausarrest ist gerade erst vorbei."

„Okay, cool", sagte Dustin, und nach einem Moment des unsicheren Schweigens zwischen den beiden winkte Cassandra zum Abschied, ohne die Daumen aus den Hosentaschen zu nehmen. Dann eilte sie zu ihrem Fahrrad und verschwand auf einem Fußweg, der zu einer öffentlichen Bootsrampe weiter unten am Strand führte. Früher hatte hier ein großes Schild mit der Aufschrift *Betreten verboten* gestanden, das die Gäste am öffentlichen Strand darauf hinwies, dass sich der Fußweg auf dem Gelände von Larkspur Estates befand und nur für deren Bewohner zugänglich war. Schon damals hatten die Kinder vom öffentlichen Strand aber oft das Schild missachtet und den Weg betreten, um herauszufinden, wie die reiche Hälfte der Seebewohner lebte. Meine Schwester und ich hatten gern im Bootshaus gesessen und die Augen offengehalten, ob sich reizvolle Jungen blicken ließen. Wer hätte gedacht, dass jetzt ein Mädchen mit dem Rad diesen Weg entlangfuhr, um *meinen Sohn* zu besuchen?

Dustin lief den Hang hinauf, ohne sich umzudrehen, und ließ Mart und mich allein im Bootshaus zurück. Die Atmosphäre zwischen uns erschien mir plötzlich wie eine Tageslichtversion der Nacht, in der Mart mich geküsst hatte.

„Wir sind nie zu dieser Bootsfahrt gekommen." Marts Gedanken schlugen anscheinend ähnliche Wege ein wie meine. Er schaute mit zusammengekniffenen Augen auf den stürmischen See hinaus. Seine Augen hatten eine Grünfärbung angenommen, die der Farbe des Wassers im grauen Licht dieses Tages ähnelte.

Als er die Bootsfahrt erwähnte, kribbelte meine Haut erwartungsvoll. Das durfte ich ihm natürlich nicht zeigen. Dieser Kuss, die Vertrautheit zwischen uns in dieser Nacht – das hatte ich so nicht geplant und ich konnte noch immer nicht ganz glauben, dass ich es überhaupt zugelassen hatte.

„Das Wetter ist zu unberechenbar."

Er schaute mich stirnrunzelnd an und wirkte enttäuscht, dass ich auf seine unausgesprochene Einladung nicht einging. „Das stimmt. Aber heute Nacht soll das Wetter umschlagen und besser werden. Ich habe vor, deinen Jugendamtsmitarbeiter morgen früh über das

Wasser zu Len zu bringen. Es dauert noch mindestens zwei Tage, bis die Wege zu seinem Haus wieder passierbar sind. Wenn du willst, kannst du morgen gern mitkommen. Ich treffe mich sehr früh drüben beim Waterbird mit dem Mann vom Jugendamt und mit Pastor Hay."

Ja lag mir auf der Zunge, doch dann ging ich im Geiste meine Besuchstermine für morgen durch. Ich hatte in aller Frühe eine Dienstbesprechung, und dann war der Tag mit Hausbesuchen voll, von denen viele aufgrund des schlechten Wetters bereits letzte Woche schon einmal verlegt worden waren. Dazu kam die Sache mit Dustin und Cassandra. Vielleicht sollte ich morgen zum Mittagessen überraschend zu Hause auftauchen …

„Ich kann nicht", gab ich zu. „Ich habe morgen einen vollen Terminplan. Gibst du mir danach Bescheid, wie es gelaufen ist? Nicht nur bei Birdie, sondern auch bei meinem anderen kleinen Klienten, Daniel? Seine Großmutter bringt ihn zum Wassersicherheitskurs. Ich hoffe, der Kurs tut ihm gut. Und könntest du vielleicht … ein Auge auf Dustin werfen, wenn er dort ist … und auf Cassandra?" Ich verzog das Gesicht, da ich wusste, dass ich zu viel verlangte, aber ich brauchte Hilfe, und ich hatte sonst niemanden, auf den ich mich verlassen konnte. „Tut mir leid, ich mache mir nur … Sorgen und …"

Mart trat näher, und ich fühlte, wie mein Blick von seinen Augen angezogen wurde. „Kein Problem", sagte er leise. „Das macht mir nichts aus."

Einen Moment lang verstummte alles um mich herum und alles in mir – das Klatschen der Wellen an den Kai, das Rascheln der nassen Blätter auf dem Blechdach, das rhythmische Quaken eines Frosches irgendwo am Ufer, der Strudel aus Angst und Sorgen in meinem Kopf. Es gab nichts als die Erkenntnis, dass ich Mart vermisst hatte, als er fort gewesen war, und dass er jetzt hier vor mir stand.

Kapitel 18

Die Natur macht uns immer auf etwas aufmerksam.
Robert Frost
(von einem Angler zitiert, der nichts gefangen hat,
aber das war nicht schlimm für ihn)

Mart McClendon

Am Montagmorgen wurde das Wetter endlich besser. Ich war sehr früh beim Waterbird und wartete darauf, dass der Jugendamtsmitarbeiter auftauchte. Hay hatte ich bereits vorausgeschickt. Er sollte versuchen, Len auf dem Weg zum See abzufangen und ihn darauf vorbereiten, dass wir kamen. Ich ging davon aus, dass das Gespräch besser verlaufen würde, wenn Len vorgewarnt war. Ich wünschte nur, Andrea könnte auch mitkommen. Sowohl Len als auch Birdie kannten sie, und sie würde keine voreiligen Schlüsse ziehen. Ich machte mir ein wenig Sorgen, dass der Mitarbeiter des Jugendamts einen einzigen Blick auf die Situation werfen und entscheiden würde, das kleine Mädchen in irgendeiner Pflegefamilie oder einem Heim unterzubringen.

Die üblichen Stammgäste des Waterbird, die nun tagelang im Haus eingesperrt gewesen waren, Domino gespielt, Kaffee getrunken und gewartet hatten, bis der Sturm endlich vorübergezogen war, wirkten heute ungewöhnlich gut gelaunt. Pop Dorsey verriet mir, dass Burt und Nester, während sie aufgrund des Regens ans Haus gefesselt gewesen waren, sich heimlich über Sheilas Kaffee hergemacht hatten. Sie hatten den ganzen koffeinfreien Kaffee entsorgt und ihn durch richtigen Kaffee ersetzt. Jetzt genossen sie uneingeschränkt ihr Koffein. Sie sahen so glücklich aus wie Pferde auf einer Frühlingsweide, als sie jetzt ihre Köder und ihre

Angelausrüstung sortierten und sich für eine Fahrt auf den See bereit machten.

„Brauchst du Hilfe, wenn du zu Len hinaufgehst?", fragte Burt, der einen kleinen Spinnköder ans Ende seiner Angelleine band. „Hast du Rückendeckung für den Fall, dass der alte Len durchdreht?"

Ich schüttelte den Kopf. „Ich glaube nicht, dass das nötig ist. Ich war letzte Woche ein paarmal bei ihm, bevor der Regen kam. Len hat sich jedes Mal vernünftig benommen."

Nester zog seine buschigen Augenbrauen zusammen. „Wahrscheinlich weißt du es nicht, da du nicht von hier bist, aber als Lens Mutter wegen eines Schlaganfalls ins Krankenhaus kam und danach ins Pflegeheim musste, ist Len hingegangen und hat sie aus dem Bett entführt und in diese Hütte zurückgebracht. Als eine Pflegerin versuchte, ihn daran zu hindern, richtete Len eine Schrotflinte auf sie. Dieser Mann ist nicht normal."

„Er ist ein komischer Vogel", gab Pop Dorsey ihm recht und kam hinter der Theke hervorgerollt, da er im Moment keine Kunden im Laden hatte.

„Len hat vor langer Zeit den Verstand verloren", fügte Nester hinzu. „Falls er tatsächlich eine Tochter hat, muss es ziemlich schlimm um sie stehen, wenn sie ein kleines Kind allein bei Len lässt. Vielleicht *wollte* sie das Mädchen ja auch gar nicht dort lassen. Vielleicht hat Len sie gestohlen. Vielleicht hat er die Mutter bedroht oder ihr etwas angetan oder ..."

Ich hob die Hand, um Nester zum Schweigen aufzufordern. Es war gerade ein Auto vorgefahren, und ich nahm an, dass es der Mann vom Jugendamt war. „Hört zu, ich bringe jetzt den Mann vom Jugendamt über den See. Es ist seine Aufgabe, die Situation zu beurteilen. Es hilft niemandem weiter, wenn ihr diesem Mann solche Geschichten erzählt. Bis jetzt hatte ich keine Probleme mit Len. Wenigstens nicht wegen der Situation mit dem Mädchen. Ich will, dass er fair behandelt wird. Das ist alles."

„Sei vorsichtig", riet Burt mir, und sowohl Nester als auch Dorsey nickten mit sehr ernsten Gesichtern. Dann wechselten sie das Thema und unterhielten sich über Spinnköder.

Die Tür ging auf, und ein junger Mann, vielleicht Mitte zwanzig, trat ein. Er hatte eine abgegriffene, lederne Aktentasche in der Hand, woraus ich schloss, dass er der Mitarbeiter war, auf den ich wartete. Ich trat auf ihn zu und stellte mich vor. Randy Alsup hatte den weichen, schlaffen Händedruck, den andere Männer überhaupt nicht mögen, und er trug Halbschuhe und eine Anzughose. Er sah aus, als käme er frisch von der Uni, und hatte anscheinend keine Ahnung, dass wir durch den Matsch stapfen müssten, um zu einer Hütte irgendwo im Wald zu gelangen. Falls Len Probleme machen sollte, wäre dieser Mann keine Hilfe. Andererseits wäre er wahrscheinlich formbar und man könnte ihm vielleicht alles Mögliche in Bezug auf Len einreden.

Vielleicht war genau das die Absicht von Andreas Chef gewesen. Ich hatte heute Morgen schon mit Andrea telefoniert, und sie hatte mir erzählt, dass ihr Chef, Tazinski, *sich um alles gekümmert habe.* Sie glaubte, dass sie irgendwann in den nächsten Tagen die Überweisung, Birdie zu betreuen, auf dem Tisch liegen hätte. Vorausgesetzt, Len zeigte sich von seiner besten Seite.

Nester und Burt schoben sich von ihren Sitzen hoch, begannen, ihre Sachen zusammenzupacken, und winkten uns auf dem Weg zur Hintertür zum Abschied zu. Ein paar Männer warteten bereits unten am Pier auf sie. Ich wusste, wohin sie fahren wollten. Sie fuhren in ihren Booten auf die andere Seeseite und dann den Flusskanal hinauf, bevor ich dort ankommen konnte. Dann würden sie dort herumlungern, eine Angelleine ins Wasser werfen und die Augen offenhalten, damit ihnen nicht entging, wenn ich mit Randy im Gepäck eintraf. Diese Männer würden auf jeden Fall dafür sorgen, dass sie in der vordersten Reihe saßen, falls etwas Interessantes passierte.

Pop schaute ihnen mit einem langen, traurigen Gesicht nach. Früher hätte er den Laden seiner Frau überlassen und die anderen begleitet. Ich beschloss, dass ich, sobald der Wassersicherheitskurs heute Nachmittag vorbei wäre, meinen Arbeitstag beenden würde – vorausgesetzt, mit Len und Birdie wäre alles gut gelaufen. Dann könnte ich zum Waterbird fahren und mir überlegen, was nötig wäre, um die Rampen so umzubauen, dass Pop eigenständig mit dem Rollstuhl zum Pier hinunterfahren könnte. Wenn am Pier dann noch mehrere Geländer und Tore angebracht wären, würde sich Sheila vielleicht nicht mehr so große Sorgen machen, dass ihr Vater ins Wasser fallen könnte.

Wenn wir uns anstrengten, fänden wir vielleicht sogar eine Möglichkeit, Pop wieder in ein Boot zu setzen. Vielleicht eine Art Flaschenzug. Im Moment war der Mann ein Gefangener in seinem eigenen Laden. Das, was er am meisten liebte, befand sich direkt vor seinem Fenster, nur einen Steinwurf entfernt, aber trotzdem unerreichbar. Es war nicht richtig, dass ein guter Mann wie Dorsey so endete.

Ich deutete zur Tür und erklärte Randy, dass wir jetzt aufbrechen sollten. Ich stellte fest, dass er ein ganz netter Kerl war, während wir zum See hinabgingen und uns über das Wetter unterhielten. Auf der Fahrt über den See erzählte er mir, dass dieser Besuch nur einer von vielen war. Er arbeitete erst seit ein paar Monaten in diesem Beruf und hatte schon eine Besuchsliste, die länger war als sein Arm. Ich hatte das Gefühl, dass er auf keinen Fall mehr Papierarbeit wegen Birdie haben wollte, als unbedingt nötig war.

Je weiter wir über den See glitten, umso besorgter wurde Randys Miene. Während wir den Flusskanal hinauffuhren, unser Publikum in den Fischerbooten passierten und den Marsch durch den Wald begannen, fragte Randy insgesamt vier Mal, wie weit es noch sei. Anscheinend hatte er noch nie zuvor einen Hausbesuch mit dem Boot und zu Fuß gemacht. Auf dem ganzen Weg bergauf warf er immer wieder vorsichtige Blicke in den Wald, der im Morgenlicht noch schattig und still war. Irgendein nachtaktives Tier sprang im Gebüsch an uns vorbei. Ich dachte, Randy bekäme gleich einen Herzinfarkt, so sehr erschrak er. „Was war das?"

„Wahrscheinlich nur ein Luchs oder ein Kojote, der zu seiner Höhle will, um sich jetzt schlafen zu legen."

„Oh nein!", flüsterte er und verfolgte mit den Augen das Geraschel im Gebüsch.

„Keine Sorge. Er kommt nicht zu uns herüber." Ich ging wieder weiter, und Randy folgte mir, ließ aber die ganze Zeit die Bäume nicht aus den Augen.

„Hier oben leben tatsächlich *Menschen*?", fragte er, als wir den Waldrand erreichten.

„Einigen gefällt es hier." Wir gingen durch das hohe Gras auf die Zedernhecke zu, hinter der Lens Haus versteckt war. „Aus den verschiedensten Gründen."

Unter der Veranda stürmten mehrere Welpen hervor, als wir das hohe Gras durchschritten und das Brombeergestrüpp beim Haus erreichten. Hinter dem Haus erwachte der große, weiße Pitbull und bellte. Eine Sekunde später stimmte ein anderer Hund mit ein, und Randy holte seinen Block heraus und machte sich Notizen, während wir durch den Matsch und das Gras stapften.

Hay wartete mit Len auf der Veranda. Die Veranda sah frisch gefegt aus, und die Waschbärenhäute, die bei meinem letzten Besuch noch am Verandapfosten gehangen hatten, waren verschwunden. Hay musste Len überredet haben, sich selbst auch präsentabler zu machen, denn er trug ein kariertes Hemd, das nicht zerrissen oder durchgewetzt war, und eine Jeans, die zwar wie ein Futtersack an ihm hing, aber wenigstens sauber war. Ich konnte ihn auch nicht schon aus zwei Metern Entfernung riechen. Vielleicht hatte er sogar gebadet, oder er war einfach nur in den letzten Tagen im Regen gewesen. Seine Haare sahen aus, als könnten sie gekämmt worden sein, aber unter der schmierigen, grauen Baseballkappe war das schwer zu sagen.

Ich blieb an der Seite stehen, während Hay Len und Randy einander vorstellte. Dann setzten wir uns auf einen durchgebogenen Gartenstuhl, zwei umgedrehte Eimer und eine Kühlbox mit einem Riss. Randy erklärte, warum er hier war, aber es war schwer zu sagen, wie viel Len wirklich verstand. Andrea hatte Randy vorgewarnt, dass er auf keinen Fall das Wort *Jugendamt* erwähnen sollte. Len reagierte nicht, als Randy erklärte, dass er von der Abteilung für Familien- und Kinderschutz komme. Das waren größere Wörter, als Len so schnell verarbeiten konnte. Aus irgendeinem Grund versuchte Len, uns dazu zu bewegen, den Weg hinabzugehen und uns seinen Garten anzuschauen. Randy wollte natürlich lieber über das kleine Mädchen sprechen.

„Sie-sie sch-schläft noch", sagte Len, als würde das als Erklärung genügen. Er warf einen besorgten Blick zur Fliegengittertür und legte einen Finger auf seine Lippen, um uns aufzufordern, leise zu sein.

„Also gut. Dann sprechen wir in ein paar Minuten mit ihr." Randy warf einen Blick auf seine Armbanduhr, dann rieb er sich die Stirn und wirkte frustriert. Er klappte seinen Notizblock auf und begann, Fragen zu stellen: Wie war Birdie zu Len gekommen? Wo war ihre Mutter? Hatte Len eine Telefonnummer, unter der man sie erreichen konnte? Hatte sie gesagt, wann sie wiederkäme? Wusste Len, wo sie wohnte? Lens Antworten waren knapp. Wie bei Len üblich, wirkte das, was wahrscheinlich Verwirrung und mangelndes Verstehen war, wie Eigensinn. Hay und ich schauten uns vielsagend an und wussten beide, dass dieses Gespräch nicht gerade gut verlief. Bis jetzt bestand Lens Geschichte daraus, dass Birdie und ihre Mutter vor ein paar Wochen mitten in der Nacht hier aufgetaucht waren. Sie hatten keine Koffer dabeigehabt. Nur ein paar Müllbeutel im Kofferraum des Autos.

Len wusste nicht, wo seine Tochter wohnte, wo seine Exfrau wohnte und ob die Exfrau überhaupt noch lebte, aber früher hatte er sie von Zeit zu Zeit gesehen. Nach einigen Nachfragen begriffen wir, wie es abgelaufen war: Irgendwann hatte die Exfrau herausgefunden, dass Len durch seine Armeepension und die Einnahmen, die er mit Fallenstellen, Fischen und dem Gemüseverkauf erwirtschaftete, normalerweise ein wenig Geld übrig hatte. Jahrelang war sie, wenn sie Geld brauchte, zu Besuch gekommen und hatte immer ein kleines Mädchen namens Norma mitgebracht, das angeblich Lens Tochter war.

Als Norma älter wurde, wandte sie denselben Trick wie ihre Mutter an. Seit Lens Eltern gestorben waren, hatten die Frauen leichtes Spiel. Len hatte die Exfrau lange nicht mehr gesehen, aber die Tochter kam von Zeit zu Zeit zu Besuch. Wenn Len gerade kein Geld flüssig hatte, blieb sie, bis sein monatlicher Scheck kam. Dann nahm sie, was sie bekommen konnte, und verschwand wieder. Es klang, als zöge sie häufig um, denn gelegentlich lagerte sie Sachen im Stall oder im alten Schulbus. Wenn sie gerade keine Wohnung hatte, wohnte sie auch manchmal hier.

„Aber dann mu-muss sie wieder zur Ar-arbeit“, sagte Len.

„Sie muss wieder arbeiten?“, fragte Hay nach. „Wissen Sie, wo sie arbeitet, Len?“

Len zuckte seine dürren Schultern.

„Ist sie das letzte Mal, als sie hier war, auch wieder zur Arbeit gefahren?“, fragte ich. Ich hatte ein ungutes Gefühl, als ich über Birdies Mutter nachdachte. Eine Frau tauchte nicht mitten in der Nacht mit einem Kind im Schlafanzug und ohne Koffer auf, es sei denn, sie lief vor etwas weg … oder vor jemandem. Was auch passiert war, Birdie hatte es anscheinend schmerzlich miterlebt.

Len zuckte wieder die Achseln. „Keine Ahnung.“

„Und Sie haben keine Telefonnummer von ihr?“, fragte Randy noch einmal. „Eine Telefonnummer? Eine Nummer, unter der man sie erreichen kann?“

„Nei-nein, Sir.“

„Vielleicht einen Scheck, der ihr gehört, einen Brief? Etwas in der Art?“

Len rieb mit den Handflächen über seine Hosenbeine und wurde unter dem Druck dieser ganzen Fragen unruhig. „Nei-nein. Kei-keine Ahnung.“ Er stand von seinem Stuhl auf und erklärte uns, dass er jetzt zum See gehen und nach seinen Fangleinen schauen müsse. Ihm dauerte der Besuch schon viel zu lang.

„Ich muss noch mit …“ Randy blätterte in seinen Papieren, bevor er seinen Satz beendete. „… mit Lilian sprechen. Außerdem muss ich sehen, wie es im Haus aussieht. Ihr Zimmer, die Küche und so weiter.“

Randy stand auf und wollte zur Fliegengittertür gehen, aber Len kam ihm zuvor, warf eine Hand auf den Türrahmen und hielt die Tür zu. „Sie sch-sch-schläft“, beharrte er. Seine Worte waren von einem leichten Spuckeregen begleitet, und Randy warf sofort einen vorsichtigen Blick auf seine Notizen. Die Tinte verlief an einigen Stellen.

„Lassen Sie sie allein im Haus, wenn Sie zum See gehen?“, fragte Randy. Ich hatte das Gefühl, dass dieses Gespräch jetzt eine gefährliche Richtung einschlug.

Hay dachte anscheinend das Gleiche, denn er mischte sich ein, bevor Len antworten konnte. „Len, ich habe Ihnen erklärt, dass er die Küche und das Haus sehen und mit Birdie sprechen muss. Erinnern Sie sich? Wir haben darüber gesprochen, und Sie haben gesagt, dass das in Ordnung ist.“

Len wand sich, als hätte er ein Ameisennest unter dem Hemd.

„Len“, sagte ich, aber ich stand nicht auf. Ich wollte nicht, dass

Len dachte, wir wollten ihn alle gemeinsam unter Druck setzen. „Du weißt doch, dass ich dir neulich gesagt habe, dass es Regeln gibt, wenn man wild lebende Tiere halten will, wie zum Beispiel den kleinen Waschbären? Erinnerst du dich? Es ist meine Arbeit, mich um wilde Tiere zu kümmern und dafür zu sorgen, dass sie von den richtigen Leuten die richtige Pflege bekommen, damit sie wachsen und gut leben können."

Len zog konzentriert seine Augenbrauen zusammen und nickte. Er schien mir folgen zu können, deshalb fuhr ich fort. „Es gibt Leute, die das Gleiche in Bezug auf kleine Kinder machen. Sie müssen dafür sorgen, dass ein kleines Kind an einem Ort wohnt, an dem es sicher und gesund ist. Das ist Randys Aufgabe. Deshalb ist er hier. Er muss sich im Haus umsehen, denn das gehört zu seiner Arbeit. Verstehst du?"

Lens Blick wurde hart, und er massierte nachdenklich sein Kinn. „Du hast meinen Wa-Waschbären mi-mitgenommen."

Ich wusste sofort, dass ich nicht gerade den besten Vergleich gewählt hatte. Der Waschbär war ein wunder Punkt. „Das weiß ich, Len, aber das schreibt das Gesetz nun einmal vor. Wenn das Gesetz etwas vorschreibt, bleibt dir keine andere Wahl. Das Gesetz sagt, dass Randy die kleine Birdie sehen muss, und dass er sehen muss, wo sie wohnt. Solange alles in Ordnung ist, hast du keinen Grund, dir Sorgen zu machen."

Len steckte die Hände nervös in seine Hosentaschen. Ein paar Münzen klimperten. Sein Blick wanderte zwischen mir und Hay hin und her und er entblößte seine Zähne. „Es gi-ibt Ranger für Ki-Kinder?", fragte er schließlich.

Hay nickte, und ich sagte: „Ja, Len, das gibt es. Es gibt Ranger für Kinder."

Lens Schultern sackten nach unten, und er nahm die Hand von der Tür. Auch wenn er alles andere nicht verstand, begriff er, dass Ranger Autorität hatten, selbst wenn man sich auf dem eigenen Grundstück befand. Er öffnete die Tür und ging, ohne noch ein Wort zu sagen, hinein. Randy folgte ihm mit dem Klemmbrett in der Hand. Hay und ich bildeten die Nachhut. Im Haus roch es nach Schimmel und altem Fett. Die Ecken des Wohnzimmers und ein ganzes Zimmer, das früher vielleicht einmal ein Schlafzimmer gewesen war, hatte er mit allem möglichen Müll vollgepackt. Ich bemerkte alte Kleidung, Zeitschriften, Zeitungen und Pappkartons mit Pekannüssen, die Len im letzten Herbst gesammelt haben musste. Außerdem leere Milchflaschen und leere Waschmittelflaschen, die Len wohl als Schwimmer für seine Fangleinen verwenden wollte. Desweiteren Fahrradschläuche, Strandtücher, Styropor-Kühlbehälter, Fischeimer, Schuhe, Flipflops, Schwimmwesten und alles mögliche Treibgut, das er wahrscheinlich am See gefunden hatte.

In der Mitte des Raumes stand ein abgewetztes Sofa, das sich auf eine Seite neigte. Schmutziger Schaumstoff schob sich durch den grünen Bezug wie Haut, die unter der gespannten Knopfleiste am Hemd eines dicken Mannes hervorquillt. Dem Sofa gegenüber stand ein Fernseher mit Antenne, die bestimmt keinen Empfang mehr hatte. Len hatte wahrscheinlich noch nie etwas davon gehört, dass man inzwischen über Satellitenschüsseln digitale Fernsehsignale empfing. Der Bildschirm und die Knöpfe waren mit einer Staubschicht überzogen – ein Beweis, dass das Fernsehgerät schon eine ganze Weile nicht mehr benutzt worden war. Neben dem Sofa stand noch ein verblichener Armsessel aus goldgelbem Samt, der mit einer Decke und einem Kissen bedeckt war, so als schliefe dort regelmäßig jemand.

„Wer schläft hier?“, fragte Randy und deutete mit seinem Füller auf den Sessel.

„I-ich“, antwortete Len und ging weiter durchs Wohnzimmer, während seine Hände sich nervös in den Stoff seines Hemdes klammerten. „Ich ha-habe Essen … für Birdie.“ Ohne auf eine Antwort zu warten, ging Len weiter in die Küche, die nicht so schlecht aussah wie das Wohnzimmer. Im Spülbecken stand kein ungespültes Geschirr. Einige bunt zusammengewürfelte Teller und eine Bratpfanne trockneten auf einem Abtropfgitter auf der abgeblätterten, grünen Resopalplatte. Darüber hing ein offenes Regal, das mit selbst eingemachten Lebensmitteln gefüllt war. Es sah ganz danach aus, als hätte Lens Mutter ihn einiges gelehrt. Er konnte Geschirr spülen, Gemüse und Obst einmachen und eine Küche halbwegs in Ordnung halten. Als ich Len in der winzigen Küche beobachtete, während seine großen, alten Hände immer noch nervös sein Hemd bearbeiteten, konnte ich ihn mir schwer beim Einmachen von Gemüse vorstellen.

Hay und ich blieben im Türrahmen stehen, während Randy die Küche inspizierte. Als es um die eingemachten Sachen ging, wurde Len richtig gesprächig, und nach einer Weile war mir klar, dass er nicht nur aus Stolz auf sein Gemüse so viel sprach. Nachdem ich den Waschbären erwähnt hatte, musste er auf die Idee gekommen sein, dass er zeigen müsse, dass er sich um ein kleines Mädchen kümmern konnte, genauso wie um ein Haustier.

„Ich ha-habe Tomaten und Mais und Bo-Bohnen. Im Stall habe ich no-noch mehr.“ Er wollte schon zur Hintertür gehen und zog hoffnungsvoll die Brauen hoch, aber Randy schüttelte den Kopf und versperrte ihm den Weg. Der weiße Hund im Hof kam zur Fliegengittertür gelaufen und knurrte. Randy wich schnell hinter den Ofen zurück. „Ich muss jetzt wirklich Birdie sehen.“ Er deutete zu einer geschlossenen Tür am anderen Ende der Küche. „Ist das ihr Zimmer?“

„Ihr Zimmer?“, fragte Len. Die Frage schien ihn zu verwirren.

„Schläft Birdie in diesem Zimmer?“ Randy warf einen Blick auf seine Uhr, blinzelte schnell und runzelte die Stirn, als könnte er nicht glauben, wie lange dieser Besuch sich bereits hinzog. „*Ihr* Zimmer. Ist das Birdies Zimmer? Wohnt sie hier?“

„Das ist das Zimmer meiner Mama.“ Len öffnete die Hintertür und spuckte in den Hof. Er tätschelte dem Hund den Kopf, bevor er ihn aus dem Weg schob und die Tür zumachte. „Sie mag niemanden in ihrem Zimmer. Mama mag das nicht.“

Hay trat näher zur Schlafzimmertür. Außer einem winzigen Badezimmer und Waschraum neben der Küche und den mit Müll vollgestellten vorderen Zimmern war der Raum hinter dieser geschlossenen Tür der einzige andere Wohnraum im Haus. „Ich denke, es ist okay, wenn er hineingeht, Len. Ihre Mama hätte sicher nichts dagegen, da Birdie ja hier schläft.“ Hays Stimme war leise und freundlich. Er legte Len eine Hand auf die Schulter und führte ihn voran ins Zimmer. Len ließ es geschehen und entspannte sich sichtlich.

Eine Sekunde lang stand ich nur da, schaute Hays Hand auf Lens Schulter an und fragte mich, wie lange niemand mehr Len so freundlich behandelt hatte. Die meisten Menschen tolerierten ihn bestenfalls und benutzten ihn schlimmstenfalls als Zielscheibe für ihre Witze, aber Hay behandelte ihn mit der gleichen Freundlichkeit, mit der er auch jedem anderen begegnen würde. Als wäre das ganze Gerede von *Liebe deinen Nächsten wie dich selbst* für ihn nicht nur Gerede.

Vielleicht sollte ich das nächste Mal, wenn Hay am Abend bei mir vorbeikam und mir Gemüse brachte, das er von Len gekauft hatte, oder wenn er versuchte, mich zu überreden, ihm bei seiner Theateraufführung zu helfen, nicht mehr so abweisend sein. Vielleicht versuchte Hay gar nicht, neugierig zu sein oder sich in meine Angelegenheiten einzumischen. Vielleicht sah er in mir einfach einen Mann, der als Kind jeden Sonntag die Kirche besucht hatte, dann aber wütend auf Gott geworden war und jetzt nichts mehr von Kirche und Gemeinde wissen wollte. Vielleicht sah er, dass ich tief in meinem Inneren angefangen hatte, mich der Tatsache zu stellen, dass wir nicht immer verstehen, warum Gott manche Dinge geschehen lässt. Vielleicht sah er, dass ich angefangen hatte zu begreifen, dass ich mir selbst keinen Gefallen tue, wenn ich dem christlichen Glauben den Rücken kehre.

Wir fanden Birdie im Schlafzimmer. Sie lag zusammengerollt neben dem Plüschwaschbären aus dem Souvenirladen im Nationalpark und schlief. Der Raum war überraschend sauber bis auf eine Staubschicht, die aussah, als hätte sie sich in vielen Jahren gebildet. Die Schlafzimmermöbel waren alt und schlicht: ein eisernes Bettgestell, das wahrscheinlich früher einmal weiß gewesen war, eine Walnusskommode, ein Nachttisch und ein Waschtisch mit Spiegel. Ein blauweißer Emaille-Krug und eine dazu passende Schüssel standen auf dem Waschtisch. Daneben lagen Bürsten und Spiegel, wie sie meine Großmutter gehabt hatte, als ich ein Kind gewesen war. Ich entdeckte sogar einen alten Parfum-Flakon mit Zerstäuber. Die Flasche war noch halb voll, doch das Parfum war jetzt eingedickt und hatte eine dunkelbraune Färbung wie Motorenöl angenommen. Nichts im Zimmer schien verändert worden zu sein, seit Lens

Mutter gestorben war. Ihre Schuhe standen noch in der Ecke, ihre Kleider hingen im Schrank, ihr Sonntagshut hing am Bettpfosten. Hier und da zeigten winzige Fingerabdrücke und dünne Spuren im Staub, dass Birdie ihre Umgebung erkundet hatte. Ich wunderte mich, dass Len das nicht störte, nachdem er im Zimmer seiner Mutter jahrelang nichts angerührt hatte.

Ich warf einen Blick auf Randy und sah, dass er sich umschaute. Er legte die Stirn in Falten, als könne er sich keinen Reim darauf machen, warum der Rest des Hauses mit Müll vollgestopft war, aber dieses Zimmer bis auf die Staubschicht ordentlich wirkte. Mir wurde bewusst, dass Len die kleine Birdie sehr gern haben musste, wenn er sie in einem Zimmer schlafen ließ, das er jahrelang nicht angerührt hatte. Aus dem Geschirr und der Kleidung im alten Schulbus schloss ich, dass Birdies Mutter dort schlief, wenn sie hier war, oder Len ließ sie auf dem Sessel schlafen und er selbst wohnte dann im Bus. Aber die einzigen Spuren in diesem Zimmer waren Birdies winzige Fingerabdrücke.

Randy begutachtete den Raum, ohne etwas zu berühren. Aus Versehen stieß er mit der Schuhspitze an den Bettpfosten, und Birdie wachte auf. Sie drehte sich zu uns um und streckte sich. Ihre blauen Augen musterten uns verschlafen. Mich sah sie eine Weile an und schien sich an mich zu erinnern. Hay beugte sich neben mir vor und sagte: „Hallo, Birdie. Hast du gut geschlafen?"

Sie zog die Decke bis unters Kinn hoch, dann lächelte sie ihn leicht an, und ihre Augen funkelten, als freute sie sich über seine Aufmerksamkeit. Offenbar wirkte Hays Charme auch bei ihr. Ein roter Kardinalvogel sprang aufs Fensterbrett. Birdie lächelte Hay an, setzte sich auf und deutete auf den Vogel. Sie spitzte die Lippen und ahmte den Gesang des Vogels gut erkennbar nach. Es war das erste Mal, dass ich ihre Stimme hörte.

Der Kardinal flog davon, und Birdie entdeckte Randy, der in der Ecke stand. Ihr Lächeln verschwand, und sie blickte sich suchend nach ihrem Opa um. Als sie ihn entdeckt hatte, rutschte sie unter der Bettdecke hervor, krabbelte übers Bett und suchte bei ihm Schutz. In der einen Hand hielt sie den Waschbären, die andere hatte Lens Hemdzipfel umklammert. Sie verbarg sich hinter seinem Rücken, sodass nur ein Teil ihres sorgenvoll verzogenen Gesichtes zu sehen war. Sie sah aus wie ein Kind, das wusste, dass es nichts Gutes bedeutete, wenn man beim Aufwachen Fremde im Zimmer vorfand. Len legte eine große Hand auf ihren Kopf und strich beruhigend darüber.

Randy trat näher und setzte sich auf die Bettkante. Wahrscheinlich versuchte er, sich auf Birdies Augenhöhe zu begeben und freundlich zu wirken.

Mein Blick blieb eine Minute lang an mehreren mit Staub bedeckten Bildern an der Wand hinter Birdie hängen. Schwarz-Weiß-Aufnahmen von einem Mann, der ein Maultiergespann vor einem Pflug an den Zügeln hielt; ein Hochzeitsfoto; ein Foto von Len in Armeeuniform. Daneben befand sich eine ausgebleichte Seidenfahne mit einem Stern darauf. Solche Fahnen hängten Eltern in ihr Fenster, um der Welt zu zeigen, dass ihr Sohn beim Militär diente.

Ich betrachtete die Augen des jungen Mannes auf dem Foto und fragte mich, welche Gedanken ihn wohl beschäftigt hatten, bevor der Fotograf das Bild machte. Es war schwer zu sagen. In erster Linie wirkte er entschlossen ... und sehr jung. Fast wie ein Kind, das sich verkleidet hatte: Der Hut war zu groß und das Kinn war so glatt, dass er sich damals wahrscheinlich nur alle drei oder vier Tage rasieren musste. Wenn man ihn jetzt sah, war es schwer, sich Len so vorzustellen. Von dem jungen Soldaten mit den strahlenden Augen war in dem alten Mann mit dem hängenden Mund und dem vernarbten Ohr nicht mehr viel zu erkennen – aber wahrscheinlich steckte er immer noch in ihm. Oft beurteilte man einen Menschen nur nach seinem Äußeren und seinen Erfolgen und vergaß, dass jeder einmal jung gewesen war und von einer besseren Zukunft geträumt hatte.

Ich fragte mich, ob jemand, der noch so unerfahren war wie Randy, dieses Foto an der Wand sehen und richtig deuten konnte. Vielleicht wollte er es aber auch gar nicht. Wenn man jung war, glaubte man, man könne wie eine Dampflokomotive auf gerader Strecke von einem Punkt zum nächsten durchs Leben rollen. In diesem Alter ist einem noch nicht bewusst, dass man früher oder später vor Bergen steht, die nicht zu bezwingen sind, und vor Schluchten, die man nicht überwinden kann. Man macht Umwege und baut Brücken, nimmt andere Menschen mit, verliert seine Begleiter und erlebt Dinge, die man sich nie hätte vorstellen können. Ich bezweifelte, dass Len sich je vorgestellt hatte, dass eines Tages dieses kleine Mädchen an seinem Hemdzipfel hängen würde.

Randys Gespräch mit Birdie dauerte nicht lange, da Birdie nicht sprechen wollte. Genauso wie sonst, wenn ich hier gewesen war, verrieten ihre Augen, dass sie verstand, was um sie herum geschah, aber trotzdem sagte sie kein Wort. Ich wusste, dass dieser Punkt wahrscheinlich gegen Len ausgelegt werden würde, aber das ließ sich nicht ändern. Schließlich steckte Randy seinen Füller ein, sagte Len, dass er sich wieder bei ihm melden und versuchen werde, Birdies Mutter zu erreichen. Dann gingen wir.

Als wir zum Boot zurückkamen, lungerten die Waterbird-Leute immer noch im Flusskanal herum und taten so, als würden sie angeln. Sie ließen mich nicht aus den Augen, als ich Randy einlud und ihn über den See zum Waterbird zurückbrachte. Als ich mich umdrehte, sah ich, wie sie auf Hays Boot zusteuerten, um sich von ihm die neuesten Ereignisse schildern zu lassen.

Randy und ich sprachen auf dem Rückweg zum Waterbird nicht viel. Er wirkte, als hätte er es ziemlich eilig. Und ich hatte auch keine Zeit zu verlieren. Der Besuch bei Len hatte mehr Zeit in Anspruch genommen, als ich eingeplant hatte. Wenn ich mir nicht schnell etwas zu essen besorgte, ein paar Bürodinge abarbeitete und eilig zu Andrea hinüberfuhr, um Dustin abzuholen, käme ich zu spät zum Wassersicherheitskurs. Da ich den Kurs eröffnen sollte und schon ungefähr die Hälfte der Kursteilnehmer beisteuerte, weil sie sich auf dem See falsch verhalten hatten, wäre das ziemlich peinlich.

Als wir beim Waterbird ankamen, packte Randy seine Sachen zusammen und stieg aus dem Boot, noch bevor ich es festgebunden hatte. Er landete fast im Wasser. „Danke", sagte er, als er wieder festen Boden unter den Füßen hatte. Er hielt mir die Hand hin. „Und danke für Ihre Hilfe heute. Meine Arbeit führt mich wirklich an seltsame Orte, aber das heute hat alles übertroffen." Es war schwer zu sagen, was er über Len dachte und wie er in Birdies Fall vorgehen wollte.

„Hören Sie", sagte ich. „Es steht mir natürlich nicht zu, mich in Ihre Arbeit einzumischen, aber seien Sie bitte fair Len gegenüber, ja? Ich weiß, dass er *anders* ist, und das Haus, in dem er wohnt, macht nicht viel her, aber Len hat nie irgendjemandem etwas zuleide getan. Soweit ich es beurteilen kann, ist er ein Mann, der versucht, das Beste aus dem zu machen, was er hat. Ich denke, er versucht, auch für dieses kleine Mädchen das Beste zu tun."

Randy schien zu verstehen, worauf ich hinauswollte. Soweit das jemand, der noch nicht einmal dreißig war, überhaupt verstehen konnte. „Ich schaue mir den Fall an und versuche, Informationen über die Mutter zu bekommen. Dann werden wir sehen, wie wir weiter vorgehen." Er bedankte sich noch einmal und stieg, immer zwei Stufen auf einmal nehmend, die Treppe hinauf.

Ich ging ins Waterbird, um mir ein Sandwich zu kaufen, und hoffte, nur Dorsey wäre hinter der Theke. Aber natürlich war Sheila da, und sie wollte genau wissen, was bei Len passiert war. Ich gab ihr zu verstehen, dass ich dringend mein Sandwich essen müsste und im Moment keine Zeit hatte, aber dass Hay bald kommen würde. So gern wie Hay redete, würde er ihr bestimmt die ganze Geschichte ausführlich erzählen.

Sheila wollte sich jedoch nicht so leicht abwimmeln lassen. „Wohin musst du denn so eilig?", fragte sie, während sie mein Sandwich zubereitete.

„Das Pionierkorps hat um zwei Uhr den Wassersicherheitskurs im Gemeindezentrum. Ich muss pünktlich dort sein." Ich trat an den Getränkeautomaten, um mir etwas zu trinken zu holen.

„Um zwei Uhr?" Sheila warf einen Blick zur Uhr. „Dann hast du doch noch jede Menge Zeit."

„Ich muss im Büro noch ein paar Sachen erledigen, und dann muss ich über den See fahren und Andreas Sohn abholen. Sie schickt ihn zum Wassersicherheitskurs, statt die Geldstrafe zu zahlen. Eine gute Entscheidung."

„Andrea?"

„Henderson. Dustins Mutter." Ich drückte einen Deckel auf meinen Becher, drehte mich um und sah, dass Sheila mich interessiert beobachtete. Ungefähr eine halbe Sekunde zu spät wurde mir bewusst, dass ich den Mund hätte halten sollen.

„Das ist nett von dir." Sie zwinkerte mir mit einem schiefen Grinsen zu, als sie mir das Sandwich reichte.

„Das ist keine große Sache. Sie hat keine Möglichkeit, ihn selbst hinzubringen.“ Ich nahm meine Sachen und ging zur Tür. „Schreib es auf meine Rechnung, ja?“

„Wird gemacht.“ Sie stützte die Handflächen auf die Theke, beugte sich vor und lächelte. „Sag *Andrea* schöne Grüße, wenn du sie siehst.“

Kapitel 19

Jeder Tag ist eine offene Tür in ein neues Zimmer.
Anonymer Tourist

Andrea Henderson

Dustin kam von seinem ersten Tag im Wassersicherheitskurs gut gelaunt nach Hause. Er und Mart waren danach noch beim Theater vorbeigefahren und hatten mit Pastor Hay über das Weihnachtsstück gesprochen. Dustin schien ernsthaft zu überlegen, mitzumachen. „Sydney und Ansley lassen mir wahrscheinlich sowieso keine Ruhe, bis ich Ja sage. Ihre Oma geht dort zur Kirche, und sie helfen mit, die Kulissen zu malen oder so etwas." Er verdrehte die Augen, aber heute Abend lag ein unübersehbares Leuchten darin. Ich entdeckte in ihm etwas wieder von dem Jungen, der er vor unserer Scheidung gewesen war. „Sydney und Ansley nerven mich die ganze Zeit. Ich kann nicht einmal im Garten arbeiten, ohne dass sie mir ständig nachlaufen. Heute hat ihre Oma sie ins Haus geschickt. Dann haben sie die Jalousien an ihrem Fenster hochgezogen und mich mit Luftballons, die sie mit Wasser gefüllt hatten, bombardiert." Er schnaubte und versuchte, verärgert auszusehen. „Dagegen gibt es bestimmt ein Gesetz. Das ist bestimmt ein tätlicher Angriff oder so etwas."

„Sie mögen dich", stellte ich fest, bemühte mich aber, nicht zu lächeln, da wir über eine mögliche Straftat sprachen.

„Trotzdem." Sein Gähnen nahm die Form eines Lächelns an, das er schnell unter seiner Hand versteckte. „Ich musste ins Haus gehen und mich umziehen, nachdem sie mich beworfen hatten. Ich war klatschnass. Ich denke, wir sollten das FBI anrufen. Wahrscheinlich sind die beiden irgendwo aus einem Jugendgefängnis ausgebrochen."

„Dustin!", prustete ich und musste jetzt lauthals lachen. Es tat so gut. Ich konnte mich nicht erinnern, wann Dustin das letzte Mal einen Witz gemacht hatte.

„Das ist mein Ernst", fügte er noch hinzu, dann wandte er sich ab und marschierte zur Dusche.

Nachdem auch ich geduscht hatte, nahmen wir zusammen ein spätes Abendessen in der Küche ein. Dustins Blick fiel auf den blinkenden Anrufbeantworter, und ich sah seinen hoffnungsvollen Blick, als er die Taste drückte. Als er feststellte, dass die Nachricht nicht von seinem Vater war, brach seine gute Laune wie ein Kartenhaus zusammen. Er wollte natürlich nicht darüber sprechen, und wie immer zog er sich in sein Zimmer zurück und drehte die Musik laut auf.

Die Nachricht auf dem Anrufbeantworter war von Megan. Ich rief sie zurück, aber sie war damit beschäftigt, die Zwillinge ins Bett zu bringen. Sie lud uns ein, in zwei Wochen zum Sommerfest von Oswaldos Bank zu kommen. Ich schrieb den Termin in unseren Familienkalender und versuchte, positiv an das heranzugehen, was die nächsten Wochen bringen würden. Im Leben eines Teenagers waren zwei Wochen eine lange Zeit. Alles Mögliche konnte bis dahin passieren. Andererseits wäre in zwei Wochen schon längst der August angebrochen, und spätestens jetzt ließ es sich nicht mehr leugnen, dass Dustin diesen Monat *nicht* mit seinem Vater verbringen würde. Vielleicht könnte er die Enttäuschung leichter verkraften, wenn ich einige angenehme Termine in den Kalender schrieb.

Ich schaltete den Fernseher ein und versuchte, mich auf etwas Positives zu konzentrieren. Während das Tageslicht schwächer wurde und die Nacht sich über dem See ausbreitete, ertappte ich mich dabei, dass ich die Lichter auf dem Wasser beobachtete. Ich fragte mich, ob Mart in einem dieser Boote saß. Ich wartete und hoffte, eines dieser Lichter würde sich in meine Richtung und zu unserem Bootssteg bewegen. Die Lichter kamen und gingen und kamen und gingen. Dustin schlief vor dem eingeschalteten Computer ein. Ich ging in sein Zimmer und schaltete alles aus, dann deckte ich ihn zu.

Mein Telefon klingelte, als ich gerade Dustins Tür zuzog und in den Flur trat. Mart. Sobald er seine Lichter unten am Kai aufblenden ließ, lief ich zur Hintertür hinaus und in der Dunkelheit den

Hang hinab. Wir trafen uns auf dem Kai, setzten uns gemütlich und unterhielten uns. Ich erzählte mehr aus meiner Vergangenheit, als ich beabsichtigt hatte. Ich beschrieb, wie es dazu gekommen war, dass ich mit achtunddreißig geschieden war und im Strandhaus meiner Eltern wohnte. Mart schien das schwere Gepäck, das ich mit mir herumschleppte, allerdings nicht im Geringsten abzuschrecken.

„Du kennst das Sprichwort wahrscheinlich", bemerkte er, während wir nebeneinandersaßen und auf das vom Mond beschienene Wasser hinaussahen. „Wenn du mit einem Auge ins Gestern schaust und mit dem anderen ins Morgen, schielst du im Heute."

Ich schmunzelte. „Das ist wirklich ein sehr anschauliches Bild." Ich lehnte mich zurück und schaute zum Mond hinauf. Im Moment gefiel mir das Hier und Jetzt ziemlich gut. „Dieser Spruch ist mir im Waterbird noch nie aufgefallen. Sie haben so viele Zitate an der Wand."

„Ja, der Satz steht an der Wand der Weisheit im Waterbird. Über der Hintertür steht noch ein anderer guter Spruch, aber er fällt mir im Moment nicht genau ein." Ich wusste, noch bevor er sich zu mir umdrehte, dass er lächelte. „Ich erinnere mich, dass ich den Spruch von den schielenden Augen als Kind gelesen habe. Mein Großvater hat diesen Satz auch immer gesagt. Dann haben wir uns als Kinder einen Spaß daraus gemacht, einander hinter seinem Rücken anzuschielen. Wir verstanden damals natürlich nicht, was der Spruch wirklich bedeutet. Kinder blicken die ganze Zeit in die Zukunft. Sie wollen älter sein, sie warten auf ihren Geburtstag, auf Weihnachten, auf die Sommerferien. Ein Kind wartet entweder darauf, dass etwas passiert, oder es genießt den Moment. Ein Kind würde nie sagen: ‚Ich weiß noch, wie schön es war, als ich siebeneinhalb war. Mann, war das damals herrlich.' Das verändert sich irgendwann, wenn man über dreißig ist, schätze ich."

„Das stimmt", nickte ich. Mart hatte eine philosophische Ader, die man erst bemerkte, wenn man ihn besser kennenlernte. Er dachte über vieles nach. „Mir war nicht bewusst, dass du als Kind hier gelebt hast. Ich dachte, du wärst einfach hierhergezogen." Ich wusste nicht genau, warum ich diesen Eindruck gehabt hatte. Wahrscheinlich hatte er in einem früheren Gespräch irgendeine Bemerkung gemacht, aus der ich das geschlossen hatte.

„Das ist eine lange Geschichte. Sie ist nicht besonders interessant.“

Der Tonfall in seiner Stimme und die Vertrautheit, die darin lag, veranlasste mich, ihn anzusehen, und ich dachte: *Mich interessiert sie schon.* Ich wollte mehr über diesen geheimnisvollen Mann erfahren, aber als er mir in die Augen blickte, vergaß ich diesen Gedanken. Etwas an ihm, an diesem Ort, an dieser Nacht war betörend.

Dann küsste er mich. Es war ein sanfter, zärtlicher Kuss, der mich tief berührte und Sehnsüchte in mir weckte, die ich nie geahnt hätte. Als ich den Kopf zurückzog, um Mart in die Augen zu schauen, fühlte ich eine Verbundenheit zu ihm, die ich nicht erklären konnte. Ich hatte das Gefühl, ich könnte ihm alle verborgenen Dinge von mir zeigen, selbst die rebellischen Seiten, von denen meine Mutter behauptete, dass sie noch irgendwann mein Verderben wären. Mart schien von mir nichts zu erwarten, außer dass ich einfach ich selbst war, neben ihm saß und von meinem Tag erzählte oder ihm zuhörte, was er an der Arbeit erlebt hatte oder wie er ein Zitat aus dem Waterbird analysierte. Die Verbundenheit, die ich zu Mart spürte, war aufregend, berauschend und gleichzeitig beängstigend. Ich war nicht dazu bereit. Ich war noch nicht zu einer Beziehung bereit, und ich wusste nicht, ob ich je wieder dazu bereit wäre. Aber ich saß wieder hier mit ihm auf dem Kai, und die Nacht und der Moment zogen mich in ihren Bann.

Er küsste mich erneut, und ich ließ es geschehen.

Ich gab mich seinem Kuss hin, ich gab mich ihm und diesem Moment hin.

Als diese herrlichen Augenblicke vorbei waren, wir uns eine gute Nacht gewünscht hatten und ich ins Haus zurückging, kehrte die Realität zurück und verdrängte das angenehme, sorglose Gefühl. Als ich durch die Hintertür ins Strandhaus trat, schlug mir die klimatisierte kühle Luft entgegen, die angenehme Wärme der Nacht verschwand und mir war plötzlich kalt.

Am nächsten Nachmittag wartete die Überweisung, Birdie zu betreuen, in meinem Posteingang. Es war eine E-Mail, die Taz an mich weitergeleitet hatte. „Der Fall gehört jetzt Ihnen“, sagte er. Er blieb in der Tür zu meinem Büro stehen und lächelte mich an. „Es gibt zusätzlich einen praktischen Hilfsplan. Anscheinend geht es hauptsächlich um Fragen der Sicherheit und Sauberkeit. Wenn der Großvater eine Chance auf eine vorübergehende Betreuung des Kindes haben will, muss er ein paar Probleme beheben: einige Arbeiten an seinem Haus vornehmen, sich wegen der Hunde in seinem Hof etwas einfallen lassen, das Mädchen regelmäßig zum Arzt bringen, es für die Schule einschreiben und so weiter. Wenn das Schuljahr anfängt, will die Schule vielleicht einige Tests durchführen, um herauszufinden, wo sie in ihrer Entwicklung steht. Im Moment wissen wir nicht einmal mit Sicherheit, wie alt sie wirklich ist. Der Großvater weiß es auch nicht genau. Der Jugendamtsmitarbeiter hat ihn gefragt.“ Taz deutete zu meinem Computerbildschirm und schüttelte seufzend den Kopf. „Ein ziemlich sonderbarer Fall. Sind Sie sicher, dass Sie ihn übernehmen wollen?“

Ich überlegte kurz, ob ich meine Fähigkeiten vielleicht überschätzte … aber was wäre die Alternative zu einer gemeinsamen Lösung in Zusammenarbeit mit Len? Ein Platz in einer Pflegefamilie oder in einem Heim. Diese Plätze waren aber alle schon sehr überfüllt. Und jedes Mal, wenn ich daran dachte, Birdie wegzubringen, sah ich vor meinem inneren Auge wieder, wie sie sich an Lens Hemd klammerte und er sich nach unten beugte, damit sie ihm etwas ins Ohr flüstern konnte. Würde sie sich vielleicht vollkommen abschotten, wenn sie von ihm getrennt würde?

„*Was*? Sie glauben nicht, dass ich das schaffe?“ Die Frage klang fast kokett, was Taz normalerweise gefiel. Nachdem ich zwei Tage in seinem Geländewagen mit Allradantrieb durch fast unwegsames Gelände gefahren war, kam ich mir wie eine Mischung aus *Superman* und *Wonder Woman* vor. Ein Allradantrieb und ein großer Hemimotor hatten eine überraschend berauschende Wirkung auf das Selbstvertrauen.

„Ich denke schon, dass Sie das schaffen können.“ Taz lächelte mich verschmitzt an.

Ich widerstand dem Drang, mich überschwänglich bei ihm zu bedanken. „Morgen könnte ich sogar die Furt durchqueren. Ich war heute dort und habe mir die Stelle angeschaut.“

„Aber passen Sie auf, dass mein Geländewagen nicht weggeschwemmt wird."

„Keine Sorge, ich passe schon auf." Mit einer Handbewegung ließ ich ihn wissen, dass ich alles unter Kontrolle hatte. In den letzten zwei Tagen schien es richtig gut zu laufen, obwohl meine Besuche noch durch die Folgen des Sturms eingeschränkt waren. Ich machte Fortschritte bei meinem Versuch, Lonnie zu überzeugen, dass das Leben mit einem Mann, der sie vor den Augen ihrer Kinder schlug, der grausam zu Tieren war und der den Schulbusfahrer bedrohte, nicht gesund sein konnte. Beim Besuch bei Daniels Großmutter hatte ich nicht nur eine gute Rückmeldung zum Wassersicherheitskurs bekommen, sondern auch von ihr die Zustimmung zu weiteren förderlichen Aktivitäten für den schulmüden Fünftklässler erhalten. Und ich hatte sogar Unterstützung für die Mutter gefunden, deren Mann beim Militär stationiert war. Eine drogenabhängige schwangere Jugendliche hatte ich so weit gebracht, dass sie tatsächlich in Erwägung zog, sich einem professionellen Drogenentzug zu unterziehen, statt es auf eigene Faust zu versuchen.

Dass ich jetzt auch noch die Überweisung für Birdie auf dem Tisch hatte, war wie der Schokoguss auf dem Kuchen. Ich hätte am liebsten sofort Mart angerufen. Bei mir lief es gerade sehr gut, und ich konnte es nicht erwarten, ihn an meiner Freude teilhaben zu lassen.

„Dieser Geländewagen ist Ihnen zu Kopf gestiegen", stellte Taz fest, und meine Wangen erröteten. Im Moment dachte ich eher an Mart, nicht an den Geländewagen.

„Mir gefällt der Geländewagen", gab ich verschmitzt zu. „Dustin und ich finden, dass wir unser Auto verkaufen und uns auch einen solchen Wagen leisten sollten." Natürlich würde in naher Zukunft bestimmt kein glänzender, neuer Geländewagen vor unserer Tür stehen, aber Dustin und ich hatten beim Frühstück ein wenig davon geträumt, uns einen solchen Wagen zu kaufen. „Sobald ich meine erste Million gemacht habe."

Taz schmunzelte. „Dann müssen Sie nach Los Angeles gehen und Stars von Reality Shows und Patienten von verunglückten Schönheitsoperationen betreuen, um das große Geld zu verdienen."

„Nein, ich denke, ich bin glücklich hier." Taz und ich lächelten uns an. In diesem Moment schlenderte Bonnie vorbei.

Sie blieb stehen und steckte den Kopf zur Tür herein. Ihr Blick wanderte zwischen dem Chef und mir hin und her. „Was ist los? Hier sehen alle so … *glücklich* aus." In einer Praxis, in der man sich mit den Problemen anderer Menschen beschäftigte, schwankte die Stimmung häufig zwischen überlastet, frustriert und resigniert. Aber im Moment grinste Taz wie ein Weihnachtsmann und rieb sich mit einem zufriedenen Blick den Bauch. „Es ist doch schön, wenn alles gut läuft. Ein alter Mann weiß auch ein paar Dinge, nicht wahr?"

„Ich fühle mich geehrt, vom Besten seines Fachs lernen zu dürfen", schmeichelte ich ihm, hob die Hände und verbeugte mich ehrerbietig über dem Schreibtisch. Er war wirklich der Beste seines Fachs. Es war fast unbegreiflich, dass ich von ihm lernen konnte. Diese Praxis war genau der Ort, an dem ich sein musste, Taz war genau der Lehrer, den ich brauchte. Dass ich hier gelandet war, war praktisch ein Wunder. Praktisch … ein Geschenk? Ein Geschenk von Gott, obwohl ich doch sicher gewesen war, dass er sich nicht mehr für mich interessierte.

Mit einem lauten Lachen drehte sich der beste Chef der Welt um und verließ mein Büro, bevor die Sache zu sentimental werden würde.

Bonnie schaute mich fragend an. „So glücklich habe ich ihn noch nie gesehen. Er wirkt fast … entspannt. Seltsam."

„Es tut ihm bestimmt gut, sich ein wenig zu entspannen." Ich drehte mich wieder zu meinem Bildschirm herum, um zu signalisieren, dass ich noch arbeiten wollte. Bonnie fühlte sich augenscheinlich zu wohl an der Tür zu meinem Büro. Ich musste Berichte fertig schreiben, und danach wollte ich für heute nach Hause fahren. Unterwegs würde ich Mart anrufen und ihm sagen, dass ich jetzt die Überweisung des Jugendamts für Birdie hatte und einen Termin für ein Gespräch mit Len vereinbaren musste. Da Len kein Telefon hatte, bräuchte ich dabei Marts Hilfe …

Ich unterdrückte ein aufgeregtes Lächeln, weil ich mich auf diesen Anruf freute. Leider stand Bonnie immer noch an der Tür. „*Du* siehst auch glücklicher aus als sonst." Diese Feststellung klang fast wie eine Frage. „Hast du in letzter Zeit den attraktiven Ranger wiedergesehen?"

„Was?", murmelte ich und tat, als wäre ich zu sehr auf meine Arbeit konzentriert, um an attraktive Ranger denken zu können. „Ach … ähmm … nein." Ich merkte, wie meine Wangen zu glühen begannen. Nachdem ich die letzten zwei Tage mit unverdientem Segen überschüttet worden war, hätte ich Bonnie eigentlich auch die Wahrheit sagen können. Trotzdem wollte ich weder ihr noch sonst jemandem Einblick in mein Privatleben geben, und schon gar nicht in den Teil meines Privatlebens, der mit Mart zu tun hatte. Denn da lag auch mein Problem. So sehr ich es genoss, mit Mart zusammen zu sein, so natürlich und richtig es mir auch erschien, konnte ich mir nicht vorstellen, wohin es führen könnte. Wenn ich im Moment nur daran dachte, dass andere Wind davon bekämen, wurde mir ganz anders. Was würden meine Eltern sagen, was würde Meg davon halten, was würden alte Bekannte aus Houston denken, wie würde Dustin reagieren?

In meinem Kopf purzelten diese Gedanken wild durcheinander und mein Magen zog sich zusammen. Es war über ein Jahr her, seit mein Leben mit Karl zerbrochen war, aber trotzdem … Würden die Leute nicht denken, ich sei nur auf der Suche nach einem Ersatz? Ich würde mich nur in eine Beziehung stürzen, weil ich alleine mit meinem Leben nicht zurechtkam? *Und wenn es wirklich so war?*

Ich verdrängte diese ganzen düsteren Gedanken, bevor sie mir meinen herrlichen Tag verderben konnten. *Wenn du mit einem Auge ins Gestern schaust und mit dem anderen ins Morgen, schielst du im Heute.* Ein guter Rat von Mart und dem Waterbird. Im Moment war alles gut. Ich musste mich nur auf die Gegenwart konzentrieren.

„Mmmh …", murmelte Bonnie zweifelnd. Dann lud sie mich ein weiteres Mal zum Spiele-Abend für Singles in ihrer Gemeinde ein.

„Ich glaube nicht, dass der Single-Abend das Richtige für mich ist, aber danke." Ich wandte den Blick nicht von meinem Computerbildschirm ab.

Aus dem Augenwinkel sah ich, wie Bonnie sich zum Gehen wandte, dann aber noch einmal stehen blieb. „Du weißt, dass es viele Geschiedene gibt. Wir haben alle unsere Probleme. Gott liebt Menschen, die Probleme haben."

„Ich weiß." Aber in Wahrheit wusste ich das nicht. Meine Probleme vor jemandem auszubreiten und zu spüren, dass der andere mich trotzdem liebte – das überstieg meinen Erfahrungshorizont. Zwar hatte ich den Satz *Gott liebt dich so, wie du bist,* schon unzählige Male in der Sonntagsschule und bei Frauenfreizeiten gehört und Kindern geholfen, diesen Satz auf selbst gebastelte Schmetterlinge und Lesezeichen zu schreiben – aber ich hatte ihn nie wirklich selbst verinnerlicht. Im Gegenteil, ich hatte die Bedeutung dieses Satzes so verdreht, dass er in meinen Erfahrungshorizont passte: *Gott liebt dich, wenn du so bist, wie du sein solltest. Dann lieben dich auch andere Menschen.* Wenn du geliebt werden willst, darfst du nicht impulsiv, sorglos, fehlerhaft sein.

Aber hier stand Bonnie und bot mir ihre Freundschaft an – *obwohl* ich bis jetzt alle ihre Einladungen ausgeschlagen hatte, *obwohl* ich ihr ihre Arbeit erschwerte, weil ich Fehler machte, *obwohl* ich alles andere als perfekt war. Ich war noch nicht einmal wirklich kompetent in meiner Arbeit. Ich hatte nicht viel getan, um andere zu beeindrucken, aber trotzdem war Taz bereit, mich zu unterstützen, und Bonnie lud mich zu Veranstaltungen ein und brachte mir eine Freundlichkeit entgegen, die ich nicht verdiente.

„Vielleicht in ein paar Wochen, wenn wir uns eingelebt haben", sagte ich. Bonnie warf ihre glatten, blonden Haare über die Schultern zurück. Ihre Augen wirkten groß und leuchtend in ihrem schmalen Gesicht.

„Die Einladung steht, wann immer du darauf zurückkommen willst."

Ich sah zu ihr, und sie lächelte mich neckend an.

„Aber wenn du dir in der Zwischenzeit diesen attraktiven Ranger entgehen lässt, bist du verrückt."

Ich konnte nicht anders. Ich lachte. Ich gab ihr vorsichtshalber keine Antwort.

„Ich versuche nur zu helfen." Bonnie schlenderte auf dem Gang davon, und ich wandte mich wieder meiner Arbeit zu, während mir ihr Vorschlag durch den Kopf schwirrte wie eine Libelle an einem Sommertag.

Wenn du dir diesen attraktiven Ranger entgehen lässt, bist du verrückt …

Bonnies Stimme ging mir zwei Stunden später noch durch den Kopf, als ich Feierabend machte und nach Moses Lake zurückfuhr.

Als ich die Straße oberhalb des Waterbirds erreichte, entdeckte ich Marts Pick-up auf dem Parkplatz. Die Anziehungskraft war so stark, dass ich nicht widerstehen konnte. Ich bog auf den Parkplatz ein, um … etwas zu trinken und Sandwiches zum Abendessen zu kaufen … oder … so.

Als ich durch die Tür trat, sah ich Mart in der Nähe der Kasse stehen, wie er interessiert die Kuchentheke betrachtete. Niemand war hinter der Theke, und die üblichen Stammgäste waren mit ihrem Kaffee auf die hintere Veranda umgezogen und hatten es sich an den Gartentischen bequem gemacht. Sheila war damit beschäftigt, in der Küche die Fritteuse zu putzen. Deshalb ließ ich die Tür leise zufallen und schlich dann auf Zehenspitzen durch den Raum, um Mart an der Kuchentheke zu überraschen.

Eine halbe Sekunde lang war ich versucht, ihm die Augen zuzuhalten und zu sagen: *Rate mal, wer da ist?* Wie ein junges Mädchen, das flirten will. Aber stattdessen trat ich hinter ihn und sagte mit gespielter Strenge: „Sir, ich muss Sie bitten, von der Kuchentheke wegzutreten." Schmetterlinge flatterten in meinem Bauch, als er reagierte, und einen verrückten Moment lang malte ich mir aus, mir einen Kuss zu stehlen, solange Sheila uns den Rücken zuwandte. Wie würde er darauf reagieren?

Natürlich hatte ich wieder einmal nicht den Mut dazu, und abgesehen davon wusste ich, dass es falsch wäre. Das würde alles nur noch komplizierter machen. Trotzdem lockte dieser Gedanke wie ein Stück Schokolade: verführerisch, fast unwiderstehlich, eine Freude für alle Sinne.

Mart drehte sich schnell um. Überraschung stand in seinen Augen, aber sein Gesicht nahm sofort einen zurückhaltenden Ausdruck an. Das holte mich schnell auf den Boden der Tatsachen zurück. Die Begrüßung, die ich erwartet hatte, blieb aus. Das aufgeregte Flattern in meinem Magen erstarb. Mir schossen die verschiedensten Gedanken durch den Kopf, als ich mögliche Gründe für diesen Blick suchte. Vielleicht wollte er nicht mit mir gesehen werden.

Vielleicht hatte er viel zu tun und hatte keine Zeit, um sich mit mir zu unterhalten. Vielleicht beschäftigte ihn gerade etwas ganz anderes. Vielleicht mochte er mich doch nicht.

Vielleicht dachte er nicht mindestens zwanzigmal am Tag an unsere gemeinsamen Abende auf dem Kai …

Vielleicht war ich nur etwas, womit er die Zeit totschlug, wenn ihm abends langweilig war. Ein Zeitvertreib …

Vielleicht hatte er eine andere Freundin. Oder mehr als nur eine …

Vielleicht war er in diesem Moment mit jemand anderem hier …

Der Gedanke, dass Robin Hood vielleicht mehrere Maid Marians hatte, die am Seeufer auf ihn wareten, schmerzte stärker, als ich gedacht hätte. Ich ließ den Blick wieder durch den Raum schweifen und bereitete mich im Geiste darauf vor, eine Frau zu entdecken und herauszufinden, dass er mit einer anderen hier verabredet war. Dieser Gedanke war demütigend und unangenehm.

Ein Kopf tauchte hinter dem Süßigkeitenständer auf, und meine Kinnlade fiel nach unten. Cassandra? Sie warf einen Blick auf Mart, und ich wusste sofort, dass sie zusammen hier waren. Ihre dunklen Augen wurden bei meinem Anblick groß, und ihr Mund öffnete sich leicht, als wüsste sie nicht, was sie sagen sollte.

Sie ging hinter dem Ständer in Deckung, und mein Verstand arbeitete auf Hochtouren. Was war hier los?

Cassandra tauchte wieder auf. Dieses Mal war noch jemand bei ihr. Dustin?

Ein kurzes Zittern zog über sein Gesicht, aber er verbarg es schnell wieder. „Hallo, Mama. Ich wollte dich gerade anrufen. Ich hätte dich natürlich schon früher angerufen, aber ich wusste, dass du arbeitest."

„Was machst du hier?" Ich rang um Fassung und versuchte, mir eine Erklärung zusammenzureimen. Wie war Dustin hierhergekommen? War Mart kurz vor mir ins Waterbird gegangen und hatte Cassandra und Dustin miteinander im Laden erwischt? Das würde den seltsamen Blick erklären, mit dem Mart mich begrüßt hatte. Vielleicht befürchtete er, dass jetzt gleich der dritte Weltkrieg ausbräche.

Dustin schaute Mart von der Seite an, und Mart warf ihm einen strengen Blick zu. „Ich dachte, du hättest gesagt, dass du deine Mutter angerufen hast, Dustin.“

Mein Sohn wand sich, und seine Schultern wurden steif, als wäre sein T-Shirt aus Stahlwolle. „Ich wollte sie anrufen … sobald sie … von der Arbeit heimkommt.“ Er suchte unübersehbar nach einer glaubwürdigen Erklärung, die die Wogen glätten würde. Er zog beide Brauen mit einem flehenden Blick in die Höhe, der sagte: *Bitte lass mich jetzt nicht wie ein dummes kleines Kind aussehen.* „Ich wusste, dass du bei deinen Hausbesuchen bist und so, und dann war so viel los … dass ich es vergessen habe. Das war alles.“

„Dustin …“ Wenn man vierzehn Jahre Mutter ist, weiß man, dass *Ich habe es vergessen* in Wirklichkeit heißt: *Ich hatte Angst, dass du Nein sagen würdest, und ich wollte es aber unbedingt machen.* Es ist leichter, später um Vergebung zu bitten, als vorher um Erlaubnis zu fragen.

„Das war allein meine Schuld“, mischte sich Mart jetzt ein. „Ich hätte mich vergewissern müssen, dass er anruft, *bevor* wir losfuhren.“ Plötzlich hatte ich das Gefühl, als würden sie sich gegen mich verbünden, genauso wie Megan und ich es getan hatten, wenn wir versucht hatten, die strengen Regeln meiner Eltern zu umgehen.

Sie verschwören sich gegen mich, wie Megan und ich es getan haben … Zog ich voreilige Schlüsse und dachte das Schlimmste? Dustin war schließlich bei Mart in guter Gesllschaft. Verbrachte ich nicht meine Tage damit, Eltern zu lehren, dass sie dafür sorgen sollten, dass die Konflikte mit ihren Kindern *nicht* eskalierten, dass sie fair, vorurteilsfrei und offen sein sollten, bis sie alle Fakten kannten und sie sachlich betrachtet hatten?

Ich holte tief Luft, nahm sozusagen den Deckel vom kochenden Wassertopf und ließ den Dampf entweichen. „Was ist hier los? Was habe ich verpasst?“

Dustin und Cassandra erschraken für einen Moment, dann trat Dustin jedoch mit neuem Selbstvertrauen hinter dem Süßigkeitenständer hervor, weil ich nicht gleich scharf schoss. „Der Projektor und die Tonanlage im Gemeindezentrum streikten vor dem Wassersicherheitskurs. Deshalb hat der Typ von der Kirche, Pastor Hay, seinen Projektor und seine Tonanlage gebracht, damit der Kurs stattfinden konnte. Aber dann funktionierte sein Zeug auch nicht, und deshalb hat der Typ vom Pionierkorps uns nur etwas erzählt und wir durften früher gehen. Ich habe gesagt, dass ich mich mit Tonanlagen auskenne, weil Papa und ich in der Kirche immer damit zu tun hatten, und dass ich sie wahrscheinlich reparieren kann. Deshalb haben wir sie zu uns gebracht. Dann musste Mr McClendon gehen und einige Boote nach Zebramuscheln absuchen – Dinger, die hier im See eigentlich nichts verloren haben. Sie sind schlecht für den See. Er hat gefragt, ob ich mitkommen und ihm helfen will, und das habe ich getan. Dann kamen wir hierher, um uns eine Cola und etwas Süßes zu kaufen. Cassandra war nebenan und half ihrer Mutter, die Hütten zu putzen, und kam auch rüber. Mr McClendon will zum Pier hinuntergehen und alles ausmessen, um Rampen und ein Geländer zu bauen, damit Pop Dorsey in seinem Rollstuhl ans Wasser fahren kann, und ich habe ihm gesagt, falls er Hilfe braucht, könnte ich mitmachen, weil ich im Moment nicht viel zu tun habe."

Der Satz endete in einem hoffnungsvollen hohen Ton, der mich anflehte, ihn im Waterbird zu lassen, wo er vor den Augen eines reizvollen Mädchens Männerarbeit machen könnte. „Das ist auf jeden Fall besser, als zu Hause herumzusitzen", fügte er hinzu, als fiele ihm gerade ein, dass er womöglich nicht mehr so cool wirkte, wenn er zu viel Begeisterung zeigte.

„Diese Arbeit geht leichter, wenn ein Paar zusätzliche Hände mithelfen", fügte Mart hinzu und warf mit seinen warmen, grünen Augen einen Seitenblick auf mich. Es sah so aus, als wäre Dustin nicht der Einzige, der diesen Tag genoss.

Ich war hin- und hergerissen, ob ich einen Vorwand erfinden sollte, dass Dustin zu Hause gebraucht würde, oder ob ich ihn hierlassen sollte. Dass Mart meinen Sohn zum Wassersicherheitskurs fuhr, war eine Sache, aber dass sie sich jetzt wie Freunde benahmen, war eine ganz andere Sache. Zuzulassen, dass Dustin eine Beziehung zu einem Mann aufbaute, den ich erst vor zwei Wochen kennengelernt hatte, war möglicherweise ein Risiko, ein winziger Riss in meinem Sicherheitszaun. Eigentlich wusste ich sehr wenig über Mart. Ich hatte keine Ahnung, welche Absichten er hatte. Ich wusste sehr wenig über seine Vergangenheit oder darüber, wie er in Moses Lake gelandet war oder welche Pläne er für die Zukunft hatte. Unsere Gespräche hatten sich meistens um seine Arbeit, um Birdie oder um mich gedreht. Selbst wenn ich bereit war, mich in eine möglicherweise gefährliche Situation zu begeben, durfte ich bei Dustin kein Risiko eingehen. Dahinter lag natürlich auch eine tiefere Frage: Was war, wenn Mart sich nur für Dustin interessierte, weil er sich für mich interessierte? Falls ... oder wenn ich wieder auf den Boden der Tatsachen zurückkehren und Mart gestehen musste, dass ich zu einer Beziehung noch nicht bereit war – würde er dann Dustin wie eine heiße Kartoffel fallen lassen? Dustin konnte im Moment nicht noch eine Ablehnung in seinem Leben verkraften.

Die andere Seite der Medaille war, dass mein Sohn zum ersten Mal seit Monaten strahlende Augen hatte, lächelte und begeistert war. Nicht einmal Taz' Geländewagen hatte ihn so fasziniert. Seine strahlenden Augen verrieten, dass er sich auf etwas freute, dass er den Moment genoss und sich keine Sorgen darüber machte, was vor ihm lag oder was hinter ihm lag oder dass in einer Woche schon August war.

Mein Blick fiel auf einen Spruch über dem Türrahmen zur hinteren Veranda. Eine dieser Lebensweisheiten, die Mart gestern Abend erwähnt hatte, die er aber nicht hatte zitieren können.

Hör auf, nach vorne zu schauen. Hör auf, nach hinten zu schauen. Bleib stehen. Sieh dich um.

Ich sah das strahlende Lächeln meines Sohnes. Wie lang hatte ich ihn nicht mehr so glücklich gesehen? Wie lang hatte er keinen so unbeschwerten Moment mehr erlebt? Ich konnte mich nicht einmal daran erinnern.

„Ja", antwortete ich. „Ja, das klingt spannend. Du kommst dann nach Hause, wenn ihr hier fertig seid, ja?" Mein Herz stockte, als tastete ich mich blind durch ein dunkles Haus und wüsste, dass sich hinter jeder Ecke etwas Gefährliches verbergen konnte. „Danke, Mama." Dustin grinste von einem Ohr zum anderen, zähmte dann aber schnell seine Begeisterung. „Cool. Dann bis später." Das war eindeutig mein Stichwort, das Feld zu räumen, damit das Abenteuer weitergehen konnte.

Einen kurzen Moment war ich eifersüchtig. Ich wollte auch mit ihnen Spaß haben, statt nach Hause zu fahren, das Abendessen zu kochen und Rechnungen zu zahlen.

„Brauchst du Geld, um dir etwas zu essen zu kaufen?", fragte ich Dustin und griff in meine Handtasche.

„Das übernehme ich." Mart öffnete die Kuchentheke und traf seine Wahl. Dann winkte er Dustin zur Theke. „Das bin ich Dustin für seine Hilfe heute Nachmittag schuldig."

Dustin nickte und flüsterte Cassandra etwas zu. Dann ging er mit seinem Schokoriegel in der Hand zur Kasse. Als ich ging, standen Mart und Dustin nebeneinander an der Theke, schauten aus dem Fenster und unterhielten sich über Geländerstangen.

Als Dustin später nach Hause kam, war er so glücklich, wie es ein Junge mit Lesestoff für die Schule und einem Englisch-Arbeitsbuch, das er noch durcharbeiten musste, nur sein konnte. Während er mir von seinem Tag erzählte, aß er das Sandwich, das ich ihm übrig gelassen hatte. Ein alter Western mit Robert Redford, *Jeremiah Johnson,* lief im Fernsehen, und wir schauten ihn gemeinsam an.

Nachdem er sein Sandwich aufgegessen hatte, stand Dustin hinter dem Sofa, als könnte er sich nicht recht entscheiden, ob er bei mir bleiben oder in sein Zimmer gehen sollte.

„Bleib doch hier und schau den Film mit an", sagte ich. „Du kannst ja deine Englischhausaufgaben morgen Vormittag machen."

„Okay." Er zuckte die Achseln und setzte sich. „Ähm, übrigens … ist es okay, wenn ich nächste Woche im Theater mithelfe? Sie arbeiten am Ton und an der Beleuchtung. Der Pastor hat gefragt, ob ich mitarbeiten könnte. Ich habe ihm von der riesigen Tonkabine erzählt, die Papa hatte … in unserer alten Kirche."

„Der Pastor?"

Dustin nickte hoffnungsvoll. „Pastor Hay. Cassandra geht dort zur Kirche … in die Lakeshore Community Church."

„Das klingt gut."

Seine Augen leuchteten genauso auf wie am Nachmittag, als ich ihm im Waterbird grünes Licht gegeben hatte. „Danke, Mama."

Er schaute ein paar Minuten den Film an, dann schnitt er ein anderes Thema an, ohne den Blick vom Fernseher abzuwenden. „Wir wollen morgen Nachmittag mit den Rampen und dem Geländer anfangen, damit Pop Dorsey in seinem Rollstuhl zum See hinunterfahren kann. Ich darf doch mitmachen, oder?" Sein starkes Interesse war überraschend. Ein mütterlicher sechster Sinn verriet mir, dass ein großer Teil dieses Interesses mit Cassandra zu tun hatte. Etwas in mir wollte Nein sagen und Dustin in seinem kleinen, geschützten Kokon zu Hause behalten. Andererseits musste er wissen, dass ich ihm vertraute, dass ich an ihn glaubte. Er brauchte die Erlaubnis, seinen Weg durch die Teenagerjahre zu finden, mit allen Rechten, Privilegien und Stolpersteinen, die damit verbunden waren.

„Einverstanden, aber pass auch auf die Sägen und Hämmer auf und nicht nur auf die Mädchen, okay?"

Dustin errötete und schluckte schwer, nickte aber und konzentrierte sich wieder auf den Film. Während ich ihn verstohlen beobachtete, schwankte ich zwischen Dankbarkeit für die neu gefundene Begeisterung und Sorgen hin und her. So nett Mart anscheinend auch war, so sehr er mir versichert hatte, dass Cassandra ein nettes Mädchen war – das kam mir alles trotzdem ziemlich riskant vor und ich hatte Angst, dass der Zug aus den Gleisen springen könnte, nachdem ich Dustin gerade erst erlaubt hatte, in diesen Zug einzusteigen.

Noch während ich das alles dachte, ertappte ich mich dabei, dass ich ein Auge auf den See und das andere Auge auf den Fernseher gerichtet hatte. Irgendwo zwischen Robert Redford als Greenhorn und seinem Überleben in den Bergen schlief Dustin auf dem Sofa ein. Danach beobachtete ich den See mit beiden Augen und hielt nach Lichtern in der Bucht Ausschau.

Doch die Larkspur Cove vor meinem Fenster blieb dunkel, und als es schon nach elf Uhr war, regte sich eine starke Enttäuschung in mir. Mart kam heute Abend nicht.

Als ich mich endlich dieser Tatsache stellte und Dustin wecken und ins Bett schicken wollte, klingelte das Telefon. Ich nahm es, ging auf die Veranda und meldete mich mit so großer Vorfreude, dass meine Stimme höher klang als sonst. „Hey." Ich suchte den See nach Marts Boot ab. „Was gibt's?"

Er gähnte, bevor er antwortete. „Ach, ich sitze hier draußen in meinem Auto fest. Es kam ein Anruf, dass irgendwelche Deppen mitten in der Nacht von der Straße aus auf Kojoten schießen. Solche Idioten!"

Er gähnte wieder, und ich malte mir aus, wie seine dichten, dunklen Wimpern über seine Wangen streiften.

„Du klingst müde.“ Ich erschrak etwas, weil meine Worte so vertraut klangen.

Er lachte leise, und mir wurde ganz warm ums Herz. „Die langen Abende machen sich bemerkbar.“

Ich errötete, obwohl niemand da war und es sehen konnte. Für die letzten langen Abende war ich verantwortlich. Sobald Mart und ich anfingen, uns zu unterhalten, hatte ich das Gefühl, dass wir ewig weiterreden könnten. Nicht über etwas Lebenswichtiges, einfach über alberne Dinge. Geschichten vom See, die seltsamen Leute, mit denen er in seinem Beruf zu tun hatte, meine Arbeit, seine Arbeit.

Gestern Abend hatten wir uns über den Wassersicherheitskurs unterhalten und wie sich Dustin, Cassandra und mein zehnjähriger Klient, Daniel, machten. Einmal hatte ich sogar über Megan und mich lachen müssen und über die unerbittliche Geschwisterrivalität in unserer Jugend.

Ich kann mir nicht vorstellen, weshalb du eifersüchtig hättest sein müssen, hatte Mart gesagt. *Aber ich kenne deine Schwester natürlich nicht.* Er hatte mir einen vielsagenden, neckenden Blick zugeworfen, der auch im schwachen Licht zu sehen gewesen war. Ich hatte ihn gegen den Arm geboxt und ihm klargemacht, dass Megan verheiratet war. Er hatte gegrinst und gesagt: *Dann habe ich wohl Pech gehabt.* Dann hatte er mich geküsst.

Als ich mich jetzt an diesen Kuss erinnerte, war ich nur umso mehr enttäuscht, dass er heute nicht mit seinem Boot in die Bucht kam. Mehr als diesen Anruf gab es an diesem Abend nicht. Mein gesunder Menschenverstand sagte mir, dass es so wahrscheinlich am besten sei. Es ging alles viel zu schnell. Trotzdem klemmte ich das Telefon zwischen mein Ohr und meine Schulter und machte es mir auf dem Sofa gemütlich.

„Du solltest früher nach Hause fahren.“

„Warum? Das wäre doch schade, oder?“

Mein Gesicht begann zu glühen. Wahrscheinlich war es gut, dass er heute Abend nicht hier war. „Ich will so bald wie möglich anfangen, mit Birdie zu arbeiten.“ Das Umschalten auf ein „Dienstgespräch“ würde mein Chef wahrscheinlich als *Abwehrmechanismus* bezeichnen, als Versuch, Abstand zu halten, wenn etwas zu persönlich wird. Wahrscheinlich war das eine kluge Reaktion.

Mart schien dieses Umschalten nicht zu bemerken. „Ja, ich habe deine SMS bekommen. Wann fährst du zu Len und Birdie hinauf?"

„Ich habe morgen um elf Uhr Zeit und denke, dass ich mit dem Auto die Furt am Bach durchqueren kann, aber ich habe keine Ahnung, ob Len zu Hause ist. Ich kann ihn ja leider nicht anrufen und fragen. Ich bitte dich nur ungern, aber wäre es möglich, dass du ihm Bescheid gibst, dass ich komme?"

„Len hält sich normalerweise sowieso in der größten Tageshitze zu Hause auf. Aber ich werde versuchen, ihn am Morgen auf dem See zu erwischen, und sage ihm, dass du ihn besuchen kommst. Falls ihm die Zeit nicht passt, kann ich dich ja anrufen." Ich hörte im Hintergrund einen Funkspruch. Er drehte das Funkgerät leiser, bevor er sich wieder am Telefon meldete. „Wie wäre es danach mit einem Mittagessen?"

Mein Brustkorb wollte vor Freude fast platzen. „Wenn du Len für mich findest, bringe ich sogar das Essen mit."

Mart lachte. „Das ist ein Angebot, das ich nicht ablehnen kann. Ich wollte dir aber eigentlich ein Mittagessen in einer Bäckerei in Gnadenfeld oder in der Künstlerkolonie vorschlagen."

Obwohl ich an beiden Orten zweifellos niemanden treffen würde, den ich kannte, war mir bei der Vorstellung, mich in der Öffentlichkeit mit ihm zu zeigen, nicht wohl zumute. Meine Vorfreude erhielt einen Dämpfer. „Ich glaube, ich höre lieber den Spottdrosseln zu."

„Klingt auch gut."

Wir vereinbarten eine Uhrzeit, und dann beendete er das Gespräch abrupt, weil er Scheinwerfer zwischen den Bäumen aufleuchten sah.

„Sei vorsichtig", bat ich ihn.

„Immer", antwortete er und legte auf.

Ich betete um seinen Schutz, ohne es zuerst richtig zu merken. Dann wanderten meine Gedanken eher unbewusst in eine andere Richtung und ich überlegte, was für ein Gefühl es wäre, mit jemandem zusammen zu sein, zu dessen Beruf es gehörte, sich in Gefahr zu begeben. Bevor dieser Gedanke zu weit gehen konnte, unterband ich ihn jedoch, deckte Dustin zu und ging ins Bett.

Beim Einschlafen dachte ich an die Fahrt zu Lens Haus und fragte mich, wie der Besuch bei ihm wohl ablaufen würde. Ich war noch nie allein dort gewesen, aber früher oder später musste ich damit anfangen. Es war nicht richtig, Mart zu bitten, meine Hand zu halten, wenn ich dieses Mal zu Len fuhr. Der Mann hatte schließlich seine eigene Arbeit.

Am nächsten Morgen erwachte ich mit einem unguten Gefühl, als wäre in der Nacht etwas passiert und ich wüsste es noch nicht. Dieses Gefühl verfolgte mich auch bei der Dienstbesprechung in der Praxis und bei meinem ersten Hausbesuch an diesem Tag, bei dem Daniel und seine Großmutter begeistert von den ersten zwei Einheiten des Wassersicherheitskurses erzählten. Jetzt wollte Daniel Ranger werden oder im Pionierkorps arbeiten, wenn er groß war.

Nachdem ich die Crandalls verlassen hatte, saß ich eine Weile im Auto und versuchte, meine Gedanken zu ordnen und die Knoten in meinem Magen zu analysieren. Birdies Fall unterschied sich nicht sehr von den anderen Fällen, die ich bearbeitete. Warum kam er mir dann so anders vor? Warum sah ich das Bild aus meinem Traum vor Augen, wenn ich an sie dachte – dem Traum, in dem sie auf dem Brückengeländer balanciert, unschuldig, verwundbar, ohne die geringste Ahnung, dass sie sich in großer Gefahr befand?

Vielleicht beunruhigte mich nur das Geheimnis, das sie umgab, oder vielleicht war es Birdie selbst. Welche Geheimnisse verbargen sich hinter ihren hellblauen Augen, und wie konnte ich sie lüften? Was war passiert, dass sie so in sich gekehrt war und nicht mit Leuten sprach? Wovor hatte sie jetzt Angst? Wo war sie gewesen, bevor sie nach Moses Lake gekommen war?

Diese Fragen gingen mir durch den Kopf, während ich auf der Straße zu Lens Haus fuhr, Schlammlöcher bezwang und durch tiefe Furchen holperte, die durch die Stürme am Wochenende ausgewaschen waren. Ich tastete mich vorsichtig durch die Furt im Fluss, aber ich schaffte es und kroch auf der anderen Seite bergauf, auch wenn alle vier Reifen stellenweise im Matsch durchdrehten und den Geländewagen mit Schmutz, Steinchen und Schlamm bespritzten. Wenn mein Chef den ganzen Dreck sähe, würde er sich wahrscheinlich scherzhaft beschweren, was ich da alles seinem Auto antat. Dann würde er mir auf den Rücken klopfen und mich als *Cowgirl* bezeichnen. Falls er Zweifel hatte, ob ich mit Birdies Fall überfordert war, hatte er es sich nicht anmerken lassen. *Lassen Sie sich einfach von Ihrem Bauchgefühl leiten,* hatte er mir geraten. *Wenn Sie dort sind, werden Sie wissen, was Sie tun müssen.*

Ich hoffte, dass er recht hätte, denn während der Geländewagen leise den Weg zu Lens Haus hinaufrollte, hatte ich kein anderes Bauchgefühl als ein tiefes Rumoren.

Als der Hof in Sicht kam, konnte ich einen Blick durch eine Lücke in den dürren Zedernsträuchern werfen und entdeckte eine Bewegung auf dem Tomatenfeld hangabwärts. Len stapfte durch den Garten und band Tomatenpflanzen fest, die der Sturm umgerissen hatte. Er war wahrscheinlich schon eine ganze Weile damit beschäftigt, da seine Stiefel und seine abgenutzte Jeans mit Matsch beklebt waren. Birdie, die hinter ihm ging, war ähnlich gekleidet wie er: eine mit Matsch beklebte Jeans und ein T-Shirt, das wahrscheinlich aus der Kleiderkammer der Lakeshore Community Church stammte. Ihre übergroßen, roten Stiefel waren um die Knöchel mit einem Faden festgebunden, aber der schwere Matsch zog die Stiefel bei jedem Schritt nach unten und zwang Birdie, sie mit beiden Händen am Schaft festzuhalten. Dadurch wirkte sie wie eine kleine Ente, die hinter Len herwatschelte. An einem Arm hatte sie einen Plastikeimer hängen, in dem sie anscheinend Tomaten einsammelte, die beim Sturm abgerissen worden waren. Nach jedem Schritt oder jedem zweiten Schritt blieb sie stehen und ließ die Stiefel lange genug los, um die abgefallenen Tomaten von der Erde aufzusammeln. Dann hängte sie ihren Eimer wieder an den Arm und watschelte weiter. Len wartete geduldig, bis sie ihn eingeholt hatte, bevor er zur nächsten Pflanze weiterging.

In der Mitte der Reihe richtete Len einen umgefallenen Tomatenstrauch wieder auf. Er hob etwas darunter auf, hielt es flach auf der Handfläche und beugte sich nach unten, um es Birdie zu zeigen. Ihre Köpfe beugten sich nahe über seine Handfläche, und ich konnte sehen, dass sie miteinander sprachen. Einen Moment später deutete er auf die Bäume am Rand des Gartens. Birdie stellte ihren

Eimer ab, stemmte die Hände in die Hüften und betrachtete die Zweige mit unübersehbarer Neugier. Schließlich deutete sie mit der Hand und hüpfte aufgeregt auf der Stelle. Len nahm ihre Hand, dann zog er etwas aus seiner Hemdtasche und legte es auf ihre Handfläche. Sie stellte ihm eine Frage, und er gab ihr eine Antwort. Mit all dem Matsch und Lens alter, zerrissener Kleidung hätten sie ein nostalgisches Postkartenbild von einem Großvater und seiner Enkelin abgegeben, die einen sonnigen Tag im Garten genossen.

Ich schaute ihnen zu, kam mir aber wie ein neugieriger Voyeur vor, während sie zur nächsten Pflanze weitergingen, wo Len etwas aus dem Tomatengitter zog und es Birdie auf den Arm setzte. Sie legte den Kopf auf eine Seite und hielt den Arm steif von sich ab. Ich beugte mich aus dem Fenster. Meine Neugier war geweckt. Birdie deutete mit dem Finger und berührte das, was Len ihr gegeben hatte, ganz vorsichtig. Eine Raupe, vermutete ich, auch wenn ich nicht nahe genug war, um es genau sehen zu können. Ich wusste, wie sich das Tier auf ihrer Haut anfühlte: ein weiches, haariges Kitzeln, fast so, als wäre es nicht wirklich da.

Ich machte im Geiste eine Zeitreise in die Vergangenheit und erinnerte mich, dass meine Großmutter mit mir das Gleiche getan hatte, als ich klein gewesen war und Megan noch zu jung, um mir meinen Platz streitig zu machen. Damals hatte ich mich wie der Mittelpunkt der ganzen Familie gefühlt: Ich war schon groß genug gewesen, um auf Kardinalvögel und Hüttensänger zu deuten und meiner Mutter und Großmutter dabei zu helfen, Blumen im Garten anzupflanzen. Bevor Megan sprechen, gehen, laufen, tanzen und Cheerleading gelernt hatte und in allem brillierte, war *ich* diejenige gewesen, die die Aufmerksamkeit aller auf sich gezogen hatte. Meine Mutter und ich hatten sogar einiges gemeinsam gehabt, bevor ich ständig in gereizter Stimmung gewesen war und beschlossen hatte, alles, was meiner Mutter gefiel, aus Prinzip abzulehnen. Warum nur hatte ich all die guten Erinnerungen vergraben und stattdessen lediglich die Jahre hervorgekramt, in denen Mutter und ich gestritten hatten und Megan und ich in unserer Geschwisterrivalität gefangen gewesen waren?

Birdie warf den Kopf zurück und lachte, und ich wurde an die Stimmen meiner eigenen Kindheit erinnert – fröhlich, leicht, unbeschwert. Bei der Freude geht es nicht so sehr um die Situation, in der man sich befindet, sondern um eine Entscheidung, erkannte ich. Birdie befand sich in einer Situation, die die meisten als deprimierend bezeichnet hätten, aber ihr Gesicht strahlte vor Glück über etwas so Kleines wie eine Raupe und die ungeteilte Aufmerksamkeit ihres Großvaters.

Ich konnte hier eine Lektion für mein eigenes Leben lernen. Fast mein ganzes Leben lang hatte ich mich auf die Dinge konzentriert, die meiner Meinung nach anders, besser, leichter, weniger schmerzhaft sein sollten, oder auf die vielen Bereiche, in denen ich mich meiner Meinung nach ändern müsste. Aber wenn man sich ständig den Kopf darüber zerbricht, was sein *sollte*, versäumt man das, was man *hat*. Ich hatte Momente wie Birdies Erlebnis mit der Raupe unbemerkt verstreichen lassen, ohne sie zu genießen. Ein Moment, den man nicht schätzt, ist ein verlorener Moment. Ich hatte viel zu viele Momente in meinem Leben vergeudet.

Ich löste die Bremse und rollte an den Zedern vorbei den Hang hinab. Das Geräusch des Geländewagens, der über die Schlaglöcher holperte, machte Len auf mich aufmerksam. Er richtete sich auf und schaute mit zusammengekniffenen Augen zur Straße. Ich ließ das Seitenfenster hinab, damit er wusste, wer ich war. Birdie drehte sich um und entdeckte mich. Ihr Lächeln verwandelte sich in ein misstrauisches Stirnrunzeln. Sie huschte hinter Lens Rücken, setzte die Raupe in ihren Tomateneimer und fügte das, was sie in den Händen gehalten hatte, dazu.

Sie kamen mir am Rand des Weges entgegen und schienen sich beide nicht sehr zu freuen, mich zu sehen. Ich setzte ein freundliches Gesicht auf und versuchte, mich so wenig bedrohlich wie möglich zu verhalten. Eine gute Beziehung aufzubauen, das war entscheidend für einen langfristigen Erfolg. Ich stellte mich vor und fragte, ob sie sich an meinen Besuch mit Mart hier erinnerten. Dann erklärte ich, warum ich dieses Mal hier war.

Len stand nur da und schaute mich stirnrunzelnd an, während Birdie sich hinter seinen Beinen versteckte und seine matschige Jeans mit ihren kleinen Fäusten umklammerte.

„Ich nehme an, Mart McClendon hat Ihnen gesagt, dass ich Sie besuchen komme?", sagte ich schließlich.

Len nickte. „J-ja." Er klopfte sich den Matsch von seinen Stiefeln. „Sind Sie auch ein Ra-Ranger für Kinder?"

„Ein was?" Ich stellte den Motor ab und öffnete die Tür. Ich konnte das Auto eigentlich gleich hier stehen lassen. Ich bezweifelte, dass ich in Lens „Einfahrt" den Verkehr behindern würde.

„Ein Ra-Ranger für Ki-Kinder." Lens ledrige Haut errötete und sein Mund kämpfte mit jedem Wort. Ich hatte Schuldgefühle, weil er meinetwegen die Worte wiederholen musste, aber ich hatte keine Ahnung, wovon er sprach. „Sie-Sie mü-müssen Birdies Zi-Zimmer sehen, wo sie sch-schläft."

Da wurde mir bewusst, dass Len meinen Besuch mit dem des Mitarbeiters vom Jugendamt verglich und dass er irgendwie auf die Idee gekommen war, dass er etwas Ähnliches wie ein Ranger war. Er drehte sich um, als wollte er mich zum Haus führen, aber ein kurzer Blick auf das Haus genügte, dass ich keinen großen Wunsch verspürte, hineinzugehen. Abgesehen davon war es ein wolkenloser Sommertag, und ich hatte das Gefühl, dass sich sowohl Birdie als auch Len draußen mehr entspannen würden.

„Ich muss Birdies Zimmer im Moment nicht sehen. Ich komme nur zu Beratungsgesprächen … um mit Ihnen und Birdie zu sprechen", sagte ich schnell. „Wahrscheinlich kommt irgendwann jemand, um sich in Ihrem Haus umzusehen, aber das kann noch eine Woche oder so dauern."

Bei der vielen Arbeit, die sich angehäuft hatte, war schwer zu sagen, wann Birdies Betreuer vom Jugendamt Zeit hätte hierherzukommen. Sozialarbeiter in diesem Bezirk konnten froh sein, wenn sie es einmal im Monat schafften, Hausbesuche zu machen. Normalerweise fielen diese Besuche kurz aus. Da meine Hausbesuche bei Klienten wöchentlich stattfanden und jedes Mal eine Stunde dauerten, hatte ich hingegen einen regelmäßigeren Kontakt zu den Familien. „Wenn Sie möchten, können wir darüber sprechen, was der Sozialarbeiter sehen will und was Sie für Birdie tun müssen. Wenn es Probleme gibt, die Ihnen Sorgen machen, können wir auch darüber gern sprechen."

Len zuckte unbehaglich mit den Schultern und steckte die Hände in die Hosentaschen. Er schluckte schwer und seine Lippe hing schief nach unten.

„Können wir uns irgendwohin setzen?", fragte ich. Hier am Rand des Tomatenfeldes brannte die Sonne so heiß vom Himmel, dass ich mich wie in einem Backofen fühlte. Der Schweiß lief mir über den Rücken und durchnässte mein T-Shirt. „Da drüben im Schatten vielleicht?" Ich deutete auf ein paar Stämme von abgesägten Bäumen unter den dürren Ulmen.

Len ergab sich mit einem weiteren Achselzucken seinem Schicksal, und wir stapften durch das feuchte Gras in den Schatten. Len ging voraus, Birdie klammerte sich an seine Hose, und ich folgte ihnen. Die Baumstämme waren nass, denn die Feuchtigkeit war im Schatten noch sehr hoch, aber ich nahm an, dass es hier trotzdem angenehmer war als im Haus. Es hing zwar eine alte, tragbare Klimaanlage in einem der Seitenfenster, aber sie schien im Moment nicht zu laufen. Ich konnte nur ahnen, wie feucht es nach mehreren Regentagen im Haus war und wie muffig es darin riechen musste.

Ich suchte mir einen umgedrehten Baumstamm, schaute mich nach Spinnen und anderen kriechenden Tieren um und setzte mich schließlich. Len rollte mit seinem schmutzigen Stiefel einen ein Meter langen Baumstamm heran, warf einen Blick darunter und nahm dann mir gegenüber Platz. Birdie blieb ein Stück von uns entfernt schweigend und argwöhnisch stehen, während ich mein Bestes tat, um Len die Dinge zu erklären und ihn auf das vorzubereiten, was als Nächstes passieren würde. Wir kamen nur schmerzlich langsam voran. Len konnte sich unter Begriffen wie *dauerhafte Lösung, Beratungsbesuch, alternative Familienunterbringung* und *Elternrechte* nichts vorstellen. „Der Sozialarbeiter hat wahrscheinlich erwähnt, dass eine Betreuung veranlasst werden kann, falls Birdies Mutter sich nicht angemessen um sie kümmert. Haben Sie verstanden, was er damit gemeint hat? Hat er es Ihnen erklärt?"

Len zog ein schmutziges Halstuch aus seiner Hosentasche, schüttelte den Kopf und wischte sich die Stirn. „Nei-nein. Ich glau-glaube nicht …" Er kratzte sich den Kopf und schien zu versuchen, sich zu erinnern. Schließlich ballte er die Faust und schlug sich an die Stirn. „Mein Hi-Hirn a-arbeitet nicht mehr so gut."

Ich hatte Mitleid mit ihm. Wie frustrierend musste es sein, mit einem Hirn zu leben, das früher normal funktioniert hatte, das sich jetzt aber schwertat, alles zu verstehen und zu verarbeiten? „Das heißt, dass der Sozialarbeiter, der Ranger für Kinder, immer wieder kommt und nach ihr schaut, solange sie hier bei Ihnen lebt. Man gibt Ihnen Listen mit den Dingen, die erledigt werden müssen, um sicherzustellen, dass Birdie gesund bleibt und dass das Haus für sie ein sicherer Ort ist. Das sind Dinge, wie wir sie gerade angesprochen haben: dass Sie Birdie in der Schule anmelden, das Haus putzen, vielleicht einige Reparaturen vornehmen, dafür sorgen, dass die Hunde sicher eingesperrt sind, dass Sie Ihre Waffen nicht offen herumliegen lassen, dass Sie dafür sorgen, dass Birdie nicht allein im Haus bleibt oder sich allein dem Wasser nähert und so weiter. Wenn Birdie hierbleiben soll, müssen Sie das alles beachten. Wir könnten wahrscheinlich Leute finden, die Ihnen dabei helfen. Klingt das für Sie machbar?"

Lens Lippen zitterten. Er sah auf den Boden und schüttelte den Kopf. „Ich … weiß … weiß nicht …" Nervös wischte er sich wieder mit dem Tuch den Schweiß aus dem Nacken. Dass er so schwitzte, lag nicht nur an der Hitze. Er schaute zu mir hinauf. Seine Augen waren rot umrandet und feucht. „Mein Hi-Hirn denkt nicht mehr so gut." Seine Stimme brach. Birdie stellte ihren Eimer ab und trat hinter ihn. Sie schob ihre kleinen Arme um seinen Hals und legte ihr Kinn auf seine Schulter, als wollte sie ihn trösten. Er sah wie ein geschlagener Mann aus, und mir wurde schwer ums Herz. Es war nicht zu übersehen, dass er seine Enkelin liebte und sich um sie kümmern wollte. Aber wie viel war diese Liebe wert? War sie es wert, in einem verwahrlosten Haus mitten im Nirgendwo bei einem Großvater zu wohnen, der kognitive Begrenzungen hatte?

Birdies große, blaue Augen schauten mich durchdringend an, und ihr leidender Gesichtsausdruck flehte mich stumm an, ihren Großvater in Ruhe zu lassen. Im Psychologiestudium lernte man nicht, mit solchen Situationen umzugehen.

„Hören Sie." Ich streckte den Arm zu ihm hinüber und legte beruhigend die Hand auf Lens Arm. „Ich tue, was ich kann, um Ihnen zu helfen. Versprochen." Mein Verstand arbeitete auf Hochtouren. Ich wusste nicht einmal, wie gut Len die Liste mit den geforderten Veränderungen vom Jugendamt lesen konnte oder ob er überhaupt lesen konnte. Falls bei Birdies ärztlicher Untersuchung Spuren von früheren Misshandlungen oder Vernachlässigungen festgestellt werden sollten, würde alles noch komplizierter werden. Auf jeden Fall würde sich das Gericht einschalten. Jemand müsste Len helfen, ihm die Dinge erklären und ihm klarmachen, wann er Birdie zu welchen Terminen bringen musste. Ich könnte versuchen, einen Rechtsbeistand für Len zu bekommen. Dann war da noch das Haus. Len hatte wahrscheinlich keine Ahnung, wie er es in einen akzeptablen Zustand versetzen konnte. *Habitat for Humanity* würde sicher nicht hierherkommen, um ihm zu helfen. Vielleicht einige Ehrenamtliche aus Moses Lake oder einer Gemeinde oder eine gemeinnützige Organisation? Andererseits, Len mochte keinen Besuch. Würde er sich diese Hilfe gefallen lassen?

Und was wäre, wenn Birdies Mutter genauso plötzlich wieder hier auftauchte, wie sie verschwunden war?

Vielleicht wäre eine Betreuung durch das Jugendamt und eine Pflegefamilie doch das Beste. Das wäre das Einfachste, das Leichteste …

Aber ich hatte Len mein Versprechen nicht ohne Grund gegeben. An dem Blick in Birdies Augen war nichts *einfach* oder *leicht*. Sie klammerte sich an ihren Großvater, wie ein Flutopfer sich an einen Baum klammert. Als wäre er das Einzige auf der Welt, das ihr Halt gab. Irgendwie musste ich dafür sorgen, dass wir ihr bei unserem Versuch, ihr zu helfen, nicht schadeten.

„Ich würde mich jetzt gern ein wenig mit Birdie unterhalten, wenn Sie nichts dagegen haben." Die Stunde verging langsam, und ich hatte noch nicht einmal versucht, einen sinnvollen Kontakt zu Birdie herzustellen. „Vielleicht könnten sie und ich ein wenig spazieren gehen und sie könnte mir ihr Zimmer zeigen oder etwas, mit dem sie gern spielt."

Len bewegte nervös seine Lippen, regte sich unbehaglich und legte eine Hand auf Birdies Arm.

„Wir gehen nicht weit." Ich versuchte, beruhigend, berechenbar und vertrauenswürdig zu wirken. „Nur bis zum Haus." Birdie warf einen Blick zum Hof. „Damit sie mir zeigen kann, was sie gern macht." Normalerweise sprachen Kinder lieber über Haustiere und Lieblingsspielsachen als über etwas anderes.

Len rieb über die Stoppeln an seinem Kinn und bewegte immer noch nervös die Lippen. Schließlich nickte er. „Sie ha hat einen Wa-Waschbären." Speichel sprühte auf meinen Arm, und ich musste den Drang unterdrücken, ihn sofort an meiner Jeans abzuwischen. „Einen Wa-Waschbären zum Spielen. Geh und zei-zeig ihn ihr, Birdie."

Birdie löste ihre Arme von Len und stand mit geballten Fäusten und gesenktem Kopf da.

„Das ist okay." Len tätschelte ihren Kopf, wie man es vielleicht bei einem Hund tun würde. „G-geh ruhig." Er stand auf, während Birdie ein paar Schritte zum Haus ging. Sie warf einen unsicheren Blick auf ihn und bohrte ihre Stiefelspitze in die Erde. „G-geh ruhig", wiederholte Len und hob den Eimer auf.

Ich ging zur Einfahrt, blieb neben Birdie stehen und hielt ihr die Hand hin, um zu sehen, ob sie sie ergreifen würde. „Birdie, kannst du mir deine Lieblingssachen zeigen? Sachen, die du wirklich sehr gern hast?"

Ihre Antwort war ein verwirrtes Stirnrunzeln. Statt meine Hand zu ergreifen, drehte sie sich um, stürmte zu Len zurück und versuchte, den Tomateneimer zu nehmen. Len ließ den Eimer zuerst nicht los, aber dann flüsterte sie etwas und er hielt ihr den Eimer hin, damit sie hineingreifen konnte. Sie steckte eine Hand hinein, zog etwas heraus und hielt es in der Faust. Dann steckte sie die andere Hand hinein und wiederholte den Vorgang, bevor sie wieder auf mich zustapfte. Offenbar war das Erste, was sie mir zeigen wollte, eine gerettete Tomate.

„Was hast du denn da?", fragte ich, beugte mich nahe zu ihr hinab und tippte leicht auf ihren Handrücken. „Hast du etwas Interessantes in dem Eimer gefunden? Darf ich es sehen?"

Ihre Augen strahlten auf und ihre geschwungenen Lippen verzogen sich leicht, als wollte sie ein Lächeln unterdrücken.

„Ist es eine Überraschung?"

Sie zog das Kinn ein, hob die Schultern und kicherte leise.

„Kann ich es sehen? Ich liebe Überraschungen." Ich hielt ihr die Hand mit der Handfläche nach oben hin, und sie legte ihre geschlossene Hand in meine. Dann öffnete sie ihre Faust langsam und zeigte mir den Inhalt. Auf ihrer Handfläche lag eine winzige Eierschale, hellblau und hauchdünn, in zwei Hälften zerbrochen wie zwei Puzzleteile. „Oh", sagte ich und berührte die Schale mit der Fingerspitze. „Das ist aber ein schönes Ei. Schau nur, wie klein es ist. Wahrscheinlich war in der Nähe eures Gartens ein Nest." Ich drehte das Ei vorsichtig um, betrachtete es und erkannte, dass Len die Kleine auf Schatzsuche geschickt hatte, während sie im Garten gearbeitet hatten. Er hatte ihr Raupen und leere Vogeleier, die beim Sturm aus dem Nest geworfen worden waren, gezeigt. Dinge, an denen die meisten vorübergingen, ohne sie überhaupt zu bemerken. Eine solche Aufmerksamkeit war selten und für ein Kind wie Birdie sehr wertvoll. Für jedes Kind. „Ich frage mich, was für ein Babyvogel wohl aus diesem Ei geschlüpft ist."

Grinsend hob Birdie ihre andere Hand, öffnete sie und zeigte mir eine winzige Feder, die nicht größer war als mein Daumennagel. Im Licht der Sonne leuchtete sie durchscheinend blau.

„Ohh, ist die hübsch", flüsterte ich.

Birdie beugte sich nahe über meine Hand und rollte die Eierschale und die Feder vorsichtig auf meine Handfläche. Dann streichelte sie die Feder. „Hübscher Vogel." Ihre Stimme war nur ein Hauch, aber ich hörte sie. Die Worte waren klar und deutlich.

„Ja, ein sehr hübscher Vogel." Meine Kehle war wie zugeschnürt, und einen Moment lang fühlte ich mich nicht wie eine Therapeutin. „Ein blauer Hüttensänger, glaube ich."

„Blau", flüsterte sie. Der Wind bewegte ihre Haare, sodass ich ihr Gesicht sehen konnte. Ihre Augen hatten das Blau der Feder, und sie wirkte genauso zerbrechlich wie die Eierschale. „Hübscher blauer Vogel", flüsterte sie und lächelte.

„Ja", stimmte ich ihr zu. Dann trat ich einen Schritt zurück und drehte mich zum Haus herum. Ich schloss vorsichtig die Finger über ihren winzigen Schätzen. Als wir die Einfahrt hinaufgingen, schob sie ihre Hand über meine, als wollte sie ihren Schatz behüten.

Als wir das Haus erreichten, legten wir die Eierschale und die Feder in eine leere Margarinedose und setzten dann unseren Rundgang zu Birdies Lieblingssachen fort: ihren Plüschwaschbären, eine benutzte Babypuppe, die bestimmt von der Kirche stammte, einen rosa Barbie-Schlafanzug, der vorsichtig auf ihr Bett gelegt worden war.

Ein paar Turnschuhe in ihrer Größe und ein paar Kleidungsstücke lagen in einer benutzten Einkaufstüte im Schlafzimmer, als wäre keiner auf die Idee gekommen, die Sachen auszuräumen, nachdem

Pastor Hay sie gebracht hatte. Wenn man das übrige Haus betrachtete, war das allerdings nicht überraschend. Die Wände waren mit allem möglichen Zeug vollgestellt, wodurch nur in der Mitte ein wenig Platz blieb. Ich hatte keine Ahnung, was sich in diesen ganzen Stapeln an den Wänden befand.

Im alten Schulbus neben dem Haus zeigte Birdie mir einzelne Teile eines Plastikgeschirrs und eine Barbiepuppe. Offenbar hatte sie den Bus trotz der schmutzigen Kleidung und des Hundedrecks als Spielhaus benutzt. Mein Magen zog sich zusammen, als wir unseren Rundgang beendeten und wieder an die frische Luft hinausgingen. Neben dem Stall hob Birdie eine verwahrloste, mehrfarbige Katze auf den Arm und trug sie in den Garten zurück, in dem ihr Großvater war. Auf dem Weg dahin fragte ich sie nach ihrer Mutter und danach, wo Birdie gewesen war, bevor sie zu ihrem Opa gekommen war. Plötzlich sprach sie kein Wort mehr.

Als ich von diesem Hausbesuch wegfuhr, war ich unsicher, was als Nächstes geschehen sollte. Ich war der festen Überzeugung, dass Birdie, nachdem sie mehrere Tage im Sturm mit Len allein zu Hause gewesen war, glücklicher und gesprächiger wirkte als bei meinem ersten Besuch. Ihr Zustand hatte sich verbessert, nicht verschlechtert.

Beim Mittagessen sprachen Mart und ich über diesen Besuch, während die Klagende Frau ihr leises, wehmütiges Lied sang und die Spottdrosseln ihr antworteten. Über Marts Funkgerät kam ein Funkspruch, der unser Essen abrupt beendete. Mart nahm entschuldigend sein Sandwich, das er kaum angerührt hatte, und eilte zu seinem Boot. Ich beendete mein Essen im Auto und arbeitete an meinem Computer, während eine Gruppe Kanufahrer unterhalb des Rastplatzes ans Ufer ging.

An diesem Abend kam Dustin schmutzig und müde vom Bauprojekt am Pier unterhalb des Waterbirds nach Hause, aber er war bestens gelaunt. Mart war wieder weggerufen worden. Deshalb hatte Pastor Hay Dustin bei uns am Kai abgesetzt. Bevor er duschen ging, erklärte Dustin mir, was sie am Nachmittag am Pier gebaut hatten, und dass sie planten, eine Art Liftsystem zu bauen, das Pop Dorsey ermöglichen würde, aus dem Rollstuhl in ein Boot zu kommen. Morgen wollte einer der Waterbird-Stammgäste ein tragbares

Schweißgerät mitbringen, und Dustin würde schweißen lernen. Ich fühlte mich natürlich verpflichtet, ihm ein paar mütterliche Ermahnungen mit auf den Weg zu geben, wie: „Vergiss nicht, eine Schweißbrille aufzusetzen, ja? Du weißt, dass Schweißen gefährlich ist."

Dustin verdrehte die Augen und erinnerte mich, dass er schon *vierzehn* war. Und kein Baby mehr.

„Du bist *mein* Baby", sagte ich neckend, und er antwortete mit dem jungenhaften Grinsen, bei dem mein Herz schon immer weich geworden war. Dann ging er duschen.

Beim Abendessen unterhielten wir uns noch ausführlicher über Dustins Tag und Marts Boot. Ich erfuhr die Unterschiede zwischen dem Leihboot, das Mart zurzeit fuhr, und seinem Patrouillenboot, das zur Reparatur in der Werkstatt war. Dustin konnte es nicht erwarten, das richtige Patrouillenboot zu sehen, wenn es von der Reparatur zurückkam. Er freute sich darauf, damit zu fahren, und Cassandra hatte ihm versichert, dass das Patrouillenboot *der absolute Knaller* sei.

Ich ließ mir meine Bedenken darüber, dass Dustin mit Mart und Cassandra zusammen war, nicht anmerken, und versuchte, die Dinge nicht zu genau zu analysieren. Nach dem Abendessen gingen Dustin und ich zum Kai hinunter, und nach einer Weile plauderte ich mit unserer Nachbarin Mrs Blue, während Sydney und Ansley Dustin zum Schwimmen überredeten.

„Die Mädchen sind so froh, dass er in diesem Sommer nebenan wohnt", erklärte mir Mrs Blue und lachte, als die drei versuchten, in einen riesigen Reifenschlauch zu klettern. „Ich hoffe, sie nerven ihn nicht zu sehr."

„Ich glaube, er genießt es." Im Moment schien Dustin sich bestens zu amüsieren. Wie ein Rockstar, der verehrt wurde – auch wenn er zwischendurch immer wieder von den Mädchen, die mit vereinten Kräften auf ihn losgingen, untergetaucht oder nassgespritzt wurde.

„Hier draußen ist es für ihn ziemlich einsam."

Mrs Blue nickte mitfühlend. „Normalerweise wären wir gar nicht den ganzen Sommer hier am See. Es war reiner Zufall, dass ein kaputtes Wasserrohr unser ganzes Haus unter Wasser gesetzt hat, als die Mädchen zu ihrem gewohnten Besuch zu uns kamen. Deshalb sind wir jetzt hier. Und wer hätte schon ahnen können, dass die Mädchen nebenan einen so netten Jungen hätten, dem sie auf die Nerven gehen können?"

„Danke, dass Sie ein Auge auf ihn werfen." Wir richteten unsere Aufmerksamkeit wieder auf Dustin und die Mädchen, die gerade eine besonders hitzige Wasserschlacht in ihrem Reifen veranstalteten. *Ein Zufall,* dachte ich. *Reiner Zufall, dass sie in diesem Sommer überhaupt hier sind …*

Aber für mich war es kein Zufall. Ich glaubte, dass dieser Ort, dass Moses Lake und die Menschen hier für uns vorbereitet worden waren. Jemand hatte uns hier ein Nest bereitet, einen weichen, sicheren Ort, an dem uns neue Flügel wachsen konnten.

Als wir ins Haus gingen, zog Dustin sich in sein Zimmer zurück, um etwas für die Schule zu tun, und ich schlüpfte in eine Jogginghose und kuschelte mich mit einem Buch und einer Tasse koffeinfreiem Kaffee aufs Sofa. Ich las schläfrig noch ein letztes Kapitel, als sich in der Bucht Lichter auf unseren Kai zubewegten. Meine Augenlider, die schon halb herunterhingen, schossen plötzlich in die Höhe. Ich setzte mich auf und blickte in unseren Flur. Unter Dustins Tür war kein Lichtschein zu sehen. Nach dem Kurs und der Arbeit am Pier und dem Schwimmen war er wahrscheinlich müder als sonst. Im nächsten Moment war ich an der Hintertür, schlüpfte in meine Flipflops und eilte in der Dunkelheit den Hang hinab. Ich traf Mart auf der anderen Seite des Bootshauses.

„Ich dachte, du schläfst vielleicht schon", sagte er, während er wieder in seiner Robin-Hood-Pose verharrte, mit einem Fuß auf dem Kai und mit dem anderen im Boot.

„Ich konnte nicht schlafen." Die Worte überraschten mich. Mein Tonfall machte klar, was ich damit meinte: *Ich konnte nicht schlafen, weil ich auf dich gewartet habe.*

Mart lächelte, als verstünde er meine stumme Botschaft. „Eine schöne Nacht, um hier draußen zu sitzen."

„Ja, das stimmt."

„Und eine schöne Nacht für eine Bootsfahrt." Er hielt mir die Hand hin und wartete ab, ob ich meine Finger hineinlegen würde, ob ich mutig genug wäre, um die Einladung anzunehmen.

„Ja, das stimmt“, gab ich ihm recht, streckte ihm meine Hand entgegen und fühlte, wie sich seine starken Finger darum schlossen. Das Boot wackelte, als ich vom Kai trat. Mart fing mich mit seinem starken Arm auf. Seine Lippen berührten meine. Dieses Mal nicht vorsichtig und zurückhaltend, sondern so, als hätte er stundenlang darauf gewartet.

Mir wurde bewusst, dass auch ich darauf gewartet hatte, seit unser Mittagessen so abrupt beendet worden war. Jetzt gab ich mich seinem Kuss hin, warf jedes Zögern und alle Sorgen über Bord und ließ mich von ihm in die Nacht entführen.

Kapitel 20

Der Paradiesvogel setzt sich nur auf die Hand,
die ihn nicht fest umklammert.
John Berry
(zitiert von John und Ann aus Dallas auf ihrer Reise
anlässlich ihres 50. Hochzeitstages)

Mart McClendon

Der See lag still und dunkel da, die Oberfläche war so glatt, dass die Sterne darauf funkelten. Das Wasser breitete sich kilometerweit aus, spiegelte den Nachthimmel wider, dessen Bild nur an den Rändern, wo das Wasser das Ufer berührte und sich in Klippen und Spalten drängte, gebrochen wurde. In solchen Nächten, in denen es auf dem See ruhig war und kein anderer Mensch sich zeigte, konnte ich kaum glauben, dass auf der Welt irgendetwas im Argen liegen konnte.

Als wir die Larkspur Cove verließen, bat ich Andrea, sich gut festzuhalten. Dann gab ich Gas. Das Boot machte einen Satz nach vorne und hüpfte dann wie ein Frosch von einer Wasserlilie zur nächsten. Andrea rutschte auf ihrem Sitz ein wenig zur Seite und hielt sich mit einer Hand an der Reling fest. Lachend warf sie den Kopf zurück, ließ ihre Haare im Wind wehen und hielt dann die Arme wie bei einer Achterbahnfahrt in die Luft. Einen Moment lang war ich so in ihren Anblick versunken, dass ich ganz vergaß, dass ich ein Hochgeschwindigkeitsboot über den stillen See lenkte und auf den Mond zuraste.

Schließlich riss ich den Blick von ihr los, schaltete meinen Verstand wieder ein und benahm mich wie ein erwachsener Mensch. Zum ersten Mal verstand ich, wie ein Boot mit einem anderen zusammenstoßen konnte, obwohl es auf allen Seiten meilenweit nur freies Wasser gab. Vielleicht schaute der Mann, der das Steuer in der Hand hielt, gerade eine hübsche Frau an, die neben ihm saß …

Wir überquerten den See, dann drosselte ich das Tempo und ließ das Boot gemütlich treiben, während wir die Eagle Eye Bridge passierten, wo die langen, knorrigen Äste der Eichen und Ahorne sich über dem Wasser die Hand reichten. Irgendwo auf den Felsen schrie ein Berglöwe. Der Ton war so hoch und schrill wie der einer schreienden Frau. Andrea fuhr auf ihrem Sitz kerzengerade in die Höhe.

„Das war nur ein Berglöwe. Er ist weit weg", beruhigte ich sie, lenkte das Boot herum und ließ es am Ufer entlanggleiten, bis in eine Bucht, die sich in den Nightingale Canyon hineinzog. Das leise Brummen des Motors hallte von den Sandsteinfelsen wider, und in weiter Ferne hörte ich Musik von einem der Lagerplätze an den Seven Springs, die den See mit kaltem Quellwasser speisten. Dort gab es beliebte Schwimmstellen wie das Ice Hole und die Blue Moon Bay.

„Ich hatte ganz vergessen, wie wunderschön es hier ist." Andrea lehnte sich zurück und sah zu den zerklüfteten Klippen hinauf, die sich dunkel vom sternenübersäten Himmel abhoben.

„Keine schlechte Gegend, um hier zu arbeiten", gab ich ihr recht. „Völlig anders als Südwesttexas, das kannst du mir glauben. Dort unten geht es für einen Ranger nur darum, trockene Schotterstraßen abzufahren, Wanderer und Kletterer zu suchen, die sich verlaufen haben, ein paar Schwarzbären oben in den Bergen zu zählen und Wilderer zu verfolgen, die es auf Maultierhirsche und seltene Schlangen abgesehen haben. Manchmal muss man noch der Einwanderungsbehörde dabei helfen, unerlaubte Grenzüberschreitungen und Drogenhandel zu unterbinden. Auf dem Fluss gibt es zwar auch ein wenig Arbeit, aber nicht viel. Vor ein paar Jahren sind plötzlich Alligatoren unterhalb von Presidio aufgetaucht. Das hat für einige Aufregung in der Stadt gesorgt."

„Dort bist du also aufgewachsen? In Presidio?" Andrea hatte sich entspannt in ihrem Sitz zurückgelehnt und genoss die Aussicht.

„Dort in der Gegend. Hauptsächlich in Alpine. Mein Vater arbeitete auf Ölfeldern, auf Baustellen oder als Cowboy auf Ranches, bis ich vierzehn war. Deshalb zogen wir oft um. Ich glaube, wir begannen jedes Schuljahr in einer neuen Stadt. Manchmal zogen wir zwei- oder dreimal im Jahr um."

Sie drehte sich zu mir. „Das klingt nach einer schweren Kindheit."

„Soweit ich mich erinnere, waren wir ziemlich glücklich", erwiderte ich. „Kinder brauchen kein perfektes Leben. Unser Leben war nie perfekt. Unsere Familie war total verrückt. Ständig gab es Veränderungen, ständig Umzüge. Meine Eltern stritten wegen des Geldes und weil mein Vater nie an einem Arbeitsplatz oder an einem Ort glücklich war. Manchmal lebten wir im Luxus, und manchmal aßen wir billige Hotdogs in Großpackungen und Makkaroni mit Käse aus der Dose. Aber egal, wo wir waren, wir wussten immer, dass meine Mutter ein Fels in der Brandung war. Auch nachdem unsere Eltern sich getrennt hatten und mein Vater irgendeine Arbeit auf einer Ranch in Wyoming angenommen hatte, kümmerte sich meine Mutter um uns vier Jungen und hielt alles zusammen."

Andrea betrachtete mich eine Minute, als dächte sie über etwas nach. Dann schüttelte sie den Kopf. „Ich bewundere deine Mutter. Es passiert so leicht, dass man denkt, die eigenen Kinder bräuchten das Gleiche, was alle anderen Kinder haben, und sie würden nicht gut aufwachsen, wenn sie nicht im Wohlstand leben."

Ich ließ das Boot in eine Biegung treiben und lenkte es dann sachte und langsam wieder die Bucht hinauf in den Canyon. „Kinder brauchen das ganze Zeug nicht, das die Leute kaufen: die Videospiele, die teure Sportausrüstung. Gib ihnen eine Angelrute und schicke sie angeln. Das ist gesünder. Schau dir doch nur den Jungen von diesem Anwalt an, der das Boot zum Scissortail gefahren hat: Ein Blankoscheck ist nicht gut für ihn. Kinder brauchen jemanden, der sie liebt und der sich um sie kümmert, der ihnen Zeit statt Dollarscheine gibt. Hier auf dem See begegne ich vielen Jugendlichen, die alles haben. Aber wenn ich sie mitnehme, weil sie ohne Bootsführerschein fahren, oder sie mit Alkohol erwische und die Eltern informiere, nehmen sie sich nicht einmal die Zeit, sich zu fragen, wie das Kind in diese Misere hineingeraten ist oder warum. Diese Eltern interessieren sich nur dafür, wie sie den Vorfall unter den Teppich kehren können, damit niemand etwas erfährt und es ihre Pläne nicht durcheinanderbringt. Sie wollen nicht, dass ihr

Kind aus der Footballmannschaft oder aus der Baseballmannschaft ausgeschlossen wird oder einen Urlaub verpasst oder einen gemeinnützigen Dienst leisten und zum Beispiel Müll am Straßenrand aufsammeln muss."

Jedes Mal, wenn ich mit solchen gleichgültigen Eltern zu tun hatte, wurde ich wütend, weil mein Bruder seinen Kindern viel zu früh entrissen worden war.

Wir fuhren wieder aus dem Canyon hinaus. Mir fiel auf, dass Andrea sich auf ihrem Sitz aufgerichtet hatte. „Das hast du von mir auch gedacht, als du Dustin erwischtest, nicht wahr?" In ihrer Stimme lag der Anflug eines Lachens. Ich wusste also, dass sie sich darüber amüsierte. Jetzt.

Ich tat, als müsste ich mich darauf konzentrieren, das Boot um die Felsen am Eingang zum Canyon zu lenken. „Daran erinnere ich mich nicht mehr", antwortete ich.

„Ach was! Natürlich erinnerst du dich. Du hast mich schrecklich gefunden."

„Ich habe dich reizend gefunden."

Ich dachte an den ersten Tag zurück, an dem wir uns begegnet waren: Sie war in ihrem schicken Hosenanzug und mit ihren hohen Absätzen den Hang herabmarschiert, während ich, von oben bis unten mit Matsch und Alligatorendreck bedeckt, auf sie gewartet hatte. Was für ein Gegensatz!

„Das kann ich mir denken."

„Vielleicht dachte ich, du seist ein wenig verkrampft."

Sie hielt eine Hand über ihre Augen, und ihr Lachen hallte durch die Nachtluft. „Ich erinnere mich genau an deinen Blick an jenem Morgen. Dieser Blick sagte nicht: *reizend, aber ein wenig verkrampft.*"

„Ich hatte eine lange Nacht hinter mir." Wir glitten aufs offene Wasser hinaus, und ich lenkte das Boot gemütlich zum Scissortail und zu ihrer Bucht zurück. Ich hatte es nicht eilig, die Fahrt zu beenden.

Über uns flog ein Nachtfalke in einer Zickzacklinie und jagte Insekten. Wir beobachteten den Vogel, und unser Gespräch verstummte. Andrea fuhr mit den Fingern durch ihre Haare und legte einen Arm auf die Rückenlehne. „Du hast also noch Verwandte in Alpine?"

„Ein paar." Mir fiel auf, dass es bei unserem Gespräch heute Nacht mehr um mich ging als sonst. Je besser alles hier in Moses Lake lief, umso mehr wollte ich die Vergangenheit hinter mir lassen und sie wie den Staub von Westtexas von mir abschütteln. „Einen Bruder und eine Schwägerin und ihre drei Töchter, und noch eine Schwägerin und ihre drei Jungen. Ein paar Tanten, Onkel, Cousins und Cousinen mütterlicherseits. An Feiertagen bringen wir immer ziemlich viele Leute zusammen."

Der Mittelpunkt dieser Feiertage war allerdings immer meine Mutter gewesen. Jetzt, da sie tot war und jemand anderes ihr Haus gekauft hatte, schien niemand mehr so recht zu wissen, was er tun sollte. Familientreffen erinnerten alle nur daran, dass Shawn, Aaron, der kleine Mica und jetzt auch Mama fehlten. Der Stoff hatte zu viele Löcher bekommen, um noch alles zusammenhalten zu können.

„Das klingt nett." Andreas Bemerkung fühlte sich wie ein Ball an, der weit ins Aus geschlagen worden war. „Ich habe mir immer gewünscht, aus einer großen Familie zu kommen. Bei uns gab es nur meine Mutter, meinen Vater, Megan und mich … und meine Großmutter und meinen Großvater und manchmal einen Onkel, aber meine Mutter und ihr Bruder mochten sich nie besonders. Mein Vater war ein Einzelkind, und seine Eltern starben, als ich noch sehr klein war."

„Sei vorsichtig mit deinen Wünschen! In einer Großfamilie aufzuwachsen ist auch kein Zuckerschlecken. Nichts gehört dir allein, aber du lernst wenigstens, nie zu spät zum Essen zu kommen. Das kannst du mir glauben. Wenn du einer von vier Jungen bist und zu spät kommst, verhungerst du." Ich war in Gedanken so weit in der Vergangenheit, dass ich erst merkte, welchen Weg ich eingeschlagen hatte, als es zu spät war.

„Es muss herrlich gewesen sein, noch drei Brüder zu haben." Andrea schnalzte mit der Zunge, als versuchte sie, sich das vorzustellen, während wir mit dem Boot in die Larkspur Cove glitten. „Wie war es?"

„Wild. Autofahrten waren besonders lustig. Mama machte sich nicht einmal die Mühe zu fragen, wer mit einem Streit angefangen hatte. Sie streckte einfach die Hand nach hinten und verteilte Ohrfeigen." Ich hätte ihr viele Geschichten erzählen können, aber wir näherten uns dem Kai, und ich wusste, dass die Zeit gleich vorbei wäre. Ob es mir gefiel oder nicht, ich würde mich sehr bald von ihr verabschieden und zu meinem Waschbären nach Hause fahren müssen. Mein Tierpfleger litt an einer Entzündung nach der Operation, deshalb war der kleine Kerl immer noch bei mir. Ich dachte schon, ich wäre ihn erfolgreich losgeworden, als ich ihn auf dem Weg zu den Überschwemmungsopfern beim Tierarzt unterbrachte, aber so viel Glück hatte ich nicht. Sobald ich von meinem Einsatz wieder zu Hause war, wollte der Tierarzt, dass ich den kleinen Unruhestifter umgehend abholte.

„Meine Mutter hat wahrscheinlich die halbe Zeit damit zugebracht, aufgeschürfte Knie zu verarzten, und die andere Hälfte der Zeit damit, Streit zwischen uns Jungens zu schlichten und auch mal Ohrfeigen auszuteilen. Sie war eine gute Mutter und wollte unbedingt dafür sorgen, dass keiner von uns auf die schiefe Bahn geriet."

Wir waren jetzt kurz vor dem Kai. Ich drehte das Steuerrad, lenkte das Boot längsseits und befestigte es mit einem Tau. Als ich mich wieder umdrehte, saß Andrea immer noch auf ihrem Platz und schaute mich an. „Einer deiner Brüder lebt also in Alpine. Wo wohnen die anderen?"

Es traf mich unvorbereitet – dieses Gefühl, an eine kalte Steinmauer zurückgedrängt und mit etwas konfrontiert zu werden, über das ich nicht sprechen wollte. Ich konnte mich entweder schnell aus der Affäre ziehen und das Thema wechseln, oder ich riss vor ihren Augen meine alte Wunden auf. Andererseits muss man, wenn man an einen neuen Ort kommen will, früher oder später einen Schritt in eine andere Richtung gehen. „Es gibt nur noch meinen mittleren Bruder, Jay, und mich. Mein ältester Bruder wurde in Afghanistan getötet, und mein kleiner Bruder starb vor ein paar Jahren. Das ist eine Geschichte, die mir sehr wehtut. Ich erzähle sie dir irgendwann, aber nicht jetzt, einverstanden?"

Sie nickte und zog die Schultern ein, als bereute sie es, dass sie etwas Schmerzhaftes angesprochen hatte. „Das tut mir leid. Ich wollte nicht …"

„Es ist okay", sagte ich und fühlte, wie sie die Hand in meine schob. Ihre Hand war schmal und warm. Sie sah mich ernst und mitfühlend an, ihre Augen schimmerten im Mondschein. Ich schob einen Daumen unter ihr Kinn, hob es hoch und versuchte, in ihr Herz zu schauen. So etwas hatte ich bei den Frauen, mit denen ich bisher in meinem Leben ausgegangen war, nie getan. Ich hatte sie nie nahe an mich herangelassen. Ich war immer damit zufrieden gewesen, meine Probleme für mich zu behalten und mich auch nicht in die Probleme anderer Leute einzumischen. Bei Andrea war es anders, auch wenn ich noch nicht ganz verstand, inwiefern es anders war.

Ich beugte mich zu ihr und küsste sie, weil wir nun lange genug geredet hatten. Danach standen wir auf dem Kai und unterhielten uns noch eine Weile. Länger, als wir wahrscheinlich sollten. Sie fragte, wie ich mich gefühlt hatte, als mein Vater weggegangen war, und ich erzählte es ihr. „Eine Weile sagte meine Mutter uns nur immer wieder, dass er eine weiter entfernte Arbeitsstelle hätte, aber schließlich rief sie uns alle zusammen und erklärte uns, dass sie sich trennen würden. Sie saß also nun allein mit vier Teenagern da und machte sich bestimmt Sorgen, ob sie alles schaffen würde, aber sie hat sich das nie anmerken lassen. Sie sagte uns nur, dass wir weiterhin eine Familie seien und dass alles gut werden würde, und wir glaubten ihr. Sie sorgte dafür, dass alles gut wurde, auch wenn sie den Lebensunterhalt für uns verdienen musste und nie wusste, wann mein Vater auftauchen würde und ob er Geld mitbringen würde. Mama sagte uns nur, dass das, was er entschieden hatte, nichts mit uns oder mit ihr zu tun hatte. Er war derjenige, der mit seinem Leben nicht klarkam, und das musste er selbst in Ordnung bringen. Ich denke, es war gut, dass meine Mutter nichts beschönigte. Sie ließ uns wissen, dass jeder Mensch Probleme hat, und sie erwartete weiterhin, dass wir uns höflich benahmen und in der Schule fleißig waren und uns bemühten, dem Familiennamen keine Schande zu machen. Das heißt natürlich nicht, dass wir das immer geschafft hätten. Schließlich waren wir Jungen."

Ich schwieg, ohne hinzuzufügen, dass das, was meine Mutter uns manchmal gesagt hatte, nicht das gewesen war, was wir hatten hören wollen. Ich erinnerte mich noch gut an das Letzte, was sie zu mir gesagt hatte, als sie dünn und blass in ihrem Krankenhausbett gelegen hatte: *Es ist Zeit, dich nicht länger unter der Decke zu verkriechen, Martin.* Zuerst hatte ich gedacht, ihr wäre kalt und ich solle ihr eine Decke bringen, aber dann verstand ich, was sie meinte. Sie wollte mir damit sagen, dass ich aufhören müsste, mich in meiner Trauer um Aaron und Mica zu verkriechen. Es war Zeit, die Decke zurückzuwerfen, aufzustehen und die Arbeit anzupacken, die auf mich wartete.

Es war nicht leicht gewesen, sich diese Worte sagen zu lassen, aber sie hatte recht gehabt. Ich tat das nicht für Aaron und Mica, sondern für mich. Jetzt war es an der Zeit weiterzugehen. Nicht nur ein Stück, sondern den ganzen Weg.

Ich begleitete Andrea zum Rand des Kais und küsste sie zum Abschied. Dann schaute ich ihr nach, als sie den Hang zum Haus hinaufging. Ich wartete, bis sie im Haus verschwunden war, bevor ich ins Boot stieg und nach Hause fuhr.

Mein Blockhaus war ausnahmsweise nicht auf den Kopf gestellt worden. Der kleine Waschbär hatte sich nicht aus dem Käfig befreien können. Noch besser wurde es, als ich auf meinem Anrufbeantworter die Nachricht des Tierpflegers abhörte. Er war wieder fit genug, um Tiere aufzunehmen, und würde morgen vorbeikommen, um den Waschbären abzuholen. Das bedeutete, dass ich ab morgen wieder ein alleinstehender Mann ohne Mitbewohner war.

Ich ging mit dem Gedanken ins Bett, dass ich den Kleinen tatsächlich ein wenig vermissen würde. Aber nur ein kleines bisschen.

Am nächsten Morgen hätte ich den Waschbären am liebsten in den See geworfen. Er hatte fast die ganze Nacht geschnattert und in seinem Käfig Radau veranstaltet, weil er sauer war, dass er sich nicht befreien konnte. Eines muss man über Waschbären wissen: Wenn man sie wütend macht, dann werden sie richtig wütend! Ich hatte keine Sekunde Schlaf bekommen.

Als ich zu meinem Morgenkaffee im Waterbird auftauchte, sah ich so mitgenommen aus, dass es sogar den alten Anglern auffiel. Sheila betrachtete mich kritisch, während ich meinen Donut bezahlte. Sie versuchte, mir einen Frühstücks-Burrito anzudrehen, aber ich hatte gelernt, mich von diesen Dingern fernzuhalten. Wenn Sheila das Essen zubereitet hatte, wusste man nie, was man darin vorfinden würde – gesundes Zeug, das dem fleischfressenden Körper eines Mannes einen Schock versetzen und ihn womöglich dazu bringen könnte, etwas Seltsames zu tun. Zum Beispiel, sich eine Oper anzuhören oder sich Eiskunstlauf anzusehen, während auf dem anderen Sender ein Footballspiel lief.

„Du siehst schrecklich aus", stellte Sheila fest, als ob ich das nicht schon selbst wüsste. „Eine lange Nacht gehabt?"

„So schlimm war es nicht."

„Du hast auf dem See gearbeitet, als du von hier wegfuhrst?" Aus irgendeinem Grund wollte mich Sheila genauso aussaugen wie eine Zecke einen Hund. Aber ich war heute wirklich nicht in der Stimmung dafür. Ich hatte Kopfschmerzen und ich hätte mich treten können, weil ich Andrea nicht zu einem *richtigen* Date eingeladen hatte, als wir gestern Abend zusammen gewesen waren. Es war nun Zeit, uns nicht länger im Dunkeln herumzuschleichen, als wäre etwas falsch daran, dass wir uns trafen. Es war Zeit, den nächsten Schritt zu tun. Ich dachte sogar daran, Pastor Hay zu sagen, dass ich eine kleine Rolle bei seinem nächsten Theaterstück übernehmen würde. Ich hatte keinen Grund mehr, Hay weiterhin aus dem Weg zu gehen, nachdem ich irgendwann in den frühen Morgenstunden Gott verzweifelt versprochen hatte, dass ich zur Kirche gehen würde, wenn er bloß diesen Waschbären endlich dazu brächte, ruhig zu sein. Gott würde wahrscheinlich viele Menschen erreichen, wenn er ihnen Waschbären schicken würde, die sie die ganze Nacht vom Schlafen abhielten und zum Nachdenken zwangen.

„Als es dunkel wurde, blieb es auf dem Wasser ziemlich ruhig. Da gab es nicht viel zu tun", sagte ich und wartete, während Sheila sich viel Zeit damit ließ, Servietten zu holen und meinem Donut immer wieder vernichtende Blicke zuwarf. Sie hoffte anscheinend immer noch, sie könnte mir dieses Ding ausreden und mich dazu bringen, einen ihrer Tofu-Burritos zu essen. Keine Chance!

„Ich habe gemerkt, dass nicht viel los war." Endlich fand sie die Servietten, dann legte sie einige bedächtig in den Korb auf der Theke, bevor sie mir zwei gab. „Hast du oben in der Larkspur Cove jemanden erwischt, der ohne Erlaubnis geangelt hat?"

Am Stammtisch verschluckte sich Nester an seinem Kaffee. Ich warf einen Blick hinter mich und stellte fest, dass Nester, Burt und Pop Dorsey mich beobachteten. Heute Morgen saßen noch ein paar andere Stammgäste bei ihnen: Charley von Charleys Seewolf, und sein Bruder, Herbert. Ich vermutete, dass ich das Gesprächsthema im Raum gewesen war, bevor ich das Waterbird betreten hatte. Wer konnte schon wissen, dass Sheila nachts den See beobachtete!

„Ich habe das Licht deiner Scheinwerfer eilig über das Wasser gleiten sehen, als ich die Hunde hinausließ“, mischte sich Nester in das Gespräch ein. „Ich nahm an, dass du hinter jemandem her warst. Du hast bestimmt gefährliche Kerle aufgegriffen, als du von Larkspur Cove weggefahren bist.“

Burt grinste wieder, ebenso Dorsey. Man musste nicht vollkommen wach sein, um zu wissen, worauf sie anspielten. Ich fühlte, dass meine Ohren heiß wurden. „Für so etwas bin ich noch nicht wach genug“, sagte ich. „Gib mir meinen Thermosbecher, Sheila. Ich fülle ihn mir da auf, wo die Klientel nicht so geschwätzig ist.“

Nester lachte laut. „Hört euch nur unseren Romeo an! Jetzt kramt er schon die schwierigen Wörter hervor. *Klientel.* Er hält sich wohl zu oft in Larkspur Cove auf und spricht plötzlich ganz gebildet.“

„Ruhe jetzt, ihr alten ...“, mischte sich Sheila ein wie eine Lehrerin, die ein paar Unruhestifter zum Schweigen bringen will, aber sie kam nicht weit, weil sie plötzlich zu prusten anfing. Schnell nahm sie meinen Thermosbecher und ging zur Kaffeekanne, um ihn aufzufüllen.

„Jetzt reicht es. Ich gehe“, brummte ich und bewegte mich an den Rand der Theke, um schnell mit meinem Frühstück verschwinden zu können. Eigentlich störten mich diese Sticheleien nicht besonders. Wahrscheinlich brauchte ich sie sogar als Antrieb, um Andrea endlich zu einem richtigen Date einzuladen. Es sah so aus, als wüssten sowieso alle über uns Bescheid. Es war so offensichtlich, dass sogar die alten Angler im Waterbird es gemerkt hatten. Wenn ich jetzt nicht etwas in der Öffentlichkeit mit ihr unternahm, würden die Männer mich als eine Art Wassercasanova abstempeln, der sich im Schutz der Dunkelheit herumschlich.

Ich deutete drohend mit dem Finger zum Tisch der alten Männer, während ich wartete, dass Sheila meinen Thermosbecher zudrehte und ihn mir reichte. „Wenn ich das nächste Mal einen von euch dabei erwische, dass er zu viele Barsche in seinem Eimer hat, nehme ich ihn mir zur Brust."

Nester, Burt und die anderen lachten schallend, aber Dorseys Lächeln wurde ein wenig schwächer. „Was das betrifft, kann *mir* nichts passieren", sagte er, als der Lärm sich ein wenig legte. „Sheila lässt mich nicht einmal in die Nähe des Wassers." Er warf einen finsteren Blick zur Theke und wirkte wie ein Gefangener, der seinen Gefängniswärter böse ansieht.

Das Lachen erstarb schlagartig. Sheila stellte meinen Thermosbecher schnaubend auf die Theke. Ich nahm den Becher und meinen Donut. „Gib uns noch ein paar Tage Zeit, Pop. Wir bauen den Pier so um, dass nicht einmal Sheila einen Grund finden kann, sich Sorgen zu machen."

„Wir werden heute Abend mit meinem Schweißgerät und einigen Eisenstücken Pops Bootslift zusammenbauen", fügte Burt hinzu.

Sheila verdrehte die Augen und verschwand mit verächtlichem Grunzen in der Küche.

„Ich glaube, jetzt sind wir sie eine Weile los", schmunzelte Nester.

Pop warf mir einen dankbaren Blick zu. Die Männer begannen, sich über den Lift zu unterhalten, und ich verließ das Waterbird, während sich das Gespräch um etwas anderes als um Andrea und mich drehte. Bevor ich den Hang hinabging, rief ich Andrea an, um mich zu erkundigen, ob sie gegen Mittag oben in Chinquapin Peaks wäre. Ich schlug ein Mittagessen auf dem Rastplatz vor – dieses Mal würde ich das Essen mitbringen – und sie stimmte zu.

„Ich besorge etwas bei Charleys Seewolf, damit wir nicht Alfalfasprossen und Ziegenkäse essen müssen", erklärte ich ihr. „Sheila ist wieder auf einem Gesundheitstrip."

Andrea lachte und sagte: „Ich habe nichts gegen Alfalfasprossen."

Ein Mittagessen auf dem Rastplatz war zwar nicht das Date, das mir vorschwebte, aber ich hatte immerhin noch zwei Tage bis zum Wochenende. Das war genug Zeit, um ihr für Samstag noch etwas Gutes vorzuschlagen.

So ging es für den Rest der Woche weiter: Ich rief sie am Morgen an, fand heraus, wo sie um die Mittagszeit war, und wir trafen uns zum Essen. Das Einzige, das mich dabei störte, war, dass sie jedes Mal, wenn ich das Gespräch auf ihre Pläne für das Wochenende lenkte, das Thema wechselte. Wir unterhielten uns über alles Mögliche – das Leben, über Filme, über unsere Lieblingssendungen, über unsere Kindheit, wo wir zur Schule gegangen waren, darüber, dass wir beide als Kinder am Moses Lake gewesen waren.

Ich erzählte ihr, warum ich wieder hierhergekommen war, und während wir der Klagenden Frau und den Spottdrosseln zuhörten, sprach ich davon, wie wir Aaron und Mica bei dem Bootsunfall verloren hatten.

„Das muss schwer gewesen sein", sagte sie und legte eine Hand auf meine. „Ich kann mir nicht einmal vorstellen, *wie* schwer das sein muss."

„Es ist schwer", nickte ich. „Es ist wirklich schwer."

„Ich bin eine gute Zuhörerin, falls du darüber sprechen willst."

„Ich weiß." Ich drückte ihre Finger, aber sonst sagte ich nichts mehr. Ich war noch nicht soweit, aber das schien sie nicht zu stören. Sie drang nicht in mich und fragte nicht nach. Wir saßen einfach nur zusammen da und hörten dem Fluss zu.

Als wir am Freitagabend bei ihrem Bootshaus saßen, unterhielten wir uns über ihre ersten Besuche bei Birdie – zwei in drei Tagen, also öfter als normal. Den zweiten Besuch hatte sie eingeschoben, weil der Fall ihr keine Ruhe ließ. Ich wusste, dass sie nicht über ihre Klienten sprechen durfte, aber Pastor Hay hatte mir erzählt, welche Auflagen das Jugendamt Len machte. Es war also eigentlich kein Geheimnis. Das Jugendamt hatte eine lange Liste, und für jemanden wie Len waren das viel mehr Anforderungen, als er praktisch umsetzen oder sich finanziell leisten konnte. Len verstand nicht alles, aber er verstand genug, um sich Sorgen zu machen.

Ich war in Gedanken nur halb bei dem Gespräch. Nach einer ganzen Woche mit Mittagspausen im Wald und Nächten beim

Bootshaus war mir klar, dass Andrea noch nicht wollte, dass Dustin etwas über uns erfuhr. Ich hatte ihn die ganze Woche zum Kurs mitgenommen, und er hatte mir bei einigen Arbeiten am See und bei Pop Dorseys Geländer und Lift geholfen. Irgendwie waren sogar die Stammgäste im Waterbird klug genug, nichts von Andrea und mir zu erwähnen, wenn der Junge in der Nähe war. Bis jetzt schien Dustin keine Ahnung von uns zu haben. Ich fand, dass es nicht meine Aufgabe war, es ihm zu sagen, also sagte ich nichts.

Aber es ließ mir keine Ruhe. Als wir in der Dunkelheit hinter ihrem Bootshaus saßen, hatte ich das Gefühl, dass wir uns vor allen versteckten und ihren Sohn anlogen. Ich machte mir Sorgen, was er denken würde, wenn er es irgendwann herausfand. In meinen Augen wäre es besser, die Sache öffentlich zu machen, ehrlich dazu zu stehen, einfach den nächsten Schritt zu gehen und miteinander auszugehen. Ich ging die verschiedenen Möglichkeiten durch und versuchte, mir etwas Gutes einfallen zu lassen. Es gab ein paar Restaurants am See, kleinere Kneipen und Charleys Seewolf. Ein Stück entfernt gab es ein kleines Kino in der Stadt Cleburne, wo die Leute, die am See wohnten, ihre Großeinkäufe tätigten und Baumaterial, Farbe, Installationszubehör und solche Sachen kauften. Früher hatte es sogar in Moses Lake ein Autokino gegeben, aber es war seit Jahren geschlossen. Das Eagle's Nest Resort hatte ein schönes Restaurant mit Blick über den See. Hier müsste ich allerdings einen Tisch reservieren. Ich könnte bei mir zu Hause etwas grillen, aber das Blockhaus war nicht besonders einladend …

„Wir müssen Hilfe für Len finden", sagte Andrea, aber ich war in Gedanken nicht in Chinquapin Peaks. Meine Gedanken waren mit etwas beschäftigt, das viel näher lag. „Aber ich bin immer noch nicht sicher, ob der Sozialarbeiter ihn als eine geeignete langfristige Lösung für Birdie ansieht."

„Ich denke, dass Len es schaffen kann, wenn er Hilfe bekommt, um sein Haus auf Vordermann zu bringen, und wenn ihm jemand erklärt, wann das Schuljahr anfängt und wie und warum er Birdie zum Schulbus bringen muss. Ich glaube, er würde sich bemühen, und wenn es erst einmal zur Routine geworden ist, hat er damit kein Problem mehr. Er ist ein Gewohnheitstier. Aber er wird zuerst eine Weile brauchen, bis er alles versteht. Ein Mann wie Len braucht vor allem Geduld", sagte ich zu ihr. Dann saßen wir beide da und betrachteten eine Minute nachdenklich den See.

„Wir sind mit Pops Bootslift am Waterbird fast fertig", sagte ich schließlich. „Da nun schon einmal alle ihr Werkzeug ausgepackt haben und an eine Gemeinschaftsaktion gewöhnt sind, kann ich vielleicht nächste Woche ein paar Leute zusammentrommeln und zu Len hinauffahren. Wir könnten schauen, ob wir helfen können, das Haus in Ordnung zu bringen und einfach einen gemeinsamen Arbeitseinsatz daraus machen – wie bei den Mennoniten, die an einem einzigen Tag eine Scheune errichten."

Ich schaute auf den See hinaus und überlegte, wie ich das Gespräch in eine andere Richtung lenken könnte. Es war Freitagabend. Höchste Zeit, die Arbeit zu vergessen. Höchste Zeit, um darüber zu sprechen, dass wir morgen etwas miteinander unternehmen könnten. In der Öffentlichkeit.

Andrea seufzte und zerpflückte langsam ein dürres Blatt, das auf den Kai geweht worden war. Sie warf kleine Stücke ins Wasser und schaute zu, wie sie davontrieben. „Ich habe eine Lösung gefunden, wie ich wenigstens bei der Kleidung und den Schulsachen helfen kann. Sheila hat mir erzählt, dass morgen Nachmittag in der Sporthalle in Moses Lake ein großer Schulbasar stattfindet. Mehrere Kirchen und Organisationen aus der Gegend bieten Schulsachen an, und die Kinder können gespendete Kleidung und Schuhe kaufen. Ich habe angeboten, mit Birdie hinzufahren, und Len hat überraschenderweise eingewilligt. Soweit ich ihn verstanden habe, sind sie draußen an der Kreuzung und verkaufen Gemüse. Ich kann vorbeikommen und sie irgendwann nach dem Mittagessen abholen. Ich hoffe, er überlegt es sich nicht noch anders."

„Das bezweifle ich. Len denkt ziemlich einspurig." Im Moment tat ich das auch. Und ich dachte nicht an Len. „Du kannst immer davon ausgehen, dass Len an den Samstagen den ganzen Tag über am Eingang zum Nationalpark steht und die vielen Wochenendbesucher abpasst. Das muss für ein kleines Mädchen ziemlich langweilig sein. Wahrscheinlich freut er sich, dass du angeboten hast, ihm Birdie eine Weile abzunehmen."

„Wahrscheinlich." Andrea sah zu, wie die Teile des abgestorbenen Blatts auf dem vom Mond beschienenen Wasser zum Ufer trieben. „Birdie hat immer noch einen so weiten Weg vor sich. Sie spricht nicht viel."

„Lass ihr ein wenig Zeit." Ich warf einen Kieselstein vom Kai ins Wasser und versenkte eines ihrer kleinen Blätterboote. „Du kannst ein Feld an einem Tag pflügen und einsäen, aber das Wachsen dauert länger."

Sie warf den Rest des Blattes ins Wasser und stieß mich mit der Schulter an. „Du hast recht." Sie drehte sich zu mir herum, und ich wollte sie küssen, aber damit endeten alle unsere Gespräche und ich wollte ihr doch noch ein paar Dinge sagen. Warum also nicht jetzt?

„Was hältst du davon, wenn wir morgen früh auf dem See spazieren fahren? Du, ich und Dustin. Er löchert mich schon die ganze Woche, dass ich mit ihm den Flusskanal hinauffahren und ihm die Höhlen mit den Mammutfossilien zeigen soll. Mein Partner hat dieses Wochenende Dienst auf dem See. Ich habe also frei. Ich bin frei wie ein Vogel."

Ich hatte mir ein Lächeln und ein *Das klingt gut* erhofft, aber stattdessen wich sie zurück und schaute mich an wie ein Eichhörnchen, das plötzlich mitten auf einer sechsspurigen Straße steht.

„Ich kann nicht." Die Antwort kam aus ihrem Mund geschossen, als müsste sie überhaupt nicht darüber nachdenken.

Ich hoffte, sie meinte damit, dass sie morgen Vormittag arbeiten und diese Berichte schreiben musste, an denen sie immer noch spät abends in ihrem Wohnzimmer saß.

„Hay plant am Sonntag nach dem Gottesdienst ein Sommerfest auf dem Kirchengelände: Hufeisenwerfen, Schwimmen, selbst gebackene Kuchen, solche Sachen." Nicht gerade meine Lieblingsbeschäftigung, aber es war eindeutig etwas Öffentliches. „Dustin hat übrigens vor hinzugehen. Ich weiß nicht, ob er dir das schon erzählt hat. Cassandra und ihre Eltern werden dort sein. Das erklärt vielleicht, warum er das vorhat. Wir könnten sogar versuchen, Len zu überreden, mit Birdie hinzugehen. Du hast doch gesagt, dass sie unbedingt mehr unter anderen Menschen sein sollte."

„Oh … ich wusste nicht …" Dustin hatte seiner Mutter also noch nichts von dem Sommerfest erzählt. Hoffentlich störte es ihn nicht, dass ich die Katze aus dem Sack gelassen hatte.

Andrea rückte etwas von mir ab. Sie steckte die Hände zwischen die Knie und beugte den Kopf, als würde sie eine Last niederdrücken. Ihr Profil hob sich dunkel vor dem mondbeschienenen Hintergrund ab. „Mart … ich …“ Ich wusste, auch ohne dass sie den Satz beendete, dass mir nicht gefallen würde, was als Nächstes käme. „Ich kann nicht. Es tut mir leid. Ich glaube nicht … dass Dustin für so etwas schon bereit ist. Er bekommt endlich ein wenig Boden unter den Füßen und seine Verletzungen fangen an zu heilen. Ich kann nicht das Risiko eingehen … ihn aus der Bahn zu werfen.“

„Risiko?“ Vielleicht war ich nach der langen Arbeitswoche einfach ausgelaugt, vielleicht hinterließ dieses Katz- und Mausspiel mit Andrea auch einfach allmählich seine Spuren, aber plötzlich war ich sehr gereizt. „Ich verstehe nicht, warum ein Tag auf dem See oder ein Sommerfest auf dem Kirchengelände ein *Risiko* darstellen sollte.“

Sie richtete sich auf und schob energisch das Kinn vor. „Ich kann nicht zulassen, dass er sich zu große Hoffnungen macht.“

„Welche Hoffnungen?“ Ich wusste nicht, welchen Weg ihre Gedanken gerade eingeschlagen hatten. Ich konnte ihr nicht folgen.

Sie atmete tief ein, hielt die Luft an, bevor sie wieder ausatmete, und sah auf ihre Hände hinab. „Ich weiß, dass ich schon früher etwas hätte sagen sollen, Mart. Es tut mir leid … ich … ich habe einfach nicht nachgedacht … aber das hätte ich tun sollen. Ich bin Mutter. Ich muss zuerst an Dustin denken. Es ist meine Aufgabe, ihn zu beschützen.“

„*Wovor* willst du ihn beschützen?“ Meine Worte klangen schärfer, als ich beabsichtigte, aber ich war jetzt wirklich gereizt. Dieses ganze Versteckspiel war doch lächerlich! Wir waren zwei erwachsene Menschen.

„Davor, wieder enttäuscht zu werden. Davor, dass ihm das Herz gebrochen wird. Davor, dass er sich falsche Hoffnungen macht. Er hat schon so viel durchgemacht. Er hatte jemanden, den er vergöttert hat, den er geliebt und gebraucht hat, der ihn hätte lieben und beschützen sollen. Aber der hat Dustin einfach abgelegt wie ein altes Spielzeug, mit dem man nicht mehr spielen will. Der Junge ist jetzt immer noch sehr verwundbar.“ Andrea warf in einer ohnmächtigen Geste eine Hand in die Luft, dann steckte sie sie wieder zwischen ihre Knie. „Er braucht so etwas nicht noch einmal. Er braucht Stabilität und Sicherheit. Er verkraftet es nicht, wenn erneut jemand in sein Leben tritt und einfach wieder verschwindet."

Und einfach wieder verschwindet. Diese Worte malten ein hässliches Bild. Es tat weh, und ich war beleidigt. „Du willst damit sagen, dass du *mich* für einen Mann hältst, der mit deinem Sohn etwas unternimmt, nur um dich zu beeindrucken? Und dass ich ihn wie eine heiße Kartoffel fallen lasse, wenn du und ich miteinander Schluss machen sollten?"

Sie schnaubte leise, als hätte ich sie falsch verstanden. „Ich will damit überhaupt nichts sagen. Ich will einfach kein Risiko eingehen. Er kann es nicht verkraften, wenn ihm noch einmal das Herz gebrochen wird."

„*Wer* kann das nicht verkraften? Er oder du?"

„Ich muss an Dustin denken …"

Die Muskeln an meinem Kinn spannten sich an. Das war genauso, als würde ich mit Laurie über Levis Geburtstag sprechen. Keine Logik, nur Gefühle. „Es ist also besser, ihn einfach anzulügen? Uns heimlich in der Dunkelheit zu treffen?" Ich war noch nie ein Diplomat gewesen.

„Ich habe nicht …"

Ich wartete nicht, bis sie ausgesprochen hatte. „Was passiert, wenn er es von jemand anderem erfährt? Die Leute hier sind nicht dumm. Sie wissen Bescheid."

Sie rückte noch weiter von mir ab und sah mich groß an. Ich hörte den Schock in ihrer Stimme, auch wenn ich ihr Gesicht nicht sehen konnte, sondern nur die Umrisse ihrer Haare, die vom Mondlicht beschienen wurden. „*Wer?* Wovon sprichst du?"

„Die Leute wissen es, Andrea. Sie sind nicht blind."

Sie schwang ihre Beine zurück auf den Steg und stand auf. Ich folgte ihrem Beispiel. „*Wer* weiß es? Hat jemand etwas gesagt …?"

Plötzlich fiel ein Lichtschein durch den Garten, und sie fuhr herum und hielt hörbar die Luft an, als sie sah, dass die Lichter auf der hinteren Veranda eingeschaltet waren und eine Flutlampe den oberen Teil des Gartens beleuchtete. Jemand bewegte sich im Haus und schaltete die Lichter ein.

„Ich kann das nicht, Mart“, sagte sie und blieb noch eine Sekunde stehen. Schließlich fügte sie hinzu: „Ich muss gehen.“

Bevor ich etwas sagen konnte, war sie fort.

Kapitel 21

Was wir suchen, werden wir auch finden;
wovor wir fliehen, das flieht vor uns.
Ralph Waldo Emerson
(von Danny G. zitiert, der nach einer Krebserkrankung
auf einem Bein von der Ostküste zur Westküste wanderte)

Andrea Henderson

Panik überrollte mich wie Flutwellen, und meine Gefühle waren eine chaotische Mischung aus Verlegenheit, Verwirrung, Selbstvorwürfen, Schuldgefühlen und Angst. Ich war schuld, dass es zu diesem Moment gekommen war. Mit jedem Telefongespräch, mit jedem Treffen im Mondschein, mit jedem Kuss hatte ich den Weg dafür bereitet, und jetzt hatte ich Angst. Der Gedanke, mich mit Mart in der Öffentlichkeit zu zeigen, Dustin mit einzubeziehen …

Die Fliegengittertür am Aufstieg zur Veranda fiel hinter mir zu und sperrte die Nacht aus. Statt im Bett zu liegen, war Dustin in der Abstellkammer, die einen Treppenabsatz tiefer lag als das Erdgeschoss. Ich sah ihn durch die großen Glastüren, als ich über die hintere Veranda huschte, mir die Augen wischte und ins Haus trat. Die Mutter in mir wurde sofort misstrauisch. Was machte Dustin mitten in der Nacht dort unten? Wollte er sich aus dem Haus schleichen? Versteckte er etwas? Mir wurde schwer ums Herz. In der letzten Woche hatte ich das Gefühl gehabt, dass alles endlich besser werden würde. Er hatte wieder seinen alten Schwung und seine Energie zurück. Das war doch sicher nicht nur alles gespielt gewesen und jetzt wieder verpufft.

Andererseits wollte ich es im Moment gar nicht genauer wissen. Ich konnte nicht noch eine Auseinandersetzung verkraften. Das schaffte ich einfach nicht. Ich kam mir vor, als bräche ich in der Mitte auseinander. Ich war zur Hälfte Dustins Mutter, und die andere Hälfte war … jemand anderes. Eine Frau, die ich nicht kannte. Einerseits mochte ich diese andere Frau – die Frau, die nachts in der Dunkelheit zum Ufer lief und tagsüber in ihrer unberechenbaren, herausfordernden Arbeit Menschen half. Aber ein anderer Teil von mir spürte das Bedürfnis, dorthin zurückzugehen, wo alles sicher und bequem gewesen war. Wieder die alte Andrea Henderson zu sein, die alles unter Kontrolle hatte und tat, was man von ihr erwartete.

Dustin erschrak auf dem Weg durchs Wohnzimmer, als er mich entdeckte. „Mama! Wo kommst du denn plötzlich her?“, fragte er und schaute mich mit großen Augen an. Er sah nervös aus, durcheinander, seine Haare standen in alle Richtungen ab.

„Ich war hier“, antwortete ich und bekam sofort Schuldgefühle. Wer von uns log jetzt? Wer schlich sich heimlich aus dem Haus und versteckte etwas?

Dustin zog verwirrt die Nase kraus. „Ich habe alles abgesucht. Ich konnte dich nirgends finden.“

„Ich war draußen.“ Die Halbwahrheit drückte schwer auf meine Brust und machte mir den nächsten Atemzug schwer. Es war falsch, Dinge zu tun, die ich vor meinem Sohn verheimlichen musste. Mart hatte recht: Ich log Dustin an. Ich log sie beide an. Mart glauben zu lassen, dass ich die Frau sein könnte, die er brauchte, war falsch. Ich war nicht der Mensch, den irgendjemand brauchte. Ich wusste nicht einmal, wohin mein eigenes Leben führte.

Selbst wenn Dustin die Einzelheiten nicht wusste, konnte er doch sehen, dass etwas nicht stimmte. „Im Dunkeln? Auf der Veranda hat doch kein Licht gebrannt.“ Er blinzelte, als versuchte er, mich besser sehen zu können, um herauszufinden, wer ich war und was ich mit seiner Mutter angestellt hatte. Wie oft hatte er mich die Warnungen wiederholen hören, die ich von meiner Mutter übernommen hatte? *Selbst eine sichere Wohngegend ist am Wasser nicht sicher. Man weiß nie, wer sich auf dem See aufhält. Pass auf Schlangen auf. Moskitos übertragen Krankheiten. Vergiss nicht, dich einzusprühen …*

„Um diese Jahreszeit ist es nachts draußen sehr schön.“ Meine Antwort war bewusst vage. „Stimmt etwas nicht? Du wirkst irgendwie aufgewühlt.“

„Papa hat angerufen. Hast du das Telefon nicht gehört?"

„Papa?" Das Wort schnürte mir fast die Kehle zu. „Dein Vater hat angerufen?" *Jetzt kommt er auf die Idee anzurufen! Um halb zwölf an einem Freitagabend?* „Was wollte er?" Dustin war unübersehbar sehr aufgewühlt. Was hatte Karl gesagt?

Dustin trat näher zum Telefon, als glaubte er, dass es wieder klingeln würde und als wollte er den Anruf auf keinen Fall verpassen. „Er wollte mit dir sprechen. Er hat sogar … Er hat geweint und so, und er musste dir sagen, dass … dass … Er hat immer wieder nach dir gefragt. Ich habe im ganzen Haus gesucht, und dann bin ich in den Keller gegangen, und … und ich konnte dich nicht finden, und dann sagte er … er sagte … Und dann war der Anruf unterbrochen, und er hat nicht wieder angerufen."

Tränen traten meinem Sohn in die Augen. Einen Moment lang hatte er so viel Ähnlichkeit mit seinem Vater, dass er Karl hätte sein können, wie er vor Jahren ausgesehen hatte. Als Karl ein junger Pastor gewesen war, hatte er für seine Arbeit so viel Leidenschaft gehabt, dass seine Wangen manchmal tränennass gewesen waren, wenn er vor der Jugendgruppe gesprochen hatte. Nach dem vergangenen Jahr konnte ich kaum noch glauben, dass diese Gefühle echt gewesen waren. Wie konnte ein Mann, der sich die Worte der Bibel wirklich zu Herzen nahm, der Gott dienen wollte, sich plötzlich in jemanden verwandeln, der sein College bestiehlt, seine Familie belügt, ein Doppelleben führt, unzählige Menschen enttäuscht und sogar seinen eigenen Sohn verlässt?

Vielleicht hatte Karl angerufen, weil zwischen ihm und Delayne etwas vorgefallen war. Vielleicht hatten sie gestritten oder sich getrennt. Vielleicht hatte sie ihn verlassen. Vielleicht hatte er seine neue Arbeit verloren. Vielleicht ging es ihm nicht gut, und mich anzurufen war eine Art Reflexreaktion.

Dieser Gedanke war auf eine Weise sehr reizvoll, auf die ich nicht vorbereitet war. Ich genoss einfach den Gedanken, dass Karl litt. *Das hat er verdient. Er ist selbst schuld daran. Soll er doch sehen, wie es sich anfühlt, wenn alles um einen herum einbricht, wenn man abgelehnt wird, wenn alle Pläne für die Zukunft sich in Nichts auflösen.*

Doch da war Dustin, der mit verweinten Augen, roten Wangen

und voll Sorge und Liebe zu seinem Vater hier stand – auch nach allem, was Karl getan hatte. Alles, was seinen Vater verletzte, würde auch Dustin verletzen.

„Komm, jetzt beruhige dich erst einmal." Ich rieb sanft über Dustins kalte, nackte Oberarme. „Es wird bestimmt wieder alles gut. Was genau hat dein Vater gesagt?"

Dustin schluchzte und wischte sich dann mit der Hand über die Nase. „Er hat gesagt, dass Opa gestorben ist."

„Opa? Was?" Das Gesicht meines Vaters schoss mir durch den Kopf, aber dann wurde mir klar, dass Meg oder meine Mutter schon längst angerufen hätten, wenn mit meinem Vater etwas passiert wäre.

„Opa Henderson?" Karl und sein Vater hatten nicht mehr miteinander gesprochen, seit sein Vater die Ranch in North Dakota verkauft hatte, um Karls jüngerer Schwester aus einer finanziellen Krise zu helfen. Die Ranch war seit Ewigkeiten in Familienbesitz gewesen, und Karl hatte sich um sein Erbe betrogen gefühlt. Eine Weile hatte ich versucht, die zerstörte Beziehung wieder in Ordnung zu bringen, aber dann hatte ich es aufgegeben und gewartet, bis Gras über die Sache gewachsen wäre. Ich hatte gebetet, dass sie sich versöhnen würden, aber ich hatte nie etwas unternommen, um diesen Gebeten nachzuhelfen. Dustin hatte Karls Vater seit sechs Jahren nicht mehr gesehen. Karls Vater hatte wahrscheinlich nicht einmal gewusst, dass wir geschieden waren. Jetzt würde Dustin seinen Großvater nie wiedersehen.

Ich zog Dustin in die Arme und begann zu weinen. Bevor sein Vater und sein Großvater sich zerstritten hatten, war Dustin ganz verrückt nach seinem Opa gewesen. Er war Joes einziges Enkelkind. Ich hätte nicht zulassen dürfen, dass Dustin und Opa Joe sich nicht mehr sahen. Ich hätte darauf bestehen sollen, dass Karl um unseres Sohnes willen Größe zeigte. Ich hätte selbst mit Dustin nach North Dakota fahren sollen. „Das tut mir leid, Schatz. Das tut mir so leid."

„Ich hätte zu ihm fahren sollen." Die Worte waren ein Schluchzen, fast nicht zu verstehen. „Ich hätte … ich hätte …"

„Schsch …" Ich streichelte ihm über die Haare und wiegte ihn, als wäre er ein kleiner Junge. „Das kannst nichts dafür, Schatz. Du hast keine Schuld." Aber es spielte keine Rolle, ob es Dustins Schuld war oder nicht – er litt darunter. „Opa wusste, dass du ihn liebst. Er hat dich so sehr geliebt. Ach, er hat dich so sehr geliebt." Tränen traten in meine Augen, und Trauer überrollte mich beim Gedanken an die vielen Jahre unserer gemeinsamen Geschichte, Karls, meiner, Dustins Geschichte. Im Laufe der Zeit hatten unzählige feine Fäden unsere Familien miteinander verbunden. Unsere Ehe war wie ein zart gewebtes Netz nach außen gewachsen, seidene Fäden hatten Freunde, Bekannte, Gemeindemitglieder, Verwandte mit einbezogen. Welche Beziehungen hätte man erhalten sollen, welche hätte man festigen sollen, welche könnten nie wieder in Ordnung gebracht werden?

Ich führte Dustin zum Sofa, bat ihn, sich zu setzen, zog eine Decke über uns beide und hielt ihn fest, bis er sich ausgeweint hatte. Schließlich ging ich mit ihm in sein Zimmer und setzte mich auf die Bettkante, wie ich es früher immer gemacht hatte. An manchen Abenden hatten wir uns noch lange über seinen Tag unterhalten, bevor wir vor dem Einschlafen miteinander gebetet hatten. Dann hatte ich zugesehen, wie er eingeschlafen war, sicher und geschützt, in guten Händen. In Gottes Händen.

Heute Abend schien er beim Einschlafen jedoch ganz allein zu sein. Ich hatte ihn genauso beraubt, wie Karl ihn seiner Beziehung zu Opa Joe beraubt hatte. Wegen meines eigenen Schmerzes, wegen meiner Wut auf Karl, auf frühere Freunde und Bekannte, die schmerzliche Gerüchte verbreitet und mir den Rücken gekehrt hatten, wegen meiner Enttäuschung über mein gescheitertes Leben hatte ich Gott nicht nur aus meiner *eigenen* Welt verbannt, sondern auch aus *Dustins* Welt. Ich war so gewiss gewesen, dass mir als regelmäßiger Kirchgängerin, ehrenamtlicher Mitarbeiterin, hingebungsvoller Mutter und guter und treuer Dienerin Gottes ein vollkommen glattes, vollkommen vorhersehbares, von Leid befreites Leben zustand. Als mein Weg steinig geworden war, wurde ich wütend, weil mir geraubt worden war, was ich verdiente und was mir vermeintlich zustand. Im Grunde genommen war ich wie diese verwöhnten Kinder, von denen Mart gesprochen hatte. Die Kinder, die alles hatten und es als selbstverständlich hinnahmen.

Es war nicht fair von mir, meine Probleme auf Dustins Leben

zu übertragen. Dadurch hatte er durch die schwerste Zeit seines Lebens allein gehen müssen. Ich hatte ihn betrogen. Ich hatte mich selbst betrogen.

„Wir sollten vor dem Einschlafen noch beten, ja?", flüsterte ich mit zittriger, aufgewühlter Stimme.

Er nickte. Seine Augen waren immer noch geschlossen und seine dunklen Wimpern berührten seine Wangen. Als er sprach, war seine Stimme nur ein leises Flüstern. „Können wir am Sonntag zur Kirche gehen?"

Kirche. Mart hatte den Sonntag in der Lakeshore Community Church erwähnt. Wenn wir dorthin gingen, würden wir ihn zweifellos treffen. Ich war nicht sicher, was ich sagen oder wie ich mit der Situation zwischen uns umgehen sollte. „Vielleicht fahren wir nach Cleburne zum Gottesdienst. Bonnie aus der Praxis lädt mich schon die ganze Zeit in ihre Gemeinde ein. Sie sagt, dass sie viele Angebote für junge Leute haben."

Dustin schüttelte den Kopf und drehte das Gesicht seitlich aufs Kissen, um sich frische Tränen aus dem Augenwinkel zu wischen. „Ich will *hier* in die Kirche gehen. Ich will mit Pastor Hay und Mart Gottesdienst feiern." Irgendwann in dieser Woche waren Dustin und Mart so weit gekommen, dass er ihn jetzt beim Vornamen ansprach.

„Wir finden schon einen Weg", flüsterte ich. „Beten wir jetzt einfach für Opa Joe und …" Ich schluckte schwer, kämpfte um ein gewisses Maß an Würde und beendete meinen Satz. „… und für deinen Vater."

Dustin schlug die Augen auf und sah mich an, als versuchte er zu erkennen, ob ich das im Ernst meinte. Falls er die Antwort auf diese Frage fand, könnte er sie mir verraten, denn ich war mir selbst nicht sicher. Ich wusste nur, dass ich den Schmerz meines Sohnes lindern und verhindern wollte, dass er eines Tages in eine ähnliche Situation wie sein Vater geriet und bedauerte, dass er eine Beziehung abgebrochen hatte und es nicht wiedergutmachen konnte.

Dustin und ich beteten, und dann verließ ich sein Zimmer, damit er schlafen konnte. Es war bereits nach zwölf, aber er könnte morgen ausschlafen. Ich hoffentlich auch. Vielleicht könnte ich mich schlafen legen und würde morgen aufwachen und feststellen, dass der heutige Tag nur ein Traum gewesen war. Dass alles wieder so war wie vorher. Vielleicht würde ich morgen Abend die Bucht beobachten, und Marts Boot käme wie immer auf unseren Kai zu. Diese Fantasiegebilde waren reizvoll, aber sie führten zu nichts. In Wirklichkeit spielten Mart und ich ein gefährliches Spiel, das irgendwann mit dem echten Leben kollidieren mussten. Was, glaubte ich, würde passieren? Wie in aller Welt würde es enden?

Unsere Beziehung war nur ein Fantasieprodukt, nur ein Traum. Sie war nie Wirklichkeit gewesen.

Ich war nicht die Frau, die im Mondschein durchs nasse Gras zum See hinunterlief. Dazu fehlte mir der Mut.

Trotzdem legte ich mich ins Bett, schloss die Augen und tauchte in meine Fantasiewelt ein. Ich malte mir aus, dass Mart auf den Kai kletterte, mich in die Arme nahm, mich im Mondschein anlächelte. Er sagte nichts. Er beugte sich nur nach unten und küsste mich, ohne irgendwelche komplizierten Fragen zu stellen ...

Ein lautes Geräusch vor unserem Haus riss mich aus dem Schlaf. Ich fuhr im Bett hoch. Das bleierne Gefühl in meinem Körper verriet, dass ich bereits eine Weile geschlafen hatte. Mir war kalt. Durch das Schlafzimmerfenster sah ich, dass draußen Nebel aufgezogen war. Wolken hatten sich vor die Sterne geschoben.

Ich hörte wieder das Geräusch. Den gedämpften Klang eines plärrenden Radios und eines Automotors, der in der Einfahrt lief. Ich warf einen Blick auf die Uhr. Wer war um drei Uhr morgens vor unserem Haus?

Mein Herz schlug bis zum Hals und ich hielt eine Hand an den Hals, als ich aufstand. Jemand, der versuchte, ins Haus einzubrechen, würde nicht mit laufendem Radio hier vorfahren. Vielleicht hatte sich jemand verirrt und kam von einer wilden Nacht in einer Kneipe nach Hause und wusste nicht, wo er war.

Als das Lied endete, erkannte ich den letzten Satz. Ich kannte die Stimme, die beim letzten Ton zu einem Crescendo anstieg. Das war die Stimme meines Sohnes. Dustin und sein Vater hatten diese CD nur wenige Monate, bevor Karls Geheimnisse ans Licht gekommen waren, mit der Jugendgruppe der Kirche aufgenommen. Die Jugendlichen hatten die CD im Foyer verkauft, um Geld für eine Missionsreise zu sammeln, bei der sie in Mexiko Häuser bauen wollten. Da Dustin zum ersten Mal mitfahren durfte, hatten Karl und ich vorgehabt, als Begleiter mitzukommen. Ich hatte gehofft, der Abstand zu den Anforderungen am College würde uns Gelegenheit geben, miteinander zu sprechen. Wir hatten uns so weit voneinander entfernt. Während ich unserem normalen Leben nachging – gemeinnütziges Engagement, Elternabende, Blumenbeete im Frühling, Herbstfest im Oktober –, schien Karl sich immer mehr in sich selbst zurückzuziehen und nahm an immer weniger Familienunternehmungen teil. Ich war froh, als er und Dustin gemeinsam an der Produktion der CD der Jugendgruppe arbeiteten.

Im Frühling war dann die Wahrheit ans Licht gekommen, der Grund für die Distanz zwischen uns wurde sichtbar, und unser Leben lag in Scherben. Wir landeten hart auf dem Boden der Realität.

Warum um Himmels willen saß Dustin im Auto in der Einfahrt und spielte mitten in der Nacht diese Lieder auf dem CD-Spieler ab? War er aufgewacht und hatte an seinen Vater gedacht? Vielleicht wollte er mich nicht beunruhigen und war deshalb hinausgegangen?

Ich schob mir die Haare aus dem Gesicht, stand auf, ging ins Wohnzimmer und dachte vage, dass ich meine Haare zu einem Zopf hätte flechten sollen. Sie wären morgen früh schwer zu kämmen. Der Wind hatte sie wild zerzaust, als ich mit Mart auf dem See spazieren gefahren war.

Mart ... Ich musste daran denken, wie ich unsere Beziehung beendet hatte. Meine Gedanken purzelten wild durcheinander. Mart hatte etwas Besseres verdient als ein paar gestammelte, unverständliche Ausreden und eine schnelle Flucht vom Ort des Geschehens. Er hatte nichts falsch gemacht. Ich hatte mich so verhalten, dass er glauben musste, ich wäre bereit, mich wieder auf einen Mann einzulassen. Auf ihn. Er war nur den nächsten natürlichen Schritt gegangen.

Vielleicht war es das, was mich beunruhigte. Es war so leicht, sich an Mart zu lehnen, mich in seine Arme zu schmiegen, ihn in unser Leben zu holen und ihn die Leere ausfüllen zu lassen. Doch Dustin und ich mussten lernen, auf eigenen Füßen zu stehen, selbst wieder eine Familie zu werden, gesund und vollständig zu sein. Dann käme vielleicht irgendwann der Tag, an dem wir wieder jemand anderen in unser Leben lassen konnten. Im Moment aber waren wir zu bedürftig, zu verwundbar, zu verwirrt, zu verletzlich. Ich konnte nicht schon wieder ein Scheitern, ein gebrochenes Herz riskieren – weder bei Dustin noch bei mir. Wir waren immer noch in zu vielen Bereichen verletzt.

Das nächste Lied der CD begann gerade, als ich die Haustür öffnete und hinausschaute. Die Fahrerkabine von Taz' Geländewagen war dunkel, die Scheiben waren mit dem Tau der Nacht bedeckt. Ich konnte nicht sehen, ob jemand im Auto saß.

Ich hatte schon das Ende des Gehwegs vor dem Haus erreicht, als ich merkte, dass hinter dem Geländewagen ein anderes Auto parkte. Karls Auto. Das gebrauchte Auto, das er gekauft hatte, nachdem wir fast alles von Wert verkauft hatten, um die Gerichtskosten und die Entschädigungssumme zu zahlen, auf die er sich mit dem College geeinigt hatte, damit es von einer Anzeige absah. Ich trat auf das Auto zu. Die Musik dröhnte in meinen Ohren. Sie war so laut, dass sie die Nachbarn stören musste, auch wenn die Häuser weit voneinander entfernt standen. Das Licht im Innenraum brannte, der Motor lief noch. Karl saß vornübergebeugt über dem Lenkrad und umklammerte es mit den Händen. Seine dichten Haare waren länger, als ich sie in Erinnerung hatte, und fielen zerzaust über seine Finger.

Der Moment war surreal, seltsam unwirklich, als wäre er Teil eines Traums. Ich würde jeden Augenblick aufwachen und mich dafür schelten, dass ich Karl erlaubte, in mein Unterbewusstsein einzudringen. Ich kam mir vor, als stünde ich neben mir und beobachtete die Szene: Ich sah eine dunkelhaarige Frau, die sich um das Auto herumbewegte, sich vorbeugte und an das Fenster auf der Fahrerseite klopfte.

Karl fuhr hoch und ich sah seine Augen durch den Schein der Straßenlaternen, die sich auf der Scheibe spiegelten. Seine Augen waren geschwollen und blutunterlaufen, seine Wangen waren nass. Er wirkte blass und ausgemergelt und seine Haut im schwachen Licht fast durchsichtig. Eine Ader pochte an seiner Schläfe. Ich wurde in die Vergangenheit zurückversetzt und dachte an die Male, in denen ich in seinem Unterrichtsraum in der Ecke gesessen und zugesehen hatte, wie die Ader pulsierte, wenn er über schwierige Fragen der Theologie sprach. Ich sah ihn vor mir, seine Stirn rot vor Eifer, seine Augen voller Leidenschaft und Entrüstung, voll Glauben und Hingabe.

Jetzt waren seine Augen hohl. Nichts Größeres schien darin zu wohnen. Ich sah darin nur Leere und Zerbruch. Etwas in mir freute sich darüber. Endlich war er genauso verwundet wie ich. Endlich wusste er, wie es war, mitten in der Nacht zerschlagen, verloren und allein zu sein. Warum war er hierhergekommen? *Was* wollte er?

Ich bedeutete ihm, das Fenster aufzumachen. Er betätigte den Fensterheber und legte eine Hand über seine Augen.

Das Lied „From the Inside Out" von Hillsong United tönte in die Dunkelheit hinaus. Die Stimme eines kleinen Mädchens sang im Vordergrund, der Jugendchor im Hintergrund. Das Mädchen war McKenna, Delaynes älteste Tochter. Jetzt Karls Stieftochter.

Galle stieg wie Gift in mir hoch und brannte in meiner Kehle. „Schalt' das aus. Es ist mitten in der Nacht", zischte ich. „Was machst du hier?"

Er fuhr zurück und schien erst jetzt die laute Musik zu bemerken, als hätte er ganz vergessen, dass sie noch lief. Er stellte hektisch den CD-Spieler ab, dann sank er auf den Sitz, als würde ihn sogar diese kleine Bewegung erschöpfen.

„Warum bist du hier?" Ich legte die Arme fest um mich, da die feuchte Nachtluft schnell meinen Schlafanzug durchdrang. Die Worte hallten lauter durch die Stille der Nacht, als ich es beabsichtigt hatte. Er atmete zitternd ein. „Ich wusste nicht … wohin ich sonst fahren sollte. Ich war unterwegs nach North Dakota zu der …" Er schloss fest die Augen. Sein Gesicht zog sich vor Schmerz zusammen.

„Es tut mir leid wegen Joe. Ich weiß, dass das schwer sein muss." Ich sagte diese Worte ohne Gefühl. Wenn ich ehrlich war, hatte ich kein Mitleid. Wenigstens nicht mit Karl. Nicht wegen seines Schmerzes. *Du verdienst das. Es ist deine eigene Schuld, dass du ihn die ganzen Jahre nicht gesehen hast. Es ist deine eigene Schuld, weil du so ein mieser Kerl bist.*

Er nickte und verstand meine Worte anscheinend als echtes Mitgefühl. „Ich dachte, es wäre … noch Zeit."

Er schaute mich an, und einen kurzen Moment fühlte ich seinen Schmerz, auch wenn ich ihn nicht an mich heranlassen wollte. Ich stellte mir vor, ich würde in seiner Haut stecken. Was wäre, wenn es *meine* Eltern wären? Würde ich nicht auch vieles bedauern? Wäre ich nicht genau in derselben Situation wie Karl und würde wünschen, ich hätte noch mehr Zeit, und wir hätten eine bessere Beziehung zueinander gehabt? Ich selbst war immer so sehr damit beschäftigt, mich über die Dinge zu ärgern, die meine Eltern *nicht* waren, dass ich nie das geschätzt hatte, *was* sie alles waren. Ich war wegen ihrer Ratschläge und ihrer Kritik so beleidigt gewesen, dass ich ihnen nie auch nur dafür gedankt hatte, dass sie nach der Scheidung zu mir gestanden hatten, dass sie mit einem Umzugswagen in Houston erschienen waren, dass sie für Dustin und mich das Strandhaus hatten putzen und vorbereiten lassen.

Was wäre, wenn ich plötzlich keine Gelegenheit mehr hätte, ihnen *Danke* und *Ich liebe euch* zu sagen?

Karl wischte sich mit der Faust übers Gesicht und schluchzte leise. Er sank nach vorne. Sein Ellenbogen stieß versehentlich auf die Hupe, die sofort laut losplärrte. Ich fuhr erschrocken zurück. Im Nachbarhaus ging in Sydneys und Ansleys Zimmer ein Licht an, und auf der anderen Straßenseite bellte ein Hund. Ich musste Karl von hier wegbringen. Sofort.

„Komm ins Haus“, flüsterte ich, ohne nachzudenken, was danach passieren würde. Wenn ich nichts unternahm, würde einer der Nachbarn wahrscheinlich die Polizei rufen.

Ich trat zurück, als er die Autotür aufmachte, und bemühte mich, ein gewisses Maß an Würde zu bewahren. Dieser Mann hatte schließlich seinen Vater verloren. Joe war tot. Vor meinem geistigen Auge konnte ich Joe auf der Veranda der alten Ranch sitzen sehen. Seine Jeans war von der harten Arbeit auf dem Land staubig, seine knorrigen Finger hielten eine Kaffeetasse.

Bevor mit Karl alles so schiefgelaufen war, hatten wir einige wunderbare Urlaube auf der Ranch verbracht. Zuerst hatten wir dort Karls Großeltern besucht und dann seine Eltern, nachdem sie die Ranch übernommen hatten und nach North Dakota zurückgezogen waren. Ich erinnerte mich an diese Besuche noch genauso gut, als wäre es gestern gewesen. Diese Verbindung zwischen Karl und mir ließ sich nicht leugnen, wenn uns auch sonst nichts mehr miteinander verband.

Ich sah zu, wie er die Schlüssel aus dem Zündschloss zog und aus dem Auto stieg. Er trug ein Golfhemd und eine Shorts, als käme er gerade vom Golfplatz. Seine Arme waren unterhalb der Ärmel braun gebrannt. Offenbar spielte er viel Golf. *Er hat Geld für das Golfspielen. Er hat Zeit und Geld für Golf, aber seinen eigenen Sohn besuchen und pünktlich die Unterhaltszahlungen schicken, das kann er nicht.*

Ich wandte mich zum Haus und versuchte, die ganzen Altlasten in der Einfahrt zu lassen und Karl nur als einen Mann zu sehen, der trauerte. Er war im Moment nicht in der Verfassung, Auto zu fahren. Ich ging langsam an Taz' Geländewagen vorbei und vor Karl her zur Haustür, damit wir bloß keinen Körperkontakt hatten.

Dann standen wir im Eingangsbereich und wussten beide nicht, was wir miteinander anfangen sollten. Ich konnte mich nicht erinnern, wann wir das letzte vernünftige Gespräch miteinander geführt hatten.

„Du siehst aus, als könntest du eine Tasse Kaffee vertragen", sagte ich leise.

„Danke." Er folgte mir zur Küche, wobei seine Füße schwer über die Fliesen schlurften, als läge schon die Last des Sarges auf seinen Schultern, in dem er seinen Vater zur letzten Ruhestätte trug.

Ich beschäftigte mich damit, Kaffee aufzusetzen, während er sich auf einen Hocker am Küchentresen fallen ließ. Ich raste in Gedanken schon zum nächsten Morgen und versuchte zu entscheiden, ob es für Dustin besser wäre, Karl zu sehen und mit ihm über ihre Erinnerungen an Opa Joe zu sprechen, oder ob ich Karl vorher fortschicken sollte. „Wie geht es deiner Schwester?", fragte ich, als er sich an die Arbeitsplatte zurücklehnte und darauf wartete, dass der Kaffee durchlief.

Er sah zu, wie die kräftige, braune Flüssigkeit in die Kanne tropfte. „Nicht sehr gut, denke ich. Ich muss hinfahren, um mich um die Beerdigung zu kümmern."

„Es ist gut, dass du hinfährst." Vielleicht konnte er wenigstens noch die Beziehung zu seiner Schwester retten. Ich konnte mir nicht vorstellen, so entfremdet von Megan zu leben. „Sie liebt dich, weißt du das?"

Er nickte und schien das weder bestätigen noch leugnen zu wollen. Wir warteten schweigend, bis der Kaffee fertig war. Schließlich schenkte ich eine Tasse voll und reichte sie ihm. „Hier. Geh schon ins Wohnzimmer und setz dich. Ich bin in einer Minute da." Ich brauchte einen Augenblick, um einen klaren Kopf zu bekommen, um zu entscheiden, wie das Gespräch weiter verlaufen könnte. Sollte ich nach Delayne und ihren Töchtern fragen? Sollte ich mich so benehmen, als gäbe es sie nicht? Warum war sie nicht bei ihm? Warum fuhr er in einer solchen Verfassung allein quer durchs Land? Ich deutete mit dem Kopf auf die Tasse. „Schwarz, oder?"

Er setzte sich in Richtung Wohnzimmer in Bewegung und beugte den Kopf über die dampfende Flüssigkeit. „Wie immer."

Ich stand allein in der Küche, als er fort war, und sah zu, wie der Nebel über dem Bootshaus aufstieg und es silbern umrahmte. Die Lichter eines Hausboots leuchteten in der Bucht, und ich dachte an Mart. Wo war er jetzt? Was dachte er? Würde er je wieder mit mir sprechen, nachdem ich alles so falsch angepackt hatte?

Aber zuerst musste ich mich mit Karl befassen. Er sollte wenigstens wissen, dass Dustin aufgewühlt war. Karl hätte mit der Nachricht von Joes Tod nicht so herausplatzen dürfen, ohne ihn vorher behutsam darauf vorzubereiten. Wenn Karl in der Absicht gekommen war, mit Dustin über Opa Joe zu sprechen, wollte ich sicherstellen, dass er nichts Negatives über Joe sagte und keine alten Familienwunden aufriss, um sein eigenes eigensinniges Verhalten zu rechtfertigen. Karl sollte zugeben, dass er, auch wenn er mit den Entscheidungen seines Vaters nicht einverstanden gewesen war, über der Sache hätte stehen sollen, und dass es ihm leidtat, dass er den Kontakt abgebrochen hatte. Vielleicht würde Karl irgendwo im Verlauf des Gesprächs erkennen, dass sich die Geschichte wiederholen würde, wenn er die Beziehung zu seinem eigenen Sohn nicht pflegte.

Ich schenkte eine zweite Tasse Kaffee ein, fügte Sahne und Zucker dazu und ging ins Wohnzimmer. Als ich dort ankam, lag Karl auf dem Sofa und schlief tief und fest. Ich stand über ihm und fragte mich, ob ich je wirklich gewusst hatte, wer er war. Er kam mir wie ein Fremder vor. Seine Gedanken, sein Tun, seine Entscheidungen waren mir früher schon ein Rätsel gewesen. Wie war es möglich, dass man jemanden den größten Teil seines Lebens gekannt hatte, dass man mit ihm im selben Haus gelebt hatte und er trotzdem ein Fremder geblieben war?

Ich überlegte, ob ich ihn wecken sollte, beschloss aber dann, dass es vielleicht besser war, dass er schlief. Er war sowieso nicht in der Verfassung, Auto zu fahren, und wenn wir hier zusammen sitzen würden, wüssten wir nicht, worüber wir sprechen sollten. Morgen früh wäre alles klarer, und Karl wäre in einer besseren Verfassung. Dustin schlief an den Wochenenden immer bis neun oder zehn, wenn ich ihn nicht weckte. Es wäre also noch genug Zeit, um mit Karl zu sprechen, bevor Dustin aus seinem Zimmer kam.

Ich warf eine Decke über den Mann, der einmal *mein* Mann gewesen war. Ich blickte ihn noch eine Weile an und versuchte, mich zu erinnern, wie es früher zwischen uns gewesen war. Hauptsächlich fielen mir die Äußerlichkeiten unseres Lebens ein: die gemeinsamen Ziele, die wir verfolgt hatten; die Dinge, die wir gemacht hatten; das Leben, das wir aufgebaut hatten; das Haus, das wir eingerichtet hatten; die Urlaube, die wir verbracht hatten; die Leistungen, die wir erreicht hatten; der Sohn, den wir großgezogen hatten. Es war, als hätten wir Rollen gespielt, ohne emotional beteiligt zu sein, ohne wirklich etwas zu fühlen. Ich konnte die Male an einer Hand abzählen, die wir ein Gespräch geführt hatten, das tiefer gegangen war. Wir waren eher Mitbewohner und Bekannte gewesen als Gehilfen, Seelenverwandte und Geliebte.

Schließlich ließ ich ihn dort liegen und ging ins Bett, wo der Schlaf mich von meinen Fragen erlöste.

Am Morgen stand die Sonne schon hoch am Himmel, als ich aufwachte. Ich hörte Stimmen im Wohnzimmer. Eine Frau, die mit einem lauten, wütenden Zischen sprach.

Meine *Mutter?*

Dann die Stimme meines Vaters. Dann Karl.

Noch vor dem nächsten Atemzug war ich hellwach. Ich schlüpfte schnell in einen Hausanzug, eilte durch den Flur und schaute unterwegs nach, ob Dustins Tür zu war. Bis jetzt blieb wenigstens er noch vor dem verschont, was sich im Wohnzimmer abspielte. Als ich ins Wohnzimmer trat, saß Karl in einer unbequemen Haltung auf dem Sofa. Seine Haare waren zerzaust, seine Augen blinzelten, als wäre er gerade erst unsanft aus dem Schlaf gerissen worden. Anscheinend versuchte er noch, sich darüber klar zu werden, ob meine Eltern wirklich hier waren, oder ob er einen Albtraum hatte.

Mutter fuhr zu mir herum, als ich das Zimmer betrat, fuchtelte mit der Hand und deutete mit einem strengen Finger auf Karl. „Was macht *er* in *meinem* Haus?" Ihre Nasenflügel blähten sich auf und verrieten, dass allein schon seine Anwesenheit die Luft verschmutzte. Neben ihr stand mein Vater. Er war vom Hals aufwärts vor Ärger rot angelaufen und hatte die Lippen zu einer schmalen Linie zusammengekniffen.

„Mutter", versuchte ich sie zu besänftigen und sprach mit leiser Stimme. „Still. Beruhige dich bitte. Dustin schläft noch." So viel also zu meinem Plan von einem vernünftigen Gespräch mit Karl! Plötzlich war alles ein einziges Chaos. Was machten meine Eltern hier?

„Ich will wissen, *was* das hier zu bedeuten hat!" Mutter schaltete die Lautstärke eine Nuance zurück. „Wie lang läuft *das* schon?" Sie fuchtelte mit einer Hand zwischen Karl und mir hin und her und deutete damit an, dass wir heimlich etwas miteinander hätten. Mein Vater nickte und unterstützte damit diese abschreckende Andeutung.

„Still!" Die Schärfe in meiner Stimme überraschte mich selbst. Mutter blinzelte und wich beleidigt zurück. „Kommt alle mit auf die Veranda hinaus, ja? Es besteht kein Grund zur Aufregung."

Karl stand auf, und wir marschierten nacheinander durchs Wohnzimmer auf die Veranda. Mein Vater übernahm die Führung und schwang die Arme in einer gebieterischen Geste, die an King Kong erinnerte.

Auf der Veranda wiederholte Mutter schnell ihre Forderung nach mehr Informationen. Ich erklärte, dass Joe plötzlich gestorben sei und dass Karl nach North Dakota unterwegs sei, um die Beerdigung zu organisieren. Ich verschwieg, dass er um drei Uhr nachts in einer furchtbaren Verfassung hier aufgekreuzt war.

Mutter stand mit offenem Mund da und war hin- und hergerissen, ob sie ihm ihr Beileid aussprechen oder einen Streit vom Zaun brechen sollte.

„Dustin ist natürlich sehr aufgewühlt", betonte ich in dem Versuch, sie zu besänftigen und abzulenken. Joe hätte diese Streitereien nicht gewollt. Er war ein sanfter, beherrschter Mann mit einem großen Herzen gewesen; das war auch der Grund, warum er sich in die finanzielle Misere seiner Tochter hatte mit hineinziehen lassen.

Mutter öffnete den Mund, als wollte sie etwas Unangenehmes sagen, dann schloss sie ihn wieder und überlegte es sich anders. „Nun, es war zumindest *anständig* von dir, zu kommen und es Dustin *persönlich* zu sagen.“ Sie hatte Mühe, den Satz ohne Vorwurf im Ton auszusprechen.

So ungern ich auch wollte, dass meine Eltern von Karl eine gute Meinung hätten, ließ ich meine Mutter in diesem Glauben. Karl warf mir einen dankbaren, leicht überraschten Blick zu. Jetzt war er vollkommen wach und sah im hellen Morgenlicht wieder eher wie er selbst aus. Cool, arrogant, beherrscht. Inzwischen schämte er sich wahrscheinlich wegen gestern Abend.

„Mutter, warum seid ihr beide eigentlich hier?“, fragte ich endlich. Mutters Kinn schob sich sofort beleidigt vor. Deshalb fügte ich schnell hinzu: „Braucht ihr etwas?“

„Wir sind gekommen, um die Futterkästen aufzufüllen.“ Sie warf mir einen Blick zu, der sagte: *Es ist gut, dass wir gekommen sind!* Als ob sie und Vater mich verteidigen müssten. „Und wir wollen nach Dallas fahren und einkaufen. Wir dachten, dass Dustin vielleicht mitkommen möchte und sich ein paar Sachen für seine *neue Schule* aussuchen will.“ Die letzten Worte waren an Karl gerichtet, da sie zweifellos betonen wollte, dass sich Dustin nicht nur an eine neue Schule gewöhnen müsste, sondern dass *sie* auch die Schulkleidung für ihn kaufen mussten. Das war alles Karls Schuld, weil er ein Betrüger, ein Frauenheld, ein Geldunterschlager war und jetzt auch noch ein unzuverlässiger Scheckaussteller, wenn es um die Unterhaltszahlungen für seinen Sohn ging. Es war nur gut, dass Mutter seine Bräune vom Golfplatz noch nicht aufgefallen war.

„Dafür bin ich euch wirklich sehr dankbar.“ Meine Dankbarkeit war echt. Eine Oma und ein Opa, die mit ihrem Enkel Schulkleidung kauften, waren definitiv eine Hilfe. „Aber ich denke, dass Dustin heute Morgen lieber hierbleiben sollte, um ein paar Minuten mit seinem Vater sprechen zu können, bevor Karl nach North Dakota aufbricht.“

Mutter schnaubte leise. Sie und Vater wechselten vielsagende Blicke miteinander, die verrieten, dass es nicht sicher sei, Dustin und mich hier mit dem Ungeheuer allein zu lassen, das ihrer Tochter das Herz gebrochen und ihr Leben ruiniert hatte. „Wir müssen aber wenigstens die Futterkästen auffüllen."

„Lasst das Futter einfach hier. Das kann ich später erledigen." Ich blickte zu meiner Mutter und dann zu meinem Vater und flehte sie stumm an, mir dieses eine Mal zu vertrauen, dass ich diese Krise allein bewältigen konnte.

Sie schwankten und waren sichtlich hin- und hergerissen zwischen alten Verhaltensmustern und einem mutigen Glaubensschritt. Ich war achtunddreißig, und meine Eltern überlegten immer noch, ob ich es schaffte, mit Erwachsenenangelegenheiten allein fertigzuwerden.

„Ich komme damit klar", sagte ich. „Alles ist in Ordnung. Ehrlich."

Mein Vater schluckte, und seine Lippen zitterten. Er legte einen Arm um die Schultern meiner Mutter und versuchte, sie zur Tür zu drehen.

Mutter wurde steif, dann stieß sie ein resigniertes Seufzen aus. „Also gut, aber begleite uns wenigstens hinaus, Andrea."

„Natürlich", sagte ich. Wir verließen das Wohnzimmer und ließen Karl dort stehen, wo er mit geschwollenen Augen durch die Glastüren in den Morgendunst hinausschaute und aussah wie ein Mann, der gerade mit knapper Not einem Bus, der direkt auf ihn zuraste, entkommen war.

Vor dem Haus beugte sich Mutter nahe zu mir herüber und flüsterte: „Bist du sicher, dass alles in Ordnung ist? Wir können auch bleiben. Lass nicht zu, dass *dieser Mann* dein Mitgefühl ausnutzt. Du schuldest ihm *nichts.* Er hat kein Recht, irgendetwas von dir zu verlangen."

Sie hatte natürlich recht. Etwas in mir wollte Karl die Wahrheit an den Kopf werfen und ihm erklären, wessen Schuld die Situation mit seinem Vater war, und ihn dann aus dem Haus werfen. Eine andere Stimme in mir sagte, wenn ich tief genug graben und ein gewisses Maß an Barmherzigkeit aufbringen könnte, würde bei mir selbst etwas heilen und ich würde mein Handeln nicht von dem bestimmen lassen, was Karl tat oder nicht tat. Ich würde die Kontrolle wieder selbst in die Hand nehmen.

Ich blieb bei meiner Mutter und meinem Vater am Auto stehen und überlegte, dass ich ihnen diese seltsamen Gedankengänge unmöglich erklären konnte. „Mir geht es gut. Ehrlich. Ich habe Mitleid mit ihm, weil er sich mit seinem Vater nicht mehr versöhnen konnte. Das ist alles."

Mutter schnaufte schwer, während Vater das Vogelfutter auslud. Statt den Sack einfach abzustellen, füllten sie in aller Ruhe die Vogelhäuser vor dem Haus auf, während ich unbehaglich auf dem Gehweg stand und es nicht erwarten konnte, dass sie wieder fuhren.

Als ihnen kein Vorwand mehr einfiel, noch länger zu bleiben, warf Mutter einen finsteren Blick zum Haus. „Ich würde ihm gern sagen, was ich von ihm denke", murmelte sie. Vater nickte zustimmend, während er den Kofferraum schloss, um das Auto herumkam und bei uns stehen blieb.

„Das hast du schon getan, Mama. Mehrmals."

„Es würde ihm nicht schaden, es noch einmal zu hören. Vielleicht würde es irgendwann in seinen Dickschädel eindringen. Vielleicht würde er endlich begreifen, was für ein furchtbarer, *furchtbarer* Mann er geworden ist. Vielleicht würde er sich sogar entscheiden, Buße zu tun und um Vergebung zu bitten."

Ich seufzte und dachte an Karls Gesicht von gestern Nacht. Was hatte ihn bloß geritten, ausgerechnet bei mir Trost zu suchen? War es reine Gewohnheit? Verzweiflung? Nostalgie? „Ich denke, das muss er selbst entscheiden."

„Pass bitte auf dich auf." Mutters Augenwinkel wurden feucht. Trotz ihrer manchmal ruppigen Art, es zu zeigen, wollte sie mich nur beschützen. „Ich kann es einfach nicht ertragen, mit anzusehen, wie er dir wieder wehtut."

„Ich bin ein großes Mädchen", sagte ich leise, und Mutters Lippen zitterten. Ich hatte ihre Gefühle verletzt, weil sie dachte, ich würde damit meinen, dass ich sie nicht bräuchte. „Aber danke, dass du dich um mich kümmerst. Ich weiß, dass ich es nie wirklich gesagt habe, aber ohne euch beide und Megan hätten Dustin und ich das letzte Jahr nicht überlebt. Danke, dass ihr immer für uns da seid."

Ich umarmte meine Mutter herzlich und meinte es zum ersten Mal, seit ich ein kleines Mädchen gewesen war, ernst. Sie versteifte sich zunächst erschrocken, aber dann wurde sie weicher. Sie hielt mich fest, strich mir mit der Hand über die Haare und wiegte mich vor und zurück.

„Wir sind immer für euch da, wenn ihr Mädchen uns braucht." Die Antwort war ihre Art, mir zu sagen, dass wir sie und Vater natürlich brauchen *würden.* Megan und ich dürften ihrer Ansicht nach nie das Nest verlassen – aber in diesem Moment machte mir das nichts aus.

„Und manchmal sind wir auch für euch da, wenn ihr uns nicht braucht", fügte mein Vater schmunzelnd hinzu, als könnte er meine Gedanken lesen. Ich umarmte ihn ebenfalls, und er räusperte sich verlegen und tätschelte mir unbeholfen die Schulter. Mein Vater hatte nie richtig gewusst, was er mit Mädchen anfangen sollte, außer uns Geld zu geben und gelegentlich unser Kleid am Sonntagmorgen zu bewundern.

Als ich meinen Eltern nachwinkte, hatte ich das Gefühl, einen großen Schritt getan zu haben. Vielleicht musste ich meine Eltern einfach so annehmen, wie sie waren, und über meinen Schatten springen. Vielleicht war ich endlich an einem Punkt in meinem Leben angelangt, an dem ich das konnte. Nachdem ihr Wagen aus meinem Sichtfeld verschwunden war, drehte ich mich um, ging ins Haus zurück und hatte das Gefühl, dass es ein guter Tag werden würde, auch wenn Karl noch immer in meinem Wohnzimmer saß.

Die Stimmen im Haus verrieten mir, dass Dustin aufgestanden war. Karl saß auf dem Sofa und sah seltsam entspannt aus. Dustin kramte in der Ablage unter dem Ecktisch. „Hier ist er", sagte er und zog einen staubbedeckten Atlas heraus. Offenbar brauchte Karl eine Straßenkarte, um von Texas nach North Dakota zu kommen.

„Geht es euch beiden gut?"

Dustin wirkte ganz ruhig. Anscheinend hatte es ihn nicht aufgeregt, seinen Vater hier vorzufinden. Er setzte sich neben Karl, als wäre es das Natürlichste auf der Welt, und schaute mich mit strahlender Vorfreude an. „Papa nimmt mich mit nach North Dakota. Nach der Beerdigung fahren wir bei der alten Ranch vorbei und dann schauen wir uns noch ein paar Tage den Westen an, bevor wir wieder heimkommen."

Papa nimmt mich mit nach North Dakota. Ich blieb abrupt mitten im Zimmer stehen. Dieser Satz löste bei mir Verblüffung, dann Panik und schließlich Wut aus. Karl sah mich nicht an. Er wusste ganz genau, was ich dachte. Er wusste, was er getan hatte. Er hatte sich in mein Haus eingeschlichen, und sobald ich ihm den Rücken zugewandt hatte, hatte er diese Gelegenheit genutzt, um Dustin Fantasiegespinste von irgendeiner Reise in den Kopf zu setzen. Karl brauchte jetzt jemanden aus seinem alten Leben, und da Delayne und ihre Kinder ihm an dieser Stelle nicht helfen konnten, war er wieder in unserem Leben zurück und hielt meinem Sohn einen reizvollen Köder vor die Nase. Wie konnte er das wagen, ohne mich zu fragen! Wenn ich Nein sagte, wäre *ich* die Böse – die gemeine Mutter, die verbitterte Frau, die nicht einmal angesichts von Opa Joes Tod die Vergangenheit ruhen lassen konnte.

Karl hatte Dustin genau das angeboten, was der Junge nicht ausschlagen konnte: Zeit mit seinem Vater, ein Versprechen auf eine Erneuerung der Beziehung. In meinem Kopf drehte sich alles, und die verschiedenen Möglichkeiten, wie ich nun reagieren könnte, liefen vor meinem inneren Auge ab. „Ich bin nicht sicher, ob es das Beste ist …"

Karl drehte sich mit freundlicher Miene zu mir um und blinzelte erstaunt, als könnte er sich nicht vorstellen, warum ich das sagte. Der gebrochene Mann von gestern Nacht war verschwunden, und der kühle, berechnende Mann war zurückgekehrt. „Wir sind längst zurück, wenn die Schule anfängt."

Wut stieg in mir auf, eine heiße, mörderische Wut, die in mir den Wunsch weckte, etwas nach ihm zu werfen und ihn zu treffen, um dieses arrogante Lächeln aus seinem Gesicht zu vertreiben. Wenn ich ihn nur gestern Nacht draußen in seinem Auto sitzen gelassen hätte! „Darum geht es nicht, Karl. Ich glaube nicht, dass Dustin im Moment eine so weite Reise machen sollte." *Mit dir!*

„Mama, bitte!", warf Dustin ein, aber ich hielt beschwichtigend die Hand hoch.

„Schatz, ich bin dir nicht böse. Aber dein Vater hätte mich fragen sollen, bevor er dir diesen Vorschlag machte." Ich schaute Karl finster an. Die Nachsichtigkeit, die ich noch vor wenigen Minuten gespürt hatte, war wie weggeblasen.

Karl sah die Veränderung an mir. Er legte lässig ein Bein über das andere und lehnte sich auf meinem Sofa gemütlich zurück. „Der August ist doch sowieso meine Zeit mit Dustin. Und morgen ist der erste August."

„*Deine* Zeit?", hustete ich ungläubig. Besaß er wirklich die Unverschämtheit, nachdem er wochenlang nichts von sich hatte hören lassen, *jetzt* die Besuchsvereinbarungen anzusprechen? „Wann hast du dich *je* darum geschert, ob es *deine* Zeit war, Karl? *Wann* bist du je aufgetaucht? Jetzt willst du einfach hier hereinschneien, weil es dir nicht gut geht, weil du jemanden brauchst, und willst mit meinem Sohn quer durchs Land fahren!"

„Mama, bitte!" Dustins Stimme war jetzt genauso laut wie meine. „Ich will …"

„Dustin!", fauchte ich ihn an. Obwohl ich genau wusste, dass wir diesen Streit nicht vor ihm austragen sollten, konnte ich nicht anders. „Das ist eine Sache zwischen deinem Vater und mir." Das stimmte nicht ganz. Der Krieg fand zwar zwischen Karl und mir statt, aber wir feuerten unsere Schüsse direkt über den Kopf unseres Sohnes hinweg.

„Ich verstehe nicht, was das Problem ist." Karl hob die Hände und spielte das unschuldige Opfer.

„Doch! Doch, das weißt du ganz genau, Karl. Deshalb hast du gestern Abend und heute Morgen nicht gefragt. Du wusstest, dass es mir nicht recht ist, wenn er mit dir fährt."

„Warum fragst du nicht, was *Dustin* will?" Karl beugte sich vor, und sein Körper nahm eine aggressivere Haltung an. „Wer sagt, dass immer alles so sein muss, wie du …"

„Hört auf!" Dustins Schrei hallte durch den Raum. Er sprang aufgebracht hoch. „Ich will diese Streitereien nicht mehr!" Er wandte sich an mich. In seinen Augen, die noch vor einem Moment vor Aufregung fröhlich gefunkelt hatten, glänzten jetzt Tränen. „Ich will mich nur von Opa Joe verabschieden, okay? Ich will einfach hinfahren und die Ranch noch einmal sehen und mich verabschieden. Mama … bitte! Ich weiß, was ich tue. Es ist okay. Ich will unbedingt mitfahren, ja?" Seine Bitte endete in einem Schluchzen.

Er fuhr sich mit der Hand über die Augen. Ich fühlte, wie mein Widerstand zusammenbrach, aber es fühlte sich auch so an, als würde mir das Herz aus dem Leib gerissen werden. So, als würde jemand von mir verlangen, es nach North Dakota zu schicken … ausgerechnet mit Karl.

Ich will mich nur von Opa Joe verabschieden. Dustin hatte ein Recht darauf, sich von seinem Opa zu verabschieden. Wenn ich ihm diese Möglichkeit raubte, würde er mir das immer übel nehmen. Es war ja nicht so, dass er sich in Gefahr begäbe. Wenigstens nicht im körperlichen Sinn. Karl und Dustin waren in den letzten Jahren unzählige Male bei Missionseinsätzen der Kirche miteinander unterwegs gewesen, und Dustin war oft zu Karls Konferenzen mitgefahren. Sie hatten miteinander Hotelpools und schrullige Touristenattraktionen genossen. Dustin las die Straßenkarte, und Karl saß am Steuer, und sie aßen in jedem noch so heruntergekommenen Schnellrestaurant, das sie finden konnten. Vielleicht würde diese Fahrt sie an diese guten Zeiten erinnern und Karl bewusst machen, dass Dustins Liebe zu kostbar war, um sie aufs Spiel zu setzen.

Aber ich musste auch an Dustins Wohlergehen denken. Was war, wenn diese Fahrt Hoffnungen in ihm weckte, die Karl mit Füßen trat, sobald sein Leben wieder in normalen Bahnen verlief?

Was aber, wenn ich mir unnötig Sorgen machte? Wenn diese Fahrt ihnen stattdessen half, ihre Beziehung zu erneuern? Wenn das der Anfang von etwas Neuem war? Der Beginn eines Lernprozesses auch für Karl und mich, im Verlauf dessen wir lernen würden, wenigstens so respektvoll miteinander umzugehen, dass wir unserem Sohn nicht wehtaten? Falls das möglich war, war ich es Dustin schuldig, diese Chance zu nutzen.

„Einverstanden." Es tat weh nachzugeben, auch wenn alles in mir sagte, dass es richtig war. „Geh deine Sachen packen. In der Wäschekammer liegt frisch gewaschene Wäsche, falls du sie brauchst."

Dustins Augen wurden ganz groß. Zuerst sah ich darin Überraschung, dann Erstaunen, dann Vorfreude. Er wirbelte herum, rannte mehrere Schritte auf der Stelle wie eine Comicfigur auf Eis, dann raste er durchs Zimmer. Im Flur angekommen, wirbelte er noch einmal herum, lächelte mich an und sagte: „Danke, Mama!" Dann stürmte er so aufgeregt durch den Flur in sein Zimmer, dass seine Schritte das Haus erschütterten.

„Ich hole seine Wäsche." Karl stand auf und ging um mich herum zur Wäschekammer. Er wollte nicht mit mir allein sein. Wahrscheinlich konnte er an meinem Gesicht ablesen, was mir alles durch den Kopf ging. Nichts davon war für ein höfliches Gespräch geeignet.

„Ich hoffe, du kümmerst dich gut um ihn", knurrte ich, hielt es aber für klüger, nicht noch mehr zu sagen.

Karl drehte leicht den Kopf und warf mir über die Schulter einen kurzen Blick zu. „Ja." Seine Körpersprache fügte hinzu: *Was? Glaubst du, ich würde ihn irgendwo auf der Autobahn an einer Tankstelle absetzen?*

Ich biss die Zähne zusammen und wünschte wieder, ich hätte ihn nie ins Haus gelassen.

Bevor er auf der Treppe nach unten verschwand, blieb er stehen, und seine Haltung wurde weicher. „Danke, dass du ihn mitkommen lässt."

„Sorg einfach dafür, dass es für ihn eine gute Zeit wird, ja? Du kannst ihn nicht mit nach North Dakota nehmen und ihn danach hier einfach wieder absetzen und vergessen. Er braucht dich als festen Bestandteil seines Lebens. Er muss wissen, dass er immer noch einen Vater hat, der ihn liebt, der sich um ihn kümmert und der es nicht erwarten kann, Zeit mit ihm zu verbringen. Sei der Vater, der du früher für ihn warst. Ich will nicht, dass es zwischen ihm und dir so endet wie zwischen dir und deinem Vater, Karl. Das ist alles, worum ich dich bitte."

„Ich weiß." Karl drehte sich nicht um, aber dieses Mal schienen seine Worte ehrlich gemeint zu sein. „Das ist der Grund, warum ich gekommen bin." Er atmete ein, seine Schultern hoben und senkten sich, als wollte er noch mehr sagen, aber dann stieg er die Stufen hinab in den Keller.

Tränen brannten in meinen Augen und ich ging auf die hintere Veranda hinaus, um wieder einen klaren Kopf zu bekommen. Es würde Dustin nicht guttun, mich weinen zu sehen. Er bekäme nur Schuldgefühle, als würde er gezwungen, sich zwischen seinem Vater und mir zu entscheiden. Ich wünschte, ich könnte einfach selbst mit Dustin nach North Dakota fliegen, aber dadurch könnten Karl und Dustin ihre Beziehung nicht erneuern. Abgesehen davon konnte ich unmöglich in der Praxis freibekommen, um wegzufahren. Taz käme mit der ganzen Arbeit nicht allein zurecht, auch nicht für kurze Zeit. Ich hatte so viele Fälle, die ich betreute. Dazu kam die angespannte Situation mit Birdie. Ich hatte die heutige Fahrt, um Schulsachen für sie zu kaufen, auch in der Absicht geplant, mehr Zeit mit ihr zu verbringen und sie zu ermutigen, sich ungezwungener zu unterhalten. Nächste Woche hatte sie Termine beim Schulpsychologen und mit dem Sozialarbeiter. Ich wollte, dass deren Beurteilungen gut ausfielen.

Ich versuchte, den Rest des Tages und den Rest der Woche aus meinen Gedanken zu verdrängen, und half Dustin, seine Sachen für die Fahrt zusammenzupacken. Innerhalb von zwanzig Minuten war er startbereit. Ein Kloß schnürte mir die Kehle zu, als ich ihn zum Abschied küsste, dann in der Einfahrt stand und noch lange, nachdem Karls Auto verschwunden war, auf die Straße schaute.

Ich schickte ihnen ein Gebet nach. *Bitte mach diese Fahrt zu dem, was Dustin braucht. Bitte lass sie der erste Schritt auf einem neuen Weg sein.*

Als ich wieder ins Haus ging, war es zu leise und zu leer.

Ich stand am Fenster und schaute hinaus. Anfangs war mir überhaupt nicht bewusst, wonach ich suchte, aber dann dämmerte es mir. Ich hielt nach Mart Ausschau und wünschte, ich könnte mit ihm über Karl und Dustin sprechen und Mart nach seiner Meinung fragen. Ich wünschte, die letzte Nacht hätte anders geendet. Ich wünschte, die letzte Nacht hätte überhaupt nicht geendet. In der Fantasiewelt zu leben war viel besser, als mich mit der Realität auseinanderzusetzen.

Instinktiv nahm ich mein Handy und sah nach, ob jemand angerufen hatte. Niemand hatte angerufen. Warum sollte er auch anrufen, nachdem ich ihm eine so klare Absage erteilt hatte? Zweifellos war er zu dem Schluss gekommen, dass ich nicht wusste, was ich wollte. Einmal sagte ich Hü und einmal Hott. Wahrscheinlich glaubte er, ich würde irgendein krankes Spiel mit ihm treiben und den Nervenkitzel unserer heimlichen Treffen genießen, ohne die Absicht zu haben, den nächsten Schritt zu tun. Wie konnte ich ihm erklären, dass ich keine Ahnung hatte, *was* ich wirklich wollte? Wenn sich einer meiner Klienten so benähme, würde ich ihm sagen, dass dieses inkonsequente Verhalten ein Zeichen dafür sei, dass er für eine Beziehung noch nicht bereit sei. Ich musste meinen Schmerz und meine negativen Gefühle aus der Vergangenheit verarbeiten, bevor ich erwarten konnte, in der Gegenwart Erfolg zu haben. Das war nur logisch. Im Moment waren noch so viele abwehrende Schichten um mein Herz und meine Seele gewickelt.

Aber ein anderer Teil von mir, irgendwo jenseits der Logik, stellte beharrlich die Frage: Wie konnte etwas, das so sehr danach aussah, als sollte es so sein, ein Fehler sein? Wenn Mart und ich zusammen waren, fühlte es sich so an, als wären wir füreinander geschaffen. Wir passten zusammen wie zwei ungewöhnlich geformte Puzzleteile. Und wenn ich so jemanden nie wieder fände?

Ich wählte seine Nummer, trennte dann aber die Verbindung, bevor sie zustande kam. Ich legte das Telefon weg, ging ins Schlafzimmer, duschte und zog mich an. Ich wühlte in meiner Kleidung und war mit nichts zufrieden. Es spielte eigentlich keine Rolle, was ich heute anzog. Ich hatte nur vor, am Vormittag zu Hause zu bleiben und am Nachmittag zur Kreuzung zu fahren, Birdie abzuholen und mit ihr zum Schulbasar zu gehen. Shorts und ein T-Shirt würden reichen. Der Tag versprach schon jetzt, sehr heiß zu werden. Ein großartiger Tag, um ihn auf dem See zu verbringen.

Ein großartiger Tag, um ihn mit Mart auf dem See zu verbringen …

Warum sollte er nach der letzten Nacht noch mit mir über den See fahren wollen?

Diese Frage ging mir nicht aus dem Kopf, als ich ruhelos durch das Haus wanderte und mir überlegte, wie ich die Zeit totschlagen könnte. Ich räumte die gewaschene Wäsche fertig auf, putzte die Küche, schrubbte das Badezimmer, ging hinaus und füllte die restlichen Futterkästen, dann fegte ich die hintere Veranda. Als Nächstes spritzte ich die Veranda ab, half Sydney und Ansley, einige Rosen für ihre Großmutter zu schneiden, sammelte abgefallene Zweige auf und jätete schließlich das Unkraut im Blumenbeet. Währenddessen sah ich immer wieder zum See hinunter, der in der Sonne glänzte und mit Wasserskibooten, Segelbooten, Paddelbooten und

Wasserrädern aus dem Feriendorf überfüllt war. Überall tummelten sich Touristen, die die letzten Wochenenden vor dem Schulanfang genossen.

Aber das, was ich suchte, fehlte. Wo war *er* heute?

Schließlich ging ich wieder ins Haus, machte mir ein Mittagessen und schaute auf mein Handy. Keine Anrufe.

Ich sah eine Wiederholung von *Unsere kleine Farm* an, dann duschte ich noch einmal und machte mich fertig, um zur Kreuzung zu fahren. Es war schon spät. Nach ein Uhr. Bis ich zu Lens Verkaufsstand kam, Birdie abholte und zum Schulbasar fahren konnte, hatten die Leute, die sich vorher angemeldet hatten, bestimmt schon die besten Sachen weggeschnappt. Da Birdie nicht auf der Liste stand, musste sie auf die Reste warten, aber Reste wären besser als gar nichts. Ich setzte große Hoffnungen auf die Fahrt zum Basar. Mal- und Schreibsachen könnten eine Hilfe dabei sein, mehr über Birdies Vergangenheit zu erfahren. Wenn wir beim Schulbasar fertig waren, würde ich mit Len vielleicht zu seinem Haus zurückfahren und einfach ein wenig Zeit mit Birdie verbringen. Alles wäre besser, als hier zu sitzen und das Telefon und den See anzustarren.

Ich konnte nicht verhindern, dass ich unwillkürlich wieder nach Mart Ausschau hielt, als ich meine Sachen zusammenpackte und das Haus verließ. Als ich am Waterbird vorbeifuhr, stand sein Pickup nicht auf dem Parkplatz. Trotzdem hielt ich an, da Mart normalerweise eher mit dem Boot zum Waterbird kam. Er *könnte* also da sein. Ich stieg aus dem Auto und ging in den Laden, ohne zu wissen, was ich sagen sollte, wenn ich ihn sähe. Ich wünschte, ich könnte mich einfach nett mit ihm unterhalten, als hätte es die unerfreuliche Abschiedsszene gestern Abend nie gegeben.

Aber ich wusste, dass das furchtbar unreif und absolut unfair wäre. Mart würde glauben, dass ich tatsächlich eine schizophrene Irre sei. Ich schuldete ihm eine Erklärung und irgendeine Andeutung, wie ich mir die Zukunft vorstellte.

Als sich meine Augen an das Innere gewöhnt hatten, schaute ich mich um, in der Hoffnung, ihn zu sehen, und überlegte nervös, was ich sagen sollte. Was gäbe es denn zu sagen? *Die Person ist richtig, aber der Zeitpunkt ist falsch. Vielleicht könnten wir es ein wenig langsamer angehen lassen, vorerst nur Freunde sein und sehen, was passiert …* Etwas in der Art?

Ich stellte schnell fest, dass der Laden bis auf Pop Dorsey, der Strohhalme in einen Behälter hinter der Theke füllte, leer war. Ich kaufte mir etwas zu trinken, damit es nicht so aussah, als wäre ich völlig grundlos hier.

„Ist alles in Ordnung?", fragte er. Vielleicht sah er meine Enttäuschung, als ich das Getränk bezahlte und mich zum Gehen wandte. Normalerweise hätte ich mich darauf gefreut, einem Kind zu helfen, Schulsachen und Kleidung zu kaufen. Das hatte ich schon lange, bevor ich mein Studium abgeschlossen hatte, gemacht. Die ehrenamtliche Mitarbeit beim kostenlosen Basar gehörte zu den Aktivitäten, die ich in Houston wirklich genossen hatte. Es gab nichts Schöneres als Kinderaugen, die strahlten, wenn sie einen Schulranzen, Buntstifte, Wachsmalkreiden und kostenlose Malbücher sahen. Heute hatte sogar das seinen Reiz verloren.

„Es ist alles in Ordnung", log ich Pop an. Er runzelte die Stirn, als könnte er sehen, dass das eine Lüge war. „Heute ist es aber ziemlich ruhig hier, nicht wahr?" Eigentlich war es mir egal, warum keine Kunden im Laden waren. Ich erhoffte mir Informationen über Mart. Ich streckte mich und schaute aus dem hinteren Fenster. Einige Angler arbeiteten unten am Pier mit einem Schweißgerät – zweifellos handelte es sich dabei um den berüchtigten Rollstuhllift. Der Lift sah fast fertig aus. Aber Mart war nirgends zu sehen.

Pop Dorsey nickte. „Ja. Sheila musste einkaufen fahren, und die Männer arbeiten unten am Pier. Wir wollen bald einen Testlauf machen, wenn Sheila lang genug wegbleibt."

Und wo ist Mart? Ich wartete, aber Pop gab keine weiteren Informationen preis. „Das ist gut."

Pop zuckte die Achseln und warf einen düsteren Blick auf den See. Wahrscheinlich wäre er gern unten bei den Männern gewesen. „Sie und Ihr Junge wollen bestimmt auch das schöne Wetter genießen, nicht wahr?"

„Heute nicht. Leider." Ich klang genauso wenig begeistert wie Pop. „Dustin ist mit seinem Vater weggefahren, um an der Beerdigung seines Großvaters in North Dakota teilzunehmen, und ich fahre jetzt zur Kreuzung, um Birdie abzuholen und mit ihr auf dem Schulbasar Kleidung und Schulsachen zu besorgen."

Pop nickte zustimmend. „Das mit der Beerdigung tut mir leid, aber das mit Birdie ist wirklich eine gute Sache. Wenn wir am Wochenende mit dem Projekt unten am Pier fertig werden, wollen wir schauen, wie wir Len bei seinem Haus helfen können. Ich habe einen Maschendraht und ein wenig Holz und noch einige andere brauchbare Sachen hinter meinem Schuppen liegen. Es muss auch noch Farbe da sein. Das würde sonst alles sowieso nur vergammeln. Ich kann ja nicht mehr viel machen, aber beim Ausmisten helfen, eine Mülltüte füllen und einen Pinsel bewegen kann ich immer noch. Wenn ich Pastor Hay richtig verstehe, ist das bei Len dringend nötig. Ich habe versucht, mit Len darüber zu sprechen, als er mir gestern seine Tomaten verkauft hat. Er hat nicht viel dazu gesagt, aber er sagt ja nie viel."

„Ich halte das für eine großartige Idee", nickte ich. „Len braucht jede Hilfe, die er kriegen kann." Ich dankte Gott im Stillen für Pastor Hay. Nicht jeder konnte Leute dazu überreden, Mitgefühl mit jemandem wie Len zu haben.

„Diese Birdie ist wirklich ein süßes Mädchen." Pop lächelte. „Man muss sie einfach gernhaben. Len hat sie gestern mitgebracht. Sie mag Bonbons und Zuckerstangen. Wir beide sind schon Freunde geworden."

Im hintersten Winkel meines Gedächtnisses erinnerte ich mich daran, dass ich früher ins Waterbird gekommen und mit geschenkten Bonbons wieder gegangen war. Pop Dorsey war damals jünger gewesen, aber genauso freundlich wie jetzt. Als meine Mutter das herausgefunden hatte, hatte sie uns vor Fremden, die Kindern etwas schenkten, gewarnt.

„Es freut mich, dass er sie nun mehr mit unter die Leute nimmt." Ich hatte versucht, Len zu erklären, dass Birdie mit anderen Menschen zusammenkommen musste, dass er sie nicht mehr im Wald verstecken durfte. „Ich versuche, ihn auf die Dinge, die in seinem Haus geändert werden müssen, anzusprechen, wenn ich ihn heute sehe. Es könnte sein, dass er ein wenig Zeit braucht, um sich damit anzufreunden."

„Viele von uns sind nicht mehr so schnell, wie sie früher waren", stellte Pop fest. „Aber das heißt nicht, dass man uns nicht brauchen würde. Sheila und ich haben uns neulich unterhalten und wir wären gern bereit, uns um Birdie zu kümmern. Falls Lens Haus nicht schnell genug in den Zustand gebracht werden kann, dass er sie bei sich aufnehmen darf, könnte sie vorübergehend bei uns einziehen. Meine verstorbene Frau und ich haben hinten in diesem alten Laden vier eigene Kinder und sieben Pflegekinder großgezogen. Das wussten Sie bestimmt nicht."

„Nein, das wusste ich nicht." Mir ging es schon wieder deutlich besser. Die Unterstützung durch eine liebevolle Gemeinschaft wäre für Birdie eine wichtige Hilfe. „Danke für Ihr Angebot. Ich glaube, wenn wir alle miteinander helfen, könnte es funktionieren. Es dauert nur seine Zeit."

„Was lohnenswert ist, dauert meistens seine Zeit", bemerkte Pop und schob die Kasse zu. „Ich glaube, Len wird irgendwann erkennen, dass die Leute ihm nur helfen wollen. Sydney und Ansley waren hier, als er gestern vorbeikam. Sie waren von Birdie so begeistert, als wäre sie eine neue Puppe, die sie gerade bekommen hätten. Mrs Blue hat Len gesagt, dass er Birdie jederzeit vorbeibringen kann, wenn die Mädchen im See schwimmen oder im Garten spielen. Ich könnte mir vorstellen, dass er das sogar macht. Da wir gerade von Len sprechen: Könnten Sie mir, wenn Sie sowieso an der Kreuzung sind, einen Eimer Tomaten mitbringen? Sagen Sie Len, sie sind für das Waterbird, und ich schreibe das Geld auf sein Konto."

„Natürlich."

Ein Kunde kam zur Tür herein, und ich trat von der Theke zurück. Pop winkte mir lächelnd nach. „Die Strecke zur Kreuzung ist sehr schön. Man hat einen herrlichen Blick auf den See. Das Wasser sieht heute aus, als hätte jemand Diamanten darübergestreut. Nehmen Sie sich Zeit und schauen Sie sich um." Er deutete zu dem Motto über der Tür.

Hör auf, nach vorne zu schauen. Hör auf, nach hinten zu schauen. Bleib stehen. Sieh dich um.

Das sollte heute mein Leitspruch sein. Ich wollte aufhören, mir Sorgen zu machen und mich in alles hineinzusteigern, und einfach genießen, was der Nachmittag brachte. „Das mache ich, danke." Ich trat ins Sonnenlicht hinaus und fühlte, wie sich die Fragen in meinem Kopf ein wenig verflüchtigten. Pop hatte recht. Es war ein schöner Nachmittag. Ein Tag, den man sich nicht durch trübe Gedanken verderben lassen sollte.

Auf dem Weg zur Kreuzung bemühte ich mich, mir nicht zu viele Gedanken zu machen. Ich ließ meine Aggressionen gegenüber Karl an ein paar Schlaglöchern aus und musste lachen, als ich daran dachte, dass Karl wahrscheinlich einen Herzinfarkt bekäme, wenn er mich jetzt so sehen könnte. Er wusste nicht, dass ich in einem Monstergeländewagen tiefe Schlaglöcher und Unmengen an Matsch bewältigen konnte.

Nach der Fahrt um die Ostseite des Sees war der Geländewagen total schlammbespritzt. Ich war sogar ein wenig stolz darauf. Len würde auf seine gewohnte, scheue Art wahrscheinlich sagen: *Ooo! S-Sie ha-haben Dr-Dreck am Auto.* Als ich nach meinem letzten Besuch bei Birdie von ihm weggefahren war, hatte Len den Zustand des Wagens bewundert. Als wäre die Schlammschicht auf dem Auto ein Ehrenabzeichen, ein Beweis dafür, dass ich tatsächlich hierher gehörte.

Als ich um die Ecke bog und die Kreuzung vor mir auftauchte, sah ich keine Spur von Len. Unter einem Baum auf der Straßenseite verkaufte ein älteres Paar Wassermelonen. Ich fuhr hinüber und fragte sie, ob sie einen Mann und ein kleines Mädchen gesehen hätten, die mit einem grauen Pick-up Gemüse verkaufen. Sie erklärten mir, dass sie schon den ganzen Tag hier seien und keinen anderen Verkäufer gesehen hatten.

„Das ist sonderbar“, murmelte ich und schaute auf meine Uhr. Es war schon nach zwei. Wo konnten sie sein?

Ich fuhr in den Schatten eines Baumes, rollte die Fenster hinab und schaltete den Motor aus. Ich wollte eine Weile warten. Len würde sich doch bestimmt nicht einen schönen Samstag mit tomatenhungrigen Touristen entgehen lassen. Vielleicht hatte er Probleme mit seinem Auto. Eine Reifenpanne oder so etwas. Er wusste, dass ich mich hier mit ihm treffen wollte. Bis jetzt war Len immer zuverlässig gewesen. Mart, der Sozialarbeiter und ich hatten ihn anscheinend überzeugt, dass er Schwierigkeiten bekommen konnte, wenn er vereinbarte Termine nicht einhielt.

Ich schaute auf mein Handy und hoffte tief in meinem Herzen, ich hätte eine Nachricht von Mart. Dann sagte ich mir, dass ich lieber Dustin anrufen und mich erkundigen sollte, wie es ihm ging. Ich fürchtete mich fast davor, ihn anzurufen. Was würde ich tun, wenn Dustin unglücklich klang? Inzwischen war er mehrere hundert Kilometer weit weg.

Das Display zeigte an, dass ich hier nur einen schwachen Empfang hatte. Ich wählte Dustins Nummer und hatte lang genug eine halbwegs gute Verbindung, dass ich seine Stimme hören und fragen konnte, ob es ihm gut ging.

„Ja. Ich kann dich kaum verstehen. Wo bist du, Mama?"

„Ich stehe an der Kreuzung und warte auf Len. Ich will mit Birdie Schulsachen kaufen, erinnerst du dich?"

Es war schwer zu sagen, ob Dustin mich hörte oder nicht. Ein Knistern war die ganze Antwort, dann: „… kay. Ich lege lieber auf. Mach dir keine Sorgen um mich, ja?"

Mach dir keine Sorgen um mich. Das war leichter gesagt als getan. „Ich habe dich lieb, Schatz." Ich klappte mein Handy zu, lehnte den Kopf an den Sitz zurück und beobachtete, wie eine Familie mit einem Wohnwagen auf der anderen Straßenseite Wassermelonen von dem älteren Ehepaar kaufte.

Der fehlende Schlaf der letzten Nacht machte sich bemerkbar. Ich ließ die Augen zufallen und dachte: *Vielleicht schlafe ich ein paar Minuten. Nur zehn Minuten.* Falls Len und Birdie bis drei Uhr nicht auftauchten, würde ich allein zum Schulbasar fahren und fragen, ob ich für sie ein paar Schulsachen und Kleidungsstücke aussuchen dürfte. Da Sheila, die über Birdies Situation Bescheid wusste, dort arbeitete, hätte ich vielleicht sogar Glück. Natürlich wäre es viel schöner zuzusehen, wie Birdie sich selbst die Sachen aussuchte. Doch es wäre immer noch besser, als die Gelegenheit völlig ungenutzt verstreichen zu lassen. Wenn ein Kind nichts hat und alles braucht, kann man sich das nicht leisten.

Der Wind strich durch meine Haare, als ich eindöste. Es war gar nicht so schlecht, an einem heißen Tag wie heute hier im Schatten zu sitzen. Es war sogar richtig bequem. Und angenehm entspannend nach einer wirklich harten Nacht und einem sonderbaren Tag. Vielleicht war alles nur ein Traum gewesen. Ich würde jeden Augenblick aufwachen, und Dustin läge in seinem Bett. Mart riefe an, während ich auf dem Weg zur Arbeit war …

„S-Sie ne-nehmen Birdie mit?“

Ich fuhr hoch und riss die Augen auf. In meinem Kopf drehte sich alles. Ich war … Wo war ich?

Im Auto?

„S-Sie ne-nehmen Birdie mit?“

Ich drehte mich zum offenen Fenster herum, aber mein Nacken protestierte schmerzend gegen diese abrupte Bewegung. Len stand am Fenster. Er hatte die Hand auf Birdies Schulter liegen.

Mit benommenen Augen sah ich auf die Uhr. Es war fast vier! Falls Birdie und ich nicht sofort losfuhren, würden wir den Schulbasar noch ganz verpassen. „Äh, ähm, ich … ja … ich glaube, ich bin eingeschlafen, während ich gewartet habe. Ich dachte, Sie wären früher hier und würden Ihre Tomaten verkaufen.“

„Es hat eine K-Kolik. Das Mau-Maultier“, antwortete Len. „Ich ha-habe es bewegt. Ich mu-muss auch wie-wieder zurück.“

Für einen Mann weniger Worte war Len überraschend gut darin, mir zu erzählen, was an diesem Tag passiert war. Ich begriff, dass Len seine Arbeit mit dem kranken Maultier zurückgelassen und den ganzen Weg hierhergefahren war, weil er den Termin mit mir nicht verpassen und Birdie nicht um den Einkaufsbummel bringen wollte. Nicht alle Eltern, mit denen ich zu tun hatte, nahmen für ihre Kinder so viel auf sich. „Ich mache Ihnen einen Vorschlag: Fahren Sie zurück und kümmern Sie sich um das Tier. Ich fahre mit Birdie Schulsachen und Kleidung kaufen. Danach kaufen wir uns irgendwo etwas zu essen und ich bringe sie am Abend zurück. Ist Ihnen das recht?“

Len wirkte einen Moment lang verwirrt, aber dann zuckte er die Achseln und sagte: „Ja, i-ich glaube schon.“

Len führte Birdie zum Beifahrersitz des Geländewagens und ließ sie einsteigen. Ich schnallte sie auf ihrem Sitz an und stellte fest, dass wir neben den anderen Sachen, die wir brauchten, auch einen Kindersitz für das Auto besorgen mussten.

Sie saß wie eine kleine Statue da, als ich den Zündschlüssel herumdrehte. Sie schaute Lens Auto nach, das auf der Straße verschwand. Ihr Gesicht blieb nach vorne gerichtet, als hätte sie Angst, sich zu bewegen.

„Wir werden heute viel Spaß haben, Birdie“, sagte ich. „Wir kaufen Wachsmalkreide und Papier und andere gute Sachen für die Schule, dazu ein paar Kleidungsstücke und vielleicht sogar ein Spielzeug, wenn wir etwas finden." Beim Wort *Spielzeug* schaute sie mich mit großen Augen an, und ich wusste, dass ich das Richtige getroffen hatte. Vielleicht würden wir kurz an einem Spielwarengeschäft halten.

Während wir den See umrundeten, kamen Birdie und ich gut miteinander aus. Wir unterhielten uns sogar hin und wieder. Hauptsächlich beobachteten wir Vögel und Blumen am Straßenrand und Autos und Autoschilder, die rot waren wie Birdies Stiefel. Danach sangen wir „Jingle Bells", weil Birdie einen Wohnwagen entdeckt hatte, der noch mit Weihnachtsschmuck dekoriert war, der in der Sonne vor sich hin welkte.

Als wir beim Schulbasar in der Turnhalle der Moses Lake High School ankamen, stand Sheila an der Kasse. Zu meiner Überraschung war auch Bonnie aus unserer Praxis da. Ihre Arbeitsgruppe aus der Gemeinde hatte geholfen, Kartons voll mit Kleidung und Schulsachen für den Schulbasar zu sammeln. Birdie schien sich zu freuen, Sheila zu sehen. Die beiden sahen gemeinsam die Sachen durch, während ich bei Bonnie blieb und mich mit ihr unterhielt, da inzwischen nicht mehr viel Betrieb war.

„Sie ist so süß. Ich hätte auch gern ein solches Kind", bemerkte Bonnie wehmütig, während sie beobachtete, wie Birdie ihren neuen Schulranzen mit gespendeten Sachen füllte und sich dann die gut erhaltene Kleidung, die noch da war, ansah. Sheila hatte extra ein paar Sachen in Birdies Größe beiseitegelegt, deshalb fanden sie einiges, das die Kleine brauchen konnte.

„Eines Tages hast du bestimmt Kinder", sagte ich, aber ich verstand Bonnies Sehnsucht. Ich vermisste die Jahre, in denen Dustin ein kleiner Junge gewesen war.

„Ich bin es so müde zu warten." Bonnie zog das Namensschild von ihrer Bluse, knickte es zusammen, warf es in den Abfalleimer und wirkte ungewöhnlich niedergeschlagen. „Bis es soweit ist, ist es auch schön, anderen süßen Kindern Schulsachen zu geben."

„Und dich um Taz zu kümmern", fügte ich hinzu. „Er ist wie ein großes Kind."

Bonnie schmunzelte und beugte sich über die Theke, um einen Blick aus der Turnhallentür zu werfen. „Er mag dich. In der Praxis ist es viel entspannter, seit du die Hausbesuche übernommen hast."

„Es ist eine großartige Lernerfahrung", sagte ich. „Eine Art Feuertaufe, aber großartig."

Bonnie runzelte bei den Worten *Lernerfahrung* und *Feuertaufe* die Stirn. „Bitte sag mir, dass du noch nicht genug von uns hast und dir bald etwas Neues suchst. Taz hatte vor dir schon zwei andere Leute einzustellen versucht, aber sobald sie sich die Arbeit genauer ansahen, suchten sie schnell das Weite." Sie rückte einige Notizzettel auf dem Schreibtisch zurecht und sah mich schuldbewusst an. „Das hätte ich dir übrigens nicht verraten sollen."

Ich blinzelte und war überrascht, dass vor mir bereits zwei Leute die Stelle abgelehnt hatten und dass Bonnie das so lange für sich behalten konnte. „Ich gehe nirgendwohin." Ich wollte gerade hinzufügen, dass ich das Gefühl hatte, dass diese Stelle genau das Richtige für mich war, aber eine Kundin kam an die Theke, und Bonnie musste ihre Tüten mit verschiedenen Werbegeschenken wie Stiften, Ansteckern und einem fischförmigen Papierfächer von der Handelskammer von Moses Lake befüllen.

Ich ging auf die andere Seite des Raums, um Birdie und Sheila zu helfen, die sich die Kleidung ansahen. Nach einigem Suchen und Anprobieren hatte sich Birdie schließlich für zwei Paar Schuhe, drei Kleider, drei Shorts und eine Jeans (rot, wie sie stolz betonte) sowie mehrere T-Shirts mit Motiven von Mickey Maus bis Baseball entschieden. Sheila steckte die Sachen in Einkaufstüten, während Birdie in einer provisorischen Umkleidekabine gerade noch ein Kleid anprobierte. Als sie herauskam, nahm sie einen Einkaufsbeutel von Sheila entgegen und drückte ihn überglücklich an sich, während Bonnie an der Theke beim Ausgang eine Tüte mit Süßigkeiten füllte. Birdie lächelte, als Bonnie ihr neues Kleid und ihre neuen Schuhe bewunderte. Sie strahlte wie ein glückliches, kleines Mädchen. Bonnie bot sogar an, einen kostenlosen Kindersitz über ihre Autoversicherung zu besorgen, und versprach, ihn Anfang nächster Woche mit in die Praxis zu bringen.

Nachdem wir die Turnhalle verlassen hatten, schlenderten Birdie und ich durch die Hauptstraße von Moses Lake und sahen uns die Sandsteinhäuser aus der Jahrhundertwende an. Sie waren die letzten

Zeugen des Dorfes, das es hier früher gegeben hatte, bevor das Tal geflutet worden war. Ich hielt vor dem Spielwarenladen an, damit Birdie sich ein Spielzeug aussuchen konnte. Es dauerte länger, als ich geplant hatte. Sie wanderte in den Gängen auf und ab und betrachtete sorgfältig die Spielsachen und die Verpackungen, als hätte sie noch nie zuvor so schöne Sachen gesehen. Wir unterhielten uns ein wenig über Sandförmchen, Barbiepuppen und Plastikgeschirr, aber am Ende entschied sie sich für einen Stoffhasen aus einer Kiste mit Spielsachen, die noch von Ostern übrig geblieben waren. „Du hast dir einen Hasen ausgesucht?“, fragte das Mädchen an der Kasse. Birdie zog den Kopf ein und nickte scheu.

„Sag ihr doch, welche Farbe der Hase hat, Birdie“, forderte ich sie auf und war gespannt, ob Birdie ein wenig aus ihrem Schneckenhaus herauskäme.

„Hmm“, sagte die Kassiererin. „Lass mich raten. Ich glaube, er ist gelb.“

Birdie kicherte und schielte ein wenig zu ihr, ohne jedoch den Hasen aus den Augen zu lassen. „Blau.“ Das Wort war kaum mehr als ein Hauch, aber wenigstens hatte sie überhaupt geantwortet. Sie lächelte und war mit sich zufrieden. Nachdem wir den Spielwarenladen verlassen hatten, schlenderten wir die Hauptstraße entlang, an der altmodischen Eisenwarenhandlung und an einigen Quilt- und Antiquitätenläden vorbei, die für die Sommertouristen gedacht waren. Schließlich kamen wir gegenüber der Kirche an der einzigen Tankstelle von Moses Lake an, die gleichzeitig ein chinesisches Restaurant und eine Pizzeria war. Während wir dort aßen, beobachtete Birdie neugierig die Kinder der Thaifamilie, die den Laden betrieb. Sie spielten in einer Ecke, die mit Spielsachen und einem Fernseher bestückt war. Ich machte Birdie Mut, zu ihnen zu gehen. Anfangs schüttelte sie nur den Kopf und aß ihre Pizza, aber als wir schon fast gehen wollten, schaute sie sich die Spielsachen der Kinder an und zeigte ihnen ihren blauen Hasen.

Nachdem wir in der Pizzeria neue Freunde gefunden hatten, machten wir uns auf den Rückweg zu Lens Haus. Aus dem Radio dröhnten Lieder aus den Siebzigern, und Birdie wackelte auf dem Beifahrersitz im Rhythmus zur Musik. Trotz des chaotischen Beginns dieses Tages und des Desasters mit Mart am gestrigen Abend hatte ich ein gutes Gefühl, während wir über die Schlaglöcher holperten und den Weg in die Berge hinauffuhren. Birdie schlief ein, bevor wir zur Wasserfurt am Bach kamen. Ihr Kopf lehnte am Sitz und glitt hin und her, während ich durch die zahllosen Schlaglöcher fuhr. Schließlich tat sie mir leid und ich hielt mit einer Hand sanft ihren Kopf fest, während wir uns die letzten paar Kilometer zu Lens Haus hinaufquälten.

Die Berge lagen dämmrig grau in der Ferne, als wir den Höhenzug überquerten und durch Lens Garten holperten. Trotz der Schönheit dieses Abends nagte ein unbehagliches Gefühl an meinem momentanen Glück. Ich hatte nicht beabsichtigt, Birdie so spät zurückzubringen. Ich müsste sie schnell abliefern und nach Hause fahren, um noch vor Einbruch der Dunkelheit aus Chinquapin Peaks wegzukommen. Ich wollte auf keinen Fall bei Nacht hier oben auf diesen unwegsamen Straßen unterwegs sein. Auch nicht mit einem großen, eindrucksvollen Geländewagen.

Ich weckte Birdie und half ihr, ihre Taschen einzusammeln, während wir langsam zum Haus rollten. Offenbar war Len heute mit dem Auto durch den Garten gefahren, denn der Platz vor dem Haus war von tief aufgewühlter Erde und Reifenspuren durchzogen. Statt in diesem Matsch zu parken, fuhr ich auf das Grasstück hinter dem alten Schulbus und führte Birdie hinter dem Bus zum Haus herum. Schließlich hatte sie neue Schuhe an, die nicht gleich schon dreckig werden sollten.

Len antwortete nicht, als wir an die Haustür klopften, und der Hof lag seltsam still da. Im Stall war das Licht an. Ich schickte Birdie mit ihren Sachen ins Haus und trat an den Rand der Veranda. Stirnrunzelnd betrachtete ich den Matsch und überlegte, wie ich den Hof überqueren sollte, ohne meine guten Turnschuhe zu ruinieren. Als ich gerade die Veranda verlassen wollte, fiel mein Blick im schwachen Dämmerlicht auf den Platz hinter der Scheune. Dort standen drei Fahrzeuge: Lens grauer Pick-up, ein alter, brauner Pick-up und ein weißer SUV, der stellenweise mit rostfarbener Grundierfarbe gestrichen war. Wer war hier außer Len noch auf dem Hof?

Kapitel 22

Wie die Fische gefangen werden mit dem verderblichen Netz
und wie die Vögel mit dem Garn gefangen werden,
so werden auch die Menschen verstrickt zur bösen Zeit,
wenn sie plötzlich über sie fällt.
Prediger 9,12
(von Bob zitiert, der keine Arbeit hat. Aber er hat Angelhaken und seinen Glauben. Das Leben ist gut.)

Mart McClendon

An manchen Tagen merkt man ziemlich bald, dass man lieber im Bett hätte bleiben sollen. Noch bevor ich am Samstagmorgen die Augen aufgeschlagen hatte, nahm irgendwo am anderen Ende des Bezirks der Tag eine ganz eigene Gestalt an. Nicht lange nach Sonnenaufgang hielt ein Hilfssheriff, der am anderen Ende des Sees Patrouille fuhr, auf der Bezirksstraße 1556 einen Ford Bronco, einen neuen Chevrolet Malibu, und einen braunen Pick-up an. Die drei Fahrzeuge waren gemeinsam unterwegs. Sie hielten sich alle nicht an die Geschwindigkeitsbegrenzung, und bei dem Pick-up war der TÜV abgelaufen. Als der Hilfssheriff versuchte, die Nummernschilder zu überprüfen, gab es in der Verwaltung ein Computerproblem, und man konnte ihm die nötigen Informationen nicht gleich übermitteln. Der Hilfssheriff war jung und konnte es nicht erwarten, am Ende seiner Schicht nach Hause zu fahren. Er beschloss also, den Fahrern eine Verwarnung auszustellen und es dabei bewenden zu lassen. Die Gruppe sah harmlos aus – Leute aus einer sozial schwachen Schicht, die wahrscheinlich zu einem Campingausflug am See unterwegs waren. Ihre Autos waren jedenfalls mit Kartons, Klamotten in Müllbeuteln und Schlafsäcken vollgestopft.

Als der Hilfssheriff zu den Autos zurückging, um die Verwarnungen auszustellen, beschloss er, die Fahrer ein wenig einzuschüchtern, damit sie in Zukunft nicht mehr so rasen würden. Er forderte alle drei Fahrer auf, aus den Autos zu steigen, damit er ihnen die gesetzlichen Vorschriften vorlesen könnte, bevor er sie mit der Verwarnung fahren ließe. Ungefähr zu diesem Zeitpunkt fiel ihm auf, dass die Frau auf dem Beifahrersitz des Malibus mit etwas kämpfte – so als versuchte sie, etwas auf dem Boden festzuhalten. Aus dem Fußraum erklang ein Ton, der sich nach irgendetwas zwischen einem Katzenmiauen und einem Babyweinen anhörte. Die Frau warf eine brennende Zigarette aus dem Fenster, damit sie das, was sie unter den Füßen hatte, mit beiden Händen festhalten konnte.

Der Hilfssheriff schrie ihr zu, dass sie die Zigarette austreten solle, bevor das trockene Gras Feuer finge. Es war Sommer, und trotz der Regenfälle der letzten Zeit bestand hohe Waldbrandgefahr. Sie schrie zurück, dass die Autotür auf ihrer Seite klemme, und falls der Hilfssheriff wolle, dass die Zigarette ausgetreten würde, müsse er das selbst erledigen. Inzwischen stieg vom trockenen Gras im Straßengraben schon eine kleine Rauchfahne auf. Der Beamte bemerkte außerdem, dass entgegen seiner Aufforderung keiner der Fahrer aus seinem Fahrzeug ausgestiegen war und dass der Fahrer des vordersten Fahrzeugs mit seinem Beifahrer stritt.

Ungefähr zu diesem Zeitpunkt begriff er, dass es sich hier wohl doch um ein größeres Problem und eine potenziell gefährliche Situation handelte. Er wollte gerade seine Pistole ziehen, aber plötzlich schrie jemand in einem der Wagen wie am Spieß und ein Tier in der Größe eines kleinen Collies sprang aus dem Fenster und stürmte ins Gebüsch. Trotz des dämmrigen Morgenlichts konnte der Hilfssheriff es genau sehen und schwor später, dass es wie eine Katze lief und gestreift war wie ein Tiger.

Die Frau im Auto schrie: „Es hat mich gebissen. Ich blute!" Die Zigarette setzte das Gras wie Zunder in Brand, und das geheimnisvolle Tier kletterte auf einen Baum in Sicherheit. Der Beamte wusste nicht, ob er zuerst seine Waffe ziehen, das Feuer löschen oder das Tier, das oben auf dem Baum saß, in Augenschein nehmen sollte. Ein kurzes Zögern kann in solchen Fällen schon genügen, damit eine seltsame Situation sich in eine gefährliche Situation verwandelt. Bevor der Hilfssheriff wusste, wie ihm geschah, gab der vorderste Fahrer Gas, dass die Steine nur so unter den Reifen hervorspritzten, und raste los. Der zweite Fahrer folgte ihm. Der Chevrolet Malibu streifte beim Losfahren den Hilfssheriff. Er landete auf dem Rücken und holte sich eine große Beule am Hinterkopf. Das Feuer im Gras breitete sich schnell aus, und das geheimnisvolle Tier saß auf dem Baum und knurrte. Als endlich Unterstützung eintraf, versuchte der Hilfssheriff immer noch, das Feuer zu bekämpfen. Das Tier war inzwischen geflohen. Er schwor, dass es ein Tigerbaby gewesen sei.

Der Hilfssheriff musste sich von seinen Kollegen natürlich eine Menge Witze wegen der Beule an seinem Kopf und wegen des Tigers anhören und sich fragen lassen, ob er im Dienst getrunken habe.

Ich wurde in aller Frühe von einem Anruf geweckt, in dem ich über die Fahrzeuge informiert und von der Möglichkeit in Kenntnis gesetzt wurde, dass irgendwo im Umkreis der 1556 eine entkommene exotische Raubkatze frei herumlaufen könnte. Es fiel mir nicht sonderlich schwer, diese Geschichte zu glauben. Sowohl hier als auch in der Big-Bend-Gegend war der Handel mit geschmuggelten exotischen Tieren genauso rege wie der Drogenhandel. Ich nahm an, dass diese Fahrzeuge, falls wir sie fanden, nicht unbedingt mit einer Campingausrüstung vollgestopft waren.

Als das Computerproblem im Büro endlich behoben war, wurden die Autonummern überprüft. Man fand heraus, dass der Malibu auf eine Frau zugelassen war, die sich noch nicht strafbar gemacht hatte. Das Auto war allerdings vor Kurzem in zwei Fällen den Behörden gemeldet worden, weil der Fahrer es betankt, aber dann nicht gezahlt hatte. In beiden Fällen hatte ein Mann am Steuer gesessen. Zweifellos hatte die Frau, der das Auto gehörte, einen neuen Freund, der es mit dem Gesetz nicht so genau nahm. Der braune Pick-up hingegen war von einer mennonitischen Farm in Jakes Gebiet gestohlen worden, und der Bronco gehörte der Schwester eines registrierten Sexualstraftäters, der wegen Drogenhandels und einer Verletzung der Bewährungsauflagen polizeilich gesucht wurde. Er war ein gefährlicher Zeitgenosse und der Hilfssheriff konnte von Glück sagen, dass er beschlossen hatte zu fliehen, statt zu schießen.

Die Sache hätte für den jungen Hilfssheriff viel schlimmer ausgehen können, als nun mit einer Beule am Kopf eine interessante Geschichte erzählen zu können.

Ich war fast den ganzen Tag zusammen mit der Landespolizei, der Ortspolizei und der Drogenfahndung mit der Suche nach diesen Leuten beschäftigt. Während ich die Nebenstraßen und Feldwege im Umkreis der 1556 abfuhr, hielt ich sowohl nach den verdächtigen Fahrzeugen als auch nach dem geheimnisvollen Tier Ausschau. Wahrscheinlich war es irgendeine exotische Katze, die noch ziemlich jung war, wie ich aus den Spuren im Moos in der Nähe des Feuerherdes schloss. Da es an das Leben in der Wildnis nicht gewöhnt war, stand das arme Tier wahrscheinlich inzwischen eine Todesangst aus. Es würde im Wald nicht lange überleben. Falls es nicht von einem Kojoten, einem Berglöwen oder einem Wilderer erwischt wurde, verhungerte es wahrscheinlich ziemlich bald.

Am späten Nachmittag bekam ich einen Anruf, dass ein paar Leute, die auf dem Rastplatz in der Nähe der Eagle Eye Bridge gepicknickt hatten, eine kleine, exotische Katze gesehen hatten, die am Ufer Wasser trank. Sie war vor ihnen ins Toilettengebäude geflüchtet, und sie hatten sie dort eingesperrt. Ich fuhr zum Rastplatz, und kurz darauf hatte ich ein fünfzehn Kilo schweres Tigerjunges im Wagen. Ich würde ja gern damit prahlen können, dass die Gefangennahme des Tieres dramatisch verlaufen wäre, aber der kleine Kerl war ziemlich froh gewesen, als er mich sah. Nach einem Tag im Wald freute er sich auf jemanden, der ihn fütterte und ihn in einen netten, ruhigen Käfig steckte. Er war zahm. Die Wilddiebe hatten ihn wahrscheinlich als Haustier gehalten, weil er noch so klein war, dass sie ihn süß fanden. Die Picknickleute machten Fotos von dem Tier auf der Ladefläche meines Pick-ups.

Erst als ich den Rastplatz wieder verließ, dachte ich daran, dass das eigentlich *unser* Platz war – Andreas und mein Platz. Das war der Platz, an dem ich Andrea das erste Mal angeschaut und mehr in ihr gesehen hatte als nur eine hübsche, eigensinnige Frau. Als ich daran dachte, was gestern Nacht passiert war, fühlte ich mich wieder wie jener Möchtegern-Robin-Hood, der einst mit gebrochenem Herzen auf den Stufen hinter der Schulaula gesessen hatte. Nur kam jetzt niemand und verarztete meine Wunden mit einem

Eisbecher. Ich war froh, dass heute so viel los gewesen war. Dadurch hatte ich nicht viel Zeit zum Grübeln gehabt.

Nachdem ich nach Moses Lake zurückgefahren war und das Tigerjunge beim Tierarzt abgeliefert hatte, erhielt ich die Meldung, dass die Landespolizei und die Ortspolizei die Suche nach den drei Fahrzeugen eingestellt hatten. Damit war ich offiziell nicht mehr im Dienst. Mit einem Schlag war der Tag, der so ausgefüllt gewesen war, wieder erschreckend leer. Ich wusste nicht, wohin ich gehen sollte oder wem ich die Geschichte von der Tigerjagd erzählen könnte, es sei denn, ich wollte bei den alten Männern im Waterbird herumsitzen. Ein ziemlich armseliger Samstagabend für einen unverheirateten Mann unter vierzig.

Ich beschloss, vielleicht eine Weile auf dem See spazieren zu fahren, in die Larkspur Cove einzubiegen und zu schauen, ob Andrea draußen war. Vielleicht sollte ich die letzte Nacht einfach nicht erwähnen und so tun, als hätte es sie nie gegeben. Vielleicht drängte ich zu sehr. Das war der Grund gewesen, warum damals in Alpine aus Melanie und mir nichts geworden war. Damals war allerdings *sie* es gewesen, die Druck auf *mich* ausgeübt und gewollt hatte, dass alles nach ihrem Zeitplan ablaufen sollte. Für sie war Aarons Unfall der Beweis gewesen, dass wir keine Zeit mehr damit vergeuden durften, *einfach nur miteinander auszugehen.* Bis zu dem Unfall war sie damit zufrieden gewesen, dass jeder sein eigenes Leben führte und sie als Vertreterin viel auf Reisen war, während ich im Nationalpark arbeitete. Dann wollte sie plötzlich ein Haus und eine Familie. Für mich aber war der Umstand, dass ich meine Arbeit dem Wohl von Aaron und Mica vorgezogen hatte, der Beweis, dass ich für andere Menschen nicht gut war. Irgendwann konnte Melanie es nicht mehr aushalten – meine Trauer wegen des Unfalls oder dass ich ihn als Vorwand benutzte, um mich auf keine feste Beziehung einzulassen.

Wenn ich Andrea Zeit ließ, würden die Dinge sich wahrscheinlich in ihrem natürlichen Tempo entwickeln. Ich wusste doch selbst noch, wie es war, wenn man zu etwas gedrängt wurde, das man im Moment noch nicht geben konnte. Mir hatte es überhaupt nicht gefallen, als ich auf der anderen Seite gestanden hatte. Wenn wir uns nicht in der Öffentlichkeit miteinander zeigen durften, bis

Andrea dachte, dass Dustin sich an eine neue Vaterfigur in seinem Leben gewöhnen könnte – dann sollte ein anständiger Mann das doch respektieren. Er wartete wie ein Gentleman. Oder nicht?

Es war ein riskanter Plan, das wusste ich. Ich hatte gestern Abend einen ziemlich schweren Rückschlag einstecken müssen, und ich hatte mich noch lange nicht davon erholt. Wenn eine Frau mich nach nur wenigen Wochen unserer Bekanntschaft so umhauen konnte, weil sie mir einen Korb gab – wie viel schlimmer wäre es dann, wenn sie mir nach zwei oder zehn weiteren Wochen endgültig den Laufpass geben würde? Außerdem hatte ich das ungute Gefühl, ihren Jungen anzulügen. Was würde Dustin von mir halten, wenn er die Wahrheit über Andrea und mich herausfand?

Vielleicht war es richtig, ihren Wunsch zu respektieren und sie in Ruhe zu lassen. Manchmal ist einfach der Zeitpunkt falsch, auch wenn alles andere zu passen scheint. Meine Mutter hätte gesagt, dass ein Gentleman immer die Wünsche einer Frau respektiert.

Doch diese Referendarin, die mich als Teenager dazu gebracht hatte, eine grüne Strumpfhose und ein Robin-Hood-Kostüm anzuziehen, hätte gesagt, dass Robin Hood sich von keinen Regeln der Welt daran hindern ließe, zu lieben.

Lieben?

Dieser Gedanke kam aus dem Nichts, wie ein kleiner Wirbelsturm, der allen möglichen Staub und Schmutz mit sich führt. War es möglich, dass man anfing, solche Gefühle für jemanden zu entwickeln, den man gerade erst kennengelernt hatte? Ich war anscheinend wirklich durch den Wind, und wenn ich nicht aufpasste, zöge es mir bald den Boden unter den Füßen weg. Und wofür? Für eine Frau, die ich noch keinen Monat kannte? Eine Frau, die schweres Gepäck aus ihrer Vergangenheit mitbrachte, über das ich keine Kontrolle hatte? Ergab das wirklich einen Sinn? Sie hatte ihren Standpunkt gestern Nacht deutlich klargestellt. Das Klügste wäre es, mich einfach von ihr fernzuhalten und sie in Ruhe zu lassen …

Ich versuchte, mir einzureden, dass ich mich von ihr fernhalten sollte, während ich vom Tierarzt nach Hause fuhr, aber kaum kam ich bei meinem Blockhaus an, war ich auch schon mit dem Boot auf dem See. Ich sagte mir, dass ich unbedingt beim Waterbird vorbeifahren müsste, um mir Pops Lift anzusehen. Ich war neugierig, da ich heute beim Bau nicht hatte helfen können. Und wenn ich schon unterwegs war, könnte ich genauso gut eine Runde um den See drehen und mich vergewissern, dass niemand die erlaubte Angelmenge überschritt. Ich hatte gehört, dass die Barsche draußen hinter dem Scissortail gut anbissen … oben in der Gegend der Larkspur Cove …

Ich wusste natürlich, wohin ich fuhr. Noch bevor die Dämmerung aufzog, hatte ich den Scissortail dreimal umrundet und war zweimal die Larkspur Cove hinaufgefahren und hatte mir die Plaketten auf den Fischerbooten angesehen, die am Ufer entlangtrieben. Als es dunkel wurde, war mir endgültig klar, dass bei Andrea niemand zu Hause war. Im ganzen Haus brannte kein einziges Licht. Vielleicht waren sie und Dustin weggefahren.

Mir kam der Gedanke, dass ich Dustin anrufen und ihm sagen sollte, dass ich heute unplanmäßig hatte arbeiten müssen und dass wir deshalb morgen nach dem Sommerfest der Lakeshore Community Church an Pops Lift beim Waterbird weiterarbeiten könnten. Dann wüsste ich wenigstens auch, ob Dustin seine Mutter überredet hatte, am Sonntag zum Gottesdienst zu kommen …

Ich wählte seine Nummer. Dustins Stimme war schlecht zu verstehen, als er sich meldete. Schließlich erfuhr ich, dass sein Opa gestorben war und er mit seinem Vater nach North Dakota zur Beerdigung unterwegs war. Seine Mutter war nicht dabei. Er sagte, dass es ihm leidtue, dass er beim Lift nicht mithelfen könne, dann beendeten wir das Gespräch.

Ich schipperte eine Weile über den See, dann lenkte ich das Boot noch einmal zu Andreas Haus zurück. Es war immer noch alles dunkel. Sie war wahrscheinlich essen oder einkaufen gegangen, denn das machten Frauen doch normalerweise, wenn sie alleine sind.

Der Gedanke an Essen erinnerte mich daran, dass ich Hunger hatte. Deshalb fuhr ich zum Waterbird, um mir ein Sandwich zu kaufen, bevor der Laden schloss. Sheila stand hinter der Theke, als ich eintrat, und Pop saß mit ein paar Anglern am Tisch und spielte Domino. Sie unterhielten sich flüsternd über den Lift, damit Sheila sich nicht in das Gespräch einschaltete. Ich beschloss, eine Weile hierzubleiben. Ich musste nirgendwo sein und überlegte, dass ich auf dem Heimweg noch einmal durch die Larkspur Cove fahren würde.

„Ich habe gehört, dass ihr heute ein ziemlich aufregendes Abenteuer drüben in Chinquapin Peaks hattet“, bemerkte Sheila und deutete mit dem Kopf zum Polizeisender. Wenn es im Waterbird langweilig wurde, diente er als Hintergrundunterhaltung.

„Habt ihr die Drogenhändler gefasst, Mart?“, fragte Burt. Er und Pop spielten Domino mit zwei anderen alten Männern und Pastor Hay. Nester war heute nicht da. Seine Frau hatte ihn anscheinend gezwungen, zu Hause zu bleiben.

„Noch nicht“, gab ich zu, nahm mein Sandwich und ging zu ihrem Tisch hinüber. Ich klappte das Sandwich auseinander und schaute vorsichtshalber nach, ob Sojabohnen und Alfalfasprossen darin versteckt waren. Der Inhalt sah jedoch ungefährlich aus. Nur Fleisch und normales Gemüse. Ein paar gute, selbst gezüchtete Tomaten von Len. „Falls einer von euch die Autos, auf die diese Beschreibungen zutreffen, auf einer Straße im Nationalpark oder irgendwo unten am Ufer sieht, dann legt euch auf keinen Fall mit diesen Leuten an, sondern ruft sofort die Polizei.“

„Wird gemacht“, versprach Burt. „Wir haben schon allen Bescheid gegeben.“

„Das glaube ich euch gern“, sagte ich und biss in das Sandwich. Diese Tomate schmeckte gut. Len verstand es, gutes Gemüse anzubauen.

„Ich habe gehört, dass Dustins Opa gestorben ist“, bemerkte Hay. Die anderen warfen neugierige Blicke auf mich, um zu sehen, ob ich das schon wüsste.

„Ja, das habe ich auch gehört“, sagte ich und versuchte, cool zu bleiben. Ich hatte nun wirklich keine Lust darauf, dass sich alle in meine Angelegenheiten einmischten.

Burt betrachtete die Dominosteine, als überlegte er seinen nächsten Spielzug. „Sieht so aus, als wärst du heute Nacht unten in Larkspur Cove, da sonst jemand den ganzen Abend ganz allein wäre. Vielleicht braucht sie bei irgendetwas deine Hilfe.“

Sie konnten es einfach nicht lassen. Ich aß mein Sandwich, ohne auf seine Stichelei einzugehen. Vielleicht war es doch keine so gute Idee gewesen, ins Waterbird zu kommen.

„Ja, ich dachte eigentlich, ihr beide wärt heute Abend zu einem romantischen Date unterwegs", warf Pop ein. „Als Dustins Mutter heute hier war, habe ich sie gebeten, mir einen Eimer Tomaten von Len mitzubringen, da sie sowieso zur Kreuzung fuhr. Sie sagte, dass sie das machen würde, aber dann tauchte sie nicht mehr auf. Ich dachte, sie wäre mit *dir* zusammen."

„Sie hat dir gesagt, dass sie wiederkommen würde, und sie ist nicht gekommen?", fragte ich. „Bist du sicher?"

Pop runzelte die Stirn und wog bedächtig einen Dominostein in seiner Hand. „Ich war den ganzen Tag hier."

Ein Warnsignal leuchtete in meinem Hinterkopf auf. Wie ein Funkruf, der versucht, durchzukommen. Die Kreuzung lag auf dem Weg nach Chinquapin Peaks. Diese Seite des Sees war heute keine sichere Gegend, da die gesuchten Fahrzeuge immer noch nicht gefunden waren …

Allerdings stand die Wahrscheinlichkeit, dass Andrea mit den Leuten zusammengetroffen war, die wir suchten, eins zu einer Million …

Es hatte keinen Sinn, voreilige Schlüsse zu ziehen …

Aber es *war* möglich …

Ich zog mein Handy heraus und wählte Andreas Nummer. Zuerst versuchte ich es bei ihr zu Hause, dann an ihrem Handy. Sie ging nirgends dran. Ich fragte mich, ob etwas passiert sein könnte, oder ob sie vielleicht nur nicht mit mir sprechen wollte. Ich rief noch einmal beide Nummern an, hinterließ überall eine Nachricht und bat sie, mich oder das Waterbird anzurufen, nur damit wir wüssten, dass bei ihr alles in Ordnung war.

Ich aß ein paar Bissen von meinem Sandwich und sagte mir, dass ich voreilige Schlüsse zog. Sie konnte überallhin gefahren sein, nachdem sie mit Birdie Schulsachen gekauft hatte. Sie konnte bei ihren Eltern sein oder bei ihrer Schwester oder im Kino und das Telefon stummgeschaltet haben …

„Ich hätte erwartet, dass sie ihr Handy bei sich hat, wenn ihr Sohn nicht zu Hause ist", bemerkte Burt, als hätte er meine Gedanken gelesen. „Ihr wisst ja, dass Mütter sich immer sofort Sorgen machen, wenn ihre Kinder nicht daheim sind."

Ich dachte an meine Mutter. Wenn eines von uns Kindern nicht zu Hause gewesen war, war sie immer in der Nähe des Telefons geblieben, besonders nach Einbruch der Dunkelheit. Jetzt war es schon nach neun Uhr.

„Das sehe ich auch so.“ Sheila hatte das Wechselgeld in der Kasse gezählt und ging jetzt zur vorderen Tür, um sie zuzusperren. Ihre Finger lagen noch auf dem Türgriff, als sie sich mit einem besorgten Blick zum See herumdrehte. „Ich habe ein ungutes Gefühl. Ich finde, du solltest in ihrem Haus nachsehen. Schau, ob sie draußen im Garten ist oder sonst irgendwo.“

Zu jedem anderen Zeitpunkt hätte ich Sheila aufgezogen, weil sie eine solche Glucke war, aber im Moment hatte ich auch ein ungutes Gefühl. „Ja, das mache ich“, sagte ich, nahm den Rest meines Sandwichs und wollte schon zur Hintertür hinaus. Mein gesunder Menschenverstand hielt mich zurück, bevor ich die Tür öffnete. „Falls ich dort keine Spur von ihr finde, funke ich meinen Partner, den Sheriff und das Rangerbüro an und sage ihnen, dass sie nach ihrem Geländewagen Ausschau halten sollen. Es könnte sein, dass sie eine Reifenpanne hat oder irgendwo drüben in der Gegend der Kreuzung feststeckt. Wenn ich sie zu Hause nicht antreffe, fahre ich den Flusskanal hinauf zu Len und schaue, ob sie Birdie zu Len zurückgebracht hat.“

„Pass auf dich auf!“ Sheila faltete die Hände wie zum Gebet und drückte sie an ihre Lippen. Ausnahmsweise hatte ich nicht das Gefühl, dass sie aus einer Mücke einen Elefanten machte. „Gib uns Bescheid.“ Sie drehte den Polizeifunk lauter.

„Brauchst du Hilfe?“, fragte Burt. „Ich kann meine alte Flinte holen und folge dir den Flusskanal hinauf, nur für den Fall, dass du auf die Kerle stößt, die ihr heute gesucht habt.“

„Burt war in der Armee, bevor er Rektor wurde“, erklärte Pop Dorsey, als wäre das ein Grund für mich, Burt als Rückendeckung mitzunehmen.

Ich schüttelte den Kopf. Es hätte mir gerade noch gefehlt, dass Burt Lacey mit einem geladenen Gewehr in seinem Boot hinter mir herfuhr. „Ich bin sicher, dass wir uns grundlos Sorgen machen. Andrea ist wahrscheinlich zu Hause und geht nur nicht ans Telefon.“

Aber sie war nicht zu Hause. Das wusste ich, noch bevor ich an ihrem Kai anlegte, durch den Garten ging, in die Fenster schaute und an die Türen klopfte. Sydney und Ansley waren nebenan im Garten und fingen Glühwürmchen. Sie erzählten mir, dass sie Andrea seit heute Mittag nicht mehr gesehen hatten. Sie wiesen mich darauf hin, dass die Erdklumpen von den Reifen des Geländewagens in der Einfahrt trocken und steinhart waren, was bedeutete, dass Andrea den ganzen Nachmittag nicht hier gewesen war. Kluge Mädchen.

Ich funkte meinem Partner, dem Rangerbüro, dem Sheriffbüro und der Autobahnpolizei eine Beschreibung des Wagens und bat sie, die Augen offenzuhalten. Im Moment befand sich jedoch niemand in der Nähe von Lens Haus, um dort nach Andrea zu suchen. Mein Partner Jake war fast eine Stunde entfernt, aber er sagte, dass er auf der Kreuzung nachsehen und dann zu Lens Haus fahren würde und unterwegs nach Andreas Geländewagen Ausschau halten wollte. Ich fuhr unterdessen über den See zu Len, da ich mit dem Boot schneller da wäre.

Das Wasser war unter der Eagle Eye Bridge und oben am Flusskanal, wo Len normalerweise sein Boot ins Wasser ließ, ruhig. Aber in den Bergen braute sich ein Sturm zusammen. Len hatte sein Boot in der Nähe des Ufers an einen Baum gebunden, statt es wie sonst für die Nacht ins Gebüsch zu ziehen. Das war ungewöhnlich, besonders angesichts des Wetters. Dieses Boot war für Len fast lebenswichtig, und normalerweise zog er es an Land und versteckte es im Gebüsch, wenn er abends mit dem Fischen fertig war. Heute schaukelte es am Wasserrand und hing nur an einem Zedernstrauch, als hätte er vorgehabt, vor Einbruch der Dunkelheit wiederzukommen.

Ich steuerte ans Ufer, band mein Boot fest, stieg aus und schob meinen Revolver im Halfter nach vorne. Ich machte mir weniger Sorgen darum, was sich im Wald aufhielt, als vielmehr wegen Lens Hunden. Es hätte mich nicht überrascht, wenn er sie nachts freiließ, um lästige Tiere von seinem Haus fernzuhalten. Eines stand fest: Weder die Hunde noch Len waren es gewohnt, dass in der Nacht Besuch auftauchte. Ich müsste dafür sorgen, dass er wusste, dass ich es war, bevor ich mich seiner Hütte näherte.

Als ich den Hang ungefähr zur Hälfte hinaufgestiegen war, hörte ich etwas. Stimmen. Zwei Männer. Nicht bei der Hütte, sondern unten zwischen dem Fluss und mir. Sie kamen nicht von einem Boot, das hätte ich gehört. Vielleicht Jäger, die nachts Nagetiere jagten … oder ein paar Leute, die ein Marihuanafeld abernten wollten, das sie irgendwo mitten im Wald angelegt hatten. Niemand sonst wäre nachts zu Fuß im Wald unterwegs, und schon gar nicht, wenn ein Sturm aufzog.

Das Funkgerät an meinem Gürtel knisterte und knackte. Ich brachte es schnell zum Schweigen. Doch leider nicht schnell genug. Die Männer blieben stehen. Sie wussten nun, dass sie nicht allein waren.

„Wer ist da drüben?“, rief einer von ihnen. „Bist du das, B. B.? Wenn du dich anschleichen willst, erschießen wir dich. Wer immer du bist, komm sofort raus.“

Ich versteckte mich hinter einem Baum, schaltete meine Taschenlampe aus und wartete, während sie sich in meine Richtung bewegten. Mein Verstand arbeitete auf Hochtouren, ich überlegte den logischen nächsten Schritt und wie die Situation sich weiterentwickeln würde. Wenn ich Unterstützung anforderte, würde ich verraten, wo ich war. Wenn ich keine Unterstützung anforderte, wäre ich auf mich allein gestellt, bis Jake bei Lens Haus einträfe. Es war schon öfter vorgekommen, dass ein Ranger sich im Wald verlaufen hatte und nie wieder gesehen worden war.

Ich zog die Pistole aus dem Halfter und wartete, während sie weitergingen. Sie ließen sich Zeit, schauten sich um, leuchteten mit einer Taschenlampe in die Dunkelheit hinein und warfen lange, unregelmäßige Schatten auf den Waldboden.

„Bist du das, Mädchen?“ Die Stimme war jetzt näher, und der freundliche Tonfall war verschwunden. „Wenn du es bist, dann komm sofort heraus! Sonst wirst du übers Knie gelegt. Wir wollen dir nicht wehtun. Komm jetzt, Mädchen, komm. Komm aus deinem Versteck raus.“ Sie kamen näher, ihre Bewegungen waren vorsichtig und verrieten, dass sie wussten, dass jemand in der Nähe war. Ich hörte das Klicken eines Gewehrs, das entsichert wurde. Es wäre nur eine Frage der Zeit, bis sie mich fanden.

Eines wusste ich aus Erfahrung: Es war besser, einen Verbrecher zu finden, als von ihm gefunden zu werden. Wenigstens hatte man dann das Überraschungselement auf seiner Seite.

Ich wartete noch eine Minute, lauschte und versuchte, aufgrund ihrer Schritte abzuschätzen, wo sie sich genau befanden. Vier, vielleicht fünf Meter entfernt, zwei Männer. Ein Lichtstrahl traf meinen Baum. Ich sah die Umrisse eines Mannes, der ein Gewehr im Anschlag hielt. Ich nahm die Taschenlampe in eine Hand, legte die Finger um meine Pistole und bereitete mich darauf vor, mich zu zeigen und sie mit dem Lichtstrahl zu blenden. Dann wären sie für einen Moment überrumpelt. Hoffentlich genügte das.

Ich atmete ein, konzentrierte mich und machte mich bereit.

Eine Eule heulte irgendwo über uns, dann flog sie los, und im Gebüsch ganz in meiner Nähe lief ein kleines Tier, ein Hase oder ein Waschbär, um sein Leben.

„Da ist sie!“, rief einer der Männer. „Sie ist da drüben!“ Sie drehten sich um und eilten dem Geräusch nach zum Ufer. Der Strahl ihrer Taschenlampen erleuchtete zitternd das Gebüsch.

Ich lehnte mich an den Baum, holte tief Luft und nutzte die Gelegenheit, um Unterstützung anzufordern. Falls sich herausstellen sollte, dass hier nur zwei Wilderer unterwegs waren, deren Jagdhund in den Wald gelaufen war, Len gemütlich oben in seiner Hütte schliefe und Andrea sein Haus schon vor Stunden verlassen hatte, würde ich wie ein Idiot dastehen. Doch dieses Risiko ging ich gern ein. Mich erfüllte ein starkes Unbehagen, das mir sagte, dass etwas anderes passiert war.

Ich stieg weiter den Hang hinauf und bahnte mir einen Weg durch den Wald zum Rand von Lens Feld. Bevor ich auf die Lichtung trat, blieb ich stehen, horchte und schaute mich um. In der Hütte brannte Licht, aber der Rest des Hofes war dunkel. Alles wirkte ruhig. Friedlich. Aber irgendetwas stimmte nicht. Es war *zu* ruhig. Keine Welpen, die kläfften. Keine Hunde, die bellten.

Diese Hunde würden mich im Dunkeln unmöglich so nahe an das Haus herankommen lassen, ohne Alarm zu schlagen. Wie groß war die Wahrscheinlichkeit, dass Len alle Hunde *und* Birdie ins Auto geladen hatte und weggefahren war? Sehr gering.

Hier stimmte etwas nicht.

Ich huschte aus dem hohen Gras, umrundete den Hof an der Rückseite und hielt mich im Schatten des Stalls. Ich bereitete mich darauf vor, dass die Hunde doch nicht fort waren, sondern nur dösten und mich jeden Moment wittern würden. Aber die unheimliche Stille wurde noch erdrückender, und das einzige Lebenszeichen kam von Lens Milchkuh, die aufstampfte und lange, tiefe Klagelaute ausstieß, da ihr Euter dringend gemolken werden musste. Len wäre nie weggefahren, ohne sie zu melken.

Ich bewegte mich näher zum Haus, schaltete die Taschenlampe ein, leuchtete in alle Richtungen und rief Lens Namen. Die Hintertür stand offen und der untere Teil der Fliegengittertür ebenfalls. Niemand, der die riesigen Moskitos am See kannte, würde sich schlafen legen und die Tür über Nacht offenlassen.

Das selbst gebastelte Tor zum Hinterhof hing an seinen Drahtscharnieren und stand offen. Das erklärte, warum die Hunde nicht bellten. Sie waren draußen … irgendwo. Ich rief wieder Lens Namen, während ich in den Hof trat. Ein langes, leises Klagen kam aus dem Haus. Ein jaulender Hund. Das Jaulen und Kläffen von Welpen folgte. Ich zog meinen Revolver, richtete den Schein meiner Taschenlampe auf die Tür und dann nach unten auf die steinernen Stufen. Eine klebrige, rote Spur glänzte im Licht. Blut.

Mein Puls raste, mein Magen zog sich zusammen. Das Bild von Len und Birdie, die tot im Haus lagen, und von den Hunden, die sich über sie hermachten, tauchte vor meinem geistigen Auge auf. Es wäre nicht das erste Mal, dass Hunde ihren Besitzer angriffen. Und wenn Andrea ahnungslos aufgetaucht war und die Hunde sie auch angefallen hatten? Im nächsten Augenblick holte mich die Vergangenheit wieder ein und quälte mich. Ich war wieder am Ufer und sah zu, wie die Rettungsmannschaft mit Micas leblosem kleinem Körper im Boot zurückkam. Aaron fanden sie erst ein paar Stunden später.

Nicht wieder. Bitte nicht noch einmal!

Ich nahm die Stufen mit einem Satz, stieß die Tür auf, suchte Deckung und rief Lens und Birdies Namen. Dann leuchtete ich ins Haus hinein, den Revolver im Anschlag.

Eine Hündin lag keuchend in einer Blutlache auf dem Boden mit einer Schusswunde in der Hüfte. Die Welpen drängten sich um sie, winselten und leckten ihr Fell.

Ich rief wieder, wartete und horchte. Keine Antwort. Kein Ton außer dem Winseln der Welpen, die zu mir liefen und bei mir Hilfe oder Futter oder beides suchten. Ich trat ein, betätigte mit dem Ellenbogen den Lichtschalter, funkte meine Kollegen an und sah mich dann in der Küche um. Es sah aus, als wäre ein Wirbelsturm durch das Haus gezogen. Überall lag zerbrochenes Glas und Geschirr herum. Ein Stuhl war auf der anderen Seite des Raumes zersplittert worden, ein Küchenschrank stand offen, der Inhalt von Lens Einmachgläsern war wie Fingerfarben auf dem Boden verteilt. Die Tür zum Schlafzimmer stand halb offen. Blutstropfen führten ins Zimmer.

Ich streckte einen Arm aus und schob vorsichtig die Tür auf. Die Scharniere quietschten und Licht fiel ins Zimmer. Mit einem schnellen Blick erfasste ich die Szene. Der weiße Hund lag auf dem Boden und war in einer ziemlich schlechten Verfassung, ob erschossen oder brutal geschlagen, konnte ich auf den ersten Blick nicht sagen. Das Fenster auf der anderen Seite des Raumes stand offen. Ein halbes Dutzend loser Blätter war über dem Boden verteilt und flatterte im Wind. Das Bett war sonderbar ordentlich. Die alte Quiltdecke wies keine einzige Falte auf. Das Bild von Len in Uniform war von der Wand gerissen worden und lag jetzt mit zerbrochenem Glas auf dem Boden. Mein Blick fiel auf etwas, das daneben lag. Ein Portemonnaie. Ich durchquerte das Zimmer, stieg vorsichtig über alles, was als Beweisstück dienen könnte, zog einen Stift aus meiner Hemdtasche, klappte damit das Portemonnaie auf und warf einen Blick auf den Führerschein. Das Bild versetzte mir einen Fausthieb in den Magen. Andrea. Ein Lippenstift lag unten vor dem Bett, ein Schlüsselbund direkt daneben. Stand ihr Geländewagen hier? Da ich von hinten gekommen war, hatte ich ihn nicht sehen können. Aber wo war *sie*, wenn ihr Auto hier war?

Ich beugte mich durch das offene Fenster und entdeckte ein paar Kassenzettel aus dem Supermarkt und einen Plastikkamm, die in einem dürren Zedernstrauch vor dem Fenster hingen. Das Gras war niedergetreten und matschig. Ich sah keine erkennbaren Fußspuren, aber hier war jemand aus dem Fenster geklettert. Offenbar Andrea. Was war heute Abend hier passiert? Wo waren Andrea, Birdie und Len?

Über Funk teilte mir Jake mit, dass er sich bereits auf dem Weg ganz in der Nähe von Lens Hof befand. Er informierte mich, dass die Hilfssheriffs voraussichtlich in zehn Minuten hier einträfen.

„Wir brauchen sie *jetzt*", sagte ich. „Wir hätten sie schon vor zehn Minuten gebraucht." Mein Verstand arbeitete auf Hochtouren, und ich überlegte, wo Andrea und Birdie nun sein könnten und ob es ihnen gut ging.

Es *musste* ihnen gut gehen.

Jakes Scheinwerferlicht schaukelte über das unebene Gelände auf der anderen Seite der Zedernsträucher, als ich durchs Wohnzimmer des Hauses zurückging. „Mart, hier draußen ist jemand in einem Auto." Jakes Stimme kam sehr leise aus dem Funkgerät. Ich drehte die Lautstärke zurück und hielt das Gerät an mein Ohr. „Sie fahren auf dich zu, und ... ja, jetzt haben sie mich gesehen und steuern auf den Wald zu." Draußen heulte Jakes Motor auf. Er schaltete das Flutlicht oben auf seinem Geländewagen ein und beleuchtete die Wiese, dann raste er durch das hohe Gras und über den Holzzaun. Wen auch immer er verfolgte, er wendete am Ende der Wiese und versuchte zu entkommen. Jetzt konnte ich das Fahrzeug erkennen. Ein Bronco. Weiß. Diese Männer hatten wir den ganzen Tag gesucht. Jake schnitt ihnen den Weg ab. Sie kamen jetzt auf die Hütte zu und blendeten mich mit ihren Scheinwerfern. Ich ging hinter der Verandaecke in Deckung, hielt den Arm hoch und schrie: „Texas Ranger! Bleiben Sie sofort stehen!"

Ein Schuss ertönte. Er schlug einen halben Meter neben mir in der Wand ein. Ich warf mich auf den Boden. Ein weiterer Schuss schlug ein, dieses Mal näher. Ich erwiderte das Feuer, obwohl ich nicht mehr sehen konnte als die Scheinwerfer. Der nächste Schuss traf das Holz und die Dachpappe in der Ecke der Hütte gleich über meinem Kopf. Ich legte mich flach auf den Boden und kroch auf dem Bauch nach hinten, um mich in eine bessere Position zu begeben. Ich sah, wie Jake den Geländewagen herumlenkte, und hörte, wie er das Feuer erwiderte. Eine Sirene heulte auf der anderen Seite des Maisfeldes in der Nähe des vorderen Tores. Die Leute des Sheriffs erschienen ausnahmsweise ein wenig früher als erwartet. Das war gut so.

Eine weitere Kugel flog über meinen Kopf und streifte einen Verandapfosten. Dann bemerkte der Fahrer des Bronco die Verstärkung am Tor, lenkte seinen Wagen herum und steuerte auf den Wald zu. Jetzt hatten wir ihn. Dort drüben käme er nicht weiter. Ich hatte das Gefühl, dass wir einer großen Sache auf der Spur waren. Diesem Gedanken folgte sofort ein anderer: Andrea, Birdie und Len waren in diese Sache hineingeraten.

Es geht ihnen gut, redete ich mir ein. *Es geht ihnen gut.* Aber das reichte mir nicht. Ich musste sie finden, ich wollte Birdie an einen sicheren Ort bringen und Andrea in die Arme nehmen. Wenn wir diese Sache überstanden hatten, würde ich keine Minute länger damit vergeuden, mir den Kopf darüber zu zerbrechen, wie es zwischen uns laufen sollte, oder wie lange es dauern würde, bis sie bereit wäre, Dustin von uns zu erzählen. Ich würde einfach die Augenblicke so genießen, wie sie kamen, und darauf vertrauen, dass Gott alles unter Kontrolle hatte.

Während ich hier lag und die Schüsse die Hüttenwand über meinem Kopf durchlöcherten, während Jakes Geländewagen über die Wiese raste, dass die Erdbrocken nur so spritzten, und die Hilfssheriffs schnell heranstürmten, begriff ich es endlich: Man muss die Gelegenheiten nutzen, wie sie sich einem bieten. Gott gibt, was er gibt, und nur er weiß die Gründe. Wenn man klug ist, packt man das Geschenk aus, solange man es hat. Und genießt es. Ist dankbar dafür. Lebt jede Minute in der Gegenwart. Aaron und Mica und das, was mit ihnen passiert war, gehörten der Vergangenheit an. Ich konnte daran nichts ändern. Ihr Leben war viel zu früh zu Ende gewesen, aber ich war noch hier, und dafür musste es einen Grund geben.

Wenn ich die Gelegenheit bekäme, Andrea wieder in die Arme zu schließen, würde ich sie nicht mehr loslassen.

Kapitel 23

An ihren Ufern nisten die Vögel,
in dichtem Laub singen sie ihre Lieder.
Psalm 104,12
(anonymer Bewohner der Stadt, Gruppe der Vogelfreunde)

Andrea Henderson

Ich hörte irgendwo in der Ferne Schüsse knallen. Der Schuss hallte zwischen den Bäumen wider, wurde von den Bergen verstärkt und ließ den Blätterteppich vibrieren, dass man meinte, er käme von allen Seiten gleichzeitig. Ich schob mich zwischen die Sträucher und zog Birdie hinter mir her. Die Zweige zerkratzten meine Arme, aber das war im Moment nicht so wichtig. *Bitte, Gott,* dachte ich. *Lass sie nicht auf Len schießen.*

Ich hatte vorher schon Schüsse gehört. Wie lange war das her? Vielleicht eine Stunde? Direkt, nachdem wir aus dem Fenster von Birdies Zimmer geklettert waren, hatte es drei Schüsse gegeben. Ich hatte gehört, wie im Haus Geschirr zerbrach, Len schrie, die Hunde durchdrehten und ein Mann brüllte, dass mir das Blut fast in den Adern gefror. Dann ertönten drei Schüsse und die Hunde waren still gewesen. Ich hatte mich nicht umgedreht. Ich hatte einfach Birdie an der Hand gepackt und war in den Wald gestürmt. Eine andere Wahl hatte ich nicht.

Jetzt ertönten noch mehr Schüsse, mehrere schnell hintereinander, aber sie waren schwach und weit weg. Hatten wir uns so weit vom Blockhaus entfernt, oder waren sie irgendwo auf der Straße und versuchten, uns zu finden? Was würde passieren, wenn sie uns fanden?

Würden sie mich erschießen, um Birdie zu bekommen? Nach dem, was in der Hütte passiert war, wusste ich die Antwort auf diese Frage, obwohl mein Verstand sie nicht verarbeiten konnte. Die letzte Stunde kam mir vor wie eine Szene aus einem Thriller – Ereignisse, die so schrecklich waren, dass man froh war, dass es nicht wirklich geschah.

Ich hatte sie eine Sekunde, nachdem ich die anderen Autos hinter dem Stall entdeckt hatte, mit Len über das Feld kommen sehen. Sie schubsten ihn herum und wollten etwas von ihm. Birdie war mit den Beuteln mit ihrer neuen Kleidung schon voraus in ihr Zimmer gegangen. Sie sang leise vor sich hin. Dann verstummte sie. Ich drückte mich an die Wand, huschte lautlos ins Haus und eilte durchs Wohnzimmer. Birdie stand mit großen Augen in der Zimmertür. Sie nahm meine Hand, zog mich ins Schlafzimmer und schloss die Tür hinter uns. Sie kamen. Mehrere Männer. Mindestens drei. Und eine Frau. Als Birdie die Stimmen hörte, versteckte sie sich hinter dem Bett, zerrte an meiner Hand und zog mich zu sich nach unten.

Als sie das Haus betraten, ging Birdies Zimmertür durch den Luftzug leicht auf. Durch den schmalen Spalt hörte ich den Streit, sah ich Leute, die sich wie Schatten im Wohnzimmer bewegten. Sie wollten wissen, ob Len irgendwo Geld hatte.

„Ich wette, dass er jede Menge hat", knurrte eine Männerstimme. „Wahrscheinlich hat er die Schecks vom Staat die ganze Zeit eingelöst und das Geld irgendwo im Hof vergraben. Du hast Geld im Hof vergraben, alter Mann? Was? Du hast da draußen eine Million Dollar?" Er lachte. Es klang scharf und bedrohlich.

Len stammelte etwas.

Ein zweiter Mann lachte, dann tat er etwas, das Len ein Keuchen entlockte. Danach verlangte er, dass Len die *Tüten* herausrückte, die Norma im alten Schulbus abgestellt hatte.

Norma … Lens Tochter? Sie war bei ihnen und befahl Len in der einen Minute, ihr die Taschen zu geben, verteidigte ihn aber in der nächsten und flehte die Männer an, ihm nichts anzutun. Sie schnurrte zuckersüß: „Komm schon, C. J., lass ihm ein wenig Zeit. Du weißt doch, dass er kein Hirn hat. Lass ihm eine Minute Zeit, um nachzudenken. Was hast du mit den Tüten gemacht, die ich im

Schulbus gelassen habe, Papa? Die schwarzen Müllbeutel, in denen ich Zeug hatte? Das Zeug gehört C. J. Ich hätte sie nicht nehmen sollen, und jetzt will er sie zurückhaben. Du musst uns sagen, wo sie jetzt sind." Beim letzten Ton erhob sich ihre Stimme zitternd, ängstlich, verzweifelt und verriet, dass sie mit der Situation völlig überfordert war.

Lens Antwort war langsam und schwerfällig. Ich verstand nicht jedes Wort. Er stammelte irgendetwas davon, dass er die Beutel verbrannt hatte, als er den Müll verbrannt hatte.

„Das hast du hoffentlich nicht gemacht!", explodierte C. J. „Rück meine Sachen heraus, alter Mann! Wo hast du sie versteckt? Du und Norma versteckt sie irgendwo, nicht wahr? Hältst du mich zum Narren, Norma? Du hast mit meinem Zeug gedealt, während ich in diesem stinkenden Gefängnis saß!"

Ich hörte einen dumpfen Schlag, der verriet, dass jemand mit der Faust geschlagen wurde. Len stöhnte. Etwas Metallenes knallte auf den Boden und rollte durchs Zimmer.

C. J. tobte und schimpfte. „Ihr gebt mir mein Zeug oder ich finde diese kleine Rotznase, egal, wo ihr sie versteckt habt, und ihr seht sie nie wieder."

Birdie drückte sich an mich. Sie zitterte am ganzen Leib, sie hielt sich die Hände über die Ohren und wartete mit großen Augen entsetzt, was als Nächstes kommen würde. Sie hatte so etwas offensichtlich schon früher erlebt.

„Hörst du mich, kleiner Balg?", schrie C. J. dröhnend. „Ich finde dich, egal, wo du dich versteckst."

Mein Herz schlug mir bis zum Hals und drückte mir fast die Luft ab. Was jetzt? Was sollte ich tun? Diese Leute zur Rede stellen? Uns verstecken? Durch die Hintertür fliehen? Draußen tobten die Hunde. Ich hörte sie knurren und an die Fliegengittertür kratzen. Sie wussten, dass Len in Schwierigkeiten steckte.

Ein Windhauch berührte meine Wange wie eine sanfte Hand, strich über meine Haare, unterbrach meine Gedanken und zwang mich aufzublicken. *Das Fenster …* Wenn ich das Fliegengitter herausnehmen könnte, ohne zu viel Lärm zu machen, könnten wir hinausschlüpfen, uns um das Haus herum zu meinem Auto auf der anderen Seite des Schulbusses schleichen, einsteigen und Hilfe holen. Ich musste Birdie in Sicherheit bringen. Wir konnten nicht hier in diesem Zimmer bleiben. Selbst wenn wir uns versteckten, würden sie früher oder später mein Auto sehen und wissen, dass jemand hier war. Sie würden uns finden.

Gott sei Dank hatte ich wegen des Matsches auf der anderen Seite des Schulbusses geparkt. Sonst hätten sie uns schon längst entdeckt gehabt. Wenn wir Glück hatten, könnten wir zum Geländewagen durchkommen, den Motor anlassen und wegfahren, bevor uns jemand aufhalten konnte …

Ich hielt einen Finger an meine Lippen, schaute Birdie in die Augen und schüttelte warnend den Kopf. Ich erhob mich auf die Knie und hörte, dass jemand oder etwas im Wohnzimmer an die Wand knallte. Das Haus wackelte leicht, und die Schlafzimmertür ging noch ein Stück weiter auf. Ich unterdrückte das Zittern in meinen Händen, drückte mit der Handfläche an das Fliegengitter und versuchte, den Rahmen herauszunehmen. Doch er war mit Farbe und Schmutz verklebt. Da riss der Stoff entzwei und verfaulte Holzstücke landeten leise im Unkraut vor dem Fenster. Ich schaute hinter mich, winkte Birdie zu mir, hob sie auf das Fensterbrett, beugte mich dann hinaus und ließ sie unten auf die Erde. Sie trat vom Haus weg und schaute sich hilflos nach allen Seiten um.

„Warte“, flüsterte ich, dann trat ich zurück, damit ich mit den Füßen zuerst hinausklettern konnte. Im Wohnzimmer brach Chaos aus. Ich hörte, dass die Auseinandersetzung sich in die Küche verlagerte. Dann ging die Schlafzimmertür mit einem Schwung auf, weil Len und ein anderer Mann miteinander ringend durch die Tür fielen. Norma schrie.

Mein Herz hämmerte. Ich versuchte, durch das Fenster zu klettern. Etwas hielt mich zurück. Meine Handtasche. Der Riemen hatte sich irgendwo verhakt, hing aber noch über meiner Schulter. Ich warf mein ganzes Gewicht dagegen, fühlte, wie der Riemen riss, hörte, wie mein Portemonnaie und meine Autoschlüssel auf den Boden fielen.

Der Fensterrahmen kratzte mir den Rücken auf, aber endlich landete ich draußen auf der Erde.

Norma kreischte: „C. J., schau!“

„Hey! Was machst du da?“, brüllte einer der Männer. Ich wusste nicht, ob sie uns meinten, ob sie uns überhaupt gesehen hatten. Ich warf die Reste meiner Handtasche ins hohe Gras, packte Birdie an der Hand, lief los und kämpfte mich durch das Unkraut und die Zedernsträucher. Birdie und ich stolperten und landeten in einem Abwassergraben. Ich hörte die Rauferei, die Hunde, die Schüsse. Ich schaute nicht zurück, sondern nahm nur Birdies Hand und lief mit ihr weiter. Wenn wir es zur Straße schafften, könnten wir vielleicht Hilfe finden. Ein Auto, das vorbeifuhr, ein anderes Haus. Irgendetwas.

Aber als wir die Straße erreichten, waren sie schon da: ein weißer SUV, der dröhnend aus Lens Hofeinfahrt und dann weiter über die Straße raste, während die Scheinwerfer das Grau in den Gräben beleuchteten und Norma aus dem Fenster Birdies Namen rief. Ihre Stimme klang jetzt gekünstelt freundlich. Birdie packte meine Hand und zog mich in die Büsche.

Sie schüttelte den Kopf und schaute mich mit großen Augen an.

„Pssst", flüsterte ich an ihrem Ohr.

Die anderen Männer stürmten irgendwo weiter unten durch das Unterholz, riefen Birdies Namen und schrien, dass sie endlich aus ihrem Versteck herauskommen solle, bevor ihre Mutter wütend werde.

Ich zog sie eng an mich heran und drückte mich tiefer in die Büsche. Mein T-Shirt blieb an den Zweigen hängen und ich zerkratzte mir die Haut. Wenn wir versuchten, auf der Straße zu flüchten, kämen wir nicht weit, da sie uns dort bald sehen würden. Im Wald aber wäre ich in der Dunkelheit ohne Taschenlampe völlig verloren. Ich hatte keine Ahnung, in welcher Richtung ich Hilfe suchen musste.

„Alles wird gut", flüsterte ich an Birdies Ohr. „Ich lasse nicht zu, dass dir etwas passiert. Wir warten hier einfach. Wir warten, bis jemand kommt." Aber niemand wusste, wo ich war. Wie lange würde es dauern, bis mich jemand suchen würde? Wie oft würde Dustin anrufen, bis er auf die Idee käme, dass etwas nicht stimmte? Er war mit seinem Vater weit weg und hatte keine Ahnung, dass ich nicht zu Hause war. Würde er überhaupt anrufen und sich heute Abend melden? Käme er auf die Idee, es noch einmal zu versuchen, wenn ich nicht ans Telefon ging?

Das konnte Stunden dauern. Es konnte die ganze Nacht dauern. In welcher Verfassung befand sich Len jetzt? Wo war er? Er konnte vielleicht nicht die ganze Nacht überstehen. Wir wahrscheinlich auch nicht.

Wenn wir so nahe beim Haus blieben, würden C. J., Norma oder die anderen Männer uns entdecken. Ich musste eine andere Lösung finden. Es wurde mit jeder Minute dunkler, die Nacht legte sich mondlos und feucht über den Wald. Ich konnte nichts sehen, hatte keine Schlüssel, kein Handy, keine Möglichkeit, Birdie oder mich zu beschützen. Wie groß war die Wahrscheinlichkeit, mit einer Sechsjährigen zu Fuß in der Dunkelheit in Sicherheit zu gelangen?

Aber ich musste etwas unternehmen.

Denk nach, Andrea. Denk nach.

Die Straße kam nicht infrage. Mein Auto kam nicht infrage. Wenn ich jetzt mit Birdie in den Wald lief, konnte alles Mögliche passieren. Wir konnten im Kreis gehen … oder noch Schlimmeres konnte passieren. Wie oft war Dustin mit Marts Geschichten von Campern und Wanderern, die sich im Nationalpark verlaufen hatten, nach Hause gekommen? Die Geschichte von einem Wanderer, der vor ein paar Monaten von einem Berglöwen angefallen worden war, erzählte man sich in der Stadt immer noch. So etwas passierte nicht oft, aber es kam vor.

Falls du dich irgendwann verirrst, musst du auf das Wasser zugehen, hörte ich plötzlich Marts Rat. *Im Sommer ist auf dem See viel los …*

Der Weg zum Fluss führte an Lens Haus vorbei, aber wenn wir in diese Richtung liefen, würden wir C. J.s Männern direkt in die Arme laufen.

Jeder Platz im Wald hat seine eigenen Geräusche, wenn man stehen bleibt und die Ohren aufmacht, hatte Mart mir erklärt, als wir beim Eagle Eye gepicknickt hatten und den Spottdrosseln und der Klagenden Frau lauschten. *Der Fluss hat ein Geräusch, und die Berge haben ein Geräusch, und die Felsen haben ein Geräusch, und die Klippen haben ein Geräusch. Die Leute würden sich nicht so oft in diesen Bergen verlaufen, wenn sie stehenbleiben und die Ohren offenhalten würden.*

Er war wahrscheinlich heute Abend auf dem Wasser. Warum hatte ich das Gefühl, dass er in der Nähe war?

„Birdie, weißt du, wie wir zum Fluss kommen?", flüsterte ich. „Weißt du, wie man von hier zum Fluss kommt?"

Birdie nickte und schaute mich im schwachen Licht mit großen, ernsten Augen an.

Ich zögerte einen Moment und überlegte, ob es klug sei, mich auf ein traumatisiertes Kind zu verlassen. Aber hatte ich eine andere Wahl? Ich nahm Birdie an der Hand. Wir krochen durch das Maisfeld zum Wald und gingen dann in gebückter Haltung weiter.

In der Dunkelheit den Weg zu finden war schwerer, als ich gedacht hatte. Ich hatte das Gefühl, dass wir im Kreis gingen, aber in der Dunkelheit konnte man das unmöglich sagen. Als in der Ferne die Schüsse ertönten, drückte sich Birdie noch näher an mich heran. Wenn diese Schüsse von irgendwo aus der Nähe von Lens Hütte kamen, hatten wir schon einen weiten Weg zurückgelegt. Birdie hatte aufgehört, mir den Weg zeigen zu wollen. Jetzt war sie genauso ahnungslos wie ich. Eine Blinde, die eine Blinde führt.

Die Nacht war überraschend kühl, Birdies Finger waren in meiner Hand eiskalt geworden und klammerten sich fest an mich, während sie weiter über den Waldboden stolperte. Ich wagte es nicht, sie auf die Arme zu nehmen. Ich war mindestens zehnmal über Wurzeln, Zweige und Felsen gestolpert und gestürzt. Mein linker Knöchel war nach unserer überstürzten Flucht aus dem Fenster angeschwollen, und das Blut aus den Kratzspuren klebte mein T-Shirt am Rücken fest.

Vielleicht sollten wir bis zum Morgen warten, dachte ich. *Uns am trockensten Platz, den wir finden können, zusammenkauern und versuchen zu schlafen.* Vielleicht waren wir weit genug von der Hütte weg und befanden uns in Sicherheit …

Aber wenn sie uns immer noch verfolgten und uns immer noch suchten? Wenn wir einschliefen und sie uns fanden? Dieses Risiko konnte ich nicht eingehen. Und was war mit Len? Ich musste Hilfe holen.

Ich dachte wieder an Dustin. Hatte er versucht, mich anzurufen? Machte er sich Sorgen?

Birdie schluchzte. Es war ein leises, zittriges, verwundbares Geräusch, das mich zutiefst berührte. Ich blieb neben einem Baum stehen und hob sie hoch. Sie schlang die Arme um mich. Ihre Beine waren nackt und dünn und kalt. „Alles wird gut", flüsterte ich. „Alles wird gut."

Mir wurde bewusst, dass sie eine solche Angst schon früher erlebt hatte. Möglicherweise schon ihr ganzes Leben lang. Vielleicht war Lens Haus der erste sichere Ort, an dem sie je gewesen war. Ich durfte sie jetzt nicht enttäuschen. Ich durfte mich selbst nicht enttäuschen. So sehr ich auch versuchte, mir einzureden, dass es ein willkürlicher Streich des Schicksals gewesen sei, dass ich an diesem Arbeitsplatz gelandet war, wusste ich schon eine ganze Weile, dass das nicht stimmte. Diese Arbeit war meine Berufung, etwas, das ich tun *sollte*. Ich war nicht zufällig hier gelandet. Ich war hierher geführt worden. Selbst ein müder, gebeutelter Glaube wie meiner wusste, dass wir nie eine Berufung bekamen, ohne auch die Mittel zu bekommen, um ihr gerecht zu werden. Das glaubte ich immer noch.

Ich glaubte immer noch.

Birdie bewegte sich in meinen Armen, krallte sich in mein T-Shirt und hielt es krampfhaft fest. „Still", flüsterte ich. Ich lehnte mich an die kühle Rinde des Baumes, schloss die Augen und blendete den Wald, die Dunkelheit, den leichten Nebel aus. Ich hörte nur das Flüstern meiner eigenen Gedanken, ein Gebet. *Zeig mir den Weg. Gib mir ein Zeichen. Finde mich.*

Die Nacht wurde unglaublich still. Mitten in dieser Stille hörte ich ein Lied, der Gesang war weit weg, aber klar zu vernehmen, jeder Ton war anders.

„Vogel", flüsterte Birdie.

„Ja, ich höre ihn auch", sagte ich.

„Spottdrossel."

„Ja, eine Spottdrossel." Ich kehrte in Gedanken zum Rastplatz am Fluss zurück, zu den Spottdrosseln. Konnte es sein, dass wir ganz in der Nähe dieses Platzes waren? Wie groß war die Wahrscheinlichkeit, dass wir im Kreis gelaufen und zum Fluss zurückgekommen waren? Ich strengte die Ohren an, hörte dem Vogel zu und wartete auf das unverkennbare Stöhnen der Klagenden Frau.

„Sie weint", flüsterte Birdie, als könnte sie meine Gedanken lesen. Ich fühlte Birdies Atem an meinem Hals, als sie einen langen, tiefen Pfiff ausstieß, der wie die Klagende Frau klang. Ich hörte angestrengt zu, aber ich konnte nur den Vogel hören. War es möglich, dass Birdie mit den Geräuschen am See so vertraut war, dass sie die Klippen der Klagenden Frau auch aus der Ferne hören konnte, selbst wenn ich sie nicht hörte?

„In welcher Richtung?", fragte ich. „Wo hörst du das Weinen?"

Birdie deutete in die Richtung, aus der die Vogelstimme zu hören war.

Ich stellte sie auf den Boden, atmete tief durch und spürte, dass mich neue Hoffnung durchströmte. „Geh voraus. Geh zu der Klagenden Frau, ja?"

Sie antwortete nicht, sondern lauschte nur einen Moment, bevor sie sich in Bewegung setzte. Ich ging neben ihr her und hielt meinen freien Arm nach vorne, um uns vor den Zweigen zu schützen. Der Mond tauchte jetzt in einer dünnen Sichel am Horizont auf und warf ein schwaches Licht auf die Wipfel der Bäume, aber unten auf dem Waldboden war es immer noch unglaublich dunkel. Birdie schien die Dunkelheit nicht zu stören, während sie sich mit einer beinahe überirdischen Leichtigkeit durch den Wald bewegte. Als wir dem Gesang der Spottdrossel folgten, hörte ich den schwachen, fernen Ruf der Klagenden Frau. Eine fast euphorische Freude erfüllte mich, als ich merkte, dass ich endlich wusste, wo ich war. Niemand wäre jetzt mitten in der Nacht auf dem Rastplatz. Birdie und ich könnten in das Toilettengebäude gehen, die Tür zusperren und wären in Sicherheit, bis ich eine Idee hätte, wie wir weiter vorgehen sollten.

Ich beschleunigte meine Schritte, schob Zweige aus dem Weg, hob Birdie über Gestrüpp und Unterholz, stolperte bergauf und bergab und dachte, dass wir schon viel näher gekommen sein müssten. Aber nach einer Stunde Wandern irrten wir immer noch durch den Wald. Nachts veränderten sich die Geräusche des Waldes. Die Stimmen der Spottdrossel und der Klagenden Frau schienen einmal näher und einmal ferner zu sein, näher und wieder ferner, sodass man beinahe glauben konnte, sie würden sich bewegen und ein Katz- und Mausspiel mit uns treiben. Aber in Wirklichkeit wanderten wir zweifellos im Kreis und folgten Geräuschen, die von Felswänden, Hängen und Klippen widerhallten. Nichts war so, wie es einem erschien, und in der Dunkelheit gab es keine Orientierungshilfen. Birdie blieb jetzt wieder hinter mir zurück und war nicht sicher, in welche Richtung wir gehen sollten.

„Okay, Schatz, wir müssen anhalten. Wir müssen eine Weile ausruhen." Ich konnte nicht mehr gehen. Birdie war genauso erschöpft wie ich. „Wir suchen uns einen Platz unter den Bäumen und warten bis zum Morgen. Dann können wir sehen, wo wir sind." Aber würde es uns weiterhelfen, wenn wir sahen, wo wir waren? Der Nationalpark erstreckte sich über viele Tausend Hektar Land. Wir waren in der ganzen Zeit auf keine einzige Spur von Menschen gestoßen. Inzwischen konnten wir kilometerweit von allem, was uns irgendwie bekannt vorkam, entfernt sein.

Ich fühlte, dass Birdie mich beobachtete. Sie war verwirrt, unsicher, hatte Angst. Falls sie bis jetzt nur ihre Mutter und C. J. gewohnt gewesen war, hatte sie sich in ihrem bisherigen Leben auf niemanden verlassen können.

Ich schaute mit zusammengekniffenen Augen in den dunklen Wald hinein, bewegte mich im Kreis und versuchte, einen Platz zu finden, der mir sicher erschien. Ein leichter Wind zog durch die Bäume. Birdie zitterte so sehr, dass ihre Zähne klapperten. Sie drückte sich eng an mein Bein, als hätte sie Angst, ich würde sie hier in der Dunkelheit allein zurücklassen. Über uns raschelten die Blätter und schaukelten die Zweige im Wind. Ein Donner rollte in der Ferne. Ich legte meine Hände auf Birdies Schultern, hielt sie fest, sah zu den Bäumen hinauf und dachte: *Bitte nicht. Kein Gewitter. Nicht jetzt!*

Oben auf dem Hügel teilten sich die Zweige im Wind, und ich sah etwas. Ein Licht. Kein Mondlicht, sondern etwas anderes. Etwas Stärkeres. Scheinwerfer? War dort oben eine Straße?

Birdie sah es auch. Sie deutete mit der Hand und ging einen Schritt auf das Licht zu, als die Zweige sich wieder schlossen und das Licht verschwand.

Ich nahm sie an der Hand und sagte: „Gehen wir." Mein Körper, der noch vor einem Moment völlig erschöpft gewesen war, erwachte zum Leben. Ich schwang Birdie auf meine Hüfte und stolperte den Hang hinauf, während meine Füße in den dicken Haufen trockener Blätter versanken. Als wir näher kamen, bewegten sich die Scheinwerfer im Kreis, streiften die Bäume, beleuchteten die

Schatten hinter dem Gebüsch: ein gemauerter Grill, ein Tisch. Der Rastplatz! Die Spottdrossel und die Klagende Frau hatten uns tatsächlich zum Rastplatz geführt.

Die Scheinwerfer leuchteten in die andere Richtung und es blieb nur der schwache Schein der Nachtlampen am Toilettengebäude zurück, als wir uns durch das Gebüsch kämpften. Ich spähte mit zusammengekniffenen Augen in die Dunkelheit hinein und versuchte, das Fahrzeug zu erkennen. Ein Chevrolet Tahoe oder ein Suburban … braun oder grün … mit einem offiziellen Aufdruck hinten. Ein Ranger vielleicht? Der Geländewagen entfernte sich und bog auf die Landstraße.

„Warten Sie!“, schrie ich, aber meine Stimme war nach der langen Nacht im Freien heiser. „Warten Sie!“ Das Auto fuhr an den letzten Picknicktischen vorbei und verließ den Rastplatz, als ich gerade den Rand erreichte. Birdie wand sich in meinen Armen und versuchte, das Fahrzeug zu sehen, das dröhnend wegfuhr. Schließlich glitt sie auf den Boden, und wir standen wie Schiffbrüchige auf einer Insel da, die zuschauen mussten, wie ein Schiff am Horizont verschwand.

„Alles wird gut“, flüsterte ich, aber nachdem wir so kurz davor gestanden hatten, Hilfe zu finden, fühlte ich mich jetzt noch einsamer und noch hilfloser als zuvor. Tränen stiegen in mir auf, und ich schluckte schwer. Wenigstens hatten wir es zum Rastplatz geschafft. Hier konnten wir uns vor dem Unwetter schützen. Die Männertoilette war verschlossen, aber die Damentoilette stand offen. „Komm, gehen wir hinein.“ Doch noch während ich Birdie in das winzige Toilettengebäude führte, die morsche Holztür zuzog und sie hinter uns verriegelte, legte sich kalter Angstschweiß feucht auf meine Haut. Genauso leicht wie der Ranger diese Stelle absuchen konnte, könnten Birdies Mutter, C. J. und ihre Komplizen das machen. Der Rastplatz war in gerader Linie nur ein paar Kilometer von Lens Haus entfernt, auf der Straße war es etwas weiter, aber allzu weit auch wieder nicht. Vielleicht hatten sie diesen Platz beobachtet, um zu sehen, ob wir hier auftauchen würden. Vielleicht beobachteten sie uns *jetzt*.

Ich drehte mich wieder zur Tür herum und hielt zögernd den Riegel fest. Vielleicht waren wir im Wald besser dran …

Irgendwo am Flussufer schrie ein Berglöwe. Mir standen die Nackenhaare zu Berge. Ich sperrte die Tür zu und zog meine Hand von der Tür weg. Mein Entschluss stand fest. Das Tier, das diesen Schrei ausgestoßen hatte, war viel zu nahe. Ich drückte Birdie an meine Brust, glitt auf den Boden und lehnte den Kopf an die Tür. „Alles ist gut. Wir sind hier in Sicherheit", flüsterte ich. Wir mussten hier in Sicherheit sein. Es durfte einfach nicht anders sein.

Die Erschöpfung übermannte mich. Mir fielen die Augen zu, und meine Gedanken trugen mich weit weg und verdrängten die Bilder dieser Nacht, bis sie mir fremd und unecht erschienen. In diesem Nebel der Benommenheit trugen meine Gedanken mich nach Hause und sagten mir, dass ich am Morgen auf dem Sofa aufwachen würde und alles nur geträumt hätte.

Die Geräusche des Waldes wurden immer leiser, und Birdies Atemzüge erklangen ruhig und gleichmäßig auf meiner Brust. Ich döste immer wieder kurz ein, wachte aber jedes Mal bald wieder auf und wurde daran erinnert, wo ich war. Vage Warnungen ermahnten mich, wach zu bleiben und die Ohren offenzuhalten. Langsam erwärmte sich meine Haut, da die dicke Steinmauer die Hitze des Tages nach und nach abgab. Der Schlaf übermannte mich immer mehr. Ich fühlte, wie ich nach unten sank, wieder hochfuhr, wenn mein Kopf nach vorne fiel, und dann wieder nach unten sank. Jedes Mal ein wenig tiefer.

Die Schreie auf dem Berg und der Gesang der Spottdrossel verstummten, und ich war zu Hause. In Sicherheit. Die Nacht war klar und still, im Strandhaus war es warm. Vor den Fenstern funkelten die Sterne. In der Ferne brummte ein Motor und kam langsam näher. Ich stand vom Sofa auf, eilte ans Fenster und schaute aufs Wasser hinaus. Mart kam. Ich öffnete die hintere Tür, lief den Hang hinab und spürte das vom Tau feuchte Gras unter meinen Füßen. Über mir gurrte leise eine Trauertaube. Es klang sanft und hypnotisierend.

Mart wartete auf dem Kai. Er grinste mich unter seinem Cowboyhut schief an und breitete die Arme aus. Ich lief über den Kai und sank in seine Arme. Er hob mich hoch und drehte mich im Kreis, während ich den Kopf zurückwarf und fröhlich kicherte wie ein verliebtes Mädchen.

„Du bist da“, flüsterte ich an seinem Hals. „Du bist gekommen.“

„Hast du gedacht, ich würde fortbleiben?“ Er stellte mich auf den Boden und sah mir in die Augen. Ich fragte mich, wie ich überhaupt auf die Idee hatte kommen können, ihn zurückzuweisen.

Er hatte den Bootsmotor laufen lassen …

Der Motor brummte so stark, dass der Boden unter meinen Beinen zitterte. Ich wandte mich ab und versuchte, den Lärm auszusperren. Ich fühlte, wie mein Kopf nach vorne sank, bis ich endlich begriff, wo ich war. Ich war nicht bei Mart.

Das Motorbrummen war immer noch da. Ich fuhr hoch. Adrenalin schoss durch meinen Körper und vertrieb die Benommenheit des Schlafes. Eine Autotür ging auf und wieder zu.

Jemand war vor dem Gebäude.

Ich verlagerte mein Gewicht nach vorne. Birdie regte sich müde auf meinem Schoß und gab im Halbschlaf Geräusche von. „Psst“, flüsterte ich an ihrem Ohr.

Auf dem Schotter kamen knirschend Schritte näher. Ich lauschte angestrengt, um etwas zu verstehen.

Vielleicht war es der Ranger? War er zurückgekommen? Oder jemand anderes? Der Auspuff dröhnte so laut, dass der Boden vibrierte. Ein Nationalparkwagen hatte keinen so lauten Auspuff mit Soundverstärker …

Vielleicht gehörte das Auto Jugendlichen, die samstagabends eine Spritztour machten, oder jemandem, der am See geangelt oder campiert hatte. Jemand, der uns helfen konnte.

Vielleicht gehörte das Auto aber auch C. J. und Norma. Ihr Auto hatte einen extrem lauten Auspuff gehabt.

Birdie bewegte sich in meinen Armen und wandte ihren Kopf dem Lärm zu.

„Pssst“, flüsterte ich wieder. Jemand stand direkt vor dem Gebäude. Ich hörte, wie er die Tür zur Männertoilette ausprobierte, den Griff hin- und herdrehte und kräftig rüttelte, um sich Zutritt zu verschaffen. Offenbar war die Tür immer noch abgeschlossen. Durch die Ritzen zwischen den Ziegeln an der Decke konnte ich einen Mann atmen hören. Es klang angestrengt, ungeduldig und wütend. Ich zog Birdie näher an mich heran, kauerte mich im Schatten an die Wand und rutschte geräuschlos von dem Lichtstrahl, der durch das winzige Fenster fiel, weg. Ein Schwall gedämpfter Flüche folgte, als der Fremde gegen die Tür zur Herrentoilette trat und ein donnerndes Echo erklang.

Birdie fuhr hoch, dann drückte sie sich an mich und wimmerte. Sie zitterte am ganzen Körper. Ich legte sanft eine Hand auf ihren Mund, zog sie nahe an mich heran und hielt sie so, dass ich jedes Geräusch dämpfte.

Die Schritte bewegten sich über den Schotter, bis sie direkt vor unserer Tür ankamen. Ich schob eine Hand leise nach oben, berührte den Türgriff, hielt ihn fest und hoffte, das Schloss würde standhalten. Der Griff wackelte und drehte sich in meiner Hand, als er versuchte, ihn in beide Richtungen zu drehen, dann rüttelte er so kräftig an der Tür, dass sie an meinem Rücken vibrierte.

Jemand drückte auf die Hupe und Birdie stieß ein leises, angsterfülltes Wimmern aus. Ich hielt den Atem an.

„Hör auf damit!", schrie der Mann, dessen Worte lallend klangen. Kannte ich diese Stimme?

Eine Frau antwortete aus dem Auto, aber ich verstand nur einzelne Bruchstücke. „… gesperrt … fahren!" War das Norma? Oder war es jemand anderes?

Ich klammerte mich an den Türgriff, als der Mann mit einem weiteren Schwall Obszönitäten antwortete und dann so kräftig mit der Faust gegen die Tür schlug, dass das Holz um das Schloss herum zersplitterte und die Tür sich nach innen wölbte. Mit aller Kraft presste ich mich mit dem Rücken dagegen. Holzsplitter regneten auf Birdie und mich herab. *Bitte,* schrie ich stumm und drückte die Schulter an die Tür. *Bitte.*

Birdie taumelte in eine Toilettenkabine und keuchte ängstlich. Wenn der Mann aufhörte zu fluchen, würde er sie hören können.

Sei still. Sei bitte still.

Ein Donner grollte, und wie als Antwort auf meine stumme Bitte zerschnitt ein langer, unheimlicher Schrei die Nacht. Er klang so furchtbar, dass mir fast das Blut in den Adern gefror, und er schien ganz aus der Nähe zu kommen. Ein Echo hallte durch das kleine, mit einem Fliegengitter versehene Fenster oben in der Wand. Mir wurde eiskalt.

Der unheimliche Schrei ließ den Mann von der Tür zurückweichen. Er murmelte etwas.

Die Frauenstimme rief entsetzt: „Fahren wir! Dieses Vieh ist gleich da drüben bei den Müllcontainern! Ich sehe seine Augen leuchten!“

Ich hielt die Luft an, bis ich hörte, wie die Schritte sich entfernten. Kurze Zeit später wurde eine Autotür zugeschlagen, der Motor heulte auf, und sie fuhren weg.

Ich drückte mich an die Tür und rührte mich nicht. Birdie kroch schnell auf meinen Schoß, und ich umklammerte sie und wiegte sie, bis sie sich beruhigt hatte. Gemeinsam hörten wir zu, wie der Berglöwe den Rastplatz absuchte und die Mülleimer auf der Jagd nach einer schnellen Mahlzeit durchwühlte. Schließlich hatte er sich vollgefressen und verschwand wieder im Wald. Mein Puls verlangsamte sich endlich, und Erschöpfung und Müdigkeit breiteten sich in meinen Armen und Beinen aus und ließen meine Augenlider zufallen.

Meine Gedanken kreisten um das kleine Steingebäude, bis ich nicht mehr denken konnte. Ich schlief ein. Dieses Mal träumte ich nichts. Mich empfing nur Dunkelheit, nur totale Erschöpfung.

Als ich wieder aufwachte, fiel das hellgraue Licht der Morgendämmerung herein. Eine unbeschreibliche Erleichterung befiel mich, als ich begriff, dass der Morgen anbrach. Wir hatten die Nacht überlebt. Ich dankte Gott von ganzem Herzen für den neuen Tag und merkte, dass ich das sehr lange nicht mehr getan hatte. Dass ich lange nicht mehr dafür dankbar gewesen war, dass ich einfach gesund und wohlbehalten war und den Sonnenaufgang erleben durfte. Im letzten Jahr war ich so damit beschäftigt gewesen, mich auf alles zu konzentrieren, was in meinem Leben schiefgelaufen war, dass ich gar nicht gesehen hatte, wie gesegnet ich in Wirklichkeit war. Aber an diesem Morgen war ich für alles, das ich als selbstverständlich hingenommen hatte, aus tiefstem Herzen dankbar: mein Zuhause, meine Familie, meinen Sohn, Moses Lake, mein Leben …

Auf meinem Schoß rührte sich Birdie. Ich schaute sie an und sah, dass sie die Augen aufgeschlagen hatte und den Blick auf den Türgriff richtete. Jemand machte sich am Schloss zu schaffen. Er versuchte nicht, es gewaltsam zu öffnen, sondern er hatte einen Schlüssel. Ich rutschte von der Tür weg und versuchte, aufzustehen, aber meine Beine waren taub. Die Tür öffnete sich quietschend. Der Schein einer Taschenlampe fiel zusammen mit dem Licht der Morgendämmerung herein. Er landete genau auf uns.

„Wir haben Sie überall gesucht“, sagte eine Stimme, während meine Augen sich erst an den plötzlichen Lichtstrahl gewöhnen mussten, hinter dem ich nur die Umrisse des Mannes in der Tür erkennen konnte. Er trug irgendeine Uniform. Ein Ranger? „Ich bin Ranger des Nationalparks“, sagte er, aber es war nicht Marts Stimme. „Sie sind jetzt in Sicherheit, Madam.“

Erleichterung durchflutete mich und Tränen brannten in meinen Augen, als er den Raum betrat und seine Taschenlampe aufs Waschbecken legte. „Mein Name ist Jake Moskaluk“, stellte er sich vor, während er uns beiden auf die Beine half und versuchte, herauszufinden, ob wir ärztliche Hilfe benötigten.

„Uns geht es gut“, antwortete ich, während ich mir müde übers Gesicht strich und mich bemühte, nicht in Tränen auszubrechen. „Uns geht es wirklich gut.“

Als ich aufblickte, deutete er mit dem Daumen hinter sich zu seinem Auto. „Ich gebe über Funk Bescheid, dass ich Sie gefunden habe. Eine ganze Menge Leute machen sich große Sorgen um Sie beide.“

„Warten Sie.“ Ich hielt ihn am Arm fest, bevor er gehen konnte. „Was ist mit Len? Er war in seinem Haus. Sie haben ihn geschlagen …“

Jakes Blick wanderte zu Birdie. Sie schaute ihn schweigend und erwartungsvoll an.

„Die Hilfssheriffs haben ihn im Stall gefunden. Anscheinend ist er dorthin gekrochen und hat sich im Heu versteckt. Er wurde ziemlich brutal zusammengeschlagen, aber wir haben ihn sofort ins Krankenhaus gebracht. Seine Hunde haben ihm wahrscheinlich das Leben gerettet. Anscheinend hat er irgendwie die Hintertür des Hauses aufreißen können, während diese Leute auf ihn einschlugen, sodass die Hunde hineinkonnten. Die haben die Eindringlinge dann lange genug beschäftigt, dass Len entkommen konnte.“

„Gott sei Dank!“ Ich begriff, dass die Hunde wahrscheinlich auch uns beiden das Leben gerettet hatten. Sie hatten C. J. und die anderen lange genug aufgehalten, dass Birdie und ich das Gebüsch erreichen konnten.

Jake stützte die Hände auf die Knie und beugte sich zu Birdie hinab. „Dein Opa wird wieder gesund. Er muss operiert werden, aber er ist zäh. Die Ärzte kümmern sich gut um ihn. Mach dir keine Sorgen, ja?"

Birdie nickte und klammerte sich unsicher an den Saum meines T-Shirts.

Jake richtete sich auf. „Ich lasse jetzt lieber den erlösenden Funkspruch los, sonst handle ich mir noch Schwierigkeiten ein." Während er zu seinem Pick-up ging, drehte ich das Wasser auf und schaute mich im Spiegel an, während Birdie die Hände unter den Wasserhahn hielt und etwas trank. Ich erkannte die Frau im Spiegel fast nicht wieder. Sie war von dem Gestrüpp und den Dornen mit kleinen Kratzern übersät, und ihr Gesicht war mit Erde und Mascara verschmiert. Die Haare hingen in zerzausten, dunklen Strähnen nach unten und waren mit Erde und Blättern gespickt. Niemand, der mich in meinem alten Leben gekannt hatte, hätte diese Frau wiedererkannt. Niemand hätte geglaubt, dass Mrs Karl Henderson eine solche Nacht überleben würde, dass sie sich in der Wildnis zurechtfinden würde. Aber diese Frau im Spiegel, Andrea, hatte das gerade geschafft. Als ich sie anschaute, sah ich ein Stück von Tante Lucy, ein Stück von der Frau, die ich immer hatte sein wollen. Die Frau, als die Gott mich geschaffen hatte.

Ich machte ein Papierhandtuch nass und bemühte mich, Birdie und mich etwas zu waschen, während Jake in sein Funkgerät sprach. Als wir hinauskamen, wartete er mit Decken, ein paar Schokoriegeln und zwei Flaschen Wasser auf uns.

„Ich nehme an, ihr habt nach der letzten Nacht beide Hunger und Durst und könnt eine warme Decke vertragen", sagte er, legte eine Decke auf die Heckklappe und hob dann Birdie auf die Decke und wickelte sie ein, bevor er ihr den Schokoriegel und das Wasser gab. Ich nahm die andere Decke und legte sie um meine Schultern. Der Tag würde bald wieder sehr warm werden, aber im Moment war es noch neblig und kühl, und ich war völlig durchgefroren. Ich wollte nur nach Hause fahren, mich aufs Sofa kuscheln und schlafen.

„Ich habe gerade erfahren, dass die beiden in dem weißen Bronco gefasst wurden. Die Landespolizei hat sie seit der Schießerei in der Blockhütte gestern Abend verfolgt."

„Schießerei?" Der Geschmack von Galle stieg in meiner Kehle auf. Plötzlich reizte mich der Gedanke an Essen überhaupt nicht mehr. „Wurde jemand getroffen? Ist jemand verletzt?"

Jake lehnte sich an das Auto und schüttelte beruhigend den Kopf. „Ach, wissen Sie – wir Waldburschen sind unverwüstlich! Wenigstens behauptet McClendon das immer. Sie können ihn aber gleich selbst fragen." Er deutete zum Fluss, und ich hörte irgendwo in dem dicken, milchigen Nebel, der die Klagende Frau und die Eagle Eye Bridge einhüllte, das Brummen eines Motors. „Es klingt so, als ob Sie gleich abgeholt würden."

Jakes Stimme klang mit einem Mal ganz weit weg. Ich tauchte wieder in meinen Traum von gestern Nacht ein – den Traum, in dem Mart mit seinem Boot über das Wasser zu mir kommt und mich in die Arme nimmt, während die Trauertauben am Himmel gurren. Irgendwo in der Nähe gurrte jetzt tatsächlich eine Taube. Am Horizont ging die Sonne langsam über den Bergen auf und würde bald den Nebel aufsaugen und uns einen klaren Tag bescheren.

Ich zog die Decke enger um meine Schultern, ging ein paar Schritte zum Fluss hinab, spähte mit zusammengekniffenen Augen in den Nebel hinein und versuchte zu erkennen, wer hier kam. Obwohl der Ranger mir gerade versichert hatte, dass C. J. und Norma verhaftet worden waren, konnte ich das Gefühl nicht von mir abschütteln, dass sie hier waren und im Nebel lauerten. Das Surren des Motors drang durch den Nebel, wurde stärker und breitete sich nach allen Seiten hin aus. Dann bemerkte ich, dass es *mehrere* Motorengeräusche waren. Hier kam nicht nur *ein* Boot. Ich trat näher zum Abhang und blieb oben am Rand der Böschung stehen. Einige Stockenten, die am Ufer dösten, zogen die Köpfe unter ihren Flügeln hervor und drehten sich zu dem Lärm herum. Auf den Bäumen hörten die Trauertauben auf zu gurren, als warteten selbst sie in atemloser Vorfreude auf die Ankunft der Boote.

Kleine Lichtkreise durchdrangen langsam den Nebel, zuerst ein Paar, dann zwei, dann drei, dann vier. Dann tauchte das vorderste

Boot aus dem Dunst auf, zuerst der Bug, dann die Windschutzscheibe, dann der Mann dahinter. Er stand über das Steuerrad gebeugt und hatte einen Fuß auf eine Kühlbox gestellt. Selbst im noch schwachen Licht des Morgens erkannte ich ihn. Ich hätte ihn überall erkannt. Robin Hood.

Eine kleine Armada folgte ihm in einer ungleichmäßigen Flotte aus hölzernen Angelbooten und Aluminiumbooten. Nach und nach erkannte ich auch die Leute in den Booten, die sich anscheinend an der nächtlichen Suchaktion unter Marts Leitung beteiligt hatten: Burt und Nester, meine Eltern, Megan und Oswaldo, Bonnie und Taz, Pastor Hay, Sheila und sogar Pop Dorsey, der in eine neongrüne Rettungsweste gepackt war. Als er mich sah, stieß er einen lauten Schrei aus und wedelte wie ein Cowboy, der ein Lasso schwingt, mit dem Hut über seinem Kopf. Lachend winkte ich zurück.

Mart gab Vollgas, hängte die anderen hinter sich ab und kam als Erster am Ufer an. Er legte schwungvoll an, sprang aus dem Boot und warf das Tau über einen Ast, ohne überhaupt richtig hinzuschauen, wo es landete. Ich warf die Decke von mir und stürmte, halb laufend, halb rutschend den felsigen Hang hinab. In diesem Moment machte ich mir keine Sorgen darum, was Mart wohl von mir denken würde oder die anderen, die zuschauten. Er breitete die Arme aus und fing mich auf. Ich hatte so viel Schwung, dass ich ihn einen Schritt zurückwarf und ihm für einen Moment die Luft ausging.

„Wow, nicht so stürmisch", flüsterte er, während er mich fest an sich zog und die Arme um mich legte. Seine Umarmung war stark und sicher, und nichts konnte sie durchbrechen. „Jetzt ist alles gut." Er legte meinen Kopf unter sein Kinn und drückte mich an seine Brust. Ich fühlte seine starken Arme und hörte sein Herz unter meinem Ohr schlagen. Jetzt war es endlich kein Traum mehr. Er war da.

Verschwommen nahm ich wahr, dass die anderen Boote ans Ufer fuhren, dass Jake etwas erklärte, dass Sheila sich um Birdie kümmerte, dass meine Mutter sich Sorgen machte, wie sie aus dem Boot aussteigen sollte, dass Megan weinte und Gott dankte, dass Taz sagte: „Gute Arbeit, Henderson. Ich wusste von Anfang an, dass Sie gut sind!" Nester fragte, wie wir gefunden worden waren, Pop Dorsey versprach Birdie Zuckerstangen und Jake erzählte ausführlich, wie er uns auf der Toilette entdeckt hatte.

Mart zog den Kopf zurück, hielt mein Gesicht in den Händen und schaute mich an. Seine Augen leuchteten im Morgenlicht in einem warmen Moosgrün. „Du bist unverletzt." Es war eine Frage, eine Feststellung und ein erleichtertes Aufseufzen zugleich.

„Uns geht es gut." Tränen brannten in meinen Augen, aber ich blinzelte sie zurück. Jetzt war keine Zeit für Tränen, auch nicht für Freudentränen.

Er fuhr mit dem Daumen sachte über meine Wange und wischte eine kleine Träne weg. „Es war wirklich gut, wie du dich in der Dunkelheit im Wald zurechtgefunden hast."

Ich zuckte die Achseln und hoffte, es sähe kokett aus. „Das war kein Problem. Sehe ich etwa wie eine Stadtpflanze aus?"

„Absolut nicht." Er betrachtete mich, und ich wusste, dass er nicht die Frau sah, die ich früher gewesen war. Er sah die Frau, die mich heute Morgen aus dem Spiegel angeschaut hatte. Einfach Andrea. Die Frau, die endlich erkannt hatte, wozu sie fähig war. Eine Rebellin mit einer Aufgabe, eine Frau mit einem Ziel.

„Außerdem", sagte ich, „hat mir einmal jemand gesagt, wenn man seine Ohren anstrengt, findet man den Weg zum Wasser."

„Das muss ein kluger Mann gewesen sein." Er setzte dieses alberne, verspielte, schiefe Grinsen auf, das ich mein Leben lang lieben würde. Bei diesem Gedanken wurde mir warm am ganzen Körper, und ich hatte das Gefühl, dass alles, was passiert war, uns hierher geführt hatte.

„Ja, das stimmt", gab ich ihm recht, und dann küsste ich ihn. Ich stand auf dem Hang etwas über ihm und musste mich also dazu nicht einmal auf Zehenspitzen stellen. Ausnahmsweise stand ich mit beiden Füßen fest auf der Erde, fest in meinem eigenen Leben. Mart war da, und ich wusste, dass es so sein sollte. Ich hatte endlich meinen Weg gefunden. Zu ihm, in eine neue Zukunft. Einen Weg, der alles Schmerzliche hinter sich ließ. Der die Angst und das Bedauern, die Scham und Bitterkeit hinter sich ließ und mich an einen Ort führte, an dem ich alles loslassen und einfach ich selbst sein konnte.

In der Stille erklang eine Stimme in mir, leise wie die Trauertaube, aber hartnäckig wie der sich endlos wiederholende Gesang der Spottdrosseln. Sie lockte mich an, erwärmte meine Seele und tröstete mein Herz. Sie versicherte mir, dass ich auch dann, wenn ich mich einsam gefühlt hatte, wenn ich in der tiefsten Verzweiflung gefangen gewesen war, wenn ich glaubte, mich in der Dunkelheit verlaufen zu haben, nie wirklich allein gewesen war. Gott war stets da gewesen, auch wenn ich ihn nicht sehen konnte, auch wenn ich seinen Ruf nicht hören konnte, auch wenn ich seine Gegenwart geleugnet hatte. Er war überall da, selbst im dunkelsten Wald. Ich musste nur still sein und zuhören und mich von ihm nach Hause führen lassen.

Kapitel 24

Gott bereitet auf den Seen und den Flüssen
und in den Wäldern ein Festmahl vor.
Dann wartet er darauf,
dass wir an seinen Tisch kommen.
Anonym
(von einem Gast zitiert, der unbemerkt kam und wieder ging)

Mart McClendon

Moses Lake hat etwas an sich, das Menschen verändert. Warum das so ist, kann niemand genau sagen, aber ich glaube, eine solche Veränderung hatte sich meine Mutter erhofft, als wir vor vielen Jahren hierherzogen. Sie hatte gehofft, dass mein Vater sich verändern würde. Vielleicht hätte er sich verändert, aber er lud uns ins Auto und zog weiter, bevor der Ort seine Wirkung zeigen konnte. Bevor Gott Moses Lake benutzen konnte.

Für Menschen, die ein wenig länger hierbleiben, fügen sich die Berge und die Täler, das Wasser und die Menschen wie eine alte Quiltdecke zusammen, die sich warm und bequem um die Schultern schmiegt. Die Sicherheit gibt. Nach einer Weile ist das kein Geheimnis mehr. Man weiß einfach, dass man an der richtigen Stelle ist. Man fühlt es tief in seiner Seele.

Selbst die kleine Birdie spürte diese Gewissheit, dass alles gut werden würde. Man sah es ihrem Gesicht an, als sie aus der Tür der alten Kirche lief und die Schleifen eines kleinen Drachen, den sie in der Sonntagsschule geschmückt hatte, hinter sich herzog. Sie stürmte den Hang hinab zum Wasser und folgte Sydney und Ansley. Alle drei Mädchen lachten und hielten ihre Drachen über den

Köpfen und ließen die Schnur ein wenig los, damit der Drachen in der Luft tanzen konnte.

Len rief ihr nach: „B-Birdie, pass auf, geh nicht zu nahe ans Wa-Wasser!“

Sheila blickte neben ihm auf und fügte hinzu: „Seid vorsichtig, Mädchen!“ Mit Sheilas Unterstützung lief Len kaum Gefahr, dass er das Jugendamt enttäuschen würde. Sie würde dafür sorgen, dass alles passte, und sie hatte das Kommando für die Bauarbeiten an Lens Haus übernommen. Sie ließ Len und die Rentner aus dem Waterbird so schwer arbeiten, dass sie fast keine Zeit mehr zum Angeln hatten, aber bis jetzt wagte es niemand, sich zu beschweren. Heute hatte sie Len sogar dazu gebracht, sich zu waschen und ein Jackett zu seiner alten Jeans anzuziehen. Er schaute hinter sich und schlüpfte auf dem Weg zu den Picknicktischen, auf denen die Frauen das Essen verteilten, aus dem Jackett. Normalerweise hätte Sheila auch hier das Geschehen in die Hand genommen, aber im Moment war sie in ein eifriges Gespräch mit Andreas Chef, Mr Tazinski, und der Arzthelferin, Bonnie, über Tofu, Bohnensprossen und Übergewicht vertieft. Das war eigentlich nicht die feine Art, Gäste zu behandeln, aber Tazinski schien sich nicht daran zu stören. Bonnie sah aus, als hätte sie ein Auge auf Pastor Hay geworfen. Ich hatte den Eindruck, dass Hay seinerseits mehr als nur freundliches Interesse an ihr zeigte, als er Andrea aufgefordert hatte, ihre Kollegen zum Gemeinde-Sommerfest einzuladen, das nach der wilden Nacht im Wald um zwei Wochen verschoben worden war. Es tat gut, alle hier zusammenzuhaben. Als wäre die ganze Welt in Ordnung.

Unten an den Tischen lächelte Andrea zu mir herüber und hielt einen Schokoladenkuchen hoch, so, als hätte sie ihn selbst gebacken. Ich wusste, dass dieser Kuchen aus der Kuchentheke von Charleys Seewolf stammte, denn ich war gestern Abend mit ihr und ihrer Familie dort essen gewesen. Das Kuchengeheimnis war bei mir sicher. Bei Dustin war das schon etwas anderes. Er versuchte immer noch, seine Mutter zu überreden, ihm zu erlauben, mit Cassandra auszugehen. Das Wissen um die Herkunft des Kuchens könnte genau der Hebel sein, den er ansetzen musste. Er war dabei, als sie den Kuchen kaufte. Das Essen mit Andreas Familie war für sie sicher ein großer Schritt gewesen, aber ein guter Schritt. Und es war ein guter

Abend für uns alle geworden. Wo sollte man sich schließlich besser kennenlernen als bei einem Essen, bei dem einem ein fünfzig Kilo schwerer Wels aus seinem Aquarium über die Schulter schaut?

Gerade sah es so aus, als hätte sich Dustin noch nicht vollständig in einen jungen Romeo verwandelt. Als er die Mädchen erblickte, die versuchten, ihre Drachen steigen zu lassen, ließ er Cassandra einfach stehen und rannte den Hang hinab, um mitzumachen. Es dauerte nicht lange, dann hatte er Sydneys und Ansleys Drachen in die Luft gebracht und versuchte, Birdie zu überreden, ihm ihren Drachen auch zu geben, damit er ihn für sie steigen lassen konnte. Birdie schüttelte aber nur den Kopf und ließ den Drachen nicht los, obwohl Len sich bemühte, ihr zu erklären, wie ein Drachen funktionierte. Birdie sah nicht so aus, als glaubte sie ihm. Sie hatte hart für diesen Drachen gearbeitet und wollte ihn nicht loslassen.

Als ich sie beobachtete, erinnerte ich mich an etwas, das mein Großvater vor langer Zeit gesagt hatte, als er mit vier kleinen Jungen und vier neuen Drachen aufs Feld gegangen war. Er hatte gesehen, dass ich meinen Drachen zu weit unten hielt. Ich ließ ihn nur ein paar Meter hoch fliegen und zog ihn dann schnell wieder zurück, damit er nicht verlorenging oder sich in einem Baum verhedderte. Mein Großvater kam über das Feld auf mich zu, kniete sich neben mich und sagte etwas, das ich mein Leben lang nicht vergessen würde. Aber erst jetzt wurde mir die tiefere Bedeutung dessen klar, was er gesagt hatte. Erst jetzt, als ich hier stand und Birdie beobachtete, wie sie mit ihren großen, blauen Augen dastand und dem Drachen nachsah, den sie endlich hatte steigen lassen.

„Einen Drachen steigen zu lassen, das ist wie das Leben eines Menschen“, hatte mein Großvater damals gesagt, als ich noch überlegte, ob ich den Drachen fliegen lassen oder lieber festhalten soll. „Auch wenn der Mensch sich noch so sehr anstrengt, sein Drachen wird nie mehr sein als ein Stück Papier und ein Schnurknäuel. So, wie er den Drachen dem Hauch des Windes übergeben muss, so muss er sich selbst von Gott Leben einhauchen lassen, damit er fliegen kann.“

Weitere Romane von FRANCKE

Lisa Wingate
Blue Moon Bay
ISBN 978-3-86827-392-2
384 Seiten, Paperback

Eigentlich hatte Heather Hampton nicht vor, jemals nach Moses Lake zurückzukehren. Doch ihr erstes eigenes Großprojekt lässt der ambitionierten Architektin keine andere Wahl. Sie muss in ihrer Heimatstadt den Verkauf ihres alten Familienbesitzes vorantreiben. Leider machen ihr ihre exzentrische Mutter und ihr unzuverlässiger Bruder einen Strich durch die Rechnung. Und auch der attraktive Bankier Blaine Underhill stellt sich ihrem Projekt in den Weg.
Nach und nach entdeckt Heather, dass ihre Familie und ihr Besitz lange verschüttete Geheimnisse bergen. Kann es sein, dass alles ganz anders ist, als sie immer dachte? Irgendwie muss sie die Wahrheit ans Licht bringen, ehe sie alles verliert, wofür sie gearbeitet und was sie am Ufer des Moses Lake gefunden hat.

Ein bewegendes, aber auch humorvolles Buch, brillant geschrieben.

Jenny B. Jones
Ein Sommer am See
ISBN 978-3-86827-222-2
320 Seiten, Paperback

Maggie Montgomery ist lebenslustig, mutig und unkonventionell. Ihr Job als Kamerafrau führt sie rund um den Globus. Doch ihre perfekte Welt steht Kopf, als sie wegen eines Notfalls in ihre alte Heimat zurückkehren muss. Nichts scheut die furchtlose Maggie so sehr wie Ivy, das Städtchen ihrer Kindheit, die Begegnung mit ihrem Vater und … den See.
Ihre 10-jährige Nichte Riley, ein unbändiger kleiner Wildfang, treibt Maggie bald an die Grenzen ihrer Belastbarkeit. Doch damit nicht genug, reißt sie die Freundschaft zu dem attraktiven Tierarzt Connor Blake in einen Strudel von Gefühlen, der ihr Angst macht. Denn die echte Maggie hat Angst vor der Liebe, Angst vor dem Leben und Angst vor sich selbst. Aber am meisten fürchtet sie die Erinnerung an den Abend, an dem ihre Mutter im See ertrank …

Ein tiefgründiger, aber auch humorvoller und temporeicher Roman, der zeigt, dass die herausforderndste und befreiendste Reise nicht auf den Meeren oder über den Wolken stattfindet, sondern in uns selbst – hin zu dem Menschen, als den Gott uns geschaffen hat.

Jenny B. Jones
Scheinbar verliebt
ISBN 978-3-86827-303-8
320 Seiten, Paperback

Lucy Wiltshire ist die Leiterin einer gemeinnützigen Einrichtung, die sich um junge Frauen kümmert, die aus dem Pflegesystem herausfallen. Als ihr größter Sponsor ihr plötzlich den Geldhahn abdreht, ist sie fest entschlossen herauszufinden, warum. Kampflos will sie nicht aufgeben, schließlich geht es um das Überleben ihrer Einrichtung und die Zukunft ihrer Mädchen.

Doch als sie den früheren Footballstar und Mitbesitzer von Sinclair Enterprises mitten auf der Tanzfläche einer Galaveranstaltung zur Rede stellt, kommt alles anders als gedacht. Woher hätte Lucy aber auch wissen sollen, dass diese Aktion ihr Leben noch mehr auf den Kopf stellen würde? Denn Alex Sinclair, der Kongressabgeordneter werden will und sich mitten im Wahlkampf befindet, macht ihr einen absolut verrückten Vorschlag. Sowohl Lucy als auch er könnten davon profitieren. Doch wie weit ist Lucy bereit, für ihre Mädchen zu gehen? Was, wenn dieser Plan sie mehr kostet, als sie zu geben bereit ist? Wenn mit einem Mal nicht mehr nur ihre Zukunft, sondern auch ihr Herz – und ihr Leben – auf dem Spiel stehen?

Linda Nichols
Wie der Duft von Wasser
ISBN 978-3-86827-427-1
416 Seiten, Paperback

Zwei unfassbare Tragödien haben das Leben von Sam und Annie Truelove zerstört. Nichts ist mehr geblieben von ihrer Liebe, ihrer Ehe, ihrer Familie. Jetzt, fünf Jahre danach, ist es Zeit, einen endgültigen Schlussstrich zu ziehen und sich ein neues Leben aufzubauen. Nur aus diesem Grund kehrt Annie nach Hause zurück, fest entschlossen, danach alles, was einmal war, für immer hinter sich zu lassen.

Doch die Menschen, denen sie begegnet, und die Ereignisse, die sie unweigerlich in den Bann ziehen, stellen plötzlich alles infrage. Kann es nach so vielen Jahren des Schmerzes tatsächlich Vergebung und Hoffnung geben?

Marianne Grandia
Weißer als Schnee
ISBN 978-3-86827-426-4
368 Seiten, Paperback

Eigentlich hat Kathy mit ihrer Vergangenheit längst abgeschlossen, zu groß ist der Schmerz über den Verrat, den sie erlebt hat. Doch als sie im Nachlass ihres Vaters eine Kassette und ungeöffnete Briefe findet, brechen alte Wunden wieder auf. Kann es sein, dass alles doch ganz anders war, als sie es sich als Kind zusammengereimt hat? Wer war ihr Vater wirklich?

Eine aufwühlende Spurensuche beginnt. Wird Kathy am Ende die Kraft finden, der Wahrheit ins Auge zu blicken?

»Ein berührender Debütroman!«

Raquel Byrnes
In den Straßen von San Diego
ISBN 978-3-86827-456-1
384 Seiten, Paperback

Als ihr Exfreund Tom ihr im Ghetto von San Diego nachts buchstäblich vor die Füße fällt, ahnt die junge Ärztin Ruby McKinney noch nicht, dass der Drogenfahnder wieder ihr Leben durcheinanderwirbeln wird. Nicht nur ihre gemeinsame Vergangenheit holt sie ein – auch die Gegenwart wird lebensgefährlich, als Tom in ein Wespennest aus Verrat, Mord und Betrug sticht.
Als Teenager hat Rubys tiefer Glaube ihr geholfen, ihr Leben in den Griff zu bekommen. Nun steht sie vor dem Nichts: ihre berufliche Existenz, ihre Liebe zu Tom, ihr Glaube an Jesus sind zerbrochen. Kann Tom sie davon überzeugen, dass es zweite Chancen gibt?